MUNDOS APOCALÍPTICOS

HISTÓRIAS DO FIM DOS TEMPOS

ORGANIZAÇÃO **JOHN JOSEPH ADAMS**

Tradução
Rogerio Galindo e Rosiane Correia de Freitas

Planeta
minotauro

Título original: *Wastelands: Stories of the Apocalypse*

Preparação: Karina Barbosa dos Santos
Revisão: Fernanda Cosenza e Barbara Parente
Diagramação: Departamento de criação da Editora Planeta do Brasil e Marcela Badolatto
Capa: Departamento de criação da Editora Planeta do Brasil e Tereza Bettinardi
Imagem de capa: © Christophe Dessaigne / Trevillion Images

DADOS INTERNACIONAIS DE CATALOGAÇÃO NA PUBLICAÇÃO (CIP)
ANGÉLICA ILACQUA CRB-8/7057

Mundos apocalípticos / organização de John Joseph Adams ; tradução de Rogerio Galindo e Rosiane Correia de Freitas. -- São Paulo : Planeta, 2019.
496 p.

ISBN: 978-85-422-1719-3
Título original: Wastelands

1. Ficção estrangeira 2. Distopias na literatura 3. Contos norte-americanos I. Adams, John Joseph II. Galindo, Rogerio III. Freitas, Rosiane Correia de

19-1541 CDD 808.80372

Índices para catálogo sistemático:
1. Ficção estrangeira

2019
Todos os direitos desta edição reservados à
EDITORA PLANETA DO BRASIL LTDA.
Rua Bela Cintra, 986 – 4º andar
01415-002 – Consolação – São Paulo-SP
www.planetadelivros.com.br
faleconosco@editoraplaneta.com.br

SUMÁRIO

INTRODUÇÃO

JOHN JOSEPH ADAMS

Fome. Morte. Guerra. Peste. Esses seriam os mensageiros do apocalipse bíblico – o Armagedom, o Fim do Mundo. Na ficção científica, o fim do mundo normalmente é causado por meios mais específicos: guerra nuclear, desastre biológico (ou guerra biológica), desastre ecológico/geológico, ou desastre cosmológico. Mas depois de qualquer grande cataclismo há sobreviventes – e a ficção pós-apocalíptica especula como seria a vida dessas pessoas.

A primeira obra pós-apocalíptica importante é *O último homem* (1826), escrito pela mãe da ficção científica – Mary Shelley, a autora de *Frankenstein* –, o que torna o subgênero tão antigo quanto a própria ficção científica. Embora suas origens estejam bem enraizadas na ficção científica, a ficção pós-apocalíptica sempre conseguiu escapar às fronteiras tradicionais de gênero. Vários romances clássicos, como *Alas, Babylon*, de Pat Frank, *Na praia*, de Nevil Shute, e *Só a Terra permanece*, de George R. Stewart, foram publicados como romances convencionais. O gênero voltou a ganhar força com autores como Cormac McCarthy, que se aventurou em território pós-apocalíptico com seu sombrio romance *A estrada* – não só um best-seller selecionado para o clube do livro de Oprah Winfrey como também vencedor do prêmio Pulitzer.

Mesmo assim, a ficção científica também produziu sua cota de romances clássicos, incluindo o inquestionável rei do subgênero: *Um cântico para Leibowitz*, de Walter Miller. Sem falar em *The Long Tomorrow*, de Leigh Brackett, *Chung-Li – A agonia do verde*, de John Christopher, e o criminosamente subestimado *The Long Loud Silence*, de Wilson Tucker.

A ficção científica pós-apocalíptica ganhou destaque pela primeira vez logo após a Segunda Guerra Mundial – em grande parte devido ao fato de o mundo ter testemunhado o poder destruidor da bomba atômica – e chegou ao auge da popularidade durante a Guerra Fria, quando a ameaça de aniquilação por uma guerra nuclear parecia uma possibilidade muito real.

Porém, quando o Muro de Berlim caiu, o mesmo aconteceu com a popularidade da ficção pós-apocalíptica. Se você examinar a página de créditos desta antologia, vai perceber que apenas dois dos contos deste volume foram escritos antes dos anos 1980. Por outro lado, mais de metade dos contos foi publicada originalmente depois da virada do milênio. Por que esse novo interesse? Seria porque o clima político de hoje se parece com o da Guerra Fria? Em tempos de guerra e de incertezas globais fica mais fácil imaginar um mundo despovoado, destruído pelas mãos da própria humanidade?

Será apenas isso, ou haverá algo mais? O que nos atrai para estas paisagens sombrias – os mundos devastados da literatura pós-apocalíptica? Para mim, o apelo é óbvio: o gênero sacia nosso gosto por aventura, pela emoção da descoberta, o desejo de uma nova fronteira. Ele também nos permite começar do zero, apagar tudo e ver como o mundo poderia ter sido se soubéssemos tudo o que sabemos hoje.

Talvez o apelo do subgênero seja mais bem descrito por esta citação de *The Manhattan Phone Book (Abridged)*, de John Varley:

> Todos adoramos histórias que narram acontecimentos pós-bomba. Do contrário, por que haveria tantas histórias assim? Existe algo fascinante em ver tantas pessoas aniquiladas, outras vagando por um mundo despovoado, surrupiando feijão e carne de porco em lata, defendendo a própria família contra saqueadores. Claro que é horrível, claro que choramos por todos aqueles mortos, mas uma parte escondida de nós acha que seria bom sobreviver, começar de novo. Secretamente, temos certeza de que sobreviveríamos enquanto todas aquelas outras pessoas morreriam. Esse é o ponto de todas as histórias pós-bomba.

Ou será que esse é só o começo da conversa? Leia e decida.

Os contos deste volume vão além das pessoas "vagando", "surrupiando" e "defendendo" descritas acima por Varley. Neste livro, você vai encontrar histórias de sobrevivência e de vida pós-tragédia que exploram mudanças científicas, psicológicas, sociológicas e fisiológicas do mundo pós-apocalíptico.

O que você *não* vai encontrar aqui são histórias retratando o que aconteceria depois da conquista da Terra por alienígenas, ou o terror criado por uma rebelião de zumbis; ambos os cenários são adequadamente apocalípticos, mas são temas para outro momento (ou para outras antologias, por assim dizer).

Nas páginas a seguir, você encontrará vinte e dois contos de ficção científica sobre diferentes cenários apocalípticos. Alguns são artificiais e improváveis, outros são plausíveis e fáceis demais de imaginar. Algumas das histórias flertam com o fantástico. Muitas se aventuram pelo território do horror. Todas exploram uma pergunta: como seria a vida após o fim do mundo que conhecemos?

Stephen King dispensa apresentações. Ele é o premiado autor de best-sellers como *Carrie, a estranha* e a obra-prima pós-apocalíptica *A dança da morte*. Embora seja mais conhecido por seus romances e pelos filmes que eles inspiram, ele é também um prolífico autor de contos, tendo escrito histórias suficientes para garantir a edição de várias coletâneas, entre as quais: *Tudo é eventual*, *Sombras da noite*, *Tripulação de esqueletos* e *Pesadelos e paisagens noturnas*.

O FIM DA CONFUSÃO TODA

STEPHEN KING

"O fim da confusão toda" apareceu em Pesadelos e paisagens noturnas, *mas foi originalmente publicado na revista* Omni *em 1986. O conto foi indicado para o* World Fantasy Award *e mais tarde foi adaptado para a TV, num filme de uma hora, como parte da minissérie* Nightmares & Dreamscapes, *da TNT.*

Há vários fatores que podem influenciar qual conto deve abrir uma antologia. Você pode escolher uma história escrita por um autor renomado, uma história excepcionalmente boa e que tenha um forte apelo emocional, ou uma história que estabeleça o tom para o resto do livro; este conto tem as três qualidades.

Quero lhe falar do fim da guerra, da degeneração da humanidade e da morte do Messias. Uma história épica, que mereceria milhares de páginas e uma prateleira inteira de volumes, mas você (se é que haverá algum "você" mais tarde para ler isto) terá que se contentar com a versão condensada. A injeção na veia faz efeito muito rápido. Calculo que tenho algo entre quarenta e cinco minutos e duas horas, dependendo do meu tipo sanguíneo. Acho que é A, o que deveria me dar um pouco mais de tempo, mas que o diabo me carregue se consigo me lembrar com certeza. Se acabar sendo O, você poderá estar diante de uma porção de páginas em branco, meu amigo hipotético.

De qualquer modo, acho que é preferível pressupor o pior e ir o mais rápido possível.

Estou usando a máquina de escrever elétrica. O processador de textos de Bobby é mais rápido, mas o ciclo do gerador é irregular demais para se confiar, mesmo com o estabilizador de voltagem. Só tenho uma chance para isso. Não posso correr o risco de percorrer a maior parte do caminho e então ver a coisa toda ir parar no paraíso dos dados por causa de uma queda na amperagem ou um pico forte demais para ser contido pelo estabilizador.

Meu nome é Howard Fornoy. Era escritor *freelancer*. Meu irmão, Robert Fornoy, era o Messias. Matei-o quatro horas atrás, atirando nele com sua descoberta, que *ele* chamava de O Calmamoto. Um nome melhor poderia ter sido Um Erro Muito Grave, mas o que está feito está feito e não pode ser desfeito, como os irlandeses vêm dizendo há séculos... o que *prova* quão imbecis eles são.

Merda, não posso me dar ao luxo dessas divagações.

Depois que Bobby morreu, cobri-o com um edredom e fiquei sentado durante umas três horas à única janela da sala de estar da casa de campo, olhando para a floresta. Antigamente se podia ver o brilho alaranjado das luzes de gás de sódio de alta intensidade de North Conway, mas isso acabou. Agora só há as Montanhas Brancas, que parecem triângulos escuros de papel crepom recortados por uma criança, e as estrelas sem razão de ser.

Liguei o rádio, passei por quatro faixas, encontrei um sujeito maluco e desliguei. Fiquei sentado lá pensando nas maneiras de contar esta história. Minha mente continuava a deslizar em direção a todos aqueles quilômetros de escuras florestas de pinheiros, todo aquele nada. Por fim me dei conta de que precisava tirar o rabo da cadeira e mandar brasa. Merda. Nunca *consegui* trabalhar sem um prazo-limite.

E Deus bem sabe que agora tenho um prazo-limite.

Nossos pais não tinham razão alguma para esperar algo diferente do que tiveram: filhos inteligentes. Papai era formado em história e se tornou professor titular em Hofstra aos trinta anos de idade. Dez anos depois, era um dos seis vice-administradores dos Arquivos Nacionais em Washington, D.C., na fila para chegar ao posto principal. Ele era também um sujeito formidável:

tinha todos os discos de Chuck Berry e tocava blues bastante bem no seu próprio violão. Meu pai arquivava durante o dia e tocava rock à noite.

Mamãe se formou com as mais altas notas em Drew. Recebeu uma chave da Phi Beta Kappa[1] que às vezes usava presa num horrível chapéu de feltro. Ela se tornou uma contadora pública bem-sucedida na capital federal, conheceu meu pai, casou-se com ele e retirou-se da atividade profissional quando ficou grávida de quem vos fala. Entrei em cena em 1980. Por volta de 1984, ela estava trabalhando em impostos para alguns dos sócios de meu pai, no que ela chamava de seu "pequeno *hobby*". Quando Bobby nasceu, em 1987, ela estava cuidando de impostos, carteiras de investimentos e planejamento de bens para uma dúzia de homens poderosos. Poderia revelar os seus nomes, mas quem se importa com isso? A esta altura, eles estão mortos ou se tornaram uns idiotas completos.

Acho que ela provavelmente ganhou mais com "seu pequeno *hobby*" a cada ano do que meu pai no emprego dele, mas isso nunca teve importância, pois eles eram felizes com o que significavam para si próprios e um para o outro. Eu os vi discutirem uma porção de vezes, mas nunca os vi brigarem. Quando estava crescendo, a única diferença que via entre minha mãe e as mães dos meus colegas era que as deles costumavam ler, passar roupa, costurar ou falar ao telefone, enquanto as novelas iam passando na TV, e minha mãe costumava usar uma calculadora de bolso e anotar números em grandes folhas de papel verde enquanto as novelas iam passando na TV.

Eu não desapontaria um casal com Cartões Platinum em suas carteiras. Mantive as notas entre oito e dez durante toda minha passagem pela escola pública (até onde sei, a ideia de que eu ou meu irmão fôssemos para uma escola particular nunca chegou sequer a ser considerada). Também escrevia bem desde jovem, sem qualquer esforço. Vendi meu primeiro texto para revista quando tinha vinte anos: era a respeito de como o Exército Continental tinha passado o inverno em Valley Forge[2]. Vendi-o para a revista de uma empresa aérea por quatrocentos e cinquenta dólares. Meu pai, a quem amava profundamente, perguntou-me se podia comprar aquele cheque de mim. Deu-me um cheque seu e mandou emoldurar o cheque da revista da empresa aérea, pendurando-o sobre sua escrivaninha.

---

1. Sociedade de âmbito nacional nos Estados Unidos, fundada em 1776, para honrar pessoas que tenham se destacado em seus cursos universitários. (N.T.)
2. Episódio da Guerra de Independência dos Estados Unidos. (N.T.)

Um gênio romântico, se você quiser. Um gênio romântico *que tocava blues*, se você preferir. Acredite no que lhe estou dizendo, um garoto podia ter muito menos sorte. É claro que ele e minha mãe morreram no final do ano passado, loucos e mijando nas calças, como quase todos nesse nosso grande mundo redondo, mas nunca parei de amar qualquer dos dois.

Eu era o tipo de criança que eles tinham todos os motivos para esperar: um menino bom com uma mente inteligente, um menino talentoso cujo talento evoluiu para uma maturidade precoce numa atmosfera de amor e confiança, um menino fiel que amava e respeitava seu pai e sua mãe.

Bobby era diferente. *Ninguém*, nem mesmo pessoas Platinum como nossos pais, *jamais* esperam ter um filho como Bobby. *Jamais* mesmo.

Larguei as fraldas dois anos antes de Bobby e essa foi a única coisa na vida em que ganhei dele. Mas nunca senti inveja, pois seria como um lançador razoavelmente bom da American Legion League sentir inveja de Nolan Ryan ou Roger Clemens. A partir de um certo ponto, as comparações que causam sentimentos de inveja simplesmente deixam de existir. Passei por isso e posso lhe dizer: depois de um certo ponto, você apenas fica para trás e protege os olhos dos clarões do *flash*.

Bobby lia aos dois anos e começou a escrever pequenos ensaios ("Nosso cachorro", "Uma viagem a Boston com minha mãe") aos três anos. Sua escrita consistia nas encantadoras construções esforçadas e irregulares de um menino de seis anos, o que por si só já era surpreendente, mas havia mais. Uma vez transcrita, de modo que sua coordenação motora, que ainda estava se desenvolvendo, não fosse mais um fator de avaliação, você iria pensar que estava lendo o trabalho de um aluno da quinta série, inteligente, embora ingênuo. Ele progrediu de períodos simples para períodos compostos e destes para períodos complexos com uma rapidez estonteante, dominando frases e orações e modificando-as com um grau de intuição assustador. Às vezes, sua sintaxe era confusa e seus adjetivos e advérbios mal colocados, mas essas falhas, que atormentam a maioria dos escritores por toda a vida, já estavam bem dominadas quando chegou aos cinco anos de idade.

Ele começou a ter dores de cabeça. Meus pais ficaram com medo de que tivesse algum tipo de problema físico, talvez um tumor cerebral, e levaram-no a um médico. Ele o examinou cuidadosamente, ouviu-o com cuidado ainda maior e depois disse a meus pais que não havia nada de errado com

Bobby a não ser estresse: ele estava num estado de extrema frustração porque sua mão direita não conseguia trabalhar tão bem quanto seu cérebro.

— Vocês têm um garoto que está tentando passar uma pedra renal mental — disse o médico. — Poderia receitar alguma coisa para as dores de cabeça, mas acho que o remédio de que realmente necessita é uma máquina de escrever.

Então mamãe e papai deram a Bobby uma IBM. Um ano depois, deram a ele um Commodore 64 com Wordstar como presente de Natal e as dores de cabeça de Bobby pararam. Antes de passar a outros assuntos, quero apenas acrescentar que ele pensava, durante mais ou menos os três anos seguintes, que tinha sido Papai Noel que tinha deixado debaixo da nossa árvore aquela máquina de fazer palavras. Agora que penso nisso, essa foi outra coisa em que ganhei de Bobby: também descobri mais cedo que Papai Noel não existia.

Há tanta coisa que poderia lhe contar sobre aqueles tempos iniciais e imagino que terei de lhe contar um pouco, mas terei de andar depressa e ser breve. O prazo-limite. Ah, o prazo-limite. Uma vez li um texto muito engraçado chamado "O *E o vento levou* indispensável", que era mais ou menos assim:

— Uma guerra? — riu Scarlett. — Oh, fiau-fiau!

Bum! Ashley foi para a guerra! Atlanta incendiada! Rhett entrou e depois saiu!

— Fiau-fiau — disse Scarlett em meio às lágrimas —, pensarei nisso amanhã, porque amanhã é outro dia.

Ri gostosamente quando li isso, mas, agora que estou diante de fazer algo parecido, não parece tão engraçado assim. Mas aqui vai:

— Uma criança com um QI que não pode ser medido por nenhum teste existente? — sorriu India Fornoy para seu marido devotado, Richard. — Fiau-fiau! Proporcionaremos a ele um ambiente em que seu intelecto possa se desenvolver, para não mencionar o do seu irmão mais velho que não chega a ser burro. E os educaremos como meninos normais, tipicamente americanos, como eles o são muito bem, sim senhor.

Bum! Os meninos Fornoy cresceram! Howard foi para a Universidade de Virgínia, formou-se entre os primeiros da turma e se estabeleceu como um escritor profissional! Montou uma vida confortável! Saiu com uma porção de mulheres e foi para a cama com um bocado delas! Conseguiu evitar as doenças sociais, tanto venéreas quanto farmacológicas! Comprou um som estéreo Mitsubishi! Escrevia aos pais pelo menos uma vez por semana! Publicou dois romances que venderam bastante bem!

— Fiau-fiau — disse Howard —, essa é a vida que eu quero!

E assim foi, pelo menos até o dia em que Bobby apareceu inesperadamente (na melhor tradição do cientista louco) com suas duas caixas de vidro, numa delas uma colmeia de abelhas e na outra um ninho de vespas, usando pelo lado avesso uma camiseta "Educação Física/Mumford", prestes a destruir o intelecto humano e feliz como uma ostra na maré alta.

Acho que pessoas como meu irmão Bobby surgem apenas uma vez em cada duas ou três gerações, pessoas como Leonardo da Vinci, Newton, Einstein, talvez Edison. Todos eles parecem ter uma coisa em comum: são como bússolas enormes que ficam girando sem direção durante muito tempo, procurando algum norte verdadeiro, e então se dirigem para ele com uma força de meter medo. Antes que isso aconteça, essas pessoas são capazes de surgir com umas merdas estranhas, e Bobby não era exceção.

Quando ele tinha oito e eu quinze, ele veio até mim e disse que tinha inventado um aeroplano. A essa altura já conhecia Bobby o suficiente para não dizer simplesmente "Vá se ferrar" e pô-lo para fora do meu quarto. Fui até a garagem, onde estava aquela estranha engenhoca de madeira compensada, apoiada em cima do seu carrinho vermelho de quatro rodas. Parecia-se um pouco com um avião de caça, mas as asas eram fortemente inclinadas para a frente em vez de para trás. Ele tinha montado a sela do seu cavalo de balanço no meio com uns parafusos grandes. Havia uma alavanca do lado. Não havia motor algum. Ele disse que era um planador. Queria que eu o empurrasse na descida de Carrigan's Hill, que era o declive mais íngreme do Grant Park em Washington. Havia um caminho cimentado no meio, para os idosos. Bobby disse que aquela seria sua pista de decolagem.

— Bobby — disse eu —, você colocou as asas desse brinquedo de trás para a frente.

— Não — retrucou —, é assim que elas têm que ser. Vi alguma coisa sobre gaviões no Animal Planet. Eles mergulham sobre a presa e depois invertem as asas ao subir. Elas têm juntas duplas, entende? Você consegue uma subida melhor desse jeito.

— Então por que a Força Aérea não está construindo os seus desse jeito? — perguntei, feliz na minha ignorância de que as forças aéreas tanto americanas como russas tinham nas suas pranchetas planos de aviões de caça assim, com asas para a frente.

Bobby apenas deu de ombros. Não sabia e não se importava.

Fomos até Carrigan's Hill e ele subiu na sela do seu cavalo de balanço e segurou firme a alavanca.

— Empurre-me *com força* — falou. Seus olhos estavam girando com aquela luz meio alucinada que eu conhecia tão bem. Meu Deus, às vezes os olhos dele se iluminavam desse jeito ainda no berço. Mas juro por Deus que nunca o teria empurrado com tanta força pelo caminho cimentado se achasse que aquela coisa ia mesmo funcionar.

Mas eu não sabia e dei-lhe um empurrão dos diabos. Ele foi a toda velocidade ladeira abaixo, berrando como um caubói que acabava de sair da trilha com o gado e ia para a cidade tomar umas cervejas geladas. Uma senhora idosa teve de pular para sair da frente e ele quase bateu num velho apoiado num andador. No meio do trajeto de descida, ele puxou a alavanca e fiquei observando, com os olhos esbugalhados e me borrando de medo e espanto, o frágil avião de madeira compensada se separar do carrinho. A princípio ele apenas pairou alguns centímetros acima do carrinho e por um segundo parecia que ia cair de volta. Então houve uma lufada de vento e o avião de Bobby decolou como se alguém o tivesse puxado com um cabo invisível. O carrinho saiu do caminho de concreto e entrou por umas moitas. Muito de repente, Bobby estava a três metros de altura, depois seis, depois quinze. Continuou planando sobre o Grant Park, num avião que continuava subindo cada vez mais, berrando alegremente.

Fui correndo atrás dele, gritando para que descesse, tendo na minha cabeça visões terrivelmente nítidas de seu corpo caindo daquela sela idiota do cavalo de balanço e se empalando numa árvore ou numa das muitas estátuas do parque. Não me limitei apenas a imaginar o funeral do meu irmão, na verdade, estou lhe dizendo: eu *fui* a ele.

— BOBBY*!* — gritei — DESÇA AQUI*!*

— Oiiiiiiiii! — gritou Bobby de volta, com a voz tênue mas claramente extasiada. Assustados jogadores de xadrez, lançadores de *frisbee*, pessoas lendo, namorados e corredores paravam o que estivessem fazendo para olhar.

— BOBBY, ESSA BOSTA NÃO TEM CINTO DE SEGURANÇA! — gritei.

Ao que me recordo, era a primeira vez que usava essa palavra.

— Voooooou ficar muiiiiito beeeeeiiiim... — ele gritava a plenos pulmões, mas fiquei estupefato ao perceber que mal podia ouvi-lo. Desci correndo a Carrigan's Hill, gritando o tempo todo. Não tenho a mais ligeira lembrança do que estava gritando, mas no dia seguinte minha voz não emitia mais do que um sussurro. Lembro-me *sim* de passar por um sujeito jovem, com um terno completo, que estava parado perto da estátua de Eleanor Roosevelt ao pé da colina. Olhou para mim e disse num tom coloquial:

— Vou lhe dizer uma coisa, meu amigo, estou tendo um *puta flashback* de ácido.

Lembro-me daquela sombra estranha e disforme deslizando pelo chão verde do parque, elevando-se e ondulando à medida que atravessava bancos, latas de lixo e os rostos para cima das pessoas que estavam olhando. Lembro-me de correr atrás dela. Lembro-me de como a fisionomia de minha mãe desmoronou e como ela começou a chorar quando eu lhe disse que o avião de Bobby, que não tinha nada que voar para início de conversa, virou de cabeça para baixo num súbito remoinho de vento e Bobby terminou sua curta mas brilhante carreira inteiramente espatifado na D Street.

Do jeito que as coisas acabaram, talvez tivesse sido melhor para todos se as coisas tivessem de fato ocorrido desse jeito, mas não foi assim.

Ao contrário, Bobby deu uma curva inclinada de volta para Carrigan's Hill, segurando-se com displicência na cauda do seu próprio avião para não cair daquela maldita coisa e baixou com ela na direção do pequeno lago no centro do Grant Park. Foi deslizando no ar a dois metros de altura, depois um e meio... e logo estava esquiando com seus tênis sobre a superfície da água, deixando para trás duas trilhas brancas, assustando os patos geralmente plácidos (e superalimentados) que saíram grasnando em revoadas indignadas à sua frente, enquanto ele dava sua gargalhada alegre. Pousou no lado oposto, exatamente entre dois bancos do parque que cortaram fora as asas do seu avião. Ele foi projetado da sela, bateu com a cabeça e começou a berrar.

Assim era a vida com Bobby.

* * *

Nem tudo foi tão espetacular. Na realidade, acho que *nada* foi... pelo menos até O Calmamoto. Mas lhe contei a história porque acho que, pelo menos dessa vez, o caso extremo ilustra a norma: a vida com Bobby era uma fundição de cuca constante. Aos nove anos, ele estava frequentando as aulas de física quântica e álgebra avançada na Universidade de Georgetown. Houve o dia em que ele interferiu em todos os aparelhos de rádio e TV da nossa rua, bem como dos quatro quarteirões à nossa volta, com sua própria voz. Ele encontrou uma TV portátil no sótão e transformou-a numa estação emissora de banda larga. Uma velha Zenith em preto e branco, quatro metros de cabo de alta fidelidade, um cabide de arame montado no telhado da nossa casa, e pronto! Durante cerca de duas horas, quatro quarteirões de Georgetown só conseguiam receber a WBOB... que era meu irmão, lendo alguns dos meus contos, contando piadas idiotas e explicando que o alto conteúdo de enxofre em feijões cozidos era a razão pela qual nosso pai dava tantos peidos na igreja todos os domingos de manhã. "Entretanto", falou Bobby para sua audiência de aproximadamente três mil pessoas, "ele solta a maioria deles bem silenciosamente ou, às vezes, segura aqueles realmente explosivos até a hora dos hinos".

Meu pai, que não ficou propriamente feliz com tudo isso, acabou pagando uma multa de setenta e cinco dólares imposta pela Comissão Federal de Comunicações, quantia que descontou da mesada de Bobby durante o ano seguinte.

A vida com Bobby, ah sim... e, veja só, estou chorando. Será que isso é sentimento genuíno ou, quem sabe, o começo? Acho que é o primeiro — só Deus sabe como eu o amava —, mas também acho que, de qualquer modo, é bom tentar ir um pouco mais depressa.

Para todos os efeitos, Bobby tinha concluído o ensino médio com a idade de dez anos, mas nunca chegou a colar grau universitário e muito menos fazer qualquer curso avançado. Era aquela grande bússola poderosa na cabeça dele, girando sem parar, procurando algum norte verdadeiro para onde apontar.

Atravessou um período de Física e um período mais curto em que era vidrado em Química, mas no fim das contas Bobby tinha muito pouca paciência para Matemática para que qualquer desses campos o prendesse. Ele era capaz de lidar com Matemática, mas ela — como todas as chamadas ciências exatas — lhe causava tédio.

Ao chegar aos quinze anos, era Arqueologia. Ele vasculhou o sopé da Montanha Branca, em volta de nossa casa de veraneio em North Conway, elaborando uma história dos índios que tinham vivido ali, baseado em pontas de flecha, pedras lascadas, e até mesmo nas padronagens de carvão vegetal de fogueiras há muito extintas nas cavernas mesolíticas das regiões de New Hampshire.

Porém, isso também passou e ele começou a estudar História e Antropologia. Quando tinha dezesseis anos, meu pai e minha mãe, com relutância, deram sua aprovação quando Bobby pediu licença para acompanhar um grupo de antropólogos da Nova Inglaterra numa expedição à América do Sul.

Voltou cinco meses depois, com o primeiro bronzeado autêntico da sua vida. Também tinha mais dois centímetros e meio de altura, emagrecera oito quilos e estava muito mais tranquilo. Ainda era bastante alegre ou podia sê-lo, porém sua exuberância de menino pequeno, às vezes contagiante, às vezes cansativa, mas sempre presente, tinha desaparecido. Ele tinha ficado adulto. E lembro-me que, pela primeira vez, ele conversava sobre as notícias, ou melhor, sobre como elas eram más. Era 2003, o ano em que um grupo dissidente da OLP chamado Filhos do Jihad (um nome que para mim sempre soou horrendamente como um grupo católico de serviços comunitários, em alguma parte da região ocidental da Pensilvânia) detonou em Londres uma Bomba de Jorro que poluiu sessenta por cento da cidade e tornou o resto dela extremamente insalubre para pessoas que tinham pretendido ter filhos (ou, ao menos, viver além dos cinquenta anos). Foi o ano em que tentamos impor um bloqueio às Filipinas depois de o governo Cedeño aceitar um "pequeno grupo" de assessores chineses comunistas (uns quinze mil, segundo nossos satélites-espiões) e só recuamos quando ficou claro que *a*) os chineses não estavam brincando quando falavam em esvaziar os buracos se não retrocedêssemos e *b*) o povo americano não estava tão entusiasmado assim em cometer suicídio em massa por causa das ilhas Filipinas. Foi também o ano em que algum outro grupo de malucos filhos da mãe, acho que eram albaneses, tentaram espalhar vírus da aids sobre Berlim com *spray*.

Esse tipo de coisa deprimia todo mundo, mas Bobby entrava numa depressão *do caralho*.

— Por que as pessoas são tão desgraçadamente más? — perguntou-me um dia. Estávamos na casa de veraneio em New Hampshire, era fim de agosto e a maioria das nossas coisas já estava nas caixas e malas. A casa de campo tinha aquele ar triste e abandonado que sempre assumia logo antes de nós todos seguirmos nossos respectivos caminhos. Para mim, significava voltar para Nova York e para Bobby, significava Waco, Texas, por incrível que pareça. Ele tinha passado as férias estudando textos de Sociologia e Geologia (que tal essa em matéria de geleia geral?) e disse que queria realizar algumas experiências por lá. Disse isso de modo casual, despreocupado, mas, nas duas semanas em que estivemos todos juntos, eu já tinha visto minha mãe olhando para ele com uma atenção inquisitiva peculiar. Nem papai nem eu desconfiávamos, mas acho que minha mãe sabia que a agulha da bússola de Bobby tinha finalmente deixado de girar e começado a apontar firme.

— Por que as pessoas são tão más? — indaguei eu. — Tenho que responder isso?

— É melhor que *alguém* responda — disse ele. — E, além do mais, bem depressa, do jeito que as coisas estão indo.

— Elas estão indo do jeito que sempre foram — falei —, e calculo que é assim porque as pessoas foram feitas para serem más. Se você quer culpar alguém, culpe a Deus.

— Isso é besteira. Não acredito nisso. Até aquele negócio de cromossomo duplo X acabou se revelando uma besteira, no fim das contas. E não me venha dizer que são apenas as pressões econômicas, o conflito entre os que têm e os que não têm, porque isso tampouco explica tudo que acontece.

— O pecado original — disse eu. — Para mim funciona: tem uma boa batida e dá para dançar.

— Bem — falou Bobby —, talvez *seja* o pecado original. Mas qual é o instrumento, irmão maior? Você já se fez essa pergunta?

— Instrumento? Qual instrumento? Não estou entendendo.

— Acho que é a água — disse Bobby soturnamente.

— Como é que é?

— A água. Alguma coisa na água.

Olhou para mim.

— Ou alguma coisa que *não está* nela.

No dia seguinte, Bobby partiu para Waco. Não o vi de novo até que ele apareceu no meu apartamento usando a camisa de Mumford pelo avesso e carregando duas caixas de vidro. Isso foi três anos mais tarde.

— Howie, Howardzinho — disse ele, entrando e me dando um tapa despreocupado nas costas, como se tivessem se passado apenas três dias.

— Bobby! — gritei, e atirei os dois braços em volta dele num abraço grande. Umas quinas agudas me espetaram no peito e ouvi um zumbido coletivo irritado.

— Também estou contente de vê-lo — disse Bobby —, mas é melhor você se acalmar. Você está perturbando os nativos.

Dei um passo rápido para trás. Bobby pousou no chão a grande sacola de papel que estava trazendo e tirou a mochila. Depois, com cuidado, retirou as caixas de vidro de dentro da sacola. Numa havia uma colmeia e na outra, um ninho de vespas. As abelhas já estavam se acalmando e retomando o que quer que seja o trabalho das abelhas, mas as vespas estavam nitidamente descontentes com a coisa toda.

— Está bem, Bobby — disse. Olhei para ele e abri um largo sorriso. Eu parecia não conseguir parar de sorrir. — O que você está aprontando agora?

Ele abriu o zíper da mochila e tirou um jarro de maionese que estava até a metade com um líquido transparente e incolor.

— Está vendo isso? — falou.

— Tô. Parece que é água, ou sidra.

— Na verdade são ambas as coisas, se é que pode acreditar nisso. Veio de um poço artesiano em La Plata, uma cidadezinha sessenta e cinco quilômetros a leste de Waco e, antes que a transformasse nessa forma concentrada, havia cinco galões. Tenho uma pequena destilaria bem boa funcionando lá, Howie, mas não acho que o governo vá cair em cima de mim por causa dela. — Estava sorrindo, e agora o sorriso aumentara. — Isso não passa de água, mas ainda assim é a mais miserável bomba que a raça humana já viu.

— Não tenho a mais vaga ideia do que você está falando.

— Sei que não. Mas vai ter. Sabe de uma coisa, Howie?

— O quê?

— Se a idiota da raça humana conseguir manter-se inteira por mais seis meses, aposto que se manterá inteira pelo resto da eternidade.

Ergueu o vidro de maionese e um olho de Bobby, aumentado pelo efeito do vidro, olhou-me fixo através dele com um ar enormemente solene.

— Isto é o grande prêmio — falou. — A cura para a pior doença que acomete o *Homo sapiens*.

— Câncer?

— Não — disse Bobby. — A guerra. As brigas de botequim, os tiros disparados de um carro que passa. Toda a confusão. Onde é o seu banheiro, Howie? Minha bexiga está estourando.

Quando voltou, ele tinha não só posto a camiseta de Mumford do lado direito como havia penteado os cabelos, e vi que não tinha mudado seu método de se pentear. Bobby simplesmente metia a cabeça embaixo da água por algum tempo, depois penteava tudo para trás com os dedos.

Olhou para as duas caixas de vidro e declarou que as abelhas e as vespas tinham voltado ao normal.

— Não que um ninho de vespas jamais chegue perto de qualquer coisa que sequer se pareça com "normal", Howie. As vespas são insetos sociais, como as abelhas e as formigas, porém, ao contrário das abelhas, que quase sempre são sadias, e das formigas, que têm ocasionais lapsos esquizofrênicos, as vespas são completamente alucinadas. — Sorriu. — Exatamente como nós, os velhos *Homo sapiens*.

Retirou a tampa da caixa de vidro que continha as abelhas.

— Vamos fazer uma coisa, Bobby — disse eu. Eu estava sorrindo, mas o sorriso parecia um tanto exagerado. — Coloque a tampa de volta no lugar e apenas me *conte* como é, o que é que você acha? Deixe a demonstração para depois. Quero dizer, meu senhorio é uma flor de sujeito, mas a porteira é uma sapatão enorme que fuma charutos Odie Perode e tem quinze quilos mais do que eu. Ela...

— Você vai gostar disso — disse Bobby como se eu não tivesse falado nada, um hábito com que eu estava tão familiarizado como com o seu Método dos Dez Dedos para Penteado. Ele nunca era indelicado, mas frequentemente ficava totalmente absorto. E tinha como pará-lo?

Que merda, não. Era bom demais tê-lo de volta. O que quero dizer é que acho que já aí eu sabia que alguma coisa ia dar inteiramente errado, mas, quando estava com Bobby por mais de cinco minutos, simplesmente ficava hipnotizado por ele. Ele era Lucy segurando a bola de futebol e me prometendo que, desta vez, era *pra valer*, e eu era Charlie Brown, correndo até o fundo do campo para chutá-la. — Na realidade, você provavelmente já viu isso sendo feito antes: de tempos em tempos publicam-se fotografias disso nas revistas ou aparece em documentários de televisão sobre a vida animal. Não é nada muito especial, mas *parece* ser uma coisa formidável porque as pessoas têm esses preconceitos completamente irracionais sobre as abelhas.

E o mais estranho era que ele estava certo: eu *tinha* visto isso antes.

Enfiou a mão dentro da caixa, entre a colmeia e o vidro. Em menos de quinze segundos, sua mão tinha adquirido uma luva preta e amarela. Isso produziu em mim um instante de recordação nítida: sentado diante da TV, usando um pijama tipo macacão e agarrando meu urso de pelúcia, talvez uma meia hora antes de ir para a cama (e sem dúvida antes de Bobby nascer) vendo, com uma mistura de horror, nojo e fascínio, um apicultor permitir que as abelhas lhe cobrissem o rosto todo. Primeiro tinham formado uma espécie de capuz de carrasco e depois ele as havia empurrado, fazendo com que formassem uma barba viva.

Bobby apertou os olhos de repente, com força, depois deu um sorriso.

— Uma delas me deu uma ferroada — disse. — Ainda estão um pouco agitadas por causa da viagem. Peguei uma carona de La Plata até Waco com a corretora de seguros local, que tem um velho teco-teco, e depois embarquei numa pequena companhia aérea de terceiro nível, Companhia Aérea Imbecil, acho que era, de lá até Nova Orleans. Fiz umas quarenta conexões, mas juro por Deus que foi o trajeto no táxi de La Garbage que as deixou doidas. A Segunda Avenida ainda tem mais buracos do que a Bergenstrasse depois que os alemães se renderam.

— Sabe, eu realmente acho que você devia tirar a sua mão daí, Bobby — disse eu. Continuava esperando que algumas delas saíssem voando de lá e podia me ver perseguindo-as com uma revista enrolada durante horas, abatendo-as uma por uma, como se fossem foragidos em algum filme de prisão antigo. Mas nenhuma delas tinha escapado... pelo menos até então.

— Fique tranquilo, Howie. Você já viu alguma abelha dar uma ferroada numa flor? Aliás, já ouviu falar nisso?

— Você não se parece com uma flor.

Ele deu uma risada.

— Porra, você pensa que as *abelhas* sabem como é a aparência de uma flor? Ahn, ahn! De jeito nenhum, cara! Elas conhecem a aparência de uma flor tanto quanto você ou eu conhecemos o som de uma nuvem. Elas sabem que eu sou doce porque estou exalando dioxina de sacarose no meu suor... junto com trinta e sete outras dioxinas, e essas são apenas as que nós sabemos que existem.

Fez uma pausa, pensativo.

— Embora deva confessar que *tomei* a precaução de, bem, me adocicar um pouco a noite passada. Comi uma caixa de cerejas cobertas de chocolate no avião...

— Oh, Bobby, Deus meu!

— ...e comi uns dois MallowCremes no táxi a caminho daqui.

Enfiou a outra mão e, com cuidado, começou a empurrar as abelhas para fora da mão. Vi-o fazer uma careta mais uma vez antes de terminar de tirá-las e depois me tranquilizou bastante ao recolocar a tampa na caixa de vidro. Vi uma inchação vermelha em cada uma das mãos: uma na concha da palma esquerda e a outra bem para trás na mão direita, perto do que as quiromantes chamam de *pulseiras da sorte*. Ele tinha sido picado, mas percebi muito bem o que ele queria me mostrar: parecia que pelo menos umas quatrocentas abelhas o tinham investigado. Somente duas o tinham ferroado.

Tirou uma pinça do bolso pequeno da sua calça *jeans* e foi até a minha escrivaninha. Empurrou para o lado a pilha de manuscritos junto do micro Wang que eu estava usando naquela época e colocou minha lâmpada Tensor sobre o lugar onde as folhas tinham estado, mexendo nela até que formou um pequeno foco de luz intensa sobre o tampo de cerejeira.

— Tá escrevendo algo que preste, Bow-Wow? — perguntou de modo displicente, e senti os cabelos se eriçarem na minha nuca. Quando fora a última vez que ele tinha me chamado de Bow-Wow? Quando tinha quatro anos? Seis? Que merda, cara, não sei. Estava trabalhando cuidadosamente na sua mão esquerda com a pinça. Vi-o extrair uma coisa diminuta, que parecia um pelo da narina, e colocá-la no meu cinzeiro.

— Um estudo sobre falsificação de obras de arte para a *Vanity Fair* — disse. — Bobby, em que você está metido desta vez?

— Quer tirar a outra para mim? — pediu, estendendo-me a pinça, sua mão direita e um sorriso embaraçado. — Fico sempre pensando que, se sou tão danado de esperto, devia ser ambidestro, mas minha mão esquerda continua tendo um QI de seis aproximadamente.

O mesmo Bobby de sempre.

Sentei-me ao seu lado, peguei a pinça e tirei o ferrão de abelha da inchação vermelha perto do que, no seu caso, deveria se chamar *as pulseiras do Juízo Final*. Enquanto fazia isso, ele me falou das diferenças entre abelhas e vespas, a diferença entre a água em La Plata e a água em Nova York e de como, com os demônios, tudo ia dar certo com a sua água e um pouco da minha ajuda.

E, porra, como acabei correndo para a bola de futebol enquanto meu irmão risonho e alucinadamente inteligente a segurava para mim, pela última vez.

— As abelhas só dão ferroadas se for preciso, porque depois disso elas morrem — disse Bobby num tom professoral. — Você se lembra daquela vez, em North Conway, quando você disse que nós continuávamos nos matando uns aos outros por causa do pecado original?

— Lembro. Fique quieto.

— Bem, se *existe* uma coisa assim, se existe um Deus capaz de, ao mesmo tempo, nos amar tanto a ponto de nos entregar seu Filho numa cruz e nos mandar a todos num trenó a foguete para o inferno só porque uma vaca idiota mordeu uma maçã podre, então a maldição foi apenas o seguinte: ele nos fez à semelhança das vespas e não das abelhas. *Porra*, Howie, o que é que você está fazendo?

— Fique quieto — retruquei — e vou tirá-lo. Se você quer gesticular muito, posso esperar.

— Está bem — disse ele, e a partir daí manteve-se relativamente parado enquanto eu extraía o ferrão. — As abelhas são os pilotos camicases da natureza, Bow-Wow. Olhe na caixa de vidro e você verá as duas que me ferroaram caídas mortas no fundo. Seus ferrões têm umas farpas, como anzóis. Entram com facilidade, mas quando são puxadas pra fora deixam as tripas para trás.

— Nojento — disse, deixando cair o segundo ferrão no cinzeiro. Não conseguia ver as farpas, mas não dispunha de microscópio.

— Contudo, isso as torna especiais — assinalou.

— Sem dúvida.

— As vespas, por outro lado, têm ferrões lisos. Elas podem picá-lo quantas vezes quiserem. Gastam o veneno na terceira ou quarta ferroada, mas podem continuar fazendo buracos se quiserem... e geralmente é o que fazem. Especialmente as vespas de parede. A espécie que eu trouxe ali. Você tem que dopá-las. Uma substância chamada Noxon. Deve dar-lhes uma ressaca braba, porque elas despertam mais loucas do que nunca.

Olhou para mim com um ar sério e, pela primeira vez, vi as olheiras de cansaço sob seus olhos e me dei conta de que nunca tinha visto meu irmão caçula tão cansado.

— É *por isso* que as pessoas continuam brigando, Bow-Wow. Sempre, sempre, sempre. Nós temos ferrões lisos. Agora observe isso.

Levantou-se, foi até onde estava sua mochila, vasculhou dentro dela e tirou um conta-gotas. Abriu o jarro de maionese, meteu o conta-gotas nele e retirou uma pequena bolha de sua água destilada do Texas.

Quando levou-a para a caixa de vidro na qual estava o ninho de vespas, vi que sua tampa era diferente: havia uma pequena peça de plástico que podia ser deslizada para formar uma abertura. Não precisava que me desse grandes explicações: com as abelhas, ele estava perfeitamente disposto a retirar a tampa toda, mas com as vespas ele não ia se arriscar.

Apertou a borracha do conta-gotas. Duas gotas d'água caíram no ninho, fazendo uma mancha escura que desapareceu quase imediatamente.

— Dê-lhes uns três minutos — falou.

— O que...

— Não pergunte nada — disse. — Você vai ver. Três minutos.

Nesse tempo, leu meu trabalho sobre falsificação de obras de arte... embora ele já estivesse com vinte páginas.

— Está bem — falou, deixando as páginas sobre a escrivaninha. — Isso está muito bom, cara. Mas você devia ler um pouco sobre como Jay Gould equipou o salão de estar do seu trem particular com uns Manet falsificados. É um barato! — Enquanto falava, ia tirando a tampa da caixa de vidro onde estava o ninho de vespas.

— Meu Deus, Bobby, pare com a brincadeira! — gritei.

— O mesmo medroso de sempre — riu Bobby, e puxou para fora da caixa o ninho, que era de um cinza fosco e quase do tamanho de uma bola de boliche. Segurou-o nas mãos. Algumas vespas saíram e pousaram nos seus braços, suas bochechas, sua testa. Uma voou em minha direção e pousou no meu antebraço. Dei-lhe um tapa e ela caiu morta no tapete. Estava com medo, com medo de verdade. Meu corpo estava cheio de adrenalina e podia sentir os olhos querendo sair das órbitas.

— Não as mate — disse Bobby. — Seria o mesmo que estar matando bebês, pela espécie de mal que podem causar. Esse é o *objetivo* todo. — Atirou o ninho de uma mão para a outra como se fosse uma bola de *softball* aumentada. Jogou-o para o alto. Fiquei olhando, aterrorizado, enquanto as vespas esvoaçavam pela sala de estar de meu apartamento como se fossem aviões de caça em patrulha.

Com cuidado, Bobby baixou o ninho de volta para dentro da caixa e pousou-a no meu sofá. Bateu com a mão no lugar ao lado dele e fui para lá, quase hipnotizado. Elas estavam por toda a parte: no tapete, no teto, nas cortinas. Havia uma meia dúzia andando sobre a tela da minha TV gigante.

Antes que pudesse me sentar, ele espantou umas duas que estavam na almofada do sofá para onde estava apontado o meu traseiro. Elas fugiram voando rápido. *Todas* elas estavam voando com facilidade, andando com facilidade, movendo-se depressa. Nada no seu comportamento indicava estarem dopadas. Enquanto Bobby falava, elas foram pouco a pouco retornando para seu lar de papel machê, andaram por cima dele e acabaram por desaparecer para dentro novamente, entrando pelo buraco no topo.

— Não fui o primeiro a me interessar por Waco — disse ele. — Acontece simplesmente que ela é a maior cidade naquela curiosa pequena parte não violenta do que é, *per capita*, o estado mais violento da federação. Os texanos *adoram* atirar uns nos outros, Howie, quero dizer, é como se fosse um passatempo estadual. Metade da população masculina anda armada. Nos sábados à noite, nos bares de Fort Worth, é como se fosse um estande de tiro ao alvo em que você acerta nos bêbados em vez de nos patos de cerâmica. Há mais membros da Associação Nacional do Rifle do que metodistas. Entenda bem, não é que o Texas seja o único lugar onde as pessoas atiram umas nas outras, se retalham com navalhas ou metem seus filhos pequenos no forno se choram demais, mas o fato é que eles gostam um bocado de armas de fogo.

— Salvo em Waco — falei.

— Ah, eles também gostam delas por lá — disse. — Só que as usam uns contra os outros muitíssimo menos.

* * *

Meu Deus, acabei de olhar para o relógio na parede e vi a hora. Tenho a sensação de ter estado escrevendo há uns quinze minutos mais ou menos, quando na realidade foi mais de uma hora. Isso às vezes me acontece, quando estou indo a toda velocidade, mas não posso me deixar seduzir por esses detalhes. Sinto-me tão bem como sempre: aparentemente sem secura nas membranas da garganta, sem ter de procurar as palavras e, quando dou uma olhada para trás no que escrevi, vejo apenas os erros de datilografia e os cortes usuais. Porém não devo me iludir. Tenho que me apressar. "Fiau-fiau", disse Scarlett, e tudo o mais.

A atmosfera não violenta da área de Waco tinha sido notada e investigada antes, sobretudo por sociólogos. Bobby disse que, quando se inseriam suficientes dados estatísticos sobre Waco e áreas semelhantes num computador — densidade populacional, idade média, nível econômico médio, nível de instrução médio e dezenas de outros fatores —, o que se obtinha de volta era uma anomalia sensacional. Os estudos sérios raramente se permitem jocosidades, mas mesmo assim vários dos mais de cinquenta que Bobby tinha lido sobre o assunto indicavam ironicamente que talvez fosse "alguma coisa na água".

— Resolvi que já estava em tempo de se levar essa piada a sério — disse Bobby. — Afinal de contas, há alguma coisa na água de uma porção de lugares que evita a cárie dental. Chama-se flúor.

Foi para Waco em companhia de um trio de assistentes de pesquisa: dois alunos de Sociologia e um professor de Geologia que estava em licença da universidade e pronto para a aventura. No prazo de seis meses, Bobby e os rapazes da Sociologia tinham produzido um programa de computador que ilustrava o que meu irmão chamava de *o único calmamoto do mundo*. Tinha uma cópia impressa, ligeiramente amarrotada, na sua mochila, que me entregou. Vi uma série de quarenta anéis concêntricos. Waco estava no oitavo, nono e décimo à medida que se ia em direção ao centro.

— Agora veja isso — disse, colocando uma transparência sobre a folha impressa. Mais anéis, mas em cada um deles havia um número. Quadragésimo anel: 471. Trigésimo nono: 420. Trigésimo oitavo: 418. E assim por diante. Em uns dois lugares, os números subiam em vez de descer, mas só nesses (e só ligeiramente).

— O que são esses números?

— Cada número representa a incidência de crimes violentos no círculo em pauta — disse Bobby. — Homicídio, estupro, latrocínio, até atos de vandalismo. O computador atribui um número de acordo com uma fórmula que leva em conta a densidade populacional. — Bateu com o dedo no vigésimo sétimo círculo, que levava o número 204. — Por exemplo: em toda essa área há menos de novecentas pessoas. O número representa três ou quatro casos de violência doméstica, umas duas brigas de botequim, um ato de crueldade contra animal (algum fazendeiro senil mijou num porco e deu-lhe um tiro de sal, segundo me lembro) e um caso de homicídio involuntário.

Vi que os números nos círculos centrais caíam de forma radical: 85, 81, 70, 63, 40, 21, 5. No epicentro do calmamoto de Bobby, estava a cidade de La Plata. Chamá-la de cidadezinha sonolenta é mais do que justo.

O valor numérico atribuído a La Plata era zero.

— Então aqui está, Bow-Wow — disse Bobby, inclinando-se para a frente e esfregando suas mãos compridas com nervosismo —, meu candidato a Jardim do Éden. Aqui está uma comunidade de quinze mil pessoas, vinte e quatro por cento das quais são mestiças, comumente chamadas de índios. Há uma fábrica de mocassins, uns dois pequenos motéis de estrada, umas duas fazendolas pobres. Em termos de trabalho, é isso aí. Para diversão, há quatro bares, uns dois salões de dança onde você pode ouvir qualquer tipo de música que quiser desde que seja parecida com a de George Jones, dois cinemas *drive-in* e um boliche. — Parou por um instante e acrescentou: — Também existe um alambique. Não sabia que se fazia uísque tão bom fora do Tennessee.

Em suma (e agora é tarde demais para fazer mais do que isso), La Plata devia ser um campo fértil para aquela espécie de violência despreocupada que é noticiada todos os dias na seção policial do jornal local. Devia ser, mas não era. Durante os cinco anos antes da chegada de meu irmão, tinha havido em La Plata apenas um homicídio, dois casos de agressão física, nenhum estupro registrado, nenhum incidente de violência contra crianças. Tinha havido quatro assaltos a mão armada, mas descobriu-se que todos os quatro tinham sido cometidos por pessoas que passavam por ali, como o do homicídio e um dos casos de agressão. O xerife local era um republicano gordo e velho, que fazia uma imitação bastante boa de Rodney Dangerfield. Na realidade, constava que ele passava dias inteiros no café do lugar, ajustando o nó da gravata e pedindo às pessoas que lhe fizessem o favor de comer sua mulher. Meu irmão disse que achava que era mais do que uma piada sem graça, pois tinha quase certeza de que o pobre sujeito estava num estágio inicial do mal de Alzheimer. Seu único ajudante era seu sobrinho. Bobby me contou que o sobrinho se parecia muito com Junior Samples no velho programa *Hee-Haw*.

— Coloque esses dois sujeitos numa cidade da Pensilvânia semelhante em tudo a La Plata exceto na localização geográfica — disse Bobby — e eles teriam sido postos no olho da rua quinze anos atrás. Mas em La Plata, vão continuar até morrer... provavelmente dormindo.

— O que você fez? — perguntei. — Como é que você procedeu?

— Bem, durante mais ou menos uma semana depois de termos reunido toda a merda das nossas estatísticas, nós só ficamos por ali sentados, olhando uns para os outros — disse Bobby. — Quero dizer, estávamos preparados para *alguma coisa*, mas nada como isso. Nem mesmo Waco prepara você para La Plata. — Bobby se mexeu inquieto e estalou os nós dos dedos.

— Meu Deus, detesto quando você faz isso — falei. Ele deu um sorriso.

— Desculpe, Bow-Wow. De qualquer modo, começamos os testes geológicos, depois a análise microscópica da água. Não esperava muita coisa. Todos na área têm um poço, geralmente fundo, e regularmente mandam fazer testes na sua água para ter certeza de que não estão bebendo bórax ou algo assim. Se tivesse havido alguma coisa óbvia, ela teria aparecido muito tempo antes. Então fomos para a submicroscopia e foi aí que começamos a encontrar substâncias bastante esquisitas.

— Que espécie de substância esquisita?

— Quebras nas cadeias de átomos, flutuações elétricas subdinâmicas e algum tipo de proteína não identificada. A água, na verdade, não é H_2O, você sabe, não quando você adiciona sulfetos ferrosos, e só Deus sabe o que calha de estar no lençol d'água de uma região determinada. No caso da água de La Plata, seria preciso dar uma fieira de letras como as que se põem depois do nome de um professor emérito. — Seus olhos brilharam. — Mas a coisa mais interessante foi a proteína, Bow-Wow. Pelo que nós sabemos, ela só é encontrada em um outro lugar: no cérebro humano.

Oh, oh.

Acabou de chegar, entre uma engolida e outra: a secura na garganta. Ainda não é muita, mas o suficiente para que interrompesse e fosse tomar um copo d'água gelada. Restam-me talvez uns quarenta minutos. E, meu Deus, há tanto que quero contar! Os ninhos de vespas que encontraram, com vespas que não davam ferroadas. A batida de para-choque e para-lama vista por Bobby e um de seus assistentes em que os dois motoristas, dois homens, ambos bêbados e ambos com cerca de vinte e quatro anos (em outras palavras, touros sociológicos), desceram, apertaram as mãos e trocaram informações sobre seus seguros de forma amistosa e depois foram ao bar mais próximo tomar um drinque.

Bobby falou durante horas, mais do que as de que disponho. Porém, o resultado foi simples: a substância no jarro de maionese.

— Agora temos nosso próprio alambique em La Plata — disse ele. — Essa é a substância que estamos destilando, Howie: pinga pacificadora. O lençol d'água sob essa área do Texas é profundo e impressionantemente grande. É como um incrível lago Vitória injetado entre os sedimentos porosos que estão sobre o Moho. A água é potente, mas fomos capazes de tornar a substância que eu aspergi sobre as vespas ainda mais potente. Nós temos agora cerca de seis mil galões, nesses grandes tanques de aço. Lá pelo final do ano, teremos quatorze mil. Por volta de junho próximo, teremos trinta mil. Mas isso não é suficiente. Precisamos de mais, precisamos dela com mais rapidez... e depois precisamos transportá-la.

— Transportá-la para onde? — perguntei-lhe.

— Bornéu, para começar.

Pensei que tinha ficado maluco ou não o tinha entendido direito. Pensei mesmo.

— Olhe, Bow-Wow... desculpe, Howie. — Estava vasculhando sua mochila novamente. Tirou umas fotografias aéreas e as passou para mim. — Você está vendo? — perguntou enquanto eu as ia olhando.

— Está vendo que perfeição do diabo isso é? É como se o próprio Deus de repente entrasse nas nossas transmissões rotineiras com alguma coisa como: "E agora lhes trazemos um boletim especial! Esta é a sua última oportunidade, seus imbecis! E agora voltamos para *Days of Our Lives*".

— Não estou entendendo — falei. — E não faço nenhuma ideia do que tenho diante dos olhos. — É claro que eu sabia. Era uma ilha, não Bornéu propriamente dita, mas uma ilha que ficava a oeste de Bornéu, identificada como Gulandio, com uma montanha no meio e uma porção de pequenas aldeias cheias de lama nas suas encostas inferiores. Era difícil ver a montanha por causa da cobertura de nuvens. O que eu queria dizer é que não sabia o que deveria estar *procurando*.

— A montanha tem o mesmo nome da ilha — disse ele. — Gulandio. No dialeto local, significa *graça*, *sorte*, *destino* ou escolha o que você quiser. Mas Duke Rogers diz que ela é de fato a maior bomba de tempo do mundo... e está armada para detonar por volta de outubro do próximo ano. Provavelmente antes.

A coisa mais doida é a seguinte: a história só é maluca se você tentar contá-la numa velocidade desabalada, que é o que estou tentando fazer agora. Bobby queria que eu o ajudasse a levantar algo entre seiscentos mil e um milhão e meio de dólares para fazer o seguinte: primeiro, sintetizar de cinquenta a setenta mil galões do que ele chamava "qualidade superior"; segundo, transportar por avião toda essa água até Bornéu, que tinha pista de pouso (em Gulandio podia-se pousar com um planador, mas era só); terceiro, levá-la de navio para essa ilha chamada Sorte, Destino ou Graça; quarto, carregá-la de caminhão pela encosta do vulcão, que estava inativo desde 1804, e então despejá-la pelo tubo enlameado da sua caldeira.

Duke Rogers era, na verdade, John Paul Rogers, o professor de Geologia. Ele afirmava que Gulandio ia fazer mais do que apenas entrar em erupção. Segundo sustentava, o vulcão iria explodir, como o Krakatoa tinha feito no século XIX, criando uma detonação que iria fazer a Bomba de Esguicho que tinha envenenado Londres parecer fogos de artifício de uma criança.

Bobby me disse que os detritos da explosão do Krakatoa tinham, literalmente, circundado o globo. Os resultados observados tinham formado uma parte importante da teoria do inverno nuclear do grupo Sagan. Durante os três meses subsequentes, as alvoradas e os crepúsculos do outro lado do mundo tinham ficado grotescamente cheios de cores como resultado das cinzas rodopiando tanto nas correntes aéreas como nas correntes de Van Allen, que ficam a sessenta e cinco quilômetros abaixo do Cinturão de Van Allen. Ocorreram mudanças climáticas que duraram cinco anos, e as palmeiras nipa, que antes só cresciam na África Oriental e na Micronésia, de repente apareceram nas Américas do Norte e do Sul.

— Todas as nipas da América do Norte morreram antes de 1900 — disse Bobby —, mas estão vivendo muito bem ao sul do Equador. O Krakatoa as tinha plantado lá, Howie... da maneira como quero plantar a água de La Plata por todo o mundo. Quero que as pessoas fiquem embaixo da água de La Plata quando chover, e vai chover um bocado depois que Gulandio explodir. Quero que bebam a água de La Plata que cai nos seus reservatórios, quero que lavem os cabelos nela, que se banhem nela, mergulhem suas lentes de contato nela. Quero que as prostitutas a usem para suas lavagens vaginais.

— Bobby — disse, sabendo que não era verdade. — Você está louco.

Ele me deu um sorriso de lado, cansado.

— Não estou louco — falou. — Você quer ver alguém louco? Ligue na CNN, Bow... Howie. Você vai ver loucos em cores vibrantes.

* * *

Mas não precisei ligar o noticiário da TV a cabo (o que um amigo meu tinha passado a chamar de Tocador de Realejo do Juízo Final) para saber do que Bobby estava falando. Os indianos e os paquistaneses estavam à beira da guerra. Os chineses e os afegãos, idem. Metade da África estava morrendo de fome, a outra metade pegando fogo com aids. Tinham ocorrido lutas de fronteira ao longo de todo o limite entre o Texas e o México nos últimos cinco anos, desde que o México tinha se tornado comunista, e as pessoas começaram a chamar o ponto de travessia de Tijuana de a Pequena Berlim da Califórnia, por causa do muro. O tinir de sabres transformara-se num barulho ensurdecedor. No último dia do ano anterior, os Cientistas em Prol da Responsabilidade Nuclear tinham reajustado seu relógio negro para quinze segundos antes da meia-noite.

— Bobby, vamos imaginar que isso pudesse ser feito e que tudo funcionasse como planejado — disse eu. — Provavelmente, nenhuma dessas coisas vai ocorrer, mas vamos imaginar que sim. Você não tem a menor ideia de quais poderiam ser os efeitos a longo prazo.

Ele começou a dizer alguma coisa e abanou a mão indicando ter mudado de ideia.

— Nem tente sugerir que você sabe, porque você não sabe! Concordo que você teve tempo para descobrir esse seu calmamoto e isolar a causa. Mas você já ouviu falar em talidomida? Aquela conveniente pílula para dormir e antiacne que causou câncer e ataques cardíacos nas pessoas de trinta anos? Não se lembra da vacina contra aids em 1997?

— Howie?

— *Essa* vacina parou a doença, mas transformou os alvos dos testes em epilépticos incuráveis que morreram, todos, em dezoito meses.

— Howie?

— Depois houve...

— Howie?

Parei e olhei para ele.

— O mundo — disse Bobby e depois parou. Engoliu em seco. Vi que estava lutando para conter as lágrimas. — O mundo precisa de medidas heroicas, cara. Não sei nada sobre os efeitos a longo prazo, e não há tempo para estudá-los, porque não há perspectiva de longo prazo. Talvez possamos dar um jeito na confusão toda. Ou talvez...

Deu de ombros, tentou sorrir e olhou para mim com olhos brilhantes dos quais duas lágrimas deslizaram lentamente.

— Ou talvez estejamos dando heroína a um paciente com um câncer terminal. De qualquer modo, vai parar o que está acontecendo agora. Isso vai parar o sofrimento do mundo. — Estendeu as mãos, com as palmas para cima, para que pudesse ver as ferroadas nelas. — Me ajude, Bow-Wow. Por favor, me ajude.

Então eu o ajudei.

E fizemos uma cagada. Na realidade, acho que você pode dizer que fizemos uma cagada monumental. E quer saber a verdade? Caguei para isso. Matamos todas as plantas, mas pelo menos salvamos a estufa. Algo irá crescer aqui, um dia. Assim espero.

Você está lendo isto?

Minhas engrenagens estão começando a ficar meio emperradas. Pela primeira vez em muitos anos, estou tendo que pensar no que estou fazendo. Os movimentos mecânicos de escrever. Devia ter ido mais depressa no começo.

Não tem importância. Agora é tarde demais para mudar as coisas. Nós o fizemos, é claro: destilamos a água e a levamos de avião, a transportamos para Gulandio, construímos um sistema elevatório primitivo — metade guincho a motor, metade ferrovia de cremalheira — subindo por um dos lados do vulcão, e jogamos pela borda doze mil recipientes de cinco galões de água de La Plata, na sua versão rebenta-cérebro, nas profundezas escuras e enevoadas da caldeira do vulcão. Fizemos tudo isso em apenas oito meses. Não custou seiscentos mil dólares, nem um milhão e meio de dólares. Custou mais de quatro milhões, ainda assim menos de dezesseis avos de um por cento dos gastos militares dos Estados Unidos naquele ano. Você quer saber como nós levantamos isso? Contaria a você se tivesse mais tempero mas minha cabeça está caindo aos pedaços, por isso deixa pr'acolá. Levantei a maior parte eu mesmo, se é importante para você. Parte na marra, parte no murro. Para lhe dizer a verdade, não sabia que podia fazer eu mermo até que fiz. Mas fizemos e, de alguma maneira, o mundo se manteve intacto e aquele vulcão — qualquer que foçe seu nome, não consigo me lembrar direito agora e num ar tempo para reler o manuscrito — ele historou exatamente quando se sprv

Espere

Está bem. Estou um pouco melhor. Digitalina. Bobby tinha um pouco. O coração está batendo disparado, mas consigo pensar de novo.

O vulcão — nós o denominamos monte da Graça — histourou quando Dook Rogers predisse. Tudo foi pros'ares e durante algum tempo a atenção de todos se desviou do que quer que estivessem fazendo e se voltou para os céu. E enfiou-ou-ou, disse Escarlatina!

Aconteceu bem depressa, como sexo e cheques e defeitos especiais e todos ficaram sãos de novo. Quero dizer

espere

Deus meu, por favor, deixe-me terminar isso.

Quero dizer que todos ficaram quietos. Todos começaram a ter uma pequena pespotiva da situação. O mundu começou a ficar como as vespas no ninho du Bobby o que ele me mostrou em que elas não pecavam muito. Houve três asnos como um veranico. As pessoas se reunindo como naquela velha canção dus Youngblood que dizia vamu todos se reunir agora mermo, como todos os ripis queriam, você sobe, pais e amô e

spe

Uma explosão grande. Parece que meu coração está saindo pelas orelhas. Mas se me concentrar com todas as minhas forças, minha *concentração*...

Foi como um veranico, era isso que queria dizer, como três anos de um veranico. Bobby prosseguiu com suas perquisas. La Plata. Antecedentes sociológicos etc. Lembra-se do velho xerife do lugar? Velho gordo republicano que fazia uma boa imitassão de Rodney Youngblood? Como Bobby tinha dito que ele tinha sintomas preliminares do mal de Rodney?

concentre-se imbecil

Não era só ele: descobriu-se que havia muito disso acontecendo naquela parte do Texas. Todos com mal de Hallows é o que quero dizê. Bobby e eu estivemos lá durante três asnos. Criamos um novo programa. Novos garficos de circos. Vi o que estava acontece e voltei para cá. Bobby e seus insistentes ficaram. Um se mantou contou Bobby quando apareceu aqui.

Espere mais uma explo

Está bem. A última vez. Coração batendo tão rápido que mal posso raspirar. O novo gráfico, o último gráfico, na realidade só lhe causava impacto quando era colocado sobre o gráfico do calmamoto. O gráfico do calmamoto mostrava indis de volência indo para baixo à medida que você se aproximava de La Plata no mio; o gráfico de Alzheimer mostrava a incidência de senilidade precoce indo *para cima* à medida que você se aproximava de La Plata. As pessoas lá estavam ficando muito bobas muito mossas.

Eu e Bobo tivemos o máximo de cuidado possível durante os três anos seguintes, bebemos só Água Parrier e unzávamos rampas compridas na suva, de modo que nenhuma arga e quando todos começaram a ficar bombos nós num e voltei para cá porque ele meu irmão não consego lembrar qual seu nome

Bobby

Bobby quando ele veio aqui hoje de noite xorano e eu dis Bobby eu armo você Bobby dis mesculpe Bowwow mesculpe eu fiz o mundo toldo chio de indiotas e bambalalões e eu dis melhor ilhotas e balões do que um pedaço grande de garvão preto no ispaus e ele xorô e eu xorei Bobby eu armo você e ele dis você me dá um gole da arga espaciar e eu dis chim e ele dis você vai inscrevê tudo e eu dis chim i eu acho eu fiz mas num me lembro de vedado eu vejo parlavas mas num se o que elas qué dizê

Eu tenho um Bobby seu noume é ermão e eu pens eu escarvei e tenho uma casca para botar isso dentro qui Bobby ds cheia de ar sãoficente para durar um melão asno então bãozinho, bãozinho todagente, euvô pará bãozinho bobby eu amo você não fois suas farta eu amo você

perdoocê

amo você

cintado (pelo mundu),

Orson Scott Card é autor do best-seller *O jogo do exterminador*, que venceu os prêmios Hugo e Nebula. A sequência, intitulada *Orador dos mortos*, venceu ambos, fazendo de Card o único escritor a vencer os dois prêmios mais cobiçados da categoria em dois anos consecutivos. Card também ganhou o World Fantasy Award e oito prêmios Locus, entre outras honrarias.

Além de *O jogo do exterminador* e dos demais livros que se passam no Enderverso, Card é autor de dezenas de outros romances, incluindo os livros da saga *Tales of Alvin Maker* e da série *Homecoming*. Ele também publicou mais de oitenta contos, reunidos em vários volumes, dentre os quais se destacam *Maps in a Mirror* e *Keeper of Dreams*.

SUCATA

ORSON SCOTT CARD

"Sucata" foi um dos primeiros contos em que Card explorou sua religião abertamente, e foi uma de suas primeiras incursões na ficção pós-apocalíptica. Este conto, uma das histórias do "Mar Mórmon" de Card, foi publicado originalmente na Asimov's Science Fiction *e posteriormente incluído em* Folk of the Fringe, *uma coletânea de contos no estado pós-apocalíptico de Deseret. Lá, nas praias do inundado lago Great Salt Lake, os sobreviventes de uma civilização devastada se apoiam em sua fé – e uns nos outros – para ir em frente e reconstruir...*

A estrada era íngreme desde a saída da balsa, por isso o caminhão não ganhava velocidade. Deaver reduzia a marcha, fazendo caretas ao ouvir o ruído do motor. Parecia que a transmissão estava mastigando pedrinhas. Ele veio tomando cuidado durante toda a travessia de Nevada, e se a balsa de Wendover não tivesse transportado o caminhão nesses quilômetros finais, ele teria de fazer uma bela caminhada. Sorte. Era um bom sinal. As coisas iam dar certo para Deaver por um tempo.

O mecânico fez cara feia quando Deaver entrou com o caminhão fazendo barulho nas docas.

— Você veio pisando na embreagem, menino?

Deaver desceu da boleia.

— Embreagem? O que é embreagem?

O mecânico não sorriu.

— Não deu pra ouvir que a transmissão estava com defeito?

— Teve mecânico querendo consertar isso durante toda a travessia de Nevada, mas eu disse que estava guardando pra você.

O mecânico olhou para Deaver como se ele fosse doido.

— Não tem mecânico em Nevada.

Se você não fosse burro como uma porta, pensou Deaver, *ia saber que eu estava brincando.* Alguns desses mórmons velhos eram tão quadrados que não conseguiam nem se virar. Mas Deaver não disse nada. Só sorriu.

— Este caminhão vai ficar por aqui uns dias — afirmou o mecânico.

Por mim, beleza, pensou Deaver. *Eu tenho planos.*

— Quantos dias, você acha?

— Pelo menos uns três, vou dispensar você.

— Meu nome é Deaver Teague.

— Fala com o patrão, ele anota.

O mecânico ergueu o capô para fazer a revisão de rotina enquanto o pessoal das docas descarregava máquinas de lavar e geladeiras velhas e as outras coisas que Deaver pegou na viagem. Deaver informou a quilometragem e o patrão lhe deu o pagamento.

Sete dólares por cinco dias dirigindo e carregando o caminhão, dormindo na cabine e comendo qualquer sobra que os fazendeiros dessem. Era mais do que muita gente recebia, mas aquilo não tinha futuro. Não ia dar para ficar recuperando coisas para sempre. Um dia ele ia catar a última lava-louças quebrada que restou dos velhos tempos, e então ia ficar sem trabalho.

Bom, Deaver Teague não ia ficar esperando isso acontecer. Ele sabia onde o ouro estava, fazia semanas que planejava um jeito de pegá-lo e, se Lehi tivesse conseguido o equipamento de mergulho que tinha prometido, na manhã seguinte eles iam fazer um trabalho de resgate por conta própria. Se dessem sorte, ficariam ricos.

As pernas de Deaver estavam duras, mas ele logo conseguiu relaxar os músculos e começou a correr com facilidade pelos corredores do Centro de Recuperação. Desceu um lance de escadas de dois em dois e de três em três degraus, atravessou um saguão e, quando chegou a uma placa que dizia RECUPERAÇÃO DE COMPUTADORES PEQUENOS, bateu com as mãos no batente e entrou ricocheteando na sala.

— Ei, Lehi! — exclamou ele. — Ei, hora de ir!

Lehi McKay não prestou atenção. Ele estava sentado de frente para uma TV, mexendo numa caixa preta sobre seu colo.

— Desse jeito você vai ficar cego — gritou Deaver.

— Cala a boca, cara de peixe.

Lehi não tirou os olhos da tela nem por um momento. Ele batia num botão na caixa preta e torcia o bastão encaixado nela. Uma mancha colorida na tela explodiu e se dividiu em quatro manchas menores.

— Tenho três dias de folga enquanto consertam a transmissão do caminhão — afirmou Deaver. — Então amanhã a gente faz a expedição no templo.

Lehi explodiu a última mancha na tela. Mais manchas apareceram.

— Divertido pacas isso aí — disse Deaver —, é como varrer a rua e alguém trazer outra tropa de cavalos.

— É um Atari. Dos anos sessenta ou setenta, ou sei lá quando. Oitenta. Velho. Não dá pra fazer grande coisa com as peças, é tudo oito bits. Esses anos todos no sótão de alguém em Logan, e a parada ainda funciona.

— Os velhinhos provavelmente nem sabiam que tinham.

— Provável.

Deaver ficou olhando o jogo. A mesma coisa se repetindo, infinitamente.

— Quanto será que custa um troço desses?

— Caro. Umas quinze, vinte pilas.

— Dá vontade de vomitar. E eis aqui Lehi McKay, queimando fosfato como faziam os carinhas de antigamente. A única coisa que *eles* conseguiram com isso foi ficar com dor de cabeça. E com uma pedra no lugar do cérebro.

— Quietinho! Estou tentando me concentrar.

O jogo finalmente acabou. Lehi largou a caixa preta na bancada de trabalho, desligou a máquina e levantou.

— Tudo pronto pra gente mergulhar amanhã? — perguntou Deaver.

— Joguinho bacana esse. Eles deviam gastar boa parte do tempo com isso antigamente. Minha mãe conta que os caras nem podiam trabalhar antes de fazer dezesseis anos. Era lei.

— Conta outra — disse Deaver.

— Verdade.

— Você acredita em qualquer besteira, Lehi. Você confunde coração com cocozão.

— Quer que expulsem a gente daqui, falando assim?

— Não tenho que me comportar que nem na escola, terminei a sexta série, tenho dezenove anos, dou conta da minha vida sozinho faz cinco anos. — Ele sacou os sete dólares do bolso, agitou-os no ar e colocou-os de volta no lugar sem prestar muita atenção. — Ganho bem e falo o que quiser. Você acha que eu tenho medo do Bispo?

— O Bispo não me assusta. Só vou à igreja pra deixar minha mãe feliz. São um bando de bosta de coelho.

Lehi riu com as próprias palavras, mas Deaver via que ele ficava meio assustado de falar assim. *Dezesseis anos*, pensou Deaver, *ele é grande e é esperto, mas é um bebezão. Não entende o que é ser homem.*

— Sabe quem vai acompanhar a gente?

— Essa é fácil. A chuva. Chove tanto aqui que encheu o lago.

Lehi sorriu enquanto desligava tudo que estava na bancada.

— Eu estava falando da Lorraine Wilson.

— Eu entendi. Ela vai trazer o barco dela?

— Claro! E também uma bela de uma linha de frente! — Deaver pôs as mãos no peito simulando seios. — Só precisa preparar o território.

— Deaver, por que você tem sempre que falar besteira? Desde que começou a trabalhar dirigindo o caminhão de sucata, sua boca anda mais suja que sarjeta. Além disso, a Lorraine parece um saco de batatas.

— Ela tem quase cinquenta anos, o que você esperava?

Deaver achou que Lehi estava enrolando. O que provavelmente queria dizer que ele tinha feito besteira como de costume.

— Você consegue as coisas de mergulho?

— Já consegui. Você achou que eu ia estragar tudo.

Lehi sorriu de novo.

— Você? Estragar? Você dá conta de *qualquer coisa*.

Deaver foi em direção à porta. Dava para ouvir Lehi atrás dele, ainda desligando umas coisas. Eles usavam bastante eletricidade por ali. Claro que sim, porque precisavam de computadores o tempo todo, e a recuperação era o único jeito de conseguir as máquinas. Mas, quando Deaver via toda aquela eletricidade sendo usada de uma vez, parecia que ele estava vendo seu futuro. Todas as máquinas que ele poderia querer, novas, e toda a eletricidade necessária para elas. Roupas que ninguém teria usado antes, um cavalo só dele, com um carroção, ou quem sabe até um carro. Talvez ele fosse o cara que voltaria a *fazer* carros de novo. Ele não precisava de joguinhos idiotas de explodir manchas vindos do passado.

— Isso aí já era, meu caro, já era.

— Do que você está falando? — perguntou Lehi.

— Já era. Todas essas coisas de computador de vocês.

Como sempre, foi o suficiente para Lehi começar com a lenga-lenga. Deaver sorria e se sentia cruel e forte ouvindo Lehi tagarelar atrás dele. Falando que a gente usa os computadores mais do que usavam antigamente, que os computadores mantinham tudo funcionando etc.; era bonitinho, Deaver gostava dele, o cara era *intenso*. Parecia que tudo era o fim do mundo. Deaver não caía nessa. O mundo estava morto, já tinha acabado, então nada daquilo importava, tanto fazia se tudo fosse parar no fundo do lago.

Eles saíram do Centro e foram andando ao lado do muro de contenção. Bem abaixo deles ficava o porto, um pequeno círculo de água no fundo do vale, com a cidade de Bingham empoleirada na borda. Antes havia uma mina de cobre a céu aberto ali, mas, quando a água subiu, abriram um canal, e agora havia um belo porto na Ilha Oquirrh, no meio do Mar Mórmon, onde as fábricas podiam jogar todo tipo de coisa fedorenta no ar e os vizinhos nunca reclamavam.

Um monte de gente andava ao lado deles na estrada de terra íngreme que descia para o porto. Ninguém vivia na cidade de Bingham, ali era só um lugar de trabalho, dia e noite. Um turno acabava, outro começava. Lehi trabalhava em um dos turnos e morava com a família do outro lado do Estreito de Jordan, em Ponta-da-Montanha – o lugar mais podre para se morar que alguém poderia imaginar –, pegava a balsa todo dia às cinco da manhã e voltava às quatro da tarde. Depois disso, Deaver devia ir à escola por algumas horas, mas achava isso uma bobagem, ele dizia isso o tempo todo para Lehi, e disse mais uma vez. A escola exige tempo demais e a gente não aprende quase nada, uma perda de tempo.

— Eu preciso ir pra escola — afirmou Lehi.

— Me diz quanto é dois mais dois, você ainda não sabe quanto dá dois mais dois?

— *Você* terminou os estudos, não terminou?

— Ninguém precisa de nada que ensinam depois do quarto ano.

Ele deu um empurrão em Lehi. Normalmente Lehi empurrava de volta, mas não dessa vez.

— Tenta conseguir um emprego de verdade sem ter feito o sexto ano, pra você ver. E agora falta pouco pra mim.

Eles estavam na balsa. Lehi pegou seu passe.

— Você vai comigo amanhã ou não?

Lehi fez uma careta.

— Sei lá, Deaver. Você pode ser preso por ir lá. É burrice fazer isso. Dizem que tem umas coisas bem esquisitas naqueles arranha-céus antigos.

— A gente não vai *entrar* nos arranha-céus.

— Pior ainda, Deaver. Eu não quero ir lá.

— Tá, o Anjo Moroni provavelmente vai estar lá esperando pra dar um pulo e dizer buga-buga-buga.

— Não fala disso, Deaver.

Deaver estava fazendo cócegas em Lehi, que riu e tentou se afastar.

— Larga disso, cabeça de carrapato. Vamos lá. Além disso, eles levaram a estátua do Moroni para o Monumento Salt Lake lá em cima da montanha. E tem guardas lá o tempo todo.

— De qualquer jeito, a estátua é só banhada a ouro. Acredite, aqueles mórmons antigos esconderam toneladas de coisas no Templo, só esperando alguém que não tenha medo do fantasma do Bígamo Young ir lá...

— Cala a boca, seu comedor de ranho, OK? Alguém pode ouvir! Olha em volta, a gente não tá sozinho!

Era verdade, claro. Tinha gente em volta olhando para eles. Mas Deaver já tinha percebido que os mais velhos gostavam de ficar encarando os mais novos. Fazia os velhotes se sentirem melhor com a ideia de bater as botas. Era como se eles estivessem pensando, *Tá bom, eu vou morrer, mas pelo menos você é burro*. Por isso Deaver olhou para uma mulher que estava encarando os dois e murmurou:

— Tá bom, eu sou burro, mas pelo menos eu não vou morrer.

— Deaver, você sempre tem que dizer essas coisas em lugares onde eles podem ouvir?

— É verdade.

— Primeiro, eles não estão morrendo, Deaver. Segundo, você com certeza é burro. E terceiro, a balsa chegou.

Lehi deu um leve soco na barriga de Deaver.

Deaver abaixou a cabeça fingindo estar agonizante.

— Ó, mancebo ingrato, pois sim, dei-lhe minha última fatia de pão e eis como ele me agradece.

— *Ninguém* tem esse sotaque, Deaver! — disse Lehi. A balsa começou a se mover.

— Amanhã às cinco e meia da matina! — gritou Deaver.

— Você nunca vai acordar às quatro e meia, nem adianta, você nunca acorda...

Mas a balsa e o ruído das fábricas e máquinas e caminhões engoliram o resto dos insultos. De qualquer forma, Deaver conhecia todos eles. Lehi podia ter apenas dezesseis anos, mas era um cara bacana. Um dia Deaver ia se casar, mas a esposa dele ia gostar de Lehi. E Lehi também ia se casar, e a esposa dele ia gostar de Deaver também. Melhor que gostasse, ou ela teria que voltar pra casa nadando.

Ele pegou o bonde para casa, em Fort Douglas, e andou até o antigo quartel onde Rain deixava ele ficar. Era para ser um depósito, mas ela guardava os esfregões e os produtos de limpeza na casa dela para que sobrasse espaço para uma cama de campanha.

Não tinha muitas outras coisas, mas ficava na Ilha Oquirrh sem estar exatamente no meio do fedor e da fumaça e do barulho. Ele conseguia dormir e isso bastava, já que a maior parte do tempo ele passava no caminhão.

A verdade é que o quarto não era o lugar que ele chamava de casa. Para ele, estar em casa era estar na casa de Rain, um quarto cheio de correntes de ar na extremidade do quartel, com uma senhorinha gorda e desleixada que servia um monte de comida boa para ele. Ele foi para lá, entrou sem bater e pegou Lorraine na cozinha. Ela gritou por ele ter dado um susto nela, gritou por ele estar imundo e deixar pegadas no chão, e deixou que ele pegasse uma fatia de maçã antes de gritar com ele por petiscar antes do jantar.

Ele saiu da cozinha e, antes do jantar, trocou as lâmpadas de cinco cômodos. As famílias viviam ali amontoadas no máximo em dois cômodos cada, e a maioria tinha que compartilhar a cozinha e se revezar para comer. Alguns dos cômodos eram lugares horríveis, guerras familiares que só paravam por tempo suficiente para ele trocar a lâmpada, e às vezes nem essa trégua era respeitada. Outros estavam se saindo melhor, o lugar era pequeno mas as pessoas gostavam umas das outras. Deaver tinha certeza de que sua família tinha sido uma dessas famílias bacanas, porque, se as pessoas ficassem gritando, ele lembraria.

Rain e Deaver jantaram e apagaram todas as luzes enquanto ela botou para funcionar a velha vitrola que Deaver surrupiou de Lehi. Na verdade, eles não deviam ficar com a vitrola, mas chegaram à conclusão de que, desde que não queimassem nenhuma lâmpada, não era desperdício de eletricidade, e eles entregariam o equipamento assim que alguém pedisse.

Enquanto isso, Rain tinha alguns discos de quando era menina. As canções tinham ritmos fortes, e esta noite, como fazia às vezes, Rain se levantou e se mexeu ao som da música, dancinhas estranhas que Deaver só entendia quando a imaginava como uma menininha, quando pensava em como o corpo dela teria sido na época. Não era difícil imaginar, dava para ver nos olhos e no sorriso dela o tempo todo, e seus movimentos contavam segredos que anos de comilança e falta de exercício disfarçavam.

Então, como sempre, os pensamentos dele passaram para algumas das mulheres que ele tinha visto da janela do caminhão, dirigindo pelos campos onde elas se curvavam, trabalhando duro, até ouvirem o caminhão e se endireitarem para acenar. Todo mundo acenava para o caminhão de sucata, às vezes era a única coisa motorizada que passava pelas pessoas, o único contato que elas tinham com as máquinas antigas. Todos os tratores e toda a eletricidade eram reservados para os Loteamentos Solo Novo; os lugares antigos estavam morrendo. E eles se viravam e acenavam para as últimas memórias. Isso deixava Deaver triste e ele odiava ficar triste, toda aquela gente se agarrando a um passado que não existia mais.

— Nunca existiu — ele disse em voz alta.

— Existiu, sim — Rain sussurrou. — *Girls just wanna have fu-un* — ela murmurou acompanhando o disco. — Eu detestava essa música quando era menina. Ou será que era a minha mãe que detestava?

— Você morava aqui na época?

— Indiana — ela respondeu. — Um dos estados, bem pro leste.

— Você também era uma refugiada?

— Não. A gente se mudou pra cá quando eu tinha uns dezesseis, dezessete anos, não lembro. Toda vez que as coisas ficavam assustadoras no mundo, um monte de mórmons corria pra casa. Afinal, aqui sempre foi nossa casa.

O disco acabou. Ela desligou a vitrola, apagou as luzes.

— Pôs combustível no barco? — perguntou Deaver.

— Você não quer ir lá — disse ela.

— Se tem ouro lá, eu quero.

— Se tivesse ouro lá, eles teriam tirado tudo antes de a água cobrir. Não é como se as pessoas não tivessem sido alertadas. O Mar Mórmon não foi uma inundação.

— Se não está lá embaixo, por que todo esse segredo? Por que a Patrulha do Lago não deixa ninguém ir lá?

— Sei lá, Deaver. Talvez porque muita gente acha que é um lugar sagrado.

Deaver estava acostumado com isso. Rain nunca ia à igreja, mas ainda falava como uma mórmon. Na verdade, quase todas as pessoas falavam, se fossem provocadas. Deaver não gostava quando os outros davam uma de religiosos.

— Os anjos precisam de proteção policial, é isso?

— Aquilo era bem importante para os mórmons antigamente, Deaver.

Ela sentou-se no chão, recostada na parede abaixo da janela.

— Bom, agora aquilo não é nada. Eles têm outros templos, não têm? E estão construindo o novo em Zarahemla, certo?

— Não sei, Deaver. Este aqui sempre foi o verdadeiro. O centro.

Ela se deitou de lado, cabeça apoiada na mão, e olhou para o chão.

— Ainda é.

Deaver viu que ela estava ficando realmente melancólica, triste. Acontecia com muita gente que se lembrava dos tempos antigos. Como uma doença que nunca se curava. Mas Deaver conhecia a cura. Pelo menos no caso de Rain.

— É verdade que eles matavam gente no templo? — perguntou ele.

Funcionou. Ela olhou fixamente para ele e o abatimento foi embora.

— É disso que vocês caminhoneiros ficam falando o dia todo?

Deaver sorriu.

— A gente escuta histórias. Que esquartejavam quem falava onde o ouro estava escondido.

— Você agora conhece mórmons em todo lugar. Deaver, você acha mesmo que a gente ia esquartejar alguém por contar segredos?

— Sei lá. Depende do segredo, né? — disse ele, sentado em cima das mãos e se balançando um pouco no sofá.

Ele percebeu que ela estava meio brava, mas que não queria estar. Então ela fingia que estava brava só de brincadeira. Ela se sentou, pegou um travesseiro para jogar nele.

— Não! Não! — ele gritou. — Não me esquarteje! Não quero virar comida de carpa!

O travesseiro o atingiu e ele fez todo um drama fingindo morrer.

— Pare de brincar com essas coisas — falou ela.

— Que tipo de coisa? Você não acredita mais nessas coisas antigas. Ninguém acredita.

— Pode ser que não.

— Jesus devia voltar, não é? Jogaram bombas atômicas aqui e ali, e ele devia voltar.

— O Profeta disse que a gente era muito ruim. Ele não voltou porque a gente amava demais as coisas do mundo.

— Pare com isso, se fosse pra ele vir ele teria vindo, não?

— Pode ser que ainda venha — respondeu ela.

— Ninguém acredita nisso — retrucou Deaver. — Os mórmons são só o governo, só isso. O Bispo é eleito para juiz em toda cidade, não é? O presidente dos anciãos é sempre prefeito, é só o governo, é só política, ninguém mais acredita. Zarahemla é a capital, não a cidade sagrada.

Ele não conseguia ver Rain porque estava deitado de costas no sofá. Como ela não respondeu, ele se levantou para procurá-la. Ela estava na pia, debruçada sobre o balcão. Ele andou de mansinho para chegar perto e fazer cócegas nela, mas alguma coisa na postura dela o fez desistir. Quando chegou perto, viu lágrimas no rosto dela. Que loucura. Era bem comum que todo esse pessoal de antigamente ficasse louco.

— Eu só estava provocando você — disse ele.

Ela fez que sim com a cabeça.

— É só coisa de antigamente. Você sabe como eu me sinto com essas coisas. Talvez se eu lembrasse, fosse diferente. Às vezes eu queria lembrar.

Mas era mentira. Ele nunca quis lembrar. Ele não gostava de lembrar. A maior parte das coisas ele não lembrava nem se quisesse. A primeira coisa de que ele conseguia se lembrar era de estar cavalgando atrás de um sujeito que suava muito, simplesmente cavalgando, cavalgando e cavalgando. E depois eram só coisas recentes: ir à escola, ser levado da casa de uma pessoa para a de outra, mais tarde começar a trabalhar e terminar a escola e arranjar um emprego. Ele não ficava de olhos marejados pensando em nada disso, em nenhum desses lugares. Ele sempre estava só de passagem, nunca tinha pertencido a nada antes. Agora aquele era o lugar dele.

— Desculpe — ele falou.

— Tudo bem — afirmou ela.

— Você ainda me aceita aqui?

— Eu disse que aceitava, não disse?

Ela parecia irritada o suficiente para ele perceber que já podia fazer outra provocação:

— Você não acha que a Segunda Vinda vai acontecer enquanto a gente estiver aqui, acha? Se for o caso, vou colocar minha gravata.

Ela sorriu, depois se virou e empurrou Deaver.

— Vá dormir.

— Vou acordar às quatro e meia, Rain, e aí sim você vai ser uma garota que só quer se divertir.

— Acho que a música não estava falando de andar de barco de manhã cedo.

Ela ainda estava lavando a louça quando Deaver foi para o quartinho dele.

Lehi estava esperando às cinco e meia, bem no horário marcado.

— Não acredito — disse ele. — Achei que você ia se atrasar.

— Que bom que todo mundo chegou na hora — afirmou Deaver. — Porque, se você não viesse com a gente, não ia ganhar a sua parte.

— A gente não vai encontrar ouro nenhum, Deaver Teague.

— Então por que você está vindo comigo? Não me venha com essa, Lehi, você sabe que o futuro é com Deaver Teague, e você não quer ficar para trás. Onde estão as coisas de mergulho?

— Eu não trouxe para *casa*, Deaver. Você não acha que a minha mãe ia ficar me fazendo perguntas?

— Ela sempre faz perguntas.

— É o trabalho dela — retrucou Rain.

— Eu não quero que me perguntem sobre tudo que eu faço — afirmou Deaver.

— Ninguém precisa perguntar. Você sempre conta, até quando a gente não quer saber.

— Se não quiser ouvir, não precisa — disse Deaver.

— Não fique sensível! — exclamou Rain.

— Vocês dois estão ficando irritados comigo, de repente. O templo deixa vocês malucos, é isso mesmo?

— Eu não me importo se a minha mãe pergunta as coisas. Tranquilo.

As balsas iam da Ponta para Bingham dia e noite, por isso eles tinham de ir primeiro para o norte, para depois virarem a oeste para a Ilha Oquirrh. A siderúrgica e as fundições jogavam ondas gordas de fumaça laranja no céu noturno, e as barcaças de carvão estavam sendo descarregadas exatamente como acontecia durante o dia. O pó do carvão, que de dia era tão encardido e preto, à noite parecia uma neblina branca debaixo dos holofotes.

— Meu pai morreu bem aqui, mais ou menos a essa hora — disse Lehi.

— Ele carregava carvão?

— Isso. Antes ele vendia carros. Mas o emprego dele meio que sumiu.

— Você não estava lá, estava?

— Eu ouvi o barulho. Estava dormindo, mas o barulho me acordou. E depois muita gritaria, gente correndo. A gente morava na ilha na época, sempre ouvia as coisas do porto. Ele ficou soterrado por uma tonelada de carvão que caiu de quinze metros de altura em cima dele.

Deaver não sabia o que dizer.

— Você nunca fala sobre os seus velhos — disse Lehi. — Eu sempre me lembro do meu pai, mas você nunca fala da sua família.

Deaver encolheu os ombros.

— Ele não lembra — Rain falou baixinho. — Ele foi encontrado em algum lugar das planícies. Os arruaceiros pegaram toda a família, ele deve ter se escondido ou algo assim, é isso que imaginam.

— Mas como foi? — perguntou Lehi. — Você se escondeu?

Deaver não se sentia à vontade para falar disso, já que só se lembrava do que tinham contado. Ele sabia que as pessoas se lembravam da infância, e não gostava quando elas ficavam surpresas por ele não lembrar. Mas Lehi estava perguntando, e Deaver sabia que não dá pra esconder as coisas dos amigos.

— Acho que sim. Ou talvez eles tenham me achado burro demais pra me matar ou alguma coisa assim. — Ele riu. — Devo ter sido um cara bem burro, eu não lembrava nem meu nome. Eles acharam que eu tinha cinco ou seis anos, a maioria das crianças sabia seu nome, mas eu não. Aí os dois caras que me acharam se chamavam Teague e Deaver.

— Você tem que lembrar alguma coisa.

— Lehi, eu não sabia nem falar. Dizem que só fui começar a falar com nove anos. Eu era bem devagar pra aprender as coisas.

— Uau — Lehi ficou quieto por um tempo. — Como é que pode uma criança não falar nada?

— Não importa — disse Rain. — Ele compensa agora. Deaver, o tagarela. Campeão de tagarelice.

Eles beiraram a ilha até passar de Magna. Lehi levou os dois a um galpão de armazenagem que a Resgate Submarino criou no extremo norte da Ilha Oquirrh. Estava aberto e cheio de equipamentos de mergulho. Os amigos de Lehi tinham enchido alguns cilindros de ar. Tinham dois trajes de mergulho e lanternas subaquáticas. Rain não ia mergulhar, por isso não precisava de nada.

Eles se afastaram da ilha, entrando na rota regular de Wendover. Naquela direção, pelo menos, as pessoas tinham o bom senso de não viajar à noite, por isso não havia muito tráfego. Depois de um tempo, eles estavam bem longe de qualquer margem. Foi aí que Rain parou o pequeno motor de popa que Deaver tinha surrupiado para ela e que Lehi tinha consertado.

— Hora de dar duro — afirmou Rain.

Deaver se sentou no banco do meio, pôs os remos nos encaixes e começou a remar.

— Não vá rápido demais — Rain pediu. — Vai fazer bolhas nas mãos.

Um barco que podia ser da Patrulha do Lago passou por eles uma vez, fora isso, ninguém se aproximou enquanto eles atravessavam o trecho aberto. Logo os arranha-céus surgiram e bloquearam grandes porções da noite estrelada.

— Dizem que tem gente que nunca foi resgatada e ainda está aí dentro — Lehi sussurrou.

Rain respondeu com desdém:

— Você acha que sobrou alguma coisa aí dentro pra manter alguém vivo? E a água ainda é salgada demais pra beberem por muito tempo.

— Quem disse que eles estão vivos? — sussurrou Deaver em sua voz mais misteriosa. Há alguns anos, ele teria conseguido assustar Lehi e fazer seus olhos se arregalarem. Desta vez, Lehi só parecia aborrecido.

— Deixa disso, Deaver, eu não sou criança.

Quem ficou meio assustado foi Deaver. Os buracos grandes de onde haviam caído pedaços de vidro e plástico pareciam bocas, esperando para sugá-lo e levá-lo para baixo d'água, para a cidade dos afogados. Ele às vezes sonhava com milhares e milhares de pessoas vivendo debaixo d'água. Dirigindo carros, fazendo suas coisas, comprando em lojas, indo ao cinema. Nos sonhos dele, essas pessoas jamais faziam coisas ruins, só levavam a vida. Mas ele sempre acordava suando e apavorado. Sem motivo. Simplesmente assustado.

— Acho que deveriam implodir essas coisas antes que elas caiam e machuquem alguém — disse Deaver.

— Talvez seja melhor deixar de pé — retrucou Rain. — Talvez muita gente goste de lembrar como a gente chegou alto.

— Lembrar o quê? Eles construíram prédios altos e depois deixaram que tudo fosse inundado, qual é o motivo pra se gabar?

Deaver estava tentando evitar que ela falasse dos velhos tempos, mas Lehi parecia gostar de chafurdar naquilo.

— Você tem saudade da época antes da água?

Rain fez que sim com a cabeça.

— Uma vez vi um desfile bem nesta rua. Não lembro se era a rua Três Sul ou a rua Quatro Sul. Acho que a Três. Vi vinte e cinco cavalos andando juntos. Lembro que achei aquilo muito bacana. Naquela época, a gente não via muitos cavalos.

— Eu já vi cavalos demais — afirmou Lehi.

— São os que eu não vejo que eu odeio — disse Deaver. — Deviam colocar fraldas neles.

Eles contornaram um prédio e entraram numa passagem norte–sul entre as torres. Rain estava sentada na popa e viu primeiro.

— Lá na frente! Dá pra ver. Só os pináculos altos agora.

Deaver remou o barco pela passagem. Havia seis topos de edifícios saindo da água, mas os quatro mais baixos estavam submersos, e só os telhados pontudos estavam secos. Os dois altos tinham janelas abertas. Deaver ficou decepcionado. As janelas escancaradas daquele jeito significavam que qualquer um podia ter estado ali. Era bem menos perigoso do que ele imaginava. Talvez Rain estivesse certa e não houvesse nada aqui.

Eles amarraram o barco no lado norte e esperaram amanhecer.

— Se eu soubesse que ia ser tão fácil — afirmou Deaver —, tinha dormido mais uma hora.

— Durma agora — disse Rain.

— Pode ser — Deaver concordou.

Ele deslizou do banco e se esticou no fundo do barco.

Só que ele não dormiu. A janela aberta do campanário estava a poucos metros, um negrume profundo rodeado pelo granito cinza do templo, iluminado pelas estrelas. Estava lá embaixo, esperando por ele; o futuro, uma chance de conseguir algo melhor para ele e os dois amigos. Talvez um terreno no sul, onde o clima era mais quente e a neve não se acumulava em pilhas de dois metros todo inverno, onde não havia chuva e lago para todo lado. Um lugar onde ele pudesse viver por muito tempo e olhar para trás e se lembrar dos bons tempos com os amigos, aquilo tudo esperava por ele debaixo d'água.

Claro que ninguém *contou* para ele sobre o ouro. Foi na estrada, num lugarejo em Parowan onde os caminhoneiros sabiam que podiam parar, porque a mina de ferro tinha uns turnos tão malucos que os restaurantes nunca fechavam. Eles tinham até café lá, quente e amargo, porque não havia tantos mórmons, e os mineiros não deixavam o Bispo mandar neles. Na verdade ele era chamado de Juiz, e não de Bispo. Os outros motoristas não falaram com Deaver, claro, estavam falando entre si quando um deles contou a história sobre os mórmons que, na época da corrida do ouro, tinham juntado todo o ouro que puderam e escondido nos cômodos superiores do templo, aonde só o profeta e os doze apóstolos podiam ir. No começo, Deaver não acreditou, mas Bill Horne balançou a cabeça como se soubesse que era verdade, e Cal Silber disse que nunca ia mexer no templo mórmon, que esse era um bom jeito de acabar morto. Pelo jeito como eles estavam falando, assustados, em voz baixa, Deaver percebeu que eles acreditavam naquilo, que era verdade, e ele também sabia de uma outra coisa: se alguém ia pegar aquele ouro, seria ele.

Mesmo sendo fácil *chegar* aqui, isso não queria dizer nada. Ele sabia como os mórmons eram com o templo. Ele tinha perguntado por aí, mas ninguém falava nada. E ninguém nunca tinha ido lá. E perguntou para bastante gente se tinham navegado até lá e dado uma olhada, e todo mundo ficava quieto, sacudia a cabeça para dizer que não, ou mudava de assunto. Então por que a Patrulha do Lago protegia o templo, se todo mundo morria de medo de ir lá? Todo mundo, exceto Deaver Teague e seus dois amigos.

— Bem bonito — disse Rain.

Deaver acordou. O sol acabava de passar pelo topo das montanhas; já devia ter amanhecido fazia algum tempo. Ele olhou para onde Rain estava olhando. Era a torre Moroni no topo da montanha acima do antigo capitólio, onde tinham colocado a estátua do templo alguns anos antes. Era brilhante e reluzente o sujeito com seu trompete. Mas, quando os mórmons quiseram que aquele trompete soasse, ele ficou em silêncio e a fé deles foi inundada. Agora Deaver sabia que eles só se agarravam àquilo em nome dos velhos tempos. Bom, Deaver vivia para os novos tempos.

Lehi ensinou como usar o equipamento subaquático, e eles treinaram descendo na água duas vezes, uma vez sem o cinto de lastro, a outra com ele. Deaver e Lehi nadavam como peixes, claro – nadar era a principal diversão grátis à disposição de todo mundo. Mas era diferente com a máscara e o cilindro de oxigênio.

— O respirador tem gosto de casco de cavalo — Deaver disse entre um mergulho e outro.

Lehi verificou se o cinto de lastro de Deaver estava bem preso no lugar.

— Você é o único cara na Ilha Oquirrh que saberia.

Depois ele tombou para a frente, se jogando na água. Deaver desceu reto demais e o cilindro de ar bateu na nuca dele, mas não chegou a machucar muito, e ele não derrubou a lanterna.

Nadou em volta da parte externa do templo, jogando a luz da lanterna nas pedras. Nas laterais do templo cresciam muitas plantas aquáticas, mas as paredes ainda não estavam muito cobertas. Havia uma grande placa de metal bem na frente do prédio, mais ou menos a um terço do caminho até o fundo. A CASA DO SENHOR era o que ela dizia. Deaver apontou a placa para Lehi.

Quando eles voltaram para o barco, Deaver perguntou sobre a placa.

— Parecia meio dourada — ele falou.

— Antes tinha outra placa ali — Rain afirmou. — Era meio diferente. Aquela devia ser de ouro. Essa é de plástico. Acho que puseram para que o templo continuasse tendo uma placa.

— Tem certeza?

— Lembro quando fizeram isso.

Finalmente Deaver se sentiu confiante o suficiente para entrar no templo. Eles tinham que tirar os pés de pato para escalar a janela do campanário; Rain jogou-os para cima depois. À luz do sol, a janela não tinha nada de assustador. Eles ficaram sentados na soleira, água batendo nos pés, e colocaram os pés de pato e os cilindros.

Antes de terminar de se vestir, Lehi parou. Ficou sentado ali.

— Eu não consigo — disse ele.

— Não tem por que ter medo — Deaver retrucou. — Fala sério, não tem fantasma nem nada lá embaixo.

— Eu não consigo — repetiu Lehi.

— Bom pra você — falou Rain do barco.

Deaver virou-se para olhar para ela.

— Do que você está falando?

— Acho que você não devia entrar.

— Então por que você me trouxe aqui?

— Porque você queria.

Não fazia sentido.

— É um lugar sagrado, Deaver — Rain explicou. — Lehi também tem essa sensação. É por isso que ele não vai descer.

Deaver olhou para Lehi.

— Não parece certo — disse Lehi.

— São só pedras — afirmou Deaver.

Lehi ficou quieto. Deaver pôs os óculos, pegou uma lanterna, pôs o respirador na boca, o regulador de ar para respiração e pulou.

Na verdade, o chão ficava só meio metro abaixo. Ele foi pego totalmente de surpresa, caiu e ficou sentado no chão coberto por cinquenta centímetros de água. Lehi também ficou surpreso, mas começou a rir, e Deaver também riu. Deaver ficou de pé e começou a andar, procurando a escada. Era difícil andar, os pés de pato o deixavam muito lento.

— Ande de costas — Lehi falou.

— Mas aí como eu vou ver pra onde estou indo?

— É só enfiar a cabeça embaixo d'água e olhar, estrupício.

Deaver enfiou a cabeça na água. Sem o reflexo da luz do dia na superfície, dava para ver bem. Lá estava a escadaria.

Ele se levantou, olhou para Lehi. Lehi sacudiu a cabeça. Estava decidido a não ir.

— Fique à vontade — Deaver disse, e foi andando de costas na água até o topo da escada. Depois colocou o regulador de ar na boca e desceu.

Não era fácil descer a escada. *Seria fácil se eu não estivesse flutuando*, pensou Deaver, mas era difícil pacas quando os cilindros ficavam raspando no teto. Finalmente ele acabou descobrindo que conseguia segurar o corrimão e se puxar para baixo. A escadaria descia girando, girando. Ao final dos degraus, havia uma pilha de lixo bloqueando parcialmente a porta. Ele nadou por cima da pilha, que parecia ser formada por sucata e lascas de madeira, e saiu numa sala grande.

A luz não ia muito longe na água barrenta, por isso ele nadou seguindo as paredes, para lá e para cá, em cima e embaixo. Lá embaixo a água era fria, e ele nadou mais rápido para se aquecer. Havia fileiras de janelas em arco de ambos os lados, com filas de janelas circulares acima delas, mas tinham sido tapadas com madeira pelo lado de fora; a única luz vinha da lanterna de Deaver. Por fim, depois de dar algumas voltas no lugar e cruzar o cômodo pelo teto, ele descobriu que se tratava de uma única sala grande. E, exceto pelo lixo espalhado no chão, estava vazia.

Ele já sentia a dor profunda da decepção. Mas se obrigou a ignorá-la. Afinal, o ouro não ia estar numa sala grande como aquela, não é? Tinha que haver um lugar secreto.

Havia duas portas. A menor, a meia altura da parede, estava escancarada. Provavelmente havia uma escada levando até ela. Deaver foi nadando até lá e apontou a lanterna para dentro. Só mais uma sala, dessa vez menor. Ele achou mais algumas salas, todas vazias. Não havia absolutamente nada.

Ele tentou examinar algumas pedras em busca de portas secretas, mas logo desistiu – a lanterna não permitia que ele enxergasse bem o suficiente para ver uma rachadura, mesmo que houvesse uma. Agora a decepção era real. Nadando ao longo das paredes, ele começou a pensar que talvez os caminhoneiros soubessem que ele estava ouvindo a conversa. Talvez tivessem inventado aquilo tudo só para que ele fizesse isso um dia. Uma piada, e eles nem o veriam se fazer de bobo.

Mas não. Não podia ser isso. Eles acreditavam naquilo, de verdade. Só que agora ele sabia o que os caminhoneiros não sabiam. O que quer que os mórmons fizessem aqui antigamente, não havia mais ouro nenhum nas salas dos andares superiores. Lá se vai o futuro. *Mas tudo bem*, ele disse para si mesmo, *eu vim até aqui, eu vi, e vou descobrir alguma outra coisa. Não tem motivo pra não ficar animado.*

Ele não se iludia, e não tinha mais ninguém com ele lá embaixo para ele iludir. Tinha passado anos pensando em barras ou sacos de ouro. Sempre imaginou que o ouro estaria escondido atrás de uma cortina. Ele puxaria a cortina e ela flutuaria na água, e lá estariam os sacos de ouro; ele ia levar tudo para fora e pronto. Mas não tinha nenhuma cortina, nenhum esconderijo, não tinha nada de nada e, se fosse para achar um futuro, teria que encontrá-lo em outro lugar.

Ele nadou de volta até a porta que levava à escadaria. Desta vez, conseguiu ver melhor a pilha de lixo, e começou a imaginar como aquilo foi parar ali. Todas as outras salas estavam completamente vazias. O lixo não podia ter sido trazido pela água, porque as únicas janelas abertas eram as do campanário, que ficavam acima do nível da água. Aproximou-se nadando e pegou uma peça. Era de metal. Tudo aquilo era de metal, exceto por umas poucas pedras, e ele pensou que aquele poderia ser o tesouro. Se você está escondendo um tesouro, você não coloca em sacos ou baús, você espalha por aí parecendo lixo e as pessoas nunca vão desconfiar.

Pegou todas as peças que conseguiu carregar e nadou cuidadosamente escada acima. Lehi teria de descer e ajudar a carregar; eles podiam usar as camisetas como sacos para carregar bastante material de uma só vez.

Tirou a cabeça da água, subiu de costas os últimos degraus e atravessou a porta submersa. Lehi continuava sentado na soleira, e agora Rain estava ao lado dele, com os pés descalços balançando na água. Assim que chegou à superfície, Deaver se virou e mostrou o metal que tinha nas mãos. Não conseguia enxergar direito, porque a parte externa da máscara tinha embaçado e ele estava de frente para a luz do sol.

— Você arranhou o joelho — Rain notou.

Deaver entregou a lanterna para ela e, agora com as mãos livres, conseguiu tirar a máscara e olhar para os dois, que estavam bem sérios. Esticou as mãos com os pedaços de metal na direção deles.

— Olhem o que eu achei lá embaixo.

Lehi pegou algumas peças da mão dele. Rain não tirou os olhos do rosto de Deaver.

— São latas velhas, Deaver — Lehi falou baixinho.

— Não, não são — disse Deaver.

Então, ele olhou para a mão cheia de pedaços de metal e viu que era verdade. Alguém tinha cortado uma lateral, mas sem dúvida eram latinhas.

— Tem uma coisa escrita — exclamou Lehi. — Diz: "Bom Senhor cure minha menina Jenny por favor é minha oração".

Deaver soltou as latas na soleira. Depois pegou uma das latas, virou-a, encontrou o escrito.

— "Perdoa meu adultério e não pecarei mais".

Lehi leu outra.

— "Traz meu menino a salvo das planícies, ó Senhor Meu Deus".

As mensagens eram gravadas com um prego ou um pedaço de vidro, as letras escritas de forma grosseira.

— Antigamente eles oravam o dia inteiro no templo, e as pessoas traziam nomes e diziam que o templo orava por elas — afirmou Rain. — Agora ninguém mais faz orações aqui, mas eles continuam trazendo os nomes. Escritos em metal, para durar.

— A gente não devia ler isso — disse Lehi. — Melhor colocar lá de volta.

Havia centenas, talvez milhares dessas orações em metal lá embaixo. *Devia ter gente vindo aqui o tempo todo*, Deaver pensou. *Os mórmons devem ter um tráfego regular que vem até aqui e deixa essas coisas para trás. Mas ninguém me contou.*

— Vocês sabiam disso?

Rain fez que sim com a cabeça.

— Você trouxe essas pessoas, não trouxe?

— Algumas. Ao longo dos anos.

— Você sabia o que tinha lá embaixo.

Ela não respondeu.

— Ela disse pra você não vir — Lehi informou.

— Você também sabia disso?

— Eu sabia que as pessoas vinham, mas não sabia o que elas faziam.

E de repente ele se deu conta da gravidade daquilo. Lehi e Rain sabiam. Então *todos* os mórmons sabiam. Todos sabiam, e ele perguntou várias e várias vezes, e ninguém contou. Nem seus amigos.

— Por que vocês me deixaram vir aqui?

— Eu tentei impedir — disse Rain.

— Por que você não me contou sobre isso?

Ela olhou nos olhos dele.

— Deaver, você ia achar que eu estava te enrolando. E teria rido disso se eu contasse. Achei que era melhor você ver. Assim, talvez você parasse de dizer por aí que os mórmons são uns burros.

— Você acha que eu ia fazer isso?

Ele segurou outra oração de metal e leu em voz alta.

— "Venha rápido, Senhor Jesus, antes que eu morra".

Ele agitou o metal no ar diante dos olhos dela e perguntou:

— Você acha que eu ia rir dessa gente?

— Você ri de tudo, Deaver.

Deaver olhou para Lehi. Isso era uma coisa que Lehi jamais havia dito antes. Deaver jamais riria de algo importante. E isso era muito importante para eles, para os dois.

— Isso é de vocês — afirmou Deaver. — Tudo isso é de vocês.

— Eu nunca deixei uma oração aqui — Lehi se explicou.

Mas quando disse *de vocês*, não estava falando só dos dois, só de Lehi e Rain. Estava falando de todos eles, das pessoas do Mar Mórmon, todos os que sabiam de tudo, mas jamais contaram a ele, embora ele tivesse perguntado tantas vezes. Todas as pessoas que pertenciam àquele lugar.

— Eu vim para achar alguma coisa para *mim*, e vocês sabiam o tempo todo que só tinha coisas *de vocês* lá embaixo.

Lehi e Rain se entreolharam, depois olharam de novo para Deaver.

— Isso não é nosso — disse Rain.

— Eu nunca tinha vindo aqui — afirmou Lehi.

— Isso é de vocês.

Ele sentou na água e começou a tirar o equipamento de mergulho.

— Não fique bravo! — exclamou Lehi. — Eu não sabia.

— Vocês sabiam mais do que me contaram. Esse tempo todo achei que éramos amigos, mas não era verdade. Vocês dois compartilhavam esse lugar com as outras pessoas, mas não comigo. Com todo mundo, menos comigo.

Com cuidado, Lehi levou os pedaços de metal para a escadaria e os soltou na água. Eles afundaram no mesmo instante, indo à deriva para baixo e assumindo seu lugar na pilha de súplicas.

Lehi remou em meio aos arranha-céus rumo a leste da antiga cidade, depois Rain ligou o motor e eles foram beirando a superfície do lago. A Patrulha do Lago não os viu, mas Deaver agora sabia que não teria problema se fossem vistos. A Patrulha do Lago era basicamente composta de mórmons, que com certeza sabiam do tráfego aqui, e deixavam acontecer, desde que fosse discreto. Provavelmente só paravam as pessoas que vinham por outros motivos.

Durante a volta para Magna para devolver o equipamento de mergulho, Deaver ficou sentado na frente do barco, sem falar com os outros. De onde estava, parecia que a proa se curvava sob seu corpo. Quanto mais rápido eles iam, mais parecia que o barco nem tocava a água. Só roçava a superfície, sem deixar que seu peso todo ficasse sobre a água; o barco fazia algumas ondas, mas a água sempre se assentava de novo.

Ele sentia um pouco de pena daquelas duas pessoas na parte de trás do barco. Elas ainda viviam na cidade inundada, pertenciam àquele lugar, e o fato de que eles não conseguiam ir lá partia seus corações. Mas Deaver não. A cidade dele ainda nem tinha sido construída. A cidade dele era o amanhã.

Tinha dirigido um caminhão de sucata e morado em um closet por tempo demais. Talvez ele fosse para o sul, para os Loteamentos Solo Novo. Talvez ele se inscrevesse para receber um pedaço de terra. Ou seria dono de algo, plantaria em seu terreno, talvez ele viesse a se sentir em casa em algum lugar. Quanto a este lugar, bom, aqui jamais foi o lar dele, assim como todas as outras casas e escolas por onde passou, que não passavam de paradas por um, dois ou três anos, ele sabia disso o tempo todo. Nunca fazia amigos, mas era assim que queria. Não seria certo fazer amigos, porque ele seguiria em frente e os decepcionaria. Ele não via sentido em fazer isso com as pessoas.

Paolo Bacigalupi é autor de best-sellers, como os romances *The Windup Girl*, *Ship Breaker*, *The Drowned Cities*, *Zombie Baseball Beatdown* e da coletânea *Pump Six and Other Stories*. É vencedor dos prêmios Michael L. Printz, Hugo, Nebula, Compton Crook e John W. Campbell Memorial, e foi finalista do National Book Award. Seu romance infantojuvenil, *The Doubt Factory*, foi publicado em 2014, e seu romance mais recente de ficção científica, *Faca de água*, foi publicado em 2016.

O POVO DA AREIA E DA ESCÓRIA

PAOLO BACIGALUPI

Bacigalupi diz que este conto foi inspirado em um animal selvagem que vivia no aterro da Atlantic Richfield Company, um depósito de lixo tóxico na periferia de Butte, Montana. O bicho era feroz demais para ser pego, mas aceitava a comida que lhe davam, e de algum modo conseguiu sobreviver em meio ao ácido sulfúrico e aos metais pesados que envenenavam o local.

Ambientada no futuro distante, com personagens que quase não reconhecemos como humanos, "O povo da areia e da escória" comenta sobre a humanidade, o progresso tecnológico e nosso amor por soluções simples para problemas complexos.

— Movimento hostil! Bem avançado dentro do perímetro! Bem avançado!

Tirei meus óculos de Resposta Imersiva enquanto a adrenalina disparava em mim. A paisagem da cidade virtual que eu estava prestes a destruir desapareceu, substituída pelos vários monitores de nossa sala de vigilância das operações de mineração da SesCo. Em uma tela, o ponto vermelho fosforescente de um intruso deslizava pelo mapa do terreno, um ponto quente como sangue salpicando seu caminho rumo ao Poço 8.

Jaak já estava fora da sala de vigilância. Corri para pegar meu aparato.

Alcancei Jaak na sala de equipamentos enquanto ele pegava uma TS-101 e suas lâminas de ataque e colocava o exoesqueleto de impacto por cima do corpo tatuado. Pendurou cartucheiras com munição nos ombros musculosos e correu para as grades externas. Pus meu exoesqueleto, peguei minha 101 da prateleira, chequei a carga e fui atrás.

Lisa já estava no HEV, o veículo híbrido elétrico com turbinas que gemiam como almas penadas quando a escotilha abria. Centauros de sentinela apontaram suas 101 para mim, mas relaxaram assim que as informações de amigo/inimigo apareceram nos seus visores de alerta. Corri pelo asfalto, a pele formigando com as rajadas do vento gelado de Montana e os jatos de ar dos motores Hentasa Mark V. Lá em cima, as nuvens tinham um brilho laranja, iluminadas pelos robôs de mineração da SesCo.

— Vamos, Chen! Rápido! Rápido! Rápido!

Mergulhei no caça. A nave saltou para o céu. Ela inclinou, me jogando contra um anteparo, depois os Hentasas aceleraram e o caça se lançou adiante. A escotilha do HEV deslizou para se fechar. O gemido do vento cessou.

Fiz força pra chegar mais à frente na cápsula de voo e olhei por cima dos ombros de Jaak e Lisa para ver a paisagem adiante.

— O jogo foi bom? — Lisa perguntou.

Fiz uma careta.

— Eu estava quase ganhando. Cheguei a Paris.

Passamos em meio à névoa pelos lagos de contenção, voando centímetros acima da água, e depois chegamos à margem oposta. O caça balançou enquanto seu software anticolisão nos jogava para longe do terreno acidentado. Lisa assumiu o comando e forçou a nave a voltar para o solo, voando baixo, a ponto de eu conseguir pôr o braço para fora e arrastar as mãos pelas pedrinhas enquanto passávamos assobiando sobre elas.

Alarmes berravam. Jaak desligou-os enquanto Lisa forçou a nave mais para baixo. À frente, surgiu uma montanha de resíduos. Passamos pela pilha e baixamos a ponto de causar náusea no vale seguinte. Os Hentasas tremiam enquanto Lisa forçava seus amortecedores até o limite. Subimos e passamos por mais uma pilha de resíduos. À frente, o relevo irregular de montanhas exploradas pela mineração se estendia até o horizonte. Mergulhamos de novo na névoa e passamos roçando por cima de outro lago de contenção, deixando um rastro agitado nas densas águas douradas.

Jaak estudou as imagens do caça.

— Encontrei — disse ele sorrindo. — Está se movendo, mas lentamente.

— Contato em um minuto — Lisa informou. — Ele não iniciou nenhuma contramedida.

Observei o intruso nas telas de rastreamento que mostravam dados em tempo real oferecidos pelos satélites da SesCo.

— O alvo não está nem camuflado. A gente podia ter jogado um míni direto da base se soubesse que ele não ia brincar de esconde-esconde.

— Dava pra você ter terminado seu jogo — Lisa disse.

— Ainda dá pra jogar uma bomba atômica nele — Jaak sugeriu.

Sacudi a cabeça.

— Não, vamos dar uma olhada. Vaporizar o intruso vai deixar a gente sem nada, e o Bunbaum vai querer saber por que a gente usou o caça.

— Trinta segundos.

— Ele não ia ligar, nem se alguém tivesse pegado o caça pra dar uma voltinha em Cancún.

Lisa deu de ombros.

— Eu queria nadar. Era isso ou arrancar os seus joelhos.

O caça deu um rasante sobre outras pilhas de resíduos.

Jaak estudou seu monitor.

— O alvo está se afastando. Ainda lento. Vamos alcançar.

— Quinze segundos para saltar — Lisa disse, então tirou o cinto e passou o caça para o piloto automático. Todos corremos para a escotilha enquanto o HEV seguia rumo ao infinito, seu piloto automático desesperado para se afastar do perigo iminente das pedras abaixo da nave.

Saltamos pela escotilha, um, dois, três, caindo como Ícaro. Atingimos o solo a centenas de quilômetros por hora. Nossos exoesqueletos se estilhaçaram como vidro, atirando lascas rumo ao céu. Os fragmentos rodopiaram à nossa volta, pétalas negras metálicas absorviam o radar e o sistema de detecção de calor do inimigo enquanto rolávamos até parar, vulneráveis sobre os seixos cobertos de lama. A nave passou zumbindo sobre o cume, os Hentasas gemiam, um alvo resplandecente. Fiz esforço para me levantar e corri para a pilha de dejetos, meus pés batendo numa lama de resíduos amarela e em trechos de uma neve ictérica. Atrás de mim, Jaak estava deitado com os braços esmagados. Os fragmentos de seu exoesqueleto marcavam seu caminho, uma longa trilha de metal negro cintilante. Lisa estava a cem metros de distância, seu fêmur atravessando a coxa como um ponto de exclamação branco.

Cheguei ao topo da pilha de dejetos e olhei para o vale lá embaixo. Nada.

Liguei o sistema de ampliação de imagens no meu capacete. As monótonas encostas de resíduos se espraiavam abaixo de mim. Pedras, algumas grandes como nosso HEV, outras quebradas e estilhaçadas por explosivos, dividiam as encostas com o xisto amarelo instável e com os grãos finos que sobravam das operações da SesCo.

Jaak subiu se arrastando até chegar ao meu lado, seguido um instante depois por Lisa, que estava com a perna do traje de voo despedaçada e ensanguentada. Ela tirou a lama amarela do rosto e a comeu enquanto estudava o vale abaixo.

— Nada?

Sacudi a cabeça.

— Nada ainda. Você está bem?

— Fratura simples.

Jaak apontou.

— Lá!

Embaixo, no vale, algo corria, perseguido pelo caça. A coisa correu por um regato raso, viscoso, cheio de resíduos ácidos. A nave o trazia na nossa direção. Nada. Nenhum míssil disparado. Nenhum metal. Só a criatura correndo. Uma massa de pelos emaranhados. Quadrúpede. Encardida de lama.

— Algum tipo de biocriação? — perguntei.

— Não tem mãos — Lisa sussurrou.

— Também não tem equipamento.

Jaak murmurou.

— Que tipo de idiota faz uma biocriação sem mãos?

Olhei o relevo em volta.

— Seria uma emboscada, talvez?

Jaak checou os dados de seu scanner, fornecidos pelos instrumentos mais agressivos do caça.

— Acho que não. Dá pra pôr o caça mais pro alto? Queria dar uma olhada em volta.

Lisa deu a ordem e o caça subiu, aumentando o alcance dos sensores. O uivo das turbinas calou à medida que a nave ganhava altitude.

Jaak esperou que mais dados aparecessem em seu visor de alerta.

— Não, nada. E nenhum outro alerta em nenhuma das estações de perímetro. Estamos sozinhos.

Lisa sacudiu a cabeça.

— A gente devia ter jogado um míni nele lá da base.

No vale, a corrida da biocriação desacelerou até virar um trote. Ela parecia não perceber nossa presença. Agora, mais perto, era possível ver sua forma: um quadrúpede desgrenhado com cauda. Massas de pelos balançavam nas patas como ornamentos, com pedaços de resíduo endurecidos pela lama. Em torno das patas havia marcas deixadas pelo ácido dos lagos de contenção, como se a criatura tivesse atravessado rios de urina.

— Que biocriação mais feia — eu disse.

Lisa pôs a 101 no ombro.

— Biomeleca, depois que eu acabar com ela.

— Espere! — exclamou Jaak. — Não atire!

Lisa olhou irritada para ele.

— O que foi agora?

— Não é biocriação coisa nenhuma — Jaak sussurrou. — É um cachorro.

Ele ficou de pé de repente e pulou sobre o topo da colina, correndo sobre as pedras em direção ao animal.

— Espere! — Lisa gritou, mas Jaak já estava completamente exposto e parecendo uma mancha em sua velocidade máxima.

O animal deu uma olhada para Jaak, que vinha ganindo e gritando encosta abaixo, então se virou e correu. Uns trinta segundos depois, Jaak alcançou o animal.

Lisa e eu nos olhamos.

— Bom — disse ela —, se for uma biocriação, é ridiculamente lenta. Já vi centauros mais rápidos.

Quando alcançamos Jaak e o animal, Jaak já tinha conseguido encurralar o bicho numa fossa. O animal estava no meio de uma vala onde gotejava uma água barrenta, tremendo e rosnando e mostrando os dentes para nós, enquanto o cercávamos. Ele tentou fugir, mas Jaak o mantinha encurralado com facilidade.

De perto, o animal parecia ainda mais patético do que a distância, uns bons trinta quilos de sarna rosnando. As patas estavam cortadas e com sangue, e tufos de pelo haviam caído, mostrando queimaduras químicas que apodreciam a pele.

— Cacete! — suspirei, olhando para o bicho. — Parece um cachorro mesmo.

Jaak sorriu.

— É como se a gente tivesse achado um dinossauro.

— Como ele conseguiu sobreviver aqui? — Lisa perguntou, seu braço varrendo o horizonte. — Não tem nada de que ele possa viver. Ele só pode ser modificado.

Ela estudou o cão de perto, depois olhou para Jaak.

— Tem certeza de que não tem nada se aproximando no perímetro? Não é uma espécie de emboscada?

Jaak sacudiu a cabeça.

— Nada. Nem um pio.

Eu me debrucei sobre a criatura, que arreganhou os dentes num rito de ódio.

— Está bem maltratado. Talvez seja um bicho original mesmo.

— É o bicho de verdade mesmo — disse Jaak. — Vi um cachorro no zoológico uma vez. Acreditem, é um cachorro.

Lisa sacudiu a cabeça.

— Não pode ser. Já teria morrido, se fosse um cachorro de verdade.

Jaak só sorriu e sacudiu a cabeça.

— Que nada. Dá uma olhada.

Ele estendeu a mão para tirar o pelo da frente e mostrar que o animal tinha focinho.

O bicho atacou e enfiou os dentes no braço de Jaak. Enquanto o cachorro sacudia o braço dele e rosnava com violência, Jaak olhava para baixo, vendo a criatura grudada em sua carne. O animal jogava a cabeça de um lado para outro, tentando rasgar o braço de Jaak. O sangue começou a jorrar em volta do focinho quando o animal atingiu as artérias de Jaak.

Jaak sorriu. O sangramento parou.

— Droga. Olha só. — Ele ergueu o braço até deixar o animal pendurado, com as patas acima da poça de sangue, que continuava pingando. — Arranjei um bichinho de estimação.

O cachorro ficou dependurado no braço largo de Jaak. Tentou sacudir de novo, mas agora, com as patas no ar, seus movimentos eram inúteis. Até Lisa sorriu.

— Deve ser um saco acordar e descobrir que você está na parte de baixo da curva evolucionária.

O cachorro rosnou, decidido a continuar mordendo.

Jaak sorriu e pegou sua faca de monomol.

— Toma aqui, bichinho. — Ele então arrancou o próprio braço, que ficou na boca do animal espantado.

Lisa ergueu a cabeça.

— Será que a gente consegue ganhar dinheiro com ele de algum jeito?

Jaak ficou olhando o cachorro devorar o braço amputado.

— Li em algum lugar que antigamente as pessoas comiam cachorro. Que gosto será que tem?

Olhei a hora no meu visor. Já tínhamos gastado uma hora num exercício que não ia dar nenhum bônus.

— Pegue o seu cachorro, Jaak, e ponha-o no caça. A gente não vai comer o bicho antes de falar com o Bunbaum.

— Provavelmente ele vai dizer que é propriedade da empresa — Jaak lamentou.

— Verdade, é sempre assim. Mas não tem jeito, a gente tem que fazer o relatório. A gente pode muito bem ficar com a prova, já que não vaporizou o bicho.

Comemos areia no jantar. Fora do *bunker* de segurança, os robôs de mineração roncavam seus motores para lá e para cá, cavando cada vez mais fundo na terra, transformando-a em um mingau ácido de resíduos e pedras que deixavam em lagos a céu aberto quando chegavam ao lençol freático, ou empilhadas em montanhas de centenas de metros de solo devastado. Era reconfortante ouvir aquelas máquinas indo para um lado e para outro o dia inteiro. Só nós e os robôs e os lucros, e, caso nada fosse bombardeado durante o turno, a gente sempre recebia um belo de um bônus.

Depois do jantar, ficamos sentados à toa afiando a pele de Lisa, implantando lâminas em seus membros para que ela se transformasse em uma navalha multidirecional. Ela tinha pensado em usar lâminas de monomol, mas era fácil demais arrancar um braço ou uma perna sem querer, e a gente já perdia muitas partes do corpo sem precisar disso. Essa porcaria era para gente que não precisava trabalhar: a galera da estética de Nova York e da Califórnia.

Lisa tinha um kit DecoraPele para fazer a afiação. Ela o tinha comprado da última vez que saímos de férias, e gastou um pouco a mais, em vez de ficar com as cópias baratas que a gente produzia. Abríamos a pele até o osso e implantávamos as lâminas. Um amigo em Los Angeles disse que andava fazendo festas de DecoraPele, para todo mundo fazer suas modificações e ajudar uns aos outros nas partes do corpo difíceis de alcançar.

Lisa tinha implantado a minha coluna reluzente, um bonito arabesco de luzes esverdeadas de aterrissagem que iam do cóccix até a base do crânio, por isso não me importei de ajudar na modificação dela, mas Jaak, que fazia todas as modificações dele num estúdio de cicatrizes e tatuagens à moda antiga no Havaí, não estava tão feliz assim. Era meio frustrante, porque o músculo dela ficava tentando se fechar antes de a gente colocar as lâminas, mas a gente acabou pegando o jeito e, uma hora depois, ela começou a ficar bonita.

Depois de terminar a parte dianteira de Lisa, nos sentamos perto e demos comida para ela. Peguei uma tigela de lama de resíduos e fui derrubando aos poucos em sua boca para acelerar o processo de integração. Quando não estávamos alimentando Lisa, ficávamos olhando o cachorro. Jaak tinha enfiado o bicho numa jaula improvisada num dos cantos do nosso quarto comunitário. O animal ficava ali como se estivesse morto.

— Fiz um teste de DNA. É um cachorro mesmo — disse Lisa.

— O Bunbaum acreditou em você?

Ela me olhou e fez uma careta.

— O que você acha?

Eu ri. Na SesCo, esperava-se que os responsáveis pela defesa tática fossem rápidos, flexíveis e mortais. Só que, na verdade, nosso procedimento operacional padrão era sempre o mesmo: bombardear os invasores, levar os resíduos para derreter e impedir que eles voltassem a crescer, e então partir de férias para a praia. Nós éramos independentes, e confiavam no nosso trabalho tático, mas de jeito nenhum a SesCo ia acreditar que seus soldados tinham encontrado um cachorro em meio às montanhas de resíduos.

Lisa balançou a cabeça.

— Ele queria saber como diabos um cachorro podia sobreviver ali. Depois quis saber por que a gente não pegou o bicho antes. Quis saber pra que ele paga a gente.

Ela tirou o cabelo curto e louro da cara e olhou para o animal.

— Eu devia ter derretido o cachorro.

— O que ele quer que a gente faça?

— Não está no manual. Ele ficou de dar um retorno pra gente.

Estudei o animal manco.

— Quero saber como ele sobrevivia. Cachorros comem carne, certo?

— Talvez algum engenheiro estivesse dando carne para ele. Como o Jaak fez.

Jaak sacudiu a cabeça.

— Acho que não. O cretino vomitou meu braço logo depois de comer — ele disse, então mexeu no toco que crescia rapidamente no lugar de seu antigo braço.

— Acho que não somos compatíveis com ele.

— Mas a gente podia comê-lo, certo? — perguntei.

Lisa riu e engoliu uma colherada de resíduos.

— A gente pode comer qualquer coisa. A gente está no topo da cadeia alimentar.

— É estranho que ele não possa comer a gente.

— Você deve ter mais mercúrio e chumbo no sangue do que qualquer animal podia suportar antes da simbiotech.

— Isso é ruim?

— Antes era veneno.

— Esquisito.

— Acho que eu quebrei o bichinho quando o pus na jaula — Jaak disse, e estudou o cão com cuidado. — Ele não está se mexendo como antes. E ouvi alguma coisa estalar quando o enfiei ali dentro.

— E daí?

Jaak encolheu os ombros.

— Acho que não está se curando.

O cachorro parecia estar mal mesmo. Só ficava ali, o flanco levantando e abaixando como uma sanfona. Os olhos estavam meio fechados, mas não pareciam focar em nenhum de nós. Quando Jaak fez um movimento súbito, o bicho teve um espasmo momentâneo, mas não se levantou. Nem chegou a rosnar.

— Nunca imaginei que um animal podia ser tão frágil — disse Jaak.

— Você também é frágil. E isso não me surpreende.

— Tá, mas eu só quebrei uns ossinhos dele, e olha aí. Ele só fica ali parado, ofegante.

Lisa franziu a testa, pensativa.

— Ele não se cura.

Ela se levantou de um jeito esquisito e foi olhar dentro da jaula. Sua voz tinha uma empolgação.

— É um cachorro de verdade. Igualzinho aos de antes. Pode levar semanas pra se curar. Um osso quebrado, e fim de papo.

Ela estendeu uma mão com lâminas na direção da jaula e fez um corte fino na pata do animal. O cachorro começou a sangrar, e não parou. Levou minutos para começar a coagular. O cachorro ficou parado, ofegante, visivelmente fraco.

Ela riu.

— Mal dá pra acreditar que a gente viveu o suficiente pra evoluir a partir disso. Se você cortar a pata dele, ela não vai crescer de novo.

Ela ergueu a cabeça, fascinada.

— É delicado como uma pedra. Se a gente quebrá-lo, ele nunca vai se recompor. — Ela estendeu a mão para acariciar os pelos do animal. — É tão fácil de matar quanto a nave.

O comunicador tocou. Jaak foi atender.

Lisa e eu encaramos o cachorro, em nossa pequena janela de acesso à pré-história.

Jaak voltou para a sala.

— Bunbaum está mandando um biólogo para dar uma olhada no animal.

— Bioengenheiro, você quer dizer — corrigi.

— Não. Biólogo. Bunbaum disse que eles estudam animais.

Lisa se sentou. Chequei suas lâminas para ver se estavam no lugar.

— Tá aí um emprego sem futuro.

— Acho que eles criam animais a partir do DNA. Estudam o que eles criam. Comportamento, esse tipo de coisa.

— E quem contrata esses caras?

Jaak encolheu os ombros.

— A Fundação UAP tem três deles. Caras que estudam a origem da vida. São eles que estão mandando esse cara. Mushi-alguma coisa. Não guardei o nome.

— Origem da vida?

— É, você sabe, o que dá energia pra gente. O que nos faz viver. Coisas desse tipo.

Pus um pouco de lama de resíduo na boca da Lisa. Ela devorou agradecida.

— É a lama que dá energia pra gente — afirmei.

Jaak apontou para o cachorro com a cabeça.

— No caso do cachorro, ela não dá energia nenhuma.

Todos nós olhamos para o animal.

— É difícil entender o que faz ele viver.

Lin Musharraf era um sujeito baixinho com cabelo preto e um nariz curvado que dominava seu rosto. Tinha esculpido sua pele com padrões circulares de implantes brilhantes, por isso ele parecia uma série de espirais de cobalto ao saltar de seu HEV fretado.

Os centauros ficaram enlouquecidos com o visitante não autorizado e o encurralaram contra a nave. Ficaram em cima dele e do kit de DNA que ele carregava, cheirando, passando *scanners* pela mala, rosnando e apontando suas 101 para o rosto brilhante.

Deixei o sujeito suar por um minuto e o tirei dali. Os centauros recuaram, xingando e andando no entorno, mas não derreteram o biólogo. Musharraf parecia abalado. Dava para entender o porquê. Aqueles monstros são assustadores: maiores e mais rápidos que um homem. Os implantes de comportamento tornam os centauros maus, os upgrades de consciência permitem que eles tenham inteligência para operar equipamentos militares, e a reação básica deles de lutar ou fugir é tão débil que, quando ameaçados, eles só sabem atacar. Já vi um centauro dissolvido pela metade destroçar com as mãos um homem e depois participar de um ataque a uma fortificação inimiga, arrastando sua carcaça apenas com os braços. São criaturas excelentes para nos proteger quando a coisa fica feia.

Ajudei Musharraf a passar pela barreira de centauros. Ele tinha um monte de suplementos de memória piscando na parte de trás do crânio: um tremendo canal de acesso a dados, ligado direto ao cérebro, e sem proteção física. Os centauros podiam ter apagado o sujeito só com uma batida na nuca. O córtex dele podia se regenerar, mas ele nunca mais ia ser o mesmo. Só de olhar aquelas barbatanas triplas de inteligência penduradas na nuca dava pra saber que era o típico rato de laboratório. Só cérebro, nada de instinto de sobrevivência. Eu não enfiaria suplementos de memória na cabeça nem por um bônus triplo.

— Vocês têm um cachorro? — Musharraf perguntou, quando já estávamos fora do alcance dos centauros.

— A gente acha que sim.

Guiei Musharraf pelo *bunker*, passando por nossas prateleiras de armas e salas de peso até chegar ao quarto comunitário onde tínhamos colocado o cachorro. O animal olhou quando entramos, e esse foi o máximo de movimento que ele fez desde que Jaak o colocara na jaula.

Musharraf parou e ficou olhando.

— Impressionante.

Ele se ajoelhou em frente à jaula e abriu a porta. Estendeu a mão com um punhado de bolinhas para cães. O animal fez um esforço e se ergueu. Musharraf recuou, dando espaço para o cão, que foi atrás, rijo e desconfiado, fungando atrás das bolinhas. O bicho enfiou o focinho na mão morena, recuperando o fôlego e devorando as bolinhas.

Musharraf ergueu o olhar.

— E vocês encontraram o cachorro nos poços de resíduos?

— Isso.

— Impressionante.

O cachorro terminou de comer as bolinhas e cheirou a palma da mão de Musharraf em busca de mais. O biólogo riu e se levantou.

— Já chega pra você. Pelo menos por enquanto.

Ele abriu o kit de DNA, pegou uma agulha de amostragem e enfiou no cachorro. A câmara de amostra se encheu de sangue.

Lisa observou.

— Você fala com ele?

Musharraf deu de ombros.

— É um hábito.

— Mas ele não tem consciência.

— Bom, não tem, mas ele gosta de ouvir vozes.

A câmara ficou cheia. Ele tirou a agulha, desconectou a câmara coletora e colocou-a de novo no kit. O software de análise piscou, dando sinal de vida, e o sangue desapareceu no coração do kit com um ligeiro assobio de vácuo.

— Como você sabe?

Musharraf deu de ombros.

— É um cachorro. Cachorros são assim.

Todos franzimos a testa. Musharraf deu início aos exames de sangue, cantarolando enquanto trabalhava. O kit de DNA tiniu e apitou. Lisa olhou Musharraf fazer o exame, nitidamente irritada porque a SesCo tinha mandado um rato de laboratório para refazer o que ela já tinha feito. Dava para entender o mau humor dela. Um centauro daria conta de fazer aqueles exames.

— Estou chocado por vocês terem encontrado um cachorro nos poços — Musharraf murmurou.

— A gente ia dissolver o bicho, mas o Bunbaum não deixou — afirmou Lisa.

Musharraf olhou para ela.

— Como vocês são contidos!

— Ordens — Lisa disse, dando de ombros.

— Mesmo assim, tenho certeza de que a arma de onda térmica foi uma tentação e tanto pra vocês. Foi muita bondade não dissolver um animal faminto.

Lisa franziu a testa de um jeito suspeito. Fiquei com medo de ela querer destroçar Musharraf. Já era doida o suficiente sem alguém agindo com ar de superioridade pra cima dela. Os suplementos de memória na nuca dele eram um alvo terrivelmente tentador: um tapa, e o rato de laboratório já era. Fiquei pensando se alguém daria falta dele se a gente mergulhasse o corpo num lago de contenção. Um biólogo, fala sério.

Musharraf voltou para seu kit de DNA, aparentemente sem se dar conta do perigo que corria.

— Vocês sabiam que antigamente as pessoas acreditavam que a gente devia sentir compaixão por todos os seres vivos do planeta? Não só pelos humanos, mas por todos os seres vivos?

— E o que é que tem?

— Espero que vocês sintam compaixão por um cientista tolo e não me esquartejem hoje.

Lisa riu. Eu relaxei. Mais à vontade, Musharraf disse:

— É impressionante vocês terem encontrado um espécime como este no meio das operações de mineração. Eu não ouvia falar de um espécime vivo fazia uns dez ou quinze anos.

— Uma vez eu vi um no zoológico — afirmou Jaak.

— É, bom, o lugar certo pra eles hoje é um zoológico. Ou um laboratório, claro. Eles ainda fornecem informações genéticas úteis.

Ele estava analisando os resultados dos exames, balançando a cabeça à medida que as informações passavam pela tela do kit.

Jaak sorriu.

— Quem precisa de animais quando se pode comer pedras?

Musharraf começou a guardar o kit de DNA.

— Simbiotech. Exatamente. A gente transcendeu o reino animal.

Ele trancou o kit e acenou para nós com a cabeça.

— Muito bem, foi superesclarecedor. Muito obrigado por me deixarem ver o espécime.

— Você não vai levá-lo?

Musharraf parou, surpreso.

— Ah, não. Acho que não.

— Então não é um cachorro?

— Ah, não, quase certeza de que é um cachorro, mas o que eu ia fazer com isso?

Ele ergueu um frasco com sangue.

— Coletei o DNA. Manter um desses vivos por perto não vale muito a pena. Sai muito caro, sabe. Produzir comida para um organismo básico é bem complexo. Ambientes limpos, filtros de ar, luz especial. Recriar a teia da vida não é fácil. Muito mais fácil se livrar totalmente dela do que tentar recriar tudo de novo.

Ele olhou para o cachorro.

— Infelizmente, o nosso amigo peludo ali jamais sobreviveria à simbiotech. Os vermes iam devorar o bichinho de uma vez, como devoram todo o resto. Não, vocês teriam que montar o bicho do zero. E, sendo franco, não sei pra que isso serviria. Uma biocriação sem mãos?

Ele riu e foi na direção de seu HEV.

Nós todos nos entreolhamos. Corri atrás do biólogo e alcancei-o na escotilha que levava ao asfalto. Ele estava prestes a abri-la, mas parou.

— Agora os centauros de vocês vão me reconhecer? — ele perguntou.

— Vão, fique tranquilo.

— Ótimo.

Ele dilatou a escotilha e saiu para o frio.

Fui atrás dele.

— Espere! O que a gente deve fazer com ele?

— O cachorro?

O biólogo subiu no HEV e começou a prender os cintos. O vento açoitava tudo à nossa volta, carregando detritos dos poços de resíduos que ardiam na pele.

— Leve-o de volta para os poços. Ou vocês podem comê-lo, acho. Pelo que eu sei, era uma verdadeira iguaria. Tem receitas que ensinam a cozinhar animais. Demora, mas o resultado pode ser extraordinário.

O piloto de Musharraf começou a girar as turbinas.

— Você está brincando?

Musharraf deu de ombros e gritou para que eu conseguisse ouvi-lo em meio ao barulho crescente dos motores.

— Tentem! É mais uma parte da nossa herança que está atrofiada desde a simbiotech!

Ele baixou a porta da cápsula de voo e se fechou do lado de dentro. As turbinas giraram, e o piloto fez sinal para que eu me afastasse do jato de ar à medida que o HEV lentamente se elevava no ar.

Lisa e Jaak não chegavam a um consenso sobre o que fazer com o cão. Tínhamos protocolos para resolver conflitos. Sendo uma tribo de assassinos, precisávamos disso. Geralmente, chegávamos a um consenso, mas de vez em quando a coisa complicava e ninguém arredava pé de sua opinião; depois disso, não havia como fazer muita coisa sem que alguém fosse trucidado. Lisa e Jaak cavaram suas trincheiras e, depois de alguns dias de disputa, com Lisa ameaçando cozinhar o bicho no meio da noite quando Jaak não estivesse olhando, e Jaak ameaçando cozinhar Lisa se ela fizesse isso, acabamos fazendo uma votação. Fiquei com o voto de minerva.

— Eu sou a favor de comê-lo — Lisa disse.

Estávamos sentados na sala de vigilância, olhando as fotos de satélite das montanhas de resíduos e as manchas de infravermelho dos robôs mineradores que reviravam a terra. Num canto, o objeto de nossa discussão estava deitado em sua jaula; tinha sido arrastado até lá por Jaak numa tentativa de mudar o resultado. Jaak girou sua cadeira de observação e deixou de prestar atenção aos mapas das minas.

— Sou a favor de ficar com ele. É bacana. Tipo uma antiguidade, sabe? Digo, quem vocês conhecem que tem um cachorro de verdade?

— Quem quer ter todo esse trabalho? — Lisa respondeu. — Voto a favor de a gente experimentar carne de verdade.

Ela fez um corte no próprio antebraço com suas lâminas. Passou o dedo pelas gotas de sangue que saíram e pôs na boca enquanto a ferida fechava.

Os dois olharam para mim. Olhei para o teto.

— Vocês têm certeza de que não conseguem decidir isso sem mim?

Lisa sorriu.

— Sem essa, Chen, você decide. Foi uma descoberta coletiva. O Jaak não vai ficar bravinho, vai?

Jaak olhou feio para ela.

Olhei para Jaak.

— Não quero que a comida dele seja paga com bônus do grupo. A gente concordou que ia usar parte desses bônus para comprar a nova Resposta Imersiva. Enjoei da antiga.

Jaak deu de ombros.

— Por mim, beleza. Posso pagar tudo sozinho. Só vou ter que parar de fazer tatuagens.

Eu me reclinei na cadeira, surpreso, depois olhei para Lisa.

— Bom, se o Jaak quer bancar o custo, acho que a gente devia ficar com ele.

Lisa olhou para mim, incrédula.

— Mas a gente podia cozinhar o cachorro!

Olhei para o animal, que estava deitado ofegante na jaula.

— É quase como ter um zoológico particular. Eu acho bacana.

* * *

Musharraf e a Fundação UAP forneceram um estoque de alimentos em bolinhas para cães e Jaak procurou, num antigo banco de dados, maneiras de imobilizar os ossos quebrados do bicho. Ele comprou um filtro para que o cachorro pudesse beber água.

Achei que tinha tomado uma boa decisão ao passar os custos para Jaak, mas na verdade não previ as complicações que um organismo não modificado ia trazer para o *bunker*. O troço cagava o chão inteiro, e às vezes não comia, e ficava doente por qualquer coisinha, e demorava para melhorar, e todo mundo tinha que ficar bancando a babá do bicho, que ficava deitado na jaula. Fiquei esperando Lisa quebrar o pescoço dele no meio da noite, mas, apesar de resmungar, ela não matou o cachorro.

Jaak tentou agir como Musharraf. Ele falava com o animal. Entrou em bibliotecas e leu tudo sobre cães antigos. Como eles andavam em grupos. Como as pessoas os criavam.

A gente tentou descobrir que tipo de cachorro era aquele, mas não deu pra ter muita certeza, e aí Jaak descobriu que todos os cachorros podiam cruzar entre si, então a gente só conseguiu saber que era um tipo de pastor grande, talvez com uma cabeça de rottweiler, e talvez com alguma outra espécie de cachorro, como um lobo ou coiote ou alguma coisa assim.

Jaak achava que ele tinha alguma ascendência de coiote, porque supostamente os coiotes se adaptavam facilmente ao ambiente, e, fosse o que fosse, nosso cachorro tinha que se adaptar facilmente para andar pelos fossos de resíduos. Ele não tinha os complementos que a gente tinha, e mesmo assim sobreviveu em meio às rochas ácidas decompostas. Até Lisa ficou impressionada.

Eu estava bombardeando loucamente os Recessionistas Antárticos, dando rasantes, empurrando os manés cada vez mais para longe na calota de gelo. Se desse sorte, ia forçar o vilarejo inteiro a se refugiar nos restos de uma plataforma de gelo e fazer todos eles afundarem antes de perceberem o que estava acontecendo. Mergulhei de novo, jogando bombas e depois girando para longe dos resíduos que respingavam deles.

Era divertido, mas basicamente era só um jeito de matar tempo entre os bombardeios de verdade. A nova Resposta Imersiva supostamente era tão boa quanto os jogos antigos, imersão completa e feedback, além de ser portátil. Tinha gente que ficava tão entretida que precisava de alimento intravenoso para não murchar enquanto estava lá dentro.

Estava prestes a afundar um monte de refugiados quando Jaak gritou:

— Venha aqui rapidinho! Você tem que ver isso!

Tirei meus óculos e corri para a sala de vigilância, com a adrenalina subindo. Quando cheguei lá, Jaak estava só parado no meio da sala, com o cachorro e sorrindo.

Lisa chegou correndo um segundo depois.

— O quê? Que foi?

Os olhos dela corriam pelos mapas da área, prontos para ver um banho de sangue.

Jack sorriu.

— Olha só isso.

Ele se virou para o cachorro e estendeu a mão.

— Cumprimenta.

O cachorro se sentou e solenemente ofereceu a pata. Jaak sorriu e apertou a pata dele, depois jogou uma bolinha de comida. Ele se virou para nós e se curvou, como um artista esperando aplausos.

Lisa franziu a testa.

— Faz de novo.

Jaak deu de ombros e repetiu o show.

— Ele pensa? — ela perguntou.

Jaak deu de ombros.

— Sei lá. Dá pra ensiná-lo a fazer coisas. As bibliotecas estão cheias de coisas sobre eles. São treináveis. Não como um centauro ou algo do gênero, mas dá para ensinar pequenos truques e, dependendo da raça, consegue fazer umas coisas especiais.

— Tipo o quê?

— Alguns eram treinados para atacar. Ou para encontrar explosivos.

Lisa parecia impressionada.

— Tipo bombas atômicas e tal?

Jaak deu de ombros.

— Acho que sim.

— Posso tentar? — perguntei.

— Vai nessa — respondeu Jaak.

Fui até o cachorro e estendi a mão.

— Cumprimenta.

Ele deu a pata. Senti um arrepio. Era como enviar sinais para alienígenas. Quer dizer, a gente podia esperar que uma biocriação ou um robô fizesse o que a gente quisesse. "Centauro, vá se explodir." "Ache o inimigo." "Chame reforços." O HEV também era assim. Fazia qualquer coisa. Mas era projetado.

— Dê comida pra ele — Jaak disse, me passando uma bolinha. — Você tem que dar comida quando ele acerta.

Dei a bolinha de comida. A longa língua rosada do cão lambeu minha palma.

Estendi minha mão de novo.

— Cumprimenta — ordenei.

Ele deu a pata. A gente se cumprimentou. Seus olhos cor de âmbar me olharam, solenes.

— Isso é esquisito pacas — afirmou Lisa.

Tremi, fazendo que sim com a cabeça e me afastei. O cachorro ficou olhando enquanto eu recuava.

Aquela noite, na minha cama, fiquei acordado lendo. Eu tinha apagado as luzes e só a superfície do livro brilhava, iluminando o quarto com uma suave aura verde. Alguns objetos de arte de Lisa cintilavam nas paredes: uma fênix levantando voo, com chamas estilizadas em volta; uma gravura do Monte Fuji em madeira japonesa e outra de uma aldeia debaixo de uma pesada camada de neve; uma foto de nós três na Sibéria depois da campanha da Península, vivos e sorridentes em meio aos resíduos.

Lisa entrou no quarto. Suas lâminas reluziam à fraca luz do meu livro, lampejos de faíscas verdes que mostravam o contorno dos membros enquanto ela se movia.

— O que você está lendo? — Ela tirou a roupa e se enfiou na cama comigo.

Segurei o livro e li em voz alta.

> Me corte e eu não sangro. Jogue gás e não respiro.
> Me esfaqueie, atire, me corte, me esmague
> Eu engoli ciência
> Eu sou Deus.
> Sozinho.

Fechei o livro e seu brilho morreu. Na escuridão, Lisa se ajeitou debaixo das cobertas.

Meus olhos se adaptaram. Ela estava me olhando.

— "Homem Morto", certo?

— Por causa do cachorro — eu disse.

— Leitura sombria.

Ela encostou no meu ombro, a mão quente, as lâminas lá dentro, roçando de leve a minha pele.

— Nós éramos como aquele cachorro — afirmei.

— Patético.

— Assustador.

Ficamos quietos por um instante. Enfim perguntei:

— Você já se perguntou o que aconteceria com a gente se não fosse pela ciência? Se não tivéssemos cérebros grandes e a nossa simbiotech e nossos estimuladores celulares e...

— E tudo que faz nossa vida ser boa?

Ela riu.

— Não.

Ela passou a mão na minha barriga.

— Eu gosto de todos esses vermezinhos que vivem na nossa barriga.

Ela começou a fazer cócegas em mim.

> O bichinho se contorce na barriga
> e alimenta o corpo de quem o abriga.
> O insetinho come toda a parte ruim
> e dá algo bom pra você e pra mim.

Tentei tirá-la de cima de mim, rindo.

— Isso não é do Anual.

— Terceira série. Bio-lógica básica. Senhora Alvarez. Era fã número um da simbiotech.

Ela tentou fazer cócegas de novo, mas afastei suas mãos.

— Verdade, bom, o Anual só escrevia sobre imortalidade. Ele não aceitava isso.

Lisa desistiu das cócegas e caiu do meu lado de novo.

— Blá, blá, blá. Ele não aceitava modificações genéticas. Nem inibidores de células C. Estava morrendo de câncer e não aceitava os remédios que iam salvar a vida dele. Nosso último poeta mortal. Todo aquele chororô. E eu com isso?

— Você já pensou por que ele não aceitava isso?

— Já. Ele queria ser famoso. Suicídio é um bom jeito de chamar a atenção.

— Mas falando sério. Ele achava que ser humano significava ter animais. A coisa toda da teia da vida. Andei lendo sobre ele. É um troço esquisito. Ele não queria viver sem os animais.

— A senhora Alvarez odiava esse cara. Ela tinha até umas rimas sobre ele. E o que a gente devia fazer? Bolar simbiotech e emplastros de DNA pra tudo que é espécie? Sabe quanto ia custar isso?

Ela se aninhou perto de mim.

— Se você quer animais por perto, vá a um zoológico. Ou compre uns blocos de construção e monte alguma coisa, se isso deixa você feliz. Alguma coisa com mãos, pelo amor de Deus, não igual àquele cachorro.

Ela olhou para a parte de baixo da cama acima da nossa.

— Eu cozinhava aquele cachorro rapidinho.

Sacudi a cabeça.

— Sei lá. Aquele cachorro é diferente de uma biocriação. Ele olha pra gente, e tem alguma coisa ali, alguma coisa que não é a gente. Quero dizer, pegue uma biocriação qualquer e aquilo é basicamente a gente, em outro formato, mas aquele cachorro não...

Eu me perdi em pensamentos.

Lisa riu.

— Ele deu a pata pra você, Chen. Você não pensa num centauro quando ele bate continência.

Ela subiu em mim.

— Esqueça o cachorro e se concentre em alguma coisa que importa.

O sorriso dela e as lâminas brilharam à meia-luz.

* * *

Acordei com alguma coisa lambendo a minha cara. No começo, achei que era Lisa, mas ela tinha subido para a própria cama. Abri os olhos e vi o cachorro.

Era engraçado vê-lo me lambendo, como se quisesse falar, dizer "oi" ou alguma coisa. Quando me lambeu de novo, pensei que ele tinha percorrido um longo caminho desde que tinha tentado arrancar o braço de

Jaak. Quando colocou as patas sobre o colchão depois, num único movimento brusco, subiu na cama comigo, seu corpo enrolado no meu.

Ele dormiu ali a noite toda. Era estranho ter algo que não fosse Lisa deitado do meu lado, mas ele era quentinho, e aquilo tinha algo de amistoso. Não consegui evitar sorrir enquanto caía de novo no sono.

A gente voou para o Havaí para passar as férias nadando e levou o cachorro junto. Era bom sair do frio do norte e ir para o clima suave do Pacífico. Era bom ficar de pé na praia e olhar para o horizonte infinito. Era bom andar na beira da praia de mãos dadas enquanto ondas negras quebravam na areia.

Lisa nadava bem. Ela cintilava em meio ao brilho metálico do oceano, como uma enguia saída da história e, quando voltava à superfície, seu corpo nu reluzia com centenas de joias de petróleo das cores do arco-íris.

Quando o sol começou a se pôr, Jaak incendiou o oceano com a 101 dele. Todos sentamos e ficamos vendo a grande bola vermelha do sol afundar em meio às cortinas de fumaça. As ondas corriam flamejantes para a praia. Jaak pegou sua gaita e tocou enquanto Lisa e eu fazíamos amor na areia.

Nossa intenção era amputar Lisa no fim de semana, deixar que ela provasse daquilo que tinha feito comigo no verão anterior. Era moda em Los Angeles, um experimento de vulnerabilidade.

Ela estava linda, deitada ali na praia, escorregadia e empolgada com nossas brincadeiras na água. Lambi as opalas que ia retirando de sua pele enquanto decepava seus membros, deixando Lisa mais dependente do que um bebê. Jaak tocou sua gaita e viu o sol se pôr, e fiquei olhando Lisa ser reduzida a seu básico.

Depois do sexo, deitamos na areia. O sol estava quase todo abaixo da linha da água. Seus raios cintilavam em tons de vermelho em meio às ondas fumegantes. O céu, tomado por partículas e fumaça, ficava mais escuro.

Lisa suspirou contente.

— A gente devia vir pra cá mais vezes nas férias.

Puxei um pedaço de arame farpado que estava enfiado na areia. Ele saiu inteiro e eu o enrolei no antebraço, uma braçadeira apertada que mordia minha pele. Mostrei para Lisa.

— Eu fazia isso direto quando era menino — eu disse, então sorri. — Eu me achava o máximo por isso.

Lisa sorriu também.

— Você é o máximo.

— Graças à ciência.

Olhei para o cachorro. Ele estava deitado na areia não muito longe. Parecia mal-humorado e inseguro no novo ambiente, arrancado da segurança dos poços de ácido e das montanhas de resíduos de sua terra natal. Jaak sentou ao lado do cachorro e tocou sua gaita. As orelhas do animal tinham espasmos com a música. Jaak tocava bem. O som triste da gaita caminhava tranquilamente pela praia, chegando até onde estávamos.

Lisa virou a cabeça, tentando ver o cachorro.

— Me role.

Fiz o que ela pediu. Os membros dela já estavam se regenerando. Pequenos cotocos, que iriam se transformar em membros maiores. De manhã, ela estaria inteira, e faminta. Ela estudou o cachorro.

— Isso é o mais próximo que vou chegar dele — afirmou ela.

— Como assim?

— Ele é vulnerável a tudo. Não sabe nadar no oceano. Não pode comer nada. A gente tem que mandar trazer a comida dele por via aérea. Tem que purificar a água dele. Ele é o fim da linha de uma cadeia evolucionária. Sem ciência, a gente seria vulnerável igual a ele — ela disse, e olhou para mim. — Tão vulnerável quanto eu estou agora.

Sorrindo, ela continuou:

— Isso é o mais perto da morte que eu já estive. Pelo menos, sem estar em combate.

— Loucura, né?

— Por um dia. Achei mais legal quando fui eu que fiz isso com você. Já estou morrendo de fome.

Pus um punhado de areia oleosa na boca de Lisa e olhei para o cachorro, de pé e inseguro na praia, desconfiado, farejando algum pedaço de ferro oxidado que saía da areia como uma enorme barbatana de memória. Ele pôs a pata sobre um pedaço de plástico vermelho que o oceano deixou brilhante e mordeu aquilo por um tempo, mas logo o soltou. Depois, começou a lamber a boca. Fiquei pensando se ele tinha se envenenado de novo.

— Com certeza, faz a gente pensar — murmurei. Dei mais um punhado de areia pra Lisa comer. — Se viessem seres do passado e encontrassem a gente aqui e agora, o que você acha que iam dizer de nós? Será que iam chamar a gente de humano?

Lisa me olhou séria.

— Não, iam chamar a gente de deuses.

Jaak se levantou e entrou no mar, ficou coberto até os joelhos pelas águas negras fumegantes. O cachorro, levado por algum instinto desconhecido, foi atrás dele, escolhendo com cuidado onde pisar na areia e nas pedras.

O cachorro ficou preso num emaranhado de arame em nosso último dia na praia. Foi bem feio mesmo: cortes na pele, patas quebradas, praticamente se estrangulou. Ele arrancou metade de uma pata tentando se soltar. Quando a gente encontrou o animal, ele tinha se transformado numa massa de pelos arrancados e carne exposta.

Lisa olhou para o cachorro.

— Pelo amor de Deus, Jaak, era para você estar cuidando dele!

— Eu fui nadar. Não dá pra ficar de olho no bicho o tempo todo.

— Isso vai levar séculos para cicatrizar — disse ela, furiosa.

— A gente devia esquentar os motores do caça — falei. — Vai ser mais fácil cuidar disso em casa.

Lisa e eu ajoelhamos para cortar o arame e libertar o cachorro. Ele gania e sua cauda se agitava enquanto começávamos a trabalhar.

Jaak ficou quieto.

Lisa deu um tapa na perna dele.

— Vai, Jaak, se abaixa aqui. Ele vai ter uma hemorragia se você não se apressar. Você sabe como ele é frágil.

— Acho que a gente devia comê-lo — Jaak sugeriu.

Lisa olhou para cima, surpresa:

— Você acha?

— Claro! — Ele deu de ombros.

Eu estava cortando pedaços de arame emaranhados em volta do tronco do cão. Olhei para cima.

— Achei que você queria que ele fosse seu bicho de estimação. Que nem no zoológico.

Jaak sacudiu a cabeça.

— Aquelas bolinhas de comida são caras. Estou gastando metade do meu salário com alimento e água filtrada, e agora essa merda.

Ele fez um gesto com a mão olhando para o cachorro preso naquele emaranhado.

— Você tem que ficar olhando esse idiota o tempo todo. Não vale a pena.

— Mesmo assim, ele é seu amigo. Ele dá a pata pra você.

Jaak riu.

— Você é meu amigo.

Ele olhou para o cachorro, o rosto franzido, pensando.

— Isso, isso é... um animal.

Apesar de todos nós termos tocado no assunto de como seria comer o cachorro, foi uma surpresa ouvir Jaak tão determinado a matar o bicho.

— Talvez seja melhor dormir para ver se você continua pensando assim amanhã.

— Dá pra levar o cachorro de volta para o *bunker* e cuidar dele até ele melhorar. Depois você decide, quando não estiver tão puto — eu disse.

— Não.

Jaak sacou a gaita e tocou umas poucas notas, uma rápida escala de jazz. Depois tirou a gaita da boca.

— Se você quiser pagar pela comida, eu até fico com o cachorro, senão...

Ele deu de ombros.

— Eu não acho que você devia cozinhar o cachorro.

— Não? — Lisa olhou para mim. — A gente podia assar a carne bem aqui, na praia.

Olhei para o cachorro, uma massa ofegante se debatendo.

— Continuo achando que a gente não devia fazer isso.

Jaak olhou sério para mim.

— Você quer pagar pela alimentação?

Suspirei.

— Estou economizando para a nova Resposta Imersiva.

— Pois é, isso aí. Eu também quero comprar coisas, sabe.

Ele flexionou os músculos, mostrando as tatuagens e disse:

— Quero dizer, qual é a vantagem de ficar com ele?

— Ele faz a gente sorrir.

— Resposta Imersiva faz a gente sorrir. E você não tem que ficar catando cocô depois. Fala sério, Chen! Admita. Você também não quer tomar conta dele. É um pé no saco.

Nós todos nos olhamos, depois olhamos para o cachorro.

Lisa assou o cachorro num espeto, em cima de uma fogueira de plásticos e de petróleo que tiramos do oceano. O gosto era bom, mas, no fim das contas, era difícil entender o motivo de todo o alvoroço. Já comi resíduos de centauro com gosto melhor.

Em seguida, andamos pela orla. Ondas opalescentes quebravam e rugiam na areia, e, ao voltar para o mar, deixamos na areia líquidos que lembravam joias, e o sol se punha vermelho lá longe.

Sem o cachorro, a gente conseguiu aproveitar bastante a praia. Ninguém precisava mais se preocupar se ele ia pisar em ácido ou se enrolar em algum arame farpado enterrado na areia, ou se ia comer alguma coisa que ia deixá-lo vomitando até de madrugada.

Mesmo assim, eu me lembro do cachorro lambendo meu rosto e arrastando seu corpo peludo para cima da minha cama, e me lembro de sua respiração quente ao meu lado, e às vezes sinto falta disso.

Os contos de **Mary Rickert** apareceram em muitas revistas, como *The Magazine of Fantasy & Science Fiction*, *SCI FICTION*, *Tor.com* e *Lightspeed*, além de várias antologias, incluindo *Under My Hat*, *Brave New Worlds* e várias coletâneas de melhores do ano. Seu trabalho foi indicado para o prêmio Nebula, ela é vencedora de dois World Fantasy Awards e sua coletânea *Map of Dreams* venceu o prêmio William L. Crawford de melhor livro de fantasia. Seu primeiro romance, *The Memory Garden*, foi publicado em 2014.

PÃO E BOMBAS

MARY RICKERT

Rickert diz que escreveu este conto em resposta às notícias sobre pacotes de comida que eram jogados em território do Afeganistão, nas mesmas cores de pacotes com bombas que detonavam quando crianças famintas encostavam neles. Muitos autores foram levados a escrever histórias sobre o Onze de Setembro; esta é a de Rickert.

As estranhas crianças da família Manmensvitzender não iam à escola, por isso só sabíamos que elas tinham se mudado para a casa velha na colina porque Bobby os tinha visto no dia da mudança, levando aquela estranha mistura de cadeiras de balanço e cabras. Nem conseguíamos imaginar como alguém moraria ali, com as janelas todas quebradas e o jardim cheio de espinheiros. Por um tempo, esperamos ver as crianças na escola, duas meninas que, segundo Bobby, tinham cabelos parecidos com fumaça e olhos que lembravam azeitonas pretas. Mas elas nunca apareceram.

Estávamos no quinto ano, na idade que parece o despertar de um longo sono para o mundo imposto pelos adultos: não podíamos atravessar várias ruas, não tínhamos permissão para dizer muitas coisas, não podíamos desobedecer nem retrucar. As misteriosas crianças Manmensvitzender foram só mais uma da série de revelações daquele ano, incluindo as mudanças em nosso corpo, que eram muito mais empolgantes (e às vezes perturbadoras). Nossos pais, sem exceção, tinham explorado esse tema de modo tão exaustivo durante nossa criação que Lisa Bitten aprendeu a dizer "vagina" antes de saber seu endereço e Ralph Linster fez o parto do irmãozinho, Petey, quando a mãe entrou em trabalho de parto numa noite em que começou a nevar de repente, antes que o pai conseguisse chegar em casa. Mas nós só começamos a perceber o verdadeiro significado dessas informações naquele ano. Estávamos despertando para as maravilhas do mundo e do corpo; as estranhas percepções de que um amigo era bonitinho, ou fedido, ou que uma menina enfiava o dedo no nariz, ou que usava roupa de baixo suja, ou de quando um ou outro colega olhava para nós sem piscar e de repente sentíamos o rosto corado.

Quando a macieira florescia e ficava cercada pelo zumbido das abelhas, e nossa professora, a senhora Graymoore, começava a olhar pela janela e a suspirar, nós passávamos bilhetes pelas filas de carteiras e fazíamos planos loucos para o piquenique da escola, combinávamos de fazer uma emboscada para a professora usando bexigas cheias d'água e de jogar tortas na diretora. Claro que nada disso aconteceu. Só Trina Needles, que tinha acreditado, ficou decepcionada, mas ela ainda usava tiara no cabelo e chupava dedo, e não passava de um bebezão.

Dispensados para o verão, corríamos para casa ou subíamos nas bicicletas gritando de alegria durante nossa fuga e começávamos a fazer tudo que passava pela nossa cabeça, tudo que a gente tinha pensado em fazer enquanto a senhora Graymoore suspirava vendo a macieira, que já havia perdido o brilho e voltara a ser só mais uma árvore. Jogamos bola, pedalamos, andamos de skate na entrada da garagem, colhemos flores, brigamos, beijamos, e ainda faltavam horas para o jantar. Víamos TV e nem pensávamos em ficar entediados, mas depois de um tempo a gente ficava de cabeça para baixo e via o programa desse jeito, ou mudava de canal sem parar, ou encontrava motivo para brigar com qualquer um que estivesse na casa (eu não tinha ninguém comigo e não podia me dar esse luxo). Foi aí que a gente escutou o estranho barulho das cabras e dos sinos. No cinza sem graça das salas de tevê, abrimos as cortinas e olhamos pela janela para a amarelada luz do sol.

As duas meninas Manmensvitzender estavam usando roupas brilhantes como lonas de circo e echarpes finas com lantejoulas brilhantes, uma roxa, a outra vermelha, e desciam a rua num carrinho de madeira puxado por duas cabras com sinos no pescoço. Foi aí que o problema começou. Os noticiários nunca mencionam nada disso; a chama da macieira em flor, nossa inocência, o som dos sinos. Muito pelo contrário, eles se concentram apenas nos resultados ruins. Dizem que éramos selvagens. Que ninguém cuidava da gente. Estranhos. Dizem que éramos perigosos. Como se a vida fosse âmbar e nós fôssemos formados assim, presos à nossa forma, sem evoluir para aquela forma horrível e esquisita, e depois evoluir, como evoluímos, para virarmos um professor, um dançarino, um soldador, um advogado, vários soldados, dois médicos, e eu, uma escritora.

Todo mundo faz promessas em dias como os que se seguiram à tragédia que arruinou vidas e deixou futuros estilhaçados, mas só Trina Needles acreditou nelas e acabou se suicidando. Nós, os sobreviventes, já sofremos várias formas de censura e seguimos adiante com nossas vidas. Sim, é verdade, com um passado sombrio, mas talvez você se surpreenda, é possível viver com isso. A mão que segura a caneta (ou o giz, ou o estetoscópio, ou a arma, ou a pele do amante) é tão diferente da mão que acendeu o fósforo, e tão incapaz de um ato desses que não se trata nem mesmo de uma questão de perdão, ou de cicatrização. É estranho olhar para trás e acreditar que aquela era eu, que éramos nós. Você continua sendo quem foi na época? Aos onze anos de idade, vendo os grãos de poeira girar bem devagar em um raio de sol que ofusca a imagem da tevê, ouvindo o som de sinos e uma risada tão pura que todos nós corremos para ver as meninas com suas echarpes de cores brilhantes, sentadas no carrinho puxado pelas cabras, que parou num murmúrio de passos e cascos batendo no chão, com o barulho das rodas de madeira, quando o cercamos para observar aqueles olhos escuros e os rostos bonitos. A menina mais nova, a julgar pela altura, sorrindo, e a outra, mais nova do que a gente, mas com pelo menos oito ou nove anos, com imensas lágrimas escorrendo pelas bochechas marrons.

Ficamos ali parados por um tempo, olhando, até que Bobby disse:

— O que ela tem?

A menina mais nova olhou para a irmã, que parecia tentar sorrir, apesar das lágrimas.

— Ela só chora o tempo todo.

Bobby fez que sim com a cabeça e olhou de canto para a menina. Ela continuava chorando, mas conseguiu perguntar:

— De onde vocês vieram?

Ele olhou meio indignado para o grupo ao seu redor, mas todos perceberam que ele gostava da menina que chorava, cujos olhos e cílios negros brilhavam com as lágrimas que cintilavam ao sol:

— A gente está de férias.

Trina, que estava furtivamente chupando o dedão, falou:

— Posso andar um pouquinho?

As meninas responderam que sim, claro. Ela abriu caminho em meio à pequena multidão e subiu no carrinho. A menina mais nova sorriu para ela. A outra parecia tentar, mas seu choro ficou particularmente alto. Parecia que Trina também ia chorar, até que a outra disse:

— Não se preocupe, é só o jeito dela.

A menina que chorava sacudiu as rédeas e os pequenos sinos tocaram, e as cabras e o carrinho foram se movendo ruidosamente colina abaixo. Ouvimos o grito estridente de Trina, mas sabíamos que ela estava bem. Quando elas voltaram, nos revezamos até nossos pais nos chamarem para casa com assobios e gritos e barulhos de portas batendo. Fomos para casa jantar, e as meninas também foram para a casa delas, uma ainda chorando, a outra cantando acompanhada pelos sinos.

— Vi que vocês estavam brincando com as refugiadas — minha mãe comentou. — Tome cuidado com aquelas meninas. Não quero você na casa delas.

— Eu não estava na casa delas. A gente só brincou com as cabras e a carroça.

— Nesse caso, sem problemas, mas fique longe da casa. Como elas são?

— Tem uma que ri bastante. A outra chora o tempo todo.

— Não coma nada que elas oferecerem.

— Por que não?

— Porque eu estou mandando.

— Mas você não pode me explicar o porquê?

— Eu não tenho que explicar, mocinha, sou sua mãe.

Não vimos as meninas no dia seguinte nem no outro. No terceiro dia, Bobby, que tinha começado a levar um pente no bolso de trás da calça para dividir o cabelo, disse:

— Bom, então o jeito é ir lá.

Ele começou a subir a colina, mas nenhum de nós o acompanhou.

Quando ele voltou de tarde, todo mundo correu para saber sobre a visita, fazendo perguntas como repórteres.

— Você comeu alguma coisa? — perguntei. — Minha mãe falou pra gente não comer nada lá.

Ele se virou para mim e me olhou tão fixamente que por um momento esqueci que ele tinha a minha idade, que era só uma criança como eu, apesar do jeito novo de pentear o cabelo e da firmeza com que seus olhos azuis me encaravam.

— A sua mãe é preconceituosa — disse ele. Ele deu as costas para mim, pôs a mão no bolso e pegou um punhado de doces pequenos, numa embalagem brilhante. Trina estendeu os dedos rechonchudos e pegou um doce laranja brilhante da palma da mão de Bobby. A seguir, houve uma enxurrada de mãos, até que só sobrou a palma vazia de Bobby.

Os pais começaram a chamar as crianças de volta para casa. Minha mãe ficou na porta, mas estava longe demais para ver o que estávamos fazendo. Embalagens de balas foram caindo na calçada em redemoinhos azuis, verdes, vermelhos, amarelos e laranja.

Geralmente, minha mãe e eu não comíamos juntas. Quando eu estava na casa do meu pai, comíamos juntos vendo tevê, o que segundo a minha mãe era coisa de bárbaros.

— Ele estava bebendo? — ela perguntava. Minha mãe estava convencida de que meu pai era alcoólatra. Ela achava que eu não me lembrava dos anos em que ele tinha que sair mais cedo do trabalho quando eu ligava para contar que ela estava dormindo no sofá, ainda de pijama, com a mesinha de centro cheia de latas e garrafas, que ele jogava no lixo com uma cara feia e poucas palavras.

Minha mãe ficou de pé, encostada no balcão, me olhando.

— Você brincou com aquelas meninas hoje?

— Não. Mas o Bobby brincou.

— Bom, grande surpresa, ninguém cuida daquele menino. Lembro quando o pai dele estudava comigo no ensino médio. Já contei isso?

— Aham.

— Era um sujeito bonito. O Bobby também é um menino bonito, mas fique longe dele. Acho que você brinca demais com ele.

— Eu quase nunca brinco com ele. Ele brinca com aquelas meninas o dia inteiro.

— Ele falou alguma coisa sobre elas?

— Ele disse que tem gente que é preconceituosa.

— Ah, ele disse, é? De onde será que ele tirou essa ideia? Deve ter sido do vô dele. Preste atenção, hoje em dia ninguém mais fala assim, só uns revoltados, e há um motivo para isso. Tem gente que morreu por causa daquela família. Lembre-se disso. Muita, muita gente morreu por causa deles.

— Você está falando da família do Bobby ou das meninas?

— Bom, das duas na verdade. Mas especialmente a das meninas. Ele não comeu nada, comeu?

Olhei pela janela, fingindo estar de repente interessada no nosso quintal, depois olhei para ela, meio assustada, como se tivesse acordado de repente.

— Quê? Ah, não.

Ela me encarou com olhos semicerrados. Fingi não estar preocupada. Ela batucou com as unhas vermelhas no balcão da pia.

— Você, preste atenção — disse ela com voz cortante. — A gente está no meio de uma guerra.

Revirei os olhos.

— Você nem lembra, não é? Bom, como você ia lembrar, você era bebê. Mas teve uma época em que este país não sabia o que era a guerra. As pessoas viajavam de avião o tempo todo.

Parei o garfo a meio caminho da boca.

— Que burrice.

— Você não entende. Todo mundo fazia isso. Era um jeito de ir de um lugar para outro. Seus avós voavam o tempo todo, e seu pai e eu também.

— Você já viajou de avião?

— Sim, e você também. — Ela sorriu. — Viu só, tem muita coisa que você não sabe, mocinha. Antes, o mundo era um lugar seguro e, um dia, deixou de ser. E aquela gente. — Ela apontou para a janela da cozinha, bem na direção da casa dos Miller, mas eu sabia que não era deles que ela estava falando. — Foram eles que começaram.

— Elas são só crianças.

— Bom, não foram elas exatamente, mas estou falando do país de onde elas vêm. É por isso que você tem que tomar cuidado. Não tem como saber o que estão fazendo lá. O pequeno Bobby e o avô radical dele podem até dizer que todo mundo é preconceituoso, mas quem ainda fala assim hoje em dia? — ela disse. Então, foi até a mesa, puxou uma cadeira, e se sentou de frente para mim. — Quero que você entenda, não tem como saber do mal. Então só fique longe delas. Prometa.

Mal. Difícil de entender. Fiz que sim com a cabeça.

— Muito bem, ótimo. — Ela afastou a cadeira, se levantou e pegou a carteira de cigarros no peitoril da janela. — Não me vá deixar migalhas. A casa enche de formigas nesta época do ano.

Da janela da cozinha, dava para ver minha mãe sentada na mesa de piquenique, uma coluna cinza de fumaça se afastava dela em espiral. Limpei o prato, coloquei tudo na lava-louças, tirei a mesa e saí. Sentei nos degraus da casa para pensar no mundo que eu jamais havia conhecido. A casa no topo da colina brilhava com o sol a pino. As janelas quebradas tinham sido cobertas por alguma espécie de plástico que engolia a luz.

Naquela noite um dos aviões voou sobre Oakgrove. Acordei e pus meu capacete. Minha mãe gritava no quarto dela, assustada demais para ajudar. Minhas mãos não tremiam como as dela, e não fiquei deitada na cama gritando. Coloquei o capacete e escutei o avião passar voando. A gente não. Não a nossa cidade. Não hoje. Peguei no sono com o capacete e acordei de manhã com as marcas dele nas bochechas.

Agora, quando o verão se aproxima, conto as semanas do florescer das macieiras e das lilases, as tulipas e os narcisos abertos, antes de murcharem com o calor, e penso em como tudo isso é parecido com aquele período da nossa inocência, aquele despertar para o mundo com toda a sua incandescência, antes que suas sombras nos dominassem e nos transformassem.

— Você devia ter conhecido o mundo naquela época — meu pai me disse, quando eu estava visitando o asilo.

A gente ouviu isso tantas vezes que já não significa mais nada. Os bolos, o dinheiro, a variedade infinita de tudo.

— A gente tinha seis tipos diferentes de cereal ao mesmo tempo. — Ele erguia o dedo com ar de professor. — Cobertos de açúcar, dá pra imaginar? Passavam da validade. A gente jogava fora. E os aviões. O céu ficava lotado de aviões. De verdade. As pessoas viajavam assim, famílias inteiras. Se alguém se mudava para outra cidade, não tinha problema. Era só pegar um avião e ir visitar.

Sempre que ele fala assim, sempre que qualquer um deles fala assim, eles parecem aturdidos, maravilhados.

— A gente era tão feliz. — Ele balançou a cabeça e suspirou.

* * *

Não consigo ouvir falar sobre aqueles tempos sem pensar nas flores da primavera, nas risadas das crianças, no som dos sinos e no andar ruidoso das cabras. Fumaça.

Bobby se sentou no carrinho, segurando as rédeas, de cada lado uma menina bonita de pele escura. Eles andavam para lá e para cá na rua a manhã toda, rindo e chorando, as echarpes brilhantes se arrastando atrás delas como arco-íris. As bandeiras pendiam apáticas de mastros e varandas. Borboletas entravam e saíam dos jardins. Os gêmeos Whitehall brincavam no quintal e o gemido dos balanços sem óleo ecoava pela vizinhança. A senhora Renquat havia tirado o dia de folga para levar várias crianças ao parque. Não fui convidada, provavelmente porque detestava Becky Renquat, e disse isso várias vezes para ela durante o ano escolar enquanto puxava seu cabelo, uma cascata de ouro branco tão brilhante que eu não conseguia resistir. Era aniversário de Ralph Peterson, e a maioria das crianças pequenas estava passando o dia com ele e o pai no Parque de Diversões Caverna do Boneco de Neve, onde se podia fazer tudo que as crianças faziam na época em que a neve ainda não era perigosa, como passear de trenó e fazer bonecos de neve. Lina Breedsore e Carol Minstreet foram ao shopping com a babá. O namorado dela trabalhava no cinema e conseguia botar as três para dentro para assistir a filmes o dia inteiro sem pagar. A cidade estava vazia, exceto pelos bebês gêmeos Whitehall, Trina Needles, que chupava o dedão e lia um livro no balanço da varanda de casa, e Bobby, que ia para lá e para cá na rua com as meninas Manmensvitzender e as cabras. Eu estava sentada na varanda de casa tirando casquinhas de machucado do joelho, mas Bobby falava só com elas, numa voz tão lenta que eu não conseguia escutar o que ele dizia. Por fim, me levantei e bloqueei o caminho. As cabras trotaram mais devagar até o carrinho parar, os sinos ainda batendo enquanto Bobby dizia:

— O que você quer, Weyers?

Os olhos dele eram tão azuis – descobri recentemente – que eu não conseguia olhar para eles por mais de trinta segundos, era como se eles me queimassem. Em vez disso, olhei para as meninas, que sorriam, embora uma delas continuasse chorando.

— Qual é o seu problema? — perguntei.

Os olhos dela se arregalaram, aumentando o branco leitoso ao redor das íris negras. Ela olhou para Bobby. As lantejoulas da echarpe reluziam ao sol.

— Jesus Cristo, Weyers, do que você está falando?

— Só queria saber — falei, ainda olhando para ela — qual é o motivo dessa choradeira o tempo todo, tipo é uma doença ou o quê?

— Ah, pelo amor de Deus!

As cabeças das cabras levantaram e os sinos tocaram. Bobby puxou as rédeas. As cabras andaram para trás batendo os cascos e rangendo as rodas, mas eu continuava bloqueando a passagem.

— Qual é o seu problema? — Então falei para a sombra dele na contraluz: — É uma pergunta perfeitamente razoável. Só quero saber qual é o problema dela.

— Você não tem nada com isso — ele e a menina menor falaram ao mesmo tempo.

— O quê? — perguntei para ela.

— É a guerra, e todo o sofrimento.

Bobby segurava as rédeas das cabras. A outra menina segurava o braço dele. Ela sorriu para mim, mas continuou chorando.

— Tá, mas e daí? Aconteceu alguma coisa com ela?

— É só o jeito dela. Ela sempre chora.

— Isso é ridículo!

— Ah, pelo amor de Deus, Weyers!

— Não dá pra ficar chorando o tempo todo, isso não é vida.

Bobby fez as cabras e o carrinho desviarem de mim. A menina mais nova se virou e olhou para mim até que, já a alguma distância, acenou, mas eu me virei sem acenar de volta.

Antes de ser abandonada e depois ocupada pelos Manmensvitzender, a casa grande na colina era dos Richter.

— Ah, claro, eles eram ricos — meu pai disse quando eu contei que estava pesquisando para um livro. — Mas você sabe, todos nós éramos. Você devia ter visto os bolos! E os catálogos. A gente recebia esses catálogos pelo correio, dava para comprar qualquer coisa desse jeito, eles mandavam tudo pelo correio, até bolo. Tinha um catálogo que a gente recebia, como era o nome, *Henry e Danny*? Alguma coisa assim. Dois nomes de homem. De qualquer jeito, quando a gente era novo, era só fruta, mas aí, quando o país inteiro ficou rico, dava para encomendar pão de ló com chantili, ou então eles tinham essas torres de doces e nozes e bolachinhas, e chocolate, ah, meu Deus, mandavam direto pelo correio.

— Você estava me contando dos Richter.

— Que coisa terrível que aconteceu com eles, com a família toda.

— Foi a neve, não foi?

— O seu irmão, Jaime, foi aí que a gente perdeu ele.

— A gente não precisa falar disso.

— Pois é, tudo mudou depois disso. Foi aí que sua mãe mudou. Quase todo mundo perdeu só uma pessoa, alguns não perderam ninguém, mas você conhece os Richter. A casa grande na colina, e quando nevava, todos eles andavam de trenó. O mundo era diferente na época.

— Não consigo imaginar.

— Bom, a gente também não conseguia. Ninguém tinha como adivinhar. E, acredite, a gente estava alerta. Todo mundo tentando adivinhar o que eles iam fazer em seguida. Mas neve? Quero dizer, quem teria pensado que ela seria tão perversa?

— Quantos?

— Ah, milhares. Milhares.

— Não, eu quero dizer quantos Richter?

— Todos os seis. Primeiro as crianças, depois os pais.

— Não era raro que os adultos ficassem infectados?

— Bom, não tinha muita gente que brincava na neve como eles.

— Então você deve ter sentido, ou algo assim.

— O quê? Não. A gente estava ocupado demais na época. Muito ocupado. Queria conseguir lembrar. Mas não consigo. Com o que a gente andava tão ocupado.

Ele esfregou os olhos e olhou pela janela.

— Não foi culpa sua. Quero que você saiba que eu entendo isso.

— Pai.

— Quero dizer, vocês eram crianças, foi a gente que deixou esse mundo pra vocês, cheio de coisas más, nem tinha como vocês saberem a diferença.

— A gente sabia, pai.

— Vocês ainda não sabem. No que você pensa quando pensa em neve?

— Penso em morte.

— Bom, é isso. Antes de aquilo acontecer, neve era sinônimo de alegria. Paz e alegria.

— Não consigo imaginar.

— Então, é disso mesmo que estou falando.

— Você está se sentindo bem?

Ela serviu o macarrão, pôs a tigela à minha frente, e ficou de pé, recostada no balcão, me vendo comer.

Dei de ombros.

Ela colocou a palma da mão fria na minha testa. Recuou e franziu a testa.

— Você não comeu nada daquelas meninas, comeu?

Sacudi a cabeça, dizendo que não. Ela ia falar, mas falei primeiro:

— Mas os outros meninos comeram.

— Quem? Quando? — Ela se aproximou tanto que vi as linhas de maquiagem bem delineadas na pele.

— Bobby. E mais uns meninos. Comeram doces.

A mão dela batia forte na mesa, com a palma para baixo. A tigela de macarrão pulou, os talheres também. Ela derramou um pouco de leite.

— Eu não avisei? — ela gritou.

— Bobby agora brinca o tempo todo com elas.

Ela me encarou com os olhos semicerrados, chacoalhou a cabeça, depois fechou a boca com uma determinação sombria.

— Quando? Quando eles comeram esses doces?

— Não sei. Faz uns dias. Não aconteceu nada. Eles disseram que era bom.

Sua boca abria e fechava como a de um peixe. Ela girou sobre os calcanhares, pegou o telefone e saiu da cozinha. Consegui ver pela janela minha mãe andando de um lado para outro no quintal, os braços gesticulando loucamente.

Minha mãe organizou a reunião da cidade e todo mundo apareceu, com suas melhores roupas, como se estivessem indo à igreja. As únicas pessoas que não estavam presentes eram os Manmensvitzender, por razões óbvias. A maior parte das pessoas levou as crianças, até os bebês que chupavam dedos ou mordiam cantos de cobertores. Eu estava lá e Bobby também, com o avô que mascava o cabo de um cachimbo frio e ficava o tempo todo se abaixando e cochichando no ouvido do neto durante a reunião, que logo ficou acalorada, embora não houvesse grandes discussões. O calor vinha da excitação geral com a situação, especialmente de minha mãe com seu vestido de rosas, os lábios pintados de um vermelho tão brilhante que até eu entendi que ela tinha uma certa beleza, embora eu fosse nova demais para entender o que não era totalmente agradável naquela beleza.

— Temos que lembrar que todos nós somos soldados nesta guerra — disse ela, muito aplaudida.

O senhor Smyths sugeriu uma espécie de prisão domiciliar, mas minha mãe lembrou que isso implicava alguém da cidade ter que levar mantimentos para eles.

— Todo mundo sabe que essa gente está morrendo de fome. Quem vai pagar por todo esse pão? — perguntou ela. — Por que a gente devia pagar?

A senhora Mathers disse algo sobre justiça.

— Ninguém mais é inocente — afirmou o senhor Hallensway.

Minha mãe, que estava de pé na frente da sala, levemente recostada na mesa do conselho municipal, falou:

— Então está decidido.

A senhora Foley, que tinha acabado de se mudar da recém-destruída Chesterville, ficou de pé, daquele jeito dela, meio que se agachando com os ombros, com aqueles olhos agitados que ficavam procurando algo em volta – por isso, deram a ela o apelido secreto de Mulher Passarinho –, e com uma voz trêmula, tão suave que todo mundo teve de se inclinar para a frente para ouvir, disse:

— Mas alguma criança ficou doente mesmo?

Os adultos olharam uns para os outros e depois para os filhos uns dos outros. Deu para ver que minha mãe ficou decepcionada ao ver que ninguém relatou nenhum sintoma. A discussão passou para as balas em pacotes coloridos e brilhantes quando Bobby, sem se levantar nem erguer a mão, gritou:

— É disso que se trata? Vocês estão falando disso aqui?

Ele se recostou na cadeira para enfiar a mão no bolso e puxar um punhado de balas.

Houve um murmúrio generalizado. Minha mãe agarrou a beira da mesa. O avô de Bobby, com um sorriso em torno do cachimbo vazio, pegou uma das balas da mão do menino, desembrulhou-a, e colocou-a na boca.

O senhor Galvin Wright teve que usar o martelo de juiz para silenciar a sala. Minha mãe ficou de pé e disse:

— Que beleza, arriscar a própria vida, só para ganhar uma discussão.

— Bom, você tem razão quanto a ganhar a discussão, Maylene — retrucou ele, olhando para minha mãe e sacudindo a cabeça como se estivesse discutindo só com ela —, mas essas balinhas são minhas, eu deixo espalhadas pela casa para me livrar do hábito de fumar. Peço pelo catálogo do Governo. São totalmente seguras.

— Eu nunca disse que as balas eram delas — afirmou Bobby, que olhou primeiro para a minha mãe, depois correu os olhos pela sala até encontrar meu rosto, mas fingi que não notei.

Quando saímos, minha mãe me pegou pela mão, as unhas vermelhas enfiadas no meu pulso.

— Não diga nada — ela falou. — Nem mais uma palavra.

Ela me mandou para o meu quarto e eu caí no sono ainda vestida enquanto bolava meu pedido de desculpas.

Na manhã seguinte, quando ouvi os sinos, peguei um pão e esperei na varanda até eles passarem subindo a colina. Então bloqueei o caminho.

— E agora, o que você quer? — Bobby disse.

Ofereci o pão, como um bebezinho sendo erguido em direção a Deus na igreja. A menina que chorava começou a chorar mais alto, a irmã agarrou o braço de Bobby.

— O que você acha que está fazendo? — gritou ele.

— É um presente.

— Que tipo de presente idiota é esse? Tira isso daqui! Jesus Cristo, dá pra tirar isso daqui?

Meus braços caíram ao lado do corpo, o pão balançava na sacola pendurada na minha mão. As duas meninas choravam.

— Eu só estava tentando ser gentil — falei, minha voz oscilando como a da Mulher Passarinho.

— Meu Deus, você não sabe de nada? — Bobby perguntou. — Elas têm medo da nossa comida, você não sabe nem disso?

— Por quê?

— Por causa das bombas, sua idiota. Por que você não pensa de vez em quando?

— Eu não sei do que vocês estão falando.

As cabras sacudiam os sinos e o carrinho ia para a frente e para trás.

— As bombas! Você não lê nem os seus livros de história? No começo da guerra, a gente mandou pacotes de comida da mesma cor das bombas que explodiam quando alguém encostava nelas.

— A gente fez isso?

— Bom, nossos pais fizeram — disse Bobby. Ele sacudiu a cabeça e puxou as rédeas. O carrinho passou ruidosamente, as duas meninas apertadas contra ele como se eu fosse perigosa.

— Ah, a gente era tão feliz! — meu pai exclamou, balançando até começar a lembrar. — Nós éramos como crianças, sabe, tão inocentes, a gente nem sabia.

— Sabia do que, pai?

— Que a gente tinha o suficiente.

— Suficiente do quê?

— Ah, de tudo. A gente tinha o suficiente de tudo. Isso é um avião?

Ele me olhava com seus olhos azuis marejados.

— Aqui, deixa eu ajudar você a colocar o capacete.

Ele bateu no capacete, machucando as mãos frágeis.

— Deixe, pai. Pare!

Ele ficava mexendo seus dedos tomados pela artrite para soltar a fivela, mas descobriu que não conseguia. Suas lágrimas caíam nas mãos manchadas. O avião passou zumbindo.

Agora, vendo em retrospectiva como éramos naquele verão, antes da tragédia, consigo vislumbrar o que meu pai vem tentando me dizer desde o começo. Na verdade, não tem a ver com bolos, nem com catálogos que chegavam pelo correio, nem com as viagens aéreas que eles faziam. Mesmo que ele use essas coisas para descrever, não é disso que ele está falando. Em algum momento do passado havia uma emoção diferente. As pessoas no mundo tinham um jeito de sentir e de ser que não existe mais, que foi destruído de modo tão completo que só o que herdamos dele foi a sua ausência.

— Às vezes fico pensando se a minha felicidade é felicidade mesmo — falei para meu marido.

— Claro que é felicidade — ele disse. — O que mais poderia ser?

A sensação era de que estávamos sendo atacados. As Manmensvitzender – com suas lágrimas e seu medo do pão, suas roupas estranhas e as cabras fedidas – eram crianças como nós, e a gente não conseguia tirar da cabeça a reunião na prefeitura, aquilo que os adultos tinham pensado em fazer. Subíamos em árvores, corríamos atrás de bolas, íamos pra casa quando chamavam, escovávamos os dentes quando mandavam, tomávamos todo o leite, mas tínhamos perdido aquela sensação de antes. É verdade que não entendíamos o que tinham tirado de nós, mas sabíamos o que tinham nos dado e quem tinha dado isso.

Não convocamos uma reunião como eles. A nossa simplesmente aconteceu, num dia tão quente que a gente ficou sentado na casa de bonecas de Trina Needles, todo mundo se abanando com as mãos e reclamando do tempo, assim como os adultos. Mencionamos a ideia de prisão domiciliar, mas parecia impossível impedir que eles saíssem. Discutimos coisas como bexigas d'água, papel higiênico. Alguém falou de colocar cocô de cachorro em sacos de papel pardo e botar fogo. Acho que foi aí que a conversa tomou a direção que tomou.

Você pode estar se perguntando, quem trancou a porta? Quem fez as pilhas de graveto? Quem acendeu os fósforos? Fomos todos nós. E, se for para encontrar algum consolo, vinte e cinco anos depois de eu ter acabado com qualquer chance de saber se a minha felicidade – ou a de qualquer outra pessoa – existe mesmo, é isso que me consola. Fomos todos nós.

Talvez não fosse haver mais reuniões na prefeitura. Talvez esse plano fosse como os outros que a gente fez antes. Mas convocaram uma reunião da cidade. Os adultos se juntaram para discutir um jeito de não sermos dominados pelo mal, e também a possibilidade de ampliar a rua principal. Ninguém percebeu quando nós, as crianças, saímos. Tivemos de deixar os bebês para trás, chupando dedos ou cantos de cobertor, eles não eram parte do nosso plano de redenção. Éramos crianças. Não pensávamos em tudo.

Quando a polícia chegou, não estávamos "pulando loucamente numa imitação selvagem de uma dança bárbara" nem tendo convulsões, como apareceu nos jornais. Ainda consigo ver Bobby, cabelos úmidos na testa, o vermelho brilhante das bochechas enquanto ele dançava debaixo dos flocos brancos que caíam de um céu em que jamais confiávamos; Trina girando em círculos, de braços bem abertos, e as meninas Manmensvitzender com suas cabras e o carrinho cheio de cadeiras de balanço empilhadas, indo para longe de nós, com os sinos batendo, como na velha canção. O mundo voltou a ser seguro e belo. Exceto perto da prefeitura, onde os grandes flocos brancos se elevavam como fantasmas e as chamas consumiam o céu como um monstro faminto que jamais conseguiria se saciar.

Jonathan Lethem é o popular autor de *A fortaleza da solidão*, *Brooklyn sem pai nem mãe* e vários outros romances, sendo o mais recente *Chronic City*. Seu primeiro romance, *Gun, with Occacional Music*, venceu o prêmio William L. Crawford, o prêmio Locus e foi finalista do prêmio Nebula. Lethem publicou mais de sessenta contos, em vários mercados, da revista *The New Yorker* e da editora *McSweeney's* até as revistas *F&SF* e *Asimov's Science Fiction*. Sua primeira coletânea, *The Wall of the Sky, the Wall of the Eye*, venceu o prêmio World Fantasy. Em 2005, ele recebeu a bolsa "gênio" da Fundação MacArthur por sua contribuição à literatura.

COMO ENTRAMOS NA CIDADE E DEPOIS SAÍMOS

JONATHAN LETHEM

"Como entramos na cidade e depois saímos" é parte de uma sequência de contos de Lethem que criticam as tecnologias de realidade virtual. Em entrevista à Science Fiction Studies, *Lethem disse: "Não planejei (...) escrever uma série de histórias (...) que examinassem minha resistência a essa tecnologia. No entanto, morando em São Francisco durante os anos de uma intensa explosão de certa utopia ideológica ligada à realidade virtual e às tecnologias de informática, senti uma necessidade instintiva de representar meu próprio ceticismo sobre as afirmações que vinham sendo feitas e que me pareciam ingênuas. (...) E assim me vi pondo no papel essas histórias de resistência que saíam de mim".*

Junte isso à pesquisa de Lethem sobre as maratonas de dança dos anos 1930, e o resultado é esta história.

Quando vimos alguém perto do shopping pela primeira vez, Gloria e eu procuramos pedaços de pau. Se não fossem muitos, íamos roubar aquele pessoal. O shopping ficava a uns dez quilômetros da cidade para onde estávamos indo, portanto ninguém ia ficar sabendo. Só que, quando chegamos perto, Gloria viu as vans e disse que eles eram exploradores. Eu não sabia o que era isso, mas ela me explicou.

Era verão. Dois dias antes, Gloria e eu tínhamos nos separado de um grupo de pessoas que tinha comida, porque a gente não aguentava mais a cantoria religiosa deles. Desde então, não tínhamos comido mais nada.

— E agora, o que a gente faz? — perguntei.

— Deixe que eu falo — Gloria respondeu.

— Você acha que a gente consegue entrar na cidade com eles?

— Melhor que isso — disse ela. — Só fique quieto.

Larguei o pedaço de cano que tinha encontrado e atravessamos o estacionamento. Fazia muito tempo que esse shopping não prestava para encontrar comida, mas os exploradores estavam pegando cadeiras dobráveis de uma loja e amarrando-as no topo das vans. Eram quatro homens e uma mulher.

— Olá! — exclamou Gloria.

Dois dos caras eram meros carregadores, ignoraram a gente e continuaram seu trabalho. A mulher estava sentada no banco da frente da van. Ela fumava um cigarro.

Os outros dois caras se viraram. Eram Kromer e Temendo, mas eu ainda não sabia o nome deles.

— Dá o fora! — exclamou Kromer. Era um sujeito alto e vesgo com um dente de ouro. Estava meio molambento, mas o dente era prova de que ele nunca tinha perdido uma briga nem terminado o dia sem ter onde dormir. — Estamos ocupados — ele continuou.

Ele estava sendo razoável. Não estava numa cidade, estava no meio do nada. Por que falaria com alguém que encontrou no meio do nada?

Mas o outro sujeito sorriu para Gloria. Ele tinha um rosto fino e um bigodinho.

— Quem é você? — ele perguntou, sem olhar para mim.

— Eu sei o que vocês fazem — Gloria disse. — Também já fiz isso.

— Ah, é? — falou o sujeito, ainda sorrindo.

— Vocês vão precisar de participantes — afirmou ela.

— Ela não é boba — ele falou para o outro cara. — Eu sou Temendo — acrescentou, olhando para Gloria.

— Temendo o quê? — perguntou Gloria.

— Só Temendo.

— Bom, eu sou só Gloria.

— Beleza! — exclamou Temendo. — Esse é Tommy Kromer. A gente que manda nesse negócio. Qual é o nome do seu amiguinho?

— Sou capaz de falar meu nome — afirmei. — Sou Lewis.

— Vocês são dessa adorável cidade para onde estamos indo?

— Não — Gloria respondeu. — Estamos indo pra lá.

— E vão entrar como, exatamente? — perguntou Temendo.

— De algum jeito — Gloria começou, como se isso fosse uma resposta. — Com vocês, agora.

— Você está presumindo isso rápido demais.

— Ou a gente pode chegar primeiro e contar que vocês roubaram o pessoal na última cidade e que mandaram a gente alertar sobre vocês — Gloria ameaçou.

— Rápido demais — Temendo repetiu, sorrindo, e Kromer sacudiu a cabeça. Eles não pareciam muito preocupados.

— Vocês deveriam me querer por perto — afirmou Gloria. — Sou uma atração.

— Mal não faz — disse Temendo.

Kromer deu de ombros e falou:

— Magrela demais pra ser uma atração.

— Verdade, estou magra — ela concordou. — É por isso que eu e Lewis precisamos de alguma coisa pra comer.

Temendo olhou para ela. Kromer tinha voltado para a van com os outros.

— Bom, se vocês não tiverem como dar comida pra gente... — Gloria começou.

— Pode parar, meu anjo. Chega de ameaças.

— A gente precisa comer.

— A gente vai comer alguma coisa quando entrar na cidade — Temendo disse. — Você e Lewis podem comer se estiverem planejando entrar.

— Claro — afirmou ela. — A gente vai entrar, certo, Lewis?

Eu sabia que sim.

A milícia da cidade veio encontrar as vans, claro. Mas parecia que eles sabiam que os exploradores estavam vindo e, depois que Temendo falou com eles por uns minutos, abriram as portas e deram uma olhadela, então fizeram sinal para a gente passar. Gloria e eu estávamos na parte de trás da van com um monte de equipamentos, e um dos carregadores, chamado Ed Kromer, dirigia. Temendo dirigia a van que levava a mulher. O outro carregador dirigia a última van sozinho.

Eu nunca tinha entrado de van numa cidade, mas só tinha entrado em duas cidades em toda minha vida. Da primeira vez, fui sozinho, rastejando, da segunda, fui porque Gloria estava com um cara da milícia.

Na verdade, as cidades não eram lá grande coisa. Talvez essa fosse diferente.

Avançamos umas quadras, até que um sujeito fez sinal para Temendo parar. Ele foi até a janela da van e os dois conversaram, depois o sujeito voltou para o próprio carro, acenando para Kromer no caminho. Então, fomos atrás dele.

— O que foi isso? — disse Gloria.

— Gilmartin é o batedor — Kromer explicou. — Achei que você sabia tudo.

Gloria não falou nada.

— O que é um batedor? — perguntei.

— Ele arranja o lugar e a eletricidade pra gente — Kromer respondeu. — Prepara a cidade. Deixa as pessoas empolgadas.

Estava escurecendo. Eu estava com muita fome, mas não falei nada. O carro de Gilmartin nos levou até uma construção grande em forma de marina, mas não havia água por perto. Kromer contou que o local já tinha sido uma pista de boliche.

Os carregadores começaram a tirar as coisas da van e Kromer me obrigou a ajudar. O prédio estava empoeirado e vazio por dentro, e algumas lâmpadas não funcionavam. Kromer disse que por enquanto era só para colocar as coisas lá dentro. Ele saiu com uma das vans e voltou, e nós descarregamos um monte de camas pequenas dobráveis que Gilmartin, o batedor, tinha alugado, o que me deu uma ideia de onde eu ia dormir. Fora isso, as outras coisas eram relacionadas à competição. Cabos de computadores e trajes espaciais de plástico e um monte de televisores.

Temendo saiu com Gloria e os dois voltaram com comida, frango frito e salada de batata, e todo mundo comeu. Não tive como evitar, repeti o prato várias vezes mas ninguém disse nada. Depois fui dormir numa das camas dobráveis. Ninguém estava falando comigo. Gloria não estava dormindo em uma cama dobrável. Acho que ela estava com Temendo.

***

Gilmartin, o batedor, realmente tinha feito a parte dele. A cidade estava farejando à nossa volta logo de manhã cedo. Temendo estava lá fora falando com eles quando acordei.

— As inscrições começam ao meio-dia, nem um minuto antes — ele informou. — Façam fila e fiquem por aqui. Vamos servir café. Já estou avisando, só vale a pena se inscrever para quem estiver em boa forma: nosso médico vai examinar vocês, e nunca ninguém conseguiu passar a perna nele. É uma lógica darwiniana, pessoal. O futuro é dos fortes. Os fracos terão de herdar o aqui e o agora.

Lá dentro, Ed e o outro cara montavam o equipamento. Eles tinham uns trinta daqueles trajes de plástico esticados no chão no meio do lugar, tão emaranhados em cabos e pequenos fios que ficavam parecendo restos mortais de moscas numa teia de aranha.

Debaixo de cada traje havia uma estrutura leve de metal, meio parecida com uma bicicleta, com assento e sem rodas, mas que tinha um descanso de cabeça. Ao redor da teia, eles instalavam os televisores num arco que ficava de frente para as cadeiras. Cada traje tinha um número nas costas, e as tevês tinham um número em cima.

Quando voltou, Gloria não me disse nada, só me deu umas rosquinhas e café.

— Isto é só o começo — afirmou ela quando viu meus olhos esbugalhados. — Vamos comer três vezes por dia enquanto essa história durar. Enfim, enquanto a gente durar.

Sentamos do lado de fora e comemos num lugar de onde dava para ouvir Temendo. Ele falava sem parar. Tinha gente fazendo fila como ele ordenou. Não dava para culpar as pessoas, ele era um baita orador. Outras pessoas escutavam e só ficavam nervosas ou empolgadas e iam embora, mas dava pra ver que iam voltar mais tarde, nem que fosse só pra assistir. Quando terminamos de comer as rosquinhas, Temendo se aproximou e disse para entrarmos na fila também.

— A gente não precisa — afirmou Gloria.

— Precisa, sim — ele insistiu.

Na fila, conhecemos Lane. Ela disse que tinha vinte anos, a mesma idade de Gloria, mas parecia mais nova. Podia ter dezesseis, como eu.

— Já fez isso antes? — perguntou Gloria.

Lane fez que não com a cabeça.

— E vocês?

— Claro — Gloria respondeu. — Você já saiu desta cidade?

— Poucas vezes — Lane explicou. — Quando era menina. Eu gostaria de sair agora.

— Por quê?

— Terminei meu namoro.

Gloria mordeu o lábio e disse:

— Mas você tem medo de sair da cidade e, em vez de ir embora, vai participar disso.

Lane deu de ombros.

Eu gostei dela, mas Gloria não gostou.

O médico era Gilmartin, o batedor. Acho que ele não era médico de verdade, mas escutou meu coração. Ninguém tinha feito isso antes, e a sensação foi boa.

A inscrição era uma piada. Mera formalidade. Eles faziam um monte de perguntas, mas só mandaram duas mulheres e um cara embora, Gloria disse que foi porque eram velhos demais. Todos os outros foram aceitos, apesar de alguns parecerem bem famintos, exatamente como eu e Gloria. Era uma cidade faminta. Mais tarde entendi que em parte foi por isso que Temendo e Kromer escolheram este lugar. Se você acha que eles iam preferir os lugares onde há dinheiro, está enganado.

Depois da inscrição, eles mandaram a gente sair de lá e sumir a tarde toda. Tudo começaria às oito da noite.

Andamos pelo centro, mas quase todas as lojas estavam fechadas. Tudo que era bom estava no shopping e, para entrar lá, era preciso mostrar uma carteira de identificação da cidade, que Gloria e eu não tínhamos.

Sendo assim, como Gloria sempre diz, a gente matou tempo, já que tempo era a única coisa que a gente tinha.

O lugar já estava diferente. Havia holofotes no topo das vans e Temendo falava num microfone. Havia uma faixa acima das portas. Perguntei a Gloria e ela me explicou que era uma Maratona de Exploração. Ed estava vendendo cervejas de um *cooler* e tinha gente comprando, embora ele provavelmente tivesse comprado as bebidas ali mesmo na cidade, pela metade do preço. Era uma noite quente. Eles estavam vendendo ingressos, mas ainda não permitiam que ninguém entrasse. Temendo mandou a gente entrar.

A maior parte dos competidores já tinha chegado. Anne, a mulher da van, estava lá, agindo como todos os outros competidores. Lane também, e acenamos um para o outro. Gilmartin ajudava todo mundo a vestir os trajes. Tínhamos que ficar nus, mas parecia que ninguém se importava. O simples fato de sermos competidores resolvia tudo, como se fôssemos invisíveis uns para os outros.

— Podemos ficar perto um do outro? — perguntei para Gloria.

— Claro, só que não vai fazer diferença — disse ela. — A gente não vai conseguir se ver lá dentro.

— Dentro do quê? — falei.

— Das explorações — ela respondeu. — Você vai ver.

Gloria vestiu o traje em mim. Era de plástico, com cabos em toda parte, e enchimentos nos joelhos e pulsos e cotovelos e debaixo dos braços e na virilha. Coloquei a máscara, mas era pesada, e vi que não tinha mais ninguém usando, então tirei-a e deixei para colocá-la quando fosse necessário. Depois, Gilmartin tentou ajudar Gloria, mas ela disse que conseguia se vestir sozinha.

Lá estávamos nós, andando seminus e arrastando cabos pela grande pista de boliche iluminada, e de repente Temendo e sua voz forte entraram e a entrada das pessoas foi liberada e as luzes se apagaram e tudo começou.

— Trinta e duas jovens almas, prontas para nadar para fora deste mundo, rumo ao futuro brilhante — afirmou Temendo. — A pergunta é: até que ponto desse futuro seus corpos irão levá-los? Eles terão novos mundos à sua disposição, uma infinidade de explorações capazes de espantar e maravilhar e dar prazer aos sentidos. Esses jovens sortudos mergulharão num oceano de dados avassalador para suas sensibilidades desnutridas, reunidos numa coleção brilhante de ambientes a serem explorados, e vocês poderão ver tudo o que eles veem nos monitores à sua frente. Mas será que eles conseguirão superar todos os obstáculos? Por quanto tempo conseguirão surfar na onda? Qual deles conseguirá resistir por mais tempo, levando para casa o grande prêmio de mil dólares? É isso que vamos descobrir.

Gilmartin e Ed estavam colocando as máscaras de todos os competidores e ligando os interruptores para nos conectar e fazendo com que deitássemos nas estruturas. Era confortável ficar no assento da bicicleta com a cabeça no encosto e um cinto em volta da cintura. Dava para mexer os braços e as pernas como se a gente estivesse nadando, como Temendo havia dito. Dessa vez, não me importei de colocar a máscara, porque a plateia estava me deixando nervoso. Muitos deles eu não conseguia ver por causa das luzes, mas dava para saber que estavam ali, observando.

A máscara cobriu minhas orelhas e meus olhos. Em volta do queixo, havia uma tira composta por cabos e fita adesiva. No início, estava escuro e silencioso lá dentro, exceto pela voz de Temendo, que continuava soando nos fones de ouvido.

— As regras são simples. Os competidores têm trinta minutos de descanso a cada três horas. Esses jovens estarão bem alimentados, não se preocupem com isso. Nosso médico vai monitorar a saúde deles. Vocês ouviram as histórias apavorantes, mas somos superiores, vocês não verão nada apavorante aqui. É bem simples: para serem dignos do nosso tratamento de primeira, eles precisam interagir de modo contínuo com nosso fluxo de dados, permanecendo acordados. Somos rigorosos quanto a isso. Dormir é morrer: vocês poderão dormir no tempo de vocês, mas não no nosso. Quem cometer um deslize está fora do jogo. Essas são as regras.

Os fones de ouvido começaram a zumbir. Minha vontade era estender a mão e pegar na mão de Gloria, mas ela estava muito longe.

— Eles não terão ajuda dos árbitros de solo, nem serão ajudados uns pelos outros na busca pelas riquezas perpétuas do ciberespaço. Alguns descobrirão as chaves que abrem portas para milhares de mundos, outros atolarão na antessala do futuro. Quem for pego recebendo instruções durante os períodos de descanso será desclassificado; não haverá advertências, não haverá segundas chances.

Então a voz de Temendo silenciou, e as paisagens para exploração surgiram.

Eu estava em um corredor. As paredes eram cheias de gavetas, como um grande armário que não acabava nunca. Havia coisas escritas nas gavetas, mas ignorei. No começo, eu só conseguia mexer a cabeça. Depois descobri como andar, e por um tempo foi só isso que fiz. Mas nunca cheguei a lugar algum.

A sensação era de que eu estava andando num círculo gigante, subindo nas paredes, andando pelo teto e depois descendo de volta pela outra parede.

Então abri uma gaveta. Parecia ser grande o suficiente apenas para colocar alguns lápis ou algo do gênero, mas, quando a puxei, ela se abriu como uma porta e eu entrei.

— Bem-vindo a Intimidades Intensas — disse uma voz. Só o que eu via eram cores. A porta se fechou atrás de mim. — Você precisa ter dezoito anos ou mais para usar este serviço. Para não ser cobrado, por favor, saia agora.

Não saí porque não sabia como fazer isso. O espaço colorido era meio pequeno, mas não tinha extremidades. Ainda assim parecia pequeno.

— Este é o menu principal. Por favor, toque para escolher uma destas opções: mulheres que procuram homens, homens que procuram mulheres, mulheres que procuram mulheres, homens que procuram homens, ou outras possibilidades.

Cada opção era um bloco de palavras no ar. Estendi a mão e toquei no primeiro bloco.

— Depois de cada opção aperte *um* para ouvir novamente a gravação, *dois* para gravar uma mensagem para essa pessoa, ou *três* para passar para a próxima opção. Você pode apertar *três* a qualquer momento para passar para a próxima opção, ou *quatro* para voltar ao menu principal.

Então uma mulher apareceu no espaço colorido perto de mim. Estava bem vestida e usava batom.

— Oi, meu nome é Kate — disse a mulher. Ela me encarava como se seu olhar atravessasse a minha cabeça e mexia no cabelo enquanto falava. — Moro em São Francisco, trabalho no setor financeiro como consultora pessoal, mas minha verdadeira paixão são as artes, atualmente pintura e literatura...

— Como você entrou em São Francisco? — perguntei.

— ... acabei de comprar um par de botas de caminhada e espero subir o Monte Tam este fim de semana... — continuou ela, me ignorando.

— Nunca conheci ninguém daí — falei.

— ... procuro um homem que não se intimide com inteligência. — Ela não parou de falar. — É importante que ele goste do que faz, que goste de quem ele é. Também quero alguém confiante para que eu possa expressar minha vulnerabilidade. Tem que ser bom ouvinte...

Apertei o três. Sei reconhecer os números.

Outra mulher apareceu, do nada. Essa era tão jovem quanto Gloria, mas tinha uma aparência mais delicada.

— Fico me perguntando *por que* eu mando esses recados íntimos — disse ela, suspirando. — Mas sei o motivo, eu quero namorar. Faz pouco tempo que cheguei à região de São Francisco. Gosto de ir ao teatro, mas sou bem cabeça aberta. Nasci e fui criada em Chicago, por isso acho que estou mais para Costa Leste do que para Costa Oeste. Falo rápido e sou cínica. Acho que estou ficando meio cínica com esses anúncios, um dia o céu vai se abrir, um raio vai cair...

Eu me livrei dela, agora que sabia como.

— ... tenho meu próprio jardim e trabalho com paisagismo...

— ... um cara divertido, que não seja nerd...

— ... sou sensível, sou sensual...

Comecei a me perguntar de que época vinham essas mulheres. Eu não gostava do jeito que elas faziam eu me sentir, meio culpado e ameaçado ao mesmo tempo. Eu achava que não conseguiria fazê-las felizes como elas esperavam, mas também não achava que teria a chance de tentar.

Levei um bom tempo para conseguir voltar para o corredor. A partir daí, comecei a prestar mais atenção em como eu chegava aos lugares.

A gaveta em que entrei em seguida era quase o exato oposto. Só espaço e nada de pessoas. Eu estava pilotando um avião que sobrevoava o mundo quase todo, pelo menos até onde eu conseguia perceber. Havia uma fileira de mostradores e interruptores debaixo das janelas, mas eles não faziam sentido nenhum para mim. Primeiro eu estava nas montanhas e bati várias vezes, e era uma chatice, porque uma voz ficava me dando sermões antes de eu poder decolar de novo, e eu tinha que esperar. Mas depois fui para o deserto e consegui voar sem muitos acidentes. Aprendi a simplesmente dizer "não" toda vez que a voz sugeria algo diferente como "entrar em combate" ou "ação evasiva". Eu queria ficar voando por um tempo, só isso. O deserto parecia legal lá de cima, apesar de eu andar passando muito tempo em desertos ultimamente.

Não fosse pela vontade de fazer xixi, eu podia ter ficado ali para sempre. Porém, a voz de Temendo surgiu dizendo que era hora do primeiro período de descanso.

* * *

— ... ainda descansados e cheios de ânimo depois de seu primeiro mergulho nas maravilhas do futuro — Temendo dizia para as pessoas nos assentos. O lugar estava apenas com metade da lotação. — Este mundo já parece monótono se comparado ao anterior. No entanto, vejam a ironia, à medida que suas mentes exploradoras se acostumarem a esses esplendores, seus corpos começarão a se rebelar...

Gloria me mostrou como soltar os cabos para sair do meio daquela coisa toda sem tirar o traje, deixando a máscara para trás. Todo mundo fez fila para ir ao banheiro. Depois fomos para o grande saguão na parte de trás onde eles tinham colocado as camas dobráveis, mas ninguém foi dormir nem nada. Imaginei que no próximo intervalo todo mundo ia querer dormir, mas naquele momento eu estava empolgado demais, assim como todos os outros. Temendo continuou falando como se nosso descanso fosse só mais uma parte do espetáculo.

— Esplendores, ah, tá! — exclamou Gloria. — Um monte de ciberporcaria de segunda mão.

— Eu estava num avião — eu disse.

— Cala a boca! — Gloria gritou. — A gente não pode falar disso. Só o seguinte: se você gostar de alguma coisa que tiver encontrado, lembre onde ela está.

Eu não tinha feito isso, mas não estava preocupado.

— Beba água — sugeriu ela. — E coma alguma coisa.

Eles estavam oferecendo sanduíches e peguei dois, um para Gloria. Mas parecia que ela não queria conversar.

Gilmartin, o médico falso, estava fazendo toda uma cena, andando de um lado para o outro e checando como todo mundo estava, embora fosse apenas o primeiro intervalo. Imaginei que o objetivo de cuidar tanto da gente era lembrar as pessoas de que elas podiam ver alguém se machucar.

Ed distribuía maçãs de uma sacola. Peguei uma e sentei na cama de Lane. Ela estava bonita no traje.

— Meu namorado está aqui — afirmou ela.

— Vocês voltaram?

— Quero dizer ex. Estou fingindo que não o vi.

— Onde?

— Está sentado bem de frente para o meu monitor. — Ela fez um gesto com a cabeça para apontar.

Eu não disse nada, mas queria ter alguém na plateia me olhando.

Quando voltei, o primeiro lugar em que entrei foi uma biblioteca. Cada livro que eu pegava transformava a prateleira num espetáculo, com gráficos e imagens, mas, quando percebi que eram todos livros de negócios sobre como administrar dinheiro, fiquei entediado.

Depois entrei num calabouço. Começou com um mago, eu era um inseto e ele me fez crescer. A gente estava na oficina dele, um lugar cheio de frascos e teias de aranha. O rosto dele parecia uma vela derretida e ele falava tanto quanto Temendo. Morcegos voavam à nossa volta.

— Precisas retomar a busca por Kroyd — ele disse, e começou a encostar em mim com seu bastão. Dava para ver meus braços e pernas, mas não estavam com o traje de explorador. Estavam cobertos de músculos. Quando o mago encostou em mim, recebi uma espada e um escudo. — Esses são teus companheiros, Lacerante e Amparo — continuou o mago. — Eles vão te obedecer e te proteger. Não deves traí-los com nenhum outro. Este foi o erro de Kroyd.

— Beleza — falei.

O mago me mandou para o calabouço, e Lacerante e Amparo falaram comigo. Me disseram o que fazer. Eles falavam de um jeito bem parecido com o mago.

Encontramos um Verme-leão. Foi assim que Lacerante e Amparo disseram que ele se chamava. Tinha uma cabeça cheia de vermes com pequenas faces, e Lacerante e Amparo falaram para matar o bicho, o que não foi difícil. A cabeça explodiu e todos os vermes começaram a correr como água para as frestas das pedras do chão.

Em seguida, encontramos uma mulher com roupas sensuais, que também segurava uma espada e um escudo, cravejados de joias e bem mais bonitos do que Lacerante e Amparo. Esse foi o erro de Kroyd, qualquer um conseguia perceber isso. Mas percebi que Kroyd não estava ali e eu estava, então talvez eu quisesse cometer o mesmo erro que ele.

Lacerante e Amparo começaram a gritar quando troquei de escudo e espada com a mulher; depois ela empunhou os dois e nós lutamos. Quando ela me matou, eu estava de novo na porta que levava à sala do mago, por onde eu tinha entrado, e estava do tamanho de um inseto. Dessa vez, fui para o outro lado, de volta para as gavetas.

Foi aí que encontrei o boneco de neve.

Eu estava dando uma olhada numa gaveta que parecia não ter nada dentro. Era tudo preto. Aí vi uma lista pequena de números piscando no canto. Apertei os números. Nenhum deles fazia nada, exceto um.

Continuava escuro, mas agora havia cinco imagens de um boneco de neve. Eram três bolas brancas, que pareciam mais de plástico do que de neve. Os olhos eram apenas bolinhas e a boca não se mexia direito quando ele falava. Os braços eram galhos, mas se dobravam como borracha. Havia duas imagens dele, pequenas e distantes, uma vista de baixo, como se ele estivesse em uma colina, e uma que mostrava o topo de sua cabeça, como se ele estivesse num buraco. Havia também uma imagem grande só da cabeça e outra grande do corpo inteiro. A última mostrava o boneco olhando por uma janela, só que não dava para ver a janela, apenas o modo como ela cortava parte do boneco de neve.

— Como você se chama? — perguntou ele.

— Lewis.

— Sou o senhor Espirro.

A cabeça e os braços se mexiam nas cinco imagens quando ele falava. Os olhos se expandiam e diminuíam.

— Que lugar é esse em que você está?

— Lugar nenhum — respondeu o senhor Espirro. — Só um arquivo na lixeira.

— Por que você mora num arquivo na lixeira?

— Advogados de direitos autorais — respondeu. — Eles ficaram nervosos comigo.

Ele dizia tudo com ar de felicidade.

— Nervosos com o quê?

— Participei de um programa especial de Natal na tevê interativa. Mas no último minuto alguém do departamento jurídico achou que eu era muito parecido com um boneco de neve de um videogame chamado *Mud Flinger*. Era tarde demais para mudar meu desenho, então decidiram me excluir e me jogaram neste arquivo.

— Não tem como você ir para outro lugar?

— Não tenho muita mobilidade — ele afirmou. Em seguida, saltou e rodopiou de ponta-cabeça e caiu no mesmo lugar, cinco vezes ao mesmo tempo. O boneco sem corpo também girou.

— Você sente saudades do programa?

— Só espero que eles estejam se saindo bem. Todo mundo trabalhou tanto.

Eu não queria contar pra ele que isso provavelmente tinha acontecido fazia muito tempo.

— O que você está fazendo aqui, Lewis? — perguntou o senhor Espirro.

— Estou numa Maratona de Exploração.

— O que é isso?

Contei sobre Gloria, e Temendo e Kromer, e sobre a competição. Acho que ele gostou de estar na tevê de novo.

Não tinha sobrado muita gente na plateia. Temendo explicava o que ia acontecer quando eles voltassem no dia seguinte. Kromer e Ed levaram todos os participantes para a parte de trás. Olhei para a cama de Lane. Ela já estava dormindo. O namorado tinha saído da cadeira em frente ao monitor.

Deitei na cama ao lado de Gloria.

— Estou cansado agora — afirmei.

— Então durma um pouco — disse ela, e passou o braço por cima de mim. Mas dava para ouvir Temendo lá fora falando sobre uma "Maratona Sexual" e perguntei para Gloria o que era isso.

— Isso vai ser amanhã à noite — explicou ela. — Não se preocupe com isso agora.

Gloria não dormia, só ficava olhando em volta.

Encontrei o showroom da Casa Inteligente. Era uma casa com uma voz do lado de dentro. No começo, fiquei olhando em volta para ver de quem era a voz, mas logo percebi que era da própria casa.

— Atenda ao telefone! — exclamou ela. O telefone estava tocando.

Atendi, e as luzes da sala passaram para uma luminária na mesinha onde ficava o aparelho.

A música na sala parou.

— O que você achou da capacidade de resposta?

— Boa — falei, e desliguei o telefone.

Na sala, tinha uma TV, que ligou. Era uma imagem de comida.

— Está vendo aquilo?

— Você está falando da comida? — perguntei.

— É o que tem na geladeira! — a voz respondeu. — As embalagens com a aura azul vão perder a validade nas próximas vinte e quatro horas. A embalagem com a aura preta já venceu! Quer que eu jogue fora para você?

— Claro.

— Agora olhe pelas janelas!

Olhei. Havia montanhas lá fora.

— Imagine acordar nos Alpes toda manhã!

— Eu...

— E quando você estiver pronto para o trabalho, o carro já vai estar ligado na garagem!

As janelas, que mostravam as montanhas, passaram a exibir uma imagem de um carro em uma garagem.

— E, se alguém ligar para você, sua secretária eletrônica saberá que o carro não está na garagem e dirá que você não está em casa!

Fiquei pensando se conseguiria ir a algum lugar se pudesse pegar o carro. Mas eles estavam tentando me vender a casa, então provavelmente não.

— E, se você estiver lendo um livro, a TV avisará caso ele fique disponível na versão filme!

A televisão começou a passar um filme, as cortinas das janelas se fecharam e a luz perto do telefone apagou.

— Eu não sei ler — falei.

— Neste caso, vai ser mais importante ainda, não é? — disse a casa.

— E o quarto? — perguntei. Eu estava pensando em dormir.

— Aqui está!

Uma porta se abriu e eu entrei. O quarto tinha outra TV. Mas a cama estava estranha. Tinha uma espécie de rabisco eletrônico na parte de cima dela.

— Qual é o problema da cama?

— Alguém a desfigurou — a casa respondeu. — Uma pena.

Eu sabia que Temendo ou Kromer deviam ter estragado a cama. Eles não queriam que ninguém ficasse confortável ou dormisse e fosse expulso do concurso. Pelo menos não por enquanto.

— Desculpe! — exclamou a casa. — Vou mostrar o escritório!

No segundo horário de descanso, fui direto para a cama de Gloria e me encolhi, e ela me abraçou por trás, de conchinha. Era o comecinho da manhã e ninguém estava vendo o programa e Temendo não estava falando. Acho que ele também tinha ido tirar uma soneca.

Kromer acordou todo mundo.

— Ele tem que dormir sempre com você, como um bebê?

— Deixa ele em paz! Ele pode dormir onde quiser — Gloria retrucou.

— Não entendi ainda — disse Kromer. — Ele é seu namorado ou seu irmão mais novo?

— Nenhum dos dois — respondeu ela. — O que você tem com isso?

— Tá — Kromer falou. — Mas a gente tem uma tarefa pra ele amanhã.

— Que tarefa?

— A gente precisa de um hacker para um showzinho à parte — Kromer falou. — E vai ser ele.

— Ele nunca participou de uma exploração antes — disse Gloria. — Ele não é hacker coisa nenhuma.

— É o mais próximo que a gente tem. Vamos explicar tudo direitinho pra ele.

— Eu topo! — falei.

— Tá bom, mas então ele fica de fora da Maratona Sexual — ela pediu.

Kromer sorriu.

— Você está protegendo o menino? Sinto muito. Todo mundo participa da Maratona Sexual, meu bem. É o que coloca a comida na mesa. Os clientes não deixam a gente desrespeitar as regras. — Ele apontou para as estruturas metálicas. — Tratem de ir pra lá.

Eu sabia que Kromer achava que eu não sabia sobre Gloria e Temendo, ou outras coisas. Eu queria dizer que não era tão inocente, mas achei que Gloria não ia gostar, então fiquei quieto.

Fui falar com o senhor Espirro. Lembrei onde ele estava da primeira vez.

— O que é uma Maratona Sexual? — perguntei.

— Não sei, Lewis.

— Eu nunca fiz sexo.

— Nem eu — disse o senhor Espirro.

— Todo mundo sempre acha que eu faço sexo com Gloria só porque andamos juntos pra lá e pra cá. Mas somos apenas amigos.

— Isso é legal — afirmou ele. — Não tem problema ser amigos.

— Eu queria namorar a Lane — falei.

No intervalo seguinte, Gloria dormiu enquanto Gilmartin e Kromer me contavam o que a gente ia fazer. Eu ia encontrar uma gaveta marcada e entrar, lá ia ter um monte de números e letras, mas era só ficar apertando "1-2-3" acontecesse o que acontecesse. Eles disseram que aquele deveria ser um arquivo de segurança. Quem estivesse assistindo ia achar que eu estava decifrando códigos, mas era só teatrinho. Depois ia acontecer alguma coisa que eles não me contaram, só falaram que eu tinha que ficar quieto e deixar Temendo falar. Então, descobri que eles iam tirar minha máscara. Eu não sabia se deveria contar para Gloria.

Temendo estava acordado de novo, dando boas-vindas para as poucas pessoas que chegavam. Eu não conseguia acreditar que alguém fosse capaz de assistir aquilo logo de manhã cedo, mas Temendo dizia coisas como "a enérgica determinação de sobreviver que é a epítome do espírito explorador, que no passado fez dos Estados Unidos uma grande nação" e "corpos jovens se contorcendo em agônica conjunção com o futuro", e acho que isso parecia bem divertido.

Uma mulher da cidade já tinha desistido. Mas Lane não.

Um lugar bacana e silencioso para ir era Marte. Era como o avião: puro espaço, sem ninguém, mas melhor ainda, porque não tinha nenhuma voz dizendo pra gente entrar em combate e a gente nunca sofria acidentes.

Fui até a gaveta que eles me mandaram abrir. A voz de Temendo em meu ouvido disse que estava na hora. O lugar era um depósito de informações, mais ou menos como a biblioteca de negócios. Não havia ninguém ali, só arquivos com um monte de luzes piscando e palavras complicadas. Uma voz ficava me pedindo uma "senha de acesso" mas sempre tinha algum lugar onde eu podia apertar "1-2-3", e era o que eu fazia. Parecia uma piada, como uma parede feita de penas que cai toda vez que a gente encosta nela.

Encontrei um monte de papéis com coisas escritas. Algumas das palavras estavam cobertas por tarjas pretas e outras eram de um vermelho vivo que piscava. Uma sirene soou. Então senti mãos me puxando do lado de fora e alguém tirou minha máscara.

Havia dois caras que nunca vi antes me puxando, e Ed e Kromer puxando os dois. Todo mundo gritando uns com os outros, mas era meio falso, porque ninguém estava puxando nem gritando muito forte.

— É o FBI, FBI! — Temendo gritou.

Um monte de gente tinha se aglomerado em volta do meu monitor, acho que olhando os papéis que eu tinha encontrado, mas eles pararam para ver a ação.

Temendo veio na nossa direção e sacou uma arma de brinquedo, e Kromer fez o mesmo, e eles estavam fazendo os dois homens se afastarem de mim. Com certeza, a plateia percebeu que era encenação. Mas estavam superempolgados, talvez só por se lembrarem da época em que o FBI realmente existia.

Saí do meu lugar e olhei em volta. Não sabia o que iam fazer comigo agora que eu estava fora, mas não liguei. Foi minha primeira chance de ver como era quando os participantes estavam todos com trajes e máscaras, nadando na informação. Nenhum deles sabia o que estava acontecendo, nem Gloria, que estava bem do meu lado o tempo todo. Eles continuavam simplesmente visitando os ambientes de exploração. Olhei para Lane. Ela parecia bem, como se estivesse dançando.

Enquanto isso, Temendo e Kromer perseguiam os sujeitos na parte de trás. As pessoas esticavam o pescoço para ver. Temendo voltou, pegou o microfone e disse:

— Não foi culpa dele, pessoal. Ele só tem instinto de hacker para investigar corrupção a partir de dados criptografados. O FBI não quer que a gente siga os rastros deles, mas o garoto não conseguiu evitar.

Ed e Kromer começaram a me colocar de novo no traje.

— Botamos aqueles caras pra correr — Temendo afirmou, batendo de leve na arma. — Nós protegemos quem está com a gente. Não tem como saber quem vai aparecer xeretando por aqui, não é verdade? Para proteção dele e nossa, a gente vai ter que deletar aquele arquivo, mas isso é mais uma prova de que não tem limite para o que um cara com bom faro para dados pode desenterrar no ciberespaço. A gente não pode expulsá-lo do concurso por fazer uma coisa que é natural para ele. Vamos dar uma salva de palmas para o garoto, pessoal.

As pessoas aplaudiram e uns poucos jogaram moedas. Ed pegou a moedinha para mim, depois me mandou pôr a máscara. Enquanto isso, Gloria e Lane e todos os outros continuaram simplesmente passeando por seus ambientes de exploração.

Comecei a entender o que Kromer e Temendo estavam tramando. Não era uma coisa só. Parte era encenação e parte era real, e parte era uma mistura das duas coisas, para que ninguém desconfiasse.

Era bem provável que as pessoas que estavam vendo não soubessem por que queriam estar ali, exceto pelo fato de que por um tempo elas se esqueciam da vida ferrada que levavam só de ver os únicos trouxas mais trouxas do que eles: nós.

— Enquanto isso, o espetáculo continua — disse Temendo. — Quanto tempo eles vão aguentar? Quem vai levar o prêmio?

No intervalo seguinte, contei a história para Gloria. Ela só deu de ombros e falou para eu cobrar Kromer e pedir meu dinheiro. Temendo estava falando com Anne, a mulher da van, e Gloria olhava para os dois como se quisesse que eles morressem.

Um sujeito estava deitado em sua cama falando sozinho como se ninguém pudesse ouvir, e Gilmartin e Kromer apareceram e disseram que ele estava fora. Ele não pareceu se importar.

Fui ver Lane, mas a gente não conversou. Ficamos sentados na cama dela de mãos dadas. Eu não sabia se isso significava para ela a mesma coisa que significava para mim, mas gostei.

Depois do intervalo, fui falar com o senhor Espirro. Ele me contou a história do programa sobre o Natal. Disse que não se tratava sempre de receber presentes. Às vezes, a gente também tinha que dar presentes.

A Maratona Sexual começou tarde da noite. Eles tiraram todo mundo do local e cobraram outro ingresso de quem quis voltar, porque era um evento especial. Temendo atiçou o pessoal o dia todo, falando que aquilo era só para adultos, que separava os homens dos meninos, coisas do gênero. E também que ia ter gente sendo expulsa da competição. Por isso já estávamos bem nervosos quando ele contou as regras.

— O que seria das explorações sem sexo virtual? — disse ele. — Agora nossos viajantes devem testar suas habilidades no domínio da sensualidade, pois o futuro não é composto apenas por informações frias. O futuro também é um lugar de desejo e de tentação e, como sempre, a sobrevivência pertence aos mais aptos. Os soldados serão levados para o campo de batalha sexual. A questão é, será que eles vão morrer de prazer ou morrer de fato?

Gloria não me explicava nada.

— Não vamos morrer de verdade — foi a única coisa que ela falou.

— Mais uma vez, as regras são tão simples que poderiam ser seguidas por uma criança. No ambiente da Exploração Sexual, nossos competidores terão liberdade para escolher entre vários parceiros virtuais. Colocamos muitas opções neste programa, tem escolhas para todos os gostos, podem acreditar. Não vamos julgar as escolhas deles, porém – eis o ponto – vamos tabular os resultados. Os trajes vão informar quem chegou e quem não chegou ao orgasmo nesta próxima sessão, e quem não conseguir vai direto para a porta da rua. Os trajes não mentem. Encontrem o êxtase ou morram, meus caros, encontrem o êxtase ou morram.

— Entendeu agora? — Gloria me perguntou.

— Acho que sim — falei.

— Como sempre, alertamos o público a jamais interferir na competição durante o jogo. Sigam suas fantasias nos monitores, ou observem os corpos jovens lutarem contra a exaustão, buscando unir a lascívia virtual a uma resposta física genuína. Mas sem contato físico.

Kromer andava de um lado para outro, conferindo os trajes.

— Quem vai estar na sua fantasia, garoto? — ele me perguntou. — O boneco de neve?

Eu tinha esquecido que eles podiam me ver conversando com o senhor Espirro na minha televisão. Fiquei vermelho.

— Vá se foder, Kromer! — exclamou Gloria.

— Quem vai foder hoje é você, meu bem! — disse ele, rindo.

Bom, aprendi a me virar na Exploração Sexual deles e não tenho nenhuma grande vergonha de dizer que encontrei uma garota que lembrava Lane, exceto pelo jeito dela de se esforçar demais para ser sexy. Mas era parecida com Lane. Não precisei me esforçar muito para que a gente começasse a falar sobre sexo. Ela só pensava nisso. Pediu pra eu falar o que eu queria fazer com ela e, quando eu não conseguia imaginar muita coisa, ela sugeria coisas e eu simplesmente concordava. E, quando eu concordava, ela andava de um lado para outro suspirando, como se fosse muito excitante conversar sobre sexo, ainda que fosse ela quem falava. Ela queria me tocar, mas não podia, por isso ela tirou a roupa e chegou perto de mim e tocou o próprio corpo. Também toquei nela, mas não dava para sentir grande coisa e parecia que minhas mãos eram de madeira, o que não devia ser muito agradável para ela, apesar de ela agir como se fosse sensacional.

Também me masturbei um pouco. Tentei não pensar na plateia. Eu estava um pouco confuso sobre o que era o que debaixo do traje – e com a respiração forte dela no ouvido – mas consegui o resultado desejado. Não foi difícil.

Depois voltei para as gavetas, mas Kromer me deixou constrangido demais para visitar o senhor Espirro, por isso fui para Marte, mesmo querendo falar com ele.

A plateia estava superagitada no intervalo seguinte. Agora, sim, o preço do ingresso estava valendo a pena. Fui para a cama de Gloria. Perguntei se ela também tinha usado as mãos.

— Você não precisava ter feito isso — disse ela.

— Mas tinha outro jeito?

— Eu só fingi. Acho que eles não têm como saber. Querem ver a gente se contorcendo.

Bom, acho que algumas mulheres da cidade não se contorceram o suficiente, porque Kromer e Ed estavam tirando algumas participantes da competição. Algumas estavam chorando.

— Eu não devia ter feito — falei.

— Dá na mesma — retrucou Gloria. — Não se sinta mal. Provavelmente outras pessoas fizeram o mesmo.

Lane não foi expulsa, mas vi que ela estava chorando mesmo assim.

Kromer trouxe um sujeito pela parte de trás do prédio e me disse:

— Vá para a sua cama, bonequinho de neve.

— Deixe ele ficar — Gloria pediu. Ela não estava olhando para Kromer.

— Trouxe alguém que quer conhecer você — Kromer falou para ela. — Senhor Warren, esta é Gloria.

O senhor Warren apertou a mão dela. Ele era bem velho.

— Estava admirando você — afirmou ele. — Você é muito boa.

— O senhor Warren quer saber se você deixaria ele pagar uma bebida para você — disse Kromer.

— Obrigada, mas preciso dormir — Gloria recusou.

— Talvez mais tarde — o senhor Warren falou, então foi embora.

Kromer voltou e disse:

— Você não devia recusar dinheiro fácil.

— Eu não preciso disso! — Gloria exclamou. — Vou ganhar o seu concurso, seu cafetão de merda.

— Gloria, você não quer passar a impressão errada.

— Me deixe em paz.

De repente, percebi que Anne não estava na área de descanso e imaginei que ela queria o dinheiro fácil que Gloria não queria. Não sou tão burro.

A preocupação com a Maratona Sexual me impediu de perceber como eu estava cansado. Logo depois, comecei a cochilar durante as explorações. Eu não podia ficar parado. Depois de passar por algumas coisas novas fui ver o boneco de neve mais uma vez. Era de manhã cedo e imaginei que Kromer estivesse dormindo, e quase não tinha gente na plateia para ver o que estava passando na minha televisão. Então o senhor Espirro e eu conversamos, e isso me ajudou a ficar acordado.

Não fui o único a ficar cansado depois daquela noite. No intervalo seguinte, vi que várias pessoas tinham desistido ou sido expulsas por terem dormido. Só restavam dezessete. Eu não conseguia mais ficar acordado. Mas despertei quando ouvi alguém gritando no lugar onde Lane estava.

Eram os pais dela. Deviam ter ouvido falar da Maratona Sexual. Talvez o namorado dela, que também estava lá, tivesse contado. Lane estava sentada chorando atrás de Temendo, que dizia para os pais dela saírem dali, e o pai só falava:

— Eu sou o pai dela! Eu sou o pai dela!

A mãe de Lane puxava Temendo, mas Ed foi até lá e começou a puxar a mãe.

Eu ia levantar, mas Gloria segurou meu braço e disse:

— Não se meta.

— Lane não quer ver aquele cara — falei.

— O pessoal da cidade que resolva suas coisas, Lewis. Deixe o pai levar a menina pra casa se ele conseguir. Não é a pior solução pra ela.

— Você só quer que ela saia da competição — afirmei.

— Não estou preocupada com a chance de a sua namorada ganhar de mim — Gloria disse, rindo. — Até porque ela está quase desistindo.

Então fiquei só olhando. Kromer e Ed tiraram os pais e o namorado de Lane da área de descanso e os levaram para a plateia. Temendo gritava com eles, fazendo um espetáculo. Do ponto de vista dele, tudo aquilo era parte do show.

Anne da van foi falar com Lane, que ainda chorava, agora baixinho.

— Você acha mesmo que tem como ganhar? — perguntei para Gloria.

— Claro, por que não? — retrucou ela. — Eu aguento.

— Estou bem cansado.

Na verdade, parecia que meus olhos estavam cheios de areia.

— Bom, se você não aguentar, continue por perto. É bem provável que você consiga comida com Kromer. É só você limpar o lugar ou algo assim. Vou ganhar desses cretinos.

— Você não gosta mais de Temendo — falei.

— Nunca gostei — ela me corrigiu.

Naquela tarde, mais três pessoas desistiram. Temendo falava sobre perseverança e fiquei imaginando que era muito mais difícil viver como eu e Gloria vínhamos vivendo do que estar na cidade e, por isso, talvez estivéssemos em vantagem. Talvez por isso Gloria achava que podia ganhar. Mas eu com certeza não me sentia assim. Estava tão confuso que às vezes nem conseguia dormir nos intervalos de descanso, só ficava deitado ouvindo Temendo ou comia os sanduíches até querer vomitar.

Kromer e Gilmartin estavam planejando algum show à parte, mas eu não fazia parte do plano e não dei a mínima. Não queria que jogassem moedas em mim. Só queria chegar ao fim daquilo.

Quando eu construía as cidades perto da água, a praga sempre matava todo mundo. Quando eu construía as cidades perto das montanhas, os vulcões sempre matavam todo mundo. Quando eu construía as cidades na planície, a outra tribo vinha e matava todo mundo, e eu enjoei daquilo tudo.

— Quando Gloria ganhar, a gente vai poder morar um tempo na cidade — falei. — A gente podia até arranjar um trabalho, se é que existe algum. E se Lane não quiser voltar para a casa dos pais, ela pode ficar com a gente.

— Você pode ganhar a competição — afirmou o senhor Espirro.

— Acho que não — eu disse —, mas Gloria pode.

* * *

Por que Lewis atravessou Marte? Para chegar do outro lado. Haha.

Quando saí para o período de descanso, Gloria já estava gritando, e tirei meu traje e corri para ver o que estava acontecendo. Era tão tarde que já estava começando a ficar claro lá fora, e não tinha quase ninguém na plateia.

— Ela está trapaceando! — Gloria gritou. Estava batendo em Kromer, que recuava porque ela estava enlouquecida. — Aquela piranha está trapaceando! Você deixou ela dormir! — Gloria apontou para Anne da van. — Ela fica lá dormindo enquanto você passa gravações no monitor dela, seu trapaceiro filho da puta!

Anne se ergueu na estrutura dela e não disse nada. Parecia confusa.

— Vocês são um bando de trapaceiros! — Gloria ficava repetindo.

Kromer pegou Gloria pelos pulsos e falou:

— Pega leve, pega leve. A exploração está deixando você louca, menina.

— Não me chame de louca! — exclamou Gloria. Ela se livrou de Kromer e correu para a plateia. O senhor Warren estava lá, com o chapéu na mão, olhando para Gloria.

Corri atrás de Gloria e a chamei, mas ela gritou:

— Me deixe em paz! — E foi na direção do senhor Warren. — Você viu, não viu?

— Como? — perguntou ele.

— Não é possível que você não tenha visto, ela estava completamente parada — disse Gloria. — Vamos lá, conte pra esses trapaceiros que você viu. Se você contar, eu saio com você.

— Desculpe, querida. Eu estava olhando para você.

Kromer me empurrou para me tirar do caminho e agarrou Gloria por trás.

— Escute aqui, garota. Você está alucinando. A exploração está dando onda. A gente vê isso o tempo todo. — Ele estava falando baixo, mas de um jeito firme. — Se continuar com isso, você está fora do show, está me entendendo? Vá lá pra trás e deite e durma um pouco. Você está precisando.

— Seu cretino! — exclamou Gloria.

— Verdade, eu sou um cretino, mas você está vendo coisas.

Ele segurou o pulso de Gloria e ela cedeu.

O senhor Warren se levantou e colocou o chapéu.

— Até amanhã, meu bem. Não se preocupe. Estou torcendo por você — ele disse, e saiu.

Gloria não olhou para ele.

Kromer levou Gloria de volta para a área de descanso, mas de repente parei de prestar atenção. Estava pensando que Temendo não tinha tirado partido da confusão ao falar daquilo sem parar porque não tinha muita gente ali para impressionar. Então olhei em volta e percebi que estavam faltando duas pessoas: Temendo e Lane.

Encontrei Ed e perguntei se Lane tinha desistido da competição, e ele disse que não.

— Talvez tenha um jeito de você descobrir se Anne está explorando de verdade ou se é uma trapaceira — falei para o senhor Espirro.

— Não sei como eu poderia fazer isso — disse ele. — Não tenho como visitar ninguém, ela é quem tem que vir me visitar. E ninguém me visita, além de você. — Ele pulou e chacoalhou em seus cinco lugares. — Eu gostaria de conhecer Gloria e Lane.

— Não quero falar sobre Lane — respondi.

Quando encontrei Temendo, não conseguia olhar para ele. Ele estava falando com as pessoas que apareceram de manhã, não pelo microfone, mas falando com uma pessoa por vez, apertando a mão delas e sendo elogiado, como se ele mesmo estivesse fazendo a exploração.

Só restavam oito pessoas na competição. Lane continuava participando, mas eu não estava nem aí.

Sabia que, se eu tentasse dormir, ia só ficar ali deitado, pensando. Por isso fui lavar meu traje, que estava cheirando mal. Eu não tinha tirado o traje desde o começo da competição. No banheiro, olhei pela janelinha, vi a luz do sol e pensei que eu também estava preso naquele prédio fazia cinco dias, ainda que tivesse ido a Marte e sei lá mais aonde.

Voltei e vi Gloria dormindo, e de repente pensei que eu devia tentar ganhar.

Mas talvez eu só tivesse me dado conta de que Gloria não ia ganhar.

* * *

Não notei de cara porque fui ver outros lugares primeiro. O senhor Espirro me fez prometer que eu sempre teria alguma coisa nova para contar para ele, por isso eu sempre abria algumas gavetas. Fui para um jogo de tanques, mas era chato. Depois encontrei um lugar chamado Museu Americano de História de Sangue e Cera e impedi o assassinato do presidente Lincoln duas vezes. Tentei impedir o assassinato do presidente Kennedy, mas, se eu conseguisse impedir que ele fosse morto de um jeito, ele sempre acabava sendo assassinado de um jeito diferente. Não sei por quê.

Então fui contar isso para o senhor Espirro, e foi aí que descobri. Fui à gaveta dele e apertei os números certos, mas o que encontrei não foram as cinco imagens de sempre do boneco de neve. Eram partes dele despedaçadas e espalhadas em tiras brancas, em volta do espaço preto, como uma faixa de luz branca.

— Senhor Espirro? — perguntei.

Não se ouviu nenhuma voz.

Saí e voltei, mas estava tudo igual. Ele não conseguia falar. As tiras brancas ficavam mais finas e mais grossas, como se estivessem tentando se mexer ou falar. Lembrava um pouco uma mão abrindo e fechando. Mas, mesmo se ele ainda estivesse ali, não conseguia falar.

Eu teria tirado minha máscara naquele momento de qualquer jeito, o calor do meu rosto e as lágrimas me obrigaram.

Vi Temendo lá na frente falando e fui na direção dele. Nem me lembrei de desconectar o traje, o que acabou rompendo alguns cabos. Nem liguei. Eu sabia que já estava fora. Fui direto para cima de Temendo e o ataquei pelas costas. Ele não era tão grande, afinal. A única coisa grande nele era a voz. Ele caiu no chão.

— Você o matou! — afirmei, e soquei a cara dele com toda a minha força, mas é claro que Kromer e Gilmartin apareceram para segurar meus braços antes que eu pudesse dar mais um soco. Só gritei para Temendo: — Você o matou, você o matou!

Temendo estava rindo de mim e limpando a boca.

— Seu boneco de neve deu pau, cara.

— É mentira!

— Você estava entediando todo mundo com aquele boneco de neve, seu pirralho. Dá um tempo, pelo amor de Deus.

Continuei chutando mesmo depois de terem me afastado dele.

— Vou matar você! — exclamei.

— Sei — ele falou. — Bota esse cara pra fora daqui.

Ele não parou de sorrir nem por um instante. Tudo se encaixava no plano dele, e era isso que eu odiava.

Kromer, o gorilão, e Gilmartin me empurraram para a luz do sol, e foi como se uma faca entrasse nos meus olhos. Eu não conseguia acreditar naquele brilho. Eles me atiraram caído na rua e, quando me levantei, Kromer me deu um soco forte.

Então, Gloria saiu também. Não sei como ela descobriu, se me ouviu gritar ou se Ed a acordou. Seja como for, ela deu um belo de um soco no flanco de Kromer e disse:

— Deixe ele em paz!

Kromer ficou surpreso e gemeu, e me afastei dele. Gloria deu outro soco nele. Depois ela fez meia-volta e deu um chute no saco de Gilmartin e ele caiu. Apesar do que aconteceu em seguida, vou sempre lembrar que ela deu para aqueles caras algo que eles iam ficar sentindo por uns dois dias.

A gangue que espancou a gente era uma mistura de milícia e de outros caras da cidade, incluindo o namorado de Lane. Curioso que ele tenha descontado sua frustração na gente, mas isso só mostra o domínio de Temendo sobre aquela cidade.

Fora da cidade, encontramos uma casa onde podíamos nos esconder e dormir um pouco. Dormi por mais tempo do que Gloria. Quando acordei, ela estava nos degraus na frente da casa esfregando uma colher no asfalto para fazer uma ponta afiada, embora desse pra ver que aquilo estava machucando o braço dela.

— Bom, a gente conseguiu comida por uns dias — eu disse.

Gloria não falou nada.

— Vamos para São Francisco — sugeri. — Tem muita mulher solitária por lá.

Eu estava brincando, claro.

Gloria olhou para mim e perguntou:

— O que isso quer dizer?

— Que talvez, pelo menos uma vez, eu possa colocar a gente pra dentro.

Gloria não riu, mas eu sabia que ela ia rir mais tarde.

George R. R. Martin é o mundialmente famoso autor da série épica de fantasia *As crônicas de gelo e fogo* (adaptada para a TV pela HBO como *Game of Thrones*), além de outros romances, como *A morte da luz* e *The Armageddon Rag*. Seus contos – que apareceram em diversas antologias e nas principais revistas do gênero – renderam a ele quatro Hugos, dois Nebulas, o Stoker e o World Fantasy Award. Martin também é conhecido por editar a série antológica de universo compartilhado de super-heróis *Wild Cards*, e por seu trabalho como roteirista em projetos para TV, como a versão dos anos 1980 de *Além da imaginação* e de *A bela e a fera*.

ESCUROS, MUITO ESCUROS ERAM OS TÚNEIS

GEORGE R. R. MARTIN

Antes de Martin se tornar o rei da fantasia épica (ou "O Tolkien americano", como a revista Time *gosta de chamá-lo), grande parte de sua ficção tinha caráter de ficção científica, como no caso de* Reis da areia, *vencedor de múltiplos prêmios, e do conto incluído neste livro. No conto a seguir, você conhecerá Greel. Ele é um explorador do Povo. Penetrou nos Velhos Túneis, de onde, segundo os bardos, o Povo havia saído um milhão de anos antes. Ele não é covarde, mas está com medo, e com razão. Veja bem, ele está muito acostumado à escuridão, mas alguns visitantes vieram ao túnel, e trouxeram luz com eles.*

Greel estava com medo.

Ele estava deitado na escuridão abundante e quente além do ponto onde o túnel se curvava, seu corpo delgado apertado contra a estranha barra de metal ao longo do solo. Seus olhos estavam fechados. Ele se esforçava para permanecer completamente imóvel.

Estava armado. Uma pequena lança farpada que ele apertava com força na mão direita. Mas isso não diminuía seu medo.

Havia chegado muito longe. Tinha ido mais alto e mais longe do que qualquer outro explorador do Povo em muitas gerações. Havia lutado para abrir caminho ao passar pelos Níveis Ruins, onde as coisas-verme ainda caçavam o Povo incessantemente. Perseguiu e exterminou a toupeira brilhante assassina em meios aos destroços dos Túneis Intermediários. Espremeu-se para atravessar dezenas de passagens não mapeadas e sem nome, que mal pareciam grandes o suficiente para um homem.

E agora ele tinha entrado nos Mais Antigos Túneis, os grandes túneis e saguões lendários, de onde os bardos contavam que o Povo havia saído um milhão de anos antes.

Ele não era um covarde. Era um explorador do Povo e se arriscava a andar por túneis onde nenhum homem se aventurava em séculos.

Mas ele estava com medo, e não tinha vergonha disso. Um bom explorador sabe quando sentir medo. E Greel era um excelente explorador. Por isso ficou deitado em silêncio na escuridão, agarrou sua lança, e pensou.

Aos poucos, o medo começou a diminuir. Greel se preparou mentalmente e abriu os olhos. Rapidamente os fechou de novo.

O túnel à frente dele estava em chamas.

Ele nunca havia visto fogo. Mas os bardos cantaram sobre o fogo muitas vezes. Era quente. E brilhante, tão brilhante que chegava a machucar os olhos. A cegueira era o destino dos que olhavam para ele por muito tempo.

Por isso Greel ficou de olhos fechados. Um explorador precisa de seus olhos. Não podia permitir que ele adiante o cegasse.

Aqui, na escuridão além da curva do túnel, o fogo não era tão mau. Os olhos ainda doíam de olhar para ele, pendurado na parede da curva do túnel. Mas era uma dor suportável.

Porém mais cedo, ao ver o fogo pela primeira vez, Greel não havia agido com sabedoria. Tinha avançado se arrastando, de olhos semicerrados, até o ponto em que a parede se curvava. Tocou o fogo pendurado sobre a pedra. E então, como um tolo, olhou para além da curva.

Seus olhos ainda doíam. Ele tinha dado apenas uma rápida olhadela antes de voltar girando e se arrastando em silêncio para o lugar onde estava antes. Mas aquilo foi suficiente. Além da curva, o fogo era mais brilhante, muito mais brilhante, mais brilhante do que ele teria sido capaz de imaginar. Mesmo de olhos fechados, ainda podia ver dois pontos dançantes e dolorosos de brilho intenso e horrível. Eles não iam embora. *O fogo tinha queimado parte de seus olhos*, ele pensou.

Mesmo assim, ao tocar no fogo pendurado na parede, ele percebeu que não era como aquele fogo sobre o qual os bardos cantavam. Tocar a pedra era como tocar qualquer outra pedra, fria e um pouco úmida. O fogo era quente, diziam os bardos. Mas o fogo na pedra não era quente quando ele o tocou.

Portanto não era fogo, Greel decidiu depois de pensar. Ele não sabia o que era aquilo. Mas fogo não podia ser, pois não era quente.

Ele se mexeu de leve no lugar onde estava deitado. Quase sem se mover, estendeu a mão e tocou H'ssig no escuro.

Seu irmão mental estava a vários metros de distância, perto de outra barra metálica. Greel entrou na mente de H'ssig e conseguiu sentir o tremor que isso causou nele. Pensamentos e sensações se misturavam silenciosamente.

H'ssig também estava com medo. O grande rato de caça não tinha olhos. Mas seu faro era mais apurado que o de Greel, e havia um cheiro estranho no túnel. Seus ouvidos também eram melhores. Com eles, Greel conseguia captar uma parcela maior dos estranhos ruídos que vinham de dentro do fogo que não era fogo.

Greel voltou a abrir os olhos. Agora lentamente, e não de uma vez só. Semicerrados.

Os buracos que o fogo abriu em seus olhos continuavam lá. Mas estavam sumindo. E o fogo mais suave que se movia no túnel curvo era tolerável quando Greel não olhava direto para ele.

Mesmo assim. Ele não tinha como ir em frente. E não devia recuar. Ele era um explorador. Tinha uma missão.

Ele entrou na mente de H'ssig de novo. O rato de caça estava ao lado dele desde o nascimento. Nunca o tinha deixado na mão. Não ia ser dessa vez. O rato não tinha olhos que pudessem queimar, mas seus ouvidos e seu nariz diriam a Greel o que ele precisava saber sobre o que havia além da curva.

H'ssig sentiu a ordem, mais do que a ouviu. Avançou lentamente em direção ao fogo.

— Um tesouro!

A voz de Ciffonetto estava tomada pela admiração. A camada de óleo protetor espalhada pelo rosto dele mal escondia seu sorriso.

Von der Stadt parecia desconfiado. Não era só seu rosto, seu corpo todo irradiava dúvida. Os dois homens estavam vestidos do mesmo modo, com macacões cinza feitos de um material metálico pesado. Mas seria impossível confundi-los. Von der Stadt tinha uma capacidade única de expressar dúvida permanecendo absolutamente imóvel.

Quando se movia, ou falava, ele realçava essa impressão. Como aconteceu agora.

— Que belo tesouro — disse Von der Stadt, simplesmente.

Foi o suficiente para irritar Ciffonetto. Ele franziu a testa discretamente para o companheiro mais alto.

— Não, estou falando sério — retrucou ele. O raio de luz que saía de sua pesada lanterna cortava a densa escuridão e brincava, subindo e descendo, por um dos pilares de aço corroídos pela ferrugem que iam da plataforma até o teto. — Olhe para isso — Ciffonetto continuou.

Von der Stadt olhou. Desconfiado.

— Estou vendo — disse. — E onde está o tesouro?

Ciffonetto continuou a mover a luz da lanterna para cima e para baixo.

— Este é o tesouro — explicou ele. — Este lugar é uma grande descoberta histórica. Eu sabia que era aqui que devíamos procurar. Falei para eles.

— O que há de tão maravilhoso numa viga de aço? — Von der Stadt perguntou, correndo a luz de sua lanterna pelo pilar.

— O estado de preservação — Ciffonetto disse, se aproximando. — Quase tudo acima do solo é resíduo radioativo, até hoje. Mas aqui embaixo temos alguns belos artefatos. Isso vai nos dar um retrato muito mais preciso de como era a antiga civilização, antes do desastre.

— Sabemos como era a velha civilização — Von der Stadt protestou. — Temos fitas, livros, filmes, tudo. Todo tipo de coisa. A guerra nem chegou a Luna.

— Sim, sim, mas isto é diferente — Ciffonetto disse. — Isto é realidade. — Com carinho, ele passou pelo pilar a mão coberta por uma luva. — Olhe aqui — ele mostrou.

Von der Stadt se aproximou.

Havia algo escrito em relevo no metal. Rabiscado, melhor dizendo. Não era muito fundo, mas ainda era possível ler, com certa dificuldade.

Ciffonetto estava sorrindo novamente. Von der Stadt olhou desconfiado.

— "Rodney ama Wanda" — ele leu, e sacudiu a cabeça. — Que merda, Ciff — continuou ele. — Dá para encontrar a mesma coisa em qualquer banheiro público de Luna City.

Ciffonetto revirou os olhos e disse:

— Von der Stadt, se encontrássemos a pintura mais antiga do mundo em uma caverna, você provavelmente ia dizer que era um desenho horroroso de um búfalo.

Ele bateu no escrito com a mão que estava livre.

— Você não entende? Isto é antigo. É história. São os vestígios de uma civilização, de uma nação, de um planeta que morreu há quase quinhentos anos.

Von der Stadt não respondeu, mas ainda parecia desconfiado. Sua lanterna vagava pelo local.

— Tem mais coisas do gênero, se é isso que você procura — disse ele, segurando firme a lanterna apontada para outro pilar a poucos metros de distância.

Dessa vez foi Ciffonetto quem leu a inscrição.

— "Arrependei-vos ou estareis condenados" — ele falou, sorrindo, depois que a luz de sua lanterna misturou-se à de Von der Stadt.

Ciffonetto deu uma leve risadinha.

— As palavras dos profetas estão escritas nas paredes do metrô — afirmou ele baixinho.

Von der Stadt franziu a testa e disse:

— Belo profeta. Eles deviam ter uma religião bem esquisita.

— Ah, meu Jesus — Ciffonetto gemeu. — Eu não estava falando literalmente. Era uma citação. Um poeta de meados do século vinte chamado Simon. Ele escreveu isso mais ou menos uns cinquenta anos antes do grande desastre.

Von der Stadt não estava interessado. Andava de um lado para outro, impaciente, sua luz iluminando aqui e ali em meio às ruínas absolutamente escuras da antiga estação de metrô.

— Está quente aqui embaixo — ele reclamou.

— Lá em cima é mais quente — Ciffonetto disse, já perdido em uma nova inscrição.

— Não é o mesmo tipo de calor — Von der Stadt retrucou.

Ciffonetto não se importou em responder.

— Esta é a grande descoberta da expedição — ele falou, finalmente olhando para cima. — Temos que registrar isto em imagens. E trazer os outros aqui. Estamos perdendo tempo na superfície.

— Vamos nos sair melhor aqui embaixo? — Von der Stadt disse. Desconfiado, é claro.

Ciffonetto fez que sim com a cabeça.

— É o que eu venho dizendo o tempo todo. A superfície está devastada. Lá em cima é um inferno radioativo, mesmo depois de tantos séculos. Se alguma coisa sobreviveu, foi aqui embaixo. É aqui que a gente deveria procurar. A gente deveria se separar e explorar todo esse sistema de túneis. — As mãos dele faziam um gesto expansivo.

— Você e Nagel discutiram sobre isso a viagem toda — Von der Stadt disse. — Desde Luna City. Não acho que tenha sido muito proveitoso.

— O doutor Nagel é um tolo — Ciffonetto disse com cuidado.

— Não acho — Von der Stadt retrucou. — Sou um soldado, não sou cientista. Mas ouvi os argumentos dele, e fazem sentido. Todas essas coisas aqui embaixo são ótimas, mas não é isso que Nagel quer. Não foi para procurar isso que enviaram a expedição para a Terra.

— Eu sei, eu sei — Ciffonetto concordou. — Nagel quer vida. Vida humana, especialmente. Por isso ele faz os aviadores irem cada dia mais longe. E até agora ele não conseguiu nada além de umas poucas espécies de insetos e um punhado de pássaros mutantes.

Von der Stadt deu de ombros.

— Se tivesse olhado aqui embaixo, ele teria encontrado o que tanto procura — Ciffonetto continuou. — Ele não tem noção de como as cidades cavaram fundo antes da guerra. Níveis e mais níveis. É aqui que os sobreviventes estariam, se é que há sobreviventes.

— Como você pode saber disso? — Von der Stadt perguntou.

— Veja bem, quando estourou a guerra, só poderiam sobreviver aqueles que estavam em abrigos profundos. Ou nos túneis abaixo das cidades. A radioatividade teria impedido que eles subissem por muitos anos. Bom, a superfície continua não sendo muito atraente hoje em dia.

Eles teriam ficado presos aqui. Teriam se adaptado. Depois de algumas gerações já não iam querer subir.

Mas a atenção de Von der Stadt estava longe, e ele não estava mais ouvindo quase nada. Tinha andado até a beira da plataforma e estava olhando para os trilhos lá embaixo.

Ele ficou ali em silêncio por um minuto, depois tomou uma decisão. Prendeu a lanterna no cinto e começou a descer.

— Venha — disse ele. — Vamos procurar esses seus sobreviventes.

H'ssig permaneceu perto da barra metálica enquanto avançava. Isso o ajudava a se esconder, e mantinha o fogo a distância, de modo que H'ssig se movia em uma estreita faixa de semiescuridão. Tentando se manter naquela faixa, arrastou-se em silêncio pela curva, e então parou.

Por meio dele, Greel observava: com as orelhas e com o nariz do rato.

O fogo falava.

Havia dois odores, parecidos mas não iguais. E havia duas vozes. Assim como tinha havido dois fogos. As coisas brilhantes que queimaram os olhos de Greel eram algum tipo de criatura viva.

Greel ouvia. Os sons que H'ssig ouvia com tanta clareza eram palavras. Um tipo de linguagem. Greel estava certo disso. Ele sabia a diferença entre os rugidos e gemidos de animais e os padrões de fala.

Mas os objetos de fogo falavam em uma língua que ele não conhecia. Os sons não tinham nenhum significado para ele, assim como não tinham para H'ssig, que os retransmitia.

Ele se concentrou no odor. Era um cheiro estranho, diferente de tudo que ele conhecia. Mas de algum modo parecia um odor humano, embora não pudesse ser.

Greel pensou. Um cheiro quase humano. E palavras. Será que os objetos de fogo poderiam ser homens? Seriam homens estranhos, muito diferentes do Povo. Mas os bardos cantaram sobre homens de tempos antigos que tinham estranhos poderes e formas. Não poderiam ser esses homens? Aqui, nos Mais Antigos Túneis – onde, segundo a lenda, os Antigos haviam criado o Povo –, será que esses homens não poderiam viver?

Sim.

Greel se mexeu. Moveu-se lentamente de onde estava deitado, erguendo-se até ficar de cócoras e olhar com os olhos semicerrados para a curva à sua frente. Um estalo silencioso trouxe H'ssig de volta à segurança, longe do túnel ardente além da curva.

Havia um jeito de ter certeza, Greel pensou. Tremendo e com muito cuidado, ele avançou com sua mente.

Von der Stadt se adaptou à gravidade terrestre com muito mais facilidade que Ciffonetto. Chegou rapidamente ao chão do túnel, e esperou impaciente enquanto o companheiro descia da plataforma.

Ciffonetto deixou-se cair mais ou menos nos últimos trinta centímetros, e aterrissou com um baque. Olhou apreensivo para a plataforma lá em cima.

— Espero que eu consiga subir de novo — disse.

Von der Stadt deu de ombros.

— Foi você que quis explorar todos os túneis.

— Sim — disse Ciffonetto, desviando o olhar da plataforma para o entorno. — E continuo querendo. Lá embaixo, nos túneis, estão as respostas que procuramos.

— Essa é a sua teoria, pelo menos — Von der Stadt afirmou. Ele olhou para os dois lados, escolheu um aleatoriamente e foi adiante, a luz da lanterna como uma lança à sua frente. Ciffonetto o seguiu a meio passo de distância.

O túnel em que eles entraram era longo, reto e vazio.

— Diga uma coisa — Von der Stadt disse sem cerimônia enquanto os dois caminhavam —, mesmo que seus sobreviventes tenham resistido à guerra nesses abrigos, eles não teriam sido forçados a ir até a superfície para continuarem vivos? Quero dizer... Como alguém poderia viver aqui embaixo?

Ele olhou para o túnel à sua volta com evidente aversão.

— Você andou tendo aulas com Nagel ou algo assim? — Ciffonetto perguntou. — Já ouvi isso tantas vezes que nem aguento mais. Admito que seria difícil. Mas não impossível. No começo, eles teriam acesso a muitos suprimentos de comida em lata. Esse tipo de coisa existia em grande quantidade nos porões. Daria para chegar lá escavando túneis. Havia plantas que cresciam sem luz. E imagino que também houvesse insetos e outros animais.

— Uma dieta de insetos e cogumelos. Não me parece muito saudável.

Ciffonetto parou de repente, sem se dar ao trabalho de responder.

— Olhe lá — disse, apontando com a lanterna.

O raio de luz oscilava sobre uma ruptura irregular na parede do túnel. Parecia que alguém tinha atravessado a pedra havia muito tempo.

A luz de Von der Stadt se uniu à de Ciffonetto para iluminar melhor a área. Havia uma passagem que descia a partir do buraco. Ciffonetto foi na direção dela, surpreso.

— O que você me diz disso, Von der Stadt? — ele perguntou, sorrindo, então enfiou a cabeça e a lanterna no túnel rústico, mas voltou rapidamente.

— Não tem muita coisa lá dentro — disse ele. — A passagem desmoronou, só sobraram uns poucos metros. Mesmo assim, isso confirma o que eu venho dizendo.

Von der Stadt parecia vagamente desconfortável. Sua mão livre foi em direção à pistola que ele trazia no coldre.

— Não sei — disse ele.

— Não, não sabe — Ciffonetto afirmou, triunfante. — Nagel também não. Seres humanos viveram aqui embaixo. Talvez ainda vivam. Temos que organizar uma busca mais eficiente em todo o sistema subterrâneo.

Ele parou, seu pensamento voltou ao argumento de Von der Stadt de alguns segundos atrás.

— Quanto aos insetos e cogumelos, os humanos são capazes de aprender a viver dessas coisas. Eles se adaptam. Se os humanos sobreviveram à guerra, e tudo indica que sim, eles sobreviveram ao que veio depois, aposto.

— Pode ser — Von der Stadt disse —, mas não consigo entender por que você está tão animado com a ideia de descobrir sobreviventes. Digo, a expedição é importante e tudo mais. Temos que restabelecer os voos espaciais, e este é um bom teste para nossos equipamentos. E acho que vocês, cientistas, podem coletar coisas interessantes para os museus. Mas humanos? O que a Terra já nos deu, exceto pela Grande Fome?

Ciffonetto sorriu, tolerante, e falou:

— É por causa da Grande Fome que queremos encontrar humanos. — Ele deu uma pausa. — Agora temos informação suficiente para deixar até Nagel atiçado. Vamos voltar. — Começou a andar de novo na direção de onde eles tinham vindo, e recomeçou a falar: — A Grande Fome foi um resultado inevitável da guerra na Terra. Quando os suprimentos pararam de chegar, não havia absolutamente nenhum jeito de manter todas as pessoas da colônia lunar vivas. Noventa por cento morreram de fome. Luna podia se tornar autossuficiente, mas só com uma população bem pequena. E foi o que aconteceu. A população se ajustou. Mas reciclamos nosso ar e nossa água, plantamos alimentos em tanques hidropônicos. Batalhamos, mas sobrevivemos. E começamos a reconstruir.

"Mas as perdas foram enormes. Morreu gente demais. Nosso fundo genético era terrivelmente pequeno, não muito diversificado. Desde o início, a diversidade racial na colônia era pequena.

"Isso não ajudou. Na verdade, a população diminuiu por muito tempo, mesmo depois de termos recursos físicos para sustentar mais gente. A ideia de reprodução entre pessoas com parentesco próximo não funcionou. Hoje a população voltou a crescer, mas ainda lentamente. Estamos estagnados, Von der Stadt. Levamos quase cinco séculos para voltar a fazer viagens espaciais, por exemplo. E ainda não replicamos muitas das coisas que eles tinham na Terra antes do desastre."

Von der Stadt franziu a testa.

— Estagnados é uma palavra forte — disse ele. — Acho que nos saímos muito bem.

Ciffonetto dispensou o comentário agitando a lanterna no ar.

— Nós nos saímos bem — afirmou ele. — Mas não o bastante. Não estamos indo a lugar nenhum. As mudanças são tão pequenas, temos tão poucas ideias novas. Precisamos de novos pontos de vista, novas influências genéticas. Precisamos do estímulo do contato com uma cultura estrangeira. Os sobreviventes nos dariam isso. Depois de tudo que aconteceu na Terra, eles devem ter passado por algumas mudanças. E eles seriam a prova de que a vida humana ainda pode prosperar na Terra. Isso é crucial se formos estabelecer uma colônia aqui.

Parecia que Ciffonetto havia pensado nesse último argumento no momento em que falava, mas ele conseguiu a aprovação de Van der Stadt, que fez que sim com a cabeça, solene.

Eles haviam voltado à estação. Ciffonetto foi direto para a plataforma.

— Venha — disse ele. — Vamos voltar para a base. Mal posso esperar para ver a cara de Nagel quando eu contar o que a gente encontrou.

Eles eram humanos.

Greel tinha quase certeza disso. A textura da mente deles era curiosa, mas parecia humana. Greel era ótimo em associação mental. Conhecia a sensação rude, opaca da mente dos animais, as obscenas sombras que eram os pensamentos das coisas-verme. E conhecia a mente dos humanos.

Eles eram humanos.

No entanto, havia algo estranho. A associação mental só era comunicação de verdade quando ocorria com um irmão mental. Mas era sempre um compartilhamento com outros homens. Um compartilhamento escuro e sombrio, cheio de nuvens e sabores e odores e emoções. Ainda assim, era um compartilhamento.

Aqui não havia compartilhamento. Era como se ele estivesse entrando na mente de um animal inferior. Tocar, sentir, acariciar, saborear; tudo que um bom associador mental podia fazer com um animal. Mas ele jamais sentia uma resposta. Humanos e irmãos mentais respondiam; animais, não.

Esses homens não respondiam. Esses estranhos homens-do-fogo tinham mentes quietas e defeituosas.

Na escuridão do túnel, Greel, que estava de cócoras, se ergueu. O fogo havia sumido subitamente da parede. Os homens estavam partindo, seguindo pelo túnel para longe dele. O fogo foi com eles.

Ele avançou lentamente, lança na mão, e H'ssig ao seu lado. A distância tornava a associação mental difícil. Precisava mantê-los próximos. Precisava descobrir mais. Ele era um explorador. Tinha uma missão.

Sua mente se arrastou outra vez, para sentir o sabor das outras mentes. Ele precisava ter certeza.

Os pensamentos deles rodopiavam à volta de Greel, um caos giratório atravessado por faixas de brilho e emoções e conceitos dançantes que ele não conseguia ver completamente. Greel entendeu pouco. Mas dessa vez reconhecia algo. E sentiu alguma outra coisa.

Ele tomou seu tempo e saboreou por completo a mente dos dois, e aprendeu. Mesmo assim, ainda era como se associar mentalmente a um animal. Ele não conseguia fazer com que os outros o sentissem. Não obtinha resposta.

Eles continuavam se afastando, e seus pensamentos se turvavam, e a associação mental se tornava mais difícil. Greel avançou. Ele hesitou quando chegou ao ponto em que o túnel se curvava. Mas sabia que precisava ir em frente. Ele era um explorador.

Abaixou-se até o chão, semicerrou os olhos e fez a curva engatinhando.

Além da curva, ele se assustou e suspirou. Estava num grande saguão, uma imensa caverna com um teto abobadado e pilares gigantes que sustentavam os céus. E o saguão era brilhante, iluminado por uma luz estranha e ardente que dançava, pairando sobre tudo.

Era um lugar lendário. Um saguão dos Antigos. Tinha de ser. Greel nunca havia visto um lugar tão amplo. E ele, de todo o Povo, era quem tinha ido mais longe e subido mais alto.

Os homens não estavam em seu campo de visão, mas o fogo deles dançava em torno da boca do túnel no outro extremo do saguão. Era intenso, mas não insuportável. Os homens haviam feito outra curva. Greel percebeu que estava olhando apenas para o fraco reflexo do fogo deles. Desde que não olhasse diretamente, estaria seguro.

Ele entrou no saguão, seu espírito de explorador implorando que ele escalasse a parede de pedras e fosse à câmara superior, de onde se erguiam os poderosos pilares. Mas não. Os homens-do-fogo eram mais importantes. Ele poderia voltar ao saguão mais tarde.

H'ssig se esfregou nas pernas dele. Ele abaixou a mão e acariciou o pelo macio do rato para acalmá-lo. Seu irmão mental sentia o turbilhão de seus pensamentos.

Eram homens, sim, ele tinha certeza disso. E sabia mais. Os pensamentos deles não eram iguais aos do Povo, mas ainda assim eram pensamentos humanos, e Greel podia entender parte deles. Um deles ardia, ardia de vontade de encontrar outros humanos. Eles procuram o Povo, Greel pensou.

Isso ele sabia. Ele era um explorador e um associador mental. Não se enganava. Mas não sabia o que precisava saber.

Eles estavam em busca do Povo. Isso podia ser bom. Quando imaginou esse conceito pela primeira vez, Greel tremeu de alegria. Esses homens-do-fogo eram como os Antigos da lenda. Se estavam em busca do Povo, ele os guiaria. Haveria recompensas e glória, e os bardos cantariam sobre seu nome por gerações.

Mais que isso: era seu dever. As coisas não andavam bem para o Povo nas gerações mais recentes. O tempo do bem havia acabado com a chegada das coisas-verme, que repeliam o Povo, túnel após túnel. Agora mesmo, debaixo de seus pés, a luta continuava nos Níveis Ruins e nos túneis do Povo.

E Greel sabia que o Povo estava perdendo.

Era algo lento. Porém certo. As coisas-verme eram uma novidade para o Povo. Mais que animais, porém menos, menos que humanos. Elas não precisavam dos túneis. Ficavam à espreita dentro da terra, e os humanos não estavam seguros em lugar nenhum.

O Povo revidou. Associadores mentais eram capazes de sentir a proximidade das coisas-verme, e era possível matá-las com lanças, e os grandes ratos de caça podiam destroçá-las. Mas as coisas-verme sempre se refugiavam dentro da terra. E havia muitas coisas-verme, e poucos integrantes do Povo.

Porém, esses novos homens, esses homens-do-fogo, poderiam mudar a guerra. Diziam as lendas que os Antigos lutavam com fogo e com armas ainda mais estranhas, e esses homens viviam dentro do fogo. Eles poderiam auxiliar o Povo. Poderiam fornecer armas poderosas para levar as coisas-verme de volta para a escuridão de onde elas vinham.

Porém.

Porém, esses homens não eram exatamente homens. Suas mentes eram defeituosas, e uma parte muito, muito grande dos pensamentos deles era estranha para Greel. Ele só vislumbrava trechos de pensamentos. Não conseguia conhecer aqueles homens como podia conhecer outro integrante do Povo quando suas mentes se associavam.

Ele podia guiar esses homens até o Povo. Ele sabia o caminho. Voltando e descendo, uma curva aqui, um desvio ali. Passando pelos Túneis Intermediários e pelos Níveis Ruins.

Mas e se ele os guiasse e eles fossem inimigos do Povo? E se usassem o fogo deles contra o Povo? Greel tinha medo do que eles poderiam fazer.

Sem ele, esses homens jamais encontrariam o Povo. Ele tinha certeza disso. Só ele, em muitas gerações, viera tão longe. Isso com muita cautela e associação mental, e com H'ssig a seu lado. Eles jamais encontrariam os caminhos por onde ele veio, os túneis tortuosos que levavam a pontos muito profundos terra adentro.

Por isso, o Povo estava a salvo caso ele não agisse. Só que, nesse caso, as coisas-verme acabariam vencendo. Poderia levar muitas gerações. Mas o Povo não teria como resistir.

A decisão era dele. Nenhum associador mental seria capaz de superar sequer uma parte da distância que o separava dos túneis do Povo. Era ele quem deveria decidir.

E precisava decidir logo. Pois ele percebeu, chocado, que os homens-do-fogo estavam voltando. Os pensamentos estranhos deles ficavam mais fortes, e a luz no saguão ficava cada vez mais intensa.

Ele hesitou, depois recuou lentamente em direção ao túnel de onde tinha saído.

— Espere um instante — Von der Stadt disse quando Ciffonetto tinha escalado quase metade da parede. — Vamos ver o que há nas outras direções.

Ciffonetto virou o pescoço de um jeito estranho para olhar seu companheiro, percebeu que não valia a pena continuar subindo, e caiu de volta no chão do túnel. Ele parecia irritado.

— A gente devia voltar — afirmou. — Já temos o suficiente.

Von der Stadt deu de ombros.

— Vamos. Foi você que quis explorar aqui embaixo. Então o melhor é explorar direito. Talvez faltem só uns metros para mais uma de suas grandes descobertas.

— Está bem — disse Ciffonetto, tirando a lanterna de seu cinturão. Ele a havia guardado com a intenção de tomar impulso para subir na plataforma. — Acho que você tem razão. Seria trágico se fizéssemos Nagel descer e ele tropeçasse em algo que não vimos.

Von der Stadt balançou a cabeça, concordando. As luzes de suas lanternas se fundiram, e eles andaram rapidamente na direção da escuridão mais densa da boca do túnel.

Eles estavam vindo. Medo e indecisão se debatiam nos pensamentos de Greel. Ele colou seu corpo à parede do túnel. Moveu-se para trás, rápida e silenciosamente. Precisava se manter longe do fogo deles até conseguir decidir o que fazer.

Porém, depois da primeira curva, o túnel se estendia em um longo caminho reto. Greel foi rápido. Mas não o suficiente. E seus olhos estavam descuidadamente abertos quando o fogo apareceu de súbito com toda a sua fúria.

Seus olhos queimaram. Tomado por uma dor repentina, ele guinchou e se atirou no chão. O fogo se recusava a ir embora. Dançava diante dele – embora ele tivesse fechado os olhos –, mudando de cores, horrivelmente.

Greel lutou para se controlar. Ainda havia certa distância entre eles. Ele ainda estava armado. Tentou encontrar H'ssig, que estava perto no túnel. O rato sem olhos mais uma vez seria os olhos de Greel.

De olhos fechados, Greel rastejou para longe do fogo. H'ssig ficou.

— Mas que diabos é isso?

A pergunta sussurrada por Von der Stadt pairou no ar por um instante. Ele estava congelado no ponto em que fez a curva. Ciffonetto, ao lado dele, também ficou completamente imóvel ao ouvir o som.

O cientista parecia intrigado.

— Não sei — disse ele. — Foi... estranho. Parecia um animal sentindo dor. Um grito, algo assim. Mas parecia que o grito vinha de alguém que estava tentando ficar em silêncio.

A lanterna dele iluminou aqui e ali, desenhando feixes de luz no veludo da escuridão, mas sem revelar muita coisa. A luz de Von der Stadt apontava em linha reta para a frente, sem se mover.

— Não estou gostando disso — Von der Stadt falou, desconfiado. — Talvez haja algo aqui embaixo. Mas não significa que seja amistoso.

Ele passou a lanterna para a mão esquerda e sacou a pistola.

— Veremos — afirmou ele.

Ciffonetto franziu a testa, mas não disse nada. Voltaram a avançar.

Eles eram grandes, e se moviam rapidamente. Greel se desesperou ao perceber que iriam alcançá-lo. A escolha havia sido feita para ele.

Mas talvez fosse a escolha certa. Eles eram homens. Homens como os Antigos. Ajudariam o Povo contra as coisas-verme. Uma nova era surgiria. O tempo do medo ficaria para trás. O horror desapareceria. As antigas glórias cantadas pelos bardos retornariam e, mais uma vez, o Povo construiria grandes saguões e túneis impressionantes.

Sim. A escolha havia sido feita para ele, mas a decisão era correta. Era a única decisão. Os homens deviam se encontrar, e juntos eles enfrentariam as coisas-verme. Ele manteve os olhos fechados. Mas ficou onde estava.

E falou.

Mais uma vez, eles congelaram no meio do caminho. Dessa vez, o som não foi um grito abafado. Foi algo suave, quase um silvo, mas claro o suficiente para que eles entendessem.

Ambos os raios de luz começaram a se mover enlouquecidos pelo túnel, por alguns segundos. Então, um deles congelou. O outro hesitou, depois se uniu a ele.

Juntos eles formaram um círculo de luz contra uma parte distante da parede do túnel. E no meio do círculo havia... o quê?

— Meu Deus — disse Von der Stadt. — Rápido, Ciff, me diga o que é aquilo, antes que eu atire.

— Não atire — Ciffonetto respondeu. — A coisa não está se mexendo.

— Mas... o quê?

— Não sei.

A voz do cientista tinha um estranho tremor de incerteza.

A criatura no círculo de luz tinha pouco mais de um metro e vinte de altura e era pequena e repulsiva. Havia algo vagamente humano nela, porém as proporções dos membros eram completamente erradas, e as mãos e os pés eram deformados e grotescos. E a pele, a pele era de um branco doentio e nojento.

Mas o pior era o rosto. Grande, totalmente desproporcional ao corpo e, mesmo assim, mal dava para ver a boca e o nariz. A cabeça era tomada pelos olhos. Dois olhos grandes, imensos, grotescos, agora protegidos por pálpebras de pele branca e morta.

Von der Stadt ficou petrificado, mas Ciffonetto estremeceu um pouco enquanto olhava para aquilo. Foi ele o primeiro a falar.

— Olhe — disse ele, com voz suave. — Na mão dele. Acho... acho que é uma ferramenta.

Silêncio. Um silêncio prolongado, tenso. Depois, Ciffonetto voltou a falar. Sua voz estava rouca.

— Acho que é um humano.

Greel ardia.

O fogo o alcançou. Ele havia fechado os olhos com força, mas ainda sentia que queimavam, e sabia o horror que o esperava caso tentasse olhar de novo. E o fogo o alcançou. A pele coçava de um modo estranho, e doía. Doía cada vez mais.

Ainda assim, ele não se mexeu. Era um explorador. Tinha uma missão. Ele suportou, enquanto sua mente se associava à dos outros.

E lá, na mente deles, Greel viu medo, mas um medo reprimido. De um modo distorcido, vago, ele enxergou com os olhos deles. Provou do espanto e da repulsa que guerreavam dentro de um deles. E da pura aversão que se agitava dentro de um outro.

Ele se irritou, mas reprimiu sua raiva. Devia ir ao encontro deles. Devia levá-los ao Povo. Eles estavam cegos e defeituosos e não conseguiam evitar aquele sentimento. Porém, se entendessem, eles iriam ajudar. Sim.

Ele não se moveu. Esperou. Sua pele ardia, mas ele esperou.

— Aquilo — disse Von der Stadt. — Aquela coisa é um humano?

Ciffonetto fez que sim com a cabeça.

— Tem que ser. Ele carrega ferramentas. Ele falou. — Ciffonetto hesitou. — Mas... Meu Deus, eu jamais imaginei algo assim. Os túneis, Von der Stadt. A escuridão. Longos séculos na escuridão. Jamais imaginei... Tamanha evolução em tão pouco tempo.

— Humano? — Von der Stadt ainda duvidava. — Você está louco. Nenhum ser humano poderia se transformar em algo como aquilo.

Ciffonetto mal o ouviu.

— Eu devia ter me dado conta — ele murmurou. — Devia ter adivinhado. A radiação, é claro. Acelerou a mutação. Vidas mais curtas, provavelmente. Você tinha razão, Von der Stadt. Humanos não podem viver de insetos e cogumelos. Não humanos como nós. Então eles se adaptaram. Eles se adaptaram à escuridão, e aos túneis. Ele... — Ciffonetto parou de repente. — Aqueles olhos — disse. Então desligou a lanterna, e parecia que as paredes se aproximavam. — Ele deve ser sensível. Estamos machucando os olhos dele. Desvie a luz, Von der Stadt.

Desconfiado, Von der Stadt olhou de relance para ele.

— Já está bem escuro aqui embaixo — afirmou. Mas obedeceu. Seu raio de luz se afastou.

— História — Ciffonetto disse. — Um momento que ficará para a...

Ele não terminou a frase. Von der Stadt estava tenso, pronto para atirar. Quando desviou a lanterna da figura no túnel, ele viu rapidamente um outro movimento na escuridão. Moveu a luz para lá e para cá, encontrou mais uma vez a coisa e apontou a luz na direção dela para que ela ficasse parada perto dos trilhos.

Minutos antes, ele tinha pensado em atirar. Mas hesitou, porque a figura semelhante a um humano estava parada e era algo desconhecido.

Essa coisa que apareceu depois não estava parada. Guinchava e corria. Mas não era algo desconhecido. Dessa vez, Von der Stadt não hesitou.

Houve um rugido, um flash. Depois mais um.

— Acertei — afirmou Von der Stadt. — Um rato desgraçado.

E Greel gritou.

Depois da longa ardência, houve um instante de alívio. Mas apenas um instante. Então, de repente, a dor inundou seu corpo. Ondas e ondas e ondas de dor. Passavam por cima dele, apagando os pensamentos dos homens-do-fogo, apagando o medo deles, apagando a raiva dele.

H'ssig morreu. Seu irmão mental morreu.

Os homens-do-fogo haviam matado seu irmão mental.

Greel gritou, enlouquecido pela fúria. E se precipitou adiante, empunhou sua lança.

Ele abriu os olhos. Teve uma visão momentânea, depois mais dor e cegueira. Mas esse momento bastou. Ele atacou. E atacou mais uma vez. De maneira selvagem, enlouquecida, golpe após golpe, corte após corte.

Depois, mais uma vez, o universo ficou vermelho de dor, e mais uma vez soou aquele rugido horrível que havia ressoado quando H'ssig morreu. Algo o atirou ao chão do túnel, e seus olhos se abriram mais uma vez, e o fogo, o fogo estava em toda parte.

Mas só por um instante. Só por um instante. Logo em seguida, a escuridão voltou para Greel do Povo.

A arma ainda fumegava. A mão continuava firme. Mas a boca de Von der Stadt seguia aberta enquanto ele olhava, sem acreditar, para a coisa que ele havia atirado para longe no túnel, para o sangue que pingava em seu uniforme, e depois para a coisa de novo.

Então a arma caiu, e ele agarrou sua barriga, apertou as feridas. Sua mão ficou molhada de sangue. Ele olhou para o sangue. Depois olhou para Ciffonetto.

— O rato — disse ele. Havia dor em sua voz. — Eu só atirei em um rato. O rato estava indo na direção dele. Por que, Ciff? Eu...

E caiu. Com um baque. A lanterna se estilhaçou e tudo ficou escuro.

No escuro, alguém tateava o chão sem parar. Depois, por fim, a lanterna de Ciffonetto voltou a brilhar, e o pálido cientista se ajoelhou ao lado do companheiro.

— Von — ele falou, mexendo no uniforme. — Você está bem? — Ele rasgou o tecido para expor a carne rasgada.

Von der Stadt murmurava.

— Eu nem vi que ele estava vindo. Desviei a luz, como você disse, Ciff. Por quê? Eu não ia atirar nele. Não se ele fosse um homem. Eu só atirei num rato. Só num rato. E o rato estava indo na direção dele.

Ciffonetto, que tinha ficado paralisado durante toda a cena, balançou a cabeça.

— Não foi culpa sua, Von. Ele deve ter se assustado. Vamos, você precisa de tratamento. Você está bem machucado. Consegue voltar até o acampamento?

Ele não esperou a resposta. Passou o braço por baixo do braço de Von der Stadt e o pôs de pé; começou a levá-lo pelo túnel, rezando para que eles conseguissem voltar até a plataforma.

— Eu só atirei em um rato — Von der Stadt continuava dizendo, várias e várias vezes, numa voz espantada.

— Não se preocupe — disse Ciffonetto. — Não vai ter importância. Vamos encontrar outros. Vamos procurar em todo o sistema subterrâneo se for necessário. Vamos encontrá-los.

— Só um rato. Só um rato.

Eles chegaram à plataforma. Ciffonetto colocou Von der Stadt no chão e concluiu:

— Von, não vou conseguir subir com você. Vou ter que deixar você aqui. E procurar ajuda. — Ele ficou de pé, tirou a lanterna do cinto.

— Só um rato — Von der Stadt falou novamente.

— Não se preocupe — disse Ciffonetto. — Mesmo se não encontrarmos mais nenhum deles, não vamos ter perdido nada. Eles eram claramente sub-humanos. Talvez tenham sido humanos no passado. Mas não são mais. São degenerados. De qualquer forma, a gente não ia aprender nada com eles.

Mas Von der Stadt já não escutava, não ouvia. Só ficava sentado, encostado na parede, segurando a barriga e sentindo o sangue escorrer por entre os dedos, murmurando as mesmas palavras repetidas vezes.

Ciffonetto se virou para a parede. Uns dois metros até a plataforma, depois a velha e enferrujada escada rolante, e as ruínas do subterrâneo, e a luz do dia. Ele precisava se apressar. Von der Stadt não aguentaria muito tempo.

Ele agarrou a pedra, puxou o corpo e se pendurou desesperadamente enquanto a outra mão tateava e encontrava onde se segurar. Ele fez força de novo.

Estava quase lá, quase no nível da plataforma, quando seus frágeis músculos lunares não aguentaram. Houve um espasmo repentino, uma mão deslizou e se soltou, a outra mão não aguentou o peso.

Ele caiu. Em cima da lanterna.

Nunca tinha visto uma escuridão como aquela. Densa demais, completa demais. Controlou-se para não gritar.

Quando tentou se levantar mais uma vez, aí, sim, ele gritou. Não foi só a lanterna que se quebrou na queda.

O grito ecoou e ecoou de novo pelo longo túnel negro que ele não conseguia ver. O som demorou para morrer. Quando o eco finalmente sumiu, ele gritou de novo. E de novo.

Por fim, rouco, ele parou.

— Von — disse ele. — Von, você está me ouvindo? — Não houve resposta.

Ele tentou de novo. Falar, ele precisava falar para manter a sanidade. A escuridão estava em toda a sua volta, e ele quase conseguia ouvir suaves movimentos a centímetros de distância.

Von der Stadt deu uma risadinha, que parecia infinitamente distante.

— Era só um rato — ele falou. — Só um rato.

Silêncio. Então, suavemente, Ciffonetto disse:

— É verdade, Von, é verdade.

— Era só um rato.
— Era só um rato.
— Era só um rato.

Tobias S. Buckell é autor de diversos romances, incluindo *Halo: The Cole Protocol*, best-seller do *New York Times*, a série *Xenowealth*, *Artic Rising*, e *Hurricane Fever*. Seus contos apareceram em revistas como *Lightspeed*, *Analog*, *Clarkesworld* e *Subterranean*, e em antologias como *Armored*, *The End is Nigh*, *Brave New Worlds* e *Under the Moons of Mars*.

Nativo do Caribe, Buckell viveu por um tempo a bordo de um barco movido por gerador eólico. Como resultado, por muito tempo ele sentiu que seria natural levar veículos movidos a vento para áreas planas e desérticas e, quando começou a especular sobre um futuro sem combustíveis fósseis, buscou uma alternativa no próprio passado.

ESPERANDO O ZÉFIRO

TOBIAS S. BUCKELL

Buckell diz que muitas vezes a ficção científica pós-apocalíptica é uma forma de penitência literária por todos os nossos pecados modernos, reais ou imaginários. Esta história, no entanto, talvez seja a mais otimista deste volume.

O *Zéfiro* estava quase cinco dias atrasado.

O vento levantava a poeira em pequenas colunas giratórias que tocavam o solo aleatoriamente ao longo dos resquícios da cidade. Mais adiante, além dos destroços do Super Walmart e da Kroger, Mara limpava os binóculos. Estava de pé sobre uma plataforma de uns bons trinta metros de altura, que culminava na grande caixa d'água que abastecia a cidade, o que permitia que ela visse longe no horizonte. Forçava os olhos em busca do formato conhecido dos quatro mastros em forma de lâmina do *Zéfiro*, mas só via turbilhões de areia.

A antiga estrada de asfalto, aberta na época da fartura, finalmente sucumbira ao avanço da terra, apesar de todos os esforços da cidade para evitar isso. O vento levava vantagem sobre eles.

Mara ainda conhecia cada curva e cada canto da estrada, sabia aquele caminho de cor desde os doze anos, quando começou a perceber que ele levava a outras cidades e a outras pessoas.

— Mara, está escurecendo.

— Sim, Ken.

Com cuidado, Ken colocou os binóculos na bolsa deles e desceu pela lateral da torre. Fazendo força para erguer os pés da pilha de areia, ela se arrastou na direção de Ken, agora uma mera silhueta grande em meio ao crepúsculo repentino que se aproximava.

— Sua mãe continua querendo conversar com você.

Mara não respondeu.

— Ela quer resolver as coisas — Ken continuou.

— Eu vou embora. Quero ir embora desde que eu tinha doze anos, Ken, fala sério... não vamos começar com isso de novo.

Mara começou a andar rápido em direção a casa.

Ken acelerou o passo também e, embora tivesse percebido que ele estava pensando no que dizer a seguir, Mara também notou que ele examinava a fazenda com o canto do olho. A fazenda deles desafiava o pó e o vento com vegetais que cresciam de maneira exuberante, mas só porque o lugar era coberto por um vidro protetor. Ken fez duas pausas breves, checando rachaduras na fachada, áreas por onde a poeira tentava entrar.

— O gerador eólico deles está com defeito. Eles precisam de ajuda, Mara. Eu disse que iria lá amanhã.

Mara suspirou.

— De verdade, eu não quero.

Ken abriu a porta externa para ela, bateu as botas no chão para limpá-las e deixou que a porta se fechasse, depois passou enquanto ela abria a segunda porta. O pó entrava por qualquer brecha e cobria tudo, apesar das precauções. As vassouras não conseguiam tirá-lo totalmente. Ken achava inútil ter um aspirador de pó, mas Mara considerava a ideia bem atraente.

— Preciso da sua ajuda, Mara, só por uma tarde. Você não ia se sentir bem deixando alguém sem eletricidade, ia?

Ken tinha razão, sem o gerador eólico, os pais dela ficariam sem eletricidade.

— Está bem. Vou ajudar.

Ela percebeu que Ken, cozinheiro de mão cheia, já tinha preparado o jantar para os dois. Apesar de ter esfriado um pouco pela demora, a comida estava maravilhosa.

***

O *Zéfiro* estava seis dias atrasado.

Mara subiu no telhado e encontrou Ken. Ele já estava com partes do gerador espalhadas pelo teto. Ela conseguiu passar raspando pelo pai sem ser impedida de ir em frente. A mãe estava ali, parecia ferida e indefesa.

Ken fez uma careta.

— A pá está ok. Mas o alternador está queimado.

Era bem simples de consertar. Os geradores eólicos eram compostos basicamente por um alternador de automóvel antigo conectado a uma pá propulsora que girava sobre o telhado. A eletricidade disponível para as casas dependia de baterias estacionárias que eram recarregadas pelos geradores eólicos. Painéis solares funcionavam em algumas áreas, mas aqui a poeira tomava conta deles e, ao contrário dos geradores eólicos, eles não funcionavam à noite. Além, disso, era muito fácil ir a um estacionamento e pegar um alternador de um dos milhares de carros quebrados.

Mara estava meio desconfiada de que o pai tivesse chamado os dois ali só para obrigá-la a ir até a fazenda dele. Droga.

— Mara — disse o pai dela, da borda da calha de areia. — A gente precisa conversar.

Mara olhou por cima da borda, para os quilômetros e quilômetros de horizonte marrom.

— Mara, olhe pra mim. Mara, fomos grossos com você. Desculpe.

— A gente gosta do Ken — a mãe concordou lá embaixo. — Mas você é nova. Não pode ir embora ainda.

— Volte, meu bem. A sua ajuda ia ser importante na fazenda. Você ia ter menos trabalho do que com o Ken.

Ao ouvir isso, Ken olhou para cima com um sorriso meio desanimado. Mara disse um palavrão e pulou da parte mais baixa do telhado, caindo sobre a poeira com um grunhido. O pai começou a descer a escada, mas Mara já estava no carro, erguendo a vela e se sacudindo pela areia no caminho de volta rumo à relativa segurança da fazenda de Ken, abandonando no ar empoeirado as súplicas queixosas da mãe.

Droga, como ela podia ter caído nessa? Os pais dela eram tão óbvios. *E Ken*, ela pensou enfurecida no caminho de volta. *Ele não devia ter aceitado levá-la*.

Mesmo depois de ele voltar, e preparar timidamente outra refeição maravilhosa, ela tentou continuar brava. Mas a raiva acabou desaparecendo, como sempre.

No sétimo e no oitavo dias de espera, a recepção melhorou o suficiente para que ambos conseguissem pegar algumas transmissões vindas do norte do país. Ken tinha energia suficiente nas baterias da casa para quase oito horas de programas de TV, e os dois ficaram aninhados no sofá.

Mara começou a se perguntar se o *Zéfiro* ia aparecer algum dia. A última visita tinha sido dois anos antes, quando a caravana gigante sobre rodas chegou velejando à cidade, onde passou um dia. Negociantes e mercadores enfeitaram os vários deques com sorrisos e barracas. Ao falar com a tripulação, Mara ficou sabendo que o *Zéfiro* era um dos poucos elos que as cidades mais afastadas nos Estados Unidos ainda tinham com as grandes metrópoles, e vice-versa. Desde o colapso de petróleo, com o Oriente Médio completamente destruído por bombardeios nucleares e partes da Europa cintilando, o país tentava substituir toda uma infraestrutura baseada em petróleo.

Quase duas gerações depois, estava conseguindo.

As grandes cidades usavam mais energia nuclear ou retiravam energia dos sistemas de esgoto, mas as pequenas cidades sofriam mais. Dependentes do uso de energia elétrica, mas sem poder contar com ela, viram-se isoladas e presas em uma pequena Idade das Trevas. Aqui a vida era mantida com os elementos mais básicos: água e vento.

Mara queria ver uma cidade iluminada por uma profusão ardente de luz elétrica, expulsando à força a poeira e a noite com um dia artificial criado pelo homem.

No décimo dia, Ken encontrou Mara no quarto fazendo as malas freneticamente.

— Viram o *Zéfiro* vindo do leste — Mara disse, jogando uma trouxa nas costas.

— Tem certeza de que você quer fazer isso?

— O quê?

— Ir embora. Você não sabe como é o mundo lá fora. Lugares estranhos, pessoas estranhas. Perigo.

Mara olhou para ele.

— É claro.

Ken olhou para o chão e falou:

— Achei que a gente tinha alguma coisa. Você e eu.

— É claro — Mara parou. — Eu disse que ia embora.

— Mas eu tinha esperança...

— Ken. Eu não posso.

— Vá.

A voz dele ficou mais dura, e ele foi para a cozinha. Mara sentou-se na beirada da cama tentando conter as lágrimas, depois pegou as duas trouxas e saiu furiosa.

O *Zéfiro* passou pela Rua Principal, diminuindo a velocidade até quase se arrastar, para que as pessoas conseguissem correr e saltar a bordo. Crianças se apinhavam nas laterais da rua, e os negócios aconteciam num ritmo furioso. Os quatro mastros do *Zéfiro* eram muito mais altos do que prédios de dois e três andares. Pareciam asas verticais e usavam os mesmos princípios. O fluxo de ar na borda menor do mastro – que tinha forma de lâmina – fazia um vácuo, empurrando adiante o imenso navio sobre rodas.

Mara ia atrás da ávida multidão que seguia o veículo. Acenava com a cabeça para rostos conhecidos que encontrava aqui e ali.

Miçangas de plástico eram mais preciosas do que ouro devido à escassez do petróleo. Elas drapeavam entre as barracas que deslizavam no casco. Mara seguiu com passos rápidos rumo a uma dessas barracas, mas, em vez de chegar até lá, viu seu caminho bloqueado por uma forma conhecida.

— Tio Dan?

— Oi.

Ele prendeu o braço dela com firmeza. Mara viu a massa do *Zéfiro* se afastar lentamente. Ela tentou se libertar do tio, mas não conseguiu. O pai dela abria caminho em meio à multidão.

— Pai! O que você está fazendo?

— É para o seu bem, Mara — disse tio Dan. — Você não sabe o que está fazendo.

— Sei, sim — ela gritou, chutando as canelas do tio. Parecia que a multidão em volta não estava prestando atenção, embora Mara soubesse muito bem que à noite esse seria o assunto da cidade.

Ela implorou, suplicou, gritou, chutou, arranhou e lutou. Porém, os homens da casa já tinham se decidido. Trancaram Mara no porão.

— Assim que o *Zéfiro* for embora, você sai — a mãe prometeu.

Não havia janelas. Mara só conseguia imaginar o lento progresso do *Zéfiro* saindo da cidade. Tentou bancar a forte, depois se arrastou até um canto e chorou. Bateu à porta, mas ninguém apareceu para deixá-la sair.

O porão era confortável. Era o recanto da família, com vários sofás e um carpete. A porta se abriu rangendo, e Mara olhou para fora imaginando que o sol já estava se pondo. Com cuidado, Ken desceu a escada e disse:

— Sou eu, Mara.

— Imagino que você também seja parte disso, não é?

— Na verdade, não. A sua família quer que eu ponha um pouco de juízo na sua cabeça. Não vou mentir pra você, Mara. Quero que você fique. Mas segurar você aqui desse jeito é ridículo.

— Quanto mais tempo a gente ficar aqui, longe das cidades, mais maluco tudo vai ficar.

— Pode ser. Sua família está assustada. Eles não querem perder você.

— Mas eles não têm o direito de me trancar como se eu fosse um cachorro! — Mara gritou.

Ken se aproximou.

— Meu carro a vela está lá fora.Você só precisa chegar até lá. Você veleja melhor do que qualquer um. Depois que estiver no carro, ninguém vai alcançar você. O *Zéfiro* está um pouco longe, mas dá para alcançá-lo. Ei, eu nunca me dei bem com o seu tio mesmo.

Mara ergueu os olhos e deu um longo abraço nele.

— Muito obrigada.

— Se um dia você voltar, me procure.

— E aí você irá comigo?

— Pergunte-me quando voltar.

Ken se afastou e subiu a escada.

— Fique perto de mim.

Ele se jogou em cima do tio e do pai dela, derrubando os dois e gritando. Mara passou correndo, perdendo apenas um sapato, empurrou a mãe e chegou ao jardim.

Um estalo e a vela do carro se encheu, e ela estava se sacudindo no caminho de areia até que olhou para trás e viu duas figuras na porta observando sua partida. Ninguém ousou ir atrás dela. Todos sabiam como ela era habilidosa velejando.

Passaram-se algumas horas antes de ela ver os quatro mastros. Mara ouvia os gritos distantes enquanto ultrapassava o gigante navio terrestre.

— Olá, *Zéfiro* — ela gritou.

Alguém jogou uma escada pela lateral, e Mara subiu. O pequeno carro a vela se afastou e se inclinou na areia, quebrando o mastro em dois. Era libertador pisar no convés com um sorriso.

O mercador que tinha jogado a escada se afastou, deixando que um oficial de uniforme marrom desse um passo adiante.

— Vimos você se aproximar nas últimas horas — disse ele. — Gostamos do modo como você veleja.

— Você sabe ler mapas? — perguntou uma mulher de uniforme. Havia símbolos estranhos nos ombros dela.

— Não.

— Você quer um trabalho a bordo do navio?

— Sim.

Mara sentiu seu estômago se revirar.

— Neste caso, vamos ensinar você a ler mapas — a mulher falou, e estendeu a mão. — Bem-vinda a bordo, garota, sou a capitã Shona. Nunca me provoque nem me dê motivo. Caso contrário, eu jogo você pra fora do navio de presente para os abutres. Entendido?

— Sim, senhora.

— Ótimo. Arranje uma rede para ela dormir.

Mara ficou no convés do *Zéfiro*, desfrutando do momento. Então o sujeito de uniforme tocou no ombro dela.

— Ninguém está aqui para se divertir e ficar de brincadeira. A gente trabalha muito e trabalha pesado, mas vale a pena. Venha.

Mara parou e olhou para o horizonte plano, cheio de futuros tentadores. Então ela o seguiu rumo ao porão.

Jack McDevitt é autor de mais de doze romances, incluindo a joia pós-apocalíptica *Eternity Road*, que compartilha a ambientação com a história a seguir. Seus contos de ficção já apareceram nas revistas *Analog*, *Asimov's Science Fiction*, *Lightspeed* e *F&SF*, e em inúmeras antologias. Ele já foi indicado ao prêmio Nebula dezesseis vezes, e o recebeu pela primeira vez em 2007, com a obra *Seeker*. Outros prêmios incluem o Locus, pelo seu primeiro romance, *The Hercules Text*, e o John W. Campbell Memorial, por *Omega*.

JAMAIS SE DESESPERE

JACK MCDEVITT

"Jamais se desespere" conta a história de Chaka Milana, uma mulher que deixa sua cidade natal à procura do lugar histórico que guarda os segredos dos Construtores de Estradas – os quase míticos responsáveis pela criação das faixas de concreto que cobrem a terra – e as cidades arruinadas com torres tão altas que uma pessoa não consegue subir tudo em um dia. No decorrer de sua jornada, Chaka encontra o avatar histórico de um homem que ela não reconhece, mas que certamente o leitor reconhecerá.

A chuva começou a cair enquanto eles jogavam as últimas pás de terra na cova.

Quait abaixou a cabeça e murmurou a tradicional despedida. Chaka olhou para a lápide de madeira, que continha o nome de Flojian, suas datas, e a inscrição "LONGE DE CASA".

Ela não se importava muito com Flojian. Ele era egoísta, reclamava muito e sempre conhecia um jeito melhor de fazer as coisas. Apesar disso, sempre dava para contar com sua contribuição, e agora só havia dois deles.

Quait terminou, olhou para cima e acenou. Era a vez dela. Ela ficou feliz de ter acabado. O pobre cretino havia caído de cabeça do alto da ruína e, durante quatro dias terríveis, eles não puderam fazer quase nada por ele. Uma maneira tola e sem sentido de morrer.

— Flojian — disse Quait. — Vamos sentir sua falta.

Ela deixou por isso mesmo, porque era o que queria dizer, e a chuva tinha começado a ficar mais forte.

Eles correram para seus cavalos. Quait guardou a pá atrás da sela e montou daquela maneira estranha que sempre fazia Chaka imaginar que Lightfoot o derrubaria do outro lado.

Ela olhou para Quait.

— O que houve? — Ele passou a parte de trás da mão no rosto. O chapéu enfiado na cabeça. Água caindo pelos seus ombros.

— É hora de desistir — Chaka disse. — Ir para casa. Se pudermos.

Um trovão retumbou. Estava ficando bastante escuro.

— Não é a melhor hora para discutir isso.

Quait esperou que ela subisse no cavalo. A chuva caía na terra fofa, nas árvores.

Ela se virou e olhou para a cova. Flojian descansaria com as ruínas agora, enterrado sob as colinas e a grande floresta. Era o tipo de túmulo que ele iria preferir, ela supôs. Ele gostava de coisas que estavam mortas havia muito tempo. Ela fechou a jaqueta e subiu na sela. Quait partiu num trote rápido.

Eles o enterraram no topo do mais alto cume da área. Agora eles seguiam pela crista, abrindo caminho por entre pedaços quebrados de concreto, madeira petrificada e metal corroído, detritos de um mundo antigo, afundando lentamente no solo. Os restos foram amolecidos pelo tempo: terra e grama cercavam os destroços, derramando-se sobre eles, absorvendo seus cantos mais agudos. Um dia, ela supôs, não existiria mais nada, e os visitantes andariam sobre as ruínas sem nem saber que elas estavam lá.

Quait se dobrou contra a chuva, o chapéu ainda mais enfiado na cabeça, cobrindo os olhos, a mão direita segurando firme o flanco de Lightfoot. Ele parecia esgotado e cansado e abatido, e Chaka percebeu pela primeira vez que ele também havia desistido. Que estava só esperando outra pessoa admitir o fracasso primeiro.

Eles desceram a crista e seguiram por um desfiladeiro cercado de blocos e lajes.

— Você está bem? — ele perguntou.

Chaka estava bem. Assustada. Exausta. Pensando no que dizer para as viúvas e mães quando voltassem para casa. Havia seis quando eles começaram.

— Sim — disse. — Estou bem.

A gruta estava à frente, uma boca quadrada marcada por giz e meio escondida por samambaias. Haviam deixado uma fogueira queimando, e o lugar parecia quente e bom. Eles desmontaram e levaram os cavalos para dentro.

Quait jogou alguns pedaços de madeira na brasa.

— Muito frio lá fora — afirmou ele.

Trovões iluminavam a entrada.

Eles colocaram a chaleira na pedra, deram comida e água para os animais, colocaram roupas secas e se sentaram em frente ao fogo. Não falaram muito por um longo tempo. Chaka se sentou, enrolada num cobertor, feliz por estar aquecida e longe da chuva. Quait fez algumas anotações no diário, tentando delimitar o lugar do túmulo de Flojian, para que futuros viajantes – caso viessem a existir – pudessem encontrá-lo. Depois de um tempo, suspirou e olhou para cima, não para ela, mas além dela, para um ponto distante.

— Você acha mesmo que devemos voltar?

— Sim. Acho que já deu. É hora de ir para casa.

Ele acenou.

— Odeio voltar assim.

— Eu também. Mas é hora — disse ela.

É difícil dizer o que a gruta havia sido. Não era uma caverna. As paredes eram artificiais; qualquer que fosse sua cor original, havia desaparecido muito tempo antes. Agora elas eram cinzentas e manchadas, e se curvavam em direção ao teto alto. Um padrão de linhas inclinadas, provavelmente decorativo, passava por elas. A gruta era ampla, maior que a entrada do conselho, que acomodava cem pessoas; e era muito profunda. Estendia-se por quilômetros, talvez.

Como regra geral, ela evitava as ruínas sempre que podia. Não era fácil porque elas estavam em todo lugar. Todo tipo de animal as usava como casa. E as estruturas eram perigosas, como Flojian havia descoberto. Propensas a desabamentos, quedas de pisos, o que você puder imaginar. A razão real, no entanto, é que ela tinha ouvido histórias demais sobre espectros e demônios nas paredes desmoronadas. Ela não era supersticiosa e jamais admitiria seu desconforto para Quait. Mesmo assim, era melhor não arriscar.

Eles haviam achado a gruta algumas horas depois de Flojian se machucar, e entraram, agradecidos pelo abrigo. Mas agora ela estava ansiosa para ir embora.

Os trovões sacudiam as paredes, e eles ouviam o ritmo constante da chuva caindo do teto. Ainda era o fim da tarde, mas a luz do dia desaparecera completamente.

— O chá deve estar pronto — disse Chaka.

Quait sacudiu a cabeça.

— Odeio desistir. Nós sempre vamos ter a impressão de que poderia estar na colina seguinte.

Ela tinha acabado de pegar a chaleira e servir o chá quando um relâmpago explodiu em cima deles.

— Perto — afirmou ela, grata pela proteção da gruta.

Quait sorriu, pegou o chá, e o levantou num brinde simulado a qualquer poder que vivesse na área.

— Talvez você esteja certa — disse ele. — Talvez a gente tenha que entender os sinais.

O relâmpago havia sido atraído por um pedaço torto de metal corroído que estava se desfazendo do lado da colina. A maior parte da energia se dissipou pelo chão. Mas uma parte chegou a um cabo enterrado, seguiu até uma caixa elétrica, fluiu por uma série de condutores, acendeu muitas placas de circuitos antigos. Uma das placas de circuitos repassou energia para um sistema auxiliar que estava dormente havia muito tempo; outra ligou um grupo de sensores que começaram a registrar os sons da gruta. E uma terceira, depois de um certo atraso, ligou um botão e ativou o único programa que havia sobrevivido.

Eles comeram bem. Chaka havia cruzado com um peru azarado naquela manhã, e Quait adicionou frutas e biscoitos recém-assados à refeição. O estoque de vinho tinha acabado há tempos, mas um riacho passava pela gruta uns sessenta metros para dentro, e a água era limpa e fresca.

— Não há nenhuma razão para pensar que estamos próximos — disse Chaka. — Não tenho certeza de que acredito, de qualquer forma. Mesmo que esteja lá fora, o preço é alto demais.

A tempestade se acalmou no início da noite. A chuva ainda caía sem parar, mas era uma chuva leve, não muito mais que uma garoa.

Quait falou longamente durante a noite, sobre suas ambições, sobre como era importante descobrir quem havia construído as grandes cidades espalhadas por essa região selvagem, e o que havia acontecido com essas pessoas, e como dominar as feitiçarias antigas. Mas Chaka estava certa, ele continuava a dizer, olhando para ela, parando para lhe dar uma chance de interrompê-lo. Prevenir era melhor que remediar.

— Com certeza — disse Chaka.

Estava quente perto do fogo, e depois de um tempo Quait dormiu. Ele perdera nove quilos desde que o grupo deixara Ilíria, dez semanas antes. Estava mais velho, e o gentil desinteresse que havia atraído Chaka nos primeiros dias desapareceu. Quait agora só falava de negócios.

Ela tentou abandonar o sentimento de desespero. Estavam bem longe de casa, sozinhos num ambiente hostil cheio de selvagens e demônios e cidades mortas em que luzes piscavam e músicas tocavam e coisas mecânicas se moviam. Ela se encolheu sob os cobertores e ouviu a chuva cair das árvores. Um pedaço de madeira quebrou e caiu no fogo.

Ela não sabia ao certo o que a havia tirado do descanso, mas de repente estava bem acordada, os sentidos em alerta.

Alguém, desenhado pela luz da lua, iluminado pelo fogo, estava em pé na entrada da gruta, olhando para fora.

Ao lado dela, o peito de Quait se enchia de ar e esvaziava suavemente.

Ela usava a sela como travesseiro. Sem qualquer movimento visível, pegou sua arma.

O vulto parecia ser de um homem, era um pouco largo nos quadris, vestido em roupas peculiares. Vestia um casaco escuro, calças pretas do mesmo estilo e um chapéu com topo redondo, e carregava uma bengala. Havia um brilho avermelhado perto de sua boca que se acendia e apagava. Ela percebeu um cheiro que poderia ser de erva queimando.

— Não se mexa — ela disse calmamente, levantando-se para confrontar a aparição. — Estou armada.

Ele se virou, olhou com curiosidade para ela, e uma nuvem de fumaça subiu da cabeça dele. Estava de fato fumando algo. E o cheiro era horrível.

— Então você tem uma arma — ele afirmou. — Espero que não a use.

Ele não parecia muito impressionado.

— Estou falando sério — disse ela.

— Desculpe — ele sorriu. — Não queria acordar você.

Ele vestia uma camisa branca e uma fita azul escura amarrada num laço no pescoço. A fita era cheia de pontos brancos. O cabelo dele era branco, e ele tinha uma feição rude, quase feroz. Havia algo de agressivo nele, como um buldogue. Ele andou alguns passos e tirou o chapéu.

— O que você está fazendo aqui? — ela perguntou. — Quem é você?

— Eu moro aqui, moça.

— Onde? — Ela olhou as paredes nuas, que pareciam se mover sob a luz bruxuleante.

— Aqui. — Ele levantou os braços indicando a gruta e deu mais um passo.

Ela olhou para a arma e de novo para ele.

— Fique onde está — disse. — Não pense que eu vou fraquejar.

— Tenho certeza de que não, jovem. — A feição dura dele se dissolveu num sorriso amigável. — Não sou perigoso.

— Você está sozinho? — ela perguntou, olhando rapidamente para trás. Nada se moveu nas profundezas da caverna.

— Estou agora. Franklin costumava estar aqui. E Abraham Lincoln. E um cantor americano. Um guitarrista, acho. Na realidade, havia uma multidão considerável.

Chaka não gostava do rumo que a conversa estava tomando. Parecia que ele estava tentando distraí-la.

— Se eu tiver alguma surpresa — disse ela —, a primeira bala é sua.

— É bom ter visitas novamente. Das últimas vezes que perambulei por aqui, o prédio estava vazio.

— Verdade? Que prédio?

— Ah, é. Costumávamos atrair grandes multidões. Mas a plateia e a galeria se foram. — Ele olhou lentamente em volta. — Fico imaginando o que pode ter acontecido.

— Qual é seu nome? — ela perguntou.

Ele pareceu contrariado. Quase que surpreso.

— Você não sabe? — Ele se apoiou na bengala e analisou-a cuidadosamente. — Então acredito que não há muito sentido nesta conversa.

— Como eu iria saber quem é você? Nunca nos conhecemos.

E esperou. Quando nenhuma resposta veio, ela continuou:

— Sou Chaka, de Ilíria.

O homem se curvou levemente.

— Acredito que, dadas as circunstâncias, você deve me chamar de Winston. — Ele se enrolou no paletó. — Está um vento frio aqui. Será que podemos nos acomodar perto da fogueira, Chaka de Ilíria?

Se ele fosse hostil, ela e Quait já estariam mortos. Ou pior. Ela abaixou a arma e colocou-a no cinto.

— Estou surpresa de encontrar alguém aqui. Sem querer ofender, mas este lugar parece estar deserto há muito tempo.

— Parece mesmo, né?

Ela olhou para Quait, morto para o mundo. Que útil ele teria sido se os Tuks tivessem vindo atacar de noite.

— Por onde você andou? — ela perguntou.

— Como assim?

— Estamos aqui há dias. Por onde você andou?

Winston pareceu confuso.

— Não tenho certeza — disse. — Estava aqui, com certeza. Estou sempre aqui. — Ele abaixou meio cambaleante e colocou as mãos perto do fogo. — Que agradável!

— Está frio.

— Você por acaso teria conhaque?

O que era conhaque?

— Não — ela respondeu. — Não temos.

— Que lástima. É bom para ossos velhos.

Ele encolheu os ombros e olhou em volta.

— Curioso — disse ele. — Você sabe o que aconteceu?

— Não — respondeu ela, sem sequer entender a pergunta. — Não tenho a menor ideia.

Winston colocou as mãos no colo.

— O lugar parece abandonado — afirmou ele. De alguma forma, a desolação parecia mais significativa, agora que tinha notado. — Lamento dizer que nunca ouvi falar de Ilíria. Onde fica, posso saber?

— Várias semanas na direção sudoeste. No vale do Mawagondi.

— Compreendo.

O tom dele indicava claramente que ele não havia entendido nada.

— E quem é Mawagondi?

— É um rio. Você não o conhece mesmo?

Ele olhou nos olhos dela.

— Parece que há muita coisa que eu não sei. — O humor dele parecia ter piorado. — Você e seu amigo estão indo para casa? — perguntou.

— Não — ela respondeu. — Estamos procurando o Abrigo.

— Vocês são bem-vindos se quiserem ficar aqui — disse Winston. — Mas temo que não se sentirão muito confortáveis.

— Muito obrigada, mas não. Estou falando do Abrigo. Sei que pode soar estranho.

Winston acenou e franziu a testa. Havia um fogo nascendo em seu olhar.

— É perto de Boston?

Chaka olhou para Quait e pensou se deveria acordá-lo.

— Não sei — disse ela. — Onde fica Boston?

Isso provocou um grande sorriso.

— Muito bem — começou ele —, certamente um de nós está terrivelmente perdido. Eu me pergunto quem será.

Ela viu um brilho nos olhos dele e retribuiu o sorriso. E compreendeu o que ele estava dizendo em seu sotaque estranho: ambos estavam perdidos.

— Onde fica Boston? — ela perguntou novamente.

— Sessenta e cinco quilômetros a leste. Direto pela rodovia.

— Qual rodovia? Não há nenhuma rodovia por aqui, em lugar nenhum. Pelo menos nenhuma que eu tenha visto.

A ponta do charuto ia de iluminada a apagada.

— Oh, puxa! Deve ter passado muito tempo.

Ela dobrou as pernas e enrolou os braços em torno delas.

— Winston, não estou entendendo essa conversa direito.

— Nem eu. — Os olhos dele se fixaram nos dela. — O que é este Abrigo?

Ela ficou chocada com a ignorância dele.

— Você não pode estar falando sério.

— Estou falando sério. Por gentileza, esclareça.

Bem, ele estava vivendo naquele ambiente selvagem. Como ela podia esperar que ele soubesse dessas coisas?

— Abrigo era o lar de Abraham Polk — ela explicou, esperançosa.

Winston sacudiu a cabeça timidamente.

— Tente de nov... — disse ele.

— Polk viveu no fim da era dos Construtores de Estradas. Ele sabia que o mundo estava em colapso, que as cidades estavam morrendo. Então salvou o que podia. Os tesouros. O conhecimento. A história. Tudo. E armazenou tudo numa fortaleza com uma entrada submersa.

— Uma entrada submersa — disse Winston. — Como vocês pretendem entrar?

— Acho que não vamos entrar — afirmou Chaka. — Acho que vamos desistir aqui mesmo e voltar para casa.

Winston balançou a cabeça. Então constatou:

— O fogo está se extinguindo.

Ela remexeu as brasas, adicionou lenha.

— Ninguém sabe se Polk existiu mesmo. Talvez seja só uma lenda.

Luzes iluminaram a entrada da gruta. Segundos depois, um trovão sacudiu o local.

— O Abrigo é bem parecido com Camelot — disse ele.

O que diabos era Camelot?

— Parece que você quis dizer — ele continuou depois de mais uma tragada no charuto — que o mundo lá fora está em ruínas.

— Ah, não. O mundo lá fora é encantador.

— Mas há ruínas?

— Sim.

— Grandes?

— Elas ocupam as florestas, entopem os rios, descansam nas águas rasas dos portos. Estão em todo lugar. Algumas até estão ativas, de um jeito estranho. Tem um trem, por exemplo, que ainda anda, sem ninguém dentro.

— E o que você sabe sobre os construtores dessas ruínas?

Ela se encolheu.

— Bem pouco. Quase nada.

— Seus segredos estão guardados nesse Abrigo?

— Sim.

— E você está prestes a virar as costas para ele.

— Estamos exaustos, Winston.

— A sua curiosidade, Chaka, me deixa sem ar.

Droga.

— Veja, é fácil você querer me culpar. Você não sabe o quanto sofremos. Nem imagina.

Winston manteve o olhar fixo nela.

— Tenho certeza de que não. Mas o prêmio é significativo. E o mar está próximo.

— Sobraram apenas dois de nós — disse ela.

— Momentos históricos nunca são liderados por multidões — retrucou ele. — Nem por cautelosos. É sempre o capitão solitário que define o caminho.

— Acabou. Vamos ter sorte se conseguirmos voltar vivos.

— Isso também pode ser verdade. E certamente ir atrás de seus objetivos significa enfrentar grandes riscos. Mas você precisa decidir se o prêmio vale o risco.

— Vamos decidir. Tenho um parceiro nesta empreitada.

— Ele irá aceitar sua decisão. Cabe a você decidir.

Ela tentou segurar as lágrimas de raiva.

— Já fizemos o suficiente. Não seria razoável continuar.

— As pessoas valorizam demais a razão, Chaka. Teria sido razoável aceitar os termos de Hitler e acabar com a guerra em 1940.

— O quê?

Ele dispensou a pergunta com um aceno de mão.

— Não tem importância. Geralmente, ao usarmos a razão, somos prudentes quando deveríamos ser corajosos.

— Não sou covarde, Winston.

— Eu não disse que você era.

Ele tragou o charuto com força. Uma nuvem azul foi na direção dela. Machucou seus olhos e ela se afastou dele.

— Você é um fantasma? — ela questionou. A pergunta não pareceu nem um pouco tola.

— Suspeito que sim. Sou algo deixado para trás pelo recuo da maré. — O fogo brilhou em seus olhos. — Fico me perguntando se, quando um evento não é mais lembrado por ninguém que está vivo, ele perde todo o seu significado. É como se nunca tivesse acontecido?

Quait se mexeu, mas não acordou.

— Certamente eu não sei a resposta — disse Chaka.

Por um longo tempo, nenhum dos dois falou.

Winston se levantou.

— Não estou confortável aqui — afirmou ele.

Ela pensou que ele estava incomodado com ela.

— O chão é duro demais para um homem velho. É claro que você está certa: você deve decidir se irá seguir em frente. Camelot era uma Terra do Nunca. Seu principal valor estava no fato de que existia apenas como uma ideia. Talvez o mesmo seja verdade a respeito desse Abrigo.

— Não — disse ela. — O Abrigo existe.

— E há mais alguém procurando por esse lugar?

— Ninguém. Seremos a segunda missão a falhar. Acho que não vai existir uma terceira.

— Então, por Deus, Chaka de Ilíria, você deve se perguntar por que veio até aqui. Por que seus companheiros morreram. O que você procura.

— Dinheiro. Pura e simplesmente. Manuscritos antigos não têm preço. Ficaríamos famosos em toda a Liga. Por isso viemos.

Os olhos dele ficaram concentrados.

— Então volte — sugeriu ele. — Se essa é puramente uma expedição comercial, abandone-a e invista no mercado imobiliário.

— Como assim?

— No entanto, devo ponderar que essas não são as razões pelas quais você se arriscou tanto. E é por isso que você quer voltar, porque esqueceu por que veio.

— Não é isso — disse ela.

— Claro que é. Devo dizer por que você se submeteu a viajar por um mundo desconhecido, na esperança de que talvez, talvez, encontrasse um local quase mítico?

Por um momento ele pareceu desvanecer, perder a definição.

— O Abrigo não tem nada a ver com fama ou riqueza. Se você chegasse lá, se fosse capaz de ler os segredos dele, você teria tudo isso, supondo que conseguisse voltar para casa com eles. Mas teria conquistado algo muito mais valioso, e acredito que saiba disso: você teria descoberto quem realmente é. Teria aprendido que você é filha daqueles que projetaram a Acrópole, de quem escreveu Hamlet, dos que visitaram as luas de Netuno. Você conhece Netuno?

— Não — ela respondeu. — Acho que não.

— Então perdemos tudo, Chaka. Mas você pode recuperar. Se estiver disposta a isso. E, se não estiver, outra pessoa estará. Mas vale a pena, seja como for.

Por um instante, ele se fundiu com o escuro.

— Winston! — gritou ela. — Não estou vendo você. Ainda está aqui?

— Estou aqui. O sistema é velho, e não consegue manter a carga.

Ela estava vendo através dele.

— Você é mesmo um fantasma — afirmou ela.

— É possível que você não tenha sucesso. Nada é certo, só a dificuldade e os desafios. Mas tenha coragem. Nunca se entregue.

Ela o encarou.

— Nunca perca a esperança — disse ele.

Um vento gelado de repente passou por ela, uma sensação de que ela já havia estado lá antes, de que havia conhecido esse homem em outra vida.

— Você parece vagamente familiar. Será que vi sua foto em algum lugar?

— Realmente não sei.

— Talvez sejam as palavras. Elas parecem ecoar.

Ele olhou diretamente para ela.

— É possível.

Ela conseguia ver a entrada da caverna e algumas estrelas através dele.

— Tenha em mente que, não importa o que aconteça, você é uma das escolhidas. De uma irmandade orgulhosa. Você jamais estará sozinha.

Enquanto ela olhava, ele foi desaparecendo até que apenas o brilho do charuto permanecesse.

— É a sua verdade pessoal que você procura.

— Você presume muita coisa.

— Eu conheço você, Chaka. — Tudo havia desaparecido agora. Exceto a voz. — Sei quem você é. E o que está prestes a aprender.

***

— Qual era o nome dele? Ou sobrenome? — perguntou Quait, enquanto eles preparavam os cavalos.

— Agora que você perguntou, não sei. — Ela franziu a testa. — Não tenho certeza de que ele era real. Ele não deixou nenhuma pegada. Nenhuma marca.

Quait olhou em direção ao sol nascente. O céu estava claro.

— As coisas são assim nesses lugares. Parte é ilusão, parte é outra coisa. Mas eu queria que você tivesse me acordado.

— Eu também. — Ela montou e deu um tapinha no dorso de Brak. — Ele disse que o mar está a apenas sessenta quilômetros.

O ar aquecido da primavera passou por eles.

— Quer continuar? — perguntou ele.

— Quait, você já ouviu falar de Netuno?

Ele sacudiu a cabeça.

— Talvez — disse ela — a gente possa tentar ir pra lá depois.

Cory Doctorow é autor de diversos romances, incluindo *Down and Out in the Magic Kingdom*, *Makers*, *For the Win*, *Pirate Cinema* e *Little Brother*. Seus contos, publicados em diversas revistas – da *Asimov's Science Fiction* à *Salon.com* – estão reunidos em *A Place So Foreign and Eight More*, *With a Little Help* e *Overclocked: Stories of the Future Present*. Venceu quatro vezes o prêmio Locus, foi premiado com o Canadian Starburst Award, foi indicado para os prêmios Hugo e Nebula e, em 2000, venceu o prêmio John W. Campbell de Melhor Novo Escritor. Doctorow é também coeditor do *Boing Boing*, um "diretório de coisas maravilhosas" on-line.

QUANDO OS SYSADMINS DOMINARAM A TERRA

CORY DOCTOROW

"Quando os SysAdmins dominaram a Terra" apareceu pela primeira vez na revista on-line Jim Baen's Universe, *e venceu o prêmio Locus de 2007 de melhor novela breve. Nesta história, SysAdmins – administradores de sistemas de computador – se reúnem nos centros de operação de rede depois que uma série de desastres dá fim à civilização. A internet foi construída supostamente para sobreviver a uma explosão nuclear; nesta história, Doctorow – ele mesmo um ex-SysAdmin – questiona: se a internet realmente sobreviver ao apocalipse, o que os técnicos sobreviventes farão depois que o mundo acabar?*

Quando o telefone especial de Felix tocou às duas da manhã, Kelly rolou, deu um soco no ombro dele e disse:

— Por que você não desligou essa porra de telefone antes de deitar?

— Porque estou de plantão — respondeu ele.

— Você não é médico, caralho! — ela retrucou, chutando Felix enquanto ele se sentava na beira da cama, colocando de volta as calças que tinha deixado no chão antes de deitar. — Você é um maldito *administrador de sistemas*.

— É o meu trabalho — afirmou ele.

— Eles fazem você trabalhar como uma mula — ela respondeu. — Você sabe que eu estou certa. Pelo amor de Deus, você é pai agora, não pode sair correndo no meio da noite toda vez que acaba o estoque de pornografia de alguém. Não atenda a esse telefone.

Ele sabia que ela estava certa. Ele atendeu ao telefone.

— Os roteadores principais não respondem. O sistema BGP não responde.

As vozes mecânicas dos monitores do sistema não se importavam de ser xingadas por ele, por isso ele as xingou e se sentiu um pouco melhor.

— Talvez eu possa consertar daqui — disse ele. Ele podia se logar no *nobreak* do CPD e reiniciar os roteadores. O *nobreak* estava num bloco de rede diferente, com seus próprios roteadores independentes e fontes próprias de energia que não tinham como ser interrompidas.

Kelly estava sentada na cama agora, uma forma indistinta contra a cabeceira.

— Em cinco anos de casamento, você nunca, nenhuma vez, conseguiu consertar nada daqui.

Dessa vez ela estava enganada. Ele consertava coisas de casa o tempo todo, mas discretamente e sem fazer barulho, então ela não lembrava. E ela também estava certa. Ele tinha *logs* que mostravam que, depois da uma da madrugada, nada podia ser consertado sem que ele fosse até o CPD. É a Lei da Perversidade Universal, também conhecida como Lei de Felix.

Cinco minutos depois, Felix estava dirigindo. Não conseguiria consertar de casa. A rede independente de roteadores também estava fora do ar. Da última vez que isso acontecera, algum idiota que trabalhava em uma construção tinha batido com uma escavadeira no duto principal do CPD, e Felix havia se juntado a um grupo de cinquenta SysAdmins enraivecidos que ficaram em volta do buraco por uma semana, xingando os infelizes que trabalharam vinte e quatro horas por dia, sete dias por semana, para emendar dez mil cabos.

O telefone tocou mais duas vezes no carro, e ele deixou a música ser substituída, nos alto-falantes grandes e potentes, pelos relatórios de status mecânicos com mais notícias sobre falhas críticas na infraestrutura da rede. Depois Kelly ligou.

— Oi — disse ele.

— Nada de vir puxar meu saco, conheço de longe essa voz de puxa-saco.

Ele sorriu involuntariamente.

— Positivo, nada de puxar saco.

— Amo você, Felix — afirmou ela.

— Sou maluco por você, Kelly. Volte pra cama.

— O 2.0 está acordado — ela falou.

O bebê tinha sido a Versão Beta enquanto estava na barriga e, quando a bolsa se rompeu, Felix recebeu a ligação e saiu do escritório gritando *"A Versão Final acaba de ser enviada!"*. Eles começaram a chamar o bebê de 2.0 antes de ele terminar seu primeiro choro.

— Esse sacana nasceu para chupar peito — Kelly brincou.

— Desculpe ter acordado você — Felix disse.

Ele estava quase chegando ao CPD. Não existe trânsito às duas da madrugada. Ele reduziu a velocidade e parou em frente à entrada da garagem. Não queria perder a ligação de Kelly no subsolo.

— Não é por ter me acordado — explicou ela. — A gente está nessa faz sete anos. Você tem três funcionários trabalhando pra você. Dê o telefone pra eles. Você já cumpriu sua parte.

— Não gosto de pedir que os meus funcionários façam coisas que eu não faria — ele respondeu.

— Você já fez — disse ela. — Por favor! Odeio acordar sozinha no meio da noite. De noite eu sinto mais ainda a sua falta.

— Kelly...

— Já nem estou mais com raiva. Eu só fico com saudade, é isso. Você me faz ter sonhos bons.

— Tá bem — ele disse.

— Simples assim?

— Exatamente. Simples assim. Não quero que você tenha pesadelos e já fiz a minha parte. De agora em diante, só vou fazer plantões noturnos nas escalas de feriados.

Ela riu.

— SysAdmins não têm feriados.

— Este aqui vai ter — afirmou ele. — Prometo.

— Você é maravilhoso — ela respondeu. — Ai, que nojento. O 2.0 acabou de dropar no meu roupão.

— Esse é o meu garoto! — exclamou Felix.

— Bom, isso ele é — disse Kelly.

Ela desligou e ele entrou na garagem, passou o crachá e segurou a pálpebra cansada para deixar o *scanner* de retina dar uma boa olhada em seu olho sonado.

Ele parou na máquina para pegar uma barrinha de cereal com guaraná e um café de máquina mortal, num copo com canudinho à prova de vazamentos. Engoliu a barrinha e tomou o café, depois deixou a porta interna ler a palma de sua mão e medi-lo por um momento. A porta se abriu com o barulho de um suspiro e despejou uma rajada de ar pressurizado em Felix enquanto ele entrava no santuário.

Havia um tumulto. Os CPDs são projetados para permitir que dois ou três SysAdmins possam circular de cada vez. Todo o espaço restante é usado para os sussurrantes racks de servidores e roteadores e *drives*. Apertados entre eles havia no mínimo vinte SysAdmins. Era uma convenção de camisetas pretas com slogans inexplicáveis, barrigas escapando dos cintos com telefones e ferramentas.

Normalmente é congelante dentro do CPD, mas todos aqueles corpos estavam superaquecendo o pequeno espaço fechado. Cinco ou seis olharam e fizeram careta quando Felix passou. Dois o cumprimentaram pelo nome. Ele espremeu a barriga entre os CPDs e as pessoas, em direção aos racks Ardent no fundo da sala.

— Felix.

Era Van, que não estava de plantão naquela noite.

— O que você está fazendo aqui? — perguntou Felix. — Não tem motivo para nós dois estarmos destruídos amanhã.

— O quê? Ah. Meu servidor pessoal está aqui. Ele caiu por volta de uma e meia da manhã, e fui acordado pelo meu monitor de processos. Deve ter ligado e dito que estava a caminho. Teria poupado você da viagem.

O servidor de Felix, que ele compartilhava com outros cinco amigos, estava num rack no andar de baixo. Ele se perguntou se estaria off-line também.

— Qual é a situação?

— Um ataque massivo de *flashworm*. Algum imbecil com um ataque de *exploit* de dia zero fez todos os servidores Windows na rede rodarem testes Monte Carlo em todos os blocos IP, inclusive IPv6. Os grandes Ciscos que rodam interfaces administrativas no v6 caem quando recebem mais de dez testes simultâneos, o que significa que praticamente todos os nós da rede caíram. O DNS está maluco também; como se alguém tivesse contaminado a transferência de zona ontem à noite. Ah, e alguns sistemas de e-mail e mensagem instantânea estão mandando mensagens bem realistas para todo mundo na sua lista de contatos, disparando diálogos Eliza que desconectam o e-mail e criam mensagens que fazem a pessoa abrir um trojan.

— Jesus.

— Pois é.

Van era um SysAdmin tipo dois, mais de um metro e oitenta de altura, rabo de cavalo, pomo de Adão saliente. Por cima do peitoral massivo, sua camiseta dizia "ESCOLHA SUA ARMA" e mostrava uma fila de dados poliédricos de RPG.

Felix era um SysAdmin tipo um, com trinta ou trinta e cinco quilos extras na cintura, e uma barba cheia e bem cuidada que ele usava sobre o queixo duplo. Sua camiseta dizia "HELLO CTHULHU" e mostrava um Cthulhu simpático e sem boca, estilo Hello Kitty. Eles tinham se conhecido on-line na Usenet, uns quinze anos antes, depois pessoalmente em Toronto, nas reuniões regadas a cerveja da Freenet, em uma ou duas convenções de *Star Trek*, e Felix acabou contratando Van para trabalhar com ele na Ardent. Van era confiável e metódico. Formado em engenharia elétrica, mantinha uma coleção de cadernos com espiral cheios de detalhes de cada passo que já tinha dado, com data e hora.

— Desta vez não é um PPTC — Van disse. Problema na Pecinha entre o Teclado e a Cadeira (PPTC). Os trojans de e-mail estão nessa categoria: se as pessoas fossem espertas o suficiente para não abrir anexos suspeitos, os trojans de e-mail seriam coisa do passado. Mas *worms* que atacam os roteadores Cisco não são um problema causado por usuários burrinhos; são culpa de engenheiros incompetentes.

— Não, é culpa da Microsoft — Felix respondeu. — Sempre que tenho que trabalhar às duas da manhã, é PPTC ou é culpa da Microjoça.

***

No fim, eles acabaram desconectando os malditos roteadores da internet. Não Felix, claro, apesar de ele estar se coçando para fazer isso e reiniciá-los depois de desligar suas interfaces IPv6. Quem fez a desconexão foi uma dupla de chefões Operadores Bastardos do Inferno que giraram duas chaves simultaneamente para ter acesso a seus CPDs – como guardas num silo de lançamento de mísseis. Noventa e cinco por cento do tráfego de longa distância no Canadá passava por esse prédio. A segurança lá era melhor que a da maioria dos silos de lançamento de mísseis.

Felix e Van colocaram os conjuntos de servidores Ardent novamente on-line, um de cada vez. Eles estavam sob ataque constante dos testes de *worms* – colocar os roteadores on-line apenas iria expor os CPDs inferiores ao ataque. Todos os conjuntos de servidores na internet estavam lotados de *worms*, ou criando ataques de *worms*, ou ambos. Felix conseguiu acessar o NIST (National Institute of Standards and Technology) e a *Bugtraq* depois de cerca de cem *timeouts*, e baixou algumas atualizações de sistema que deveriam reduzir a quantidade de *worms* nas máquinas sob seus cuidados. Eram dez horas da manhã e ele estava faminto o suficiente para comer um urso, mas recompilou seus sistemas e conectou as máquinas de novo. Os dedos longos de Van voavam pelo teclado administrativo, sua língua apontando para fora enquanto ele rodava o status de cada um.

— Tenho duzentos dias de tempo de atividade no Greedo — Van disse.

Greedo era o servidor mais antigo no rack, da época em que eles nomeavam as unidades a partir de personagens de *Star Wars*. Agora elas eram batizadas com nomes de Smurfs, e eles estavam ficando sem Smurfs, então começaram a usar personagens da McDonaldlândia começando pelo notebook de Van, Prefeito McCheese.

— O Greedo vai voltar — afirmou Felix. — Tenho um 486 lá embaixo com mais de cinco anos de tempo de atividade. Vai me partir o coração ter que reiniciar.

— Para que tipo de merda infinita você usa um 486?

— Nada. Mas quem derruba uma máquina com cinco anos de tempo de atividade? É como fazer eutanásia na avó.

— Quero comer — Van disse.

— É o seguinte — Felix respondeu. — Vamos colocar sua unidade de volta no ar, depois a minha, e aí vou levar você para tomar café da manhã com pizza no Lakeview Lunch e você pode tirar o resto do dia de folga.

— Combinado — Van retrucou. — Cara, você é bonzinho demais comigo e com seus outros orelhas-secas. Você devia deixar a gente num fosso e encher de porrada que nem os outros chefes fazem. É o que a gente merece.

— É o seu telefone — Van alertou. Felix se retirou das entranhas do 486, que havia se recusado a religar. Ele tinha arrumado uma fonte extra de energia de uns caras que mantinham uma operação de spam e estava tentando fazê-la funcionar. Deixou que Van lhe entregasse o telefone, que havia caído do cinto enquanto ele se contorcia para voltar à máquina.

— Oi, Kel — disse ele. Havia um estranho som de choro ao fundo. Estática, talvez? O 2.0 fazendo bagunça no banho? — Kelly?

A linha caiu. Ele tentou retornar a ligação, mas não conseguiu – nem tocava nem caía na caixa postal. O telefone finalmente esgotou o tempo de ligação e informou ERRO DE REDE.

— Droga — ele falou baixinho. Colocou o telefone de novo no cinto. Kelly provavelmente queria saber quando ele ia voltar para casa, ou queria que ele comprasse algo no caminho para a família. Ela ia deixar uma mensagem de voz.

Felix estava testando a fonte de energia quando o telefone tocou de novo. Ele retirou o aparelho do cinto e atendeu.

— Oi, Kelly, o que houve? — disse ele, esforçando-se para evitar um tom de irritação.

E se sentiu culpado: tecnicamente falando, ele havia cumprido suas obrigações com a Ardent Financial LLC quando os servidores Ardent voltaram a operar. As últimas três horas tinham sido puramente pessoais – mesmo que ele estivesse planejando colocar isso na conta da empresa.

Havia som de choro na linha.

— Kelly? — Ele sentiu o sangue deixando seu rosto e os dedos ficando paralisados.

— Felix — ela falou, de forma quase incompreensível enquanto chorava. — Ele está morto, meu Deus, ele está morto.

— Quem? Quem, Kelly?

— Will — ela respondeu.

Will?, ele pensou. *Mas quem diabos é...* Ele caiu de joelhos. William era o nome que eles escreveram na certidão de nascimento, apesar de o chamarem de 2.0 desde sempre. Felix soltou um som angustiado, como um gemido doente.

— Estou doente — ela continuou. — Não consigo nem ficar em pé mais. Ah, Felix, eu amo tanto você.

— Kelly? O que está acontecendo?

— Todo mundo, todo mundo... — disse ela. — Só tem dois canais no ar na televisão. Cristo, parece o fim dos tempos lá fora...

Ele a ouviu vomitar. O telefone começou a falhar, distorcendo os sons dela, como se fosse uma pedaleira de guitarra.

— Fique aí, Kelly — ele gritou quando a linha caiu. Felix tentou ligar para a polícia, mas o telefone deu erro de rede de novo, assim que ele apertou o botão.

Ele pegou o Prefeito McCheese de Van e conectou-o à rede de cabos do 486, abriu o Firefox a partir de linha de comando e procurou pelo site da polícia municipal. Rápida, mas não freneticamente, procurou por um formulário de contato on-line. Felix nunca perdia a cabeça, nunca. Ele resolvia problemas, e perder as estribeiras não resolveria seus problemas.

Encontrou um formulário on-line e detalhou a conversa que teve com Kelly como se estivesse preenchendo um relatório de bug, com dedos ágeis, uma descrição completa, então apertou o botão ENVIAR.

Van estava lendo por cima dos ombros dele.

— Felix — ele começou a falar.

— Caramba! — Felix disse. Ele estava sentado no chão do CPD e se levantou lentamente. Van pegou o notebook e tentou alguns sites de notícias, mas todos davam erro. Impossível dizer se algo terrível estava acontecendo ou se a rede estava sob o ataque de um *superworm*.

— Preciso ir para casa — afirmou Felix.

— Eu levo você — Van respondeu. — Assim você pode tentar ligar para a sua esposa.

Eles andaram em direção aos elevadores. Ali ficava uma das poucas janelas do prédio, um buraco espesso e protegido. Eles olharam por lá enquanto esperavam o elevador. Não havia muito trânsito para uma quarta-feira. Havia mais carros de polícia que o normal?

— Meu Deus — Van apontou.

A Torre CN, um prédio em forma de uma agulha gigante e branca surgiu a leste deles. Estava torta, como um galho preso na areia molhada. Estava se movendo? Sim. Estava se inclinando, devagar, mas ganhando velocidade. Um segundo depois, inclinou-se demais e desabou. Eles sentiram um choque, então ouviram o edifício inteiro tremendo por causa do impacto. Uma nuvem de poeira subiu dos destroços, e mais barulhos se seguiam enquanto a mais alta estrutura autônoma do mundo desabava sobre prédios e mais prédios.

— O centro de transmissão está desabando — Van disse.

E estava mesmo: a torre da CBC estava entrando em colapso em câmera lenta. As pessoas corriam em todas as direções, e eram esmagadas por pedaços de alvenaria que caíam. Ver isso através daquela janela era como assistir a um truque habilidoso de computação gráfica baixado de um site de compartilhamento de arquivos.

Outros SysAdmins estavam se juntando em torno deles agora, acotovelando-se para ver a destruição.

— O que aconteceu? — alguém perguntou.

— A Torre CN caiu — Felix respondeu. A voz dele pareceu distante para seus ouvidos.

— Foi o vírus?

— O *worm*? O quê? — Felix se virou para o cara, que era um jovem SysAdmin um pouco acima do peso.

— O *worm* não — o cara respondeu. — Recebi um e-mail alertando que a cidade toda está em quarentena por causa de um vírus. Dizem que é uma arma química.

Ele entregou seu Blackberry para Felix.

Felix estava tão concentrado no relato, supostamente enviado pelo Departamento de Saúde do Canadá, que nem notou que as luzes haviam se apagado. Então ele percebeu, apertou o Blackberry de volta na mão do dono, e deixou escapar um pequeno soluço.

Os geradores entraram em operação um minuto depois. Os SysAdmins correram para as escadas. Felix segurou Van pelo braço e o puxou para trás.

— Talvez seja melhor a gente esperar um pouco dentro do CPD — disse Felix.

— E a Kelly? — perguntou Van.

Felix sentiu que ia vomitar.

— A gente tem que ir para o CPD agora — afirmou ele. A estrutura tinha um filtro de ar para micropartículas.

Eles subiram a escada correndo para o grande CPD. Felix abriu a porta, que se fechou atrás deles.

— Felix, você precisa ir para casa...

— É uma arma biológica — Felix concluiu. — Um supervírus. Aqui vamos ficar bem, acho, desde que os filtros funcionem.

— O quê?

— Entre no IRC — disse Felix.

Eles entraram. Van estava usando o Prefeito McCheese e Felix estava com a Smurfette. Eles passaram pelos canais de bate-papo até que encontraram nomes de usuários conhecidos.

> pentágono ja era/a casa branca também
> MEU VIZINHO TA VOMITANDO SANGUE DA SACADA EM SAN DIEGO
> Alguém derrubou o Gherkin. Banqueiros fugindo da cidade como ratos.
> Ouvi dizer que o Ginza tá em chamas

Felix digitou:

> Estou em Toronto. Acabamos de ver a Torre CN cair. Ouvimos relatos de armas biológicas, algo de efeito rápido.

Van leu a mensagem e disse:

— Você não sabe se é rápido assim, Felix. Talvez todo mundo tenha sido exposto há três dias.

Felix fechou os olhos.

— Se fosse isso, a gente já estaria com alguns sintomas, acho.

> Parece que um pulso eletromagnético atingiu Hong Kong e talvez Paris. imagens de satélite em tempo real mostram elas completamente no escuro, todos os IPs deles estão fora do ar
> Você tá em Toronto?

Era um usuário desconhecido.

> Sim – na Rua Front

> Minhas irmãs estão na universidade, não consigo falar com elas – vc pode ligar?
> Telefones não funcionam

Felix digitou, olhando para a mensagem ERRO DE REDE.

— Tenho um *softphone* no Prefeito McCheese — Van disse, ligando o VoIP. — Acabei de lembrar.

Felix pegou o computador dele e digitou o telefone de casa. Tocou uma única vez, em seguida, veio um som constante, como uma sirene de ambulância num filme italiano.

> Telefones não funcionam

Felix digitou de novo.

Ele olhou para Van e viu que os ombros magros dele sacudiam. Van disse:

— Puta merda, caralho! O mundo está acabando.

Felix se afastou do IRC uma hora depois. Atlanta tinha queimado. Manhattan estava quente, radioativa o suficiente para estragar as webcams que monitoravam o Lincoln Plaza. Todo mundo culpava o Islã, até ficar claro que Meca tinha virado cinzas e a realeza saudita havia sido enforcada em frente a seus palácios.

As mãos dele tremiam e Van chorava em silêncio num canto do CPD. Felix tentou ligar para casa de novo, e depois para a polícia. Não funcionou melhor do que nas outras vinte tentativas.

Ele correu para o servidor no andar de baixo e checou seus e-mails. Spam, spam, spam. Mais spam. Mensagens automáticas. Havia uma mensagem de alerta sobre uma invasão ao sistema do CPD da Ardent.

Felix abriu e leu rapidamente. Alguém estava tentando invadir seus roteadores incessantemente. Não parecia bater com a ação do *worm*. Ele rastreou o ataque e verificou que a origem era o prédio em que ele estava, um sistema num CPD no andar abaixo do dele.

Ele tinha procedimentos para isso. Escaneou o invasor e descobriu que a porta 1337 estava aberta – 1337 significava "elite" em código hacker. Esse era o tipo de porta que o *worm* deixava aberta para entrar e sair do sistema. Ele pesquisou as ameaças conhecidas que deixaram um *listener* na porta 1337, filtrou a busca com base na assinatura do sistema operacional do servidor comprometido, e então chegou ao culpado.

Era um worm antigo, contra o qual todo servidor deveria estar protegido havia anos. Sem problemas. Ele tinha o *client* certo para isso, e usou-o para criar uma conta *root* no servidor, depois logou e conseguiu dar uma olhada no sistema.

Havia outro usuário logado, "scaredy", e ele conferiu o monitor de processos e viu que scaredy havia interrompido todas as centenas de processos que estavam tentando invadir o servidor dele e a maioria dos processos que estavam atacando outros servidores.

Ele abriu um chat:

> Pare de tentar invadir meu servidor

Ele esperava arrogância, culpa, negação. E estava surpreso.

> Você tá no CPD da rua Front?
> Sim
> Ufa, achei que eu era o último sobrevivente. Estou no quarto andar. Acho que há um ataque de arma biológica lá fora. Não quero sair da sala limpa

Felix soltou um suspiro.

> Você estava me invadindo para que eu rastreasse você de volta?
> Sim
> Que esperto

Sujeito esperto.

> Estou no sexto andar e tenho outra pessoa comigo.
> O que você sabe?

Felix colou o histórico de conversas do IRC e esperou um pouco enquanto o outro cara digeria tudo aquilo. Van se levantou e começou a andar. Seus olhos estavam vidrados.

— Van? Amigo?

— Tenho que mijar — afirmou ele.

— Não vamos abrir a porta — Felix respondeu. — Vi uma garrafa PET vazia no lixo ali.

— Beleza — Van concordou. Ele andou como um zumbi até a lata de lixo e retirou o garrafão vazio. Depois se virou de costas.

> Sou o Felix.
> Will

O estômago de Felix se revirou devagar quando ele pensou em 2.0.

— Felix, acho que tenho que ir lá fora — Van disse.

Ele estava indo em direção à porta selada. Felix largou o teclado, ficou em pé com dificuldade e correu até Van, segurando-o antes que ele chegasse à porta.

— Van — ele falou, olhando nos olhos vidrados e desfocados do amigo. — Olhe para mim, Van.

— Eu tenho que ir — afirmou Van. — Preciso ir para casa alimentar meus gatos.

— Tem alguma coisa lá fora, alguma coisa que age rápido e é letal. Talvez vá se dispersar com o vento. Talvez já tenha ido embora. Mas a gente vai ficar aqui até ter certeza ou até não ter outra opção. Sente-se, Van. Sente-se.

— Estou com frio, Felix.

Estava muito frio. Os braços de Felix estavam duros e arrepiados e seus pés pareciam pedras de gelo.

— Sente-se encostado nos servidores, perto das saídas de ar. Dá para pegar o calor do exaustor — disse Felix. Van encontrou um rack e se encostou nele.

> Você tá aí?
> Ainda aqui – resolvendo problemas logísticos
> Quanto tempo até a gente poder sair?
> Não tenho ideia

Depois disso, ninguém digitou nada por um longo tempo.

Felix usou a garrafa PET duas vezes. Então Van a usou de novo. Felix tentou ligar para Kelly de novo. O site da Polícia Metropolitana continuava fora do ar.

Finalmente ele deslizou as costas contra os servidores, enrolou os braços nos joelhos e chorou como um bebê.

Depois de um minuto, Van sentou-se ao lado dele, com o braço em torno dos ombros de Felix.

— Eles estão mortos, Van — Felix disse. — Kelly e meu f... filho. Minha família se foi.

— Você não tem certeza disso — retrucou Van.

— Tenho quase certeza — Felix afirmou. — Meu Deus, é o fim, não é?

— Vamos ficar mais algumas horas aqui, depois a gente sai. As coisas devem voltar ao normal em breve. O Corpo de Bombeiros vai consertar tudo. Vão mobilizar o Exército. Vai ficar tudo bem.

As costelas de Felix doíam. Ele não chorava desde... desde que 2.0 tinha nascido. Ele apertou os joelhos com força.

As portas se abriram.

Os dois SysAdmins que entraram estavam de olhos arregalados. Um tinha uma camiseta que dizia NERDICES e o outro estava com uma camiseta da Electronic Frontiers Canada.

— Venham — disse NERDICES. — Estamos todos nos reunindo no último andar. Vamos pelas escadas.

Felix percebeu que estava segurando a respiração.

— Se tiver um agente biológico no prédio, já estamos todos infectados — NERDICES continuou. — Vamos, a gente se encontra lá.

— Há outro no sexto andar — Felix afirmou, enquanto tentava se levantar.

— Sim, o Will, já encontramos ele. Ele já subiu.

NERDICES era um dos Operadores Bastardos do Inferno que derrubaram os grandes servidores. Felix e Van subiram as escadas lentamente, seus passos ecoando pelo prédio vazio. Depois do ar gélido do CPD, a escadaria parecia uma sauna.

Havia uma cafeteria no último andar, com banheiros que funcionavam, água e café e uma máquina de lanches. Havia uma fila confusa de SysAdmins em frente a cada um desses pontos. Ninguém olhava ninguém nos olhos. Felix ficou tentando imaginar qual deles era Will e entrou na fila da máquina de comida.

Ele comprou algumas barras de cereal e um copo gigante de café com baunilha antes de ficar sem moedas. Van conseguiu espaço numa mesa para eles, Felix largou tudo na frente dele e foi para a fila do banheiro.

— Só guarde alguma coisa pra mim — disse, jogando uma barrinha de cereal na frente de Van.

Até todos estarem instalados, isolados, e comendo, NERDICES e seu amigo tinham voltado. Eles limparam o balcão de pagamentos no fim da área de preparo de comida e NERDICES subiu nele. Aos poucos, as conversas foram parando.

— Meu nome é Uri Popovich e este é Diego Rosenbaum. Obrigado por terem vindo até aqui. Isto é tudo o que sabemos: o prédio está funcionando com geradores há três horas. A observação visual indica que somos o único prédio na região central de Toronto com energia elétrica, que deve durar mais uns três dias. Há um agente biológico de origem desconhecida à solta lá fora. Ele mata rápido, em algumas horas, e está em forma de gotículas no ar. A contaminação é feita pelo ar. Ninguém abriu nenhuma porta externa deste prédio desde as cinco horas da manhã. Ninguém vai abrir até que eu autorize.

— Ataques em grandes cidades no mundo inteiro deixaram socorristas numa situação de caos. Os ataques são feitos com explosivos eletrônicos, biológicos, nucleares e convencionais, e estão bastante disseminados. Sou um engenheiro de segurança e, de onde eu venho, grupos de ataque desse tipo são normalmente vistos como oportunistas: o grupo B explode uma ponte porque todo mundo está concentrado cuidando da explosão nuclear do grupo A. É inteligente. Uma célula Aum Shinrikyo em Seul atacou com gás os metrôs de lá por volta das duas da madrugada, horário daqui – esse é o episódio mais antigo que conseguimos localizar, então essa pode ter sido a gota d'água que fez o copo transbordar. Temos quase certeza de que o Aum Shinrikyo não pode estar por trás desse tipo de confusão: eles não têm histórico de guerra eletrônica nem mostraram a perspicácia organizacional necessária para atacar tantos alvos ao mesmo tempo. Basicamente, não são espertos o suficiente. Vamos ficar aqui durante os próximos dias, pelo menos até que a arma biológica tenha sido identificada e dispersada.

Vamos equipar os racks e manter as redes funcionando. Isto aqui é uma infraestrutura crítica, é nosso trabalho garantir noventa e nove vírgula novecentos e noventa e nove por cento de tempo de atividade. Em momentos de emergência nacional, nossa responsabilidade em relação a isso dobra.

Um SysAdmin levantou a mão. Era um cara muito ousado com uma camiseta verde do Incrível Hulk e que estava mais para o lado jovem da escala de idade.

— Quem morreu e fez de você o rei?

— Tenho o controle do sistema principal de segurança, chaves de todos os CPDs, e as senhas para as portas externas; estão todas fechadas agora, a propósito. Fui eu que trouxe todos vocês aqui em cima e marquei esta reunião. Não me importo se alguém mais quer esse trabalho, é um trabalho de merda. Mas alguém precisa fazer isso.

— Você está certo — o menino disse. — E posso fazer isso tão bem quanto você. Meu nome é Will Sario.

Popovich olhou para o garoto.

— Bem, se você me deixar terminar, talvez eu passe o bastão para você quando tiver terminado.

— Termine, por favor.

Sario virou as costas e foi até a janela. Ele olhou fixamente para fora. O olhar de Felix foi atraído para lá, e ele viu que havia diversas nuvens oleosas de fumaça subindo da cidade.

Não havia clima para Popovich ir em frente.

— Então é isso que vamos fazer — afirmou ele.

O menino olhou em volta depois de um momento de silêncio.

— Ah, então é minha vez agora?

Houve uma rodada de risadas descontraídas.

— O que eu penso é o seguinte: o mundo está indo para o buraco. Há ataques coordenados contra todas as peças críticas de infraestrutura. Só há uma forma de se coordenar tão bem os ataques: via internet. Mesmo que a gente aceite a tese de que os ataques foram todos oportunistas, precisamos nos perguntar como um ataque oportunista pode ser organizado em minutos: pela internet.

— Então você acha que devemos derrubar a internet? — Popovich riu um pouco, mas parou quando Sario permaneceu em silêncio.

— Vimos um ataque ontem à noite que quase matou a internet — disse o menino. — Um pouco de ataque DoS nos roteadores críticos, uns truques de DNS e lá se vai a rede como uma criança mimada. Os policiais e os militares são um bando de otários tecnofóbicos, então é bem provável que não dependam da rede. Se a derrubarmos, vamos colocar quem está atacando em desvantagem, criando apenas um pequeno inconveniente para os defensores. Quando o momento chegar, podemos reconstruí-la.

— Você só pode estar brincando — Popovich disse. A boca, literalmente, aberta.

— É muito lógico — Sario respondeu. — Muitas pessoas não gostam de lidar com a lógica quando ela nos leva a tomar decisões difíceis. Mas esse é um problema das pessoas, não da lógica.

Houve um início de conversa entre os presentes que logo se tornou um grande barulho.

— Calados! — Popovich gritou. A conversa diminuiu um pouco. Popovich gritou de novo, batendo o pé no balcão. Finalmente a ordem começou a ser retomada. — Um de cada vez — continuou ele. Estava com o rosto vermelho, as mãos nos bolsos.

Um SysAdmin disse que era a favor de ficar. Outro, de ir embora. Eles deviam se esconder nos CPDs. Deviam inventariar os suprimentos e eleger um responsável pelas provisões. Deviam ir para fora e tentar encontrar a polícia, ou se voluntariar nos hospitais. Deviam eleger guardiões para manter as portas externas seguras.

Felix se surpreendeu ao levantar a mão. Popovich passou a palavra para ele.

— Meu nome é Felix Tremont — disse, subindo em uma das mesas, e pegando seu PDA. — Quero ler algo para vocês.

"Governos do Mundo Industrial, seus gigantes velhos de carne e aço, venho do Ciberespaço, a nova casa da mente. Em nome do futuro, peço para que vocês do passado nos deixem em paz. Vocês não são bem-vindos entre nós. Vocês não têm soberania onde nos reunimos.

"Não temos um governo eleito, nem é provável que venhamos a ter, então me dirijo a vocês sem nenhuma autoridade, exceto a da própria liberdade. Declaro que o espaço social global que estamos construindo é independente das tiranias que vocês procuram nos impor.

Vocês não têm autoridade moral para nos comandar nem possuem nenhum método de dominação que tenhamos real razão para temer.

"Os governos obtêm seu poder do consentimento dos governados. Vocês não pediram nem receberam o nosso. Vocês não foram convidados. Vocês não nos conhecem, nem conhecem o nosso mundo. O ciberespaço não está dentro de suas fronteiras. Não pensem que vocês poderão construí-lo, apesar de ele ser um projeto de construção público. Vocês não podem. É um ato da natureza e cresce por meio de nossas ações coletivas."— Felix explicou: — Isto é da Declaração de Independência do Ciberespaço. Foi escrito há vinte anos. Acho que é uma das coisas mais lindas que já li. Queria que meu filho crescesse num mundo em que o ciberespaço fosse livre, e que essa liberdade infectasse o mundo real, para que o mundo físico fosse mais livre também.

Ele engoliu em seco e esfregou os olhos com as costas das mãos. Van desajeitadamente o encorajou tocando nos sapatos dele.

— Meu lindo filho e minha linda esposa morreram hoje. Outros milhões, também. A cidade está literalmente em chamas. Cidades inteiras desapareceram do mapa.

Ele soltou um suspiro e engoliu em seco.

— Pelo mundo todo, pessoas como nós estão reunidas em prédios como este. Elas estavam tentando lutar contra o *worm* da noite passada quando o desastre chegou. Temos energia independente. Comida. Água.

"Temos a rede, aquela que os homens ruins usaram tão bem e que os bons nunca conseguiram desvendar.

"Compartilhamos um amor pela liberdade que vem de se importar com a rede e cuidar dela. Somos responsáveis pela mais importante ferramenta organizacional e governamental que o mundo já viu. Somos o mais próximo de um governo que o mundo tem agora. Genebra é um buraco. O East River está em chamas e a ONU foi evacuada.

"A República Distribuída do Ciberespaço passou pela tempestade basicamente intacta. Somos os guardiões de uma máquina imortal, monstruosa e maravilhosa, com o potencial para reconstruir um mundo melhor. Não tenho nenhuma outra razão para viver além dessa."

Havia lágrimas nos olhos de Van. E ele não era o único. Os outros não o aplaudiram, mas fizeram algo melhor. Mantiveram um respeitoso silêncio por alguns segundos, que chegaram a um minuto.

— Como fazemos isso? — Popovich perguntou, sem um traço de sarcasmo.

Os grupos de discussão estavam enchendo rapidamente. Eles anunciavam os grupos novos no news.admin.net-abuse.email, onde todos os combatentes de spam se reuniam, e onde havia uma intensa cultura de camaradagem desde o início do ataque.

O novo grupo era alt.november5-disaster.recovery, com os endereços recovery.governance, .recovery.finance, .recovery.logistics e .recovery.defense atrelados a ele. Deus abençoe a confusa hierarquia alt. dos grupos de discussão e todos aqueles que navegam por ela.

Os SysAdmins saíram de suas oficinas. O complexo do Google estava on-line, com a leal Rainha Kong comandando uma gangue de orelhas-secas que deslizavam de patins pelo CPD gigante, limpando os servidores mortos e reiniciando-os. O Internet Archive estava off-line em Presidio, mas o espelho em Amsterdã estava on-line e eles redirecionaram o DNS de forma que não dava para perceber a diferença. A Amazon estava fora do ar. O Paypal estava on-line. O Blogger, o TypePad e o LiveJournal estavam todos funcionando e lotados de posts de sobreviventes assustados que se uniam em busca de um pouco de calor humano eletrônico.

Os álbuns de fotos do Flickr eram horríveis. Felix teve que cancelar as notificações depois que viu uma foto de uma mulher com um bebê, mortos numa cozinha, contorcidos pelo agente biológico feito um hieróglifo agonizante. Eles não se pareciam com Kelly e 2.0, mas nem precisavam. Ele começou a tremer e não conseguia parar.

A Wikipédia estava no ar, mas sofrendo para aguentar o tráfego. O spam continuava a circular como se nada tivesse acontecido. *Worms* circulavam pela rede.

.recovery.logistics era onde a maior parte da ação acontecia.

> Podemos usar o sistema de votação do grupo de discussão para realizar eleições regionais

Felix sabia que isso ia funcionar. As votações em grupos de discussão da Usenet estavam funcionando por mais de vinte anos sem nenhum tipo de problema mais grave.

> Vamos eleger representantes regionais e eles vão escolher um primeiro-ministro.

Os americanos insistiam em presidente, o que não agradava Felix. Parecia muito partidário. O futuro dele não seria o futuro dos Estados Unidos. O futuro dos Estados Unidos tinha desaparecido com a Casa Branca. O objetivo dele era algo mais amplo.

Havia SysAdmins franceses da France Telecom on-line. O CPD da União Europeia de Radiodifusão havia sido poupado dos ataques que destruíram Genebra, e estava cheio de alemães irônicos que falavam inglês melhor que Felix. Eles se davam bem com o que restara da equipe da BBC no complexo Canary Wharf.

Eles falavam em inglês poliglota no .recovery.logistics, e Felix já tinha uma vantagem. Alguns SysAdmins tentavam amenizar as brigas estúpidas com a prática aprimorada no decorrer dos anos. Alguns davam sugestões úteis.

Foi uma surpresa, mas quase nenhum deles achou que Felix estava louco.

> Acho que devíamos realizar eleições o quanto antes. De preferência até amanhã. Não podemos governar com justiça sem o consentimento dos governados.

Em segundos a resposta chegou na caixa de entrada dele.

> Você não pode estar falando sério. Consentimento dos governados? A menos que eu esteja errada, a maior parte das pessoas que você quer governar está vomitando as entranhas, escondida debaixo de mesas ou andando perdida e em choque pelas ruas das cidades. Quando ELES vão poder votar?

Felix tinha que admitir que ela tinha um bom argumento. A Rainha Kong era esperta. Não há muitas mulheres SysAdmins, e essa era uma tragédia genuína. Mulheres como a Rainha Kong eram boas demais para ficarem de fora do campo. Ele teria que bolar uma maneira de fazer as mulheres terem uma participação mais equilibrada no seu governo. Fazer cada região eleger uma mulher e um homem?

Ele alegremente passou a argumentar com ela. As eleições seriam no dia seguinte; ele iria garantir isso.

— Primeiro Ministro do Ciberespaço? Por que não se autointitular Grande Czar da Rede de Dados Global? É mais digno, soa mais legal e você vai desempenhar o mesmo trabalho.

Will dormia ao lado dele, na lanchonete, com Van do outro lado. A sala cheirava a cecê: vinte e cinco SysAdmins que não tomavam banho fazia pelo menos um dia apertados na mesma sala. Para alguns deles, já fazia bem mais que um dia.

— Cale a boca, Will — Van disse. — Você queria derrubar a internet.

— Correção: eu *quero* derrubar a internet. Tempo presente.

Felix abriu um olho. Ele estava tão cansado, era como levantar peso.

— Olha, Sario, se você não gosta da minha plataforma, apresente a sua. Há muita gente que pensa que eu sou um idiota e eu os respeito por isso, já que estão todos concorrendo contra mim ou apoiando alguém que está. Essa é a sua escolha. O que não é uma escolha é ficar reclamando e atrapalhando. Agora, vá dormir, ou levante e vá postar a sua plataforma.

Sario se sentou lentamente, desenrolou a jaqueta que usava de travesseiro e a vestiu.

— Danem-se vocês, vou cair fora daqui — afirmou.

— Pensei que ele nunca iria embora — Felix disse, e se virou, permanecendo acordado por um longo tempo, pensando sobre a eleição.

Havia outras pessoas na disputa. Alguns nem eram SysAdmins. Um senador dos Estados Unidos que estava em sua casa de veraneio no Wyoming tinha um gerador e um telefone via satélite. De alguma forma, ele encontrou o grupo de discussão certo e se colocou à disposição para concorrer. Alguns hackers anarquistas na Itália enchiam o grupo a noite toda, postando discursos em inglês meia-boca sobre a falência do "governo" neste mundo novo. Felix pesquisou o IP deles na rede e chegou à conclusão de que provavelmente estavam presos num pequeno estúdio de Design de Interação perto de Turim. A Itália estava bastante destruída, mas essa célula de anarquistas parecia ter estabelecido residência nessa cidadezinha.

Um número surpreendente de pessoas estava concorrendo com a plataforma de derrubar a internet. Felix tinha dúvidas de que isso fosse possível, mas achava que entendia o impulso de querer acabar com o trabalho e com o mundo. Por que não? Tudo indicava que o trabalho até aqui havia sido uma sequência de desastres, ataques e oportunismo, contribuindo para o Crepúsculo dos Deuses. Um ataque terrorista aqui, uma contraofensiva letal de um governo exagerado ali... Em pouco tempo, eles arrasaram com o mundo.

Ele caiu no sono pensando na logística de derrubar a internet, e teve pesadelos nos quais era o único defensor da rede.

Acordou com um barulho de papel áspero amassado. Rolou e viu que Van estava sentado, a jaqueta enrolada no colo, coçando vigorosamente seus braços magros. Eles estavam em carne viva e tinham uma aparência escamosa. Na luz fraca que vinha das janelas da lanchonete, pedaços de pele dançavam em nuvens.

— O que você está fazendo? — Felix perguntou se sentando.

Ver as unhas de Van raspando a pele fez ele se coçar em solidariedade. Já fazia três dias que ele não lavava o cabelo, e seu couro cabeludo às vezes parecia estar tomado de pequenos insetos que picavam a pele. Na noite anterior, ele havia tocado a parte de trás das orelhas para ajustar os óculos e seus dedos ficaram brilhantes com sebo grosso. Ele começava a ter cravos atrás das orelhas quando não tomava banho por mais de um dia, e algumas vezes grandes espinhas, que Kelly estourava com um prazer doentio.

— Coçando — Van disse. Ele passou a coçar a cabeça, criando no ar uma nuvem de caspa, que se juntou à pele que ele já havia tirado das extremidades. — Caramba, estou com coceira no corpo todo.

Felix pegou o Prefeito McCheese da mochila de Van e o conectou a um dos cabos de ethernet que estavam espalhados pelo chão. Pesquisou algo que achava que poderia estar relacionado a isso. "Coceira" retornou mais de quarenta milhões e seiscentos mil links. Ele tentou detalhar as pesquisas e conseguiu links um pouco mais precisos.

— Acho que é eczema nervoso — afirmou Felix, enfim.

— Não tenho eczema — Van retrucou.

Felix mostrou para ele algumas fotos horríveis de pele avermelhada e irritada, salpicada de branco.

— Eczema nervoso — repetiu Felix, lendo a legenda.

Van examinou os braços.

— Eu tenho eczema — disse.

— Diz aqui que é para manter o local hidratado e passar pomada de cortisona. Você pode tentar o kit de primeiros socorros dos banheiros do segundo andar. Acho que vi alguma coisa lá.

Como todos os SysAdmins, Felix fez uma inspeção nos escritórios, banheiros, cozinha e estoques, capturando um rolo de papel higiênico para guardar na mochila junto com três ou quatro barras de cereal. Eles estavam compartilhando comida na lanchonete num acordo implícito, cada SysAdmin observando os outros em busca de sinais de gula ou de armazenamento. Todos estavam convencidos de que havia gente armazenando comida e sendo gulosa fora das vistas dos outros, porque todos eram culpados quando ninguém estava olhando.

Van levantou-se e, quando sua cabeça ficou na luz, Felix pôde ver o quanto seus olhos estavam inchados.

— Vou postar pedindo um pouco de anti-histamínico — Felix disse. Poucas horas depois de acabar a primeira reunião, havia quatro listas de e-mail e três wikis para os sobreviventes no prédio, e, nos dias seguintes, eles decidiram manter apenas um. Felix ainda estava numa pequena lista com cinco de seus amigos mais confiáveis, dois deles presos em CPDs em outros países. Ele suspeitava que outros SysAdmins estivessem fazendo o mesmo.

Van saiu tropeçando.

— Boa sorte nas eleições — disse, dando um tapa no ombro de Felix.

Felix se levantou e caminhou, parando para olhar pela janela imunda. Os incêndios ainda queimavam Toronto, mais do que antes. Ele tentou encontrar listas de discussão ou blogs mantidos por habitantes da cidade, mas os únicos que achou eram de outros geeks em outros CPDs. Era possível – provável, inclusive – que lá fora existissem sobreviventes com prioridades mais urgentes do que postar na internet. O telefone da casa dele ainda funcionava, mas ele parou de ligar no segundo dia, quando ouviu a voz de Kelly na caixa postal e começou a chorar no meio de uma reunião de planejamento. Não foi o único.

Dia de eleição. Hora de encarar a realidade.

> Está nervoso?

> Não

Felix digitou.

> Não ligo se eu não ganhar, para ser honesto. Já estou feliz que estamos fazendo isso. A alternativa é ficar sentado sem fazer nada, esperando alguém surtar e abrir a porta.

O cursor ficou piscando. A Rainha Kong demorava muito para responder, porque mandava na gangue de googloids do Googleplex, fazendo tudo que podia para manter o CPD on-line. Três dos CPDs externos haviam saído do ar e dois dos seis links redundantes de rede estavam destruídos. Para a sorte dela, o número de consultas por segundo estava bem baixo. Ela digitou.

> Ainda falta a China

A Rainha Kong tinha um grande quadro com um mapa-múndi colorido de acordo com o número de consultas por segundo no Google, e podia fazer mágica com aquilo, mostrando o tempo das conexões em gráficos coloridos. Ela havia enviado muitos vídeos mostrando como a praga e as bombas haviam destruído o mundo: o aumento inicial no número de consultas de pessoas querendo descobrir o que estava acontecendo, depois a queda sombria dos números enquanto as pragas tomavam conta.

> A China ainda está rodando com 90% da capacidade nominal

Felix sacudiu a cabeça.

> Você acha que eles são os responsáveis?
> Não

Ela digitou, mas depois começou a resolver algo e parou.

> Não, com certeza não. Acredito na hipótese de Popovich. Foi um bando de idiotas usando os outros como cobertura. Mas a China os derrubou de forma mais violenta e rápida que qualquer outro. Talvez a gente tenha finalmente achado uma utilidade para Estados totalitários.

Felix não resistiu. Digitou:

> Você tem sorte que seu chefe não pode ver você digitando isso. Vocês foram participantes muito entusiasmados no Grande Firewall da China.
> Não foi ideia minha.

Ela continuou.

> E meu chefe está morto. Provavelmente estão todos mortos. Toda a região da Bay Area foi atingida violentamente, e depois houve o terremoto.

Eles assistiram ao fluxo automatizado de dados da USGS do tremor de seis vírgula nove graus que destruiu o nordeste da Califórnia de Gilroy a Sebastopol. Algumas webcams mostraram o tamanho da destruição: explosões na rede de gás, prédios antissísmicos caindo como blocos de brinquedo depois de um empurrão. O Googleplex, que flutuava sobre uma série de molas de aço, sacudiu como uma geleia, mas os racks ficaram no lugar, e o pior dano sofrido foi um machucado feio no olho de um SysAdmin atingido por um alicate que voou no rosto dele.

> Desculpe. Esqueci.
> Tudo bem. Todos perdemos alguém, certo?
> Sim, sim. De qualquer forma, não estou preocupado com a eleição. Quem quer que ganhe, pelo menos estamos fazendo ALGO
> Não se votarem para um dos fuckrags

Fuckrags era o apelido que alguns SysAdmins usavam para descrever o contingente que queria derrubar a internet. A rainha Kong havia criado o termo – aparentemente tinha começado como uma palavra para descrever todos os gestores de TI sem noção que ela havia derrotado durante a carreira.

> Não vão. Eles só estão cansados e tristes, só isso. Seu apoio vai fazer toda a diferença

Os googloids eram um dos maiores e mais poderosos grupos que sobraram, junto com as equipes de uplink de satélite e o que sobrou das equipes transoceânicas. O apoio da Rainha Kong foi uma surpresa e ele havia mandado um e-mail ao qual ela respondeu de forma sucinta *Não posso deixar os fuckrags no comando*.

> Fui

Ela digitou, e então a conexão dela caiu. Ele abriu um navegador e tentou se conectar ao google.com. O navegador não conseguiu. Ele atualizou a página, e atualizou de novo, então a página principal do Google voltou. O que quer que tenha atingido o local de trabalho da Rainha Kong – falha de energia, *worms*, outro terremoto –, ela havia consertado. Ele bufou quando viu que haviam substituído as letras "O" no logo do Google por pequenos planetas Terra com nuvens em forma de cogumelos saindo deles.

— Tem alguma coisa pra comer? — Van perguntou. Era o meio da tarde, não que o tempo tivesse algum sentido no CPD. Felix apalpou os bolsos. Eles colocaram um responsável pelos suprimentos, mas, antes disso, todo mundo pegou um pouco de comida das máquinas. Ele pegou doze barrinhas de cereal e algumas maçãs. E também dois sanduíches, mas sabiamente os comeu primeiro, antes que estragassem.

— Tenho uma última barrinha de cereal — Felix falou.

De manhã, ele havia notado que sua calça estava um pouco larga na cintura e por um momento se alegrou com isso. Então lembrou-se de Kelly brincando com ele por causa do peso e chorou um pouco. Por isso, comeu duas barrinhas de cereal, deixando apenas uma de estoque.

— Ah... — Van suspirou. Seu rosto ainda mais cavernoso, os ombros caídos sobre o peitoral esquelético.

— Aqui — Felix disse. — Vote Felix.

Van pegou a barra dele e colocou-a na mesa.

— Ok, quero devolver isso para você e dizer, "Não, não posso", mas estou com uma fome do caralho, então vou apenas pegar e comer, pode ser?

— Tudo bem — Felix respondeu. — Aproveite.

— Como estão as eleições? — Van perguntou, depois de lamber toda a embalagem.

— Não sei — afirmou Felix. — Não olho faz um tempo.

Ele estava ganhando por uma pequena margem fazia algumas horas. Não estar com seu notebook era um grande problema num momento como este. Nos CPDs havia dezenas como ele, pobres bastardos que saíram de casa no Dia D sem pensar em pegar algo com conexão wi-fi.

— Você vai perder — Sario disse, sentando-se ao lado deles. Ele ficou famoso no prédio por nunca dormir, por bisbilhotar, começar brigas na vida real que tinham surgido de alguma confusão da Usenet.

— O vencedor vai ser alguém que entenda alguns fatos fundamentais.

Então ergueu a mão e começou a listar os tópicos, levantando um dedo de cada vez.

— Um: os terroristas estão usando a internet para destruir o mundo, e a gente precisa destruir a internet antes. Dois: mesmo que eu esteja errado, tudo isso é uma palhaçada. Em breve, vamos ficar sem a energia dos geradores. Três: se não ficarmos sem energia, será porque o mundo antigo voltou a funcionar, e eles não vão dar a mínima para o nosso novo mundo. Quatro: vamos ficar sem comida antes de ficarmos sem razões para brigar ou para não ir lá fora. Temos a chance de fazer algo para ajudar o mundo a se recuperar: podemos matar a rede e bloquear o acesso dos caras ruins. Ou podemos reorganizar umas cadeiras enquanto naufragamos no nosso Titanic pessoal, a serviço de um doce sonho de um "ciberespaço independente".

Pior que Sario estava certo. Eles iam ficar sem energia em dois dias – a energia intermitente vinda da rede havia aumentado a vida útil do gerador. E, concordando com a hipótese de que a internet estava sendo usada primariamente como ferramenta para gerar mais desordem, derrubá-la era a coisa certa a se fazer.

Mas o filho e a esposa de Felix estavam mortos. Ele não queria reconstruir o mundo antigo. Ele queria um novo. Não havia lugar para ele no mundo antigo. Não mais.

Van coçou a pele em carne viva. Pedaços de caspa e pele voaram pelo ar sujo e gorduroso. Sario fez cara feia para ele.

— Isso é nojento. Estamos respirando ar reciclado, sabe. Qualquer que seja a lepra que está comendo você vivo, é bem antissocial pulverizar isso no ar coletivo.

— Você é a autoridade mundial em ser antissocial, Sario — afirmou Van. — Vá embora ou eu mato você a canivetadas.

Ele parou de se coçar e segurou o canivete suíço como se fosse um atirador.

— Sim, sou antissocial. Tenho Síndrome de Asperger e não tomo meus remédios há quatro dias. Qual é a sua desculpa?

Van se coçou mais um pouco.

— Desculpe — disse. — Eu não sabia.

Sario riu.

— Ah, vocês são impagáveis. Aposto que três quartos desse grupo são autistas limítrofes. Eu sou só um escroto. Mas não tenho medo de dizer a verdade, e isso me faz melhor que você, panacão.

— Fuckrag — Felix xingou. — Cai fora!

Eles tinham menos de um dia de energia quando Felix foi o primeiro eleito para o cargo de primeiro-ministro do Ciberespaço. A contagem inicial foi arruinada por um bot que bagunçou o processo de votação e eles perderam um dia precioso somando os votos de novo.

Mas, a essa altura, a coisa parecia uma piada ainda maior. Metade dos CPDs tinha se apagado. Os mapas-múndi da Rainha Kong pareciam cada vez mais sombrios à medida que mais e mais partes do mundo ficavam off-line, apesar de ela manter um quadro das principais buscas novas – a maioria relacionada à saúde, abrigo, higiene e autodefesa.

A carga de *worms* diminuiu. A energia estava acabando em muitos dos usuários de PCs domésticos, e eles permaneciam desligados, então suas máquinas comprometidas estavam apagadas. Os backbones continuavam funcionando e piscando, mas as mensagens dos CPDs estavam cada vez mais desesperadas. Felix não comia fazia um dia, assim como todos na central de comando da estação transoceânica de satélite mundial.

A água também estava acabando.

Popovich e Rosenbaum pegaram Felix antes que ele pudesse fazer mais do que responder a algumas mensagens de parabéns e postar um discurso pronto de confirmação nos grupos de discussão.

— Vamos abrir as portas — disse Popovich.

Como todos os outros, ele havia perdido peso e estava seboso e sujo. Ele cheirava a lixo descartado da peixaria num dia de calor. Felix tinha certeza de que seu cheiro não estava muito melhor.

— Você vai pra uma expedição? Pegar mais energia? Podemos montar um grupo pra isso, ótima ideia.

Triste, Rosenbaum sacudiu a cabeça.

— Vamos sair para procurar nossas famílias. O que quer que estava lá fora já se dissipou. Ou não. De qualquer forma, não há futuro aqui.

— E a manutenção da rede? — Felix perguntou, apesar de saber a resposta. — Quem vai manter os roteadores ligados?

— Vamos dar as senhas root de tudo — Popovich disse.

As mãos dele tremiam e os olhos estavam turvos. Como muitos dos fumantes presos no CPD, ele ficou abstinente a semana toda. Dois dias antes, eles tinham ficado sem cafeína também. A situação dos fumantes era tensa.

— E eu só fico aqui e mantenho tudo on-line?

— Você e qualquer outro que se importe.

Felix sabia que havia desperdiçado uma oportunidade. A eleição tinha parecido nobre e brava, mas o resultado é que havia sido uma desculpa para discutir quando eles deveriam estar tentando descobrir o que fazer em seguida. O problema é que não havia nada a se fazer.

— Não posso obrigar você a ficar — disse Felix.

— Não, não pode.

Popovich se virou e foi embora. Rosenbaum o viu partir, então segurou os ombros de Felix.

— Obrigado, Felix. Foi um sonho lindo. Ainda é. Talvez a gente ache algo para comer e um pouco de energia e volte.

Rosenbaum tinha uma irmã que ficou em contato com ele por mensagem instantânea no primeiro dia depois da crise. Depois ela parou de responder. Os SysAdmins estavam divididos entre os que conseguiram se despedir e os que não conseguiram. Cada um achava que tinha sido melhor assim.

Eles postaram uma mensagem sobre isso no grupo de discussão interno – ainda eram geeks, afinal, e havia uma pequena guarda de honra no térreo, geeks que os vigiaram quando eles passaram pelas portas duplas. Eles mexeram nos teclados e as persianas de aço se levantaram, então as primeiras portas se abriram. Eles chegaram ao vestíbulo e fecharam as portas atrás deles. As portas da frente se abriram. Lá fora estava tudo muito claro e ensolarado e, exceto pelo fato de estar vazio, parecia tudo muito normal. Era comovente.

Os dois deram um passo hesitante em direção ao mundo. Depois mais um. Acenaram para o grupo reunido. Depois ambos apertaram o pescoço e começaram a tremer e se sacudir, se jogando no chão.

— Merd...! — foi tudo que Felix conseguiu dizer antes de os dois se levantarem e se limparem, rindo tanto que precisavam segurar a barriga. Eles acenaram de novo e foram embora.

— Meu, esses caras são doentes — afirmou Van. Ele coçou os braços, que tinham arranhões longos e sangrentos. As roupas dele tinham tanta caspa que pareciam cobertas com açúcar de confeiteiro.

— Eu achei engraçado pacas! — exclamou Felix.

— Cara, que fome! — Van disse, como quem não quer nada.

— Por sorte, você pode comer quantos pacotes quiser — Felix falou.

— Você é bom demais com seus orelhas-secas, senhor Presidente — Van retrucou.

— Primeiro-ministro — ele respondeu. — E você não é orelha-seca, você é o vice-primeiro-ministro. Você é responsável por cortar fitas de inauguração e entregar cheques gigantes.

Isso melhorou o humor de ambos. Ver Popovich e Rosenbaum lá fora animou ambos. Felix sabia que eles todos iriam partir em breve.

Foi o estoque de energia que determinou isso, mas quem queria esperar a energia acabar?

> Metade da minha equipe foi embora hoje cedo

A Rainha Kong digitou. O Google continuava firme e forte, claro. A carga nos servidores era muito mais leve do que na época em que o Google era composto de apenas alguns PCs amadores sobre uma mesa em Stanford.

> Só temos um quarto da equipe

Felix respondeu. Tinha se passado só um dia desde que Popovich e Rosenbaum saíram, mas o tráfego nos grupos de discussão caíra para perto de zero. Ele e Van não tinham tido muito tempo para brincar de República do Ciberespaço. Ficaram ocupados demais aprendendo os sistemas que Popovich tinha entregado para eles, os roteadores gigantescos que se tornaram a espinha dorsal da internet no Canadá.

Ainda assim, vez ou outra alguém postava nos grupos de discussão, em geral para se despedir. As brigas antigas sobre quem seria primeiro-ministro, ou se deveriam derrubar a internet, ou quem pegou comida demais – todas tinham acabado.

Ele atualizou o grupo de discussão. Lá estava uma mensagem típica.

> Processos em loop no Solaris
> Eh, oi. Sou só um novato em Windows aqui, mas sou o único acordado e quatro dos DSLAMs acabam de cair. Parece que há algum tipo de algoritmo próprio da contabilidade que está tentando descobrir quanto cobrar de nossos clientes corporativos, gerou dez mil consultas e está comendo toda a banda. Quero apenas parar o processo, mas não consigo. Há algum tipo de encantamento mágico que preciso fazer para esse maldito Linux parar essa porcaria? Até porque nossos clientes não vão conseguir pagar mesmo. Eu perguntaria para o cara que criou esse algoritmo, mas até onde sabemos ele está morto.

Ele atualizou. Havia uma resposta. Curta, autoritária e útil. Bem o tipo de coisa que quase nunca acontece quando um novato posta uma pergunta estúpida num grupo de discussão de alto nível. O apocalipse tinha despertado um espírito de paciência e altruísmo nas comunidades de operadores de sistema.

Van empurrou o ombro dele.

— Meu Deus, quem diria que ele era capaz disso?

Ele olhou a mensagem de novo. Era do Sario.

Ele abriu uma janela de chat.

> Sario, achei que vc queria a internet morta, por que vc tá ajudando calouros a consertar servidores?
> <sorriso tímido> Ih, senhor primeiro-ministro, talvez eu não aguente ver um computador sofrer nas mãos de um amador.

Ele voltou para a conversa com a Rainha Kong.

> Quanto tempo?

> Que não durmo? Dois dias. Até a gente ficar sem energia? Três dias. Que estamos sem comida? Dois dias.
> Putz. Também não dormi ontem à noite. Estamos meio sobrecarregados aqui.
> Nome? Local? Sou a Monica, moro em Pasadena e estou entediada com a tarefa de casa. Quer ver fotos minhas???

Os bots trojan estavam por todo o IRC ultimamente, entrando em todos os canais que tinham tráfego. De vez em quando havia cinco ou seis flertando uns com os outros. Era muito estranho ver um código malicioso tentando enganar outro para fazê-lo baixar o trojan.

Ambos chutaram o bot para fora do canal ao mesmo tempo. Ele tinha um script para isso agora. O spam não diminuiu nem um pouco.

> Por que o spam não está reduzindo? Metade dos malditos CPDs está desligada

A Rainha Kong demorou um longo tempo para responder. Ele já estava acostumado com a ausência dela durante o modo pensante, por isso atualizou a página inicial do Google. Como esperado, estava fora do ar.

> Sario, você tem comida?
> Vossa excelência não vai se importar de perder mais umas duas refeições

Van havia voltado para o Prefeito McCheese, mas estava no mesmo canal.

— Que idiota. Você está muito bem, cara.

Van não estava tão bem. Parecia que ele podia cair com qualquer ventinho, e tinha uma lerdeza, uma fraqueza na hora de falar.

> Ei, Kong, está tudo bem?
> Tudo bem, só tive que ir acabar com umas tretas

— Como está o tráfego, Van?

— Caiu vinte e cinco por cento desde hoje cedo — disse ele. — Havia um monte de conexões nossas que passavam por eles. Presumo que a maioria era de usuários domésticos e comerciais em lugares onde a energia ainda estava funcionando e as companhias telefônicas ainda estavam operacionais.

De vez em quando, Felix grampeava a conexão para ver se conseguia achar alguém com notícias do mundo. Mas quase tudo era tráfego automático: backups de rede, atualizações de status. Spam. Muito spam.

> Os spams continuam porque os serviços que os bloqueiam estão caindo mais rápido de que os serviços que os criam. Todos os sistemas antiworm são centralizados em poucos lugares. Os sistemas do mal estão em milhares de computadores zumbis. Se os usuários tivessem o bom senso de desligar seus computadores domésticos antes de morrer ou de ir embora
> Nesse ritmo só vamos ficar roteando spam hoje de noite

Van limpou a garganta, um som dolorido.

— Falando nisso — ele começou —, acho que nem vai demorar tanto. Felix, não acho que alguém vá notar se a gente simplesmente for embora.

Felix olhou para ele, a pele da cor de sangue e cheia de longos arranhões. Os dedos dele tremiam.

— Você está tomando bastante água?

Van fez que sim com a cabeça.

— O dia inteiro, a cada dez segundos. Qualquer coisa para manter a barriga cheia.

Ele apontou para uma garrafa de Pepsi Max cheia de água ao lado dele.

— Vamos fazer uma reunião — disse ele.

***

Havia quarenta e três SysAdmins no Dia D. Agora eram quinze. Seis foram embora assim que foram convocados para a reunião. Todo mundo sabia qual era a pauta.

— Então é isso, vamos apenas deixar que tudo pare?

Sario era o único com energia suficiente para ficar bravo. Ele provavelmente ia morrer bravo. As veias no pescoço e na testa dele estavam saltadas. Os punhos sacudiam raivosamente. Todos os outros geeks baixaram a cabeça ao vê-lo, parecendo por fim unidos na discussão, sem observar os registros de chat nem os registros de serviço.

— Sario, você só pode estar brincando — Felix disse. — Você queria derrubar tudo!

— Eu queria que a morte fosse *rápida*! — gritou. — Não que a rede se esvaísse e agonizasse com falta de ar e vomitando para sempre. Queria que tivesse sido um ato consciente da comunidade global de seus cuidadores. Queria que fosse um ato afirmativo feito por mãos humanas. Não uma vitória da entropia e de códigos ruins e de *worms*. Foda-se, isso é o que aconteceu lá fora.

Na lanchonete do último andar havia janelas em todo o entorno, de vidro temperado e refrator, e por padrão todas as persianas estavam abaixadas. Agora Sario estava percorrendo a sala, abrindo-as. *De onde esse cara tira energia pra correr?*, Felix pensou. Ele mal conseguia subir as escadas para a sala de reuniões.

A luz forte do dia entrou. Era um lindo dia de sol lá fora, mas, para onde quer que olhassem no horizonte de Toronto, havia blocos de fumaça subindo. A torre da TD, um moderno bloco gigante de vidro preto, era uma mancha de fogo no céu.

— Tudo está se desmanchando, como esperado.

— Escute, escute — Sario falou. — Se deixarmos a rede morrer lentamente, partes dela continuarão on-line por meses. Talvez anos. E o que vai estar nela? Malware. *Worms*. Spam. Processos de sistema. Transferências de zona. As coisas que usamos travam e requerem manutenção constante. As coisas que abandonamos não são usadas e duram para sempre. Vamos deixar a rede para trás como uma fossa cheia de lixo industrial. Essa será a porra do nosso legado, o legado de cada caractere que eu e você e todo mundo já digitou um dia. Entende? Vamos deixar morrer devagar como um cachorro ferido, em vez de dar um tiro de misericórdia na cabeça.

Van coçou as bochechas e Felix viu que ele estava secando lágrimas.

— Sario, você não está errado, mas também não está certo — disse ele. — Deixar para morrer lentamente é certo. Nós todos vamos ficar definhando por um longo tempo, talvez ela seja útil para alguém. Se há um pacote sendo enviado de um usuário para outro, em qualquer lugar do mundo, a rede está cumprindo seu papel.

— Se você quer uma morte limpa, pode ir em frente — Felix afirmou. — Sou o primeiro-ministro e aprovo. Dou para você a conta *root*. Para todos vocês.

Ele se virou para o quadro branco onde os trabalhadores da lanchonete escreviam os pratos do dia. Agora estava cheio dos restos de violentas discussões técnicas nas quais os SysAdmins se envolveram por dias desde o começo de tudo.

Ele limpou um pedaço com a manga da camisa e começou a escrever senhas alfanuméricas longas e complicadas cheias de pontuação. Felix tinha um talento para lembrar esse tipo de senha. Ele duvidava que isso voltasse a ser útil pra ele algum dia.

> Nós vamos nessa, Kong. A energia está quase acabando mesmo
> Ok, está tudo bem. Foi uma honra, senhor primeiro-ministro
> Você vai ficar bem?
> Escolhi outro jovem SysAdmin para dar conta de minhas necessidades femininas e encontramos outro estoque de comida que vai nos manter por algumas semanas agora que somos só quinze sysadmins - estou que nem pinto no lixo, meu amigo
> Vc é incrível, Rainha Kong, de verdade. Mas não banque a heroína. Quando precisar ir, vá. Deve existir algo lá fora
> Se cuide Felix, de verdade - a propósito, falei que as consultas estão crescendo na Romênia? Talvez estejam se recuperando
> Sério?
> Sério. Somos difíceis de matar - como malditas baratas

A conexão dela caiu. Ele foi ao Firefox e atualizou o Google, que estava fora do ar. Ele tentou atualizar e atualizar e atualizar, mas não funcionou. Fechou os olhos e ouviu Van coçar as pernas e então digitar um pouco.

— Voltaram — ele disse.

Felix respirou fundo. Mandou uma mensagem para o grupo de discussão, uma mensagem que ele escreveu depois de cinco rascunhos antes de se decidir:

> Cuidem do lugar, OK? Vamos voltar, um dia.

Todos estavam indo embora, exceto Sario. Sario não ia embora. Mas foi se despedir deles.

Os SysAdmins se juntaram no lobby, Felix fez a porta de segurança abrir e a luz entrou.

Sario enfiou a mão para fora.

— Boa sorte — ele falou.

— Para você também — Felix disse. Sario tinha um aperto de mão forte, mais forte do que o esperado. — Talvez você esteja certo.

— Talvez — Sario concordou.

— Você vai desligar tudo?

Sario olhou para cima, como se pensasse nos andares acima cheios de racks.

— Quem sabe? — disse por fim.

Van se coçou e uma nuvem de pele dançou à luz do sol.

— Vamos achar uma farmácia para você — afirmou Felix. Ele saiu pela porta e outros SysAdmins o seguiram.

Eles esperaram as portas internas fecharem e Felix abriu as externas. O ar tinha cheiro de grama aparada, como as primeiras gotas da chuva, como o rio e o céu, como um campo aberto; e o mundo era como um velho amigo de quem não tinham notícias havia uma eternidade.

— Tchau, Felix — disse o outro SysAdmin. Eles se afastavam enquanto ele parecia concentrado no topo da pequena escada de concreto. A luz machucava seus olhos e os enchia de lágrimas.

— Acho que há uma farmácia Shopper's Drug Mart na rua King — ele falou para Van. — Vamos jogar um tijolo no vidro e conseguir um pouco de cortisona para você, ok?

— Você é o primeiro-ministro — Van respondeu. — Eu sigo ordens.

Em quinze minutos de caminhada, eles não viram uma alma viva. Não havia ninguém, apenas o som de alguns pássaros e alguns gemidos distantes, e o vento movendo os cabos elétricos lá em cima. Era como andar na lua.

— Aposto que tem barras de chocolate na Shopper — Van disse.

O estômago de Felix deu um salto. Comida.

— Uau! — exclamou ele, com a boca cheia de saliva.

Eles passaram por um pequeno carro e no assento dianteiro havia o corpo seco de uma mulher segurando o corpo seco de um bebê, a boca cheia de bile azeda, apesar de o cheiro quase não conseguir passar pelas janelas fechadas.

Havia dias que Felix não pensava em Kelly e em 2.0. Ele se ajoelhou e vomitou de novo. Lá fora, no mundo real, sua família estava morta. Todo mundo que ele conhecia estava morto. Ele só queria deitar na calçada e esperar a morte também.

As mãos ásperas de Van o pegaram por baixo dos braços e o levantaram com muito esforço.

— Agora, não — disse Van. — Depois que a gente estiver seguro em algum lugar e tiver comido alguma coisa, daí você pode fazer isso, mas agora não. Entendeu, Felix? Agora não, caralho.

O palavrão o despertou. Ele se levantou. Os joelhos tremendo.

— Só mais uma quadra — Van afirmou, colocando o braço de Felix por cima de seus ombros e carregando-o.

— Obrigado, Van. Desculpe.

— Sem problemas — ele falou. — Você precisa muito de um banho. Sem querer ofender.

— Não me ofendi.

O Shopper tinha um portão metálico de segurança, mas o metal fora retorcido e arrancado das janelas da frente, que tinham sido grosseiramente quebradas. Felix e Van se espremeram pelo buraco e entraram na farmácia escura. Algumas prateleiras tinham sido derrubadas, mas, apesar disso, parecia tudo ok. Perto dos caixas, Felix e Van viram uma prateleira cheia de barras de chocolate e, os dois ao mesmo tempo, correram até lá e pegaram um monte, enchendo a cara de doce.

— Vocês comem como porcos.

Os dois se viraram ao som da voz de mulher. Ela segurava um machado que tinha quase o mesmo tamanho dela. Vestia um guarda-pó branco e sapatos confortáveis.

— Peguem o que precisam e vão embora, ok? Não faz sentido criar problema.

O queixo dela era pontudo e os olhos pareciam afiados. Ela parecia ter uns quarenta anos. E não se parecia nem um pouco com Kelly, o que era bom, porque Felix ficou com vontade de correr e abraçá-la mesmo assim. Outra pessoa viva!

— Você é médica? — Felix disse. Ele viu que ela usava roupas cirúrgicas por baixo do casaco.

— Vocês não vão embora? — ela sacudiu o machado.

Felix levantou as mãos.

— Sério, você é médica? Ou farmacêutica?

— Fui enfermeira, há dez anos. Agora sou basicamente web designer.

— Você está brincando — Felix retrucou.

— Nunca conheceu uma menina que entendesse de computadores?

— Na verdade, uma amiga minha que comanda o CPD da Google é uma menina. Uma mulher, quero dizer.

— Tá brincando — disse ela. — Uma mulher mandava no CPD da Google?

— Ainda manda — Felix respondeu. — E ainda está on-line.

— Puta que pariu! — ela exclamou. E baixou o machado.

— Isso mesmo. Você tem um pouco de pomada de cortisona? Posso contar a história pra você. Meu nome é Felix e este é Van, que precisa de todo anti-histamínico que você tiver de sobra.

— De sobra? Felix, amigo, tenho drogas o suficiente aqui para cem anos. Essas coisas vão vencer muito antes de acabarem. Mas você está me dizendo que a internet ainda funciona?

— Ainda — afirmou. — De certa forma. Foi isso que a gente ficou fazendo a semana toda. Mantendo a rede on-line. Mas provavelmente não vai durar muito.

— Não — disse ela. — Imagino que não.

Ela largou o machado.

— Você tem alguma coisa para trocar? Não preciso de muito, mas tenho tentado manter meu humor fazendo um comércio com os vizinhos. É como jogar Civilization.

— Você tem vizinhos?

— Pelo menos dez — respondeu ela. — As pessoas no restaurante do outro lado da rua fazem uma sopa muito boa, apesar de a maior parte dos vegetais ser enlatada. Mas eles acabaram com meu álcool gel.

— Você tem vizinhos e troca coisas com eles?

— Bem, é só um jeito de dizer. Eu ia ficar muito sozinha sem eles. Então cuidei deles. De qualquer resfriado que podia. Consertei um osso. Pulso quebrado. Escute, você quer um pouco de pão fatiado com manteiga de amendoim? Tenho um monte disso. Seu amigo parece que precisa de uma refeição.

— Sim, por favor — Van disse. — Não temos com o que trocar, mas somos trabalhadores comprometidos procurando aprender um ofício. Você precisa de assistentes?

— Não, na verdade.

Ela levantou o machado pela cabeça.

— Mas um pouco de companhia seria bom.

Eles comeram os lanches e depois tomaram um pouco de sopa. O pessoal do restaurante trouxe comida para eles e tratou os dois educadamente, apesar de Felix ter visto que eles torceram o nariz e perguntaram se tinha água corrente na parte de trás da loja. Van foi então tomar um banho de esponja e, em seguida, Felix fez o mesmo.

— Nenhum de nós sabe o que fazer — uma mulher falou. O nome dela era Rosa, e ela tinha encontrado uma garrafa de vinho e alguns copos de plástico no corredor de produtos domésticos. — Achei que a gente ia ver helicópteros ou tanques ou até saqueadores, mas tudo está muito quieto.

— Parece que você também ficou quieta — disse Felix.

— Não queria atrair o tipo errado de atenção.

— Já imaginou que talvez exista um monte de gente lá fora fazendo o mesmo? Talvez juntando todo mundo a gente possa descobrir algo para fazer.

— Ou eles podem cortar nossas gargantas — afirmou ela.

Van balançou a cabeça.

— Ela tem razão.

Felix estava de pé.

— De jeito nenhum, a gente não pode pensar assim. Moça, a gente está num momento crítico aqui. A gente pode morrer por negligência, se enfiando em esconderijos, ou pode tentar construir alguma coisa melhor.

— Melhor? — Ela fez um ruído desagradável.

— Ok, não melhor. Mas algo. Construir algo é melhor que deixar o mundo definhar. Caramba, o que você vai fazer quando terminar de ler todas as revistas e comer todas as batatas fritas daqui?

Rosa balançou a cabeça.

— Falou bonito — disse ela. — Mas o que a gente vai fazer, hein?

— Alguma coisa — Felix respondeu. — Vamos fazer alguma coisa. Já é melhor que nada. Pegar esse pedaço do mundo onde as pessoas falam umas com as outras e expandir. Encontrar todo mundo que a gente puder e cuidar deles, e eles vão cuidar da gente. Provavelmente estamos fodidos. Provavelmente vamos falhar. Mas prefiro falhar a desistir.

Van riu.

— Felix, você é mais louco que o Sario, sabia?

— A gente vai lá arrastar ele pra fora, amanhã bem cedo. Ele vai ser parte disso, também. Todo mundo vai. Que se dane o fim do mundo. O mundo não acaba. Humanos não são o tipo de coisa que tem fim.

Rosa balançou a cabeça de novo, mas estava sorrindo agora.

— E você vai ser o quê, o Papa-Imperador do mundo?

— Ele prefere "Primeiro-Ministro" — Van respondeu num sussurro teatral. O anti-histamínico tinha feito maravilhas com a pele dele, que passou de vermelho vivo para um tom de rosa.

— Você quer ser ministra da Saúde, Rosa? — perguntou ele.

— Meninos e seus joguinhos — ela respondeu. — Que tal isso: eu ajudo como posso, desde que você nunca me peça para chamar você de primeiro-ministro e você nunca me chame de ministra da Saúde?

— Combinado — disse ele.

Van voltou a encher o copo deles de vinho, sacudindo a garrafa para pegar as últimas gotas.

Eles levantaram os copos. Felix começou o brinde:

— Ao mundo. À humanidade — ele fez uma pausa e completou: — À reconstrução.

— A qualquer coisa — Van disse.

— A qualquer coisa — Felix repetiu. — A tudo.

— A tudo — Rosa concordou.

Eles beberam. Ele queria ir ver sua casa, ver Kelly e 2.0, apesar de o estômago dele se retorcer quando pensava no que poderia encontrar lá. Mas no dia seguinte eles começaram a reconstrução. E, meses depois, começaram de novo, quando desacordos acabaram dividindo o pequeno e frágil grupo que eles tinham reunido. Um ano depois, começaram de novo. E cinco anos depois, de novo.

Passaram-se quase seis meses até que ele conseguisse ir para casa. Van ajudou, dando cobertura para ele nas bicicletas que usavam para andar pela cidade. Quanto mais ao norte iam, mais forte o cheiro de madeira queimada. Havia muitas casas destruídas pelo fogo. Alguns saqueadores queimavam as casas que roubavam, mas, na maior parte das vezes, a própria natureza era a responsável, era o tipo de incêndio que acontece nas florestas e montanhas. Havia seis sufocantes blocos em chamas, onde todas as casas haviam queimado, antes de ele chegar em casa.

Mas a antiga vizinhança de Felix continuava de pé, um oásis de construções intocadas que pareciam esperar que seus donos negligentes saíssem para comprar um pouco de tinta e aparadores de grama novos para trazer suas antigas casas à forma original.

Isso era pior, de alguma forma. Ele desceu da bicicleta na entrada da comunidade e eles andaram juntos em silêncio levando as bicicletas, ouvindo o vento bater nas árvores. O inverno chegaria tarde naquele ano, mas estava vindo e, enquanto o suor secava ao vento, Felix começou a tremer.

Ele não tinha mais as chaves. Elas estavam no CPD, a meses e mundos de distância. Ele tentou abrir a fechadura, mas não conseguiu. Então empurrou a porta com o ombro e ela se soltou do batente úmido e apodrecido com um alto som de madeira lascando. A casa estava apodrecendo de dentro para fora.

A porta caiu numa poça d'água. A casa estava cheia de água parada, dez centímetros de água na sala de estar. Ele andou com cuidado, sentindo as tábuas do piso esponjosas sob cada passo.

No andar de cima, o nariz dele se encheu de um terrível fedor de mofo. No quarto, a mobília familiar como um amigo de infância.

Kelly estava na cama com 2.0. A forma como ambos estavam deitados mostrava que a morte não tinha sido fácil – eles estavam retorcidos, Kelly enrolada em torno de 2.0. A pele inchada, tornando os dois quase irreconhecíveis. O cheiro. Meu Deus, o cheiro.

A cabeça de Felix girou. Ele pensou que ia cair e se segurou na cômoda. Uma emoção que ele não sabia nomear tomou conta – raiva, irritação, tristeza? – e o fez respirar fundo, puxando o ar como se estivesse se afogando.

E então acabou. O mundo acabou. Kelly e 2.0, acabados. E ele tinha um trabalho a fazer. Colocou um cobertor sobre eles – Van ajudou, solenemente. Os dois foram para o gramado da frente e se revezaram cavando, usando uma pá da garagem que Kelly usava para jardinagem. Agora eles tinham bastante experiência em cavar covas. Muita experiência cuidando dos mortos. Eles cavaram e alguns cães desconfiados os observaram da grama alta dos vizinhos, mas eles também tinham se tornado bons em espantar cachorros, com pedras bem arremessadas.

Quando a cova estava pronta, eles enterraram a esposa e o filho de Felix. Ele tentou pensar em algumas palavras para dizer, mas não lhe ocorreu nada. Ele tinha cavado tantas covas para tantas esposas de tantos homens e para tantos maridos de tantas mulheres e tantas crianças... As palavras tinham desaparecido fazia muito tempo.

Felix cavava valas e catava latas e enterrava os mortos. Plantava e colhia. Consertava alguns carros e sabia fazer biodiesel. Finalmente acabou indo trabalhar em um CPD para um pequeno governo – pequenos governos surgiam e desapareciam, mas este foi esperto o suficiente para querer guardar registros e precisava de alguém para manter tudo funcionando. Van foi trabalhar com ele.

Eles passavam bastante tempo nas salas de bate-papo e às vezes cruzavam com amigos antigos da época estranha em que comandaram a República Distribuída do Ciberespaço, geeks que insistiam em chamá-lo de primeiro-ministro, apesar de ninguém no mundo real jamais tê-lo chamado assim.

Não era uma vida boa, na maior parte do tempo. As feridas de Felix nunca cicatrizaram, assim como as da maioria das pessoas. Havia doenças permanentes e outras súbitas. Tragédia após tragédia.

Mas Felix gostava do seu CPD. Ali, em meio ao zumbido dos racks, ele nunca sentiu que aquele era o princípio de uma nação melhor, mas também não eram os últimos dias de uma nação.

> Vá dormir, Felix

> Logo, Kong, logo – to quase conseguindo rodar esse backup

> Você é um viciado, cara.

> Olha quem fala

Ele atualizou a página inicial do Google. Já fazia alguns anos que a Rainha Kong conseguia manter aquilo on-line. As letras "O" do Google mudavam o tempo todo, sempre que ela tinha vontade. Hoje eram pequenos desenhos de globos terrestres, um sorrindo e outro carrancudo.

Ele encarou o logo por um longo tempo e depois voltou ao terminal para checar o backup. Estava rodando perfeitamente, o que era raro. Os registros do pequeno governo estavam salvos.

> Ok boa noite
>
> Se cuide

Ele abriu a porta e Van acenou para ele, alongando as costas numa série de estalos.

— Durma bem, chefe — Van falou.

— Não fique aqui a noite toda de novo — Felix disse. — Você precisa dormir também.

— Você é bom demais com os seus orelhas-secas — Van respondeu, e voltou a digitar.

Felix foi para a porta e seguiu noite afora. Atrás dele, o gerador de biodiesel gemia e soltava vapores malcheirosos. A lua cheia estava no céu, o que ele amava. No dia seguinte, ele voltaria e consertaria outro computador e lutaria contra a entropia novamente. E por que não?

Era o que ele fazia. Ele era um SysAdmin.

James Van Pelt é autor dos romances *Pandora's Gun* e *Summer of the Apocalypse* e de mais de cem contos, quase todos publicados em *Analog*, *Realms of Fantasy* e *Talebones*. Ele também publicou quatro livros de contos, *Strangers and Beggars*, *The Radio Magician and Other Stories*, *Flying in the Heart of the Lafayette Escadrille* e *The Last of the O-Forms and Other Stories*.

A ÚLTIMA FORMA-O

JAMES VAN PELT

Van Pelt estava escrevendo uma série de contos, sobre arcas mais lentas que a luz que fugiam da Terra, quando lhe ocorreu que ele tinha afirmado genericamente que os passageiros das arcas fugiam das "pragas mutacionais", e que poderia ser interessante escrever sobre o que estava acontecendo na Terra. Assim nasceu "A última forma-O". Este conto, que foi um dos finalistas do prêmio Nebula, se passa num mundo em que não há mais nascimentos normais. Cada parto gera uma mutação — o que é ao mesmo tempo bom e ruim para o Espetacular Zoológico Itinerante do doutor Trevin...

Do outro lado da janela aberta do grande caminhão, o rio Mississippi corria escuro. Áreas alagadiças refletiam a lua, que estava baixa no horizonte como uma moeda de prata, reluzente entre capões de mata negra, ou filtrada por cercas de tábuas, quilômetros e quilômetros a fio. O ar tinha um cheiro úmido e de mofo parecido com o de peixe morto, pesado como toalha molhada, mas era ainda melhor que os currais dos animais numa tarde quente, quando o sol castigava os toldos e as atrações se acumulavam sob uma sombra fraca. O jeito era viajar à noite.

Trevin contava a distância em minutos. Eles logo passariam por Roxie, aí viriam Hamburg, McNair e Harriston, uma atrás da outra. Em Fayette havia um restaurantezinho simpático onde podiam tomar o café da manhã, mas se parassem para isso teriam que sair da estrada principal e encarar o pior trânsito matinal de Vicksburg. Não, o negócio era não parar, ir direto até a próxima cidade, onde podia salvar o espetáculo.

Ele estendeu o braço até a sacola de compras que estava no banco, entre ele e Caprice. Ela estava dormindo, o cabelo louro-claro, a cabeça apoiada na porta, as mãozinhas pequenas segurando aberto no colo um volume da *Odisseia* em grego. Se estivesse acordada, daria só uma olhada no mapa e lhe diria exatamente quantos quilômetros faltavam para chegar a Mayersville, quanto tempo ia demorar, com precisão de minutos, para eles chegarem lá a esta velocidade, e quanto diesel, com precisão de mililitros, ainda ia sobrar nos tanques. Seus olhinhos de menina iam cravá-lo contra a parede. "Como é que você não faz essas contas sozinho?" seria a pergunta que faria. Ele pensou em esconder a lista telefônica para ela não ter onde sentar e não conseguir olhar pela janela. Aí ela ia aprender. Ela até podia ter a cara de uma criança de dois anos de idade, mas no fundo tinha doze, e a alma de um advogado tributarista de meia-idade.

No fundo da sacola, embaixo de uma caixa vazia de rosquinhas, ele encontrou as tirinhas de carne-seca. O gosto era quase só de pimenta, mas no fundo havia um sabor metálico que dava comichões, coisa em que ele tentou não pensar. Vai saber do que aquilo era feito. Ele não acreditava que ainda restassem vacas de forma-original, as vacas-O, nos matadouros.

Depois de uma longa curva, a placa de limite entre os municípios foi surgindo na escuridão. Trevin pisou no freio, depois reduziu as marchas. Os policiais da cidade de Roxie eram famosíssimos pelos radares de velocidade, e o cofrinho deles não era suficiente para evitar uma multa. No retrovisor, o outro caminhão e um carro com Hardy, o faz-tudo, e seu bando de peões montavam a retaguarda.

O sinal de trânsito de Roxie piscava no amarelo sobre um cruzamento vazio, enquanto as lojas fechadas repousavam silenciosas sob os postes. Depois das quatro quadras que compunham o centro da cidade, outro quilômetro e pouco de casas surradas e trailers beirava a estrada, onde antigas máquinas de lavar roupa e caminhonetes apoiadas em blocos de concreto ocupavam gramados banhados pela lua. Algo latiu para ele de trás de uma grade de metal. Trevin reduziu a velocidade para ver mais de perto. Curiosidade profissional. Parecia um cachorro-O sob a luz de uma varanda, um animal de forma-original, dos antigos, aquele passo meio duro parecia indicar. *Esses* aí eram raros depois do ataque mutagênico. Trevin ficou pensando se os donos daquela casa com um cachorro-O no quintal tinham problemas com os vizinhos, e se havia alguma inveja.

Uma voz de criança disse:

— Se a gente não tirar dois mil e seiscentos dólares em Mayersville, a gente vai ter que vender o caminhão, papai.

— Não me chame de papai. Nunca!

O carro fez uma curva longa, todos em silêncio. Estradas de duas pistas muitas vezes não tinham acostamento, e era preciso ficar concentrado por questão de segurança.

— Não sabia que você estava acordada. Além do mais, mil já resolvem.

Caprice fechou o livro. No escuro da cabine, Trevin não conseguia ver os olhos dela, mas sabia que eram de um azul glacial. Ela retrucou:

— Mil pro diesel, claro, mas os salários estão atrasados há semanas. Os peões não vão aceitar mais um atraso, ainda mais depois do que você prometeu em Gulfport. A prorrogação do prazo pra pagar os impostos do trimestre acabou, e eu não tenho como segurar a Receita Federal que nem os outros credores, propondo pagamentos extra por uns meses. A gente tem comida para quase todos os animais por uns dez dias, mas tem que comprar carne fresca pra tigrazela e pro crocorrato, senão eles vão morrer. Com os dois e seiscentos a gente não afunda, mas vai ser por pouco.

Trevin fechou a cara. Fazia anos que ele tinha deixado de achar bonitinhas aquela voz e aquela pronúncia de menininha, e quase tudo que ela dizia era sarcástico ou crítico. Era como viver com uma miniatura de promotor das suas próprias inseguranças.

— Então a gente precisa de uma casa com... — Ele franziu a testa. — São dois e seiscentos divididos por quatro e cinquenta...

— Quinhentos e setenta e oito. O que deixa um dólar de sobra pra um cafezinho — afirmou Caprice. — A gente não tem uma receita dessas desde Ferriday no outono do ano passado, isso porque a Oktoberfest em Natchez acabava cedo. Agradeço a Deus pelas leis de bebidas alcoólicas de Louisiana! A gente tem que admitir que o espetáculo está ultrapassado, tem que soltar o elenco, vender o equipamento e pagar os empregados.

Ela acendeu a luminária ajustável que se projetava do painel e abriu o livro.

— Se a gente conseguir se segurar até Rosedale... — Trevin falou.

Ele se lembrava da última passagem deles por Rosedale, sete anos antes. A cidade tinha recrutado o espetáculo. Haviam enviado cartas e e-mails. Foram falar com ele em Nova Orleans, um comitê que incluía uma morena linda que deu um apertão na perna dele por baixo da mesa quando saíram para jantar.

— Não dá — Caprice disse.

Trevin recordava a mão na perna, com uma sensação boa, morna. Ele quase pulou da cadeira na hora, rosto corado.

— O festival da soja atrai o pessoal. Tudo feito de soja. Torta de soja. Cerveja de soja. Sorvete de soja. — Ele deu uma risadinha. — A gente passou o rodo lá. Eu até desci a Rua Principal com a Rainha da Soja de Rosedale.

— A gente está morto. Segure o seu pulso pra ver — ela disse, sem olhar para cima.

A Rainha da Soja de Rosedale também tinha sido simpática, e agradecera muito por ele ter levado o zoológico até a cidade. Ele ficou pensando se ela ainda morava lá. Podia dar uma procurada.

— É, se a gente chegar a tempo para o festival da soja, vai dar certo. Um bom espetáculo e a gente fica de pé outra vez. Vou pintar os caminhões de novo. O pessoal adora quando a gente entra na cidade, com a música. O maior zoológico exótico itinerante do mundo! Lembra quando a *Newsweek* publicou aquele texto? Santo Deus, bons tempos!

Ele espiou de novo pela janela. A lua agora repousava no horizonte, do tamanho daquelas bolas infláveis gigantes, acompanhando o ritmo deles, brilhante como uma calota de pneu, que rolava Mississippi acima com eles pela noite, trinta quilômetros a oeste. Ele podia sentir o cheiro do rio que corria para o mar. Como ela ousava duvidar de que eles iam se dar bem? *Vou mostrar pra ela*, ele pensou. *Arrancar o sorrisinho dessa cara de menina. Vou mostrar pra ela em Mayersville e depois em Rosedale. Vamos nadar no dinheiro. A gente vai ter que guardar em sacolas. Ela vai ver.* Com um sorriso fixo, ele pescou outra tirinha de carne-seca bem no fundo da sacola, e desta vez nem chegou a pensar no gosto.

Trevin estacionou o caminhão em Mayersville às dez e meia, de olhos bem abertos para ver se encontrava cartazes e folhetos. Ele tinha enviado uma caixa de material publicitário duas semanas antes e, se o rapaz que ele contratou tivesse feito o seu trabalho, o material devia estar em toda a cidade, mas Trevin só viu um, e estava rasgado pela metade. Havia várias faixas para receber times de softball para o Torneio Regional de Softball do Centro-Sul, Edição de Primavera, e os hotéis exibiam placas de LOTADO, então o público estava ali. Ele ligou a música, que explodiu nos alto-falantes na capota do caminhão. *O zoológico chegou*, ele pensou. *Venham ver o zoológico!* Mas, fora uns velhinhos sentados na frente da barbearia, que olharam com desdém quando o caminhão passou, ninguém pareceu notar sua chegada.

— Eles não podem jogar *o dia todo*, né, Caprice? Eles têm que fazer alguma coisa no intervalo entre os jogos.

Ela soltou um grunhido. O notebook dela estava aberto no banco ao lado, e ela conferia recibos e contas na planilha.

O parque ficava no limite norte da cidade, perto dos campos de softball. Um funcionário veio encontrá-los no portão, e depois subiu no degrau do caminhão, ficando com a cabeça logo abaixo da janela.

— Tem uma taxa de ocupação de cem dólares — disse ele, rosto escondido sob um chapéu de abas largas que parecia ter passado por poucas e boas.

Trevin batucou com os dedos no volante e se manteve calmo.

— Nós pagamos adiantado pelo ponto.

O funcionário deu de ombros.

— Cem dólares, ou vocês vão procurar outro lugar pra encostar.

De joelhos, Caprice se debruçou sobre Trevin. Fez uma voz grave, na melhor imitação de Trevin que conseguiu.

— E a gente preenche o cheque em nome de Mayersville City Parks ou do Condado de Issaquena?

Aturdido, o funcionário ergueu os olhos antes que Caprice pudesse se encolher no canto, um rosto de sessenta anos de idade, tão empoeirado quanto o chapéu.

— Dinheiro vivo. Cheque, não.

— Foi o que eu pensei — ela disse a Trevin e se afastou da janela. — Dê vintão pra ele. Acho bom que tenha os banheiros químicos e os pontos de eletricidade que a gente pediu.

Trevin arremessou a nota, e o funcionário pegou o dinheiro, que voava, já descendo o degrau.

— Ô, amigo — gritou ele. — Quantos anos tem a sua menina?

— Um milhão e dez, seu babaca — respondeu Trevin, soltando o freio de mão para fazer o imenso veículo andar.

— Eu *falei* pra você ficar escondida. A gente vai ficar superencrencado se os habitantes da cidade descobrirem que tenho uma contadora mutante. Os caras têm leis trabalhistas, sabe? E por que é que você me mandou dar dinheiro pra ele? A gente podia ter comprado um ou dois dias de carne com aquela grana.

Caprice continuou de joelhos para olhar pela janela.

— Na verdade, ele é o zelador. Nunca irrite o zelador. Nossa, eles deram uma geral por aqui! Da última vez, tinha um bosquezinho entre a gente e o rio.

Trevin se debruçou sobre o volante. Fazer curvas com o caminhão era duro quando não se estava em alta velocidade.

— E você ia querer árvore e mato perto de onde *você* estivesse jogando softball? Quando você vai pegar uma bola perdida no meio das plantas, demora uma eternidade para voltar...

Para além do parque, a terra descia até um dique, e para lá do dique corria o Mississippi, a menos de cem metros dali, uma grande planície lamacenta marcada por linhas de uma espuma cinza e sombria que boiava sob o sol alto da manhã. Uma barca negra tão distante que ele não conseguia ouvir seu motor rio acima. Trevin ficou satisfeito ao perceber a infinita linha de alambrados de três metros de altura entre eles e o rio. Vai saber cada coisa medonha que podia sair dali.

Como sempre, eles levaram quase o dia todo se instalando. Os animais maiores, com fedor de pelagem úmida e jaulas sujas em seus currais de dois metros e meio de altura, saíram primeiro dos reboques. Com um ar letárgico e adoentado, a tigrazela, um animal de longas patas que terminavam em cascos e que quase não tinha pescoço debaixo de um rosto impressionante, cheio de dentes que pareciam lâminas de sabres, mal ergueu os olhos enquanto sua jaula era baixada até o chão. Soltou um leve pio. Trevin conferiu sua água.

— Coloque já uma lona por cima, aqui — ele disse ao faz-tudo, Harper, um sujeito grande e reclamão que usava camisetas velhas de shows de rock viradas do avesso. Trevin acrescentou: — Dentro daquele reboque, devia estar quase cinquenta graus.

Olhando com carinho para o animal, Trevin lembrou que a criatura tinha sido comprada de uma fazenda em Illinois, um dos primeiros filhotes mutagênicos dos Estados Unidos, antes de as mutações genéticas terem sido reconhecidas e nomeadas, antes de se tornarem uma praga. A irmã da tigrazela era quase tão bizarra quanto ela: patas pesadas, pele escamosa e uma cabeça comprida e fina, como a de um furão, mas já tinha sido morta pelo fazendeiro quando Trevin chegou. A mãe das duas, a vaca mais normal do mundo, olhava para as filhas com uma cara confusa e pasma.

— O que diabos deu na minha vaca? — o fazendeiro perguntava sem parar, até os dois começarem a regatear um preço. Depois que Trevin pagou, o sujeito disse: — Se me aparecer um outro bicho esquisitão, quer que eu dou uma ligada pra você?

Trevin sentiu cheiro de lucro. Cobrando vinte dólares por visitante, juntou dez mil por semana em junho e julho, mostrando a tigrazela na caçamba da picape. *Posso não ser muito esperto, mas ganhar um trocado eu sei*, ele pensou. No fim do verão, o Espetáculo do Zoológico Itinerante do Doutor Trevin tinha nascido. Isso foi no ano em que Caprice viajou ao lado dele numa cadeirinha para bebês, depois que a mãe dela morreu no parto. Em agosto, eles estavam indo para o norte, de Senetobia a Memphis, e aos onze meses de idade Caprice disse suas primeiras palavras:

— Cento e trinta não está acima do limite de velocidade?

Já naquele momento, sua voz tinha um tom mordaz, sardônico. Trevin quase batera o caminhão.

O crocorrato rosnou e mordeu as barras da jaula ao sair do caminhão, focinho peludo batendo no metal. Ele lançou seus cem quilos contra a porta e quase fez a jaula cair das mãos dos tratadores.

— Tirem a mão daí — Harper gritou para seu pessoal. — Senão, vocês vão ter que grudar um lápis num toquinho de braço pra escrever pra mamãe!

Em seguida, os outros animais foram descarregados: uma porca-esmandra, rebento torto de um sapo, que sacudia seu couro úmido e espinhoso para qualquer um; o gansicórnio, mais ou menos do tamanho de um peru selvagem, com quatro patinhas minúsculas, soltando punhados de penas esfiapadas sob o reluzente chifre que parecia perolado, e cada um dos outros filhotes mutantes: uma irreconhecível prole de ratos, esquilos, cavalos, macacos, focas e tudo quanto é bicho que Trevin tinha conseguido juntar ao zoológico. Jaulas grandes e pequenas, aquários, terrários, pequenos currais, gaiolas, postes de amarração – tudo ia saindo para ficar em exibição.

Ao pôr do sol, o último animal tinha sido instalado e alimentado. As faixas tremulavam nas capotas dos caminhões. Os alto-falantes estavam empoleirados em seus postes.

O funcionário do parque andava por entre as jaulas, com as mãos bem no fundo dos bolsos, tranquilo e amigável, como se nem tivesse tentado passar a perna neles de manhã.

— Melhor vocês ficarem *tudo* no caminhão depois que o sol sumir se forem acampar por aqui mesmo.

Desconfiado, Trevin perguntou:

— E por quê?

O homem apontou o queixo para o rio, que brilhava rubro como uma mancha de sangue sob o crepúsculo.

— O nível da água *tava* alto uns dias atrás, do outro lado da cerca. O dique deu conta, mas tudo que é mutoide pode estar rastejando aí do outro lado a essas alturas. A coisa tá de um jeito que não dá mais pra pisar numa poça d'água sem algum bicho arrancar pedaço! Tem uns voluntários da Defesa Civil que dão uma olhada todo dia ali pelas margem, pra procurar os bicho mais do mal, mas o rio é grande. Você trouxe arma?

Trevin deu de ombros.

— Bastão de beisebol. De repente a gente dá sorte e sai com mais alguma coisa pro zoológico. Vocês estão esperando muita gente pro torneio de softball?

— Trinta e dois times. A gente mandou trazer mais arquibancadas.

Trevin concordou acenando. Se começasse a soltar a música de manhã cedo, talvez atraísse o pessoal que estava esperando os jogos. Nada melhor que uma diversãozinha antes de o calor ficar pesado. Depois de uns minutos, o funcionário do parque foi embora. Trevin ficou contente ao ver o rapaz se afastar. Tinha a nítida impressão de que o sujeito estava procurando alguma coisa para roubar.

Depois do jantar, Caprice foi para a parte de cima do beliche, perninhas curtas que mal lhe davam o tamanho necessário para alcançar o colchão. Trevin afastou seu cobertor com o pé. Mesmo já tendo passado das dez, ainda fazia mais de trinta graus, e nem sinal de brisa. Quase todos os animais estavam acomodados nas jaulas. Só a tigrazela fazia barulho, um longo pio em cima do outro, um chamado suave e melódico que não condizia com sua aparência feroz.

— Fique escondidinha amanhã. Falando sério — disse Trevin depois de ter apagado a luz. — Não quero que você espante as pessoas.

Caprice fungou alto.

— É bem irônico eu não poder dar as caras num zoológico mutoide. Estou cansada de ficar me escondendo que nem um monstro. Em cinquenta anos não vai mais ter ninguém da sua espécie mesmo. É melhor aceitar o inevitável. Eu sou o futuro. Eles deviam ser capazes de lidar com isso.

Trevin pôs as mãos atrás da cabeça e olhou para a cama dela. Pela tela que ele tinha colocado nas janelas, dava para ouvir o rio Mississippi lambendo suas margens. Um animal gritou ao longe, num chamado que era uma mistura de assovio com tosse pesada. Ele tentou imaginar que tipo de coisa faria aquele som. Acabou por dizer:

— As pessoas não gostam dos mutoides humanos, pelo menos não dos que parecem humanos.

— E por quê? — ela perguntou, desta vez sem qualquer vestígio de sarcasmo ou de amargura. — Quem me conhece direito sabe que não sou má pessoa. A gente podia discutir livros, ou filosofia. Eu sou uma *mente*, e não só um corpo.

O animal gritava de novo no escuro, até que parou, no meio de um grito. Um ruído violento seguido por um esguicho marcou o fim da criatura.

— Acho que deixa elas tristes, Caprice.

— E *você*? Eu deixo você triste?

No interior escuro da cabine do caminhão, ela falava exatamente como uma criança de dois anos de idade. Ele se lembrou de quando ela *era* uma menininha, antes de ele saber que ela não era normal, que jamais iria "crescer", que seu DNA mostrava que ela não era humana. Antes de ela começar a falar daquele jeito metido e de fazer ele se sentir um imbecil com aqueles olhos de boneca. Antes de ele proibir que ela o chamasse de pai. Naquela época ele achava que ela lembrava um pouco a mãe. Ainda percebia traços dela quando Caprice penteava o cabelo, ou quando caía no sono e seus lábios se entreabriam para respirar, igualzinho à mãe. Ele ficava com um nó na garganta ao pensar naquele tempo.

— Não, Caprice. Você não me deixa triste.

Horas depois, muito depois de Caprice ter pegado no sono, Trevin caiu numa sequência de sonhos em que era sufocado por toalhas de banho fumegantes e, quando se livrava das toalhas, seus credores o cercavam. Traziam avisos de atraso de pagamento, e nenhum deles era humano.

Trevin se levantou antes de o sol nascer para dar comida aos animais. Metade do segredo de manter o zoológico era descobrir o que as criaturas comiam. Só porque o genitor era, digamos, um cavalo forma-O, não queria dizer que feno era o alimento certo para o filhote. Caprice mantinha planilhas detalhadas para ele: o peso do animal, quanta comida consumia, quais suplementos vitamínicos pareciam funcionar melhor. Havia todo um lado prático na administração de um zoológico. Ele virou um balde de espigas de milho na jaula do porcorcova. O bicho grunhiu e se esforçou para sair da casinha de cachorro em que ficava, parecendo não exatamente um porco, nem qualquer outro animal que Trevin conhecesse. Com seus olhos imensos, a criatura deu um olhar agradecido antes de meter a cara no cocho.

Ele foi descendo a fileira de jaulas. Larvas em uma. Grãos na seguinte. Ossos do açougue. Ração de cachorro. Peixe estragado. Pão. Cereais. Verdura velha. Aveia. A tigrazela provou o lombo assado que ele arremessou, com a língua graciosa, tão parecida com a de um gato, lambendo a comida antes de arrancar um pedacinho para mastigar com delicadeza. Ela deu um guincho de satisfação.

No fim da fileira, bem perto do rio, duas jaulas tinham sido derrubadas dos suportes e destruídas. Havia sangue escuro e pedaços de carne grudados nas barras retorcidas, e os dois animais que as jaulas antes continham, bichos cegos que pareciam pássaros cobertos de couro, tinham desaparecido. Trevin suspirou e caminhou em volta das jaulas, inspecionando o terreno. Numa trilha enlameada, uma única pegada indicava o culpado: uma pata marcada com quatro riscos fundos causados por garras. Algumas marcas parciais vinham do rio. Trevin pôs o dedo na pegada, que tinha cerca de um centímetro de profundidade. O solo estava molhado, mas firme. Ele precisou apertar bem para fazer o dedo entrar um centímetro. Ficou pensando no peso da criatura, e tentou não esquecer que aquela noite eles iam precisar guardar as jaulas menores no caminhão, o que daria mais trabalho. Suspirou de novo.

Às oito, os campos de softball do outro lado do parque estavam cheios. Os jogadores se aqueciam junto à cerca, enquanto os jogos se desenrolavam. Barracas para os times e estandes de vender comida iam surgindo. Trevin sorriu e ligou. As faixas pendiam dos caminhões: "O ESPETÁCULO DO ZOOLÓGICO ITINERANTE DO DR. TREVIN. VEJA A NATUREZA EXÓTICA! EDUCATIVO! DIVERTIDO!". Ao meio dia, vinte pessoas tinham pagado para assistir.

Depois de deixar Hardy responsável pelos ingressos, Trevin encheu uma caixa de folhetos, pendurou um grampeador no cinto e seguiu para os campos de softball, entregando panfletos. O sol castigava como uma fornalha úmida, e só os jogadores no campo não estavam debaixo de barracas ou guarda-chuvas. Várias pessoas lhe ofereceram uma cerveja – uma ele aceitou –, mas seus folhetos, enrugados por causa da umidade, foram sumindo sob cadeiras ou atrás de geladeiras de isopor.

— Hoje tem promoção para o primeiro dia do torneio — afirmou ele. — Dois dólares cada, ou três pra você e mais um amigo. — A camisa lhe grudava nas costas. — O espetáculo vai estar aberto depois de escurecer, quando estiver mais fresco. Tem coisa ali que não dá pra deixar de ver, pessoal!

Uma mulher de vinte e poucos anos, bochechas vermelhas do sol, cabelo louro preso, gritou:

— Eu não preciso *pagar* pra ser lembrada, merda!

Ela amassou o papel e jogou-o no chão. Outro jogador do time dela, sentado no chão, cerveja no meio das pernas, gritou:

— Deixa o cara, Doris. Ele só está tentando ganhar a vida.

— Falaram de nós na *Newsweek*. Vocês devem até ter visto — Trevin comentou.

— De repente a gente dá uma passada depois, amigo — disse o jogador que estava no chão.

Doris abriu uma latinha.

— Também pode nevar hoje à tarde.

— Pode mesmo — Trevin concordou, simpático. Ele foi na direção da cidade, do outro lado do parque. O sol pressionava o topo de sua cabeça com um fogo que pinicava. Depois de andar cem metros, achou que deveria ter pegado um boné, mas estava quente demais para voltar.

Colou um folheto no primeiro poste de luz que encontrou.

— É isso aí — disse para si mesmo. — Um pouco de publicidade e a gente vai bombar!

A calçada brilhava com ondas brancas de calor enquanto ele seguia de poste em poste, passando pela loja de ferramentas, pela de bebida, pela Igreja Batista – "VENHAM A MIM AS CRIANCINHAS", dizia a marquise – pelo bilhar e pela loja de autopeças. Foi entrando em cada uma dessas lojas e pedindo para os donos colarem seu cartaz. Quase todos aceitaram. Atrás da avenida principal ficavam várias quadras residenciais. Trevin foi descendo cada rua, colando cartazes, feliz ao perceber as telas metálicas nas janelas.

— Hoje em dia não dá pra dar mole — afirmou, cabeça boiando no calor. A bebida parecia estar evaporando pela sua pele, e ele se sentia grudento de cerveja. O sol pulsava em suas costas. *O número mágico é cinco-sete-oito*, pensava. O número ressoava dentro dele como uma canção. *Melhor ainda, seiscentas. Seiscentas pessoas, venham ver o zoológico, ver o zoológico, ver o zoológico!*

Quando ele finalmente conseguiu voltar ao parque, o sol ia descendo. Trevin arrastava os pés, mas os folhetos tinham acabado.

A noite caiu. Trevin esperava na bilheteria com seu uniforme de mestre de zoológico, um conjunto vermelho de ombros largos com dragonas douradas. A caixa registradora se abriu com um tilintar contente; o rolo de ingressos estava pronto. Música circense soava dos alto-falantes enquanto vaga-lumes cintilavam na escuridão que cobria o rio. *Engraçado*, ele pensou, *como o mutagênico afeta só os maiores vertebrados, não os mamíferos do tamanho de ratos, nem os lagartos, nem os peixinhos nem insetos nem plantas. E um inseto ia virar o que mesmo? Eles já são bem esquisitos.* Ele riu sozinho, ainda com a canção das calçadas ecoando: *seiscentas pessoas, venham ver o zoológico, ver o zoológico, ver o zoológico.*

Trevin observava cada carro que passava pela estrada, esperando que reduzisse para entrar no parque.

Do pôr do sol à meia-noite, só vinte fregueses compraram ingressos; quase todos eram jogadores dos times, que descobriram que a vida noturna não era grandes coisas em Mayersville. O céu tinha ficado encoberto de nuvens, e relâmpagos distantes brilhavam como fios de aço em chamas.

Trevin ficava rodando os ingressos para a frente e para trás no rolo. Um casal de velhos fazendeiros, de macacões, roupas manchadas pela rica terra do Mississippi, saiu arrastando os pés.

— *Cês* têm uns bicho esquisito aqui, camarada — disse o velho. A mulher concordou. — Mas nada mais esquisito do que as *coisa* que eu andei vendo na minha terra de uns *tempo* pra cá. O negócio tá ficando de um jeito que eu nem lembro mais a cara das *forma*-O.

— A gente mora perto demais desse rio — afirmou a esposa. — É bem ali, a nossa fazenda.

Ela apontou para uma pequena casa sob uma lâmpada solitária, logo depois do último campo de softball. Trevin ficou pensando se eles já tinham achado alguma bola de um *home-run* na varanda de casa.

A pequena pilha de cédulas no caixa estalava sob os dedos de Trevin. *Era pra ter dinheiro de sobra*, ele pensou. *A gente devia estar nadando no dinheiro.* O velho casal estava parado ao lado dele, olhando de novo para o zoológico. Eles o faziam lembrar de seus pais, não na aparência, mas naquela sólida paciência. Não tinham a menor pressa.

Ele não tinha motivos para conversar com eles, mas não havia mais o que fazer.

— Estive aqui uns anos atrás. Me dei superbem. O que foi que aconteceu?

A esposa segurava a mão do marido.

— A cidade está morrendo, meu senhor. Morrendo de baixo pra cima. Fecharam a escola primária ano passado. Não tem mais criança dessa idade. Se o senhor quiser ver uma atração *de verdade*, dá uma passadinha na ala pediátrica do Hospital do Condado de Issaquena. O preço da paternidade. Só que não tem muita gente tendo filho.

— Filho ou sei lá o quê — acrescentou o velho. — O seu zoológico é deprimente.

— Mas eu ouvi falar que vocês tinham uma coisa especial — retrucou a mulher timidamente.

— Vocês viram o crocorrato? — perguntou Trevin. — É uma história bem maluca, aquela. E a tigrazela. Essa vocês viram?

— A gente viu, sim — disse ela, parecendo desapontada.

O velho casal subiu na sua picape, que despertou num chacoalhão depois de meia dúzia de tentativas.

— Achei um cara em Vicksburg que compra o caminhão — disse Caprice.

Trevin rodopiou. Ela estava na sombra atrás do caixa, caderninho enfiado embaixo do braço.

— Eu falei pra você ficar escondida.

— Quem é que vai me ver? Você não está conseguindo plateia nem com desconto! — Ela deu uma olhada no terreno vazio. — A gente não precisa ir entregar. Ele vai passar aqui semana que vem, a negócios. Eu posso fazer a transação toda, resolver a burocracia, receber o dinheiro, tudo pela internet.

Com uma lanterna traseira queimada, a picape do fazendeiro saiu do parque e entrou na estradinha de terra que levava à casa deles, a não mais de duzentos metros dali.

— E o que a gente vai fazer com os animais?

Ele estava com vontade de chorar.

— Soltar os que não oferecem riscos. Matar os perigosos.

Trevin esfregou os olhos. Ela bateu o pezinho:

— Olha, não é hora de ser sentimental! O zoológico faliu. Você logo vai perder tudo, de um jeito ou de outro. Se for teimoso demais pra desistir da coisa toda, venda este caminhão agora que você ainda ganha umas semanas, talvez uma temporada inteira se a gente economizar.

Trevin desviou os olhos. Os vaga-lumes ainda cintilavam sobre o rio.

— Eu vou ter que tomar certas decisões — disse ele, sério.

Ela estendeu o caderno.

— Eu já tomei. Isto aqui é o que cabe num reboque. Já despedi o Hardy e os peões com um cheque de aviso prévio, pré-datado.

— E as coisas, as jaulas?

— O depósito de lixo do condado fica ao norte daqui.

Seria um tom de triunfo o que ele percebia na voz dela? Trevin pegou o caderno. Ela soltou as mãos ao lado do corpo, queixo erguido, olhando fixo para ele. As luzes do zoológico projetavam longas sombras no rosto dela. *Eu podia dar um chute nela*, ele pensou e, por um segundo, a perna dele tremeu diante dessa possibilidade.

Ele enfiou o caderno embaixo do braço.

— Vá pra cama.

Caprice abriu a boca, depois fechou, segurando o que quer que fosse dizer. Ela se afastou.

Muito tempo depois de ela ter desaparecido na cabine, Trevin ainda estava sentado no banquinho, cotovelo no joelho, queixo na mão, observando os insetos que rodavam em torno das luzes. A tigrazela estava sentada, alerta, olhando na direção do rio. Trevin se lembrou de uma tirinha horrorosa que viu uma vez. Uns velhos sentados numa carroça cheia de cadáveres. O que estava segurando as rédeas vira para o outro e diz: "Sabe, quando acabar a peste, a gente vai ficar desempregado".

A tigrazela se pôs de pé, concentrada no rio. Caminhava atenta pela jaula, sem jamais tirar os olhos da escuridão. Trevin ficou mais reto no banquinho. O que ela estava vendo lá? Por um longo momento, a cena permaneceu a mesma: insetos rodando em torno das luzes, que emitiam um leve zumbido e iluminavam as jaulas; metal brilhando contra a noite de primavera ao redor deles, o caminhar da tigrazela, a madeira lisa da bilheteria contra a mão de Trevin, e o pungente murmúrio do Mississippi no fundo de tudo.

Para lá das jaulas, vindo do rio, um pedaço de treva se destacou da noite. Trevin piscou numa paralisia fascinada, com todos os pelos dançando na nuca. A criatura de braços curtos, mais alta que um homem, conferiu o zoológico e então caiu de quatro como um urso, sua pele brilhando com a umidade de uma salamandra. A cabeça triangular farejou o chão, passando pela terra úmida como se estivesse em busca de um rastro. Quando chegou à primeira jaula, uma jaula pequena que continha uma fuinharpente, a criatura do rio levantou as patas dianteiras, agarrando a jaula com as patas espalmadas. Num instante a jaula ficou irreconhecível, e a fuinharpente desapareceu.

— Ei! — Trevin gritou, sacudindo seu estupor. A criatura olhou para ele. Trevin pegou o bastão de beisebol embaixo da bilheteria e foi em frente. O monstro se dirigiu à próxima jaula. O rosto de Trevin ficou vermelho. — Não, não, não, merda! — Ele deu mais um passo à frente, mais um, e de repente estava correndo, com o bastão erguido acima da cabeça. — Sai daqui! Sai daqui! — Ele bateu com o bastão no ombro do animal, com um baque de carne.

A criatura guinchou.

Trevin caiu para trás, largando o bastão para tapar as orelhas. Outro guincho, alto como o apito de um trem. Durante uma dúzia de batimentos cardíacos, o bicho ficou acima dele, garras enormes, depois pareceu perder o interesse e foi para a próxima jaula, que desmantelou com um único puxão nas barras.

Com os ouvidos zumbindo, Trevin catou o bastão no chão e andou cambaleante, agressivo. De pé nas patas traseiras, o monstro exibiu os dentes, dezenas de agulhas reluzentes na mandíbula triangular. Trevin acertou o flanco da criatura. Ela se encolheu com uma flexibilidade surpreendente, recuando, garras encolhidas, rosnando com um ruído ensurdecedor. Trevin tentou bater com o bastão. Errou. O monstro atacou sua perna, rasgando-lhe as calças e quase arrancando seus pés.

A coisa ia desajeitada, recuando morro abaixo na direção da cerca do dique quando Trevin tentou bater de novo. Errou. Ela urrou, tentou dar a volta por trás dele. Trevin andava de lado, cuidando para não se desequilibrar na terra escorregadia. Ah, se ele caísse! A coisa veio, de boca aberta, mas recuou como um cachorro assustado quando Trevin ergueu o bastão. Ele respirava ofegante, cutucando a coisa com a ponta do bastão, sempre tentando afastá-la do zoológico. Atrás dele, soou uma sirene de polícia e motores de carros aceleraram, mas ele não ousava olhar para trás. Só dava conta de espreitar o bicho e manter o bastão preparado.

Depois de uma longa série de manobras, com as costas apoiadas na cerca, o monstro parou, se encolheu e começou a se pôr de pé, bem no momento em que Trevin segurou o bastão com as duas mãos e acertou a cabeça da coisa. Através do bastão, ele sentiu o crânio do bicho estalar, e a criatura caiu, uma massa estremecida na lama. Trevin, coração aos pulos, ficou tonto por um momento, depois sentou-se ao lado da fera.

Morro acima, sob as luzes do zoológico, pessoas gritaram no escuro. Jogadores de softball? Gente da cidade? As luzes de uma viatura de polícia piscaram, azuis e vermelhas, e três ou quatro carros, faróis acesos, estavam estacionados perto dos caminhões. Óbvio que não conseguiam enxergá-lo, mas ele estava cansado demais para gritar. Ignorando o chão molhado, ele se deitou.

A criatura morta cheirava a sangue e lama do rio. Trevin apoiou um pé nela, quase lamentando sua morte. Se tivesse conseguido capturá-la, que acréscimo seria ao zoológico! Aos poucos as batidas pesadas no seu peito foram se acalmando. A lama era macia e quente. No alto, as nuvens ficaram um pouco mais ralas, deslizando diante da lua cheia.

No zoológico, havia conversa. Trevin esticou o pescoço para poder ver. Gente de um lado para outro, e lanternas cortando o ar. Começaram a descer o morro. Trevin suspirou. Ele não tinha salvado o zoológico, afinal. Amanhã seria outro dia, e eles teriam que deixar um dos caminhões para trás. Mais uns meses e tudo estaria acabado: o outro caminhão, os animais – ele lamentava acima de tudo pela tigrazela – e a rotina de entrar nas cidades com a música tocando bem alto, as flâmulas tremulando e as pessoas fazendo fila para ver o que ele tinha para mostrar. Não haveria mais motivos para usar o uniforme de mestre de zoológico com suas lindas dragonas douradas. A *Newsweek* nunca mais o entrevistaria. Tudo acabado. Se ele pudesse simplesmente afundar na lama e desaparecer, não ia precisar assistir à destruição de sua própria vida.

Ele se sentou para que não pensassem que estava morto; acenou com a mão quando a primeira lanterna o encontrou. Lama pingando da jaqueta. Os policiais chegaram primeiro.

— Santo Deus, essa é das grandes! — o policial mirou sua lanterna na criatura do rio.

— Eu falei que essas cercas não adiantavam nada — disse o outro.

Todo mundo ficou olhando de longe, menos a polícia. O primeiro policial virou o corpo da coisa. Estendido de costas, com os braços curtos caídos de lado, não parecia nem tão grande nem tão ameaçador. Chegou mais gente: alguns locais que ele não reconheceu, o velho casal da casinha do outro lado dos campos e finalmente Caprice, com a lanterna quase grande demais para ela conseguir carregar.

O primeiro policial se ajoelhou ao lado da criatura, empurrou o quepe bem para o alto, mostrando a testa, e então disse com um volume tão baixo que Trevin imaginou que só o outro policial pôde ouvir:

— Ei, isto aqui não parece o filho dos Anderson? Eles disseram que o tinham sufocado.

— Aquele não tinha nem metade do tamanho deste, mas acho que você tem razão.

O outro policial jogou um casaco sobre o rosto da criatura, depois passou um bom tempo olhando para ela.

— Não diga nada pra eles, ok? Maggie Anderson é prima da minha esposa.

— Nada aqui, pessoal — anunciou o primeiro policial com uma voz bem mais alta. — Este aqui morreu. Todo mundo pode ir pra casa.

Mas a atenção da multidão não estava mais neles. As lanternas se viraram para Caprice.

— É uma menininha! — alguém disse, e eles se aproximaram.

Caprice apontou a lanterna de um rosto para outro. Então, com uma expressão de desespero, correu desajeitada na direção de Trevin, enterrando o rosto no peito dele.

— O que é que a gente vai fazer? — ela sussurrou.

— Calma. Entre no jogo.

Trevin fez um carinho na cabeça dela, depois se pôs de pé. Uma pontada dolorosa na perna lhe disse que ele tinha distendido alguma coisa. O mundo era só luzes brilhantes e ele não podia tapar os olhos. Sendo assim, franziu bem o rosto.

— É a sua filha, meu senhor? — alguém perguntou.

Trevin a segurou mais forte. As mãozinhas dela fechadas contra seu casaco.

— Eu não vejo uma criança há dez anos — disse outra voz. As lanternas se aproximaram.

A velha fazendeira entrou no círculo, com o rosto subitamente radiante.

— Posso segurar a sua menininha, meu filho? Posso só segurar no colo? — disse ela, estendendo os braços, as mãos trêmulas.

— Eu dou cinquenta paus se você me deixar pegar a menina no colo — disse uma voz de trás das lanternas.

Trevin se virou lentamente, luzes a toda volta, até estar mais uma vez encarando a velha. Uma imagem se formou na sua mente, a princípio desfocada, mas ganhando nitidez a cada segundo. Um único reboque, decorado como um quarto de criança – não, como um berçário! Papel de parede do Ursinho Pooh. Um berço. Uma daquelas coisas que rodam, como é que chama? – um móbile! Uma cadeirinha de balanço. Música infantil. E eles indo de cidade em cidade. A faixa diria A ÚLTIMA MENINA FORMA-O, e ele *cobraria*, isso mesmo, e eles iam fazer *fila*. Ia ser dinheiro que não acabava mais!

Trevin afastou Caprice de si, as mãos dela agarradas ao seu casaco.

— Está tudo bem, meu amor. Aquela senhora boazinha só quer segurar você um pouco. Eu vou estar bem aqui.

Caprice olhou para ele, com nítido desespero no rosto. Será que ela já estava vendo o caminhão com o berçário? Será que já previa a faixa e a infinita procissão pelas cidadezinhas?

A velha pegou Caprice no colo como um vaso precioso.

— Está tudo bem, menininha. Tudo bem — disse ela, olhando para Trevin, com lágrimas escorrendo pelo rosto. — Ela é exatamente a netinha que eu sempre quis! Ela já fala? Faz séculos que não ouço a voz de um bebê. Ela fala?

— Vai, Caprice, meu amor. Diz alguma coisa pra senhora boazinha.

Caprice olhou bem nos olhos dele. Mesmo à luz de uma lanterna ele conseguia ver o azul glacial. Ele ouvira a voz sardônica dela noites a fio enquanto eles cruzavam o país de caminhão.

Não é financeiramente viável prosseguir, ela diria com sua voz de dois aninhos. *Melhor admitir o inevitável.*

Ela olhou para ele, lábio trêmulo. Levou a mão fechada ao rosto. Ninguém se movia. Trevin não conseguia nem ouvir a respiração da multidão.

Caprice pôs o polegar na boca.

— Papai — disse ela com o dedo entre os lábios. — *Tô* com medo, papai!

Trevin conteve uma careta, depois forçou um sorriso.

— Isso, minha filha.

— Papai, *medo*.

Morro acima, a tigrazela piou e, logo além da cerca, mal visível à luz das lanternas, o Mississippi borbulhava e chorava.

Richard Kadrey é o renomado autor de vários romances, que incluem os seis livros da série *Sandman Slim*, além de *Metrophage*, o romance cyberpunk quintessencial. Seus contos foram publicados em várias antologias e também nas revistas *Asimov's Science Fiction*, *Interzone*, *Omni* e *Wired*.

NATUREZA MORTA COM APOCALIPSE

RICHARD KADREY

"Natureza morta com apocalipse" apareceu pela primeira vez na revista on-line The Infinite Matrix. *A versão que você lê aqui foi revisada e ligeiramente ampliada.Kadrey diz que o conto surgiu de uma imagem, num sonho, de carcaças de cavalos sendo arrastadas de canais sob a luz de holofotes industriais. Ele pegou aquela imagem e a transformou num retrato da vida depois que tudo desmoronou – algo que fala das pessoas que ficaram para trás e dos empregos que aceitam para ocupar seus dias, dos miseráveis que têm de limpar a sujeira que restou depois do fim do mundo.*

Estão arrastando outro cavalo do canal, seu pelo de alazão agora com o brilho rosa-chiclete que o fréon lhe dera. Toda noite, mais reservas sobem em bolhas à superfície, vindas do mais profundo subsolo. Fréon. Óleo de motor envelhecido. Água pesada de dispositivos nucleares abandonados. Todo dia mais algumas dezenas de animais famintos se afogam nas poças estagnadas.

Com membros flácidos depois da morte, o cavalo balança, como um trapo, enquanto o guindaste a diesel o arranca ruidosamente da gosma e o solta sobre o píer junto aos outros corpos. Sob as luzes industriais de tom azulado, dividimos os mortos em Humanos e Animais, subdividimos os Animais em Mamíferos e Outros, então subdividimos os Outros em Vertebrados e Invertebrados, e assim por diante.

Comecei na Recuperação de Informação, procurando documentos em escritórios governamentais submersos, velhas bibliotecas e livrarias. Uma vez fui parar num depósito de fichas policiais, cercado por fotos de bandidos e por cenas de assassinatos e de estupros. Fui parar num escritório da Receita Federal onde um cidadão insatisfeito tinha estripado um fiscal e colocado as vísceras do burocrata numa máquina de xerox. Nadei por centenas de cópias granuladas de seu fígado e de seus intestinos. Eu ia a livrarias adultas e trazia brinquedos sexuais encharcados e edições antigas de *Brincadeiras & Sujeiras Molhadinhas*. "Traga tudo que for útil", eles diziam, então por que não? Tudo que eu levava ia parar numa única pilha, que seria separada pelo pessoal da Classificação de Informação.

Queria que tivesse acontecido uma guerra, uma peste ou alguma nova e grandiosa Chernobyl. Alguma coisa que a gente pudesse apontar e dizer: "Foi isso. Foi isso que matou o mundo". Mas não foi assim.

Começou em Nova York. Ou em Londres. Talvez Mumbai. Um acidente de trânsito sem importância – só um para-choque amassado – e alguém perdeu uma reunião, o que impediu outra pessoa de enviar um fax, o que fez ainda outra pessoa perder um avião. Essa pessoa discutiu com o taxista e tomou um tiro. Ninguém sabe quem disparou. O que quer que tenha sido, aquele tiro começou uma rebelião. Cinegrafistas transmitiram as manifestações ao vivo para um país tão convulso de fúria e tensão que rebeliões eclodiram do Maine ao Havaí. Quando as imagens chegaram aos satélites, rebeliões eclodiram espontaneamente no mundo todo.

No aeroporto de Helsinki-Vantaa, um grupo de carregadores de malas e de trabalhadores do sexo que estavam em greve jogaram pelas janelas do terceiro andar máquinas de salgadinhos e bebidas que caíram no estacionamento, matando um diplomata espanhol que estava de passagem. Em Xangai, fazendeiros e estudantes enlouqueceram, destruindo os cassinos recém-construídos à beira-mar, incendiando os prédios e jogando bilhões de ienes no porto. Em Nova Orleans, crianças invadiram cemitérios verticais e arrastaram os mortos pelas ruas.

Antigas rivalidades nacionais e recentes rusgas ressurgiram. No mundo todo, os governos fizeram reuniões de emergência. Muitos políticos viram a súbita erupção de violência e o ataque contra seus cidadãos como obra de células terroristas. Outros diziam ser uma peste bíblica, Ragnarök ou o retorno adiantado de Rudra.

Não sei dizer quanto tempo faz que o mundo se estilhaçou. Parece que todos os relógios pararam. Uns meninos construíram um relógio solar, mas, com metade das cidades do mundo ainda em chamas, o céu é basicamente uma sopa rodopiante de cinzas. Nós nos aquecemos saqueando as bibliotecas que antes eu percorria, queimando primeiro os periódicos antigos, depois os catálogos de fichas, os *best-sellers* e os livros de autoajuda, por fim, chegando até as primeiras edições.

Em alguns dias, o céu se abre com estrondo e chove peixes. Às vezes, pedras ou bonecas Barbie. Ontem à noite, cozinhei um salmão do céu no fogo de um exemplar autografado de *O grande Gatsby*. Dividi o peixe com Natasha, uma muda que opera um dos guindastes, erguendo carcaças das poças de fréon. Ela está morando comigo nas docas, no contêiner de cargas que eu ocupei. Matei um cara para conseguir o contêiner, e às vezes tenho que cortar e picotar um ou outro invasor. Natasha sabe lidar direitinho com uma faca ou um pedaço de barra de ferro, e já cuidou sozinha de vários invasores. Suponho que fossem invasores. Enfim, desse jeito, carne é o que não falta.

Não sei se você chamaria o que a gente tem de "um romance típico". Moro com uma moça que consegue fazer luvas com o couro de um poodle e cata botas e roupas pra mim por aí, sempre do meu tamanho. Ela planta ervas numa banheira no teto e decora nossa casa com brinquedinhos de corda e estátuas quebradas de museus saqueados. Sinto falta de tomar sorvete, dirigir carros conversíveis e ir ao cinema. Não sou idiota a ponto de dizer que estou mais feliz depois que o mundo foi embora, mas, fora as chuvas de pedra, não estou pior.

Encontraram uma camada de animais de zoológico embaixo da pista desmoronada da ponte de Williamsburg. As pessoas por ali estavam vivendo na abundância, à base de bife de elefante e hambúrguer de girafa. O governo local quer que a gente ajude a recolher os corpos que ainda estão lá, então a gente ajuda. Ninguém pergunta o motivo. Pelo menos, temos alguma coisa pra fazer. Além disso, a alta burocracia se nega a deixar o mundo acabar enquanto não entregarem todos os formulários protocolados e rubricados. O apocalipse é o último suspiro da burocracia.

Depois do jantar, eu e Natasha nos sentamos no alto do contêiner para ver uma imensidão de viaturas de polícia afundar bem devagarinho num poço de piche que acabou de surgir. Todo o pessoal das docas está ali. A gente solta um grande grito de triunfo quando o último carro mergulha, borbulhando, e some abaixo da superfície.

A última pessoa a sair do planeta pode apagar as luzes, por favor?

Catherine Wells é autora de vários livros, incluindo o romance pós-apocalíptico *Mother Grimm* e a trilogia Coconino: *The Earth Is All That Lasts*, *Children of the Earth* e *The Earth Saver*. O livro *Stones of Destiny* foi sua primeira incursão no gênero da ficção histórica. Seus contos já foram publicados nos periódicos *Asimov's Science Fiction* e *Analog*, assim como nas coletâneas *Redshift* e *The Doom of Camelot*.

OS ANJOS DE ARTIE

CATHERINE WELLS

Este conto, inicialmente publicado em Realms of Fantasy, *foi inspirado por um sonho inquietante que Wells teve há mais de trinta anos. No sonho, um jovem trepava pela calha de um cortiço para visitar um amigo; e, embora ele fosse uma boa pessoa, alguém ia até sua loja de bicicletas e disparava uma carabina contra a janela de vidro. A injustiça e a insensatez daquele sonho perseguiram Wells e, anos depois, enquanto pedalava numa bicicleta para dois pelas estradinhas escondidas do Arizona, ela imaginou uma sociedade pós-apocalíptica que envolvia bicicletas e rapazes como aquele do seu sonho, e o resultado foi o conto "Os Anjos de Artie".*

Quando você decide inventar uma mentira, imagino que seja contraproducente escrever a verdade desse jeito. Mas seja lá quem ainda esteja vivo na Terra hoje, provavelmente não vai ler isto aqui, muito menos acreditar no que está escrito. A maioria das pessoas nem sabe mais ler – pelo menos não sabe ler a linguagem dos livros – e é bem provável que a coisa piore antes de melhorar. E piore muito.

Meu nome de nascimento é Faye, mas eu não uso esse nome desde os dez. Foi quando me mudei para dentro do escudo de radiação, num prédio todo detonado no Habitat Kansas – ou HabKans. A minha mãe chorou, porque o meu irmãozinho morreu logo antes de a gente chegar lá, e ela ficava lamentando que, se a gente tivesse conseguido entrar antes, ele poderia ter vivido mais. Mas era preciso ter dinheiro ou algum talento especial para entrar no escudo de radiação, e meus pais não tinham nenhum dos dois. Então a gente ficou fritando a pele e os olhos na Terra, embaixo da luz solar sem filtro, até que uma quantidade suficiente de ricos se mudasse para o além-mundo para ter lugar para a gente no escudo.

Artie bateu na minha janela na primeira noite; ele tinha subido pela calha vindo do apartamento dele, logo abaixo do nosso. A chuva artificial não estava mais funcionando no nosso setor, claro, porque a infraestrutura toda estava indo pras cucuias, mas a calha ainda estava lá. Artie D'Angelo era um menino magrelo, bem da minha idade, com um jeito meio pateta, mas ágil como um macaco. Quando vi Artie pendurado naquela calha, fiquei mais impressionada do que assustada.

— Oi! — ele disse, do outro lado do vidro, com um sorriso largo. Tinha cabelo escuro encaracolado, olhos castanhos fundos e orelhas bem grandes.

Subi na minha cama, que ficava embaixo da janela, e fiquei olhando para ele.

— Vai abrir? — ele perguntou. — Ou vai me deixar a noite inteira pendurado aqui na calha?

Com uma olhadela por cima do ombro para conferir se a porta do quarto estava fechada, ergui a janela e ele entrou.

— Meu nome é Artie — ele se apresentou. — Moro no andar de baixo.

— Faye — respondi. — Você não pode usar a porta?

— Eu bati, já — disse ele —, mas ninguém atendeu.

Eu sabia o motivo.

— Meu pai tem medo de abrir a porta — contei.

Ele deu de ombros.

— Neste bairro, melhor mesmo. Mas vi vocês se mudando e achei que você devia ser lá de fora, então você provavelmente ia precisar de alguém pra mostrar tudo por aqui.

Nos meses seguintes, Artie fez exatamente isso. Nascido no HabKans, ele conhecia as ruas como a palma de sua mão. Não fosse a mentoria dele, eu provavelmente teria morrido no primeiro ano. Quando chegaram ao ponto de aceitar uma escória como a minha família, metade dos setores já estava mais ou menos sem lei, e uma criança de dez anos podia tomar um tiro fácil, fácil, se não soubesse para onde correr e onde se esconder. Artie me ensinou isso e muito mais. Naqueles primeiros dias, ele foi a minha salvação; nestes últimos dias, eu vou ser a dele.

Foi quando a gente estava se escondendo das Patrulhas Cidadãs do B4 que ele disse pela primeira vez o nome que criei para mim. Isso quando as Irmãs da Alfabetização ainda tentavam administrar as escolas do B4, que era o mais próximo que elas conseguiam chegar do B9, onde eu e Artie morávamos. A escola não me empolgava, mas minha mãe queria que eu fosse, e Artie insistiu que atravessar até o B4 era no mínimo tão seguro quanto morar no B9. Em geral isso era verdade, mas não quando as Patrulhas Cidadãs – as PCs – estavam na rua.

A gente sabia que naquele dia ia dar problema, porque a carteira de Melissa estava vazia na hora da chamada, e correu o boato de que ela tinha sido encontrada numa lixeira, faltando uns pedaços. Então as PCs estavam na rua naquela tarde, em busca de alguém que pudessem punir. Os B9s eram um dos alvos preferidos. Artie e eu corríamos de uma sombra para um poço, solo acima e abaixo, tentando ficar fora do caminho deles. Debaixo de um carrinho de manutenção abandonado, vimos eles espantarem três adolescentes que jogavam basquete na rua.

Os meninos devem ter aparecido como B4s no scanner, porque as PCs foram se afastando; mas aí um dos meninos disse alguma coisa. Alguma coisa suja e cruel. E um oficial da PC simplesmente meteu um tiro nele. Com uma balestra, claro, porque armas de pulsos e de projéteis não eram permitidas nos habitats – haveria muito risco de danificar o escudo. Quando os outros meninos foram pegar suas facas, oficiais atiraram neles também.

Eu já tinha visto gente morrer – as coisas eram ainda piores fora do escudo. Mas foi a primeira vez em que eu soube – eu soube – que, se me mexesse um milímetro, eu seria a próxima. Um oficial da PC foi chutar os meninos para confirmar se estavam mortos. Outro cortou as calças do menino da boca suja e lhe cortou fora as partes íntimas.

— Isto é pela Melissa — eu ouvi ele dizer, então ele arremessou a carne ensanguentada para o outro lado da rua. Ela caiu bem ao lado do carrinho onde estávamos escondidos.

Ver aquilo ali, tão perto do meu rosto, quase me fez vomitar de horror. Enfiei a mão fechada na boca para não gritar e Artie me puxou para perto dele, apertando meu rosto contra o peito magro e me segurando com força.

— Shhh! — ele respirou no meu ouvido, sabendo tanto o tamanho do meu medo quanto a gravidade das consequências, caso o PC nos ouvisse. — Eles não podem machucar você. Eles não podem machucar você, Faye, porque... porque você é mágica.

Fiquei tão espantada que parei de chorar, pensando de onde, naquele mundo moribundo, ele tinha tirado aquela ideia. Eu não podia ver a Patrulha Cidadã, por ele ter me apertado daquele jeito contra o seu corpo, mas, depois de um ou dois minutos, ele me soltou para eu ver que eles tinham ido embora.

— Como assim, mágica? — perguntei no mais baixo sussurro, sem saber o quanto eles tinham se afastado.

— Eles foram embora, não foram? — ele sussurrou em resposta. — Mágica. Você tem o nome mágico.

Eu lhe disse o tipo de excremento que eu achava que ele estava falando.

— Pode ser — ele concordou, analisando bem a rua para confirmar que estava vazia. — Mas o seu nome, "Faye", é como Morgana Le Fay, não é?

Ele começou a rastejar para sair debaixo do carrinho.

Eu fui atrás dele.

— Quem?

— Morgana, a irmã do rei Arthur — disse ele. — Ela era feiticeira. Levou Arthur para a Ilha de Avalon, onde ele não podia morrer.

Ainda naquela noite, Artie subiu pela calha até o meu quarto e ficamos horas no escuro enquanto ele me contava histórias do rei Arthur e seus cavaleiros: homens que lutavam pelos indefesos em vez de se aproveitar deles, homens que combateram os vilões de seu tempo e triunfaram inevitavelmente. Só muitos anos depois percebi o tom que ele tinha dado às histórias que me contou naquela noite, para me fazer acreditar que um dia houve pessoas que pensavam em gente como eu, pessoas que representavam justiça e nobreza de espírito, que transformaram a proteção dos mais fracos numa questão de honra.

Naquela noite, assumi o nome de Morgana, não por acreditar que ele fosse mágico, mas porque queria fazer parte daquele ideal. Eu precisava da esperança que o rei Arthur representava, e eu a via no meu Arthur – Artie. E me ver como a irmã dele me deixava satisfeita de um jeito tranquilo e profundo, um jeito que eu não sabia explicar.

E eu estava longe de ser a única pessoa atraída por Artie. Ele já tinha começado a juntar seguidores quando o conheci: crianças que cresceram com ele, e outras, como eu, com quem foi fazendo amizade. A vida em grupo era mais segura, desde que não houvesse balestras no caminho. Um bando oferecia a proteção de uma dúzia de facas que não podiam ser tiradas todas ao mesmo tempo. E então descobrimos outra forma de proteção – na verdade, Artie descobriu, e isso o mudou. E mudou a todos nós.

Naquele tempo éramos ladrões. Odeio dizer isso, mas é o que nós éramos. Artie era ladrão. Eu era uma ladra. Havia ética nos nossos roubos, porque nunca tirávamos de quem fosse mais pobre e mais fraco do que nós – as primeiras e grosseiras origens do Código. Mas pegávamos coisas que não eram nossas e dávamos tanta bola para isso quanto um bode dá bola para a grama em que pasta. Foi assim que pegamos as primeiras bicicletas.

José foi o primeiro. Um comboio de compras tinha chegado de fora, cheio de mercadorias para a Plataforma de Lançamento. Era assim que a gente chamava os setores onde moravam os engenheiros, os administradores e o resto da elite, aqueles que certamente terão leitos na próxima nave de transporte que for levar pessoas para longe deste planeta moribundo. Enquanto o último motorista parava para flertar com a segurança, José arrombou a fechadura do caminhão e entrou. Estava a serviço de uns meninos mais velhos, é claro, mas, quando eles pararam o comboio num bloqueio no G5, José tinha mapeado a carga para eles saberem quais caixas levar. Uma delas continha seis bicicletas.

A bike foi a comissão dele. Ninguém poderia estar mais orgulhoso do que José quando apareceu com aquela bicicleta. Ela a levava no ombro, porque não sabia andar, e de qualquer maneira a correia estava solta. Artie deu uma olhada, e deu uma olhada, e eu podia ver as ideias girando como um ciclone na cabeça dele. Na época, ele estava com treze anos e, apesar de ainda ser magrelo, as orelhas e os dentes já não se sobressaíam, tanto que as meninas começavam a olhar duas vezes para ele; mas, quando uma ideia o tomava, ele ainda parecia um menino pateta, boca aberta toda frouxa e olhos vidrados.

— Você sabe andar, né? — José perguntou, porque, assim como quase todos os meninos mais novos, ele acreditava implicitamente que Artie sabia tudo que valia a pena saber e tinha todas as habilidades que valia a pena ter. Artie tinha até dado um jeito de se enfiar na Academia Spark, o que deixou todo mundo espantado. Os meninos do B9 não entravam na Academia Spark. A maioria nem se incomodava com esse negócio de ir à escola.

Artie não respondeu à pergunta de José; nem sei se ouviu. Eu dei um cutucão nele.

— Eu sei andar — falei baixinho. — Aprendi lá fora. Tinha bicicleta largada por tudo quanto é canto; meu velho catou uma pra mim.

Finalmente os olhos de Artie deixaram a bicicleta e se viraram para mim, ainda rodopiando sob o encanto de suas ideias aceleradas.

— O seu pai sabe consertar?

Dei de ombros.

— Ele *manja* de máquina e tal. Assim que a gente deu jeito de *entrá* no escudo, daí. Ele aprendeu *soldá*.

Com isso, Artie fechou o rosto e voltou ao presente.

— Não fale língua de rua, Morgana — ele me repreendeu. — Você tem que treinar a linguagem dos livros se quiser entrar na Academia comigo.

Era o sonho dele para mim, que eu passasse nas provas de admissão para entrar na Academia Spark também. Eu me esforçava, porque ele achava que eu devia me esforçar, mas nunca tive muita esperança.

— Sim, Artie, ele entende alguma coisa de bicicleta — eu disse com uma articulação toda exagerada. — Não sei bem quanto.

Era o bastante. Quando acabou o turno do meu pai, ele pôs a bicicleta para funcionar em menos de quinze minutos; então Artie foi comigo e com a bike, e encontrou um trecho deserto do túnel onde pudesse dominar as duas rodas sem plateia. Fui a única pessoa em quem ele confiou a ponto de me permitir testemunhar a ignomínia de suas primeiras tentativas frustradas. Uma semana depois, quando devolvemos a bicicleta ao José, ele entrou de bike na rua onde os outros estavam esperando, freou com tranquilidade e desceu com a facilidade que vinha da prática.

— A gente precisa de mais bikes — Artie anunciou. — A gente precisa que cada um aqui tenha a sua. A gente pode fugir de qualquer um com isso aqui. Dá pra pegar os mantimentos da nossa família sem medo de ser assaltado na volta pra casa, porque ninguém vai conseguir pegar a gente. A gente pode ir atrás de um amigo que esteja encrencado e pode fugir das encrencas que aparecerem. A bike é a resposta.

E, como ele era o Artie, todos nós acreditamos.

No ano seguinte, brotaram bicicletas como cogumelos de aço pelas ruas do B9. A gente perdeu um menino no processo – Torey tomou um tiro de um segurança quando estava escapando do F5, aonde nunca devia ter ido tentar a sorte – mas isso deixava dezessete de nós sobre rodas. Cavaleiros da Roda Redonda, eu ria.

Você pode achar estranho que Artie tenha conseguido tantos seguidores, tenha conquistado a lealdade de tantas pessoas que seriam capazes de – e às vezes chegaram mesmo a – se sacrificar e sacrificar seu bem-estar para seguir seu Código. Estou convencida de que a resposta se apoia em três qualidades que Artie possuía em maior medida que outros seres humanos: compaixão, convicção e compulsão. Quando Artie se decidia por alguma ideia, ia atrás dela com uma concentração que os meros mortais nem ousavam tentar, e a intensidade dessa devoção sugava as outras pessoas, como um buraco negro.

As bicicletas viraram o mundo dele. Entre as poucas coisas que meu pai sabia e uns livros que encontramos on-line, Artie aprendeu não apenas manutenção e conserto de bicicletas, também aprendeu geometria de quadros, fatores de tensão e métricas de performance. Também aprendi um pouco, porque não dava para ficar perto do Artie e não aprender, mas basicamente foquei em manutenção e conserto. Para ele, não bastava que a gente aprendesse a andar e a cuidar das bikes – a gente precisava treinar. Ele fazia todo mundo acordar antes de o sol nascer todo dia, para correr pelas ruas do B9 e do B7. Nossas pernas engrossaram, musculosas, enquanto competíamos uns com os outros em velocidade e resistência.

Logo nos arriscamos longe de nossos setores, nos tornando uma imagem comum em toda a superfície dos Bs e dos Gs, e até em parte dos As. Dezessete ciclistas que passavam num zumbido, em bando, a mais de trinta quilômetros por hora, eram uma imagem impressionante – isso era ao mesmo tempo bom e ruim. Um bando de assaltantes do A12, os Cachorros Grandes, tentava colocar armadilhas para nós toda vez que atravessávamos o setor deles, e nós atravessávamos com frequência, fazendo a escolta de Artie na ida e na vinda da Academia Spark. Mas éramos sempre rápidos, espertos demais e ágeis demais para eles.

Havia dois motivos para Artie continuar se arriscando para ir até a Academia Spark. Tudo bem, três. O terceiro era o fato de ele não conseguir aceitar que alguém lhe dissesse que ele não podia fazer alguma coisa. Mas o primeiro era que ele gostava de aprender. Isso lhe recarregava as baterias. Ele gostava de engenharia mecânica, e os professores da Spark incentivavam essa empolgação. Acho que eles pensavam que ele podia evitar que a infraestrutura do habitat caísse aos pedaços.

Mas a segunda razão para ele ir à Academia era Yvonne.

Bom, Artie tinha namoradas no bairro, e teve essas namoradas desde que chegou à idade de entender por que um homem poderia querer inserir a Lingueta A no Encaixe B. Ele não me contou nada da sua primeira noite – ainda tinha alguma noção de que eu era menina e não ia gostar de ficar sabendo das suas conquistas – mas eu soube que tinha acontecido, porque percebi que a menina tinha tentado virar sua proprietária. Não ia rolar. Artie sempre teve um gosto refinado no que se referia às meninas, e não dava para encontrar nada refinado no B9.

Yvonne era refinada. Nunca nos conhecemos, mas sabia, porque Artie me contava tudo sobre ela. Ele estava caidinho e isso não era o tipo de coisa que você podia contar pros outros caras, então ele contava pra mim. Ele me confidenciou que quase tudo que estava aprendendo na Academia Spark ele podia encontrar em livros e vídeos que ficavam à disposição on-line, mesmo no equipamento arcaico do B9. Além disso, ele podia ganhar sua ração de mantimentos só cuidando do serviço de entregas que tinha começado, então no fundo não precisava entrar num programa universitário. Mas uma menina como a Yvonne não ia se casar com um entregador e morar no B9. Então ele tinha que arranjar um diploma, e uma moradia melhorzinha, para poder construir uma vida com a Yvonne.

Só para constar, acho que ele teria ido de qualquer maneira para a Academia. Não que ele não gostasse de trabalhar como entregador – ele curtia usar suas habilidades na bike, escapar dos obstáculos, flertar com o perigo só para escapar na última hora. Curtia organizar o resto de nós como ajudantes, e curtia ser capaz de entregar encomendas com rapidez e segurança para pessoas que tinham medo de andar nas ruas. Proteger as crianças menores e ajudar os que vinham de fora a se adequar ao habitat era uma forma de ele entrar nas vidas das pessoas e deixá-las melhor. A necessidade de fazer isso era profundamente enraizada nele, e foi a base do Código que ele estabeleceu.

Mas para a Yvonne ele precisava ser mais que entregador. Os outros do nosso bando sabiam que Artie tinha uma namorada na Academia, mas supunham que ela não fosse diferente das meninas com quem ele se envolvia ali no B9 – a não ser pelo fato de que, de alguma maneira, era mais empolgante se divertir com alguma princesinha do C5, então os outros caras ficavam boquiabertos diante de Artie. Foi por isso que, quando Yvonne o abandonou, ele subiu pela calha até o meu quarto e chorou nos meus braços.

Nunca fomos amantes, eu e Artie. Ele nunca me desejou dessa maneira, e eu sabia que era melhor não provocar. Teria sido engraçado: não sou uma mulher nada atraente e fui uma criança feiosa. Minha mãe dizia que foi a radiação que eu recebi lá fora – ela colocava a culpa de tudo na radiação –, mas eu não tinha que procurar muito longe para encontrar o queixo comprido e os olhos juntos que herdei, ou a perna manca, o cabelo sem cor e os dentes tortos. Minha silhueta também foge da ideia de beleza: tenho um corpo ossudo e seios minúsculos. Existem meninos que não ligam para a aparência do Encaixe B, desde que ele acomode a Lingueta A, mas Artie nunca foi desses.

Então eu o abracei na noite em que Yvonne rejeitou seu amor, sabendo que nunca mais chegaria assim tão perto dele. No dia seguinte, ele saiu e construiu sua primeira bicicleta.

Antes de ele se formar na Academia Spark, os conselheiros vocacionais tentaram encaminhá-lo para o trabalho manual, porque era algo em que ele era muito bom: entalhar, moldar, soldar. Perguntavam: "Você não ia ficar mais feliz fazendo peças? Construindo máquinas? Gerando um produto?". Se Yvonne tivesse abandonado Artie antes, ele podia ter cedido a essa pressão; mas ele disse que podia fazer as duas coisas: projetar e construir. Dessa vez, com o coração em frangalhos, ele precisava provar.

Não era uma obra de arte, aquela primeira bicicleta: tubos de aço soldados todos juntos. Mas quebrava um galho, e era um começo. DeRon e eu assumimos o serviço de entregas – a gente já cuidava da manutenção diária e do conserto das bikes do nosso bando – para que Artie tivesse tempo para a construção. Seus instrutores no programa de engenharia da universidade tiraram sarro dele, ele me contou, por perder tempo fabricando "brinquedos". Novos robôs para evacuar tubulações de água e esgoto entupidas, ou geometrias inovadoras para escorar os túneis do HabKans que estavam caindo – "esses eram projetos à altura de um engenheiro mecânico", afirmavam eles. "Não meios velozes de transporte para as desagradáveis ruas dos setores sem lei."

Artie fazia tudo que eles pediam durante o dia e, quando a escuridão cobria o HabKans, trancava a porta da frente de uma loja abandonada que nos servia de quartel-general, pegava seus desenhos e começava a fabricação.

Ele tentava garantir que toda criança do B9 que cumprisse as regras do Código tivesse uma bela de uma máquina eficiente para tirá-la de perigo. O Código era bem simples naquele tempo: *Cuide da sua bike e dos seus amigos; nunca brigue quando puder fugir; estude e aprenda; melhore as coisas para todo mundo, não só para você.* Essas mesmas máximas eram exigências para todos os membros do seu bando.

Nessa época, já tínhamos deixado o roubo para trás e éramos uma empresa legítima, reconhecida pela ADM, entregando encomendas e fazendo serviços de reconhecimento de terreno para comboios de carrinhos elétricos e grupos de pedestres em todo o HabKans. Usávamos distintivos que nos identificavam como parte do bando de Artie – Os Anjos de Artie, esse era o nosso nome – com autorização para atravessar fronteiras entre setores e passar por túneis e edifícios públicos. A ADM nos deu capacetes, luvas e uma armadura leve junto com a ração de mantimentos; também fabricaram travas para Artie prender em sapatos flexíveis e reforçados com aço, que podíamos engatar nos pedais. Quando passávamos em grupo, com armaduras e calçados idênticos, as pessoas se afastavam, boquiabertas.

À medida que nossa clientela se expandia para outros setores, nossos serviços – originalmente pagos em alimentos, ferramentas e roupas – eram cada vez mais pagos em Creds, ou Créditos de Troca, emitidos pela contabilidade do habitat e que podiam ser trocados por mantimentos, lazer ou praticamente qualquer coisa que a gente quisesse. Eu pegava só um vale-mantimentos para mim e dava tudo que recebia para Artie, para comprar materiais para as bicicletas que davam uma chance às crianças do B9: uma chance de aprender, de crescer, de acreditar na bondade e no valor das outras pessoas.

Mas é difícil dar esperança a um planeta moribundo.

Enquanto Artie tentava deixar as coisas melhores no B9, a vida fora do HabKans ia ficando cada vez mais sem sentido. Plantas e animais morriam sob a luz solar sem filtro, pessoas morriam de fome, bebês nasciam com mutações tão horrorosas que os próprios pais os matavam. A brutalidade imperava, pois a vida era curta e violenta, e as pessoas roubavam para aproveitar o prazer que pudessem; e muitas vezes isso significava a adrenalina que vinha de impor sua vontade sobre os outros. Há quanto tempo os Ceifadores vinham causando problemas lá fora eu não sei; mas o dia em que eles passaram pela segurança do HabKans é um dia que jamais esqueceremos.

Eles andavam em velhas motocicletas com motor a combustão, que queimavam sabe-se lá que tipo de álcool que eles conseguiam fabricar como combustível. Sua filosofia era niilista: a Terra e seus habitantes estavam condenados, então por que não dar uma mãozinha para a destruição? O fato de eles acabarem ou não morrendo no processo não fazia diferença para os Ceifadores. Havia um grupo, com talvez vinte deles, que conseguiu passar pelo portão naquele dia, e só dois fizeram qualquer esforço para escapar da morte certa que encontraram nas mãos dos defensores do HabKans. Mas, antes disso, dezoito seguranças e mais de cem civis foram derrubados pelas armas projéteis dos Ceifadores — sem contar as pessoas que eles simplesmente atropelaram. Outras centenas morreram nos incêndios iniciados por eles.

A infraestrutura na região do portão, inclusive o escudo antirradiação, ficou tão danificada que a ADM lacrou o setor inteiro e simplesmente construiu outro portão mais para dentro do território. Eles nem tentaram consertar os túneis desmoronados e os edifícios destruídos pelo fogo no A7 e no A8. E por que tentariam? O espaço físico não era o que mantinha as pessoas fora do HabKans, mas a falta da comida que vinha das nossas estufas. Casas não faltavam, e foram somente áreas residenciais que os Ceifadores aterrorizaram nas dezoito horas de seu frenesi destrutivo.

Artie teve as aulas suspensas por dois meses enquanto ele e outros alunos ajudavam a consertar os danos causados ao escudo e a outras partes vitais da infraestrutura. Um dia, enquanto a gente trabalhava no subsolo do C17 – Artie como engenheiro de campo e DeRon e eu como capatazes –, a mulher mais linda que eu já tinha visto se dirigiu a nós: alta e esguia, com maçãs do rosto volumosas na face oval, pele morena e sem marcas.

— Senhor D'Angelo? — ela perguntou, e sua voz era como um creme espesso, um fluido grosso e liso que jorrava e encharcava o ar sedento.

Artie ficou de queixo caído; estava estampado na cara dele quando desceu da escada em que tinha acabado de subir.

— Eu sou Artie D'Angelo — disse ele.

Tentei ver o que Saronda estava vendo: um rapazinho forte com bem menos de um metro e oitenta, barriga chapada e coxas que pareciam troncos de árvore; cabelo escuro em cachos miúdos de suor por baixo do capacete; olhos vermelhos e uma barba de dois dias denunciando que, nas últimas quarenta e oito horas, ele não tinha feito muito mais que trabalhar para salvar alguma coisa da destruição.

Mas ela sorriu, um sorriso tão cálido e sincero quanto era reluzente e branco.

— Meu nome é Saronda McCabe. Fiquei sabendo que você fabrica bicicletas.

Ela estudava engenharia elétrica, e seu pai tinha medo porque ela precisava ir da casa deles no F3 até o estágio no C7. Ela achava que uma bicicleta podia ser a resposta. Artie concordou, desde que ela também recebesse treinamento prático para evitar o perigo – que ele, claro, adoraria oferecer sem custos adicionais. DeRon e eu trocamos olhares, então levamos os operários que estavam sob nossa responsabilidade para procurar um almoço enquanto os dois sorriam um para o outro e trocavam elogios.

— Aposto dez Creds que ele garfa aquela ali ainda hoje — DeRon resmungou quando viramos a esquina.

Eu não achava isso – ela era coisa fina –, mas não fui estúpida a ponto de aceitar a aposta. Que bom, eu teria perdido.

Quando a bicicleta de Saronda ficou pronta, começamos a passar pelo F3 logo de manhã para acompanhá-la por alguns quilômetros, depois dos quais ela e Artie se separavam do grupo e seguiam sozinhos – porque, ele dizia, ela ainda não dava conta de acompanhar o nosso ritmo. Era verdade, e eles de fato foram ficando mais tempo com a gente à medida que ela melhorava. Mas ela havia recebido uma moradia separada dos pais – o pai dela tinha um posto alto na ADM – e em poucos meses já estávamos passando para pegar o Artie no F3 também.

A fábrica de bicicletas foi ficando às moscas. Até porque todas as crianças do B9 já tinham bicicletas a essa altura, e todos os Anjos tinham uma máquina especial de primeira linha. Nos fins de semana, ele voltava até o B9 para ver como ia o serviço de entregas e para conviver com a galera, e ainda era o mesmo Artie: o mesmo sorriso imenso, a mesma risada acolhedora, a mesma preocupação com todo o bairro. Mas os meninos tinham saudade dele, e alguns começaram a se rebelar, descumprindo o Código. Isso fez com que ele voltasse por um tempo, porque reconhecia que sua presença era necessária para manter todo mundo na linha, para que ninguém deixasse de acreditar. Mas fui ficando mais preocupada com ele naqueles dias, porque quando chegava a noite e as coisas começavam a parecer tranquilas, era aí que ele subia na sua bike e seguia rumo ao F3 para ver Saronda. Era uma hora ruim para ele estar na rua sem o bando.

Eu dizia para mim mesma que Artie estava cometendo um erro terrível, que estava se encaminhando para outro fracasso como o de Yvonne; mas acho que eu não acreditava de verdade naquilo. Ele estava feliz demais, e Saronda – maldita carinha esculpida e perfeita – era uma pessoa legal. Legal de verdade. Eu gostava dela, por mais que tentasse não gostar. Uma vez ela foi com a gente até o B9, porque queria ver onde Artie e o resto do pessoal moravam, conhecer as crianças e ouvir todo mundo recitar o Código.

— Eu queria entrar pras Irmãs da Alfabetização quando eu era mais nova — ela me confidenciou enquanto Artie explicava a um menino de nove anos o funcionamento das coroas e a forma mais simples de trocar uma correia. — Mas o meu pai nem quis saber. Ele lembrou que a gente estava de saída... — Ela se interrompeu de repente, e vi a dor no seu rosto antes que ela conseguisse mudar rapidamente de assunto. Mas eu soube. Eu soube. E quis gritar com Artie por ele ser tão estúpido, e com Saronda por não impedir que aquilo acontecesse, e comigo, por não sacudir os dois e os obrigar a encarar a realidade, mas eles estavam apaixonados. Tudo que nos resta aqui no B9 são momentos. Entendi que eles mereciam aquele.

Foi em setembro que a nave de transporte chegou e começou a receber aqueles que podiam pagar a cota da passagem para o além-mundo. Houve uma breve onda de empolgação quando um Ceifador renegado apareceu de onde quer que estivesse escondido nos últimos dez meses e jogou uma granada caseira na nave quando ela atracou. Ele morreu com seis flechas de balestra no peito, e algum segurança mais heroico se jogou em cima da granada, então a nave não sofreu danos. Mas eu vi tudo isso no jornal sem muito interesse, esperando de verdade as batidinhas na minha janela.

O sorriso de Artie do outro lado do vidro era forçado.

— Vai abrir? — ele perguntou. — Ou vai me deixar a noite inteira pendurado aqui na calha?

Eu estava esperando um repeteco da noite em que Yvonne o deixou, pois já sabia o que tinha acontecido: a família de Saronda estava indo embora naquela nave, e ela havia escolhido a vida além-mundo – onde é possível viver por centenas de anos, na paz e no conforto – e não algumas décadas com um menino do B9.

Mas eu estava errada. O pai dela tinha comprado a passagem de Artie também, pela felicidade de Saronda e por achar que Artie era um homem que merecia ser salvo, um homem que tinha uma contribuição a dar.

— Então isto é uma despedida — falei, com a voz embargada diante da perda.

Mas Artie sacudiu a cabeça.

— Eu não vou — disse ele, como se nunca tivesse levado a sério a possibilidade.

— Como assim? — perguntei. — Você tem que ir, Artie. Você tem que sair daqui.

— E deixar vocês aqui se divertindo sozinhos? — ele falou, embora com a voz rachada e os olhos cheios de lágrimas. — Até parece!

— Você tem que ir! — gritei de novo, e bati com o punho cerrado no peito dele. — Você tem que ir, Artie! Por todos nós! Você é o único B9 que já recebeu uma oferta de transporte pra sair daqui, e você tem que ir! Você precisa ir pra um lugar onde possa viver centenas de anos, você tem que fazer isso por nós. Você tem que viver esses anos todos por nós, Artie, você é o único que pode.

Ainda assim ele sacudia a cabeça, embora tenha levado um segundo a mais para falar dessa vez.

— Até parece — repetiu. — Quem é que ia fazer as bikes pros meninos? Quem é que ia fazer todo mundo viver segundo o Código? Você viu o que aconteceu quando eu me mandei por uns meses.

Ele sorriu para mim, embora tivesse que enxugar os olhos com as costas da mão.

— Além do mais, eu não posso abandonar os Anjos. O DeRon ia virar mercenário em seis semanas, e o Mocó já está vendendo contrabando por fora: eu vou ter que cair em cima dele antes que a coisa toda caia na ilegalidade. E você sabe, tem bandos com bikes em outros cinco setores agora, e três deles seguem o Código. Eu tenho que ficar por aqui e garantir que a coisa fique assim.

— E Saronda? — desafiei, buscando desesperadamente uma forma de convencê-lo a ir.

Ele respirou fundo.

— Ela acha que eu já estou a bordo. O pai dela só vai contar depois do lançamento, ele me prometeu.

Aí ele olhou pela minha janela enquanto um brilhante raio de luz cortava o céu escuro: a nave que saltava para encontrar o transporte que a esperava.

— Droga, Artie! — gritei para ele, como se fosse eu a abandonada. — Droga, Artie, você tinha que ter ido com ela! — E bati de novo nele, e de novo, e de novo, até ele agarrar meus punhos para me fazer parar, quando me derreti em lágrimas. Então ele me abraçou e choramos juntos até que, exaustos, finalmente caímos no sono abraçados; e nossos sonhos ecoaram com os sussurros dos uivos angustiados de Saronda.

Que história seria, se acabasse aqui. Assim você iria entender, e talvez até acreditasse em todas as lendas que cercam Artie e seus Anjos. Você ia achar que ele dedicou o resto da vida à proteção das crianças do B9, e depois dos outros setores, e que restaurou o orgulho e a honra e, ouso dizer, o cavalheirismo numa sociedade que tinha perdido tudo isso. Era sua intenção, com certeza. Mas ele não conseguiu.

Sabíamos fazia meses que havia um Ceifador junto com os Cachorros Grandes, um que tinha escapado da morte no dia da invasão. Sabíamos porque a insidiosa filosofia dos Ceifadores tinha começado a dar as caras no A12. Mas quando houve o ataque à nave, imaginamos que fosse aquele, e que a morte do Ceifador tinha posto um fim à ameaça.

Ledo engano.

A ameaça voltou seis meses depois, e Artie estava na oficina montando uma bicicleta para um menino que tinha acabado de chegar lá de fora. Eu estava no meu quarto, do outro lado da rua, estudando o tratado de Taninger sobre mitos folclóricos. Ainda que eu nunca tenha sido aceita em nenhuma escola de nível superior, Artie insistia para que eu continuasse com o estudo a distância. Com a ajuda dele, eu estava estudando no nível equivalente ao do primeiro ano universitário de Matemática e de Ciência, além de Ciências Humanas em nível mais alto. Tinha acabado de me ocorrer, enquanto eu lia o Taninger, que o ciclo arturiano tinha muitos paralelos com o ciclo de Cristo. Foi então que ouvi o duplo estrondo da carabina.

Corri direto para a porta, sem parar para olhar pela janela. Ainda que o som fosse novo para mim – e só fui ficar sabendo bem mais tarde qual tinha sido a causa –, fui tomada por uma terrível convicção de que tinha vindo da oficina de Artie.

O Ceifador não ficou por perto, mas sua marca estava em todo lugar. A fibra do vidro da vitrine da loja não era feita para suportar o impacto de projéteis proibidos; tinha se estilhaçado em um milhão de lascas inofensivas, que estalavam sob meus pés enquanto eu tentava passar pelos destroços e chegar aos fundos do cômodo. Artie estava no chão entre o suporte de alinhamento e a máquina de fabricar quadros, em meio a restos de tubos e soldas de aço. Seu peito estava rasgado, um dos disparos o havia acertado em cheio, e pontos de sangue brilhavam nas pernas e nos braços dele, por causa dos fragmentos menores da arma.

Outra pessoa entrou atrás de mim. Era Louis.

— Chame um médico! — gritei. — Chame o pessoal da med-evac!

Mas a luz já se apagava nos olhos de Artie.

— Queria levar você comigo — ele falou engasgando, o sangue espumando com as palavras nos lábios.

— Não fale — ordenei. — Fique parado. Eles já vêm.

— Eu disse que ia se você fosse — ele conseguiu falar.

— Cale a boca, Artie! — gritei. — Não me venha com essa! Não me faça uma coisa dessas!

Então, de modo impossível, ele sorriu.

— Morgana Le Fay — ele sussurrou. — Me leve pra Avalon…

A história que se conta é que nós o levamos para um hospital, e que os médicos conseguiram estabilizá-lo o suficiente para colocá-lo numa câmara criogênica. Essa câmara seguiu no primeiro transporte para um mundo distante, onde Saronda o esperava, e onde eles têm uma medicina capaz de curá-lo. Um dia, quando se recuperar, ele vai voltar à Terra, vai voltar ao HabKans. Enquanto isso, os Anjos de Artie ainda estão por aqui, evitando a morte do que ele começou.

Isso é o que diz a história. Mas Artie morreu nos meus braços naquela noite, e ninguém da med-evac se deu ao trabalho de ir até lá. Não até o B9. Louis e eu o levamos para o subsolo, para um lugar onde um túnel desmoronado só tinha deixado espaço para entrarmos rastejando. Nós o pusemos ali e lacramos a câmara e não contamos a mais ninguém. Aí eu inventei aquela história da câmara criogênica. Até parece. Como se existisse uma coisa dessas no HabKans.

Então essa é a verdade sobre o que aconteceu com Artie D'Angelo, mas nem tente contar essa história a alguém do HabKans. Ele ficou ainda mais forte depois de morto, eu fiz questão disso. Um ato brutal de niilismo me privou do meu amigo, do líder do meu bando, da minha luz guia, mas não vou deixar aquele ato privar o HabKans de esperança. As histórias das aventuras de Artie ficam mais elaboradas cada vez que alguém as conta; e nessas histórias ele sempre consegue, de maneiras que mal podemos conceber, proteger os indefesos e melhorar a vida daqueles que deixou para trás.

Por nós, ele recusou uma oportunidade de viver centenas de anos no conforto e na paz com sua amada. Eu, como recompensa, vou lhe dar a imortalidade.

Durma bem em Avalon, meu Arthur. O HabKans não vai esquecer.

Jerry Oltion é autor dos romances *Paradise Passed*, *The Getaway Special*, *Anywhere But Here*, dentre vários outros. Em 1998, ganhou o prêmio Nebula por sua novela *Abandon in Place*, que mais tarde ele expandiu e transformou num romance. Também é autor de mais de cem contos, a maioria dos quais apareceu nas páginas da *F&SF* e da *Analog*.

DEPOIS DO JUÍZO FINAL

JERRY OLTION

"Depois do Juízo Final" fala sobre o bíblico Dia do Juízo de um ponto de vista racionalista; a tripulação de uma espaçonave retorna à Terra e descobre que o arrebatamento aconteceu na ausência deles. Oltion tem opiniões fortes sobre religião – mais especificamente, que se trata de uma punição para a humanidade –, o que o levou a escrever este conto, que especula se ser "deixado para trás" seria algo tão ruim.

Estava frio naquela manhã, e a neve rangia sob minhas botas enquanto eu caminhava pela alameda à procura de Jody. A nevasca da noite anterior havia deixado sobre a crosta que já estava ali havia uma semana, uma nova camada de neve fina que ia até a canela; as pegadas dela estavam nítidas e bem demarcadas, passando em meio aos esqueletos nus das árvores e fazendo uma curva até sair do campo de visão. Ela tinha andado na direção das montanhas. Não precisava ver as pegadas para saber aonde ela tinha ido.

À exceção das pegadas de Jody, não havia qualquer sinal de humanidade em lugar nenhum. Minhas botas na neve produziam o único som da floresta, e o único outro movimento além do meu era o das nuvens que ficavam para trás a cada respiração. Isolado como eu estava na minha japona, tive uma sensação devastadora de solidão. Eu sabia por que Jody tinha seguido por este caminho. Num lugar que supostamente deveria estar vazio, ela não ia começar a procurar pessoas que não estavam lá.

Encontrei Jody sentada numa cerca, olhando para as montanhas, que ficavam do outro lado de um campo coberto de neve. Ela sentou-se na parte mais baixa da cerca com o queixo repousando sobre as mãos enluvadas na parte superior. Os cabelos castanhos que iam até a altura dos ombros escapavam de um gorro verde. Havia trincheiras cavadas na neve nos pontos em que ela havia balançado os pés. Ela virou a cabeça ao ouvir meus passos rangendo atrás dela, disse "Oi, Gregor!" e depois voltou a se virar para as montanhas. Sentei-me ao lado dela, apoiando meu queixo sobre as mãos exatamente como ela, e também ergui os olhos para as montanhas.

A luz do sol brilhava sobre os cumes, fazendo com que os campos de neve brilhassem brancos e dando às rochas uma cor de falso calor. Nenhuma árvore crescia em seus flancos irregulares. Só o que havia nas montanhas eram pedras e gelo.

A cordilheira Teton, eu pensei. O lar de Deus. Como isso tinha se revelado verdadeiro.

— Esqueci como as montanhas podem ser impressionantes — falei, minha respiração congelando as pontas de minhas luvas.

— Eu também — disse ela. — Faz tanto tempo.

Doze anos. Cinco anos de ida, cinco anos de volta, e dois anos passados lá, em um planeta empoeirado em torno de uma estrela distante.

— Não tinha nada parecido em Dessica — afirmou ela.

— Nenhuma geleira. São as geleiras que esculpem montanhas assim.

— Hmm.

Ficamos olhando para cima, para os cumes iluminados pelo sol, cada um com seus pensamentos. Eu pensava em Dessica. Esperamos dois meses depois do pouso para batizar o planeta, mas a decisão foi unânime. Quente, seco, com tempestades de areia que podiam durar semanas inteiras – se algum dia houve um Inferno, tinha que ser aquele lugar. Porém, oito de nós havíamos permanecido lá por dois anos, explorando e coletando dados; a primeira expedição interestelar em ação. E então fizemos as malas e voltamos – para uma Terra vazia. Nem uma alma sequer, em parte alguma. Nada para nos dar as boas-vindas exceto animais selvagens e cidades abandonadas repletas de jornais amarelados, de quatro anos antes.

De acordo com esses jornais, foi aqui que Jesus apareceu pela primeira vez. Não em Jerusalém, nem no Vaticano, nem mesmo em Salt Lake City. Na Grand Teton. A montanha mais alta da cordilheira, de uma robustez bonita, um monumento adequado para o Filho de Deus. Eu mesmo podia vê-lo, descendo pelo ar, vindo do topo da montanha e pousando perto da Capela da Transfiguração, perto do alojamento onde passamos a noite. Embora fosse difícil de acreditar, era fácil de imaginar.

O que aconteceu a seguir era mais difícil de imaginar. Aparentemente Jesus deu seis dias para as pessoas se prepararem e, no sétimo, Ele as convocou para serem julgadas. Nenhum chamado especial para os fiéis, nenhum tempo de sofrimento para os que não acreditavam; Ele arrebatou todos de uma só vez, provavelmente para separá-los mais tarde. Os jornais nada diziam sobre o método usado por Ele, os repórteres e editores e trabalhadores da imprensa aparentemente pegos de surpresa como todos os outros, mas eu não conseguia imaginar como poderia ter funcionado. A maior parte das pessoas esperava subir aos céus; porém acima de cinco mil metros elas começariam a asfixiar e, acima de uns treze mil metros, mais ou menos, o sangue delas ia ferver. É o tipo de coisa que eu imaginaria que nem o Deus do Antigo Testamento quisesse que Seus fiéis suportassem. Passar para uma dimensão alternativa parecia mais provável, mas eu também não conseguia imaginar como seria isso.

Tentar visualizar o inimaginável me fez lembrar por que eu tinha vindo procurar Jody.

— A capitã vai fazer uma cerimônia religiosa daqui a pouco. Ela achou que talvez você também quisesse participar.

Jody me olhou com uma expressão que normalmente se reserva para um irmão mais novo e mais burro.

— Pra quê? Rezar? Tentar chamar a atenção de Deus?

Fiz que sim com a cabeça.

— Dave convenceu a capitã. Ela acha que, quanto maior o número de pessoas participando, mais forte será o sinal.

— Supercientífico.

— Dave é engenheiro. Gwen concorda com ele.

— Imagino que ela vai pedir a Deus que mande Jesus de volta para buscar a gente.

— Essa é a ideia geral, sim — falei, começando a ficar constrangido.

Ela me olhou daquele jeito de novo.

— Você não acha que isso vai funcionar, acha?

— Vale a pena tentar. Mal não vai fazer, né?

Ela riu.

— Falou como um verdadeiro agnóstico.

Mudei de posição para que uma lasca de madeira da cerca parasse de cutucar minha coxa. A junção onde a madeira encontrava o poste rangeu.

— Todos nós somos agnósticos — ressaltei. — Ou éramos.

Quando os organizadores da missão selecionaram a tripulação, queriam gente que tomasse decisões com base na informação disponível, não naquilo que desejassem ser verdade nem em boatos. Esse tipo de gente tende a ser agnóstico.

— Eu ainda sou — disse ela.

Olhei para ela surpreso.

— Como é possível? Toda a população do mundo desaparece, todo jornal que encontramos traz reportagens sobre a Segunda Vinda do Cristo, com direito a fotos, e todos os cemitérios estão vazios. Mesmo assim, você não acredita?

Ela sacudiu a cabeça e perguntou simplesmente:

— Por que nós estamos aqui?

— Como assim?

— Se é pra eu acreditar que Jesus voltou pela segunda vez, realizou o Dia do Juízo e levou todas as almas humanas para o Paraíso, então o que a gente está fazendo aqui? Por que Ele não levou a gente também?

— A gente não estava na Terra.

— Os três mil colonizadores da Lua também não estavam, e foram levados.

— A gente estava a noventa e oito por cento da velocidade da luz. A uma distância de três anos-luz e meio.

— E só por isso Deus não encontrou a gente. É isso que eu estou dizendo. Se Ele fosse onisciente, ia saber que a gente estava lá.

Eu também vinha pensando nisso desde que a gente tinha chegado em casa.

— Talvez Ele soubesse — falei.

— Hein?

— Talvez Deus soubesse de nós. Talvez Ele tenha deixado a gente pra trás de propósito, como punição por não acreditar Nele.

Ela bufou.

— E o que você me diz dos ateus, nesse caso? E os outros agnósticos? Por que só nós oito?

Estendi minhas mãos enluvadas, palmas para cima.

— Não sei. Eu não sou Deus.

— Se fosse, você teria feito um trabalho mais bem-feito.

Eu não sabia se devia encarar isso como um elogio ou outra coisa, por isso decidi ignorar.

— O que você acha que aconteceu, se não foi Deus?

— Não sei. Talvez alienígenas tenham vindo e levado todo mundo como escravos. Talvez nós fôssemos um experimento de laboratório e eles já tinham juntado todos os dados de que precisavam. Talvez nossa carne tenha gosto de frango. Tem várias explicações mais plausíveis do que Deus.

— E as fotos de Jesus? — eu perguntei.

Ela esfregou o nariz vermelho com a luva.

— Se você fosse levar a população inteira de um planeta, você não usaria a religião local para fazer todo mundo obedecer você?

— Jesus não ia ter muito domínio sobre os judeus — falei. — Nem sobre os muçulmanos. Nem sobre os ateus.

— Diz o ex-agnóstico que acredita em Deus por causa do que leu no jornal — disse ela, de uma maneira gentil, mas que mesmo assim machucou.

— Olhe, Gwen vai começar logo. Você vem ou não? — perguntei.

Ela deu de ombros.

— Quer saber? Pode ser divertido ouvir um sermão agnóstico.

Passamos as pernas por cima da cerca e nos levantamos, depois começamos a seguir nossas pegadas para voltar ao alojamento, um enorme hotel de madeira construído mais ou menos na virada do século, para abrigar as levas de turistas que vinham visitar um dos últimos lugares intactos da Terra.

Peguei a mão direita de Jody e demos as mãos enquanto andávamos. Foi um ato inconsciente e natural; naquele momento, não éramos um casal, mas já tínhamos sido por algumas vezes. Com a pequena tripulação na nave e muito tempo para experimentar, tínhamos tentado todas as combinações pelo menos uma vez. O calor e o conforto que senti enquanto caminhávamos juntos pela neve recém-caída me deixou feliz por nunca termos terminado o relacionamento com rancor. Parecia que talvez estivéssemos nos encaminhando para mais um período juntos.

Jody devia estar sentindo o mesmo. Quando chegamos perto das árvores, ela disse:

— Supondo que Deus esteja mesmo por trás de tudo, e que isso não seja uma espécie de pegadinha gigante, então talvez isso seja uma recompensa?

— Recompensa?

Ela fez que sim com a cabeça.

— Eu gosto daqui. É bonito, e tranquilo. Da última vez que vim aqui, era um zoológico. Tinha turistas pra todo lado que a gente olhasse, filas de *trailers* e SUVs na estrada até onde a vista alcançava, lixo voando pra todo lado. A minha sensação é de que agora estou finalmente vendo este lugar do jeito como deve ser.

— Do jeito que Deus queria?

— É, pode ser.

Ela sorriu com um jeito de teóloga agnóstica e afirmou:

— Talvez a gente seja a nova Arca. Afinal, a gente tem tudo que precisa pra começar nossa própria colônia. Temos os melhores genes que a Autoridade Espacial da ONU conseguiu encontrar e temos mais óvulos fertilizados no congelador. Talvez Deus tenha decidido que era um bom momento pra se livrar de toda aquela gentalha e dar um novo começo para a humanidade.

— É meio frio aqui para ser o Éden — falei.

— Temos o mundo todo — ela ressaltou.

Pensei sobre o assunto. Acho que tínhamos mesmo, pelo menos até todos os aviões e carros voadores pararem de funcionar. Era impossível para oito pessoas manter uma civilização tecnológica por tempo indefinido. Nosso equipamento de colonização tinha sido planejado para nos manter naquilo que os cientistas sociais da ONU chamaram de uma "era industrial artificialmente ampliada" até podermos aumentar a população o suficiente para construir nossas próprias fábricas, e assim por diante, mas não seria em um nível particularmente cosmopolita. A ideia era escolher um lugar e estabelecer a colônia lá em vez de brincar de turistas num novo planeta. Claro que o planeta precisava ter pelo menos um ponto habitável, e esse foi o motivo de termos desistido depois de dois anos de busca e voltado para casa.

— Nunca pensei na possibilidade de simplesmente continuarmos com nossas vidas — falei. — Digo, depois da Segunda Vinda do Cristo, isso simplesmente não me ocorreu.

Jody deu de ombros.

— Acabamos de aterrissar; temos andado ocupados demais tentando descobrir o que aconteceu. Mas dê um tempo para eles e acho que a maior parte de nós vai acabar pensando nisso. Quer dizer, este pode ser o Paraíso de que a gente precisa, se a gente fizer tudo direitinho.

Um arrepio repentino correu pela minha coluna, e não foi por causa da neve.

— Talvez a gente não tenha tempo — falei. — Se a pequena cerimônia de oração da Gwen funcionar, Deus pode voltar para buscar a gente hoje.

Jody olhou para mim, seu rosto espelhando a preocupação que havia no meu.

— Droga! — exclamou ela, depois saiu correndo para a capela. Disparei atrás dela, os dois gritando. — Gwen! Gwen, espere!

Correr na neve não é fácil. Nossos pés atolavam na crosta que dava suporte enquanto vínhamos andando e era preciso muito esforço para dar cada passo. Nós dois estávamos suados e ofegantes quando irrompemos na capela, buscando fôlego suficiente para gritar:

— Não rezem!

Gwen estava de pé atrás do púlpito, vestindo uma túnica branca longa com bordas douradas de um palmo de largura. Ela tinha encontrado aquilo na sacristia da capela. A parede atrás dela era basicamente de vidro, o que dava à congregação – Dave e Maria e Hammad e Arjuna e Keung no primeiro banco – uma vista fantástica da cordilheira Teton atrás do esplendor dela própria. Todos se viraram e olharam para nós enquanto Jody repetiu:

— Não rezem. A gente tem que pensar nisso primeiro.

Gwen franziu a testa e disse:

— Pensar no quê? A gente tem que entrar em contato com Deus.

— Será?

— Como assim? É claro que sim. Ele deixou a gente pra trás!

— Talvez isso seja uma coisa boa. — Jody tirou as luvas, o gorro e o casaco enquanto falava, repetiu o que tinha me dito e concluiu: — Então talvez a gente deva simplesmente ficar quieto e ir levando a vida.

Gwen ficou sacudindo a cabeça o tempo todo enquanto Jody falava. Ela era uma mulher grande, com uma grande aura de cabelos negros crespos que iam de um lado para outro enquanto ela sacudia a cabeça. Então ela disse:

— Nós não sabemos que vida é essa. Isso pode muito bem ser um tipo de teste.

— Exato! Pode ser um teste, então eu acho que seria inteligente pensar bem no que a gente vai pedir. Pode ser que aconteça.

Dave estava ouvindo, tão impaciente quanto Gwen. Antes que ela pudesse responder, ele argumentou:

— Se Deus quisesse que a gente repovoasse a Terra, Ele não teria dito isso pra gente? Ele disse para Noé o que fazer.

Jody deu de ombros.

— Deus era muito mais falante naquela época.

— Se você acreditar na Bíblia judaico-cristã — Hammad retrucou.

— O Dia do Juízo do cristianismo acaba de acontecer — Gwen afirmou. — No que mais a gente devia acreditar?

Hammad abriu as mãos para indicar a capela e, por consequência, tudo que havia para além dela. Então falou:

— Devemos acreditar naquilo que sempre acreditamos: nas provas trazidas pelos nossos sentidos. A Terra foi despovoada. Jornais deixados para trás nos dizem que um ser que se autodenomina Jesus Cristo assumiu a responsabilidade. Fora isso só podemos especular.

— Espera aí — Maria disse, mas, antes que ela pudesse completar seu pensamento, Arjuna falou:

— A gente também poderia...

Então, Keung retrucou:

— É, mas e...

E a sala virou uma balbúrdia.

Gwen não tinha sido escolhida capitã à toa. Ela deixou a coisa correr por uns segundos, depois gritou a plenos pulmões:

— Quietos!

A capela ficou em silêncio.

— Muito bem — continuou ela em meio ao silêncio. — Obviamente eu me enganei ao presumir que todo mundo aqui queria que Deus voltasse para buscar a gente. Jody acha que não deveríamos tentar qualquer contato com Ele. O que o resto de nós pensa?

Um coro de vozes quase afogou Gwen outra vez.

— Um de cada vez! — ela gritou de novo. — Você, Dave.

— Acho que a gente devia pedir o perdão Dele e pedir que nos leve com Ele.

— Hammad?

— Perguntar o que Ele quer que a gente faça, em vez de simplesmente presumir.

— Maria?

— Eu... hã, eu definitivamente acho que a gente devia tentar contato com Ele, mas acho que o que o Hammad falou meio que faz sentido, na verdade.

— Obrigado — disse Hammad.

— Gregor? — Gwen perguntou para mim.

Olhei para Hammad, depois para Jody.

— Não tenho certeza de que é bom a gente chamar a atenção de Deus para nós. Dependendo de qual versão do cristianismo for verdadeira, a gente podia ir parar num lugar muito pior do que este.

— Arjuna?

Arjuna respondeu:

— Eu meio que concordo com a Jody e o Gregor, exceto pelo fato de que não sei o que a gente faria se Deus decidisse apagar as luzes.

— Já faz quatro anos — Hammad afirmou.

— Isso não quer dizer... — Dave retrucou, e a baderna recomeçou.

— Quietos! — gritou Gwen. Ela pegou a cruz de madeira da frente do púlpito e a bateu como se fosse um martelo de juiz no tribunal. — Certo — continuou ela depois que ficamos quietos —, vamos tentar outra vez. Keung, o que você acha?

Keung deu de ombros.

— Acho que não importa. Se fosse possível chegar até Ele com orações, então um de nós já teria feito isso. Acho que, se for possível chamar a atenção Dele, então não faz sentido a gente ficar se escondendo, porque uma hora Ele vai perceber que estamos aqui.

— Isso é um voto a favor ou contra orar para Ele?

— Estou dizendo que não me importo.

Gwen fez que sim com a cabeça e disse:

— Bom, então parece que o grupo a favor da oração ganhou, mas não vejo nada de errado em perguntar educadamente o que Deus reservou para nós antes de começarmos a implorar por intervenção divina. Será que todo mundo concorda com isso?

— Não — Jody respondeu, mas o "sim" de Dave, Maria e Hammad foi mais alto.

Gwen disse:

— Jody, Keung tem razão: se a oração funcionar, então alguém vai chamar a atenção de Deus mais cedo ou mais tarde.

— Não é verdade — Jody afirmou. — Tem milhões de armas por aí, mas isso não quer dizer que a gente tenha que começar a atirar uns nos outros. A gente não tem que rezar.

— Eu tenho — Dave retrucou.

Jody olhou para ele por um momento, depois sacudiu a cabeça e pegou de novo seu casaco, o gorro e as luvas.

— Vou esperar lá fora, neste caso — Jody avisou, ao passar raspando em mim rumo à porta. — Talvez Ele não me ache de novo quando vier buscar vocês, seus idiotas.

Fui atrás dela. Eu não tinha tirado a japona, só aberto o zíper; a sensação do ar gelado passando pela camiseta foi boa.

— Idiotas — Jody disse de novo quando ficamos sozinhos. — Eles estão brincando com dinamite lá dentro. Pior. Com antimatéria.

— Talvez literalmente — falei. — Quem sabe do que Deus é feito...

— Aaahhh, Deus, Deus, Deus — ela resmungou. — Não aguento mais falar disso. Eu só queria que Ele ficasse bem longe da minha vida.

Cutuquei Jody nas costelas e disse:

— Foi isso que ele fez, tolinha.

— Não é engraçado.

— Claro que é. Nós passamos a vida toda dizendo que não importava o que a gente pensava sobre religião, já que a verdade é por definição impossível de conhecer, e agora estamos com medo de que alguém acabe com a nossa existência com uma oração. Eu acho hilário.

Estávamos andando de volta para o alojamento por uma trilha cercada de pinheiros e bancos de neve. Por impulso, estendi a mão e bati num galho bem quando Jody passava por baixo dele.

— Ei! — ela gritou quando um montinho de neve caiu em seu pescoço e, antes de eu poder me afastar o suficiente, ela se abaixou, pegou um punhado de neve e arremessou na minha cara. Cambaleei e, inesperadamente, caí sentado na neve, o que me livrou de outro arremesso que, em vez de me acertar no rosto, passou por cima da minha cabeça.

Já que estava no chão, pensei que podia muito bem me defender, por isso comecei a arremessar neve de volta com a velocidade máxima que conseguia. Estava frio demais para fazer bolas de neve, por isso a gente simplesmente atirava o que conseguia pegar, gritando e rindo como tontos enquanto o resto da humanidade orava pedindo um milagre.

A cerimônia de oração terminou mais ou menos meia hora depois. A essa altura, Jody e eu estávamos aconchegados no tapete de pele de urso em frente à lareira principal do alojamento, uma enorme construção feita de lajes com uma fornalha grande o suficiente para assar um carro voador. Hammad foi o primeiro a encontrar a gente.

— Parece que não conseguimos provocar a deidade — afirmou ele tirando o casaco e o colocando em um cabide na parede. — A não ser, é claro, que haja um lapso temporal envolvido.

— Ah, que ótimo — disse Jody. — Agora vou passar a noite toda esperando os céus se abrirem e um coro angelical vir me acordar.

— Olhando pra vocês, eu diria que não vão dormir muito de qualquer jeito, a não ser que seja por exaustão.

Ele sentou-se em uma das cadeiras estofadas e estendeu os pés na direção das chamas.

— Sabe, eu acho que vocês estavam certos — continuou ele. — Melhor a gente ir tocando a vida, e que Deus vá tocando a Dele. Preciso admitir que estou bem aliviado por ter perdido toda a agitação.

— Eu também — concordei. — Desde que descobrimos que Ele existe, eu me senti um forasteiro no território de uma gangue. Fico o tempo todo esperando que alguém ponha a mão no meu ombro para eu descobrir que estou encrencado.

— Será que era assim que as pessoas religiosas se sentiam normalmente? — perguntou Jody. — Pisando em ovos a vida inteira para não atrair o tipo errado de atenção.

Hammad sacudiu a cabeça.

— Duvido que a maioria das pessoas sequer pensasse nas coisas nesses termos. Provavelmente eles...

A sólida porta de madeira se abriu com um estrondo e Dave, Gwen e os outros entraram, conversando e batendo os pés para tirar a neve das botas. Dave olhou para Jody e para mim e foi para seu quarto, ou para algum outro lugar, mas Gwen, Maria, Arjuna e Keung tiraram os casacos e ficaram com a gente perto do fogo.

— Bom, pelo menos a gente pode dizer que tentou — Gwen disse enquanto expunha as costas ao fogo. Ela tinha deixado a túnica na capela e estava vestida com camiseta e calças normais.

— E agora? — perguntou Jody. — Viajar? Passear? Brincar com os brinquedos que sobraram antes que eles enferrujem e parem de funcionar? Ou vamos direto ao trabalho de começar a colônia?

Arjuna disse:

— Não levem a mal, mas, depois de doze anos de convivência íntima com vocês, eu bem que estava a fim de passar um tempo sozinha.

Keung se afastou dela com um ar brincalhão, mas concordou:

— É bem como eu me sinto. Ia gostar de ter um continente inteiro pra mim por um tempo.

Maria pareceu chocada.

— Esperem aí. Se a gente se separar, pode acontecer de alguns de nós ficarem para trás de novo se Deus voltar.

— Ele não vai voltar — Keung disse.

— E como você pode ter tanta certeza?

Ele deu de ombros.

— Na verdade, eu não tenho tanta certeza, mas não passei a vida inteira ignorando o assunto para começar a me preocupar com isso agora. Se Ele vier me buscar, bem, se não vier, amém. Tenho bastante coisa pra fazer enquanto estiver sozinho.

— Também me sinto meio assim — falei. — Queria ver o mundo por um tempo enquanto tenho a chance.

— Eu também — disse Jody.

Gwen se virou para ficar de frente para o fogo, dizendo por cima do ombro:

— O sistema de telefonia por satélite continua funcionando, então não deve ser difícil manter contato. Tem centenas de telefones celulares aqui mesmo no hotel, e aposto que pelo menos alguns deles ainda têm contas ativas, pagas automaticamente todo mês por cartão de crédito. Não deve ser difícil encontrar um telefone funcionando para cada um de nós. Claro que não é obrigatório bancar o turista. Quem quiser pode começar a estabelecer a colônia.

— Onde? — Hammad perguntou.

— No Mediterrâneo — Arjuna respondeu , ao mesmo tempo em que eu tinha dito "Califórnia".

— Califórnia.

Olhamos um para o outro por um momento, depois dei de ombros e continuei:

— Tudo bem, Mediterrâneo.

Um estrondo veio da parte de trás do alojamento.

— Pareceu um tiro — Gwen afirmou, e saiu correndo pelo corredor, gritando: — Dave! Dave! — O resto de nós foi atrás, seguindo Gwen de perto, mas antes peguei o atiçador da lareira. Talvez ele tivesse se suicidado, talvez não. Um atiçador de fogo não era lá grande coisa contra uma arma de fogo, mas parecia melhor que nada.

Encontramos Dave lá fora no deque olhando para o Rio Cobra, uma espingarda na mão e uma massa de penas e sangue espalhada pela neve. Dava para ver comida de passarinho espalhada entre as penas; era evidente que Dave tinha jogado umas sementes e esperado que alguma ave viesse comer. Pelo que dava para ver do que tinha sobrado dela, a ave não era muito maior do que um camundongo.

— Meio pequena pro jantar, não? — eu perguntei, encostando na ave com o atiçador e virando seu corpo para ver a parte de baixo.

— É um experimento — Dave disse. Fiquei contente de ver que ele estava tomando o cuidado de apontar a espingarda para longe de todo mundo. — Segundo Jesus, nem mesmo um pardal pode cair sem que Deus perceba. Achei que seria um teste bem fácil de fazer.

Jody tinha vindo perto de mim e estava examinando o pássaro.

— Teria sido se você conseguisse atirar num pardal. Isso é um canário.

Dave corou e todos nós rimos, mas ele falou:

— Não é a espécie; é o conceito.

— Tanto faz, parece que não funcionou.

— Acho que você deveria ter amarrado uma mensagem na patinha dele primeiro — afirmei.

— Pra isso tem que usar um pombo — Keung riu.

— Não é engraçado — Dave falou irritado. Ele respirou fundo e continuou: — Estou tentando chamar a atenção de Deus. Se vocês acham que isso é engraçado ou inútil, lamento, mas eu acho que é importante e vou continuar tentando de tudo até conseguir.

— Qual é a próxima tentativa? — Gwen perguntou para ele. — Sacrificar ovelhas? Reconstruir a Arca da Aliança?

— O que for preciso — Dave disse.

Percebi que eu estava tremendo e, quando o tremor não parou, percebi que todo mundo, fora Dave, tinha saído sem os casacos.

— Venha — falei para Jody. — Vamos entrar antes que a gente morra de frio.

Partimos na manhã seguinte para o Parque de Yellowstone. O resto da tripulação se separou indo para outras partes do globo, mas Jody e eu decidimos que, já que estávamos tão perto, podíamos visitar a maior atração turística do mundo. Encontramos um carro voador que ainda funcionava e cujo diagnóstico dizia que ainda iria funcionar por mais algumas centenas de horas, botamos nossos pertences na parte de trás e voamos baixo seguindo o vale do Rio Cobra, passando pelo Lago Jackson e entrando no parque. Ignoramos as rampas de acesso e os *trailers* que transportaram os turistas pelos últimos cinquenta anos, voando até depois da placa que avisava que era crime federal dirigir um veículo particular dentro dos limites do parque.

A floresta parecia não ter fim. Voamos seguindo o traçado da antiga estrada entre as árvores para poder ter uma visão melhor, inclusive vendo os animais que tornavam o parque famoso. Em partes do mundo onde a população humana tinha sido mais densa, o ecossistema ainda estava desordenado em função de nosso súbito desaparecimento, mas Yellowstone já tinha chegado a um equilíbrio sem a nossa presença antes da Segunda Vinda. Vimos alces e renas e búfalos andando lentamente como se fossem grandes limpa-neves de cascos, e chegamos a ver de relance um lobo bebendo de um riacho perto do Velho Fiel.

Os gêiseres provavelmente também seguiam sendo exatamente os mesmos de antes, mas, como estávamos só nós dois ali no deque de madeira em frente ao Velho Fiel, tive a sensação de estar vendo sua melhor erupção de todos os tempos. Vapor e água fervente subiam trinta metros no ar, e o chão tremia com a pressão.

— Sabe — Jody disse enquanto a erupção diminuía —, acabei de perceber a tolice que foi vir aqui bem neste momento.

— Como assim tolice? — perguntei.

— Se Dave conseguir chamar a atenção de Deus, a gente pode ter toda a eternidade vendo esse tipo de coisa acontecer.

Olhei para a colina fumegante de rochas vermelhas, depois para o brilhante campo de neve branco e para a floresta verde mais além.

— Você está falando da parte bonita ou da parte quente?

— Quem vai saber?

Verdade, quem tinha como saber? Eu tinha vivido uma vida perfeitamente moral, pelos padrões de um agnóstico, mas quem podia dizer que isso seria bom o bastante para Deus? Além disso, quem saberia se o Paraíso e o Inferno realmente existiam, mesmo agora? Jesus tinha vindo e levado todo mundo; mas, até onde a gente sabia, ele podia ter levado todo mundo para Andrômeda.

Mesmo assim, fiquei pensando se tinha sido uma boa ideia deixar Dave livre para procurar Deus. A tripulação tinha conversado sobre isso antes de se separar, mas nenhum de nós sabia o que mais dava para fazer quanto a ele. Dave não ia descansar até tentar tudo que pudesse imaginar, e nenhum de nós estava disposto a mantê-lo preso para evitar que ele fizesse isso. Acho que, depois da cerimônia religiosa e do incidente com o canário, no fundo nenhum de nós acreditava que ele ia conseguir, e por isso não estávamos mais tão preocupados. Todos esperávamos que ele fosse desistir depois de um tempo e voltar a ser o amigo e colega de tripulação normal – ainda que meio obsessivo – com o qual todos tínhamos aprendido a conviver.

Percebemos que tínhamos cometido um erro quando Gwen recebeu uma ligação dele alguns dias depois. Ela tinha formalmente renunciado ao título de capitã e voado para o Havaí, mas continuava agindo como nossa coordenadora. Dave ligou para descobrir onde todos estávamos e, quando ela perguntou o porquê, ele só disse que queria avisar para ninguém passar perto de Cheyenne, no Wyoming, ou de qualquer lugar que recebesse ventos de lá.

— Ventos? — perguntei quando Gwen ligou para repassar o recado. — O que ele está tentando desta vez?

Jody e eu estávamos de volta ao carro, viajando rumo norte para as águas termais de Mammoth. Um fantasma do rosto de Gwen olhou para nós pelo visor do telefone no para-brisa.

— Ele não quis me contar — ela respondeu. — Só disse para manter todo mundo longe do Centro-Oeste dos Estados Unidos por um tempo.

— Aposto que ele vai explodir uma bomba atômica — Jody afirmou. — Cheyenne é uma das bases da Aeronáutica onde era armazenado arsenal nuclear.

— Uma bomba atômica? — perguntou Gwen. — O que isso tem a ver com Deus?

— Talvez ele ache que a gente só precisa bater bem alto na porta para ser ouvido — afirmei, rindo.

— Tá, mas e a porta é onde? — Jody perguntou. — Com certeza, não é em Cheyenne. Eu já estive lá; é uma cidadezinha suja no meio do mato usada como sede de governo.

Meu sorriso sumiu.

— Não sei se a localização importa, mas eu apostaria no Grand Teton, levando em conta que foi lá que Jesus apareceu.

— Ele não iria jogar uma bomba atômica na cordilheira, iria? — Jody perguntou, horrorizada pela ideia.

— Sei lá — Gwen respondeu. — Provavelmente não ia ser o primeiro alvo dele, pelo menos. É provável que ele só lance um míssil para cair no Nebraska ou sei lá onde. Mas, se isso não der certo, pode ser.

Estávamos passando por um longo e estreito trecho desmatado, em meio a um oceano de pinheiros; tirei o pé do acelerador e o carro voador começou a parar, com neve flutuando em toda a sua volta.

— Ainda estamos em Yellowstone — falei para Gwen —, mas dá pra chegar a Cheyenne em... o quê? Umas quatro horas? Cinco? — Nós vínhamos perdendo tempo com o modo solo até ali, mas, se fosse preciso, era possível voar a qualquer altura.

— Não sei se esse é um bom plano — Gwen afirmou. — Não gosto da ideia de vocês dois indo em direção a uma explosão nuclear.

— Eu particularmente também não sou fã da ideia — respondi —, mas fico menos feliz ainda com a ideia de ele destruir toda uma cordilheira só para chamar a atenção de Deus.

— E avacalhar com o ecossistema bem quando ele está começando a se ajeitar — Jody acrescentou.

A neve tinha parado de girar à nossa volta. As turbinas do carro jogaram tudo para longe. Inclinei o manche para o lado até o carro dar meia-volta, depois forcei-o para cima e empurrei-o para a frente de novo. O carro subiu acima das árvores e começou a acelerar rumo ao sudeste.

Eu disse:

— Cheyenne em si deve ser território seguro. Afinal, é lá que Dave vai estar. Você acha que a gente deveria ligar e avisar que está indo para lá, ou é melhor tentar pegá-lo com a guarda baixa?

— Se a gente avisar que está a caminho, ele vai se esconder — Jody afirmou.

— Mas talvez ele não exploda a bomba, se pensar que vocês estão perto da área de explosão — Gwen retrucou.

— Talvez? — perguntei. — Você acha que ele está realmente doido?

— Talvez não doido de pedra — Gwen respondeu. — Eu não sei. Essa é uma questão que tem uma carga emocional muito grande para todos nós. Duvido que qualquer um de nós esteja agindo de maneira completamente racional, mas como podemos saber se estamos ou não? Estamos enfrentando uma situação totalmente nova.

— Eu não acho que explodir uma bomba atômica seja um ato racional — Jody disse.

— Nem se ele conseguir fazer Deus perceber que a gente está aqui?

— Principalmente nesse caso.

Gwen deu um sorriso irônico e constatou:

— Isso também não é totalmente racional, Jody.

— É o que eu acho.

— E Dave sem dúvida acredita que tem que fazer Deus voltar para buscá-lo.

— Sem dúvida. Bom, eu acho que tenho que impedir que ele faça isso.

Concordando com um aceno, Gwen falou:

— Só não vão morrer no processo.

Jody riu.

— Isso meio que iria contra o que eu estou tentando fazer, não?

Estávamos voando sobre um vale com ventos fortes mais ou menos cem quilômetros a noroeste de Cheyenne quando vimos a nuvem de cogumelo subir no horizonte.

Por um segundo fiquei atordoado demais para me mover, vendo o modo como a onda de choque subia numa concha esférica e como a superfície da nuvem se turvava e como a nuvem se agitava lá dentro. Depois, me lembrando de onde estávamos, gritei: "Jesus!" e puxei a alavanca de descida de emergência debaixo do painel. Foi a primeira vez que fiz isso em um carro; os air bags florescendo das portas, do teto e do painel me comprimiram contra o assento e bloquearam a minha visão por dez ou quinze segundos apavorantes enquanto o carro dava início à sequência de pouso automática e nos fazia cair como uma pedra. Sacudimos uma vez, bem forte, como uma rolha que cai na água, depois pousamos ruidosamente. Os air bags desinflaram e voltaram para seus compartimentos, e eu caí para a frente batendo no painel. Estávamos num ângulo de mais ou menos trinta graus, inclinados para a frente.

Jody conseguiu se proteger com as mãos antes de cair para a frente. Ela olhou pela janela e afirmou:

— Estamos em cima de uns arbustos.

Olhei pela janela do meu lado. Sem dúvida, um pequeno arbusto retorcido e cheio de protuberâncias mantinha a parte de trás do carro no ar. Não era uma boa posição para estarmos quando a onda de choque passasse por nós. Liguei o motor e levantei o manche para sairmos dali e, com um som parecido com o de cubos de gelo num liquidificador, o carro picou o arbusto em pedacinhos, atirando fragmentos cinza-azulados de folhagem para todo lado e deixando o ar saturado com um odor de planta que enchia os olhos d'água. Levantamos, apesar de tudo, e o vento nos empurrou para a frente por uns metros antes de eu conseguir fazer o carro pousar de novo. Ficamos ali vendo a nuvem subir e esperando que a explosão chegasse até nós.

E esperamos, e esperamos. O vento mudou um pouco, depois mudou de novo e, depois de um tempo, percebemos que não íamos sentir mais nada a essa distância, por isso, com cuidado, fiz o carro subir alguns metros e comecei a voar para sudeste de novo. O carro estava com uma vibração estranha depois do pouso no arbusto, mas continuava voando.

A nuvem em forma de cogumelo estava a leste quando nos aproximamos, o vento em diferentes altitudes lentamente fazia com que ela se desmanchasse. Estávamos nos movendo mais rápido que o vento e, à medida que nos aproximamos, percebemos que a bomba não podia ter explodido muito longe de Cheyenne.

Jody olhou para mim com uma expressão horrorizada.

— Achei que Gwen tinha falado que ele ia jogar uma bomba no Nebraska.

Eu também estava começando a ficar preocupado:

— Talvez tenha explodido no tubo de lançamento.

— É melhor a gente ligar e ver se ele está bem.

Eu não queria estragar nossa chance de pegar Dave de surpresa, mas imaginei que, se ele estivesse machucado, a gente devia saber.

— Ok — concordei, e Jody ligou para o número dele.

Quando o telefone tocou meia dúzia de vezes sem resposta, comecei a ficar realmente preocupado, mas aí o monitor do telefone se acendeu e o rosto dele apareceu à nossa frente:

— Dave falando.

Jody fez uma cara séria.

— Deus ligou e me disse pra mandar você parar com isso.

Por um breve momento, eu vi a esperança surgir no rosto de Dave. Depois ele fez uma cara séria e falou:

— Hilário. Você ligou só para me atazanar ou tem alguma coisa importante pra dizer?

— A gente ligou pra ver se você está bem. Aquela explosão pareceu bem perto da cidade.

— Foi dentro da cidade — afirmou Dave. — Na base aérea, na verdade, o que dá basicamente na mesma. Nenhum dos foguetes estava em condições de voar, então simplesmente explodi um dos mísseis ali mesmo.

— Onde você estava? — perguntei.

Dave riu.

— Colorado Springs. Centro de controle do NORAD. Tem quase um quilômetro de montanha em cima da minha cabeça neste momento, caso vocês estejam pensando em me impedir.

Com uma voz provocadora, Jody disse:

— Você não tem medo de que Deus deixe de ver você de novo?

Dave sacudiu a cabeça.

— Vocês não iam acreditar na rede de espionagem que eles montaram aqui. Tenho monitoramento de satélite do mundo todo. Se Ele aparecer, vou ficar sabendo, e vou explodir outra mais perto daqui. Ele vai saber que eu estou aqui.

E agora nós também sabíamos. Direcionei o carro para o sul.

— Você já parou para pensar em como Deus se sente em relação a bombas atômicas? — Jody perguntou. — Destruir uma parte tão grande do trabalho Dele pode deixá-lo irritado.

— É um risco que estou disposto a correr — Dave afirmou.

— Mas você está fazendo todos nós corrermos esse risco, e eu não estou disposta.

— Agora, não — Dave disse —, mas você vai me agradecer quando der certo.

— E se não der certo? Nenhum de nós vai agradecer por você jogar um monte de partículas radioativas no ar. A gente vai ter que viver aqui, Dave. Você também, provavelmente.

Ele riu.

— Foi o que os ambientalistas pensaram. Aí eles pararam de derrubar florestas e de queimar combustíveis fósseis, e tudo isso para quê? Os ambientalistas se foram e os combustíveis fósseis continuam aqui. Foi um completo desperdício.

Eu mal consegui acreditar no que estava ouvindo.

— Você acredita mesmo nisso? — perguntei.

— Acredito.

— Então você está bem pior do que eu imaginava.

Os olhos dele se fecharam um pouco:

— Ah, nem sei por que eu estou falando com vocês.

Ele pôs a mão para a frente e a imagem dele desapareceu.

Jody olhou para mim e concluiu:

— Acho que não vai ser fácil dominar o Dave. Se ele está no centro de comando do NORAD, eu nem sei se a gente vai conseguir ir até ele.

— A gente vai pensar em alguma coisa quando chegar lá — falei. Não era só a Jody que eu estava tentando convencer; estava tentando convencer a mim mesmo também. Eu não tinha a menor ideia do que a gente ia fazer, mas o que a gente podia fazer senão tentar?

O carro fez nossos planos mudarem de maneira inusitada quando estávamos um pouco ao sul da fronteira do Wyoming com o Colorado. A vibração nas turbinas traseiras vinha ficando cada vez pior, e eu tinha diminuído a altitude para reduzir a tensão sobre elas, esperando que isso nos permitisse chegar a outra cidade antes de o carro morrer completamente, mas ainda estávamos bem ao norte de Fort Collins quando a turbina direita parou com um barulho agudo e o carro se inclinou, bateu no chão, girou sobre o próprio eixo e capotou. Os air bags se inflaram para nos manter no lugar novamente, mas o que ficava na frente de Jody explodiu com um estrondo e ouvi o grito de surpresa que ela deu enquanto caía de cabeça no para-brisa.

— Jody! — Tentei alcançá-la em meio aos air bags que continuavam me mantendo no lugar. Fomos derrapando até parar, mas com o carro de cabeça para baixo os air bags demoraram para desinflar, para não cairmos no teto e quebrarmos o pescoço. Consegui passar pela brecha entre meu air bag dianteiro e o que ficava entre os assentos. Jody estava no vazio entre o teto e o para-brisa curvo, com o rosto coberto do sangue que saía de um talho na testa. Ela tateava em busca de algo que servisse como ponto de apoio para se levantar.

A primeira coisa que me ocorreu foi que Jody devia ficar deitada e imóvel para o caso de ter machucado o pescoço ou a coluna, mas então percebi que não havia espaço suficiente para isso e que provavelmente era melhor que ela se sentasse reta. Peguei a mão dela e a ajudei a se virar até que ela conseguisse se sentar no teto. Os bancos estavam acima de nossas cabeças.

— Você quebrou alguma coisa? — perguntei enquanto procurava um kit de primeiros socorros no vão entre os bancos e o chão.

— Não sei — disse ela flexionando os braços e as pernas. — Acho que não. — Ela levou uma mão à testa para tirar o sangue da frente dos olhos ao mesmo tempo em que piscava para limpá-los. — Os dois olhos estão bem — afirmou, depois de um momento. A voz dela estava um pouco arrastada, mas extremamente calma, resultado de anos de treinamento para emergências.

Não consegui encontrar o kit de primeiros socorros, então rasguei uma tira de tecido da minha camiseta e usei para limpar o sangue do ferimento dela. Ela deu um espasmo quando sequei o corte, mas fiquei contente de ver músculo, e não osso, antes de o sangue voltar a brotar.

— Acho que você vai sobreviver — falei, tentando evitar que ela percebesse a preocupação na minha voz. Os ferimentos provavelmente não eram grandes o suficiente para matá-la, mas uma noite exposta ao frio do Colorado durante o inverno era outra coisa. Abaixei-me para poder olhar pelas janelas. O sol ainda estava um bom tanto acima das montanhas. Tínhamos mais algumas horas de luz solar, mas eu não via nenhuma casa e não sabia até onde conseguiríamos andar para encontrar uma. O vento não estava tão forte aqui como tinha estado mais ao norte, mas continuava forte o suficiente para diminuir a sensação térmica uns vinte graus. O vento já estava acabando com o calor do interior do carro.

Jody vinha pensando mais ou menos nas mesmas coisas.

— De uma hora pra outra, não estou tão feliz com o fato de o mundo estar vazio — afirmou ela.

— Nós ainda não estamos encrencados — falei. — Primeiro, porque o mundo não está vazio.

Peguei o telefone do carro, apertei os números de cabeça para baixo e aguardei, esperando que o transmissor conseguisse fazer contato com a antena debaixo de nós.

— Para quem você está ligando? — Jody perguntou. — Dave?

— Exato. Ele é o único que está em algum lugar perto da gente.

— E por que você acha que ele vai ajudar a gente?

— Não sei se vai. Mas perguntar não ofende.

Esperamos uns dez ou quinze segundos enquanto o telefone tentava fazer a conexão. Finalmente vimos um fantasma cintilante, enevoado no para-brisa, e a voz de Dave, cheia de estática, disse:

— O que foi agora?

— É o Gregor — respondi. — A gente sofreu um acidente um pouco ao norte de Fort Collins. A Jody se machucou. Você pode vir ajudar?

O rosto dele, de cabeça para baixo, olhou desconfiado para nós.

— Isso é um truque para me tirar daqui.

— Não, não é — afirmou Jody. — Olhe aqui.

Ela se inclinou na frente da câmera e tirou a tira de tecido empapada de sangue da frente da testa. A expressão de Dave ficou um pouco mais empática, mas não o suficiente.

— Lamento — disse ele. — Vocês criaram o problema, vocês que resolvam.

— Dave, a gente não está pedindo um favor. A gente pode morrer de hipotermia aqui — expliquei.

— Deixe de ser melodramático. Vocês sabem se virar... — A imagem dele sumiu por um instante, depois voltou. — Devem ter levado casacos e gorros e tudo.

— Estamos em um carro virado de ponta-cabeça no meio do nada e você está dizendo pra gente colocar os casacos? Puta que pariu, a Jody está machucada! A gente precisa ir a um hospital e ver se ela quebrou alguma coisa. Ela pode estar com uma hemorragia interna.

Era difícil ler a expressão dele na imagem nublada e de cabeça para baixo. Achei que ele estivesse irritado, depois por um instante a carranca dele se desfez.

— Tá bom — disse ele. — Eu vou. Vai demorar um pouco para sair da montanha, e uma hora ou duas pra chegar aí e encontrar vocês. Aguentem firme.

Então, antes que qualquer um dos dois pudesse dizer alguma coisa, ele desligou.

Pensei por um momento na súbita mudança de ideia dele. Aquilo não me soou bem, e não demorou muito para eu me dar conta do motivo.

— O filho da mãe não vem.

Jody virou-se para mim com um olhar cortante.

— Quê? Ele acabou de dizer...

— Ele quer que a gente pense que ele vem, mas vai esperar que a gente morra de hipotermia. Pense bem. Que jeito melhor de chamar a atenção de Deus do que mandar um par de almas livres bater na porta do Céu?

— Mas... ele... será que ele faria isso?

— Claro que sim. Ele acabou de dizer. Ele vai levar "um tempo" para sair da montanha, e "um tempo" para vir voando até aqui, e mais "um tempo" para encontrar a gente. Ele vai dar um jeito de fazer tudo isso levar um bom tempo, para que, quando ele chegar aqui, possa dizer honestamente que tentou resgatar a gente, mas que acabou chegando tarde demais.

Ela sacudiu a cabeça e disse:

— Não, eu acho que ele não faria isso.

— Eu acho. Não vou ficar esperando para descobrir do jeito mais traumático.

— O que você vai fazer?

Peguei nossos casacos debaixo dos bancos de trás. Enquanto ajudava Jody a vestir o dela, falei:

— Vou andar na direção de Fort Collins e ver se encontro uma casa ou um outro carro que funcione. Só vou andar até um ponto de onde eu possa voltar antes que escureça.

Ela pensou nisso, depois disse:

— Muito bem. Enquanto você faz isso, vou ligar para Gwen e ver quem mais pode vir buscar a gente.

— Ótimo.

Peguei meu casaco, o gorro e as luvas, depois abri a janela e saí para o chão gelado. Uma rajada de ar frio fez a neve entrar num turbilhão. Me abaixei para jogar um beijo para Jody, depois recuei e fiz questão de ver se ela tinha fechado bem a janela antes de me levantar.

O carro era um objeto oblongo e escuro contra a neve branca; não ia ser muito difícil achá-lo de novo se eu voltasse antes de escurecer. Comecei a andar na direção onde eu esperava que a cidade estivesse, me virando para trás periodicamente para ter certeza de que poderia encontrar o carro novamente até que o relevo o tirou do meu campo de visão. O sopé das montanhas do Colorado não tinha nem de perto a mesma quantidade de neve que havia em Yellowstone, mas era o suficiente para deixar boas pegadas. Levaria algumas horas para que elas desaparecessem, por isso eu não estava muito preocupado. Me arrastei, mãos nos bolsos e cabeça inclinada para evitar que o vento entrasse pela gola do casaco, procurando qualquer indício de civilização.

Enquanto andava, percebi o quanto iria odiar viver uma vida primitiva depois que todas as máquinas parassem de funcionar. A essa altura, eu seria um velhinho, provavelmente tendo de ir a pé pra todo lugar.

Talvez tivesse até de queimar lenha para me manter aquecido, dependendo de quanto tempo durasse a unidade de geração de energia da colônia. Não era à toa que Dave estivesse tão desesperado para fazer com que Deus voltasse para buscá-lo.

Pensei em Jody me esperando no carro, possivelmente morrendo por causa dos ferimentos ou de hipotermia antes de eu conseguir voltar. Naquele momento, eu não achava ruim a ideia de um Deus que estivesse zelando por nós, desde que Ele de fato fizesse algo para nos ajudar se a gente precisasse. Mesmo que Ele não quisesse – ou pudesse – manter Jody viva, a ideia de que eu poderia de alguma forma me encontrar com ela depois que nós dois morrêssemos era pelo menos um pequeno consolo. Não um grande consolo, porque eu jamais poderia ter certeza de que iria acontecer até que acontecesse, mas a possibilidade me faria seguir em frente por um tempo.

Ocorreu-me então que, se Jody morresse, eu podia muito bem me unir a Dave na sua busca. Mas ela não ia morrer. Eu só precisava encontrar um abrigo e nós dois íamos ficar bem.

Acabei vendo aquilo que estava procurando no fundo de um pequeno vale: uma casa e um celeiro construídos no meio de algodoeiros altos e nus. Havia dois veículos estacionados em frente e uma longa e tortuosa estrada que levava até a casa, saindo de uma rodovia à minha esquerda. Continuei andando sobre a neve em linha reta até a casa.

Ela estava mais distante do que parecia, mas cheguei lá exatamente quando o Sol tocava as montanhas. A casa estava aberta, por isso não precisei arrombar a porta. Também estava com o aquecimento desligado, mas, em comparação com o ar lá fora, parecia uma maravilha. Tentei ligar para Jody do meu celular, mas abri o aparelho e vi que a tela tinha uma rachadura imensa e não acendia. Aparentemente eu tinha caído em cima do telefone no acidente. O telefone fixo da casa também estava desligado; não era nenhuma surpresa, depois de quatro anos nesse clima. Mas encontrei um gancho na porta dos fundos com um molho de chaves pendurado, que levei para fora e testei nos veículos.

Na frente da casa, havia um carro voador e uma picape de quatro rodas. O carro voador estava tão inutilizável quanto o telefone, mas a picape se mexeu para a frente quando girei a chave. Pisei na embreagem e tentei de novo, e fui recompensado com o gemido de uma bateria que começava a funcionar. O carro estava com pouca energia, mas calculei que não precisava de muita coisa para chegar até Jody e voltar.

Enquanto a bateria girava, chequei o porta-luvas em busca de um telefone que funcionasse, mas só encontrei um monte de chaves de boca e fusíveis. Isso não era muito reconfortante. Soltei a embreagem lentamente e a caminhonete começou a ir adiante, então saí da frente da casa e comecei a fazer meu caminho, balançando e deslizando em direção à rodovia. Eu tinha ouvido dizer que veículos com rodas atolavam com facilidade na neve, por isso imaginei que devia dirigir no asfalto enquanto fosse possível até me aproximar e então tentar continuar pela neve.

Foi uma boa ideia, e teria funcionado se não fosse uma grande derrapada a mais ou menos um quilômetro da casa num ponto em que a pista atravessava o fundo do vale e começava a subir rumo ao outro lado. Percebi tarde demais que a estrada não estava nivelada com o terreno e, ao bater no banco de neve, tremendo enquanto se enfiava mais alguns metros até estacar, a caminhonete parou completamente. Eu não conseguia ir para trás nem para a frente, nem quando deixei o carro em ponto morto e desci para empurrar.

Evidente que não havia nenhuma pá na caminhonete. Eu ia precisar voltar para a casa para pegar uma. Xingando minha própria burrice por não ter antecipado isso, segui o rastro dos pneus para voltar até a casa.

Estava começando a escurecer quando cheguei à casa de novo, por isso fucei nas gavetas da cozinha até encontrar uma lanterna que funcionasse, depois fui até o celeiro e encontrei uma pá. Corri até a caminhonete e comecei a cavar a neve para tirá-la de lá, torcendo para que Jody não estivesse muito preocupada por eu ainda não ter voltado. Ela estava a apenas um quilômetro ou dois dali; se eu tomasse cuidado para não ficar atolado de novo, podia chegar lá em questão de minutos.

Eu tinha acabado de cavar uma trilha para a roda esquerda e estava começando a cavar do lado direito quando vi uma luz brilhante descendo na minha direção, vindo do sul. Ela passou por mim, ainda diminuindo a altitude, indo bem em direção ao carro. Dave.

— Olha só — gritei. — Não é que ele veio mesmo?

Encostei na picape por um momento, recuperando o fôlego. Agora eu não precisava me acabar fazendo aquilo; ele e Jody logo viriam me buscar.

Se é que eles iam conseguir me achar. Meus rastros seriam bem difíceis de seguir em um carro voador e, se eles não vissem a casa na fazenda, seria bem fácil não me ver na estrada numa caminhonete.

Pus a mão dentro da picape e liguei os faróis. Isso ia ajudar. Mas também comecei a cavar de novo.

Dez minutos mais tarde, terminei de abrir a trilha para a outra roda. Eles ainda não tinham voltado para me buscar. Subi na caminhonete, liguei o motor e soltei a embreagem, mas ela não se mexeu.

Saí de novo com a pá, dessa vez tirando a neve debaixo do veículo. Levei mais uns quinze minutos. Quando tentei de novo, o carro se mexeu um pouco e eu o embalei para trás e para a frente até que começasse a andar, depois segui pela estrada o mais rápido que pude. Algo estava errado.

Dave tinha deixado a luz de pouso acesa. Assim que cheguei à parte de cima do vale, vi o brilho, virado direto para nosso carro de ponta cabeça. Dava para ver alguém parado de pé do lado do carro, mas não tinha como saber se era Dave ou Jody.

A estrada virou para o lado errado. Amaldiçoando minha sorte, acelerei a picape e saí da estrada, andando sobre pedras e arbustos, tentando mudar de direção toda vez que os pneus tocavam no chão. Os pneus giravam e o motor elétrico rugia em protesto, mas continuei pisando fundo no acelerador enquanto a picape ia aos solavancos na direção dos dois carros voadores. À medida que me aproximava, deu para ver que era Dave parado de pé na luz, e Jody estava deitada no chão à frente dele. Ela não se mexia.

Abri o porta-luvas bem quando a caminhonete passou por um buraco grande, espalhando chaves de boca pelo banco e pelo chão. Peguei uma das maiores com a mão direita enquanto derrapava até parar ao lado do carro de Dave, saltei com o braço erguido e gritei:

— O que foi que você fez com ela?

Ele nem tentou se defender. Só ficou parado ali com um sorriso devoto no rosto e disse:

— Vá em frente. Não importa. Vou até dizer para Deus que foi justificado.

— Não vai ser com Deus que você vai falar — afirmei. Ergui a chave para bater na cabeça dele, mas com ele bem diante de mim, descobri que não conseguia fazer isso. Nem com Jody deitada no chão à nossa frente.

Ele tinha tirado o casaco e as luvas dela. O rosto e as mãos de Jody estavam brancos como a neve e não se via respiração saindo ou entrando pela boca aberta.

— A gente devia ter se dado conta desde o começo: um de nós ia ter que ir até Ele em nome do resto — Dave me falou enquanto eu me debruçava para sentir a pulsação dela. — Eu mesmo teria ido depois que pensei nisso, mas Jody já estava tão perto que pensei que podia ser ela. Na verdade, não importa.

Não vi qualquer ferimento além do corte na testa. Ela devia estar inconsciente quando ele chegou, ou ele deu algum jeito de fazer com que ela ficasse desorientada. Não senti o pulso dela, mas meus dedos estavam tão frios de cavar na neve que provavelmente eu não teria sentido nem a minha própria pulsação. Me debrucei sobre ela e tentei sentir a respiração no meu rosto, mas não senti nada. Sem saber o que fazer, cobri sua boca com a minha e soprei ar dentro de seus pulmões.

Dave me pegou pelo colarinho.

— Não, eu não posso permitir isso. Você não pode trazer Jody de volta até a gente ter certeza de que ela cumpriu a missão.

Com um movimento rápido, levantei e bati na têmpora esquerda dele com a parte achatada da chave. A cabeça dele sacudiu para o lado, e ele caiu sentado, com um baque que levantou neve em volta de seu corpo. Voltei a me debruçar sobre Jody.

Cinco compressões do peito, respiração, cinco compressões do peito, respiração, várias e várias vezes. Depois de uma eternidade, ela tremeu, respirando com dificuldade por conta própria, e gemeu.

Gritei de alegria e carreguei Jody nos braços até o carro de Dave, coloquei-a no banco de passageiro e liguei o aquecedor no máximo.

Dei a volta no carro e entrei pela porta do motorista. Ela acordou gritando quando fechei a porta, depois viu que era eu e deitou-se de novo no banco.

— Nossa, você me assustou! — exclamou ela. — Tive um sonho muito lou... espere.

Ela olhou o carro em que estava, um veículo muito maior do que aquele em que estávamos voando.

— Este é o carro do Dave — ela afirmou após um momento. — Ele veio.

— Exato, e ele também arrastou você para fora do carro para deixar você morrer.

Olhei para fora para ter certeza de que ele continuava deitado onde tinha caído. Só tive tempo de perceber que ele não estava ali quando a porta ao meu lado se abriu e lá estava ele com a chave de boca na mão.

Fui em direção aos controles de altitude, mas ele estendeu o braço e bateu na minha mão antes que o carro começasse a se mexer.

— Nada disso — disse ele. — Saia. A gente vai terminar esse experimento de um jeito ou de outro.

Coloquei minha mão direita, subitamente amortecida, sobre a mão esquerda, tentando descobrir se eu conseguiria fechá-la e se daria para fazer algo que prestasse com meu punho caso eu conseguisse.

Jody se inclinou para que ele pudesse vê-la.

— Já terminou — afirmou ela.

— Como assim? Não pode ser. Você ainda está viva.

Ela riu.

— Estou viva de novo, idiota. Eu estava morta. Eu estive lá. Vi os portões do seu precioso Paraíso, e eles estão fechados.

— Você esteve lá? — perguntei.

— Fechados? — Dave falou.

— Sim.

Os olhos de Jody tinham o brilho do fogo elementar quando ela encarou Dave.

Dave deixou a chave cair no chão. Com voz baixa, disse:

— Me deixe entrar. Está frio aqui fora.

Pensei naquilo por um momento, preferindo a ideia de deixá-lo ali fora mais um pouco, mas Jody falou:

— Pode abrir, tem uma coisa que eu quero contar pra ele.

Então, inclinei meu banco para a frente e deixei que ele entrasse no banco traseiro. No momento em que ele se sentou, puxei a alavanca de controle e levei o carro a uns cem metros de altitude.

— Aonde você está indo? — ele perguntou.

— Alto o suficiente para você pensar duas vezes antes de tentar alguma gracinha — respondi.

— Ele não vai tentar nada — Jody disse. — Nem agora nem nunca mais.

— Por que você tem tanta certeza? — perguntei.

Ela sorriu como uma matilha inteira de lobos em torno de um cervo.

— Porque, se ele tentar, pode se machucar. Se vocês acham que é solitário deste lado do muro, esperem só pra ver o que está à nossa espera do lado de lá.

— O quê? — Dave perguntou, se inclinando entre os assentos dianteiros. — O que você viu?

Ela tinha um olhar distante.

— Encontrei o lugar onde o Paraíso ficava. No fim de um longo túnel de luz. Não havia portões na verdade; era uma espécie de... de lugar. É difícil descrever fisicamente. Mas dava para dizer que era para lá que eu devia ir, e dava para saber que estava fechado.

— Permanentemente? — Dave perguntou.

— Foi a minha sensação. Só havia a memória de uma porta, não havia a impressão de que surgiria outra. Por isso dei meia-volta, mas no começo não consegui achar o caminho de volta. Fiquei andando à toa por um tempo antes de esbarrar com o caminho. Se Gregor não tivesse mantido meu corpo funcionando, acho que eu não teria encontrado.

— Andando à toa por onde? — Dave disse. — Como era lá?

— Uma neblina — Jody respondeu. Sua voz estremeceu enquanto acrescentava: — Eu era só um ponto de vista sem corpo, sem forma, uma neblina cinza. Não havia nenhum som, nenhum odor; eu não tinha como ouvir ou cheirar ou tocar. Nem tenho certeza de que estava vendo algo. Não tinha nada lá para ver.

— Então como você sabia onde o seu corpo estava?

— Do mesmo jeito que você sabe onde está o seu queixo. Simplesmente estava lá. — Jody se virou para a frente e se recostou no banco. — Olha só, estou cansada e minha cabeça está doendo e eu já morri uma vez a mais do que gostaria hoje. Só quero descansar um pouco. Amanhã conto tudo.

Mais tarde, depois de colocarmos bandagens na cabeça dela e de termos certeza de que não havia outros ferimentos, pegamos a suíte nupcial na cobertura do Fort Collins Hilton. Dave ficou em um dos quartos no andar inferior. Eu queria colocá-lo na cadeia da cidade, mas Jody não deixou.

— Agora ele é inofensivo — ela me disse enquanto nós dois estávamos deitados na cama enorme, uma dúzia de cobertores para nos deixar aquecidos e a mesma quantidade de velas para iluminar o quarto. — Agora ele vai acreditar em qualquer coisa que eu disser. Além disso, a gente precisa dele. A melhor coisa que a gente pode fazer é tratar Dave como um alcoólatra em processo de reabilitação ou algo do gênero, e simplesmente deixar que ele se integre nas nossas vidas o mais rápido possível.

— Deixar que ele se integre nas nossas vidas? — perguntei incrédulo. — Depois do que ele fez com você? Ele matou você. Você estava morta!

Ela deu uma risadinha.

— Bom, eu não tenho tanta certeza.

— Hein? E aquela história de túnel de luz, e os portões do Paraíso e tudo mais?

Ela baixou a voz e falou num sussurro.

— Era um vácuo absoluto. Eu disse o que ele queria ouvir. Bom, pelo menos o que eu queria que ele ouvisse.

Olhei para ela à luz tremulante da vela, estupefato.

Ela deu de ombros.

— Eu não me lembro de nada desde o momento em que Dave me nocauteou até o momento em que acordei com você do meu lado.

— Sério?

— Sério.

— Nesse caso, você é uma atriz de primeira.

— Ótimo, porque eu quero que ele esteja convencido.

Pensei sobre aquilo.

— Mesmo que a gente não esteja? — perguntei depois de um tempo.

— O quê?

— Você quer que Dave esteja convencido, mas nós ainda estamos na mesma de antes. Continuamos sem saber absolutamente nada sobre o que nos espera quando morrermos.

Ela deu outra risadinha e se aninhou mais perto de mim debaixo das cobertas.

— Então, se Deus existe, Ele é justo — disse ela. — Afinal, eu sou agnóstica, e não ia aceitar as coisas de outro jeito.

Gene Wolfe – talvez mais conhecido por sua épica série em múltiplos volumes *The Book of the New Sun* – é autor de mais de duzentos contos e de trinta romances, venceu várias vezes o Nebula e o World Fantasy Award, e já chegou a ser elogiado como "o maior escritor de língua inglesa vivo" pelo escritor Michael Swanwick. Seus romances mais recentes são *The Sorcerer's House*, *Home Fires* e *The Land Across*.

MUDO

GENE WOLFE

Esta história fala de duas crianças que voltam para casa e descobrem que ela está vazia, e que são forçadas a crescer às pressas. O conto apareceu inicialmente no livro-programa da World Horror Convention de 2002, para a qual Wolfe foi convidado de honra. No mesmo livro, Neil Gaiman deu alguns conselhos sobre como ler Gene Wolfe. Os dois primeiros pontos de seu ensaio eram:

1) Confie implicitamente no texto. As respostas estão lá.

2) Não confie no texto além da distância a que você pode arremessá-lo, talvez menos ainda. É um texto trapaceiro e desesperado, que pode explodir nas suas mãos a qualquer momento. Tenha isso em mente ao ler esta história. E, ao terminar, talvez você queira seguir também o terceiro conselho de Gaiman: "Releia. É melhor da segunda vez".

Jill não tinha certeza de que aquilo era um ônibus, embora o formato fosse o de um ônibus e a cor lembrasse a de um ônibus. *Para começo de conversa*, ela disse para si mesma, *Jimmy e eu somos as únicas pessoas. Se é um ônibus escolar, por que não tem outras crianças? E se for um ônibus que pagamos assim que subimos, por que não tem ninguém entrando? Além disso, tinha uma placa dizendo PARADA DE ÔNIBUS, e ele não parou.*

A estrada era estreita, cheia de rachaduras e interrupções; o ônibus negociava sua passagem lentamente. Árvores se fechavam sobre o caminho para impedir a passagem do sol, cediam por um momento ou dois, depois voltavam a se fechar.

Parecia que duraria para sempre.

Não havia carros na estrada, nem caminhonetes ou SUVs, e nenhum outro ônibus. Eles passaram por uma placa enferrujada com uma figura de uma menina montada a cavalo, mas não havia meninas nem cavalos. Um cervo com olhos grandes e inocentes estava parado ao lado de uma placa que mostrava um coelho saltitante e olhou o ônibus deles – se é que era mesmo um ônibus – passar rugindo. Aquilo fez Jill se lembrar de uma figura em um livro: uma menininha com longos cabelos louros com o braço em torno do pescoço de um cervo igualzinho. A menina encontrava animais ruins e gente feia e horrorosa o tempo todo; e Jill tinha a impressão de que o autor tinha sido gentil ao dar esse descanso a ela. Jill olhava para as outras figuras com um fascínio horrorizado, depois voltava para essa figura com uma sensação de alívio. Havia coisas más, mas também havia coisas boas.

— Você se lembra do cavaleiro caindo do cavalo? — ela sussurrou para o irmão.

— Você nunca viu um cavaleiro, Jelly. Nem eu.

— No meu livro. A maioria das pessoas que aquela menina encontrava era tenebrosa, mas ela gostava do cavaleiro e ele gostava...

A voz do motorista interrompeu a dela.

— É bem ali que a mãe de vocês está enterrada — ele apontou, tossindo. Jill tentou olhar, e só viu árvores.

Depois disso, ela tentou se lembrar da mãe. Não lhe ocorria nenhuma imagem, nenhum tom de voz, e ela não se lembrava de palavras. Houve uma mãe. A mãe deles. A mãe dela. Jill amava a mãe, e a mãe amava Jill. Ela se agarraria a isso, ela prometeu. Isso eles não podiam enterrar.

As árvores deram lugar a um muro de pedra interrompido por um grande portão de barras retorcidas, um portão ladeado por pilares de pedra sobre os quais leões de pedra se agachavam e olhavam. Uma placa de ferro sobre as barras de ferro dizia "COLINA DOS ÁLAMOS".

Portão, placa, pilares e leões tinham quase ficado para trás antes de ela conseguir respirar. O muro de pedra continuou e continuou, com árvores em frente e mais árvores atrás. Amieiros à frente, ela decidiu, e bordos e bétulas atrás. Nada de álamos.

— Eu já li o seu livro de histórias?

Ela fez que não com a cabeça.

— Eu achava que não mesmo. Eu sempre ia ler, mas nunca consegui. Era bom?

Ao ver a expressão dela, ele colocou o braço em torno de Jill.

— Você não perdeu ele pra sempre, Jelly. Tá bom? Pode ser que eles mandem.

Quando ela secou os olhos, o ônibus tinha saído da estrada e estava subindo uma rua tortuosa em meio às árvores. Ele reduziu a velocidade para fazer uma curva, depois reduziu mais. Virou de novo. Pelo para-brisa, ela viu de relance uma casa grande. Um homem com um paletó de *tweed* parecia estar na porta dos fundos, fumando cachimbo.

O motorista tossiu e cuspiu.

— Esta aqui é a casa do pai de vocês — ele anunciou. — Ele deve estar em algum lugar por aí, e vai ficar feliz de ver vocês. Sejam bons meninos pra ele não se arrepender de ter ficado feliz, estão me ouvindo?

Jill fez que sim.

O ônibus parou e a porta se abriu.

— É aqui que vocês descem. Não esqueçam as malas.

Ela não ia esquecer a mala, mesmo que ele não tivesse lembrado. Ali estavam todos os pertences mundanos que ela teve permissão de levar, e ela a carregou sem dificuldade. O irmão foi na frente carregando a própria mala e a porta se fechou depois de eles terem descido.

Ela olhou para a porta dos fundos da casa. Estava fechada.

— O pai estava ali — afirmou ela. — Eu vi.

— Eu não — disse o irmão dela.

— Ele estava de pé na porta esperando a gente.

O irmão deu de ombros.

— Talvez o telefone tenha tocado.

Atrás deles, o ônibus recuou, foi para a frente, recuou pela segunda vez, e começou a descer a rua. Jill acenou:

— Espere! Espere um minuto!

Se o motorista ouviu, não deu sinal disso.

— A gente devia entrar na casa — afirmou ela.

O irmão se afastou andando.

— Ele deve estar lá dentro esperando a gente.

— Pode ser que esteja trancada.

Relutante, Jill seguiu o irmão.

Não estava trancada, nem mesmo encostada o suficiente para eles terem de girar a maçaneta. Havia folhas no chão da ampla cozinha, como se a porta tivesse ficado aberta por horas enquanto o vento soprava. Jill fechou bem a porta depois de entrar.

— Talvez ele esteja... — a voz do irmão falhou — lá na frente.

— Se ele estivesse falando no telefone, a gente ia ouvir.

— Não se a outra pessoa estivesse falando.

O irmão já tinha visto o suficiente da cozinha.

— Venha — ele a chamou.

Ela não foi. Havia um forno elétrico com resistores que brilhavam, mudando de carmesim para um escarlate ardente, uma geladeira com meio quilo de queijo e duas garrafas de cerveja dentro, e uma despensa cheia de latas. Havia pratos, panelas, frigideiras, facas, colheres e garfos de sobra.

O irmão voltou.

— A tevê está ligada na sala, mas não tem ninguém lá.

— O pai tem que estar por aqui — Jill disse. — Eu vi.

— Eu não.

— Bom, eu vi.

Ela seguiu o irmão por um amplo salão com janelas altas e escuras de um lado, passou pela porta grande para uma imensa sala de jantar onde não havia ninguém comendo e para uma sala de estar onde meia dúzia de motoristas podiam ter estacionado meia dúzia de ônibus, cheia de luz do sol.

— Um homem fez isso — afirmou ela, olhando em volta.

— Fez o quê?

— Aqui. Um homem escolheu essa mobília, os tapetes e tudo.

O irmão apontou.

— Dá uma olhada ali. Tem uma cadeira feita de chifres. Achei maneiro.

Ela fez que sim com a cabeça.

— Eu também. Mas eu não ia comprar. Uma sala é... é uma moldura, e as pessoas nela são os retratos.

— Você é doida.

— Não sou, não — disse ela sacudindo a cabeça para se defender.

— Você está dizendo que o pai comprou essas coisas pra ficar bonito.

— Para ficar com a imagem certa. Não dá pra deixar alguém bonito. Se a pessoa não é bonita, não é bonita. Não tem o que fazer. Mas dá pra passar a imagem certa e isso é mais importante. Todo mundo passa a imagem certa no lugar certo. Se você tivesse uma foto do pai...

— Eu não tenho.

— Se você tivesse. E você fosse comprar um porta-retratos pra essa foto. E o sujeito da loja dissesse que você poderia pegar qualquer um. Você ia pegar um porta-retratos todo preto com flores prateadas?

— Claro que não!

— Então. Mas eu ia gostar de uma foto minha num porta-retratos assim.

O irmão dela riu.

— Um dia eu faço pra você, Jelly. Você reparou na TV?

Ela fez que sim com a cabeça.

— Vi assim que a gente entrou. Só que não dá pra ouvir o que o sujeito está falando, porque está no mudo.

— Pra ele poder falar no telefone, talvez.

— Em outra sala? — O telefone estava numa mesinha perto da TV; ela o tirou do gancho e o pôs no ouvido.

— Qual é o problema? Você ouviu o pai?

— Não.

Delicadamente, ela pôs o telefone no gancho de novo.

— Não tem nenhum barulho. Não está ligado.

— Então ele não está no telefone em outra sala.

Não era lógico, mas ela estava exausta demais para discutir.

— Acho que ele não está em lugar nenhum da casa — disse o irmão.

— A TV está ligada. — Ela se sentou em uma cadeira de madeira envernizada, com estofado marrom e laranja. — Foi você que acendeu aquelas luzes?

O irmão fez que não com a cabeça.

— Além disso, eu vi o pai. Ele estava em pé perto da porta.

— Está bem.

O irmão dela ficou em silêncio por um momento. Ele era alto e louro, como o pai, com um rosto que já começava a descobrir ter sido feito para a seriedade.

— Eu teria ouvido o carro se ele tivesse saído. Fiquei prestando atenção pra ver se ouvia alguma coisa assim.

— Eu também.

Ela estava com a sensação, embora não tenha dito isso, de que havia uma presença nesta casa vazia que fazia as pessoas ouvirem. Ouvir, ouvir. O tempo todo.

"MUDO", dizia a tela, e a TV não fazia nenhum som.

— Queria saber o que o cara na TV está dizendo — ela falou para o irmão.

— Está no mudo, e não consigo achar o controle remoto. Já procurei.

Ela ficou quieta, se ajeitou de novo no estofado marrom e laranja e olhou para a tela. A cadeira dava a ela a sensação de estar dentro de alguma proteção, ainda que pequena.

— Quer que eu troque de canal?

— Você disse que não conseguiu achar o controle.

— Tem botões.

Ele abriu um painel que ficava ao lado da tela.

— Ligar e desligar. Canal, pra cima e pra baixo, volume, pra cima e pra baixo. Só não tem botão de Mudo.

— A gente não precisa de um botão de Mudo — ela sussurrou. — A gente precisa de um botão de Des-Mudo.

— Quer trocar de canal? Olha só.

O próximo canal era uma tela cinza com linhas onduladas e a palavra MUDO em amarelo no canto, mas o canal seguinte tinha uma mulher bonita e amistosa sentada a uma mesa, falando. O MUDO em amarelo estava no canto da tela também. Ela estava com um lápis amarelo bem afiado na mão, e brincava com ele enquanto falava. Jill queria que ela parasse de brincar e escrevesse algo, mas ela não fez isso.

O canal seguinte mostrou uma rua quase vazia e o MUDO em amarelo. A rua não estava totalmente vazia porque tinha duas pessoas, um homem e uma mulher, deitados. Eles não se mexiam.

— Você quer ver isso?

Jill sacudiu a cabeça e disse:

— Volta pro cara que o papai estava vendo.

— O primeiro?

Ela fez que sim com a cabeça, e os canais foram passando na tela.

— Você gosta... — O irmão congelou no meio da frase. Os segundos se arrastaram, com medo e uma certa culpa.

— Eu... — Jill começou.

— Shhh! Tem alguém andando no andar de cima. Está ouvindo? — O irmão saiu correndo da sala.

Ela, que não tinha ouvido nada, murmurou para si mesma.

— Eu não gosto nadinha dele. Mas ele fala mais devagar que a mulher, e acho que talvez eu possa ler os lábios se eu ficar olhando por tempo suficiente.

Ela tentou e, entre uma tentativa e outra, procurava o controle remoto.

Não tinha ninguém lá em cima, mas havia um grande quarto com duas camas pequenas, uma na parede leste e outra na parede sul, com três janelas e dois guarda-roupas. O irmão dela queria um quarto só para ele; mas ela, aterrorizada com a ideia de ficar deitada sozinha no escuro, prometeu que o quarto ia ser dele e que ela não ia ter quarto – que ela ia varrer e tirar o pó do quarto dele todo dia, e arrumar a cama dele.

Relutante, ele consentiu.

Eles comeram *chili* em lata na primeira noite, e aveia na manhã seguinte. A casa, eles descobriram, tinha três andares e catorze cômodos – quinze contando a despensa. A TV, que Jill tinha desligado ao sair da sala para esquentar o jantar, estava ligada de novo, ainda no mudo.

Havia uma garagem anexa à casa, com dois carros. O irmão passou a tarde toda procurando as chaves de um deles, sem encontrar. Na verdade, sem encontrar chave nenhuma.

Na sala de estar, o homem que vinha falando – em silêncio – continuava falando, sem parar. Jill passava a maior parte do tempo assistindo, e uma hora chegou à conclusão de que aquilo era um videotape. A última coisa que ele falava – olhando depois para a superfície lustrosa de sua mesa – sendo seguida pela primeira.

Naquela noite, enquanto preparava salsichas e salada de batatas em lata, ela ouviu o irmão gritar:

— Pai!

O grito foi seguido por uma porta batendo e pelo som dos pés do irmão correndo.

Ela também correu, e alcançou o irmão quando ele olhava por uma porta estreita nos fundos.

— Eu vi o pai! — exclamou ele. — Ele estava ali olhando para mim.

A porta estreita dava para a escuridão e para degraus de madeira igualmente estreitos.

— Aí ouvi uma porta batendo. Eu sabia que era essa aqui. Tinha que ser!

Jill olhou para baixo, incomodada com uma rajada de vento que sem dúvida era fria, úmida e desagradável.

— Parece ser o porão — disse ela.

— É o porão, sim! Eu já desci umas vezes, mas nunca achei a luz. Fiquei achando que eu ia encontrar uma lanterna e descer de novo.

O irmão começou a descer os degraus e se virou surpreso quando uma única lâmpada fraca suspensa de um fio acendeu.

— Como você fez isso, Jelly?

— O interruptor está aqui no corredor, na parede atrás da porta.

— Bom, vamos lá! Você não vem?

Ela foi.

— Queria que a gente estivesse de volta naquele lugar.

O irmão dela não ouviu. Ou, se ouviu, escolheu ignorar.

— Ele está aqui embaixo, em algum lugar, Jelly. Tem que estar. Com nós dois procurando, ele não vai conseguir se esconder por muito tempo.

— Será que não tem outra saída?

— Acho que não. Mas eu não fiquei muito tempo aqui. Estava muito escuro e cheirando mal.

Eles encontraram a fonte do cheiro atrás de umas prateleiras cheias de ferramentas e latas de tinta. Estava apodrecendo e tinha manchas nas roupas. Em algumas partes, a carne tinha afundado, e em outras partes, tinha caído para fora. O irmão dela tirou algumas ripas de madeira, um regador de jardim e meia dúzia de garrafas e jarros das prateleiras para que a luz mostrasse melhor a coisa morta no chão; depois de um ou dois minutos, Jill começou a ajudar o irmão.

Quando tinham feito tudo que podiam, ele perguntou:

— Quem é?

— O pai — ela sussurrou.

Depois disso, ela deu meia-volta e subiu a escada, lavou as mãos e os braços na pia da cozinha e se sentou à mesa até ouvir a porta do porão fechar e o irmão entrar.

— Vá se lavar — disse ela. — Na verdade, a gente precisa tomar banho. Nós dois.

— Então vamos.

No andar de cima, havia dois banheiros. Jill usou o que ficava mais perto do quarto deles, o irmão ficou com o outro. Depois de tomar banho e se enxugar, ela vestiu um roupão que talvez tivesse sido da mãe, amarrando a faixa bem apertada para não arrastar nada no chão. Vestida assim, ela levou as roupas para o andar de baixo, na lavanderia, e colocou na máquina de lavar.

Na sala de estar, o sujeito cujos lábios ela tinha tentado ler havia desaparecido. A tela estava cinza e vazia agora, exceto pela palavra MUDO num amarelo brilhante. Ela encontrou o painel que o irmão mostrou. Outros canais que ela tentou estavam igualmente vazios, igualmente cinza, igualmente mudos.

O irmão entrou, de cueca e sapato.

— Você não vai comer?

— Depois — Jill falou. — Não estou com vontade.

— Você se incomoda se eu comer?

Ela deu de ombros. Ele continuou:

— Você acha que era o pai, não acha? Aquilo que a gente encontrou no porão.

— Acho — afirmou ela. — Eu não sabia que estar morto era assim.

— Eu vi o pai. Eu não acreditei que você tinha visto, antes. Mas eu vi, e ele fechou a porta do porão. Eu escutei.

Ela não disse nada.

— Você acha que a gente vai ver o pai de novo?

— Não — ela respondeu.

— Simplesmente assim? Ele queria ser encontrado, a gente encontrou, e era só isso que ele queria?

— Ele estava contando pra gente que ele está morto. — A voz dela era monótona, sem expressão. — Ele queria que a gente soubesse que ele não vai estar por perto para ajudar. Agora a gente sabe. Você vai comer?

— Vou.

— Espere só um minuto e eu como com você. Sabia que não tem mais TV?

— Já não tinha antes — disse o irmão.

— Acho que é verdade. Amanhã eu vou sair. Lembra aquele portão que a gente passou de ônibus?

Ele fez que sim.

— Colina dos Álamos.

— Esse. Vou andar até lá. Talvez esteja destrancado para os carros entrarem. Se não, provavelmente eu consigo pular o muro de algum jeito. Tinha um monte de árvores, e não era tão alto. Eu ia gostar se você viesse comigo, mas se você não vier, eu vou de qualquer jeito.

— Nós dois vamos — afirmou ele. — Venha, vamos comer.

Eles saíram pela manhã, fechando a porta da cozinha com cuidado para garantir que continuasse destrancada, e descendo a rua longa e cheia de curvas que o ônibus tinha subido. Quando a casa estava quase fora do campo de visão deles, Jill parou para olhar para ela.

— Parece que a gente está fugindo de casa — disse ela.

— A gente não está fugindo de casa — o irmão retrucou.

— Não sei.

— Bom, eu sei. Escute, aquela é a nossa casa. O pai morreu, então ela é nossa, sua e minha.

— Eu não quero a casa — Jill afirmou e, quando já não se via mais a casa, continuou: — Mas é o único lugar que a gente tem.

A rua era longa, mas não chegava a ser impossível, e a estrada ao final dela – se é que dava para se chamar aquilo de estrada – se estendia para a direita e a esquerda. Silenciosa e vazia.

— Eu estava pensando que, se passasse algum carro, a gente podia pedir pra ele parar — afirmou o irmão. — Ou talvez o ônibus passe.

— Tem grama nas rachaduras.

— Sim, eu sei. Por aqui, Jelly.

Ele foi andando, parecendo sério como sempre, e muito, muito determinado.

Ela foi trotando atrás.

— Você vai entrar na Colina dos Álamos comigo?

— Se a gente conseguir fazer um carro ou uma caminhonete ou alguém parar eu vou pegar carona, se deixarem. E você também — respondeu ele.

Ela sacudiu a cabeça. O irmão continuou:

— Mas, se isso não acontecer, eu vou para a Colina dos Álamos, como você diz. Talvez tenha alguém lá, e se tiver, talvez essa pessoa ajude a gente.

— Aposto que alguém vai — ela tentou soar mais confiante do que estava.

— Não tem imagem na TV. Tentei todos os canais.

Ele estava três passos à frente dela, e não olhou para trás.

— Eu também. — Era mentira, mas ela tinha tentado vários.

— Significa que não tem ninguém nas emissoras de TV. Em nenhuma delas. — Ele pigarreou, e de repente a voz ficou mais grave, como acontece com a voz dos adolescentes. — Ninguém vivo, pelo menos.

— Talvez tenha alguém vivo que não saiba operar as máquinas — ela sugeriu. Depois de pensar por um momento, acrescentou: — Talvez não tenha eletricidade onde eles estão.

Ele parou e olhou para a irmã:

— A gente tem.

— Então ainda tem gente viva. Foi o que eu disse.

— Isso! O que significa que pode passar um carro, e isso foi o que *eu* disse.

Um arbusto pequeno, novo e verde, brotava de uma rachadura no meio da rodovia. Ao ver isso, Jill teve a impressão de que alguma força desconhecida e impossível de se conhecer tinha ouvido o que eles disseram e estava delicadamente tentando mostrar que eles estavam errados. Ela deu de ombros e listou todos os bons argumentos que indicavam que quem estava errado era o arbusto.

— Tinha gente viva lá naquele lugar. O motorista de ônibus também estava bem — disse ela.

Os portões de ferro continuavam lá, exatamente como ela havia visto no dia anterior, elegantes e fortes entre os pilares de pedra cortada. Os leões ainda rosnavam, de cima desses pilares, e a placa de ferro nas barras de ferro seguia proclamando "COLINA DOS ÁLAMOS".

— Está trancado — o irmão dela anunciou. Ele sacudiu a tranca para mostrar: um cadeado pesado de latão que parecia novo.

— A gente tem que entrar.

— Claro. Vou seguir este muro, está vendo? Vou procurar um lugar onde dê para escalar, ou talvez alguma parte do muro tenha caído. Quando eu encontrar, volto e conto tudo.

— Quero ir com você.

O medo tinha chegado como um vento gelado. E se Jimmy fosse embora e ela jamais voltasse a vê-lo?

— Escute, quando a gente estava lá em casa, você disse que ia fazer isso sozinha. Se você consegue fazer isso sozinha, também consegue ficar aqui dez minutos e ver se passa um carro. Agora, *não venha atrás de mim!*

Ela não foi; mas uma hora depois ela estava esperando quando ele voltou pelo lado de dentro do muro, arranhado e sujo, querendo falar com ela pelo portão.

— Como você entrou? — ele perguntou quando ela apareceu atrás dele.

Ela deu de ombros.

— Você primeiro. Como você entrou?

— Encontrei uma árvore pequena que tinha morrido e caído. Era pequena o suficiente para arrastar se eu não puxasse pelo lado da raiz. Inclinei a árvore até encostar no muro e subi nela, depois pulei.

— Então você não tem como sair — ela afirmou, e começou a subir uma rua que se afastava do portão.

— Vou encontrar um jeito. Como você entrou?

— Passando por entre as barras. Mas foi bem apertado. Acho que você não ia conseguir.

De um jeito meio malicioso, ela acrescentou:

— Fiquei esperando aqui um tempão.

A rua particular subia uma colina em meio a fileiras de árvores esguias que a faziam pensar em modelos desfilando com vestidos verdes. A grande porta frontal da grande casa quadrada no topo da montanha estava trancada; e a grande aldrava de latão produziu apenas ecos vazios vindo de dentro da casa, por mais forte que o irmão dela batesse. O belo botão cor de pérola que ela apertou fez soar sinos distantes que não fizeram ninguém aparecer.

Espiando pela janela à esquerda da porta, ela viu uma cadeira quase toda de madeira com estofado marrom e laranja, e uma tela cinza de

TV. Num dos cantos da tela cinza, havia a palavra MUDO em letras amarelas brilhantes.

Andando em torno da casa, eles encontraram a porta da cozinha destrancada, como haviam deixado. Ela estava empilhando bifes temperados com sal grosso tirados da frigideira quando a luz apagou.

— Isso quer dizer que não tem mais comida quente — ela disse para o irmão. — É elétrico. Meu forno.

— A luz vai voltar — afirmou ele confiante.

Mas a luz não voltou.

Naquela noite, ela tirou a roupa no quarto escuro que eles tinham transformado no quarto deles, na casa sem luz, dobrando roupas que ela não conseguia ver e deixando-as do jeito mais organizado que seus dedos conseguiam sobre uma cadeira invisível antes de se deitar entre os lençóis.

Quente e nu, o irmão dela se deitou meio minuto depois.

— Sabe, Jelly — disse ele puxando a irmã para mais perto —, provavelmente nós somos as únicas pessoas vivas no mundo inteiro.

Nancy Kress é autora de trinta e dois livros, incluindo vinte e cinco romances, quatro coletâneas de contos e três livros sobre escrita. Com seu trabalho ela venceu dois Hugos (por *Beggars in Spain* e *The Erdmann Nexus*), seis Nebulas (por contos e novelas), um Sturgeon (por *The Flowers of Aulit Prison*) e um prêmio John W. Campbell Memorial (por *Probability Space*). Seus romances incluem ficção científica, fantasia e suspense; muitos falam sobre engenharia genética. Seus trabalhos mais recentes são *After the Fall, Before the Fall*, uma longa novela sobre desastre ecológico, viagem no tempo e resiliência humana vencedora do Nebula e indicada ao Hugo, e a trilogia *Yesterday's Kin*.

INÉRCIA

NANCY KRESS

"Inércia" conta a história das vítimas de uma epidemia que desfigura os pacientes, internados num equivalente moderno das colônias para leprosos. Kress diz que a identidade – quem você é, por que você está aqui, por que você é quem é (e o que você devia fazer quanto a isso) – é uma ideia central de seu trabalho, e este conto não é exceção.

Ao fim da tarde, a parede dos fundos do quarto desmorona. Num minuto é um quarto, vigas expostas e *drywall* azul rachado, e no minuto seguinte é um dois por quatro demolido com uma cerca irregular da altura da minha cintura, as bordas parecendo ao mesmo tempo pontiagudas e macias, como se cobertas de pó. Pelo buraco, vê-se uma árvore frágil que aponta para cima no estreito espaço entre os fundos do nosso alojamento e os fundos do alojamento do Bloco E. Tento sair da cama para ver mais de perto, mas hoje minha artrite dói muito, o que, aliás, é o motivo de eu estar na cama. Rachel entra correndo no quarto.

— O que aconteceu, vó? A senhora está bem?

Faço que sim com a cabeça e aponto. Rachel se debruça no buraco, seus cabelos ganhando uma aura contra o crepúsculo da Califórnia. O quarto também é dela; seu colchão fica guardado debaixo da minha cama com dossel cheia de cicatrizes.

— Cupins! Droga! Não sabia que tinha cupim aqui. Tem certeza de que você está bem?

— Tudo certo. Eu estava do outro lado do quarto, querida. Estou bem.

— Bom, a gente vai ter que pedir pra mãe chamar alguém pra consertar isso.

Não digo nada. Rachel endireita as costas, me dá uma olhada rápida, afasta o olhar. Continuo sem dizer nada sobre Mamie, mas, num momento em que meu lampião pisca de repente, olho diretamente para Rachel, simplesmente porque é muito bom olhar para ela. Não é bonita, nem aqui Dentro, embora até agora a doença só tenha afetado o lado esquerdo do rosto dela. O relevo da pele mais espessa, viscosa, grosseira como cânhamo velho, é absolutamente invisível quando ela está com o lado direito do rosto virado para os outros. Mas o nariz é largo, as sobrancelhas pesadas e baixas, o queixo é uma protuberância ossuda. Um nariz honesto, sobrancelhas expressivas, olhos diretos e cinzentos, um queixo que se projeta para a frente quando ela inclina a cabeça ouvindo com inteligência – aos olhos de uma avó, Rachel é uma bela visão. Lá Fora não iriam achar isso. Mas eles estariam errados.

— Talvez eu pudesse trocar um cartão de loteria por mais *drywall* e pregos, e consertar eu mesma — diz Rachel.

— Os cupins vão continuar aí.

— Sim, mas a gente tem que fazer alguma coisa.

Eu não contrario Rachel. Ela tem dezesseis anos.

— Sinta esse ar entrando, a senhora vai congelar à noite nesta época do ano. Vai ser horrível pra sua artrite. Venha pra cozinha, vó, eu vou acender o fogo.

Ela me ajuda a ir para a cozinha, onde o fogão metálico a lenha emana um calor rosado que causa uma sensação boa nas minhas juntas. O fogão foi doado para a colônia no ano passado por sabe-se lá qual instituição de caridade ou associação, imagino eu, por causa de algum tipo de isenção fiscal que existe para esse tipo de coisa. Se é que ainda existe. Segundo Rachel, a gente ainda recebe jornais, e uma ou outra vez embrulhei vegetais da nossa horta em folhas de jornal que pareciam quase novas. De acordo com ela, no saguão comunitário, o menino Stevenson tem inclusive uma rede de computadores que foram doados para nós e que dá acesso a notícias, mas já não acompanho mais as regras tributárias lá de Fora. E também não pergunto por que foi Mamie quem ganhou o fogão a lenha se não era mês de loteria.

A luz do fogão é mais forte do que a chama do lampião no quarto; percebo que, por trás da preocupação com a parede morta de nosso quarto, o rosto de Rachel está tomado de empolgação. A pele jovem brilha desde o queixo inteligente até o relevo viscoso da doença, que evidentemente jamais muda de cor. Sorrio para ela. Aos dezesseis é tão fácil se empolgar. Uma fita nova de cabelo do depósito de doações, um olhar de um menino, um segredo com a prima Jennie.

— Vó — ela diz, se ajoelhando ao lado da minha cadeira, as mãos inquietas no maltratado braço de madeira. — Vó, tem uma visita. De Fora. A Jennie viu.

Sigo sorrindo. Rachel não se lembra, nem Jennie, de quando as colônias da doença tinham muitos visitantes. Primeiro, figuras em grandes trajes de contaminação, depois de alguns anos, figuras com trajes sanitários menos volumosos que tomaram seu lugar. As pessoas de Fora ainda estavam sendo sepultadas, e durante anos os postos de inspeção na Divisa tinham fluxo nas duas direções. Mas é evidente que Rachel não se lembra de nada disso; ela ainda não tinha nascido. Mamie tinha só doze anos quando fomos internadas aqui. Para Rachel, uma visita pode muito bem ser um grande evento. Estendo a mão e acaricio os cabelos dela.

— A Jennie disse que ele quer falar com as pessoas mais velhas da colônia, as que foram trazidas pra cá com a doença. O Hal Stevenson contou pra ela.

— Contou, meu amor?

O cabelo dela é macio e sedoso. O cabelo de Mamie era igual nessa idade.

— Talvez ele queira falar com a senhora!

— Bom, eu estou aqui!

— Mas a senhora não fica empolgada? O que a senhora acha que ele quer?

Escapei de ter de responder porque Mamie entrou, seguida do namorado, Peter Malone, com uma sacola de comida que eles tinham trazido do depósito.

Ao ouvir o primeiro ruído da maçaneta girando, Rachel se levanta do lado da minha cadeira e atiça o fogo. O rosto dela perde totalmente a expressão, embora eu saiba que essa parte é apenas temporária.

— Chegamos! — Mamie grita com sua voz aguda de boneca, o ar frio do corredor entrando num turbilhão em torno dela como se fosse água brilhante. — Mamãe querida... como a senhora está? E Rachel! Você não vai adivinhar... Pete tinha uns cartões extras do armazém e pegou um frango pra gente! Vou fazer um ensopado!

— A parede dos fundos do quarto caiu — Rachel fala sem rodeios. Ela não olha para Pete com seu frango, mas eu olho. Ele sorri de seu jeito paciente, que lembra um lobo. Imagino que ele tenha conseguido os cartões do armazém no pôquer. As unhas dos dedos dele estão sujas. A parte do jornal que consigo ver diz ESIDENTE CONFISCA C.

— Como assim, caiu? — pergunta Mamie.

Rachel dá de ombros.

— Simplesmente caiu. Cupim.

Mamie olha desamparada para Peter, que alarga o sorriso. Posso ver como vai ser: eles vão fazer uma cena mais tarde, não exatamente pra gente ouvir, embora a cena vá acontecer na cozinha para que a gente possa ver. Mamie vai implorar a ele, com jeitinho, que conserte a parede. Ele vai se fazer de difícil, sorrindo. Ela vai dar várias dicas com um sorrisinho amarelo sobre possíveis permutas, e as dicas vão ser cada vez mais explícitas. Rachel e eu, sem ter outro cômodo aquecido para onde ir, vamos ficar olhando para o fogo ou para nossos sapatos até que Mamie e Peter passem ostensivamente para o quarto dela. É a ostentação que constrange. A Mamie sempre precisou de testemunhas que vissem o quanto ela é desejável.

Mas Peter está olhando para Rachel, não para Mamie.

— O frango não é lá de Fora, Rachel. É do galinheiro no Bloco B. Ouvi você comentar como eles são limpos.

— É — Rachel concorda, lacônica, sem graça.

Mamie revira os olhos:

— Diga 'obrigada', meu amor. O Pete teve um trabalhão para conseguir este frango.

— Obrigada.

— Não dá pra dizer de um jeito um pouquinho mais sincero? — a voz de Mamie fica estridente.

— Obrigada — Rachel diz. Ela vai para nosso quarto de três paredes. Peter, ainda de olho nela, passa o frango de uma mão para a outra. A pressão da redinha deixa marcas na pele amarelada do frango.

— Rachel Anne Wilson...

— Deixe — Peter pede suavemente.

— Não — Mamie fala. Em meio às cinco linhas entrecruzadas da doença o rosto dela assume uma feição desagradável. — No mínimo, ela tem que aprender a ter modos. E quero que ela escute a nossa novidade! Rachel, volte já aqui!

Rachel volta; nunca vi a menina desobedecer à mãe. Ela para perto da porta aberta do quarto, esperando. Duas arandelas vazias, ambas escurecidas por fumaça antiga, emolduram sua cabeça. A gente não tem velas para as arandelas, pelo menos desde o inverno passado. Mamie, com a testa vincada de irritação, dá um sorriso cintilante.

— Este é um jantar especial, pessoal. Pete e eu temos um anúncio. Nós vamos nos casar.

— É isso aí — Peter diz. — Podem dar os parabéns pra gente.

Rachel, que já estava imóvel, de algum modo consegue ficar ainda mais parada. Peter observa a menina com atenção. Mamie baixa os olhos, corando, e eu sinto uma pontada de compaixão impaciente por minha filha, já passada dos trinta e se fazendo de menininha para um incapaz como Peter Malone. Olho séria para ele. Se ele encostar um dedo em Rachel... mas não acho que ele vá fazer isso. Essas coisas não acontecem mais. Não aqui Dentro.

— Parabéns — Rachel murmura. Ela atravessa a sala e abraça a mãe, que corresponde com um abraço de fervor teatral. Em poucos minutos, Mamie vai começar a chorar. Por cima do ombro dela, vejo o rosto de Rachel, simultaneamente triste e amoroso, e baixo meus olhos.

— Muito bem! Isso merece um brinde! — Mamie diz alegre. Ela pisca, dá uma pirueta desajeitada, e pega uma garrafa do fundo do armário que Rachel ganhou na última loteria de doações. O armário ficou estranho em nossa cozinha: laca branca brilhante, de aparência vagamente oriental, em meio a cadeiras bambas e uma mesa cheia de marcas, com uma gaveta quebrada que ninguém jamais conseguiu consertar. Mamie exibe a garrafa, que eu não sabia que estava ali. É champanhe.

O que teria passado pela cabeça de alguém lá Fora para doar champanhe para uma colônia da doença? *Pobres coitados, mesmo que não tenham nada para comemorar...* Ou então: *Olha aqui uma coisa com que eles não vão nem saber o que fazer...* Ou: *Antes eles do que eu – desde que os doentes fiquem lá Dentro...* Não importa.

— Eu simplesmente adoro champanhe! — Mamie diz febril; acho que ela já bebeu uma vez. — Ah! E olhe só: tem mais alguém aqui pra ajudar a gente a comemorar! Entre, Jennie, venha tomar um pouco de champanhe!

Jennie entra, sorrindo. Vejo a mesma empolgação ávida que animava Rachel antes do anúncio da mãe. Aquilo brilha no rosto de Jennie, que é lindo. Ela não tem doença nas mãos nem no rosto. Deve ter em algum lugar, ela nasceu aqui Dentro, mas isso é algo que não se pergunta. Provavelmente Rachel sabe. As duas meninas são inseparáveis. Jennie, a sobrinha do falecido marido de Mamie, é prima de Rachel, e tecnicamente Mamie é sua guardiã. Mas ninguém presta mais atenção nessas coisas hoje em dia, e Jennie mora com outras pessoas num alojamento no bloco ao lado, embora Rachel e eu tenhamos pedido para ela vir morar aqui. Ela sacudiu a cabeça, os bonitos cabelos tão louros que ficam quase brancos ao bater nos ombros, e corou de vergonha, evitando dolorosamente olhar para Mamie.

— Vou me casar, Jennie — Mamie fala, outra vez baixando os olhos timidamente. Fico pensando o que ela fez, e com quem, para conseguir o champanhe.

— Parabéns! — Jennie exclama, animada. — Pra você também, Peter.

— Me chame de Pete — ele diz, como já disse antes.

Vejo o olhar faminto que ele dedica a Jennie. Ela não percebe, mas algum sexto sentido – mesmo aqui, mesmo aqui Dentro – faz com que ela dê um leve passo para trás. Sei que ela vai continuar a chamá-lo de "Peter".

Mamie fala para Jennie:

— Tome mais champanhe. Fique para jantar.

Com os olhos, Jennie mede quanto champanhe resta na garrafa, o tamanho do frango que sangra levemente na mesa. Ela mede discretamente, e depois, é claro, mente.

— Desculpe, não posso. A gente fez nossa refeição ao meio-dia hoje. Só queria perguntar se podia trazer alguém mais tarde para falar com a senhora, vó. Uma visita — a voz dela se reduz repentinamente a um murmúrio, e ela volta a brilhar. — Do lado de Fora.

Vejo os olhos azuis faiscantes dela, o rosto de Rachel, e não tenho coragem de recusar. Embora eu possa adivinhar, ao contrário das duas meninas, como vai ser essa visita. Não sou avó de Jennie, mas ela me chama assim desde os três anos.

— Tudo bem.

— Ah, obrigada! — Jennie grita, e ela e Rachel se olham encantadas. — Estou superfeliz que a senhora aceitou, senão, a gente provavelmente nunca falaria de perto com uma visita!

— De nada — eu digo. Elas são tão novinhas. Mamie parece petulante; o anúncio dela ficou em segundo plano. Peter olha para Jennie, que abraça Rachel impulsivamente. De repente, sei que ele também está tentando imaginar onde o corpo de Jennie tem a doença, e até que ponto é afetado. Ele vê que estou olhando para ele e olha para o chão, seus olhos negros meio fechados, meio envergonhados. Mas não inteiramente. Um pedaço de lenha crepita no fogão, e por um breve instante o fogo brilha.

Na tarde seguinte, Jennie traz a visita. Ele me surpreende de imediato: não está usando traje sanitário e não é sociólogo.

Nos anos que se seguiram aos internamentos, as colônias da doença tinham muitos visitantes. Médicos ainda esperançosos de uma cura para as crostas espessas e cinzentas que se espalhavam lentamente pela pele humana – ou que não se espalhavam e ninguém entendia o motivo. Desfiguradora. Feia. Talvez fatal. E transmissível. Este era o ponto: transmissível. Por isso, médicos em trajes sanitários vinham em busca de causas ou curas. Jornalistas em trajes sanitários vinham em busca de histórias com grandes fotos coloridas. Comitês de investigação do Legislativo vinham em busca de fatos, pelo menos até o dia em que o Congresso retirou das colônias o direito ao voto, pressionado por contribuintes que, também cada vez mais pressionados, se ressentiam de nosso status de dependentes econômicos. E os sociólogos vinham em rebanhos, com suas filmadoras portáteis, prontos para registrar o colapso das colônias de doentes mal organizadas e sua transformação em sociedades anárquicas, dominadas por gangues de rua onde os mais fortes prevaleciam.

Mais tarde, quando isso não aconteceu, outros sociólogos apareceram em modelos mais modernos de trajes sanitários para registrar os motivos que impediam as colônias de se degenerar conforme o cronograma. Todos esses grupos iam embora insatisfeitos. Não havia cura, nem causa, nem histórias, nem colapso, nem motivo.

Os sociólogos foram os que mais demoraram para ir embora. Jornalistas precisam falar de fatos do momento e ser interessantes, mas um sociólogo só precisa publicar. Além disso, tudo na tradição cultural deles dizia que o lado de Dentro, mais cedo ou mais tarde, devia degenerar numa zona de guerra: prive as pessoas de energia elétrica (a eletricidade se tornou cara), de polícia (que se recusava a ir lá Dentro), da liberdade de sair, de influência política, de empregos, de estradas e de cinemas e de juízes federais e de um serviço estatal que regule as escolas fundamentais; e você terá uma violência sem fim, em que as pessoas só tentam sobreviver. Tudo na cultura dizia isso. Periferias pobres. *O Senhor das Moscas.* Os condomínios populares de Chicago. Faroeste. Autobiografias de prisioneiros. O Bronx. A zona leste de Los Angeles. Thomas Hobbes. Os sociólogos sabiam.

Só que não aconteceu.

Os sociólogos esperaram. E lá Dentro nós aprendemos a plantar vegetais e a criar galinhas que, nós descobrimos, comem de tudo. Aqueles que entendiam de informática trabalharam em empregos de verdade por uns anos – talvez até por uma década – usando *modems*, antes de o equipamento ficar obsoleto e não ser substituído. Os que tinham trabalhado como professores organizaram turmas de crianças, embora o currículo, acho, deva ter ficado mais simples a cada ano: Rachel e Jennie parecem não saber grande coisa sobre História e Ciências. Médicos atendiam e receitavam medicamentos doados por empresas em troca de isenção fiscal e, depois de uma década, mais ou menos, começaram a treinar aprendizes. Por um tempo – pode ter sido um longo tempo – ouvimos rádio e vimos TV. Talvez alguém ainda faça isso, se tiver equipamentos doados de Fora que funcionem.

Uma hora os sociólogos acabaram se lembrando de modelos mais antigos de privação e discriminação e isolamento vindos de outra cultura: os *shtetls* judaicos. Os huguenotes franceses. Fazendeiros *amish*. Modelos autossuficientes, que sofriam de estagnação mas não entravam em colapso. E enquanto eles lembravam, nós fazíamos loterias de bens, e aceitávamos aprendizes, e racionávamos a comida armazenada de acordo com a necessidade de cada um, e substituíamos os móveis quebrados por outros móveis quebrados, e nos casávamos e tínhamos filhos. Não pagávamos impostos, não combatíamos em guerras, não votávamos, não oferecíamos nenhum espetáculo dramático. Depois de um tempo – um longo tempo – os visitantes pararam de aparecer. Até os sociólogos.

Mas ali está o rapaz, sem traje sanitário, sorrindo com olhos castanhos debaixo do cabelo negro e me dando a mão. Ele não treme ao tocar nas cordas da doença. Nem parece estar catalogando a mobília da cozinha para descrever mais tarde: três cadeiras, uma imitação de Queen Anne doada e uma genuína Joe Kleinschmidt produzida lá Dentro; a mesa; o fogão a lenha; o armário de aparência oriental com a laca branca brilhando de nova; a pia de plástico com bomba manual conectada ao reservatório do lado de Fora; caixa de lenha com lenha doada onde se lê "Presente de Boise-Cascade"; duas meninas impacientes e amorosas – que ele nem ousaria tratar com condescendência –, como se fossem aberrações mórbidas. Faz muito tempo, mas eu lembro.

— Olá, senhora Pratt. Meu nome é Tom McHabe. Obrigado por aceitar falar comigo.

Faço que sim com a cabeça.

— Do que vamos falar, senhor McHabe? O senhor é jornalista?

— Não. Sou médico.

Eu não esperava por isso. Assim como não esperava a súbita tensão que passa rapidamente pelo rosto dele antes de se perder em outro sorriso. Embora seja mais do que natural que essa tensão esteja ali. Depois de vir para Dentro, é claro, ele jamais poderá sair. Fico pensando onde ele pegou a doença. Nem me lembro quando foi a última vez que admitiram um novo caso na nossa colônia. Será que as pessoas estavam sendo levadas para outras colônias, por causa de alguma questão política lá de Fora?

— Eu não tenho a doença, senhora Pratt — diz McHabe.

— Então por que cargas d'água...

— Estou escrevendo um artigo sobre o progresso da doença em residentes que estão há muito tempo na colônia. E claro que isso tem que ser feito aqui Dentro — ele fala, e imediatamente sei que ele está mentindo. Rachel e Jennie, claro, não sabem. Elas se sentam cada uma de um lado dele, como pássaros impacientes, ouvindo.

— E como você vai mandar este artigo para fora depois de escrever? — eu digo.

— Rádio de ondas curtas. Tenho colegas esperando. — Mas ele não me olha direito nos olhos.

— E esse artigo vale uma internação permanente?

— Qual foi a velocidade do progresso da doença no seu caso? — ele diz, sem responder à minha pergunta. Ele olha para meus braços e minhas mãos e meu antebraço, uma análise objetiva e profissional que me leva a decidir que pelo menos uma parte da história é verdade. Ele é médico.

— Tem dor nas áreas infectadas?

— Não.

— Alguma incapacidade funcional ou redução de atividade em função da doença? — Rachel e Jennie parecem levemente intrigadas; ele está me testando para ver se entendo a terminologia.

— Não.

— Alguma mudança de aparência, em anos recentes, nas primeiras áreas de pele a serem afetadas? Mudanças de cor ou de densidade do tecido do tamanho das áreas que sofreram espessamento?

— Não.

— E outros tipos de mudança que eu possa não ter mencionado?

— Não.

Ele acena com a cabeça e se recosta na cadeira. Parece tranquilo para alguém que vai desenvolver espessamentos não disfuncionais da doença no próprio corpo. Espero para ver se ele vai contar por que realmente está aqui. O silêncio se prolonga. Por fim, McHabe diz:

— A senhora era contadora.

E, ao mesmo tempo, Rachel pergunta:

— Alguém quer suco?

McHabe aceita agradecido. As duas meninas, aliviadas por estarem em ação, se ocupam pegando água fria, esmagando pêssegos em lata, misturando tudo em um jarro de plástico marrom com uma deformação num dos lados que uma vez encostou no fogão.

— Sim — digo para McHabe —, eu era contadora. Por quê?

— Agora a profissão está proibida.

— Contadores? Por quê? Pilares sólidos das instituições — digo, e percebo há quanto tempo não usava palavras assim. Elas têm um sabor metálico, como lata velha.

— Não mais. Agora a Receita calcula por computador os impostos e envia para cada casa uma conta customizada. O cálculo que mostra como eles chegaram a esse número customizado é secreto. Para impedir que inimigos externos saibam quais são os recursos disponíveis para defesa.

— Ah.

— Meu tio era contador.

— O que ele faz hoje?

— Não é contador — McHabe diz. Ele não sorri. Jennie entrega copos de suco para mim e para McHabe, e aí, sim, ele sorri. Jennie bate os cílios e fica com o rosto um pouco corado. Algo se move por trás dos olhos de McHabe. Mas não como no caso de Peter; nem um pouco como no caso de Peter.

Olho rapidamente para Rachel. Parece não ter percebido nada. Ela não está com ciúmes, nem preocupada, nem magoada. Relaxo um pouco.

— A senhora também publicou alguns artigos sobre história em revistas — McHabe fala.

— Como você sabe disso?

— É uma combinação incomum de habilidades, contabilidade e história. — Outra vez ele não responde.

— Acho que sim — digo, sem interesse. Faz tanto tempo.

Rachel diz para McHabe:

— Posso perguntar uma coisa?

— Claro.

— Lá Fora, vocês têm remédios que curem a madeira dos cupins?

A expressão do rosto dela é absolutamente séria. McHabe não sorri, e admito – relutante – que ele é simpático. Ele responde educadamente:

— Nós não curamos a madeira, nós expulsamos os cupins. O melhor jeito é construir com madeira embebida em creosoto, um produto químico de que eles não gostam, para eles nem se aproximarem. Mas deve haver produtos químicos para matar os cupins depois que eles já se instalaram. Vou me informar e tentar trazer algo para vocês na próxima vez que vier aqui para Dentro.

Na próxima vez que ele vier aqui para Dentro. Ele solta essa bomba como se passar tranquilamente de Dentro para Fora fosse uma certeza. Rachel e Jennie arregalam os olhos; as duas olham para mim. McHabe também me olha e vejo que o olhar dele é uma análise tranquila, uma avaliação de como eu reajo. Ele espera que eu pergunte detalhes, ou até – faz muito tempo que não penso nesses termos, e é um esforço – que eu fique irritada por ele mentir. Mas não sei se ele está mentindo, e de qualquer modo, o que importa? Umas poucas pessoas de Fora entrando na colônia – como isso iria nos afetar? Não vai haver nenhuma grande imigração, e certamente não vai haver nenhuma emigração.

Digo em voz baixa:

— Qual é o verdadeiro motivo da sua visita, doutor McHabe?

— Como eu lhe disse, senhora Pratt. Para medir o avanço da doença.

Não digo nada. Ele acrescenta:

— Talvez a senhora queira ouvir mais sobre como as coisas são hoje lá Fora.

— Não particularmente.

— Por que não?

Dou de ombros.

— Eles deixam a gente em paz.

Seus olhos me avaliam.

— Eu queria ouvir mais sobre o lado de Fora — Jennie diz timidamente, antes de Rachel acrescentar:

— Eu também.

A porta se abre violentamente e Mamie volta à sala, gritando para o corredor às suas costas:

— E não volte nunca mais! Se você acha que eu ia deixar você encostar de novo em mim depois de trepar com aquela... aquela... espero que ela tenha doença na vagina e que você pegue no seu...

Ela vê McHabe e para, o corpo todo tremendo de raiva. Ao ouvir a resposta tranquila do corredor, que não consigo entender da cadeira onde estou, perto da lareira, ela bufa e fica ainda mais vermelha. Ela bate a porta, irrompe em lágrimas e corre para seu quarto, batendo também a outra porta.

Rachel se levanta.

— Deixe que eu vou, querida — eu digo, mas, antes que eu consiga me levantar, mesmo a artrite tendo melhorado bastante, Rachel desaparece no quarto da mãe. A cozinha ressoa com um silêncio constrangido.

Tom McHabe se levanta para sair.

— Sente-se, doutor — eu digo, esperando que, se ele ficar, Mamie talvez contenha a histeria, e Rachel saia mais cedo do quarto da mãe.

McHabe parece indeciso. Então Jennie diz:

— Sim, por favor, fique. E será que o senhor pode contar pra gente... — Vejo a falta de jeito dela, o desejo que ela tem de não parecer tola — sobre a vida das pessoas lá Fora?

Ele conta. Olhando para Jennie, mas se dirigindo a mim, fala sobre a mais recente versão da lei militar, sobre o fracasso da Guarda Nacional em controlar os protestos contra a guerra na América do Sul antes que os manifestantes chegassem à zona eletrificada da Casa Branca; sobre o poder cada vez maior dos Fundamentalistas clandestinos que os outros clandestinos chamam de "gangue de Deus". Conta sobre as indústrias que continuamente perdem para suas concorrentes coreanas e chinesas, sobre a taxa de desemprego nas alturas, sobre o aumento do racismo, as cidades em chamas. Miami. Nova York. Los Angeles – essas já enfrentavam protestos havia anos. Agora são Portland, Saint Louis, Atlanta, Phoenix. Grand Rapids incendiada. Difícil imaginar.

— Até onde eu tenha percebido, as doações para os nossos depósitos não diminuíram — digo.

Ele me olha de novo com aquela análise perspicaz, medindo algo que não consigo ver, depois toca no fogão com uma das botas. A bota, percebo, está quase tão velha e gasta quanto as nossas.

— Fogão coreano. Eles fazem quase todas as doações hoje. Relações públicas. Mesmo entre os congressistas que aprovaram a lei militar, há muitos que tiveram parentes internados, embora hoje eles não admitam. Os asiáticos conseguiram negociações que derrubaram o protecionismo, embora suas doações evidentemente sejam apenas uma pequena parte disso. Mas quase tudo que vem aqui pra Dentro vem dos chinas.

Ele usa a palavra casualmente, esse rapaz cortês que me conta as notícias de um ponto de vista tão liberal, e isso é mais revelador sobre o que se passa lá Fora do que todos os boletins e resumos que ele faz.

Jennie diz hesitante:

— Eu vi... Eu acho que era um asiático. Ontem.

— Onde? — digo rispidamente. É muito raro que americanos de origem asiática contraiam a doença; mais uma coisa que ninguém entende. Não tem nenhum aqui na colônia.

— Na Divisa. Um dos guardas. Dois outros sujeitos estavam dando chutes nele e xingando. A gente não conseguiu ouvir muito bem pelo interfone.

— A gente? Você e Rachel? O que estavam fazendo na Divisa? — eu digo, e ouço meu próprio tom de voz.

A Divisa, uma larga faixa vazia de terra, tem minas eletrificadas e arame farpado para nos manter incomunicáveis do lado de Dentro. A Divisa é cercada por quilômetros de terra desfolhada e desinfetada, envenenada por produtos químicos preventivos, mas que, mesmo assim, é patrulhada por soldados que estão ali contra a sua vontade e que se comunicam com o lado de Dentro por interfones colocados a cada quilômetro de ambos os lados do arame farpado. Quando a colônia tinha uma briga ou um estupro ou – uma vez, nos primeiros anos – um assassinato, era na Divisa. Quando os odiados e os cheios de ódio vinham nos machucar – porque antes da cerca elétrica e do arame farpado éramos alvos fáceis – e ninguém da polícia entrava atrás deles, os soldados, e às vezes também os nossos homens, detinham o ataque na Divisa. Nossos mortos estão enterrados perto da Divisa. E Rachel e Jennie, meus deuses, na Divisa...

— A gente foi perguntar pros guardas pelos interfones se eles sabiam como combater cupins — Jennie fala de modo lógico. — Afinal, o trabalho deles é combater coisas, germes e coisas. A gente achou que eles iam saber contar pra gente como acabar com os cupins. Achamos que eles podiam ter sido treinados para isso.

A porta do quarto se abre e Rachel sai, seu rosto jovem deformado. McHabe sorri para ela, e depois o olhar dele se volta para Jennie:

— Não acho que os soldados sejam treinados para combater cupins, mas definitivamente vou trazer algo que ajude nisso da próxima vez que eu vier para Dentro.

E lá vem isso de novo. Mas a única coisa que Rachel diz é:

— Ah, ótimo. Andei pedindo mais *drywall* hoje, mas, mesmo que eu consiga, vai continuar acontecendo a mesma coisa se a gente não conseguir se livrar dos cupins.

McHabe pergunta:

— Você sabia que os cupins elegem uma rainha? Sistema de votação altamente vigiado. Fato.

Rachel sorri, embora eu ache que ela não entende de fato.

— E as formigas são capazes de derrubar uma seringueira.

Ele começa a cantar, uma velha canção da minha infância. "High Hopes". Frank Sinatra, no aparelho de som – antes dos CDs, inclusive, antes de um monte de coisas – chá gelado e Coca-Cola em taças numa tarde de sábado, tias e tios sentados na cozinha, um jogo de futebol americano na TV da sala de estar, ao lado de uma mesa com um vaso de cristal que continha os últimos crisântemos roxos do jardim. O cheiro de final de tarde de domingo, picante mas começando a minguar, encerrando um fim de semana antes de o grande ônibus amarelo da escola passar na segunda de manhã.

Jennie e Rachel, claro, não veem nada disso. Elas ouvem palavras alegres numa boa voz de barítono e um ritmo simples que conseguem seguir, esperança e coragem numa letra burlesca. As duas estão encantadas. Cantam junto o refrão depois de McHabe ter cantado algumas vezes, cantam para ele três canções populares nos bailes dos Blocos, depois fazem mais suco para ele, e então começam a fazer perguntas sobre o lado de Fora. Perguntas simples: "O que as pessoas comem?", "Onde compram essa comida?", "O que vestem?". Os três ainda estão nisso quando vou me deitar, minha artrite finalmente começando a doer, olhando para a porta fechada do quarto de Mamie com uma tristeza que não esperava e que não sei nomear.

— Aquele filho da puta que nunca mais chegue perto de mim! — Mamie exclama, na manhã seguinte.

O dia está ensolarado e sento-me perto de nossa única janela, tricotando uma coberta para movimentar os dedos, pensando se a lã doada veio de ovelhas chinesas ou coreanas. Rachel foi com Jennie ao Bloco E, as duas foram convocadas para ajudarem a alargar um poço; fazia semanas que andavam falando nisso, e parece que finalmente alguém agilizou as coisas e organizou o trabalho.

Mamie desaba na cadeira em frente à mesa, os olhos ainda vermelhos do choro:

— Peguei o cretino trepando com a Mary Delbarton — a voz dela se estilhaça como a de um bebê de dois anos. — Mãe, ele estava trepando com a Mary Delbarton.

— Deixe esse cara pra lá.

— Eu ia ficar sozinha de novo — ela fala com uma certa dignidade, que não dura muito. — Aquele filho da puta trepa com aquela vagabunda um dia depois do nosso noivado e estou sozinha de novo, que merda!

Não digo nada; não há nada que eu possa dizer. O marido de Mamie morreu onze anos atrás, quando Rachel tinha apenas cinco, vítima de uma cura experimental que estava sendo testada por médicos do governo. As colônias eram cobaias. Dezessete pessoas de quatro colônias morreram, e o governo cessou o financiamento e decretou que era crime entrar e sair das colônias de doentes. O risco de contaminação era muito grande, eles disseram. Pela proteção dos cidadãos do país.

— Ele nunca mais vai encostar em mim! — Mamie diz, lágrimas nos cílios. Uma delas escorre por dois centímetros até tocar no primeiro relevo da doença, depois segue na horizontal em direção à boca. Passo a mão para secar. — Filho da puta desgraçado!

À noite, ela e Peter estão de mãos dadas. Sentam-se um ao lado do outro, e os dedos dele deslizam subindo a coxa dela numa região que eles imaginam estar protegida contra olhos alheios pela mesa. Mamie desliza a mão para baixo da bunda dele. Rachel e Jennie desviam o olhar, Jennie levemente corada. Algo passa rapidamente pela minha memória, um tipo de coisa que não me ocorria havia anos: aos dezoito anos, mais ou menos, no meu primeiro ano em Yale, numa grande cama de metal com uma colcha moderna de padrão geométrico, eu estava com um sujeito ruivo que eu tinha conhecido três horas antes. Mas aqui, Dentro... aqui o sexo, como todo o resto, se move muito mais lentamente, com muito mais cuidado, de modo muito mais privado. Por muito tempo, as pessoas tinham medo de que essa doença, assim como aquela outra, que veio antes, fosse sexualmente transmissível. E também havia a vergonha do corpo feio, cortado pelas marcas da doença. Não tenho certeza de que Rachel já viu um homem nu.

— Então vai ter um baile na quarta — digo, só para falar alguma coisa.

— No Bloco B — Jennie responde. Seus olhos azuis brilham. — Com a banda que tocou no verão passado no Bloco E.

— Violões?

— Ah, não! Eles têm um trompete e um violino — Rachel afirma, nitidamente impressionada. — A senhora tem que ouvir o som que eles fazem juntos, vó, é bem diferente de violões. Vamos pro baile!

— Acho que não, querida. O doutor McHabe vai? — Pelo rosto das duas, sei que adivinhei.

— Ele quer falar com a senhora primeiro, antes do baile, por alguns minutos. Se não tiver problema — Jennie diz, hesitante.

— Por quê?

— Eu não tenho... certeza de que sei tudo sobre isso.

Ela não me olha nos olhos: não quer me contar, não quer mentir. A maioria das crianças de Dentro, percebo pela primeira vez, não é de mentir. Ou mente mal. Eles são bons em guardar segredos, mas só se o segredo for honesto.

— A senhora fala com ele? — Rachel pergunta, impaciente.

— Falo.

Mamie desvia o olhar de Peter por tempo suficiente para acrescentar ríspida:

— Se tem a ver com você ou com a Jennie, ele devia falar comigo, mocinha, não com a sua avó. Eu sou a sua mãe e a tutora da Jennie, e você não se esqueça disso.

— Não, mãe — Rachel diz.

— Não gostei do seu tom, mocinha!

— Desculpe — Rachel fala, no mesmo tom. Jennie olha para baixo, constrangida. Mas, antes que Mamie possa botar pra fora toda a sua indignação de mãe negligente, Peter sussurra alguma coisa no ouvido dela e ela tapa a boca com a mão, dando risadinhas.

Mais tarde, quando só nós duas ficamos na cozinha, digo baixinho para Rachel:

— Tente não chatear sua mãe, meu anjo. Ela não consegue evitar.

— Tudo bem, vó — Rachel responde, obediente. Mas ouço a descrença no tom de voz dela, uma descrença abafada pelo amor que ela sente por mim e até pela mãe, mas que mesmo assim está lá. Rachel não acredita que Mamie não consiga evitar isso. Rachel, nascida aqui Dentro, não tem como evitar sua ignorância quanto ao que Mamie acha que perdeu.

Na sua segunda visita, seis dias depois, pouco antes do baile no Bloco, Tom McHabe parece diferente. Eu já tinha me esquecido de que existem pessoas que irradiam uma energia tão determinada que parecem fazer o ar à sua volta zumbir. Ele está de pé com as pernas ligeiramente afastadas, ao lado de Rachel e Jennie, ambas com suas outras saias para o baile. Jennie está com uma fita vermelha nos cachos louros; a fita brilha como uma flor. McHabe encosta de leve no ombro dela e, pelo jeito como ela olha em resposta, percebo que algo deve estar acontecendo entre eles. Minha garganta aperta.

— Quero ser franco, senhora Pratt. Falei com Jack Stevenson e com Mary Kramer, e com outras pessoas nos Blocos C e E, e tenho uma noção da vida de vocês aqui. Uma vaga ideia, pelo menos. Eu vou dizer ao senhor Stevenson e à senhorita Kramer o mesmo que vou falar para a senhora, mas queria que a senhora fosse a primeira.

— Por quê? — digo, de um modo mais desagradável do que eu pretendia. Ou acho que pretendia.

Ele não se deixa abater.

— Porque a senhora é uma das primeiras sobreviventes da doença. Porque a senhora teve uma educação consistente lá Fora. Porque o marido de sua filha morreu de axoperidina.

No mesmo momento em que percebo o que McHabe vai dizer, percebo também que ele já contou para Rachel e Jennie. Elas ouvem o que ele fala com a intensidade de crianças, com a boca ligeiramente entreaberta ao ouvir uma história maravilhosa e ao mesmo tempo familiar. Mas será que elas entendem? Rachel não estava presente quando o pai morreu, arfando em busca de ar que seus pulmões não conseguiam usar.

McHabe, olhando para mim, diz:

— Houve muita pesquisa sobre a doença desde aquelas mortes, senhora Pratt.

— Não. Não houve. Arriscado demais, segundo o seu governo.

Noto que ele percebeu o pronome.

— A administração de medicamentos é ilegal, sim. Para minimizar o contato com quem pode transmitir a doença.

— Então como foi feita essa "pesquisa"?

— Quem vem fazendo a pesquisa são médicos dispostos a entrar nas colônias e não sair mais. Os dados são transmitidos por laser. Codificados.

— Que médico saudável estaria disposto a vir para Dentro e não sair de novo?

McHabe sorri; fico novamente impressionada por aquele tipo de energia espontânea.

— Ah, a senhora ficaria surpresa. Tivemos três médicos dentro da colônia da Pensilvânia. Um já aposentado. Outro, um católico à moda antiga, que dedicou sua pesquisa a Deus. O terceiro ninguém conseguia entender, um sujeito obstinado, persistente, que era um pesquisador brilhante.

Era.

— E você.

— Não — McHabe diz baixinho. — Eu entro e saio.

— O que aconteceu com os outros?

— Morreram.

Ele faz um breve gesto com a mão direita, mas logo o desfaz, e percebo que ele é, ou foi, fumante. Há quanto tempo eu não levo a mão ao bolso daquele jeito procurando um cigarro que não existe? Umas duas décadas. Cigarros não estão entre as coisas que as pessoas doam; valiosos demais. No entanto, ainda reconheço o movimento.

— Dois dos três médicos contraíram a doença. Eles trabalharam em si mesmos, e em voluntários também. Até que um dia o governo interceptou os dados que estavam sendo transmitidos e destruiu tudo.

— Por quê? — Jennie pergunta.

— Pesquisas sobre a doença são ilegais. Todo mundo lá Fora tem medo de um vazamento: de que um vírus saia de algum jeito, levado por um mosquito, um pássaro, até por um esporo.

— Nada saiu nesses anos todos — Rachel afirma.

— Não, mas o governo tem medo de que, se os pesquisadores começarem a emendar e a alterar genes, o vírus se torne mais viável. Não tem como você entender lá Fora, Rachel. Tudo é ilegal. Este é o período de maior repressão na história dos Estados Unidos. Todo mundo tem medo.

— Você não tem — Jennie diz, tão baixo que mal ouço. McHabe sorri para ela de um jeito que contrai meu coração.

— Tem gente que não desistiu. A pesquisa continua. Mas tudo é clandestino, tudo é teórico. E nós aprendemos muito. Aprendemos que o vírus não afeta só a pele. Existem...

— Pare — digo, porque vejo que ele está prestes a dizer alguma coisa importante. — Pare de falar um minuto. Preciso pensar.

McHabe espera. Jennie e Rachel olham para mim, as duas com aquele brilho de empolgação contida. Até que acabo entendendo.

— O senhor quer alguma coisa, doutor McHabe. Essa pesquisa toda quer alguma coisa de nós, além da mera alegria científica. Se as coisas lá Fora estão tão ruins quanto o senhor diz, deve ter várias doenças que o senhor poderia investigar sem se matar, muitas necessidades entre as pessoas à sua volta...

Ele faz que sim com a cabeça, os olhos cintilando.

— Mas o senhor está aqui. Dentro. Por quê? Não temos nenhum sintoma novo ou interessante, nós simplesmente vamos sobrevivendo, o lado de Fora parou de se importar com o que acontece com a gente há muito tempo. A gente não tem nada. Então por que o senhor está aqui?

— A senhora está enganada, senhora Pratt. Vocês têm uma coisa interessante acontecendo aqui. Vocês sobreviveram. A sociedade de vocês teve retrocessos, mas não entrou em colapso. Vocês estão funcionando em condições quase impossíveis de se sobreviver.

A mesma conversa fiada de sempre. Ergo as sobrancelhas olhando para ele. Ele olha para o fogo e fala baixinho:

— Dizer que Washington está enfrentando uma rebelião não descreve nem de longe o que está acontecendo. Vocês têm que ver um menino de doze anos arremessar uma bomba caseira, um sujeito cortado do pescoço até a virilha porque ainda tem emprego e o vizinho não tem mais, uma criança de três anos morrendo de fome porque alguém a abandonou como se fosse um animal... Vocês não têm ideia. Isso não acontece aqui Dentro.

— Estamos melhor do que eles — Rachel fala. Olho para a minha neta. Ela diz isso de um jeito simples, sem se enaltecer, mas com uma espécie de espanto. À luz do fogo, o relevo espesso e acinzentado da pele do rosto dela fica com um tom marrom baço.

McHabe afirma:

— Talvez estejam. Como eu estava dizendo antes, descobrimos que o vírus não afeta só a pele. Também altera locais que têm a função de neurotransmissão no cérebro. É uma transformação relativamente lenta, e foi por isso que a enxurrada de pesquisas nos primeiros anos da doença não percebeu isso. Mas é um fato, tão verdadeiro quanto a aceleração causada, digamos, pela cocaína. A senhora está me entendendo, senhora Pratt?

Faço que sim com a cabeça. Jennie e Rachel não parecem perdidas, embora desconheçam completamente este vocabulário, e percebo que McHabe já deve ter explicado tudo isso para elas em outros termos.

— À medida que a doença avança para o cérebro, os receptores que se unem aos neurotransmissores estimulantes perdem aos poucos a capacidade de engajamento, e os receptores responsáveis por acolher os neurotransmissores de inibição ampliam sua capacidade de engajamento.

— O senhor está dizendo que vamos ficando mais burros.

— Ah, não! A inteligência não é afetada de modo algum. Os resultados são emocionais e comportamentais, não intelectuais. Vocês se tornam, todos vocês, mais calmos. Perdem a inclinação para agir e inovar. Ficam ligeiramente, mas definitivamente, deprimidos.

O fogo diminui. Pego o atiçador, um pouco amassado no ponto em que alguém, em algum momento, tentou usá-lo como pé de cabra, e mexo na lenha, que é uma pasta sintética perfeitamente moldada onde se lê "Doado por Weyerhaeuser-Seyyed".

— Eu não me sinto deprimida, meu jovem.

— É uma depressão do sistema nervoso, mas de um tipo novo, sem a desesperança normalmente associada à depressão clínica.

— Eu não acredito no senhor.

— Mesmo? Com todo o devido respeito, quando foi a última vez que a senhora, ou qualquer um dos líderes de Bloco mais antigos, lutou por alguma mudança significativa no modo como as coisas são feitas aqui Dentro?

— Às vezes é impossível mudar as coisas de um modo construtivo. A única coisa a se fazer é aceitar as coisas como são. Isso não é química, é realidade.

— Não do lado de Fora — McHabe diz com ar sombrio. — Lá Fora, eles não mudam nada de modo construtivo nem aceitam as coisas como são. Partem para a violência. Aqui Dentro, vocês quase não têm casos de violência desde os primeiros anos, mesmo depois que os recursos de vocês ficaram escassos, em várias oportunidades. Quando foi a última vez que a senhora sentiu o gosto de manteiga, senhora Pratt, ou fumou um cigarro, ou usou uma calça jeans nova? A senhora sabe o que acontece lá Fora quando não há mercadorias disponíveis nem polícia em uma região qualquer? Mas aqui Dentro vocês simplesmente distribuem o que têm da maneira mais justa que podem, ou dão um jeito de viver sem. Nada de saques, nada de rebeliões, nada de inveja cancerígena. Ninguém do lado de Fora entendia o motivo. Agora nós entendemos.

— Nós sentimos inveja.

— Mas ela não vira raiva.

A cada vez que um de nós fala, Jennie e Rachel viram a cabeça para olhar, como espectadores extasiados de um jogo de tênis. Um jogo ao qual nenhuma delas jamais assistiu. A pele de Jennie brilha como pérola.

— Nossos jovens também não são violentos, e a doença não avançou muito em alguns deles.

— Eles aprendem a se comportar com os mais velhos, assim como as crianças de toda parte.

— Eu não me sinto deprimida.

— A senhora se sente cheia de energia?

— Eu tenho artrite.

— Não é disso que eu estou falando.

— Do que o senhor está falando, doutor?

Outra vez aquele movimento inquieto e furtivo em busca de um cigarro que não existe. Mas a voz dele é contida.

— Quanto tempo a senhora levou para aplicar aquele inseticida contra cupins que eu trouxe para Rachel? Ela me disse que a senhora a proibiu de fazer a aplicação, e acho que a senhora tem razão; é um produto perigoso. Quantos dias se passaram antes de a senhora ou sua filha passarem o produto?

O inseticida ainda está na lata.

— Quanta raiva a senhora está sentindo agora, senhora Pratt? — ele continua. — Porque eu acho que nós estamos nos entendendo, a senhora e eu, e que agora a senhora entende por que eu estou aqui. Mas a senhora não está gritando nem me mandando sair nem mesmo dizendo o que pensa de mim. A senhora está me ouvindo, e ouvindo calmamente, e aceitando o que eu lhe digo, mesmo sabendo o que eu quero que a senhora...

A porta se abre e ele para. Mamie entra agitada, seguida por Peter. Ela faz cara feia e bate o pé no chão.

— Onde você estava, Rachel? Estamos há dez minutos lá fora esperando vocês todos! O baile já começou!

— Só mais uns minutos, mãe. A gente está conversando.

— Conversando? Sobre o quê? O que está acontecendo?

— Nada — McHabe responde. — Eu só estava fazendo algumas perguntas à sua mãe sobre a vida aqui Dentro. Desculpe por ter demorado tanto.

— Você nunca me pergunta coisas sobre a vida aqui Dentro. E, além disso, eu quero dançar!

— Se você e o Pete quiserem ir na frente, eu levo a Rachel e a Jennie — diz McHabe.

Mamie morde o lábio inferior. Subitamente sei que ela quer subir a rua até o baile entre Peter e McHabe, dando um braço para cada um, com as garotas atrás deles. McHabe olha firme nos olhos dela.

— Bom, se é isso que você quer — ela resmunga, rabugenta. — Venha, Pete!

Ela fecha a porta com força.

Eu olho para McHabe, sem disposição para fazer a pergunta diante de Rachel, confiando que ele sabe qual é o argumento que desejo usar. Ele sabe.

— Na depressão clínica, sempre há uma pequena porcentagem de pessoas em quem a doença se manifesta não como passividade, mas como irritabilidade. Pode ser o mesmo. Nós não sabemos.

— Vó — Rachel diz, como se não conseguisse mais se conter —, ele tem uma cura.

— Apenas para as manifestações na pele — McHabe retruca rapidamente, e entendo por que ele não quer falar isso daquele jeito. — Não para os efeitos no cérebro.

Eu digo, contra minha vontade:

— Como é possível curar uma coisa sem curar a outra?

Ele passa a mão pelos cabelos. Cabelos espessos, castanhos. Pego Jennie olhando para a mão dele.

— Os tecidos da pele e do cérebro não são iguais, senhora Pratt. O vírus atinge a pele e o cérebro ao mesmo tempo, mas as mudanças no tecido cerebral, que é muito mais complexo, só são detectadas depois de um prazo muito maior. E não podem ser revertidas: o tecido nervoso não se regenera. Se a senhora fizer um corte na ponta do dedo, ele vai acabar substituindo as células danificadas para se curar. Caramba, se a pessoa for bem nova, o dedo pode ganhar uma ponta nova. Achamos que nossa cura vai estimular a pele a fazer algo assim.

"Mas, se a senhora danificar o córtex, aquelas células se perderão para sempre. E, a não ser que outra parte do cérebro possa aprender a compensar o que se perdeu, o comportamento que era controlado por aquelas células, seja qual for, vai estar modificado para sempre."

— Vai ficar deprimido, o senhor quer dizer.

— Vai ficar calmo. Mais moderado... O país precisa desesperadamente de moderação, senhora Pratt.

— E então você quer levar alguns de nós lá para Fora, curar as marcas na pele e deixar que a "depressão" se espalhe: a "moderação", a "lentidão para agir"...

— As coisas estão muito agitadas lá fora. E ninguém consegue controlar; é uma agitação do pior tipo. Agora a gente precisa desacelerar tudo um pouco, antes que não sobre nada para desacelerar.

— Você pretende infectar uma população inteira...

— De um modo lento. Suave. Para o bem deles...

— Mas cabe a você decidir isso?

— Levando em consideração a alternativa, sim. Porque funciona. As colônias funcionam, apesar de todas as privações. E elas funcionam por causa da doença!

— Cada caso novo ia ter marcas na pele...

— Que nós vamos curar.

— E o seu tratamento funciona, doutor? O pai da Rachel morreu de um tratamento como o seu!

— Não era como o nosso — ele diz, e ouço na voz dele a convicção sem fim dos jovens. Das pessoas que têm energia. Dos de Fora. — Este tratamento é novo, e completamente diferente do ponto de vista médico. Esta é a cepa certa.

— E você quer que eu sirva de cobaia para essa sua cepa nova, que é a certa.

Há um momento de silêncio carregado. De um olho para outro: cinza, azul, castanho. Eu sei, mesmo antes de Rachel se levantar de sua banqueta ou de McHabe dizer:

— Nós achamos que, para evitar cicatrizes, o melhor seria tratar jovens com manifestações leves na pele.

Rachel passa os braços em torno do meu corpo. E Jennie... Jennie com sua fita vermelha no cabelo, sentada em sua cadeira quebrada como se fosse um trono, Jennie, que jamais tinha ouvido falar em neurotransmissores ou vírus lentos ou riscos calculados, diz simplesmente:

— Tem que ser eu. — Ela olha para McHabe com olhos brilhando de amor.

***

Eu digo que não. Mando McHabe embora e digo que não. Converso com as duas meninas e digo que não. Elas olham infelizes uma para a outra, e fico me perguntando quanto tempo vai levar para elas perceberem que podem agir sem permissão, sem obediência. Mas elas nunca fizeram isso.

Discutimos por quase uma hora, e então insisto para elas irem ao baile, e digo que vou com elas. A noite está fria. Jennie veste a blusa, uma peça pesada tricotada à mão, que deixa seu corpo sem forma do pescoço aos joelhos. Rachel arrasta seu casaco, de um tecido sintético esfiapado nos punhos e na bainha. Enquanto passamos pela porta, ela me para com uma mão no meu braço.

— Vó, por que a senhora disse que não?

— Por quê? Querida, eu estou falando sobre isso faz uma hora. O risco, o perigo...

— É isso mesmo? Ou... — Eu consigo sentir Rachel na escuridão do corredor reunindo forças. — Ou é... Não fique brava, vó, não fique brava comigo, por favor... Ou é porque o tratamento é uma coisa nova, uma mudança? Uma... coisa diferente que a senhora não quer por ser empolgante? Como o Tom disse?

— Não, não é isso — digo, sentindo que ela está tensa ao meu lado e, pela primeira vez na vida dela, não sei o que essa tensão significa.

Andamos pela rua em direção ao Bloco B. Há lua e estrelas, minúsculos pontos de luz fria lá no alto. O Bloco B está iluminado também, por lâmpadas de querosene e por tochas plantadas no chão em frente às paredes descascadas dos alojamentos que formam a triste praça. Ou será que ela parece triste por causa do que McHabe disse? Será que nós poderíamos ter nos saído melhor do que conseguimos com esse utilitarismo pálido, essa desolação reprimida – essa paz?

Antes desta noite, eu não teria me perguntado.

Fico parada de pé na escuridão do fim da rua, bem em frente à praça, com Rachel e Jennie. A banda toca do outro lado do terreno, um violino, um violão e um trompete com uma válvula que emperra o tempo todo. As pessoas empacotadas com todas as roupas que possuem estão zumbindo pela praça, se agrupando nos círculos de luz em torno dos fachos, falando baixinho. Seis ou sete casais dançam lentamente no meio da terra nua, não muito agarrados e balançando ao som de uma versão queixosa de "Starships and Roses". A música fez sucesso no ano em que fiquei doente, e teve um *revival* uma década depois, no ano em que a primeira expedição tripulada partiu para Marte. A expedição supostamente ia estabelecer uma colônia.

Será que eles ainda estão lá?

Nós não tínhamos composto canções novas.

Peter e Mamie circulam em meio aos outros casais. "Starships and Roses" termina e a banda começa a tocar "Yesterday". Mamie se vira e, por um instante, seu rosto aparece plenamente iluminado pela tocha: está tenso e angustiado, com lágrimas escorrendo.

— A senhora devia se sentar, vó — Rachel diz. É a primeira vez que ela fala comigo desde que saímos do alojamento. A voz dela está carregada, mas não raivosa, e não há raiva no braço de Jennie quando ela põe no chão a banqueta de três pés que levou para mim. Elas nunca ficam com raiva.

Com meu peso, a banqueta afunda no solo de modo desigual. Um menino, de doze ou treze anos, vem até Jennie e, sem falar nada, estende a mão. Eles se juntam aos casais dançando. Jack Stevenson, que tem uma artrite muito pior do que a minha, vem andando em minha direção com o neto, Hal, ao lado.

— Olá, Sarah. Quanto tempo.

— Olá, Jack.

Relevos espessos da doença marcam os dois lados do rosto dele e serpenteiam pelo nariz. Há muito tempo, nós estudamos juntos em Yale.

— Hal, vá dançar com a Rachel — Jack diz. — Mas primeiro me dê essa banqueta.

Hal, obediente, troca o banquinho por Rachel, e Jack se abaixa para sentar-se do meu lado.

— Grandes acontecimentos, Sarah.

— Ouvi dizer.

— McHabe contou pra você? Contou tudo? Ele disse que tinha ido falar com você um pouco antes de falar comigo.

— Contou.

— O que você acha? — pergunta ele.

— Não sei.

— Ele quer que o Hal tente o tratamento.

Hal. Eu não tinha pensado. O rosto do menino é suave e limpo, a única marca visível na pele fica na mão.

— A Jennie também — eu digo.

Jack faz que sim com a cabeça, aparentemente sem se surpreender.

— O Hal não aceitou.

— Mesmo?

— Você está me dizendo que a Jennie não recusou?

Ele olha para mim.

— Ela não descarta nem mesmo uma coisa perigosa como um tratamento não testado? Sem falar nessa suposta passagem para Fora...

Não falo nada. Peter e Mamie dançam atrás dos outros casais, desaparecem outra vez. A música que eles dançam é lenta, triste, antiga.

— Jack, você acha que a gente podia ter se saído melhor aqui? Com a colônia?

Jack olha os dançarinos. Por fim, fala:

— Nós não nos matamos. Não incendiamos nada. Não roubamos, ou pelo menos não roubamos muito, nem nada que seja muito sério. Não escondemos coisas uns dos outros. Tenho a impressão de que a gente se saiu melhor do que qualquer um podia esperar. Do que a gente mesmo podia esperar.

Os olhos dele buscam Hal entre os dançarinos.

— Ele é a melhor coisa da minha vida, aquele menino.

Outro raro clarão na memória: Jack debatendo em alguma aula de Ciência Política há muito esquecida em Yale, um jovem aluno entusiasmado. Ele está com o peso levemente apoiado nas pontas dos pés, inclinado para a frente como um lutador ou um dançarino, as luzes elétricas brilhando em seus cabelos negros lustrosos. Meninas olham para ele com as mãos paradas sobre os livros abertos. Ele é responsável por argumentar a favor do tema escolhido para o debate: incentivar guerras nucleares que destruam o armamento atômico de países de terceiro mundo é um método eficaz de impedir um conflito nuclear entre as superpotências.

Abruptamente a banda para de tocar. No centro da praça, Peter e Mamie gritam um com o outro.

— ... vi o jeito que você encostou nela! Seu cretino, seu sacana infiel!

— Pelo amor de Deus, Mamie, não aqui!

— Por que não aqui? Você não se importou de dançar com ela aqui, de pôr as mãos nas costas dela aqui, e na bunda e... e... — Ela começa a chorar.

As pessoas desviam o olhar, constrangidas. Uma mulher que não conheço anda na direção de Mamie e põe a mão no ombro dela. Mamie sacode o ombro para tirar a mão da outra, suas próprias mãos cobrindo o rosto, e sai correndo da praça. Peter fica ali mudo por um momento antes de falar, sem se dirigir a ninguém em especial:

— Desculpem. Por favor, dancem.

Ele vai na direção da banda, que começa, de qualquer jeito, a tocar "Didn't We Almost Have It All". A música tem vinte e cinco anos. Jack Stevenson pergunta:

— Posso ajudar, Sarah? Com a sua menina?

— Como?

— Não sei — ele diz, e é claro que não sabe. Ele oferece ajuda não para ser útil, mas para ser solidário, sabendo que a pequena cena à luz das tochas me deprime.

Será que nós todos entendemos a depressão assim tão fácil?

Rachel dança com alguém que não conheço, um homem mais velho de rosto calmo. Ela lança um olhar aflito por cima do ombro dele: agora Jennie está dançando com Peter. Não consigo ver o rosto de Peter. Mas vejo o de Jennie. Ela não está olhando diretamente para ninguém, mas nem precisa. A mensagem que ela passa é clara: eu proibi que ela viesse ao baile com McHabe, mas não proibi que ela dançasse com Peter, e é isso que ela está fazendo, embora não queira, embora fique claro no rosto dela que esse pequeno ato de resistência é apavorante para ela. Peter abraça mais forte e ela faz um movimento para trás, com um sorriso forçado.

Kara Desmond e Rob Cottrell vêm na minha direção, bloqueando minha visão dos dançarinos. Eles chegaram junto comigo. Kara tem um bisneto pequeno, um dos raros bebês que já nasceram desfigurados pela doença. O vestido de Kara, que ela usa por cima da calça jeans por causa do frio, tem a bainha esfiapada; sua voz é suave.

— Sarah. Que bom ver você fora de casa.

Rob não diz nada. Ele ganhou peso nesses últimos anos em que não nos vimos. Na tremulante luz dos feixes, seu rosto gordo brilha com a serenidade de um Buda afetado pela doença.

Duas danças depois, percebo que Jennie desapareceu.

Olho em volta procurando Rachel. Ela está servindo chá para a banda. Peter dança com uma mulher que não usa jeans sob o vestido; a mulher treme e sorri. Então não foi com Peter que Jennie foi embora...

— Rob, você me leva para casa? Caso minhas pernas falhem?

O frio está fazendo minha artrite doer.

Rob faz que sim, indiferente.

— Eu vou junto — Kara diz, e deixamos Jack Stevenson em sua banqueta, esperando sua vez de tomar chá quente. Kara fala alegremente enquanto vamos andando o mais rápido que conseguimos, que está longe de ser a velocidade que eu queria. A lua sumiu. O terreno é desigual e a rua é escura, exceto pelas estrelas e pelas luzes intermitentes nas janelas dos alojamentos. Velas. Lamparinas. Uma vez, um brilho forte de algo que imagino ser um aparelho de energia solar doado, o único que vi em muito tempo.

Coreano, de acordo com Tom.

— Você está tremendo — Kara afirma. — Pegue o meu casaco.

Faço que não com a cabeça.

Peço que eles me deixem do lado de fora do alojamento e eles concordam, sem fazer perguntas. Em silêncio, abro a porta de nossa cozinha escura. A chama do fogão apagou. A porta do quarto escuro está entreaberta, vozes vindo da escuridão. Tremo novamente, e o casaco de Kara não teria evitado isso.

Mas estou errada. As vozes não são de Jennie e Peter.

— ... não é disso que eu queria falar com você agora — Mamie diz.

— Mas é disso que eu quero falar.

— É mesmo?

— É.

Fico ouvindo as vozes aumentarem e diminuírem de volume, ouvindo a petulância na voz de Mamie, a impaciência na de McHabe.

— Você é a tutora de Jennie, não é?

— Ah, Jennie. Sim. Por mais um ano.

— Então ela vai escutar você, mesmo que a sua mãe... a decisão é sua. E dela — ele afirma.

— Acho que sim. Quero pensar nisso. Preciso de mais informações.

— Eu respondo qualquer coisa que você perguntar.

— Responde mesmo? Você é casado, doutor Thomas McHabe?

Silêncio. Depois a voz dele, diferente.

— Não faça isso.

— Tem certeza? Tem certeza mesmo?

— Tenho.

— Tem certeza, certeza absoluta mesmo? Você quer que eu pare?

Atravesso a cozinha, batendo o joelho numa cadeira que não vejo. Da porta, um céu cheio de estrelas se torna visível através do buraco de cupins na parede.

— Ai!

— Eu disse para parar, senhora Wilson. Agora, por favor, pense no que eu disse sobre Jennie. Eu vou voltar amanhã de manhã e a senhora pode...

— Vá pro inferno! — Mamie grita. E depois, com uma voz diferente, estranhamente calma: — É porque eu tenho a doença? E você não? E a Jennie não tem?

— Não. Juro que não. Mas eu não vim aqui para isso.

— Não — Mamie diz na mesma voz fria, e me dou conta de que jamais ouvi aquela voz nela, nunca. — Você veio ajudar a gente. Trazer um tratamento. Trazer o lado de Fora. Mas não pra todo mundo. Só pros poucos que não estão muito contaminados, que não estão muito feios... aqueles que você pode usar.

— Não é assim...

— Uns poucos que você pode salvar. Deixando todos os outros aqui apodrecendo, como antes.

— Com o tempo, a pesquisa sobre a...

— Tempo! Você acha que o tempo importa aqui Dentro? O tempo não importa merda nenhuma aqui! O tempo só importa quando alguém como você vem de Fora, exibindo a pele saudável e tornando as coisas ainda mais difíceis do que já são, com suas roupas novas e o relógio de pulso que funciona e o cabelo brilhante e o seu... seu...

Ela está soluçando de chorar. Entro no quarto.

— Está tudo bem, filha. Tudo bem.

Nenhum deles reage ao me ver. McHabe apenas fica ali até eu fazer um gesto na direção da porta, e então ele se vai, sem dizer uma palavra. Ponho meu braço em volta de Mamie e ela se deita no meu peito e chora. Minha filha. Mesmo com o casaco, eu sinto o relevo da pele dela apertado contra meu corpo, e a única coisa que passa pela minha cabeça é que nem reparei que ele usa um relógio de pulso.

Mais tarde naquela noite, depois de Mamie ter caído num sono deprimido e exausto e de eu ter passado horas deitada me debatendo na cama, Rachel entra devagar no nosso quarto para dizer que Jennie e Hal Stevenson receberam injeções de um tratamento experimental de Tom McHabe. Ela está com frio e tremendo, ao mesmo tempo corajosa e assustada, com medo da decisão terrivelmente desafiadora que eles tomaram. Abraço Rachel até que ela também durma e me lembro de Jack Stevenson quando era novo, as luzes da sala de aula brilhando em seus cabelos densos, argumentando animado a favor do sacrifício de uma civilização para salvar outra.

De manhã cedo, Mamie sai do alojamento. Os olhos ainda estão inchados e brilhantes do choro da noite anterior. Imagino que ela vá tentar encontrar Peter, e não digo nada. Sentamos à mesa, Rachel e eu, comendo nossa aveia, sem olhar uma para a outra. Até erguer a colher é um esforço. Mamie demora muito para voltar.

Mais tarde, imagino a cena. Mais tarde, depois de Jennie e Hal e McHabe terem vindo e ido embora, não consigo parar de imaginar a cena: Mamie andando com os olhos inchados pelas ruas lamacentas entre os alojamentos, atravessando as praças sem pavimento com suas hortas de frágeis pés de feijão e os topos amarelo-esverdeados de cenouras. Passando pelos armazéns com sua lã e seus fogões a lenha e suas folhas de alumínio e seus remédios desprotegidos, tudo doado por chineses e japoneses e coreanos. Passando por galinheiros e currais de cabras. Passando pela Administração Central, aquele prédio cinzento e empoeirado, onde as pessoas pararam de fazer registros há talvez uma década, até porque ninguém ia precisar provar que havia nascido ou mudado de alojamento. Passando pelo último poço comunitário, que chega fundo até um abundante lençol freático comunitário. Mamie andando até chegar à divisa e ser parada, e dizer o que veio dizer.

Eles chegam poucas horas depois, vestidos com trajes sanitários completos e com armas automáticas que não parecem de fabricação americana. Posso ver o rosto deles através do plástico transparente inquebrável de seus capacetes. Três deles olham direto para meu rosto, para o de Rachel, para as mãos de Hal Stevenson. Os outros dois não olham diretamente para nenhum de nós, como se o vírus pudesse ser transmitido só de olhar para o olho de alguém.

Eles tiram Tom McHabe de sua cadeira na mesa da cozinha, puxando com tanta força que ele tropeça, e o atiram contra a parede. São mais gentis com Rachel e Hal. Um deles olha curioso para Jennie, paralisada do lado oposto da mesa. Eles não deixam McHabe dar nenhuma das explicações apaixonadas que ele vinha tentando me dar. Quando ele tenta, o líder bate na cara dele.

Rachel se joga para cima do homem. Ela o agarra por trás com seus braços e suas pernas jovens e fortes, gritando:

— Pare! Pare!

O sujeito tira Rachel de seu ombro simplesmente se sacudindo, como se ela fosse uma mosca. Um segundo soldado a empurra para uma cadeira. Quando olha para o rosto dela, ele treme. Rachel grita, um som sem palavras.

Jennie nem sequer grita. Ela mergulha para o outro lado da mesa e se agarra no ombro de McHabe, e o que quer que esteja em seu rosto fica oculto pela queda de seus cabelos amarelos.

— Vamos acabar com vocês de uma vez por todas, seus "médicos" filhos da puta! — o líder grita, por cima do barulho de Rachel. As palavras atravessam o capacete como se não houvesse nada ali. — Vocês acham que podem ficar vindo para Dentro e indo para Fora e contaminando todos nós?

— Eu... — McHabe começa.

— Vá se foder! — o líder diz, e atira nele.

McHabe cai contra a parede. Jennie o agarra, desesperada, tentando fazer com que ele se levante. O soldado atira de novo. A bala atinge o pulso de Jennie, estilhaçando o osso. Um terceiro tiro, e McHabe desliza para o chão.

Os soldados saem. Há pouco sangue, só dois pequenos buracos onde as balas entraram e ficaram. Nós não sabíamos, aqui Dentro, que agora eles tinham armas assim. Nós não sabíamos que balas podiam fazer isso. Nós não sabíamos.

— Foi você — Rachel diz.

— Eu fiz isso por você — Mamie explica. — Eu fiz!

Elas ficam de frente uma para a outra, uma de cada lado da cozinha, Mamie grudada na porta que acabou de fechar depois de finalmente chegar em casa, Rachel em frente à parede onde Tom morreu. Jennie está deitada no quarto, sedada. Hal Stevenson, com o rosto jovem angustiado por ter sido inútil contra cinco soldados armados, correu para buscar o médico que mora no Bloco J, que estava fazendo curativo na perna de um bode.

— Foi você. Você — a voz dela é lenta, pesada.

Grite, penso em dizer. *Rachel, grite*.

— Eu fiz isso pra você ficar em segurança!

— Você fez isso pra eu ficar presa aqui Dentro. Igual a você.

— Você nunca achou que isso era uma prisão! — Mamie grita. — Aliás, era você quem estava feliz aqui!

— E você nunca vai ser feliz. Nunca. Nem aqui, nem em nenhum outro lugar.

Fecho os olhos para não ver a terrível maturidade no rosto da minha Rachel. Mas, no momento seguinte, ela é uma criança outra vez, abrindo caminho e passando por mim para ir para o quarto chorando furiosa, depois entrando e batendo a porta.

Eu olho para Mamie.

— Por quê? — pergunto.

Mas ela não responde. E vejo que não importa; eu não ia acreditar mesmo. Ela não tem controle sobre a própria mente. Está deprimida, doente. Agora eu preciso acreditar nisso. Ela é minha filha, e a mente dela foi afetada pelas marcas feias da pele que a desfiguraram. Ela é vítima da doença, e nada do que ela diga pode mudar as coisas.

Já é quase manhã. Rachel está de pé no estreito corredor entre a cama e a parede, dobrando roupas. A cama ainda tem a marca do corpo de Jennie dormindo; Jennie foi carregada por Hal Stevenson para o alojamento dela, onde ela não terá de ver Mamie quando acordar. Na prateleira de madeira bruta ao lado de Rachel, a lamparina está acesa, lançando sombras sobre a nova parede inteiriça que cheira a exterminador de cupins.

Ela não tem muita roupa para levar. Um par de calças *legging* azuis, velhas e com remendos malfeitos; uma blusa com fios puxados; mais dois pares de meias; a outra saia, que ela usou no baile do Bloco. O resto todo ela está vestindo.

— Rachel — eu digo.

Ela não responde, mas vejo que o silêncio é custoso para ela. Mesmo um desafio tão pequeno, mesmo agora. E, no entanto, ela está indo embora. Usando os contatos de McHabe para ir para Fora, partindo para encontrar o centro clandestino de tratamento médico. Se eles já tiverem desenvolvido o próximo passo do tratamento, para pessoas que já foram desfiguradas, ela vai aceitar. Talvez aceite, mesmo se não tiverem chegado lá. E, enquanto isso, vai contaminar o máximo de pessoas que puder com sua doença, depressiva e não agressiva. Transmissível.

Ela acha que tem que ir. Por causa de Jennie, por causa de Mamie, por causa de McHabe. Ela tem dezesseis anos e acredita – mesmo tendo crescido aqui Dentro, ela acredita – que tem que fazer algo. Mesmo que seja a coisa errada. Fazer a coisa errada, ela decidiu, é melhor do que não fazer nada.

Ela não tem noção do que é o lado de Fora. Nunca assistiu a TV, nunca entrou numa fila do pão, nunca viu um grupo de craqueiros nem um filme de horror. Não sabe o que é *napalm*, ou tortura política, ou bomba de nêutron, ou estupro coletivo. Para ela, Mamie, com seu medo confuso e justificado, representa o ápice da crueldade e da traição; Peter, com sua luxúria capenga e constrangida, é a epítome do perigo; o furto de uma galinha, o pior dos crimes. Ela nunca ouviu falar de Auschwitz, Kanpur, da Inquisição, dos jogos dos gladiadores, Nat Turner, Pol Pot, Stalingrado, Ted Bundy, Hiroshima, My Lai, Wounded Knee, Babi Yar, do Domingo Sangrento, de Dresden ou de Dachau. Criada com uma espécie de inércia mental, ela não sabe nada sobre a inércia selvagem da destruição, que, quando posta em movimento por uma civilização, é tão difícil de parar quanto uma doença.

Não acredito que ela consiga encontrar os pesquisadores clandestinos, não importa o que McHabe tenha contado para ela. Não acho que a passagem dela para Fora espalhe infecção o suficiente para causar qualquer diferença. Não acho possível que ela vá muito longe antes de ser pega e devolvida para Dentro, ou assassinada. Ela não tem como mudar o mundo. Ele é velho demais, está entranhado demais, é mau demais, está presente demais. Ela vai fracassar. Não existe nada mais forte do que a inércia destrutiva.

Junto minhas coisas e vou com ela.

Elizabeth Bear venceu os prêmios Hugo, Sturgeon e Campbell, tendo escrito mais de vinte e cinco romances, sendo o mais recente *The Red Stained Wings*, segundo livro da trilogia *Lotus Kingdoms*. Outros livros incluem a trilogia *Jenny Casey* (*Hammered*, *Scardown* e *Worldwired*), os romances *Undertow*, *Carnival* e a série de fantasia *Promethean Age*; com Sarah Monette, escreveu *A Companion to Wolves*. Bear é uma escritora prolífica de contos, com quase cem publicações assinadas desde 2003. A maior parte de seus contos foi reunida nos volumes *The Chains That You Refuse*, *Jewels and Stones*, e *Shoggoths in Bloom*.

ENTRE O DIABO E O PROFUNDO MAR AZUL

ELIZABETH BEAR

"Entre o diabo e o profundo mar azul", publicado pela primeira vez na revista on-line SCI FICTION, *é a versão de Bear para a história de mensagem pós-apocalíptica, reminiscente – sem ser derivativa – de* Damnation Alley, *do autor Roger Zelazny. O fascínio de Bear por lugares abandonados, e o fato de que ela viveu por anos em Las Vegas – "a Cidade Nuclear da América" – a levaram a escrever esta história. Como pesquisa para a obra, ela diz que aprendeu a se mover com segurança por uma zona radioativa, o que pode ser útil caso os eventos que levam a esta história possam acontecer.*

O fim do mundo já é passado. Acabou não sendo importante no longo prazo.

A correspondência ainda tinha que circular.

Harrie assinou a papelada do dia anterior, conferiu as datas no calendário, contemplou sua assinatura por um momento e tampou a caneta. Ela pesou o pedaço de metal em sua mão e olhou nos olhos apagados de Dispatch.

— O que esta viagem tem de especial?

Ele deu de ombros e virou a prancheta no balcão, conferindo cada folha para ter certeza de que tudo tinha sido preenchido corretamente. Ela não ficou observando. Ela nunca cometia erros.

— Tem que ter algo especial?

— Você não paga meus honorários a menos que seja especial, Patch — ela disse, e sorriu enquanto ele punha uma caixa de aço selada no balcão.

— Isto precisa estar em Sacramento em oito horas — afirmou ele.

— O que é?

— Produtos médicos. Culturas de células-tronco fetais. Em uma unidade de temperatura controlada. Não pode ficar muito quente, nem muito frio, tem alguma fórmula secreta que diz quanto tempo elas podem viver nessa quantidade de meios de crescimento, e o cliente está pagando bem para receber isto na Califórnia às dezoito horas.

— São quase dez horas agora. O que é muito quente ou muito frio? — Harrie ergueu a caixa. Era mais leve do que parecia; dava para pôr sem esforço nos alforjes da motocicleta dela.

— Qualquer temperatura mais quente do que já está — Dispatch disse, esfregando a testa. — Você consegue?

— Oito horas? De Phoenix para Sacramento? — Harrie se inclinou para trás para conferir o sol. — Vou ter que cruzar Vegas. As rotas da Califórnia não são boas nessa velocidade desde o Grande Terremoto.

— Eu só confiaria em você. O jeito mais rápido é passando por Reno.

— Não tem gasolina entre este lado da represa e Tonopah. Nem minha carteira de mensageira vai me ajudar lá...

— Tem um ponto de inspeção em Boulder City. Vão abastecer você lá.

— Militar?

— Eu disse que estão pagando muito bem. — Ele encolheu os ombros já encobertos de suor. Ia ser um dia quente. Harrie imaginava que podia chegar a quarenta e oito graus Celsius em Phoenix.

Pelo menos ela ia para o Norte.

— Eu topo — ela afirmou, e estendeu a mão com o recibo do pacote. — Alguma retirada em Reno?

— Sabe o que dizem sobre Reno?

— Sim. É tão perto do Inferno que você pode ver Sparks[3] — ela respondeu, citando o maior subúrbio da cidade.

3. "Sparks", em inglês, significa "fagulhas". (N. T.)

— Certo. Não precisa pegar nada em Reno. Passe direto — Patch disse. — Não pare em Vegas, aconteça o que acontecer. O viaduto cedeu, mas isso não vai afetar você a não ser que tenha detritos. Fique na 95 até Fallon; você vai encontrar o caminho liberado.

— Positivo. — Ela colocou a caixa sobre o ombro, fingindo não ver que Patch estremecia.

— Passo um rádio quando chegar a Sacramento...

— Telegrafe — falou ele. — A estática daqui até lá ia matar seu sinal de rádio.

— Positivo — ela disse de novo, virando-se para a porta aberta. A Kawasaki Concours pré-guerra estava encostada na parede destruída, como um gato enorme e inquieto. Não era a moto mais linda da região, mas levava Harrie aonde ela precisasse. Supondo que ela não derrubasse o monstro pesado no estacionamento.

— Harrie...

— O quê? — Ela parou, mas não se virou.

— Se encontrar o Buda no caminho, mate-o.

Ela olhou para trás, com fios de cabelo agarrados nas faixas que prendiam a caixa e nas alças da mochila dela.

— E se eu encontrar o Demônio?

Ela deixou a Concours deslizar pelas curvas da grande descida até a Represa Hoover, um momento de respiro depois do trecho direto e cansativo desde Phoenix, e pensou nas suas opções. Ela teria que conseguir uma média de cento e sessenta quilômetros por hora para concluir a viagem a tempo. Devia ser uma viagem tranquila; ela ficaria surpresa se visse outro veículo entre Boulder City e Tonopah.

Ela pegou um dosímetro a mais antes de deixar Phoenix, só por precaução. Ambos continuaram fazendo medições com leves cliques enquanto ela cruzava a represa e o rio contaminado, seu trepidar alerta e amigável trazendo um certo consolo. Ela não podia parar para apreciar a imensidão azul à direita nem a vista para baixo da escarpa à esquerda, mas a represa estava bonita, apesar de tudo.

Era mais do que se podia dizer sobre Vegas.

Era uma vez... – ela reduziu a marcha quando chegou à subida íngreme no lado norte do Black Canyon, o suor já encharcando seu cabelo

– era uma vez um tempo em que uma entrega como esta seria feita por avião. Em alguns lugares, isso ainda acontecia. Lugares onde havia dinheiro para combustível, dinheiro para o conserto das aeronaves.

Lugares onde quase não havia aeronaves estacionadas em filas organizadas, como pássaros feridos enfileirados ao lado de pistas contaminadas, tão quentes que dava para ouvir os dosímetros clicando ao passar por eles.

Um contrato com um mensageiro era muito mais barato. Mesmo quando se cobrava da forma como Patch cobrava.

A luz do sol reluzia no Rio Colorado abaixo, refletindo o vermelho e o dourado como espelhos. Cassinos destruídos à direita, e o cânion ecoando o ronronar da brilhante motocicleta negra. O asfalto estava todo rachado, mas ainda meio liso – pelo menos o suficiente para uma moto grande. Uma moto grande viajando a noventa quilômetros por hora constantes, rápido demais se houvesse qualquer outra coisa na estrada. Algo deslizou para o lado quando ela pensou nisso, uma mancha cinza perdida entre as manchas vermelhas e pretas nos muros recuados de pedra ao lado da estrada. Carneiros selvagens. Ninguém se incomodou em tirá-los dali antes que o vento os deixasse doentes.

O engraçado é que eles pareciam estar muito bem.

Harrie se inclinou na última curva, freando e acelerando apenas para sentir o empuxo da força da gravidade, e depois acelerou na reta que ia direto para o posto de inspeção em Boulder City. Uma luz vermelha piscou no topo de uma barra metálica ao lado da estrada. A Kawasaki ganiu e zumbiu entre as pernas dela, triste por estar sendo contida, depois seguiu gentilmente enquanto ela controlava o ritmo, consciente da poeira.

Casas tinham sido derrubadas por toda a colina que servia de abrigo para os guardas, permitindo uma visão clara de Boulder City, que se expandia abaixo. A escavadeira que havia feito o trabalho estava parada ali perto, enferrujando sob a pintura cheia de bolhas, radioativa demais para ser tirada dali. Radioativa demais até para ser derretida para reciclagem.

Boulder City tinha sido uma cidade importante no passado. Harrie conseguia ver as fachadas de empresas importantes nos dois lados da rua principal: prédios de tijolo e de barro em vermelho e castanho-acinzentado, alguns batentes de madeira branca descascando lentamente, submissos ao calor do deserto.

Os portões além do posto de inspeção estavam fechados, assim como as persianas nos abrigos dos guardas. Um painel digital acima do telhado fazia a leitura de radiação no ambiente em dois dígitos médios e a temperatura em várias dezenas de graus Celsius. Iria ficar mais quente – e mais radioativo – à medida que ela descesse para Vegas.

Harrie abaixou o apoio enquanto a Kawasaki parava e buzinou.

O jovem rapaz que saiu da cabana parecia excepcionalmente arrumado, dada a localização remota do seu local de trabalho. Quepe alinhado, botas brilhantes sob a poeira. Ele ainda estava arrumando o filtro do respirador enquanto descia os degraus metálicos vermelhos e andava em direção à moto de Harrie. Ela ficou imaginando quem ele tinha irritado para acabar neste posto, ou se era um escritor que tinha se voluntariado.

— Mensageira — disse ela, com a voz ecoando pelo microfone do capacete. Ela bateu levemente na carteira de identidade visível dentro do bolso transparente do alforje, puxou os papéis do bolso sobre o tanque com uma mão atrapalhada pela luva e os abriu dentro da pasta transparente. — Você deve me abastecer para o trecho até Tonopah.

— Você tem um filtro independente ou só o do capacete? — Com eficiência, ele conferiu os papéis.

— Independente.

— Erga o visor, por favor.

Ele não pediria para ela tirar o capacete. Havia poeira demais. Ela fez o que foi pedido, e ele comparou os olhos e o nariz dela com a foto da identidade.

— Angharad Crowther. Parece que está tudo em ordem. Você trabalha para a UPS?

— Sou uma profissional autônoma — Harrie disse. — Esta é uma entrega médica.

Ele se virou, fazendo sinal para que ela o seguisse, e a levou até as bombas de combustível. Elas estavam envoltas em plástico, uma de diesel e outra sem chumbo.

— É uma Connie?

— Um pouco modificada para não fazer tanto barulho. — Harrie batucou no tanque de combustível com a mão enluvada. — Há algo que eu deva saber sobre o trecho daqui até Tonopah?

Ele encolheu os ombros e disse:

— Você conhece as regras, imagino.

— Permaneça na estrada — falou ela, enquanto ele colocava o bocal no tanque. — Não entre em nenhum prédio. Não chegue perto dos veículos. Não pare, não olhe para trás e, principalmente, não volte; não é inteligente dirigir através da sua própria poeira. Se brilha, não pegue, e nada das zonas negras pode ser movido.

— Vou telegrafar avisando Tonopah que você está a caminho — disse ele, enquanto a bomba de combustível clicava. — Você já bateu essa moto aí?

— Nunca em dez anos — ela afirmou, e nem se incomodou em cruzar os dedos. Ele entregou a ela um recibo; ela pegou a caneta Cross de aço inoxidável do bolso e assinou o papel com vontade. As luvas transformavam sua assinatura num rabisco incompreensível, mas o guarda fez questão de compará-la com a carteira de identidade e deu um tapa no ombro dela.

— Tenha cuidado. Se você sofrer um acidente lá fora, provavelmente vai ter que se virar sozinha. Boa sorte e vá com Deus.

— Obrigada por me poupar de preocupações — ela disse, e sorriu para ele antes de fechar o visor e partir.

Música digitalizada tocava no fone de ouvido do capacete enquanto Harrie abaixava a cabeça atrás do quebra-vento, o ar quente batendo nas mangas, escorrendo entre os dedos e os punhos. A Kawasaki se estendia abaixo dela, pronta para uma boa corrida, e Harrie estava disposta a atender ao pedido da moto. Uma coisa dava para se dizer sobre a zona negra de Vegas: não havia muito tráfego. As casas – telhados idênticos de telhas vermelhas e paredes de barro claras – se transformavam em manchas dos dois lados da estrada, cercadas de árvores mortas no deserto, porque não havia mais gente lá para irrigá-las. Ela acelerou até cento e sessenta quilômetros por hora na sombra do vento das barreiras sonoras, o tacômetro girando como um relógio, apenas parando nos seis mil giros enquanto a Kawasaki acertava o passo. A grande moto parecia um porco quando estava no estacionamento, mas na rodovia ela rodava liso como vidro.

Ela tinha uns cento e sessenta quilômetros de autonomia além do necessário para chegar a Tonopah, se Deus quisesse e o rio não transbordasse, mas não estava disposta a arriscar isso com nenhuma viagem secundária pelo que restou de Vegas. Os dosímetros clicavam num ritmo errático, nada preocupante ainda, e Harrie tomou conta da pista central e, reduzindo para cento e quarenta por hora enquanto se aproximava do trecho remendado da estrada perto do antigo centro. As carcaças dos cassinos do lado esquerdo e a terra de ninguém e o gueto do lado direito devolviam para ela o ronronar afinado da Kawasaki; ela não podia ir mais rápido nessas estradas tão destruídas e com as barreiras de concreto tão próximas.

O céu sobre ela tinha um azul liso como uma turquesa barata. Um manto de poeira vermelho-terra pintava o horizonte, uma camada de inversão presa entre as montanhas que faziam o horizonte se expandir nas quatro direções.

A estrada se abriu assim que ela passou do centro, o viaduto sobre o qual Patch a alertou arqueado para cima e sobre a estrada, um emaranhado de curvas inclinadas, os cruzamentos do centro de uma cidade em silêncio. Ela desejou bom-dia aos fantasmas dos hotéis enquanto o Sol chegava ao zênite, garantindo muito calor pelas próximas quatro horas ou mais. Harrie resistiu à tentação de se inclinar para trás e colocar a mão sobre o alforje para ter certeza de que sua carga preciosa ainda estava a salvo; ela jamais saberia se o controle de clima tinha falhado na viagem e, além disso, não podia se dar ao luxo de se distrair enquanto acelerava a Kawasaki para cento e setenta por hora e abaixava o capacete para perto do quebra-vento.

Dali era uma linha reta até a cidade morta de Beatty, para quem não se incomodava com os mata-burros ao longo das estradas pelas pequenas cidades abandonadas. Caminho direto, com os dosímetros clicando, *rock and roll* clássico tocando nos fones do capacete e a Kawasaki ronronando, empurrando, ansiosa para pular e correr.

Havia dias piores para se estar vivo.

Ela reduziu para cento e quarenta e se ergueu enquanto subia o viaduto, o grande viaduto onde a rodovia de Phoenix a Reno cruzava a estrada que ia de Los Angeles para Salt Lake City, quando ainda havia Los Angeles. Patch disse que o viaduto havia cedido, o que podia significar que não era seguro passar por ele ou que a rodovia abaixo estava coberta com blocos gigantes de concreto, e Harrie não tinha interesse em descobrir qual opção era a verdadeira ou em ficar sem espaço para frear. Ela baixou o volume da música enquanto a velocidade do vento diminuía, e aproveitou a oportunidade para admirar um pouco a vista.

Praguejou suavemente em seu filtro de ar, desacelerando ainda mais antes de perceber que havia deixado o acelerador escapar.

Algo – não, alguém – estava encostado em uma placa cheia de buracos de tiro e com tinta descascada que um dia pode ter informado o limite de velocidade, quando havia gente que se importava com essas coisas.

Os dosímetros clicaram agressivamente enquanto ela deixava a moto seguir para perto da beirada. Ela não devia parar. Mas era uma sentença de morte estar sozinho e a pé aqui. Mesmo se o sol não estivesse a pino, suor escorrendo por baixo do capacete de Harrie, fazendo o couro grudar na pele.

Ela estava quase parando quando percebeu que o conhecia. Conhecia sua pele ocre, o elegante terno trespassado e seu chapéu fedora meio inclinado na cabeça, e o brilho dos seus mocassins. Durante um momento de loucura, ela desejou ter uma arma.

Não que uma arma fosse ajudar. Mesmo que ela decidisse engolir uma bala.

— Mefisto.

Ela colocou a moto em ponto morto, tocando os pés no chão enquanto parava.

— Curioso encontrar você no meio do Inferno.

— Tenho uns papéis para você assinar, Harrie. — Ele empurrou o fedora para trás. — Tem uma caneta?

— Você sabe que sim. — Ela abriu o bolso e pegou a Cross. — Eu não emprestaria uma caneta-tinteiro para qualquer um.

Ele acenou, se encostando contra a barreira de forma a conseguir erguer o joelho para apoiar os papéis. Ele aceitou a caneta.

— Você sabe que sua dívida está para vencer.

— Mefisto...

— Sem choradeira — disse ele. — Eu não cumpri a minha parte do acordo? Você abandonou sua moto desde que falamos pela última vez?

— Não, Mefisto — respondeu ela, cabisbaixa.

— Ela foi roubada? Encalhou? Você perdeu um prazo?

— Estou para perder um se você não terminar de usar minha caneta.

Ela estendeu a mão decidida; não muito convincente, mas era o melhor que podia fazer na ocasião.

— Mmm-hmmm. — Ele estava fazendo tudo no seu próprio ritmo.

Perversamente, saber disso a acalmou.

— Se a dívida vai vencer, você veio para receber?

— Vim para oferecer uma chance de renegociar — afirmou ele, depois tampou a caneta e a devolveu. — Tenho um trabalho para você; pode garantir mais uns anos se você fizer tudo direitinho.

Ela riu na cara dele e guardou a caneta no bolso com zíper.

— Mais uns anos?

Ele fez que sim com a cabeça, os lábios apertados e a cara séria, então ela piscou e ficou séria também.

— Você está falando sério.

— Nunca ofereço algo que não esteja pronto para dar — disse ele, e coçou a ponta do nariz com o dedão. — Digamos, ah... mais três anos?

— Três não é muito. — A brisa mudou. Os dosímetros apitaram. — Dez também não, agora que estou refletindo.

— Passa rápido, não é? — Ele deu de ombros. — Certo. Sete anos...

— Em troca de quê?

— O que você quer dizer?

Ela poderia ter rido de novo da inocência transparente e calculada dele.

— Digo, o que você quer que eu faça por mais sete anos de proteção? — A moto estava pesada, mas ela não ia abaixar o apoio. — Tenho certeza de que é uma má notícia para alguém.

— Sempre é.

Ele abaixou a aba do chapéu um centímetro e apontou para o alforje dela, negligentemente. Então disse:

— Só quero um momento a sós com a sua carga.

— Hmm.

Ela olhou para a encomenda, apertando os lábios.

— Isso é algo estranho de se pedir. O que você quer com uma caixa cheia de células de pesquisa?

Ele se desencostou da placa e deu um passo na direção dela.

— Você não tem que se preocupar com isso, moça. Dê para mim, e você terá sete anos extras. Se não, a dívida vence na semana que vem, não é?

— Terça. — Ela teria cuspido, mas não ia levantar o capacete. — Não tenho medo de você, Mefisto.

— Você não tem medo de muita coisa. — Ele sorriu, todo simpático. — É parte do seu charme.

Ela virou a cabeça, olhando a leste para o deserto inundado de sol e para os telhados das casas abandonadas, vidas abandonadas. Nevada sempre teve um jeito de transformar metrópoles em cidades fantasma.

— O que acontece se eu não aceitar?

— Estava esperando que você não perguntasse isso, querida — afirmou ele.

Ele se esticou para colocar a mão sobre a dela, que estava segurando o acelerador. A grande moto rugiu, um som alto e histérico, e Mefisto tirou a mão.

— Vejo que vocês fizeram novos amigos.

— Nós nos damos bem — Harrie falou, batendo de leve no tanque da Kawasaki. — O que acontece se eu não aceitar?

Ele se encolheu e cruzou os braços.

— Você não vai chegar ao fim da sua viagem.

Sem nenhuma ameaça, sem adicionar mais escuridão à sombra que a aba do chapéu projetava sobre o rosto dele. Sem um sorriso ameaçador. Um fato simples e frio, e ela podia entender bem, como de fato entendeu.

Ela desejou ter um pedaço de chiclete entre os dentes. Ia ser adequado ao seu humor. Harrie cruzou os braços, balançando a Kawasaki entre as pernas. Gostava de barganhar.

— Não é esse o acordo. O acordo é sem quedas, sem batidas, quebras, e todas as viagens concluídas a tempo. Eu disse que levaria essas células a Sacramento em oito horas. Você está desperdiçando a minha luz do dia; a vida de uma pessoa pode depender delas.

— A vida de uma pessoa depende — Mefisto respondeu, deixando os lábios retorcidos. — De um monte de pessoas, pra falar a verdade.

— Quebre o acordo, Mefisto, atrapalhe minha viagem, e você estará desrespeitando o contrato.

— Você não tem nada com o que barganhar.

Ela riu, desta vez na cara dele. A Kawasaki ronronou entre as pernas dela, encorajadora.

— Sempre há tempo para consertar meus erros...

— Não se você morrer antes de chegar a Sacramento — ele ameaçou. — Última chance para reconsiderar, Angharad, minha princesa. Ainda podemos apertar as mãos e permanecer amigos. Ou você pode terminar sua última viagem nos meus termos, e não vai ser bonito nem para você — a Kawasaki rosnou baixinho, o tanque de óleo queimando abaixo — nem para a sua moto.

— Foda-se! — Harrie disse, e ergueu os pés enquanto apertava o acelerador e dirigia direto para cima dele, apenas pelo prazer estúpido de vê-lo dançar para fora do caminho dela.

Nevada estava morrendo lentamente havia muito tempo: lençóis freáticos contaminados por perclorato, um legado das indústrias de titânio da Segunda Guerra Mundial; aumento das taxas de câncer pela exposição a vazamentos de testes nucleares na superfície; seca esmagadora e mudança climática; leucemia em crianças na área rural. Uma mente imaginativa o suficiente poderia ter visto a explosão da fábrica da PEPCON em 1988 como um sinal divino, mas o dano real só aconteceu algumas décadas depois, quando um trem que carregava lixo de alto nível nuclear para o aterro da montanha Yucca colidiu com um tanque de combustível parado nos trilhos.

O incêndio resultante e a contaminação radioativa do vale de Las Vegas acabou se revelando um presente de Deus. Quando a Guerra chegou à Base Aérea de Nellis e à montanha nuclear, Las Vegas já era uma cidade tão abandonada quanto Rhyolite ou Goldfield – com a diferença de não ter ficado deserta porque os bancos entraram em colapso ou porque acabou o ouro, mas, sim, porque a poeira que circulava pelas ruas era radioativa o suficiente para derrubar um pardal em pleno voo, ou pelo menos era o que as pessoas diziam.

Harrie não sabia se a história do pardal era verdadeira.

— Então — ela sussurrou dentro do capacete, encolhida sobre o tanque da Kawasaki, enquanto a moto gritava rumo norte-noroeste, deixando a misteriosa Las Vegas para trás. — O que você acha que ele vai fazer com a gente, menina?

A moto gemeu, sem aliviar o ritmo. O centro da cidade deu lugar a um subúrbio desolado, e a rodovia desceu para o nível do chão, numa linha reta estreita e preta refletindo o calor do sol numa miragem prateada.

O deserto se estendia para ambos os lados, uma imensidão sombria de poeira e solo duro que se estreitava à medida que a Kawasaki escalava a passagem ampla entre duas cadeias empoeiradas de montanhas. Os dosímetros de Harrie clicavam regularmente, captando um pouco mais de radiação quando ela passou pelo antigo local de testes nucleares em Mercury, a cerca de duzentos quilômetros por hora. Ela voltou a acelerar enquanto o pequeno e triste povoado – alguns *trailers* descartados, outra base militar e uma prisão abandonada – apareceu. Não havia pedestres com quem se preocupar, mas o mata-burro de metal não era algo para se atingir a toda velocidade.

Depois daquilo, não havia nada para retardá-la nos oitenta quilômetros seguintes. Ela aumentou o som da música, pôs a cabeça abaixo do nível do quebra-vento e acelerou até o velocímetro chegar no vermelho, pronta para chegar a Beatty e ao horizonte distante.

A estrada voltou a ficar ruim na chegada a Beatty. A civilização em Nevada se amontoava nos oásis e nas nascentes que se escondiam no sopé das montanhas e nas partes baixas dos vales. Esta havia sido uma região de mineração, montanhas roídas por dinamite e escavadeiras de dentes afiados. Um longo desfiladeiro à direita da estrada mostrava manchas verdes de árvores; água passava por ali, contaminada pelo depósito de lixo rompido, e os dosímetros dela clicaram mais assim que ela se aproximou da parte curva da estrada. Se descesse a ribanceira e caísse na água entre as raízes dos salgueiros e choupos, sairia de lá brilhando e estaria morta ao anoitecer.

Ela fez a curva e entrou na cidade fantasma de Beatty.

O problema, ela pensou, era que toda pequena cidade em Nevada se expandia a partir do mesmo lugar: uma encruzilhada, e ela meio que esperava que Mefisto estivesse à sua espera aqui também. A Kawasaki gemeu enquanto elas passavam pelas ruas cobertas de amaranto, mas elas cruzaram o único semáforo da cidade que ainda piscava e não viram criatura alguma. Apesar de o sol ser quase uma força física nas costas dela, um arrepio frio subiu por sua coluna. Ela preferia saber onde diabos ele estava, muito obrigada.

Talvez ele tenha feito uma conversão errada em Rhyolite.

A Kawasaki rosnou, impaciente para voltar a se soltar na estrada aberta, mas Harrie passou pelos carros caídos e detritos espalhados pelo vento com um cuidado excessivo.

— Não tem mais ninguém procurando pela gente, Connie — Harrie murmurou, e acariciou o tanque de combustível marcado pelo sol com sua mão enluvada. Elas passaram por um posto de combustível deserto, as bombas inúteis sem energia; os dosímetros gemiam e piavam. — Não quero levantar poeira se puder evitar.

Os prédios de um ou dois andares em ruínas deram lugar ao deserto e à rodovia. Harrie parou, o pé no asfalto derretido e grudento pelo sol, e se certificou de que a alça da mala estava presa no suporte. O horizonte brilhava com o calor, cadeias de montanhas de ambos os lados e o solo duro se estendendo até o infinito. Ela suspirou e tomou um gole de água velha.

— Lá vamos nós — disse ela, com as mãos na embreagem e no acelerador enquanto tirava o pé do chão. A Kawasaki se impulsionou para a frente, ganhando velocidade. — Não estamos muito longe de Tonopah, e aí nós duas vamos poder comer.

Mefisto estava dando um tempo para que ela pensasse, e ela afogou suas preocupações ao som de Dead Kennedys, Boiled in Lead e Acid Trip. A viagem de Beatty até Tonopah foi rápida e sem complicações, a estrada plana se desenrolando abaixo das rodas como uma fita métrica estendida, as montanhas unidas se arrastando dos dois lados. A única variação no decorrer do caminho foi a esquecida Goldfield, suas ruas devastadas pelo vento vazias e secas. A cidade que um dia chegou a ter vinte mil habitantes foi abandonada antes de Vegas cair sob a contaminação radioativa, muito antes de o depósito de lixo tóxico se romper. Harrie se manteve a duzentos quilômetros por hora na maior parte do caminho, a estrada toda para ela, nada além do brilho do sol a distância no retrovisor para contestar sua propriedade. O silêncio e a estrada vazia apenas davam mais espaço para que ela se preocupasse, e ela se preocupou, cutucando o problema como um corvo ataca um cadáver.

A caneta-tinteiro pesava no bolso enquanto Tonopah aparecia a distância. A cabeça dela mergulhada no calor, o capacete apertando o cabelo úmido. Ela bebeu mais água, tentando racionar: a temperatura estava subindo para quarenta e oito graus, e ela não iria durar muito sem hidratação. A Kawasaki tossiu um pouco, tentando escalar uma lenta e longa subida, mas o medidor de combustível dava a ela quase um quarto de tanque – e havia o reserva se ela acabasse com o principal. Mesmo assim, instrumentos não são sempre precisos, e a sorte não estava exatamente do lado dela.

Harrie desligou a música com um toque da língua no painel de controle dentro do capacete. Tirou a mão esquerda do guidão e bateu no tanque. O som que ela ouviu era oco, mas havia fluido suficiente ali dentro para se ouvir a reverberação sobre uma superfície em movimento. A pequena cidade à frente era uma visão desejada; lá haveria água fresca e gasolina, e ela poderia tirar o excesso de poeira e fazer xixi. Caramba, você poderia imaginar que, com todo o suor escorrendo entre a roupa de couro e a pele dela, não haveria necessidade de urinar, mas o demônio está nos detalhes, no fim das contas.

Harrie nunca quis ser um menino. Mas alguns dias ela desejava muito poder urinar de pé.

Ela estava a quinhentos metros da cidade quando percebeu que havia algo estranho em Tonopah. Mais estranho do que o normal; os dosímetros registravam apenas som de fundo enquanto ela se aproximava, mas um cheiro forte como o de carvão queimando passou pela garganta dela, apesar dos filtros de fumaça, e a pequena e estranha cidade não era mais a pequena e estranha cidade de que ela se lembrava. Colinas verdes subiam por todos os lados, cheias de grandes árvores sem folhas, e era fumaça que se dispersava no ar parado, não era poeira. Um brilho quente flutuava sobre a estrada quebrada, e os prédios que ocupavam o entorno não eram as construções desérticas de Tonopah, mas casas descascadas de telhas brancas, a fachada de uma agência de Correios, uma igreja branca com parte do campanário destruído e parte da fachada caída em um buraco fumegante no chão.

A Kawasaki gemeu, tremendo enquanto Harrie diminuía a velocidade. Ela se sentou reta no banco, deixando a grande moto rodar.

— Mas que inferno de lugar é este?

A voz dela reverberou. Ela se assustou; tinha esquecido que o microfone estava ligado.

— Exatamente — uma voz familiar falou à esquerda dela. — Bem-vinda a Centrália.

Mefisto vestia um capacete aberto no rosto e estava montado numa Honda Goldwing da cor de sangue seco misturado com dourado. A Honda sibilou para a Kawasaki, e Connie rosnou de volta, balançando num desafio ansioso. Harrie conteve a moto com mãos gentis, dando um pouco mais de combustível para ajeitá-la.

— Centrália? — Harrie nunca tinha ouvido falar da cidade, e ela se gabava de conhecer a maior parte dos lugares.

— Pensilvânia — Mefisto levantou a mão com a luva negra do guidão e gesticulou vagamente indicando o entorno. — Ou Jharia, na Índia. Ou talvez a província chinesa de Xinjiang. O carvão subterrâneo queima, sabe, queima o antracito nas minas evacuadas. Cidades inteiras abandonadas, enxofre vazando pelos respiradouros, o solo quente o suficiente para transformar chuva em vapor instantaneamente. Seus pneus vão derreter. Você vai acabar enfiando essa moto numa fenda. Sem mencionar os gases do efeito estufa. Coisas adoráveis. — Ele sorriu, mostrando os dentes de tubarão em quatro fileiras. — Vou perguntar pela segunda vez, Angharad, minha princesa.

— E eu vou recusar pela segunda vez. — Ela prendeu os olhos na estrada. Podia ver como o asfalto se curvava, agora, e o brilho fraco que vinha do buraco abaixo da igreja. — Você está acostumado com pessoas que fazem o que você pede, não é?

— As pessoas não costumam resistir muito.

Ele acelerou com a marcha desengatada, extraindo um ruído choroso e competitivo da sua Honda.

Harrie viu com o canto do olho quando ele deu de ombros, mas manteve o olhar treinado e sério para a frente. A terra tremia, ou era apenas o vapor quente acima da estrada? A Kawasaki gemeu novamente. Ela tocou a embreagem para se tranquilizar.

O estrondo gemido que respondeu não era da Kawasaki. Ela apertou os joelhos enquanto o solo cedia sob seus pneus, a mão apertando o acelerador para impulsionar Connie para a frente. Seu pneu traseiro jogava pedaços de asfalto esfarelado no ar. A estrada se rompia e despedaçava, desaparecendo atrás dela. Ela empinou a moto na força bruta e tomou coragem para conferir os retrovisores; um vapor preguiçoso subia do buraco escancarado na estrada.

Mefisto seguia junto, inabalável.

— Certeza, princesa?

— O que você disse sobre o Inferno?

Ela se abaixou e riu para ele sobre os ombros, sabendo que ele não podia ver mais do que seus olhos apertados pelo capacete. Foi o suficiente para atrair um sorriso irritado.

Ele se recostou, tirou os pés do apoio e ergueu as mãos, largando a embreagem e o acelerador, deixando a Honda ficar para trás.

— Eu disse, seja bem-vinda.

A Kawasaki rosnava e choramingava alternadamente, pesada e ágil entre as pernas enquanto ela dava toda a potência que podia arriscar. Ela estava contando com a parada para abastecimento ali, mas a compacta Tonopah do sudoeste tinha sido substituída por uma sequência de prédios destruídos, a maior parte obviamente demolida ou tendo desmoronado em buracos que brilhavam como os olhos de um lobo refletindo um clarão, e um posto de combustível não era uma das opções que sobravam. Pelo menos as ruas eram largas e desertas, e não havia curvas bruscas, apenas contornos suaves em meio a campinas e outeiros. Largas, mas não intactas; o asfalto rompido em bolhas e algumas ondulações escondiam fissuras e buracos. Os pneus queimavam; ela tossia no filtro, o microfone amplificando o barulho como um grito de hiena. A caneta Cross no bolso pressionava o peito e o coração. Ela se reconfortava com isso, abaixada atrás do guidão para evitar o vento malcheiroso e os arranhões dos esqueletos das árvores abandonadas. Ela havia assinado o contrato, afinal de contas. E, das duas uma: ou Mefisto garantia a segurança dela e da Kawasaki ou ela ia pegar de volta o que pagou.

Como se Mefisto cumprisse contratos.

Como se ele não pudesse apenas matá-la e conseguir o que queria. Exceto que ele não poderia ficar com ela, se a matasse.

— Droga — ela murmurou, ouvindo o eco, e se abaixou sobre o tanque da Kawasaki. O vento batendo forte sobre a roupa de couro. A moto pesada pegou ar chegando ao fim da última subida. Ela precisava muito fazer xixi, e a vibração do motor não ajudava, mas ela riu alto ao ver que a cidade havia ficado para trás.

Conseguiu escapar com mais facilidade do que tinha imaginado, apesar de o tanque estar quase vazio no fim da subida. Ela mudou para o tanque reserva e praguejou. Árvores mortas e tocos fumegantes seguiam para a inexistência ao redor dela, e a areia se estendia pelas montanhas destruídas a leste e a oeste. De volta a Nevada, se é que ela tinha saído de lá, diretamente para o oeste, diretamente para o clarão do sol da tarde. O visor polarizado ajudou de alguma forma, talvez não o suficiente, mas a estrada estava lisa novamente, tanto à frente quanto atrás, e ela podia ver Tonopah empoeirada e esquecida no retrovisor, inacessível como uma miragem, uma cidade no fundo do poço.

Talvez Mefisto pudesse alcançá-la apenas nas cidades. Talvez precisasse de ajuda humana em meio ao deserto para fazer as coisas se virarem a seu favor, ou talvez ele simplesmente achasse isso divertido. Talvez fosse onde as estradas se cruzam, no fim das contas. Mas ela achava que não conseguiria voltar para Tonopah se quisesse, então fingiu que não tinha visto a cidade atrás de si, e seguiu para oeste, para Hawthorne, rezando para ter combustível suficiente até lá, mas sem esperar que suas orações fossem ouvidas por alguém com quem ela queria muito falar.

A 95 fez uma curva para noroeste de novo no cruzamento deserto de Coaldale; não havia uma cidade ali desde muito antes da Guerra, antes mesmo do desastre em Vegas. Mina havia sumido também, seus limites marcados pelos outdoors descascados de uma fazenda abandonada de lagostins, a Desert Lobster Facility. O reservatório de água de Harrie secou. Ela sugou o canudo uma última vez e cuspiu, deixando-o encostado no queixo, úmido e viscoso. Ela se abaixou e deixou um longo rastro de estrada esfumaçada para trás, se inclinando suavemente quando tinha que virar, preocupada com seus pneus chamuscados e feridos. Pelo menos a temperatura estava caindo, à medida que a noite se aproximava, à medida que ela seguia para o norte e ganhava altitude. Podia até cair para menos de quarenta graus, apesar de ser difícil perceber sob a roupa de couro. À esquerda, as montanhas Sarcophagus se levantavam entre ela e a Califórnia.

O nome não a divertia mais como antes.

E aí, veio a subida. Ela suspirou baixinho, aliviada, e deu um tapinha no tanque de combustível da Kawasaki faminta e resmungona enquanto o azul ofuscante do Lago Walker aparecia no horizonte, a pequena e empoeirada cidade de Hawthorne encolhida como um caranguejo na orla ali perto. Não havia nada se mexendo lá também, e Harrie mordeu o lábio atrás do filtro. De alguma forma, a poeira havia entrado em seu capacete, incomodando cada vez que ela piscava; lágrimas escorriam por suas bochechas atrás do visor. Ela esperava que a poeira não fosse do tipo que faria com que ela brilhasse, mas os dosímetros haviam reduzido seu barulho para um leve cacarejar, então era possível que ela estivesse bem.

A Kawasaki choramingou se desculpando e morreu enquanto ela se aproximava da cidade.

— Jesus — disse ela, e se encolheu ao som da própria voz amplificada. Ela levou o dedo ao capacete para desligar o microfone, mas decidiu mantê-lo ligado. Era silencioso demais aqui sem os comentários da Kawasaki. Ela ligou a música de volta, indo de *playlist* em *playlist* até decidir por uma do Grey Line Out.

Colocou o pé direito no chão e baixou o apoio à esquerda, depois se levantou sobre os suportes e passou a perna sobre o selim. A vibração fazia seu corpo doer, as mãos, duras garras de segurar o guidão. O músculo da bunda doía como se ela tivesse apanhado dois dias antes, mas ela se inclinou, a sola da bota escorregando no chão enquanto empurrava a moto. Ela pulou num pé só para chutar o apoio, tremendo.

Não era a viagem. Era ter que levantar depois.

Ela empurrou a Kawasaki pela estrada deserta, entre prédios vazios, o piso quente o suficiente para queimar a sola dos pés através das botas se ela ficasse parada por muito tempo.

— Boa garota — ela falou para a Kawasaki, acariciando o freio dianteiro. A moto se encostava nela de forma pesada, cambaleante; era como carregar um amigo bêbado para casa. — Deve ter um posto de gasolina aqui em algum lugar.

Claro, não haveria energia para fazer as bombas funcionarem, e provavelmente nada de água segura para beber, mas ela daria um jeito quando chegasse lá. A luz do sol refletia no lago; ela estava bem, Harrie repetia para si mesma, não devia estar tão desidratada, já que a boca umedeceu só de pensar em toda aquela água fria e fresca.

O problema era que não havia como saber que tipo de veneno aquele lago continha. Havia uma antiga base naval na costa, e o lago em si havia sido usado como uma piscininha para submarinos. Podia haver qualquer coisa flutuando em suas águas. Não que não houvesse uma certa ironia, ela admitiu, em pensar no longo prazo num momento como este.

Ela avistou um posto Texaco, a placa vermelha e branca desbotada em rosa e marfim, atacada pelo incansável sol do deserto. Harrie não lembrava se estava no deserto Mojave ou no Black Rock agora, ou em algum outro deserto. Todos eles andavam juntos. Ela caiu em sua própria risada meio histérica. As bombas estavam desligadas, como já imaginava, mas ela parou a Kawasaki no apoio mesmo assim, pegou a mala com controle de climatização do alforje, e foi procurar um lugar para urinar.

O couro estava quente em seus dedos quando ela tirou as luvas e baixou as calças.

— Porcaria, que burrice... A primeira coisa que vou fazer quando voltar para a civilização é comprar um conjunto de couro e capacete brancos, droga.

Ela observou a Kawasaki enquanto se arrumava, esperando um assobio de concordância, mas a moto negra continuou em silêncio. Ela piscou os olhos ardentes e se virou.

Havia uma mangueira de jardim enrolada no suporte atrás de uma das casas queimadas atrás do posto Texaco, a parte de cima desbotada em amarelo em meio ao verde, como a barriga de uma cobra morta. Harrie arrancou o pino com uma mão. A borracha estava podre de seca; o material quebrou duas vezes enquanto ela tentava desenrolar uma seção, mas Harrie conseguiu liberar cerca de dois metros. Tirou a tampa de abastecimento do tanque subterrâneo com um ferro e arrancou o capacete e o filtro de ar para cheirar, verificando primeiro os dois dosímetros.

Afinal, esse tinha sido um dia daqueles.

O combustível ainda cheirava mais ou menos a gasolina e também tinha gosto de gasolina quando ela botou um bom gole na boca ao sugar pelo sifão improvisado. Não era gasolina muito boa, mas de cavalo dado não se olha os dentes. O sifão não estava funcionando como sifão porque ela não conseguia abaixar a extremidade inferior o suficiente, mas dava para sugar o combustível para cima e transferi-lo, de mangueirada em mangueirada, para o tanque vazio da Kawasaki. Enquanto isso, a preciosa mala permanecia encostada em sua bota.

Finalmente ela viu o brilho escuro do fluido passando pelo buraco quando olhou para dentro e bateu na lateral do tanque.

Ela fechou o tanque e cuspiu e cuspiu, desejando ter água para lavar o gosto de gasolina. O lago brilhava com ironia e, decidida, ela se virou de costas e pegou a mala.

A mala estava leve em suas mãos. Harrie parou com uma das mãos na alça do alforje, sentindo o peso do objeto brilhante, encarando as próprias botas. Ela mordeu o lábio, sentiu gosto de combustível, virou a cara e cuspiu de novo.

— Alguns anos extras de liberdade, Connie — ela disse, e acariciou o metal com a mão de luva preta. — Eu e você. Eu ia poder tomar a água. Não ia fazer diferença se o combustível que acabei de pôr em você fosse ruim. Nada poderia dar errado...

A Kawasaki estava silenciosa. As chaves balançavam no bolso de Harrie. Ela tocou no acelerador levemente, tirou a mão, deixou a mala fechada no selim.

— O que você me diz, garota?

Nada, é claro. Era um demônio quieto, adormecido e sonhador. Ela não o havia ligado.

Com os dois polegares, Harrie apertou as travas e abriu a mala.

Estava frio dentro, frio o suficiente para que ela sentisse a diferença no rosto quando se abaixou sobre a maleta. Harrie manteve a tampa meio fechada, tentando impedir com o corpo que o ar frio escapasse. Ela abaixou a cabeça para ver dentro: espuma azul enfiada com elementos de resfriamento, moldada para segurar o conteúdo sem chacoalhar. Papéis em uma pasta de plástico, e algo em placas de cultura seladas, uma geleia transparente envolta em bolinhas.

Havia um post-it grudado na pasta de plástico. Ela esticou a mão dentro da caixa e tirou o papel, trazendo-o para a luz. A letra de Patch. Ela piscou.

— "Sacramento será a próxima, se isto não chegar lá" — dizia o texto, em linhas grossas e definitivas. — Como Fausto, todos temos uma boa chance de mudar de ideia.

Se você encontrar o Buda na estrada...

— Sempre achei que esse filho da puta estava escondendo alguma coisa — disse ela, fechando a mala, e colocando o bilhete no bolso junto com a caneta. Ela enfiou o capacete de novo, conferiu duas vezes o filtro que havia começado a vazar nos limites de Tonopah, passou a perna sobre o selim da Kawasaki, e fechou o respirador.

A moto tossiu seco quando ela deu a partida, sacudindo entre suas pernas como um pônei asmático. Ela acelerou um pouco, depois deu uma aliviada, como se faz para tranquilizar um amante virgem. Rezando, implorando baixinho. O cheiro de gasolina na boca fez seus olhos lacrimejarem dentro do capacete; as lágrimas ou outra coisa levaram a poeira embora. Um cilindro soluçou. Um outro pegou.

Ela aliviou a pressão enquanto a Kawasaki tossia e ronronava, tremendo, pronta para correr.

* * *

Os dois dosímetros voltaram a apontar leituras altas enquanto ela deslizava pela estrada lisa e aberta rumo a Fallon, um oásis mortal por si só. Aparentemente Mefisto não estava satisfeito com a epidemia de leucemia e a contaminação de perclorato e arsênico no lençol freático; as árvores que Harrie viu enquanto seguia pelo verde surpreendente da cidade agrícola não eram choupos do deserto, mas imponentes gigantes da floresta europeia, e algo cinza e massivo, com um adorável azul brilhante de radiação Cherenkov, cintilava atrás dela. As placas pelas quais passou estavam escritas num alfabeto que ela não entendia, mas ela sabia o nome do lugar.

Uma chuva leve começou a cair quando ela passou por Chernobyl.

Começou a ficar mais forte quando ela virou para oeste na 50, em direção a Reno e Sparks, e uma rachadura se formou sob a borda das nuvens, que brilhavam em uma cor tóxica e amarelada com a chegada da noite. Os pneus escorregavam no asfalto ensebado e grudento.

Onde as cidades deveriam estar, pilhas fedorentas de lixo se erguiam contra o céu amarelado da noite, e pessoas quase nuas, magras de fome, procuravam algo entre os resíduos, chamando pelos nomes de pessoas amadas enterradas na avalanche. Água caía do capacete dela, encharcava o selim, grudava a roupa de couro em seu corpo. Ela desejou ter coragem de beber a chuva. A chuva não a refrescava, só molhava.

Ela não virou a cabeça para ver as vítimas desgraçadas da avalanche de lixo. Ela estava a uma hora de Sacramento, e na Manila de cinquenta anos atrás.

Donner Pass era verde e agradável, o pôr do sol manchando o céu à frente de vermelho sangue. Ela tinha tempo suficiente. Era tudo ladeira abaixo a partir dali.

Mefisto não iria deixar que ela fugisse sem lutar.

O grande terremoto havia mudado o leito do Rio Sacramento também, e Harrie recuou ao chegar à margem, porque a ponte havia caído e a água estava em chamas. Ela dirigiu para longe, cem metros, duzentos, até que o calor do rio incendiado ficou para trás.

— O que é isso? — ela perguntou a um homem magro de terno listrado que esperava por ela no acostamento.

— Incêndio do Rio Cuyahoga — disse ele. — Ano de 1969. Fique feliz. Podia ser Bhopal.

— Feliz? — Ela o poupou do sorriso sarcástico, invisível dentro do capacete. Ele tocou na aba do chapéu com a mão cinza enluvada.

— Acho que dá pra dizer isso. O que é de fato?

— O rio Flegetonte.

Ela levantou o visor e olhou sobre os ombros, vendo o rio queimar. Até mesmo ali estava quente a ponto de a roupa encharcada de couro queimar suas costas. As costas da mão dela apertaram o bolso da jaqueta. O papel do bilhete de Patch amassado; sua Cross a cutucava no peito.

Ela olhou para Mefisto e Mefisto olhou para ela.

— Então é isso — disse ela.

— Acabou. É longe demais para pular.

— Estou vendo.

— Me entregue a mala e deixo você ir para casa. Eu dou a Kawasaki e a liberdade para você. Ficamos quites.

Ela olhou para ele, a perna direita tensa, a ponta do pé encostada no chão. A grande e feroz moto se mexeu pesada entre suas pernas, ágil como um gato, pronta para virar e cuspir cascalho dos pneus.

— Longe demais para pular — ela repetiu.

— Foi o que eu disse.

Longe demais para pular. Talvez. Ou talvez, se ela desse a ele o que estava na mala e condenasse Sacramento, assim como Bhopal, como Chernobyl, como Las Vegas... Talvez ela estivesse condenando a si própria, mesmo se ele a devolvesse. E mesmo que não fosse o caso, ela não tinha certeza de que ela e a Kawasaki poderiam viver com essa resposta.

Se ele quisesse ficar com ela, teria que deixá-la pular, e ela podia salvar Sacramento. Se ele estivesse disposto a perdê-la, ela poderia morrer no caminho, e Sacramento talvez morresse com ela, mas eles morreriam livres.

De qualquer forma, Mefisto perderia. E isso bastava para ela.

— O diabo pega quem fica para trás — ela disse baixinho, e apertou o acelerador pela última vez.

Octavia E. Butler escreveu mais de dez romances e diversos contos – uma gigante do gênero, que morreu muito antes de seu tempo. Ela foi a primeira autora de ficção científica a receber a prestigiosa bolsa para "gênios" da Fundação MacArthur e também recebeu do PEN American Center um prêmio de escrita pelo conjunto de sua obra. Também foi reconhecida no campo da ficção especulativa, tendo recebido dois Hugos, dois Nebulas e um Locus – sua novela curta *Bloodchild* venceu os três. Ela faleceu em fevereiro de 2006. Uma coletânea breve de obras até então inéditas de Butler – *Unexpected Stories* – foi publicada pela editora digital Open Road em 2014.

A obra de Butler frequentemente explorava o tema da vida após o apocalipse. Embora nenhum de seus trabalhos mais longos seja classificado *principalmente* como pós-apocalíptico, todas as suas três séries de vários volumes – a trilogia *Xenogênese*, a série *Patternist* e os dois tomos de *Parable* – se passam em ambientes pós-apocalípticos, fazendo dela uma importante autora dentro do subgênero, mesmo que seus livros na verdade não façam parte dele.

SONS DA FALA

OCTAVIA E. BUTLER

Butler concebeu este conto, que ganhou o Prêmio Hugo em 1984, depois de testemunhar uma briga sangrenta e sem sentido enquanto estava no ônibus. Na sua coletânea de contos Bloodchild and Other Stories, *Butler disse que testemunhar a briga a levou a pensar "se algum dia a espécie humana ia crescer o bastante para aprender a se comunicar sem de algum modo usar os punhos". E então lhe ocorreu a primeira frase do conto.*

Havia uma confusão a bordo do ônibus da linha Washington Boulevard. Rye já imaginava que haveria confusão em algum momento de sua jornada, mais cedo ou mais tarde. Ela tinha adiado a partida até que a solidão e a falta de esperança a expulsaram. Ela acreditava que poderia ter algum grupo de parentes ainda vivos – um irmão e os dois filhos dele, a trinta quilômetros de Pasadena. A viagem duraria um dia e seria só de ida, se ela desse sorte. A chegada inesperada do ônibus bem quando ela estava saindo de casa na Virginia Road pareceu ser um sinal de sorte – até a confusão começar.

Dois rapazes se envolveram numa disputa de algum tipo ou, mais provável, num mal-entendido. Eles estavam no corredor, rosnando e fazendo gestos um para o outro, os dois de braços abertos segurando nas barras mais próximas enquanto o ônibus sacolejava, passando pelos buracos do asfalto. O motorista parecia se esforçar para fazer com que os dois perdessem o equilíbrio. Mesmo assim, faltava pouco para que os gestos deles se transformassem em contato – socos no ar, jogos manuais de intimidação para substituir xingamentos que haviam se perdido.

As pessoas olhavam para eles, depois se entreolhavam e emitiam pequenos sons de ansiedade. Duas crianças choravam.

Rye estava poucos bancos atrás dos dois, perto da porta dos fundos. Observava-os atentamente, sabendo que a briga ia começar quando um deles perdesse a calma ou quando a mão de alguém deslizasse ou quando um deles chegasse ao fim de sua limitada capacidade de comunicação. Essas coisas poderiam acontecer a qualquer instante.

Uma delas aconteceu quando o ônibus passou por um buraco especialmente grande, e um dos homens, alto, magro e irônico, foi arremessado sobre o oponente, que era mais baixo.

Imediatamente, o sujeito mais baixo levou o punho esquerdo ao sorriso irônico que se desintegrava. Ele bateu no oponente maior como se não tivesse nem precisasse de nenhuma arma além de seu punho esquerdo. O golpe foi rápido o suficiente, forte o suficiente para derrubar o oponente antes que o sujeito mais alto conseguisse recuperar o equilíbrio ou dar um único soco sequer.

As pessoas gritavam ou choravam de medo. Os que estavam perto se esforçavam para sair do caminho. Outros três rapazes urraram de empolgação e gesticularam loucamente. Então, de algum modo, uma segunda briga irrompeu entre dois desses três – provavelmente porque um deles havia inadvertidamente encostado ou batido no outro.

Enquanto a segunda briga fazia os passageiros assustados fugirem, uma mulher sacudiu o ombro do motorista e grunhiu, ao mesmo tempo em que apontava para a briga.

O motorista respondeu com outro grunhido, dentes arreganhados. Assustada, a mulher se afastou.

Rye, conhecendo os métodos dos motoristas, se protegeu e se segurou na barra que ficava no assento em frente ao seu. Quando o motorista pisou no freio, ela estava pronta e os combatentes, não. Eles caíram sobre os assentos e os passageiros que gritavam, criando uma confusão ainda maior. No mínimo mais uma briga começou.

No instante em que o ônibus parou completamente, Rye estava de pé, empurrando a porta de trás. No segundo empurrão, a porta se abriu e ela saltou, segurando seu pacote com um braço. Vários outros passageiros a seguiram, mas alguns permaneceram no ônibus. Os ônibus eram tão raros e irregulares na época que as pessoas viajavam neles quando dava, não importava o que acontecesse. Talvez não houvesse outro ônibus naquele dia – nem no dia seguinte. As pessoas começavam a andar na rua e, se vissem um ônibus, faziam sinal para que ele parasse. Quem estava no meio de uma viagem intermunicipal, como Rye, que ia de Los Angeles para Pasadena, começou a fazer planos de acampar na rua, ou de se arriscar pedindo abrigo aos habitantes locais, correndo o risco de ser roubado ou assassinado.

O ônibus não se moveu, mas Rye se afastou dele. Ela pretendia esperar a confusão terminar e subir de novo, mas, se houvesse tiros, ela queria estar protegida por uma árvore. Assim, ela estava perto do meio-fio quando uma lata-velha Ford azul do outro lado da rua deu meia-volta e parou em frente ao ônibus. Carros eram raros na época – tão raros quanto podiam ser diante de uma severa escassez de combustíveis e de componentes mais ou menos em bom estado. Os carros que ainda funcionavam tinham a mesma probabilidade de serem usados como armas ou como meio de transporte. Assim, quando o motorista acenou para Rye, ela se afastou, cautelosa. Ele saiu – um sujeito grande, jovem, com barba bem feita e cabelos negros e densos. Ele vestia um sobretudo longo e tinha um sorriso cauteloso semelhante ao de Rye. Ela estava a vários metros dele, esperando para ver o que ele faria. Ele olhou para o ônibus, que agora sacudia com a briga lá dentro, depois para o pequeno grupo de passageiros que tinha saído. Por fim olhou de novo para Rye.

Ela também olhou para ele, perfeitamente consciente da velha pistola automática ponto quarenta e cinco que seu casaco ocultava. Olhou para as mãos dele.

Ele apontou com a mão esquerda para o ônibus. As janelas escuras impediam que ele visse o que estava acontecendo lá dentro.

O uso que ele fez da mão esquerda interessou mais a Rye do que a pergunta óbvia dele. Gente canhota tendia a ter menos fraquezas, a ser mais razoável e compreensiva, menos movida por frustração, confusão e raiva.

Ela imitou o gesto dele, apontando para o ônibus com sua própria mão esquerda, depois socando o ar com os dois punhos.

O sujeito tirou o casaco revelando um uniforme do Departamento de Polícia de Los Angeles com direito a cassetete e revólver.

Rye deu outro passo para trás, se afastando dele. A polícia de Los Angeles não existia mais, *nenhuma* grande organização, estatal ou privada, existia mais. Havia milícias de bairro e pessoas armadas. Só isso.

O sujeito pegou algo do bolso do casaco, depois atirou o casaco no carro. Então fez outro gesto para Rye, na direção da traseira do ônibus. Ele tinha um objeto de plástico na mão. Rye não entendeu o que ele queria, até que ele foi para a porta dos fundos e sinalizou para que ela ficasse ali. Ela obedeceu mais por curiosidade. Fosse ou não fosse policial, talvez ele pudesse fazer algo para acabar com aquela briga idiota.

Ele andou pela frente do ônibus, até o outro lado da rua, onde a janela do motorista estava aberta. Lá, ela pensou ter visto o sujeito jogar algo para dentro do ônibus. Ela ainda estava tentando enxergar através do vidro escuro quando as pessoas começaram a sair cambaleantes pela porta de trás, tossindo e chorando. Gás.

Rye pegou uma senhora idosa que ia cair, levantou duas crianças que corriam o risco de ser derrubadas e pisoteadas. Ela via o sujeito barbado ajudando as pessoas na porta dianteira. Ela segurou um velhinho magro expulso por um dos combatentes. Cambaleante com o peso do idoso, ela mal foi capaz de sair da frente quando o último dos rapazes abriu caminho para sair. Este, sangrando pelo nariz e pela boca, esbarrou num outro, e os dois se atracaram às cegas, ainda tossindo do gás.

O sujeito barbado ajudou o motorista do ônibus a chegar à porta da frente, embora o motorista não parecesse feliz com a ajuda. Por um momento, Rye achou que ia acontecer uma nova briga. O sujeito barbado recuou e viu o motorista fazer gestos ameaçadores, e observou enquanto ele gritava furioso, sem palavras.

O homem barbado continuou imóvel, sem fazer sons, recusando-se a responder a gestos claramente obscenos. As pessoas menos comprometidas tinham esta tendência: manter a distância a não ser que fossem ameaçadas fisicamente e deixar os que tinham menos controle gritando e saltando. Era como se eles achassem que não era digno deles ser tão irritáveis quanto os que tinham menor grau de compreensão. Era uma atitude de superioridade, e era assim que gente como o motorista do ônibus percebia esse tipo de gesto. Essa "superioridade" frequentemente era punida com espancamentos, até com a morte. A própria Rye já tinha passado por sustos assim. Como resultado, ela nunca saía desarmada. E neste mundo onde a única linguagem conhecida por todos era a linguagem corporal, estar armado quase sempre bastava. Ela raramente precisava sacar a arma ou mesmo mostrá-la.

O revólver do homem barbado estava constantemente visível. Aparentemente isso bastou para o motorista do ônibus. O motorista cuspiu revoltado, encarou o sujeito barbado um instante a mais do que o normal, depois voltou andando para seu ônibus cheio de gás. Ele olhou para o ônibus por um momento, claramente desejando entrar, mas o gás continuava forte demais. Das janelas, apenas a minúscula janelinha ao lado do banco do motorista abria. A porta da frente estava aberta, mas a porta dos fundos só ficava aberta se alguém a segurasse. É claro, o ar-condicionado não funcionava havia muito tempo. Ia levar um bom tempo até o ar ficar limpo dentro do ônibus. O veículo era propriedade do motorista, era seu ganha-pão. Na lateral, ele tinha colado fotos de revistas velhas mostrando itens que aceitava como pagamento. Depois, usava o que havia conseguido para alimentar sua família ou para fazer escambo. Se o ônibus parasse de funcionar, ele não comia. Por outro lado, se o interior do ônibus fosse dilapidado por brigas sem sentido, ele também não ia comer muito bem. Aparentemente, ele não conseguia perceber isso. A única coisa que ele conseguia perceber era que ia demorar até que ele pudesse usar o ônibus de novo. Ele agitou o punho diante do sujeito barbado e gritou. Parecia haver palavras em sua boca, mas Rye não conseguia compreendê-las. Ela não sabia se isso era culpa dele ou dela. Tinha ouvido tão pouco discurso humano coerente nos últimos três anos que já não sabia se conseguiria reconhecer algo assim, não tinha mais certeza sobre seu próprio grau de comprometimento.

O sujeito barbado suspirou. Ele olhou para seu carro, depois acenou para Rye. Ele estava prestes a sair, mas queria algo dela antes. Não. Não, ele queria que ela fosse com ele. Que ela se arriscasse a entrar no carro dele quando, apesar do uniforme de policial, a lei e a ordem já não eram nada – tinham deixado inclusive de ser palavras.

Ela sacudiu a cabeça num sinal compreendido universalmente como uma negativa, mas o sujeito continuou a gesticular.

Ela fez um sinal para que ele fosse embora. Ele estava fazendo algo que os menos comprometidos raramente faziam – chamando possível atenção negativa para outro de sua espécie. As pessoas do ônibus tinham começado a olhar para ela.

Um dos homens que tinham brigado deu um toque no braço do outro, depois apontou do homem barbado para Rye, e por fim ergueu os dois primeiros dedos de sua mão direita como se estivesse fazendo dois terços de uma saudação de escoteiro. O gesto foi muito rápido, seu sentido era óbvio mesmo de longe. Ela tinha sido associada ao homem barbado. E agora?

O homem que fez o gesto começou a andar na direção dela.

Ela não tinha ideia do que ele pretendia, mas ficou onde estava. O homem era uns quinze centímetros mais alto do que ela e talvez fosse uns dez anos mais novo. Ela não achava que poderia correr mais rápido do que ele. Nem esperava que alguém ajudasse caso ela precisasse de ajuda. As pessoas à sua volta eram todas desconhecidas.

Ela fez um gesto – uma clara indicação para que o homem parasse. Ela não pretendia repetir o gesto. Por sorte, o homem obedeceu. Ele fez um gesto obsceno e vários outros homens riram. A perda da linguagem verbal tinha dado origem a todo um novo grupo de gestos obscenos. O homem, com uma simplicidade gritante, acusou Rye de ter feito sexo com o sujeito barbado e sugeriu que ela acomodasse os outros homens presentes – começando por ele.

Cansada, Rye olhou para ele. Caso ele tentasse estuprá-la, as pessoas podiam muito bem ficar só paradas olhando. Elas também ficariam olhando se Rye decidisse atirar nele. Será que ele ia forçar as coisas a esse ponto?

Ele não forçou. Depois de uma série de gestos obscenos que não o levaram para mais perto dela, ele se virou cheio de desprezo e se afastou.

E o sujeito barbado continuava esperando. Ele tinha tirado o revólver, com coldre e tudo. Acenou de novo, ambas as mãos vazias. Sem dúvida, a arma dele estava no carro e ele poderia pegá-la facilmente, mas o fato de ele ter tirado o revólver da cintura impressionou Rye. Talvez ele fosse um bom homem. Talvez simplesmente estivesse sozinho. Ela também estava sozinha fazia três anos. A doença tirou tudo que ela tinha, matando seus filhos um a um, matando o marido, a irmã, os pais...

A doença, se é que aquilo era uma doença, tinha separado até mesmo os sobreviventes. À medida que aquilo varria o país, as pessoas mal tinham tempo para colocar a culpa nos soviéticos – embora eles estivessem recaindo no silêncio, assim como o resto do mundo –, em um novo vírus, um novo poluente, na radiação, em um castigo divino.... A doença tinha a rapidez de um derrame para matar as pessoas e era semelhante a um derrame em alguns de seus efeitos. Mas era muito específica. A linguagem sempre se perdia ou ficava altamente comprometida. Jamais era recuperada. Muitas vezes, também havia paralisia, comprometimento intelectual, morte.

Rye andou na direção do sujeito barbado, ignorando os assobios e os aplausos de dois dos rapazes e dos sinais que eles fizeram com o polegar para cima para o sujeito barbado. Se ele tivesse sorrido ou dado qualquer atenção a eles, ela quase certamente teria mudado de ideia. Se ela tivesse se permitido pensar nas consequências possivelmente fatais de entrar no carro de um estranho, teria mudado de ideia. Em vez disso, ela pensou no sujeito que morava em frente à casa dela. Ele raramente tomava banho desde que fora atingido pela doença. E tinha adquirido o hábito de urinar onde quer que estivesse. Ele já tinha duas mulheres – cada uma tomando conta de um de seus grandes jardins. Elas o toleravam em troca de proteção. Ele tinha deixado claro que queria Rye como sua terceira mulher.

Ela entrou no carro e o sujeito barbado fechou a porta. Ela observou o homem dar a volta para chegar à porta do motorista – observou para protegê-lo, já que a arma dele estava no banco ao lado dela. E o motorista do ônibus e uma dupla de rapazes tinham se aproximado alguns passos. Eles não fizeram nada, no entanto, até que o sujeito estivesse no carro. Aí um deles atirou uma pedra. Outros seguiram o exemplo dele e, enquanto o carro se afastava, várias pedras bateram inofensivas na lataria.

Quando o ônibus já estava a uma certa distância, Rye limpou o suor da testa e quis relaxar. O ônibus teria feito mais da metade do percurso até Pasadena. Ela só ia precisar andar uns quinze quilômetros. Ela começou a pensar quanto teria de andar agora – e pensou se andar vários quilômetros seria seu único problema.

Na esquina da Figueroa com a Washington, onde o ônibus normalmente virava à esquerda, o sujeito barbado parou, olhou para ela, e indicou que ela devia escolher uma direção. Quando ela indicou a esquerda e ele de fato virou para a esquerda, ela começou a relaxar. Se ele estava disposto a ir para onde ela apontasse, talvez fosse seguro estar com ele.

Enquanto eles passavam por conjuntos de prédios incendiados, abandonados, por terrenos vazios e carros batidos ou desmanchados, ele passou uma corrente de ouro pela cabeça e entregou para ela. O pingente era uma pedra lisa, vítrea, negra. Obsidiana. O nome dele podia ser Rock ou Peter ou Black, mas ela decidiu pensar nele como Obsidiana. Até mesmo uma memória tantas vezes falha como a dela guardaria um nome como Obsidiana.

Ela entregou para ele o símbolo do seu próprio nome – um broche na forma de uma grande e dourada espiga de trigo. Ela tinha comprado aquilo muito tempo antes do início da doença e do silêncio. Agora ela usava o enfeite achando que aquilo era provavelmente o mais perto que ela chegaria de Rye.[4] Gente que não a conhecia antes, como Obsidiana, provavelmente acharia que seu nome era Trigo. Não que importasse. Ela jamais voltaria a ouvir alguém falar seu nome.

Obsidiana devolveu o broche para ela. Ele pegou a mão dela quando ela a estendeu para pegar o broche e passou seu polegar pelos calos dela.

Ele parou na Rua Um e perguntou novamente qual era o caminho. Após virar à direita como ela indicou, estacionou perto do Music Center. Ali, pegou um papel dobrado que estava no painel e desdobrou. Rye viu que era um mapa de ruas, embora a escrita sobre o papel não significasse nada para ela. Ele estendeu o mapa, pegou outra vez a mão dela, e colocou o indicador de Rye sobre um ponto. Ele encostou nela, encostou em si mesmo, apontou para o chão. Ou seja: "Nós estamos aqui".

Ela sabia que ele queria saber para onde ela estava indo. Ela queria dizer, mas sacudiu a cabeça desanimada. Ela não sabia mais ler e escrever. Esse era o comprometimento mais sério e mais doloroso para ela. Ela havia sido professora de História na Universidade da Califórnia. Era uma escritora *freelance*. Agora não conseguia sequer ler seus próprios manuscritos. Ela tinha uma casa cheia de livros que não conseguia nem ler nem se convencer a usar como combustível. E sua memória não lhe dava acesso a muito do que ela já havia lido.

Ela olhou para o mapa, tentando calcular. Tinha nascido em Pasadena, vivera até os quinze anos em Los Angeles. Agora estava perto do Centro Cívico de Los Angeles. Ela sabia as posições relativas das duas cidades, conhecia as ruas, o caminho, sabia até como evitar as rodovias, que podiam estar bloqueadas por carros acidentados e viadutos destruídos. Ela devia saber como apontar Pasadena no mapa, mesmo não conseguindo reconhecer a palavra.

Hesitante, ela colocou a mão sobre um trecho cor de laranja na parte direita superior do mapa. Devia ser isso. Pasadena.

Obsidiana levantou a mão dela e olhou embaixo, depois dobrou o mapa e o pôs de volta no painel. Ele sabia ler, ela percebeu um pouco tarde. Provavelmente também sabia escrever. De repente, ela passou a odiá-lo – um ódio profundo, amargo. O que a leitura significava para ele – um adulto que brincava de polícia e ladrão? Mas ele sabia ler e ela, não.

4. Rye, em inglês, significa "centeio". (N.T.)

Ela nunca voltaria a ler. O estômago dela revirou de ódio, frustração e inveja. E, a poucos centímetros dela, havia uma arma carregada.

Ela se manteve imóvel, olhando para ele, quase vendo o sangue dele. Mas sua raiva chegou ao pico e diminuiu, e ela não fez nada.

Obsidiana levou a mão na direção da mão dela com uma familiaridade hesitante. Ela olhou para ele. O rosto dela já havia revelado demais. Ninguém que continuasse vivendo no que sobrou da sociedade humana podia deixar de reconhecer aquela expressão, aquela inveja.

Rye fechou os olhos cansada, respirou fundo. Ela já tinha sentido nostalgia do passado, ódio do presente, uma desesperança crescente, falta de propósito, mas jamais um impulso tão poderoso de matar alguém. Ela havia finalmente saído de casa porque tinha chegado perto de se matar. Tinha encontrado uma razão para continuar viva. Talvez tivesse sido por isso que havia entrado no carro de Obsidiana. Ela jamais tinha feito algo assim.

Ele tocou na boca de Rye e fez movimentos de fala com o polegar e os dedos. Ela sabia falar?

Ela fez que sim com a cabeça e viu a inveja dele, menos aguda, surgir e desaparecer. Agora os dois tinham admitido aquilo que não era seguro admitir, e não houve violência. Ele bateu na própria boca e na testa e sacudiu a cabeça. Ele não falava nem compreendia a linguagem falada. A doença pregou uma peça neles, ela suspeitava, tirando aquilo a que cada um dava mais valor.

Ela pegou na manga da camisa dele, imaginando por que ele tinha decidido manter vivo o Departamento de Polícia de Los Angeles. Fora isso, ele parecia sensato. Por que não estava em casa plantando milho, criando coelhos e cuidando dos filhos? Mas ela não sabia como perguntar. Então, ele colocou a mão na coxa dela e ela teve que lidar com outra questão.

Ela sacudiu a cabeça. Doença, gravidez, desamparo, agonia solitária... não.

Ele massageou a coxa dela gentilmente e sorriu em evidente descrença.

Ninguém tocava nela havia três anos. Ela não tinha desejado que ninguém a tocasse. Que tipo de mundo era esse para alguém arriscar ter uma criança, mesmo que o pai estivesse disposto a ficar e ajudar na criação? Mas era uma pena. Talvez Obsidiana não soubesse o quanto ele era atraente para ela – jovem, provavelmente mais jovem do que ela, limpo, perguntando o que ela queria em vez de impor. Mas nada disso importava. O que eram alguns momentos de prazer comparados com consequências que durariam a vida inteira?

Ele puxou Rye mais para perto dele e por um momento ela se deixou desfrutar da proximidade. O cheiro dele era bom – másculo e bom. Ela se afastou relutante.

Ele suspirou, pôs a mão no porta-luvas. Ela ficou tensa, sem saber o que esperar, mas ele só tirou de lá uma caixa pequena. O que estava escrito na caixa não significava nada para ela. Ela não entendeu até que ele rompeu o lacre, abriu a caixa e tirou uma camisinha. Ele olhou para ela, e de início ela desviou o olhar, surpresa. Depois, ela deu uma risadinha. Ela não lembrava quando tinha rido pela última vez.

Ele sorriu, fez um gesto em direção ao banco de trás, e ela riu alto. Mesmo quando era adolescente, ela não gostava do banco de trás dos carros. Mas ela olhou em volta, viu as ruas vazias e os prédios em ruínas, então saiu do carro e entrou no banco de trás. Ele deixou que ela colocasse a camisinha nele, depois pareceu surpreso com a avidez dela.

Um tempo depois, eles sentaram juntos, cobertos pelo casaco dele, sem disposição para voltar a ser quase estranhos e se vestirem tão cedo. Ele imitou alguém embalando um bebê e olhou para ela, como quem faz uma pergunta.

Ela engoliu a saliva, sacudiu a cabeça. Não sabia como dizer que seus filhos tinham morrido.

Ele pegou a mão dela e desenhou nela uma cruz com o indicador, depois fez outra vez a mímica de embalar o bebê.

Ela fez que sim com a cabeça, ergueu três dedos, depois virou para o lado, tentando encerrar um súbito fluxo de memórias. Ela tinha dito a si mesma que as crianças que estavam crescendo agora eram dignas de pena. Elas iam passar pelos cânions no centro da cidade sem memórias verdadeiras de como eram os prédios que ficavam ali ou de como tinham sido construídos. As crianças de hoje catavam livros junto com a madeira para servir de combustível. Eles corriam pelas ruas perseguindo uns aos outros e urrando como chimpanzés. Não tinham futuro. Já eram hoje tudo que chegariam a ser.

Ele colocou a mão sobre o ombro dela, e ela se virou subitamente, procurando a pequena caixa dele, depois pedindo que ele fizesse amor com ela novamente. Ele podia dar a ela esquecimento e prazer. Até então, nada tinha feito Rye esquecer. Até então, a cada dia ela tinha ficado mais perto do momento em que faria o que estava evitando: colocar a arma na boca e puxar o gatilho.

Ela perguntou a Obsidiana se ele aceitaria ir para casa com ela, ficar com ela.

Ele pareceu surpreso e feliz quando entendeu. Mas não respondeu imediatamente. Por fim, fez que não com a cabeça, como ela temia que ele fizesse. Ele provavelmente estava se divertindo muito brincando de polícia e ladrão e ficando com mulheres.

Ela se vestiu numa decepção silenciosa, incapaz de sentir raiva dele. Talvez ele já tivesse uma esposa e um lar. Era provável. A doença tinha atingido mais os homens do que as mulheres – matou mais homens, deixou sequelas maiores nos que sobreviveram. Homens como Obsidiana eram raros. As mulheres ou aceitavam menos do que isso ou ficavam sozinhas. Se encontravam um Obsidiana, faziam o possível para ficar com ele. Rye suspeitou de que ele tinha uma mulher mais nova, mais bonita.

Ele a tocou enquanto ela estava prendendo o coldre na cintura e perguntou, com uma série de gestos complicados, se estava carregada.

Ela fez que sim, de cara fechada. Ele afagou o braço dela.

Ela perguntou mais uma vez se ele aceitaria ir para casa com ela, desta vez usando uma série diferente de gestos. Ele tinha parecido hesitante. Talvez fosse possível cortejá-lo.

Ele saiu e foi para o banco da frente, sem responder. Ela voltou para o banco da frente, olhando para ele. Desta vez, ele tocou no próprio uniforme e olhou para ela. Ela achou que ele estava perguntando algo, mas não sabia o que era.

Ele tirou o distintivo, bateu nele com um dedo, depois bateu no peito. É claro.

Ela pegou o distintivo e prendeu nele sua espiga de trigo. Se brincar de polícia e ladrão era a única insanidade dele, que ele brincasse. Ela o aceitaria, com uniforme e tudo. Passou pela cabeça dela que ela poderia acabar perdendo Obsidiana para alguém que ele conheceria do mesmo jeito que a conheceu. Mas ela o teria por um tempo. Ele pegou o mapa de ruas de novo, bateu nele de leve, apontou vagamente para nordeste em direção a Pasadena, depois olhou para ela.

Ela deu de ombros, bateu no ombro dele, depois em seu próprio ombro, e mostrou o indicador e o dedo médio bem encostados um no outro, só para ter certeza.

Ele agarrou os dois dedos dela e acenou que sim com a cabeça. Ele estava com ela.

Ela pegou o mapa das mãos dele e o jogou no painel. Ela apontou para trás, para sudoeste – de volta para a casa dela. Agora ela não precisava ir a Pasadena. Podia continuar tendo um irmão e dois sobrinhos lá – três homens destros. Agora ela não precisava descobrir se estava mesmo sozinha, como temia. Agora ela não estava sozinha.

Obsidiana levou Rye para o sul pela Hill Street, depois pegou a Washington para oeste, e ela se recostou no banco, pensando como seria ter alguém outra vez. Com o que ela tinha coletado, o que ela tinha preservado e o que ela plantava, haveria comida suficiente para os dois com folga. Certamente haveria espaço para ele numa casa de quatro quartos. Ele podia levar as coisas dele. Melhor de tudo, o animal do outro lado da rua ia recuar e provavelmente não a forçaria a matá-lo.

Obsidiana tinha puxado Rye para mais perto dele, e ela tinha encostado a cabeça no ombro dele quando, de repente, ele pisou forte no freio, quase arremessando Rye para fora do assento. Pelo canto do olho, ela viu que alguém tinha atravessado a rua em frente ao carro. Um único carro na rua e alguém tinha que atravessar correndo bem na frente.

Depois de se ajeitar no banco, Rye viu que a pessoa que corria era uma mulher, fugindo de uma casa antiga em direção a uma loja fechada. Ela corria em silêncio, mas o homem que a seguia de perto gritava algo que soava como palavras deformadas. Ele tinha algo na mão. Não era um revólver. Uma faca, talvez.

A mulher tentou uma porta, viu que estava trancada, olhou em volta desesperada, finalmente pegou um pedaço de vidro quebrado da vitrine da loja. E se virou para encarar o homem que a perseguia. Rye achou que era mais provável que ela cortasse a própria mão do que machucasse outra pessoa com o vidro.

Obsidiana saltou do carro, gritando. Foi a primeira vez que Rye ouviu a voz dele – grave e rouca pela falta de uso. Ele fazia o mesmo som várias vezes, como as pessoas que perderam a fala faziam: "Da, da, da!".

Rye saiu do carro enquanto Obsidiana corria em direção ao casal. Ele tinha sacado a arma. Com medo, ela sacou a própria pistola e tirou a trava. Ela olhou em volta para ver quem mais podia ser atraído para a cena. Ela viu o homem olhar para Obsidiana, depois avançar para cima da mulher de repente. A mulher atacou o rosto dele com o vidro, mas ele pegou o braço dela e deu dois golpes nela antes que Obsidiana atirasse nele.

O homem se dobrou, depois caiu, agarrando o abdome. Obsidiana gritou, depois fez um gesto para que Rye ajudasse a mulher. Rye foi até onde a mulher estava, lembrando que não tinha muito além de bandagens e antisséptico no seu pacote. Mas não havia o que fazer pela mulher. Ela tinha sido atacada com uma faca longa e fina de desossar.

Ela tocou em Obsidiana para avisar que a mulher tinha morrido. Ele tinha se abaixado para ver o estado do homem ferido, que estava deitado imóvel e também parecia morto. Mas, enquanto Obsidiana olhava em volta para ver o que Rye queria, o homem abriu os olhos. Rosto contorcido, ele pegou o revólver que Obsidiana tinha acabado de pôr no coldre e disparou. A bala pegou na têmpora de Obsidiana e ele caiu.

Tudo aconteceu simples assim, rápido assim. Um instante depois, Rye atirou no homem que estava se virando para apontar a arma para ela.

E Rye estava sozinha – com três cadáveres.

Ela se ajoelhou ao lado de Obsidiana, olhos secos, franzindo a testa, tentando compreender por que tudo havia mudado de repente. Obsidiana tinha ido embora. Morreu e deixou Rye para trás – como todos os outros.

Duas crianças bem pequenas saíram da casa de onde o homem e a mulher tinham saído correndo – um menino e uma menina que deviam ter uns três anos. De mãos dadas, eles atravessaram a rua na direção de Rye. Eles olharam para Rye, depois passaram por ela e foram ao encontro da mulher morta. A menina sacudiu o braço da mulher como se tentasse acordá-la.

Isso foi demais. Rye se levantou, com o estômago revirado de luto e raiva. Ela achou que ia vomitar se as crianças começassem a chorar.

Essas crianças estavam sozinhas agora. Elas tinham idade suficiente para catar coisas por aí. Ela não precisava de mais um luto. Não precisava que filhos de uma desconhecida crescessem e se transformassem em chimpanzés sem pelos.

Ela voltou para o carro. Podia dirigir até em casa, pelo menos. Ela ainda sabia dirigir.

O pensamento de que Obsidiana devia ser enterrado lhe ocorreu antes de ela chegar ao carro, e ela realmente vomitou.

Ela tinha encontrado e perdido o homem tão rápido. Era como se ela tivesse sido arrancada do conforto e da segurança, e tivesse levado uma surra súbita, inexplicável. Sua cabeça não parava de girar. Ela não conseguia pensar.

De algum modo, ela se forçou a voltar para perto dele, a olhar para ele. Rye se pegou de joelhos ao lado dele sem ter memória de ter se ajoelhado. Ela acariciou o rosto dele, sua barba. Uma das crianças fez um ruído e ela olhou para a menina e para a mulher, que provavelmente era mãe dos dois. As crianças corresponderam ao olhar, claramente assustadas. Talvez tenha sido o medo deles o que finalmente a sensibilizou.

Ela estivera prestes a entrar no carro e ir embora, deixando as crianças para trás. Ela quase tinha feito isso, quase deixara dois bebês para morrer. Sem dúvida, já tinham acontecido mortes demais. Rye teria que levar as crianças com ela. Seria impossível conviver com outra decisão. Ela olhou em volta procurando um lugar para enterrar os três corpos. Ou dois. Ela ficou pensando se o assassino era pai das crianças. Antes do silêncio, a polícia sempre dizia que alguns dos chamados mais perigosos eram de violência doméstica. Obsidiana devia saber disso – não que isso fosse impedir que ele saísse do carro. Isso também não teria detido Rye. Ela jamais teria ficado imóvel ao ver uma mulher ser assassinada.

Rye arrastou Obsidiana até o carro. Ela não tinha nenhuma ferramenta para cavar, e não havia ninguém para vigiar enquanto ela cavava. Melhor levar os corpos e enterrar perto de seu marido e dos filhos. Por fim, Obsidiana ia voltar para casa com ela.

Depois de colocar Obsidiana no chão na parte de trás do carro, ela voltou para pegar a mulher. A menininha, magra, suja, solene, ficou parada e, sem saber, deu a Rye um presente. Quando Rye começou a arrastar a mulher pelos braços, a menininha gritou:

— Não!

Rye soltou a mulher e olhou para a menina.

— Não! — a menina repetiu. Em seguida, foi para perto da mulher e ficou parada. — Vá embora! — ela gritou para Rye.

— Não fale! — o menininho disse para ela.

Os sons eram claros, limpos. As duas crianças falaram e Rye entendeu. O menino olhou para o assassino morto e se afastou mais dele. Pegou a mão da menina.

— Fique quieta — ele sussurrou.

Fala fluente! Será que a mulher morreu porque conseguia falar e ensinou os filhos a falar? Será que foi assassinada pela fúria de um marido ou pela inveja raivosa de um desconhecido?

E as crianças... elas deviam ter nascido depois do silêncio. Será que a doença tinha chegado ao fim, então? Ou essas crianças eram simplesmente imunes? Sem dúvida, elas já tinham idade suficiente para ficarem doentes e silenciosas. A mente de Rye deu um salto adiante. E se as crianças de três anos ou menos estivessem a salvo e fossem capazes de aprender a usar a linguagem? E se elas só estivessem precisando de professores? Professores e protetores.

Rye olhou rapidamente para o assassino morto. Envergonhada, percebeu que conseguia entender algumas paixões que podiam ter servido de impulso para ele, fosse ele quem fosse. Raiva, frustração, desesperança, inveja sem limites... Quantas outras pessoas eram como ele – pessoas dispostas a destruir aquilo que não podiam ter?

Obsidiana tinha sido o protetor, escolheu aquele papel sabe-se lá por qual motivo. Talvez vestir um uniforme obsoleto e patrulhar as ruas tivesse sido o que ele escolheu em vez de pôr uma arma na boca. E agora que havia algo que valia a pena proteger, ele estava morto.

Ela tinha sido professora. Uma boa professora. Também tinha sido protetora, embora tenha protegido apenas a si mesma. Ela se manteve viva quando não tinha motivo para viver. Se a doença deixasse aquelas crianças em paz, ela poderia mantê-las vivas.

De algum modo, ela ergueu a mulher morta nos braços e a colocou no banco de trás do carro. As crianças começaram a chorar, mas ela se ajoelhou no asfalto rachado e sussurrou para eles, com medo de assustar os dois com a aspereza da voz que não usava havia tanto tempo.

— Está tudo bem — ela falou. — Vocês também vão com a gente. Venham.

Ela pegou os dois, um em cada braço. Eles eram tão leves. Será que estavam comendo bem?

O menino cobriu a boca de Rye com a mão, mas ela afastou o rosto.

— Não tem problema se eu falar — afirmou ela. — Desde que não tenha ninguém por perto, não tem problema.

Ela pôs o menino no banco dianteiro do carro e, sem que ninguém dissesse nada, ele se afastou para dar espaço para a menina. Quando os dois estavam no carro, Rye encostou o rosto na janela, olhando para eles, vendo que agora estavam com menos medo, que olhavam para ela no mínimo com doses iguais de curiosidade e medo.

— Meu nome é Valerie Rye — disse ela, saboreando as palavras. — Vocês podem falar comigo sem problemas.

Carol Emshwiller escreveu sete romances e mais de cem contos. Seus contos apareceram em várias antologias e revistas, e foram reunidos em vários volumes, sendo o mais recente *The Collected Stories: Vol. 2*. Em sua carreira de mais de cinco décadas, ela conquistou o Nebula, o World Fantasy Award e o Philip K. Dick Award. Em 2005, recebeu o World Fantasy Award pelo conjunto da obra. Seu romance mais recente, *The Secret City*, foi publicado em 2007. A autora faleceu em 2019.

Emshwiller não conseguia deixar de imaginar se nossa civilização iria entrar em colapso algum dia. Apesar de amar a vida simples – lamparinas, caminhadas, bombear água para tomar banho, lavar fraldas no lago em uma velha tábua de lavar – ela temia que isso acontecesse. Para ela, escrever sobre retrocesso e devastação era tão divertido quanto escrever sobre um futuro cheio de novas engenhocas e invenções.

ASSASSINOS

CAROL EMSHWILLER

"Assassinos" surgiu das objeções de Emshwiller à guerra no Iraque. O povo norte-americano foi informado de que estava combatendo terroristas lá para não precisar combatê-los em casa. Este conto imagina o que aconteceria se a guerra de fato chegasse ao território americano.

A maioria das pessoas partiu por falta d'água. Não sei onde elas encontraram um local em que as coisas fossem melhores. Alguns de nós nos sentimos mais seguros aqui do que em qualquer outro lugar. E, mesmo muito tempo antes de a guerra começar a perder embalo, era muito difícil pegar as coisas e partir. Nada de gasolina para civis. E logo nada de gasolina, ponto.

Depois de bombardearem nosso aqueduto (um homem podia ter feito aquilo sozinho, com uma granada), nós nos reunimos e trabalhamos para mover a cidade para um ponto mais alto, perto de um córrego, e construímos barragens para que a água passasse por várias casas. Temos que carregar a água para dentro de casa em baldes e esvaziar o esgoto manualmente, jogando-o no quintal. Pelo menos a água irriga nossas hortas e passa por nossas árvores frutíferas. Quando está quente, tomamos banho em nossa represa de irrigação, no frio tomamos banho de esponja dentro de casa, em bacias, mas quase não faz mais frio.

Não tinha muita coisa para mudar de lugar na cidade, já que a maior parte dos habitantes tinha ido embora. Todos os homens sãos, é claro, por isso nós, as mulheres, tivemos de fazer a mudança sozinhas e sem a ajuda de cavalos ou mulas. O inimigo roubou, matou ou aleijou animais só para tornar as coisas mais difíceis para nós.

Não há eletricidade, embora algumas mulheres acreditem que possam religar a represa e fazer com que ela volte a funcionar. Até agora ninguém se deu ao trabalho de tentar. De certo modo, nada disso me incomoda tanto quanto você poderia imaginar. Sempre gostei de andar, e nós fazemos lamparinas e velas que dão um brilho suave e aconchegante.

Nossa casa já ficava bem acima da localização antiga da cidade. Que bom, porque eu não queria me mudar. Quero que nosso irmão possa voltar para nossa antiga casa. E, além disso, eu não teria como transportar a mãe.

Atrás de nosso quintal, ficava o Departamento de Águas e Energia, depois o Serviço Florestal, e então a floresta John Muir. Agora a cidade fica acima da minha casa, e é claro que nem o Departamento de Águas e Energia nem o Serviço Florestal existem mais.

Nossa casa tem uma bela vista. Sempre nos sentamos nos degraus da frente e olhamos para as montanhas. Agora que todo mundo se mudou para a encosta da montanha, todos têm uma vista bonita.

A cidade lá embaixo está vazia. A mercearia e o mercado são grandes celeiros saqueados. Aqui em cima há uma pequena loja onde vendemos uns para os outros nossa produção ou nossas costuras e tricôs. Especialmente meias. Difícil arranjar meias hoje em dia. Antes da guerra, esbanjávamos tanto que ninguém costurava mais, mas agora não só costuramos como reforçamos os calcanhares e as pontas de meias novas em folha antes de usarmos.

Transferimos a biblioteca aqui para cima. Na verdade, ela tem mais livros do que antes. Pusemos lá todos os livros que conseguimos achar, os nossos e os daqueles que deixaram os seus para trás. Não precisamos de bibliotecário. Todo mundo devolve o que pega seguindo um código de honra.

Temos um pequeno hospital, mas não temos médicos, só duas enfermeiras idosas que eram velhas demais para serem recrutadas. Elas têm mais de setenta anos e continuam trabalhando. Elas treinaram novas enfermeiras. Mas não há remédios. Só temos o que conseguimos fazer com as ervas locais. Procuramos os Paiutes para aprender mais. Os Paiutes têm duas enfermeiras, que vêm de vez em quando ajudar, embora tenham seus próprios pacientes na reserva indígena. (Eles também se mudaram mais para o alto, e não chamam mais a área deles de reserva.)

A cidade agora é das mulheres. Cheia de artes e ofícios femininos... Mulheres fazendo colchas, tricotando blusas... E mulheres fazendo o trabalho pesado. Há um bom grupo de conserto de telhados e há carpinteiras...

Muitas mulheres partiram para a guerra junto com os homens, mas eu precisava cuidar da minha mãe. Eu já cuidava dela antes mesmo de meu irmão partir. Ela não estava exatamente doente, mas era gorda e bebia. As pernas dela tinham uma aparência terrível, cheia de varizes. Ela sentia dores, e por isso não andava. Quando veio a guerra, ela melhorou um pouco por causa do racionamento, embora ainda houvesse bastante cerveja caseira, mas ela não conseguia andar. Ou não queria. Acho que os músculos tinham atrofiado. Cuidar de alguém que não anda me parece uma coisa normal. Faço isso desde que me dou por gente.

Agora que a mãe morreu, tenho a chance de fazer algo útil. Se eu soubesse que a guerra ainda estava acontecendo num lugar específico, eu iria lutar, mas *parece* que ela acabou. Talvez. Ela não parou exatamente. Não sei como ela acabou nem se ela acabou. Não temos como descobrir, mas faz um bom tempo que não ficamos sabendo de nenhum combate. Não há nada voando acima de nossas cabeças. Nem mesmo nada à moda antiga. (Não que tenha acontecido muita coisa por aqui. Exceto por bombardearem nosso aqueduto e roubarem nosso gado, ninguém se importou muito com a gente.)

Mas a guerra era assim, meio sem começo e meio sem fim. As guerras não são mais como antes – com dois lados claramente distintos. O inimigo já estava entre nós mesmo antes de tudo começar. Eles jamais teriam como ganhar uma guerra à moda antiga contra nós, eram fracos demais e tinham tecnologia atrasada, mas tecnologia atrasada bastava, desde que estivesse disponível em grande quantidade.

A gente nunca sabia em quem confiar, e ainda não sabemos. Nosso lado pôs tantos quanto pôde em campos de concentração, praticamente todo mundo com olhos e cabelos negros e pele cor de oliva, mas não tem como pegar todos eles. E a guerra durou tanto que esgotamos os nossos recursos, mas eles continuavam tendo os deles – a sabotagem jamais precisa ter um fim. Eles escaparam dos campos. Na verdade, simplesmente saíram de lá. Os guardas também tinham ido embora.

Muitos desses homens trouxeram seus ferimentos e sua loucura para nossas montanhas. Os dois lados vieram para cá para escapar de tudo. Eles são eremitas. Não confiam em ninguém. Alguns continuam lutando entre si lá no alto. É quase tão ruim quanto conviver com minas que ainda não explodiram. Todos eles têm danos, físicos ou mentais. Claro que provavelmente a maioria de nós também tem, a gente só não sabe.

Meu irmão pode estar em algum lugar por aí. Se estiver vivo, tem que estar por aqui. Ele adora este lugar. Ele caçava e punha armadilhas e pescava. Ele ia se dar bem, e sei que ele faria de tudo para voltar.

A maioria desses homens não procuraria a gente nem se estivesse morrendo de fome ou frio ou se estivesse doente. Os que aparecem aqui vêm para roubar. Levam os nossos tomates e o milho e os rabanetes. Outras coisas também desaparecem. Facas de cozinha, colheres, anzóis... E, é claro, blusas e meias de lã. Aqueles malucos vivem em lugares ainda mais altos do que nós. Lá em cima, ainda faz frio.

E eles são doidos. Agora um deles deu de matar outros homens e jogar os corpos nos limites da aldeia. Todos foram atingidos nas costas por flechas de madeira. Esculpidas e polidas com esmero. Espero que não seja alguém do nosso lado. Embora eu suspeite de que lados não importam mais.

Sempre que isso acontece, antes de levarem o corpo para o depósito, vou conferir se é meu irmão. Eu não ia querer meu irmão no depósito. Nunca. Mas esses homens estão sempre em um estado tão diferente – sujos e barbados – que fico pensando se eu iria reconhecê-lo. Fico pensando: *como eu poderia não reconhecer meu irmão?* Mas eu só tinha quinze anos quando ele partiu. Ele tinha dezoito. Ele deve estar com trinta e dois agora. Se estiver vivo.

Todo mundo está um pouco nervoso, mesmo os mortos não sendo gente da nossa aldeia. E ontem à noite vi alguém olhando pela minha janela. Eu estava dormindo mas ouvi um barulho e acordei. Vi a silhueta de um chapéu enrugado e uma massa de cabelos emaranhados saindo por baixo dele, tendo atrás de si o céu iluminado pela lua.

— Clement! — chamei.

Eu não queria ter feito isso. Eu estava meio dormindo e, naquele estado, tive certeza de que era o meu irmão. Fosse quem fosse, a pessoa se abaixou às pressas e eu ouvi o ruído, o ruído de alguém correndo para longe. Depois fiquei assustada. Eu podia ter sido morta dormindo.

Na manhã seguinte, vi pegadas; a impressão era de que alguém tinha passado um bom tempo atrás da minha casa.

Continuo torcendo para ser meu irmão, embora eu não queira que seja ele quem está matando aqueles pobres homens. Seria de se esperar que ele não fosse ter medo de voltar para a própria casa. Claro que ele não sabe que a mãe morreu. Consigo entender que ele tenha medo dela. Eles nunca se acertaram. Quando estava bêbada, ela jogava coisas nele. Se ele chegava perto, ela pegava o braço dele e torcia. Depois, ele ficou forte demais para ela. Mas ele não podia ter medo de mim. Podia? Eu era a caçulinha.

A mãe me tratava melhor. Tinha medo de que eu saísse de perto ou parasse de ajudar. Eu podia simplesmente ter ido embora e deixado que ela ficasse para trás, mas, até ela morrer, não pensei nisso. Realmente não pensei. Eu cuidava dela fazia tanto tempo que simplesmente achava que a vida era assim mesmo. E ainda assim eu talvez não fosse embora. Ela *era* minha mãe e eu era a única pessoa disponível para tomar conta dela.

Se era mesmo o meu irmão olhando pela janela, ele já deve saber que a mãe não está aqui. Ela jamais saía da cama. A casa é pequena e só tem um andar, e ele podia olhar em todas as janelas. Temos três quartos minúsculos, e uma cozinha que também serve de sala de estar. A mãe e sua cama grande tomavam o maior quarto, de um canto ao outro.

Coloquei uma foto de Clement na loja e na biblioteca, mas claro que era uma foto de muito tempo atrás. Nela, ele aparece com a habitual cabeça raspada do exército. Desenhei uma versão com cabelo despenteado. Depois desenhei outra com ele careca e cabelo desalinhado nas laterais (a calvície é comum na família). Desenhei um tipo diferente de barba em cada uma. Coloquei as duas versões.

O Leo da loja disse:

— Pode ser que ele não queira falar com você... nem com ninguém.

Mas isso eu já sabia.

— Acho que ele tem vindo olhar pela minha janela.

— Pois então. Ele ia entrar se quisesse.

— Você foi pra guerra. Como pode você estar bem e a maioria dos outros homens ter enlouquecido?

— Tive sorte. Nunca vi o horror de verdade.

Na verdade, talvez ele não esteja tão bem. A maioria de nós nunca se casou. Nunca tivemos chance, depois que todos os homens tinham ido embora. Ele podia ter se casado com uma de nós, mas nunca fez isso. Vive num barracão bagunçado atrás da loja e tem um cheiro ruim, apesar de o córrego passar bem ao lado da loja dele. E está sempre de mau humor. Você tem que se acostumar ao jeito dele.

— Se o meu irmão aparecer, diga que ando procurando por ele em todos os lugares favoritos dele.

— Mesmo se você encontrar o seu irmão, ele não vai voltar.

— Se isso acontecer, eu vou atrás desse maluco que anda matando aquelas pessoas.

A verdade é que não sei o que fazer. Não sei o que fazer agora que tenho que cuidar só de mim. Posso ir a qualquer lugar e fazer qualquer coisa. Eu devia encontrar o assassino. Não tenho mais nada para fazer. Quem melhor para isso do que eu?

Mas pode ser que eu encontre aquele homem bem aqui, escondido nos limites da aldeia – ou provavelmente vou pegá-lo espiando pela minha janela. Pode ser que eu consiga prender o sujeito dentro da minha casa. Ele devia ter um motivo para estar olhando.

Pego minhas coisas e finjo que fui embora. Fico num lugar onde ninguém da aldeia me vê. Estamos numa área deserta e rochosa – há muitos lugares onde se esconder. Ninguém jamais vai saber que não fui a lugar algum. Minha mochila está praticamente vazia. Tenho pimenta. É difícil conseguir pimenta hoje em dia, então guardei a minha para usar como arma. Tenho uma faca pequena na bota e outra maior no cinto. Na água já não tem muitos animais, mas ainda há peixes por aí, muito menos do que antes. Trago linha e anzol. Vou usar isso hoje. Não vou muito longe.

Pego uma truta. Tenho que acender o fogo à moda antiga. Não temos mais fósforos. Sempre carrego um punhado de fibras secas de sálvia para usar como combustível. Cozinho o peixe e o como. Depois que escurece e que a meia lua nasce, volto discretamente para nossa casa, como se eu fosse mais um desses doidos.

A porta está escancarada. Tem areia espalhada pelo chão da casa inteira. Será que ele não podia pelo menos ter fechado a porta? Hoje em dia, as tempestades de areia se tornaram mais comuns. Seja lá quem for, será que não sabe disso? E esse é outro motivo para se mudar mais para cima, em direção às árvores, onde é menos desértico.

Sinto o cheiro dele antes de vê-lo. A respiração parece de alguém assustado. Um homem amedrontado desse jeito é perigoso.

Ele está apertado entre a cama e a mesinha de cabeceira. A única coisa que vejo é o chapéu dele, puxado para baixo de modo que o rosto fique na sombra. Vejo os joelhos nus aparecendo em meio aos rasgos da calça. Consigo ver os joelhos melhor do que o rosto.

Imediatamente penso que meu irmão não estaria no quarto da minha mãe, e sim no dele. Além disso, o quarto ainda cheira a morte e gente morrendo.

— Clement? — chamo, mesmo sabendo que não pode ser ele. — Venha aqui.

Ele resmunga.

— Você está doente?

A voz soa doente. Imagino que é esse o motivo de ele estar aqui.

Penso que teria sido melhor acender uma lamparina antes. Eu estava contando com a luz da lua, mas aqui dentro não está muito iluminado. Ainda poderia ser meu irmão, debaixo de toda aquela sujeira e do cabelo desmazelado e da barba, enlouquecido, como todos os outros.

— Saia aqui. Venha para a sala. Eu acendo uma lamparina. Eu preparo comida.

— Sem luz.

— Por quê? Só estou eu aqui. E a guerra parou. Provavelmente acabou.

— Eu prometi lutar até morrer.

(Imagino que meu irmão tenha feito o mesmo.)

Toco na minha faca com um dedo.

— Vou acender uma lamparina.

Deliberadamente viro as costas. Vou para a sala, acendo uma lamparina com o acendedor, ainda de costas para a porta do quarto. Ouço os sons dele entrando. Me viro e olho bem para ele.

Chapéu remendado sobre os cabelos longos e finos. Não sei dizer se ele é moreno ou se está só maltratado pelo clima, queimado de sol e sujo. A barba cheia com uma parte grisalha. Olhos negros como os do inimigo sempre são. Sobrancelhas grossas como as deles. Ele quebrou um dente da frente. Hoje em dia, isso não é raro. Não tem ninguém para consertar.

Ele tem um tom esverdeado por baixo do bronzeado e círculos escuros em torno dos olhos. Se ele acha que não está doente, está enganado.

— Você é o inimigo. E você já está quase morto.

Tem uma cadeira bem ao lado dele, mas ele se deita de lado no chão. Fica esticado sobre o nosso linóleo gasto. Se ele acha que ainda está combatendo na guerra, eu devia matá-lo agora enquanto tenho a chance. A aparência dele é tão ruim e ele cheira tão mal que eu quase aceitaria matá-lo só por esses motivos. Depois que a mãe morreu, achei que não ia mais ter que lidar com sujeiras desagradáveis.

— Me esconda. Só por esta noite. Vou embora de manhã.

— Você está louco? — Eu me ajoelho ao lado dele. — É você que está matando as pessoas. Eu devia matar você agora mesmo.

Ele está tentando se escorar na parede. Não quero tocar nele, mas pego na parte da frente de sua camisa para ajudar e o tecido apodrecido se rasga completamente.

— Você está com um fedor horrível. E por que eu devia achar que você não vai me matar? Você andou matando todo mundo.

— Eu não estou armado.

— Tire a roupa!

— O quê?

— Tire essas roupas imundas. Eu vou queimar tudo. Vou trazer uma bacia para você se lavar.

(E vou descobrir se ele tem uma arma.)

Ele não tinha energia suficiente para tirar a roupa nem para se lavar. Detesto tocar nele, mas toco. Estou acostumada. A mãe estava sempre suja quando estava perto de morrer. (Nos últimos tempos, eu tentava tirar o cheiro espirrando água com aroma de folha de pinheiro pela casa toda, mas não ajudava muito.) Eu achava que nunca mais ia ter que fazer coisas deste tipo. Achei que estivesse livre. Mas, tudo bem, mais uma vez. Lavo e visto o sujeito com as roupas velhas do meu irmão e... e agora? Se eu o matasse, a cidade agradeceria.

Pelo menos o corpo dele é totalmente diferente do corpo da minha mãe, magro e forte e peludo. É uma boa mudança. Se ele não fedesse tanto, eu ia gostar. Bom, na verdade eu gosto.

Ele está quase dormindo durante todo esse tempo.

Queimo as roupas dele em nosso pequeno forno. Depois de ter lavado o sujeito, sirvo um caldo de carne seca com ovo, embora fique pensando: *por que desperdiçar meu ovo com ele?* Ele dorme logo depois de terminar o caldo. Desliza pela parede e cai de novo no chão, no que mais parece um desmaio do que um sono.

Decido barbear seu rosto e cortar seu cabelo. Ele não vai perceber. Se estivesse acordado, eu perguntaria se ele gostaria de manter um bigode ou um cavanhaque, mas fico feliz que não esteja. Me divirto com cortes diferentes, costeletas diferentes, bigodes cada vez menores até que não sobre nada. O mesmo com o cabelo. Tiro mais do que pretendia, mas tanto faz, ele é um homem morto.

Não era um homem muito bonito, qualquer que fosse o jeito que eu deixasse o cabelo e a barba. Mesmo assim, ao longo do caminho, algumas etapas eram mais agradáveis – melhores do que a versão final. Deixo a barba por último. Também não me saio muito bem. Faço cortes. Onde raspei a barba, a pele é pálida. A testa, onde estava o chapéu, também é pálida. Só há uma faixa queimada de sol de um lado ao outro do rosto, logo abaixo dos olhos. Gosto da masculinidade dele, não me importa que ele seja feio. Não ligo para o dente quebrado. Ninguém tem dentes muito melhores.

Durmo na mesa da cozinha, enquanto penso em métodos para matá-lo. Também penso em como todos nós mudamos – como, antigamente, eu jamais estaria pensando em coisas assim.

Pela manhã, ele parece um pouco melhor – bem o suficiente para que eu o ajude a ir cambaleando, primeiro até a casinha, e depois até o quarto de meu irmão. Ele fica o tempo todo passando a mão pelo rosto e pelo cabelo. Paro no espelho do corredor e deixo que ele olhe. Ele fica chocado. Ele se parece um pouco com um gato molhado / uma galinha depenada.

— Sinto muito — digo.

E *de fato* eu sinto muito... sinto pela sorte de qualquer um que tenha o cabelo cortado por mim. Mas ele devia estar feliz por eu não ter cortado sua garganta.

Ele se vê longamente no espelho, mas depois diz:

— Obrigado.

E diz isso com tanta sinceridade que percebo que lhe dei o melhor disfarce possível.

"Me esconda", ele tinha dito, e eu fiz isso. Agora ninguém vai achar que ele é um daqueles selvagens.

Ponho ele sentado com os travesseiros nas costas na cama do meu irmão e trago leite e chá para ele. Ele parece tão melhor que eu penso... *Se ele não morrer por conta própria, vou ter que decidir o que fazer com ele.*

— Como você se chama?

Ele não responde. Ele podia dizer qualquer coisa. Eu teria acreditado e teria um nome para chamá-lo.

— Me diga um nome. Qualquer um.

Ele pensa, depois diz:

— Jal.

— Melhor Joe.

Não confio nele. Mas se ele tem qualquer noção, sabe que sou a única que pode mantê-lo a salvo. Embora ninguém mais tenha noção de nada.

— Todo mundo cansou da guerra faz muito tempo.

Largo minha xícara com tanta força que meu chá derrama um pouco.

— Você não percebeu?

— Jurei lutar até a morte.

— Aposto que você nem sabe mais qual lado é qual. Se é que soube um dia.

— Foram vocês que aqueceram o planeta. Não fomos nós. Foram vocês e a sua ganância.

Ninguém me provocava assim desde que meu irmão tinha ido embora.

— O planeta se aqueceu principalmente por conta própria. Já aconteceu antes, sabe. Além do mais, isso tudo já acabou. A nossa parte nisso pelo menos. Matar malucos não vai ajudar. Você é maluco! — Não é a melhor coisa para se dizer a um maluco, mas vou em frente mesmo assim. — Vocês, eremitas, são todos uns malucos. Só causam problemas.

Ele está assimilando tudo... Talvez esteja. Talvez ele só não tenha energia para discutir.

— Vou pegar um coelho para nós. Se você quiser continuar causando problemas, é melhor que não esteja aqui quando eu voltar.

Saio. Ele vai ficar sozinho com minha faca de açougueiro e minha pimenta. E suponho que o arco e as flechas dele não estejam muito longe. Não deixa de ser uma chance para ele mostrar quem é.

* * *

Faço a ronda pelas minhas armadilhas. Elas estão abaixo da casa. Coloquei todas em torno da cidade. É uma cidade fantasma. Sou a única que vai lá, de vez em quando... normalmente só quando o dia está mais fresco. O que dificilmente acontece. Hoje deve estar mais de quarenta e cinco graus. Hoje nosso vale no inverno parece o Vale da Morte no verão.

Nas armadilhas lá embaixo, eu pego ratos. Cozinhamos os ratos e, chamamos de coelhos, embora ninguém mais se importe com o nome que damos.

Encontro dois ratos grandes, do tamanho de gatos. Gostamos mais desses do que dos pequenos e marrons, eles têm muito mais carne. (Parece que os ratos estão ficando cada vez maiores.) Minhas armadilhas quebram o pescoço deles. Não preciso me preocupar em matar os bichos. Amarro as caudas no cinto, depois ando pela cidade na esperança de achar algo que alguém tenha deixado para trás. Encontro uma moeda de vinte e cinco centavos. Pego, embora o dinheiro não valha mais nada. Talvez algum Paiute possa transformar a moeda em uma joia. De propósito, subo para a minha casa só no fim da tarde, e depois de tomar toda a água que trouxe.

Antes de entrar, verifico o galpão e a casa em busca de um arco e flechas, e depois mais longe, debaixo dos arbustos, mas não encontro.

Ele continua lá. Dormindo. E não vejo nenhuma arma, mas confiro as facas da cozinha. A maior, um facão, sumiu. E ele pode estar fingindo estar mais doente do que está.

Inimigo ou não, realmente gosto de ter um homem na casa. Fico olhando enquanto ele dorme. Ele tem cílios muito longos. Gosto dos pelos nas juntas. Só de olhar para as mãos dele, começo a pensar como existem poucos homens por perto. Na verdade, só quatro. Os antebraços dele... Os nossos jamais ficam assim, por mais que a gente serre e martele. Nem os braços do meu irmão eram assim. Gosto do fato de ele já precisar fazer a barba de novo. Gosto até das sobrancelhas grossas dele.

Mas tenho que ir limpar os ratos.

Quando começo a fazer barulho na parte do cômodo principal que serve de cozinha, ele se levanta e se arrasta até a mesa. Para mais uma vez no espelho do corredor e se estuda por muito tempo. Como se tivesse esquecido qual era sua aparência por baixo de todo aquele pelo. Em seguida, ele se senta e me vê preparar um ensopado de dois ratos com cebolas selvagens e nabos. Engrosso o caldo com farinha de bolota que consegui num escambo com os Paiutes.

Leva um tempo para o ensopado ficar pronto. Faço um chá e me sento de frente para ele. Estar tão perto e olhar nos olhos dele me incomoda. Preciso me levantar e dar-lhe as costas. Finjo que preciso mexer o ensopado. Para ocultar meus sentimentos, digo:

— Onde está o seu arco? E onde está a minha faca? Só vou deixar você comer o ensopado depois de você me dizer.

Pareço mais zangada do que pretendia.

— Debaixo da cama no quarto grande. Os dois.

Vou ver, e lá estão, com várias flechas. Trago o arco de volta para a mesa. É um belo trabalho de artesanato. Pedaços velhos de metal e um parafuso velho, tirado de algum lugar, agora brilhante e lubrificado. A madeira do arco, esculpida como uma obra de arte. Tudo conservado com cuidado. Vou levar isso na reunião da cidade para mostrar que encontrei o assassino e que dei um jeito nele. Mas será que dei mesmo? E eles podem querer um corpo.

— Não vou atirar em ninguém. Não agora.

— Sei. Mas você continua sob juramento.

— Posso ir lutar em outro lugar.

— Sei.

Depois de comermos, ponho o que sobrou numa lata à prova de ursos, levo para a represa de irrigação e enfio na lama úmida para manter frio.

Não sei se eu devia ir dormir sem fazer algum tipo de barricada na minha porta. Queria ainda ter nosso cachorro, mas a mãe e eu o comemos faz tempo. A esta altura, ele já teria morrido de qualquer jeito. Era um bom cachorro, mas estava ficando velho. A gente achou que era melhor comer o bicho antes que alguém tivesse a mesma ideia. Isso foi antes de a gente começar a comer ratos.

Cansada como estou, levo um tempo para conseguir dormir. Fico dizendo para mim mesma que, se ele vai entrar sorrateiramente no meu quarto, tanto faz eu ficar sabendo ou não. Mas ponho a cadeira encostada na porta de um jeito que ela vai cair. Pelo menos vou ouvir se ele entrar.

* * *

Não consigo dormir, principalmente porque, apesar de saber que não devo, estou pensando em ficar com o homem. Tentar. Gosto da ideia de tê-lo por perto, mesmo sendo assustador. Faço planos.

Faz sentido que alguém que entre na nossa aldeia mais alta venha primeiro à minha casa. Talvez um forasteiro com notícias do norte. E faz sentido que eu vá com ele a uma reunião da cidade para contar as novidades.

Mas que novidades, afinal? Pela manhã (a cadeira não caiu), inventamos algumas. Carson City está tão vazia e infestada de ratos quanto a nossa cidade. (Aposto que está.) Eu me lembro de um avião (acho que o nome era "pássaro de teia") que usava a energia de uma bicicleta para mover a hélice e não precisava de gasolina. Ele não deve ir longe ou teríamos visto daqui. Joe pode dizer que o viu.

— Que tal uma epidemia de uma doença nova transmitida por pulgas? Ainda não chegou aqui — ele diz, então continua: — Que tal se, lá no norte, em Reno, eles tiverem achado um estoque de munição e agora podem limpar as armas e voltar a atirar?

Conto a ele notícias sobre Clement, para que ele conte aos outros. Vou dizer que este é outro motivo para o Joe ter me procurado primeiro – para contar novidades sobre meu irmão. (Acho que inventei essas novidades porque sei que meu irmão morreu. Senão, eu não teria mencionado nada para ele. Eu ia continuar pensando que ele está nas montanhas como um dos doidos, mas acho que, na verdade, eu nunca acreditei nisso. Só tinha esperança.)

A certa altura, ele pega minha mão e a aperta – diz o quanto está agradecido. Tenho que me levantar de novo. Lavo a pouca louça. Estou tão perturbada que mal sei qual é a sensação da mão dele. Forte e quente. Isso eu sei.

Muita coisa boa acontece nessas reuniões da cidade. Contamos nossas coisas uns para os outros. Temos todo tipo de comitê para prestar ajuda. De certo modo, cuidamos mais uns dos outros hoje do que antes da guerra. Antes, as pessoas traziam seus cervos e suas ovelhas selvagens e compartilhavam a carne, mas a carne de caça fica cada vez mais rara e há cada vez mais leões da montanha. Eles estão comendo todas as presas e não somos muito bons em matar leões. Aposto que Joe seria, com seu arco e flecha.

Sendo assim, levo Joe à reunião. Eu o apresento. Eles se aglomeram em volta e fazem perguntas sobre todos os lugares de que mais gostam, ou sobre os lugares onde tinham parentes. Ele é bom em inventar coisas. Fico pensando, *será que ele foi do exército? Ou era ator?*

Admiro Joe cada vez mais, e dá para ver que todas as mulheres sentem o mesmo. Ele podia ficar com qualquer uma de nós. Tenho medo de que ele fuja de mim, e sou a única que sabe quem ele realmente é. Quem quer que acabe ficando com ele vai precisar ter cuidado.

Ele está bem bonito, também, mesmo com o corte de cabelo horroroso. A camisa azul de fazendeiro do meu irmão realça a pele morena. É grande demais para ele, mas isso é o normal.

As mulheres vistoriaram as redes de pegar pássaros e fizeram um caldeirão de sopa de passarinhos. Fiquei feliz que elas tenham feito essa em vez da outra.

Há uma mulher Paiute que vem às nossas reuniões e conta o que aconteceu na reserva. Ela é bonita – mais do que bonita, estranha e impressionante. Eu devia ter imaginado. Só de bater o olho nela dá para ver... os dois se olham e depois, rapidamente, param de se olhar.

Mais tarde, ele se senta para tomar chá com várias mulheres, entre elas a Paiute. Todas elas se aglomeram em torno dele, mas vejo que ele deu um jeito de ficar perto dela. As mesas são pequenas, mas agora há nove cadeiras apinhadas em volta da mesa em que ele está sentado. Não consigo ver o que está acontecendo, mas vejo que o ombro dela toca o dele. E eles estão com o rosto tão perto um do outro que não sei como conseguem se ver.

Saio sem ser vista e corro para casa. Lamento não ter guardado as roupas fedorentas e rasgadas. Lamento ter queimado o cabelo sujo e embaraçado que cortei. Encontro o chapéu velho. Isso ajuda a fazer com que eles acreditem em mim. Trago o arco. Também ajuda o fato de ele tentar fugir.

Eles enforcam Joe no armazém. Pedi que não me contassem nada sobre isso. Prefiro não saber quando começarmos a usá-lo.

Neal Barrett Jr. publicou mais de cinquenta romances, incluindo os romances pós-apocalípticos *Kelwin, Through Darkest America, Dawn's Uncertain Light* e *Prince of Christler-Coke*. Também publicou dezenas de contos, em revistas como *F&SF*, *Galaxy*, *Amazing Stories*, *Omni*, *Asimov's Science Fiction* e várias antologias. Sua obra foi reunida em *Slightly Off Center* e *Perpetuity Blues*. Ele faleceu em 2014.

O CIRCO VOADOR DA GINNY BUMBUM FIRME

NEAL BARRETT JR.

Este conto, finalista tanto do Hugo quanto do Nebula, apresenta os leitores a Ginny Bumbum Firme e a seu espetáculo itinerante que ganha dinheiro vendendo sexo, tacos e drogas perigosas. Seus companheiros são o motorista e locutor Del, e Gambá Preto, que espera ansiosamente as oportunidades em que pode semear a terra com chumbo. Então, sem mais delongas, eis aqui, senhoras e senhores: Ginny Bumbum Firme. Ela não é tudo que você sempre sonhou?

Del dirigia e Ginny estava sentada.

— Eles não estão com pressa — afirmou Ginny —, não estão com pressa nenhuma.

— Eles estão agitados — Del retrucou. — Todo mundo anda agitado. Todo mundo tentando sobreviver.

— Humpf! — Ginny mostrou sua aversão. — Não estou a fim de ficar aqui no sol. Meu preço fica maior a cada minuto. Espere e você vai ver se estou mentindo.

— Não vá ficar gananciosa — Del disse.

Ginny dobrou os dedos dos pés sobre o painel. Suas pernas estavam quentes sob o sol. A arena ficava a cem metros. Havia espirais de arame farpado acima dos muros. Na placa sobre o portão se lia:

Primeira Igreja do Deus Livre de Chumbo & Refinaria Ace High
BEM-VINDO
NÃO ENTRE

A refinaria precisava de uma demão de tinta. Provavelmente as paredes foram prateadas um dia, mas hoje eram foscas como estanho e ferrugem negra. Ginny colocou a cabeça para fora da janela e chamou Gambá Preto.

— O que está acontecendo, amigão? Aquelas mães estão mortas lá dentro ou o quê?

— Pensando — Gambá disse. — Me preparando pra fazer alguma coisa. Pensando no que fazer.

Gambá Preto ficava em cima da van, em uma cadeira de computador amarrada no teto. Em volta da cadeira, havia um suporte giratório com belas armas de cano duplo calibre cinquenta, negras como graxa. Gambá conseguia ver absolutamente tudo à sua volta. Protegendo-o do sol, uma sombrinha Cinzano vermelha que havia desbotado até ficar rosa. Gambá analisou a arena e viu o calor distorcer as imagens. Ele não gostava do efeito: desconfiava de qualquer coisa que saísse do previsível. Ilusões de todo tipo o deixavam apreensivo. Ele coçou o nariz e enrolou a cauda em volta da perna. O portão se abriu, e os homens começaram a andar em meio às moitas. Ele provocava os homens de onde estava, torcendo para que eles fizessem algo tolo e grandioso.

Gambá contou trinta e sete homens. Alguns poucos levavam armas, abertamente ou às escondidas. Gambá via todos ao mesmo tempo. Ele não estava muito preocupado. Este grupo parecia tranquilo, mais interessado em se divertir do que em procurar confusão. Mesmo assim, sempre havia a esperança de que ele estivesse errado.

Os homens andavam para lá e para cá. Vestiam calças jeans remendadas e camisas desbotadas. Gambá os deixava nervosos. Del tinha o efeito oposto: sua aparência deixava todos à vontade. Os homens olhavam para Del, cutucavam uns aos outros e sorriam. Del era magricela e careca, exceto por uns tufos em volta das orelhas. O casaco negro empoeirado era grande demais. O pescoço saía da camisa como um urubu recém-nascido procurando carniça. Os homens se esqueceram de Gambá e se aglomeraram, esperando para ver o que Del ia fazer. Esperando que Del mostrasse a eles o que tinham vindo ver. A pintura da van era de um verde-tartaruga. Uma tipologia circense dourada explicava quem era a proprietária e quais eram os vícios à venda:

Circo Voador da Ginny Bumbum Firme
*** SEXO * TACOS * DROGAS PERIGOSAS ***

Del fazia uma série de pequenos preparativos. Desengatou o vagão da van e montou um pequeno palco desdobrável. Não seriam necessários mais do que três minutos para montar o palco, mas ele se enrolou por dez minutos naquilo, e depois mais uns dez. Os homens começaram a assobiar e a bater palmas. Del parecia preocupado. Eles gostaram disso. Ele tropeçou e eles riram.

— Ei, moço, tem mulher aí dentro ou não? — perguntou um sujeito.

— Melhor ter outra coisa aqui além de você — disse outro.

— Senhores — Del começou, erguendo as mãos e pedindo silêncio. — Em breve, a própria Ginny Bumbum Firme irá aparecer neste palco, e os senhores vão ver que a espera valeu a pena. Todos os seus desejos vão ser realizados. Eu garanto. Estou trazendo beleza às terras devastadas, senhores. Luxúria do jeito que os senhores gostam, paixão sem limites. Crimes sexuais com os quais os senhores jamais sonharam!

— Chega de conversa, moço! — um sujeito com olhos de caroço de pêssego gritou para Del. — Mostre o que você tem.

Outros se uniram a ele, bateram pés e assobiaram. Del sabia que tinha atingido seu objetivo. Queria que eles sentissem raiva. Frustração e negação. Ódio esperando por um doce alívio. Del fez sinal para que os homens se acalmassem, mas eles não paravam. Ele colocou uma mão na porta da van – e todos fizeram silêncio imediatamente.

As portas duplas se abriram. Revelou-se uma cortina vermelha gasta, com desenhos de corações e querubins. Del estendeu a mão. Ele parecia procurar algo atrás da cortina, um olho fechado, como quem se concentra. Parecia assustado, como quem tateia em busca de algo e não encontra. Sem saber ao certo se ele se lembrava de como era esse truque. E então, num movimento repentino, Ginny deu um duplo salto mortal para a frente e apareceu gloriosamente no palco.

Os homens explodiram em gritos de louca selvageria. Ginny pediu aplausos. Ela estava vestida para a ocasião. Saia branca curta brilhante, botas brancas com franjas. Blusa branca com um grande G bordado na frente.

— Ginny Bumbum Firme, senhores — Del anunciou com gosto —, fazendo sua interpretação de Barbara Jean, a líder de torcida da escola. Inocente como a neve, mas um pouco saidinha e disposta a aprender, caso Biff, o *Quarterback*, queira lhe dar umas aulas. Então, o que vocês dizem disso?

Eles assobiaram e gritaram e bateram os pés. Ginny desfilava e mudava de posição, dando chutes no ar que faziam a plateia perder o ar, deliciada. Trinta e sete pares de olhos demonstravam suas necessidades. Os homens tentavam adivinhar o que a roupa dela escondia. Tiravam o pó de histórias de violência e amor. Depois, com a mesma rapidez com que apareceu, Ginny foi embora. Os homens ameaçaram invadir o palco. Del sorriu despreocupado. A cortina se abriu e Ginny estava de volta, com os cabelos louros substituídos por um ruivo insolente, o figurino trocado num piscar de olhos. Del apresentou a Enfermeira Nora, um anjo de caridade, fraca como sopa nas mãos do Paciente Pete. Momentos depois, cabelos negros como a garganta de um corvo, ela era a Professorinha Sally, fria como água de poço, até que Steve, o Mau Aluno, libertava a fúria que havia dentro dela.

Ginny desapareceu de novo. Os aplausos troavam pelas planícies. Del os incitou, depois abriu as mãos pedindo silêncio.

— Menti para os senhores? Ela não é tudo que os senhores já sonharam? Não foi este amor que vocês procuraram a vida inteira? Vocês teriam como pedir pernas e braços mais doces, carne mais macia? Teriam como pedir dentes mais brancos, olhos mais brilhantes?

— Tá, mas ela é real? — um sujeito gritou, um sujeito com o rosto partido ao meio e costurado como uma meia. — A gente é religioso. Ninguém aqui trepa com máquina.

Outros fizeram eco à pergunta com gritos ousados e punhos cerrados.

— Escutem, eu não culpo os senhores, nem um pouco — Del disse. — Eu mesmo já tive algumas bonecas androides. Um enlace plástico, nada mais do que isso, admito. Nada que esteja à altura de gente como os senhores, porque dá para ver que entendem de mulher. Sim, senhores, Ginny é real como a chuva, e é sua no papel de sua escolha. Sete minutos de êxtase. Vai parecer uma vida inteira, senhores, isso eu garanto. Se eu estiver mentindo, vocês recebem suas mercadorias de volta. E tudo isso por quatro litros de gasolina!

Uivos e resmungos, como Del esperava.

— Isso aí é trapaça! Nenhuma mulher vale isso!

— Gasolina vale mais que ouro, e a gente trabalha duro pra conseguir! — Del não recuou. Pareceu triste e decepcionado. — Eu seria o último homem a tentar tirar alguma coisa de vocês — afirmou Del. — Não cabe a mim levar um homem aos braços de sua felicidade, fazer com que ele descanse seu corpo viril em meio a coxas douradas. Não é assim que faço negócios, nem jamais vou fazer.

Os homens se aproximaram. Del sentia o cheiro da insatisfação deles. Lia pensamentos astutos sobre suas cabeças. Sempre havia um instante em que passava pela cabeça deles que seria possível obter de graça os encantos de Ginny.

— Pensem um pouco, meus amigos — Del falou. — Um homem tem que fazer o que ele tem que fazer. Enquanto decidem, aproveitem para dirigir seu olhar para o teto da van e ver uma exibição impressionante e totalmente grátis da maior habilidade em pontaria que vocês poderão ver!

Antes de as palavras terem saído da boca de Del, mal dando tempo para que os homens compreendessem, Ginny apareceu novamente e jogou uma dúzia de pratos de louça no ar.

Gambá Preto se moveu numa velocidade incrível. Girou cento e quarenta graus em sua cadeira de computador e atingiu os pratos com suas armas, reduzindo-os a pó. O trovão bradou nas planícies. Houve uma chuva de estilhaços nos homens ali embaixo. Gambá se ergueu, deu um róseo sorriso assassino e fez uma pequena reverência. Os homens viram dois metros e seis de altura de uma feliz fúria marsupial e de impressionante rapidez, de olhos pretos de ágata e um focinho cheio de gélidos dentes selvagens. As dúvidas foram imediatamente deixadas de lado. Selvageria com calibre cinquenta não era a solução. Era evidente que ninguém ia se divertir de graça hoje.

— Senhores, liguem seus motores! — Del sorriu. — Vou estar bem aqui para cobrar o seu ingresso. Degustem um taco quente enquanto esperam a sua vez de ir à glória. Deem uma olhada na nossa fantástica exibição de maravilhas farmacêuticas e drogas de expansão da mente.

Momentos depois, os homens estavam indo para a arena. Pouco depois, voltavam carregando galões amassados de gasolina. Del cheirava cada galão, para o caso de algum engraçadinho achar que podia pôr água no lugar. Del vendeu tacos e drogas perigosas, aceitando como pagamento o que eles tivessem para dar. Velas e potes de vidro, uma faca enferrujada. Metade de um manual de manutenção de um tanque da Chrysler. As drogas tinham cores diferentes, mas eram iguais: doze partes de orégano, três partes de bosta de coelho, uma parte de caule de maconha. Tudo isso sob o olhar vigilante do Gambá.

— Meu Deus! — exclamou o primeiro a sair da van. — Ela vale a pena, tenho que admitir. Escolham a Enfermeira, vocês não vão se arrepender.

— A Professorinha é melhor — afirmou o segundo. — Nunca vi nada igual. Não estou nem aí se ela é real ou não.

— O que tem nesses tacos? — um cliente perguntou a Del.

— Ninguém que o senhor conheça — Del respondeu.

— Foi um longo dia — Ginny disse. — Estou exausta, falando sério. — Ela franziu o nariz. — Primeira coisa quando a gente chegar numa cidade, você manda dar uma boa lavada na van. Isso aqui está cheirando a esgoto, talvez pior até.

Del olhou para o céu e parou a van sob a escassa sombra da mesquita. Ele saiu e chutou os pneus. Ginny desceu da van, andou por ali e esticou as pernas.

— Está ficando tarde — afirmou Del. — Quer ir em frente ou parar aqui?

— Você acha que aqueles caras vão querer desconto nesta gasolina?

— Espero que sim — Gambá falou de cima da van.

— Mas é um engraçadão mesmo — Ginny gargalhou. — Admito que você é hilário. Ah, não, melhor ir em frente. Preciso de um banho e de comida de cidade. Aonde você acha que a gente vai parar seguindo essa estrada?

— Problemas do Leste — Del explicou, — se é que este mapa serve pra alguma coisa. Ginny, dirigir de noite é perigoso. Você não sabe o que vai encontrar na estrada.

— Eu sei o que tem no teto da van — Ginny disse. — Vamos nessa. Estou me coçando, toda cheia de bichos e terra, e aquela banheira fica brilhando na minha cabeça. Se quiser que eu dirija um pouco, eu aceito, sem problemas.

— Entra aí — Del resmungou. — Você dirigindo é mais assustador do que qualquer coisa que eu possa encontrar.

A manhã chegou em sombras púrpuras e tons metálicos, cobre, prata e ouro. Ginny olhava para Problemas do Leste. De longe, parecia um monte de lixo atirado de qualquer jeito sobre as planícies. De perto, parecia um lixo maior ainda. Barracas de lata e tendas e construções a esmo substituíam o que quer que houvesse ali antes. Havia fogueiras acesas e os habitantes andavam de um lado para outro e bocejavam e se coçavam. Três lugares vendiam comida. Outros lugares, cama e banho. Alguma coisa boa, pelo menos. Ela viu a placa na extremidade da cidade.

CONSERTOS MORO

Armamentos * Maquinário * Todo Tipo de Bugiganga Eletrônica

***

— Espere! — Ginny disse. — Estacione ali.

Del pareceu assustado.

— Pra quê?

— Não se empolgue. Tem umas partes precisando de manutenção. Só quero que alguém dê uma olhada.

— Você não tinha me falado nada — Del afirmou.

Ginny percebeu os olhos tristes e baixos, os tufos exaustos de cabelo caindo sobre as orelhas de Del.

— Del, não tinha nada pra dizer — ela falou num tom de voz gentil. — Na verdade, nada que você pudesse resolver, está bem?

— Você é que sabe — Del disse, visivelmente chateado.

Ginny suspirou e saiu. A área atrás da oficina era cercada por arame farpado. Havia pilhas que iam até a altura da canela, feitas de cordas emaranhadas e de cabos de cobre, de partes enferrujadas impossíveis de identificar. Uma caminhonete em péssimo estado estava estacionada ao lado da parede. O calor da manhã curvava o teto metálico da casa. Havia mais componentes saindo da porta. Gambá fez um ruído engraçado, e Ginny viu o Cão sair da sombra. Um Pastor, de quase um metro e noventa. Ele mostrou olhos amarelos para o Gambá Preto. Um homem apareceu atrás do Cão, limpando graxa nas calças. Sem camisa, com pelos que pareciam o estofamento saindo de uma cadeira. Traços duros como uma pedra, olhos de sílex que combinavam com o rosto. Não era feio, pensou Ginny, se dessem uma boa limpada nele.

— Olá — disse o homem. Ele olhou para a van, leu o texto na lateral, observou Ginny da cabeça aos pés. — O que eu posso fazer por você, minha pequena?

— Eu não sou pequena e não sou sua também — Ginny retrucou. — Seja lá o que você estiver pensando, pare. Você está aberto para atendimento ou só para conversa fiada?

O sujeito sorriu.

— Meu nome é Moro Gain. Nunca perco um negócio se eu puder ser útil.

— Preciso de umas coisas elétricas.

— É comigo mesmo. Qual é o problema?

— Não, não — Ginny sacudiu a cabeça. — Primeiro, eu tenho que perguntar. Você mantém segredo sobre o trabalho ou sai contando tudo que sabe?

— Segredo é a minha especialidade — Moro afirmou. — Pode sair um pouquinho mais caro, mas sem problemas.

— Quanto?

Moro fechou um olho.

— Bom, como é que eu vou saber? Você tem uma bomba atômica ali dentro ou um relógio quebrado? Estacione aqui e eu dou uma olhada.

Ele apontou com um dedo sujo para Gambá Preto e retrucou:

— Ele fica aqui fora.

— De jeito nenhum.

— Não aceito armas na loja. É uma regra.

— Ele não tem armas. Só as que você está vendo — Ginny sorriu. — Se quiser, pode chacoalhar ele de ponta-cabeça pra ver se cai mais alguma coisa. Mas eu não faria isso.

— Ele é imponente, admito.

— Eu diria que sim.

— Está bem, que seja — Moro disse —, estacione aqui.

O Cão abriu o portão. O Gambá desceu e seguiu com olhos untuosos.

— Vá achar um lugar pra gente dormir — Ginny falou para Del. — Limpo, se você conseguir encontrar. Toda a água quente da cidade. Pelo amor de Deus, Del, você ainda está de cara virada?

— Não se preocupe comigo — Del afirmou. — Não tem nada a ver com você.

— Certo.

Ela saltou para trás do volante. Moro começou a chutar a porta de sua oficina. Ela acabou abrindo o suficiente para a van passar. A carreta com a carga entrou sacudindo em seguida. Moro ergueu a lona, viu as trinta e sete latas de combustível sem chumbo com grande interesse.

— Essa van bebe tanto assim? — ele perguntou para Ginny.

Ela não respondeu. Só saiu da van. A luz entrava passando por vidros quebrados. As janelas altas e estreitas lembravam uma igreja. Os olhos dela se acostumaram à escuridão, e ela percebeu que o lugar era exatamente aquilo. Havia bancos nas laterais, empilhados com as peças automotivas. Um Oldsmobile 1997 estava erguido por um macaco diante do altar.

— Que lugar bacana! — exclamou ela.

— Funciona pra mim — Moro afirmou. — Então, que tipo de problema você tem? Parte elétrica? Você disse que tinha alguma coisa a ver com elétrica.

— Não estava falando do motor. Aqui atrás.

Ela levou Moro até a traseira e abriu as portas.

— Meu Jesus! — Moro exclamou.

— Está cheirando supermal. Não tem como evitar até a gente mandar lavar.

Ginny subiu, olhou para trás, e viu que Moro continuava no chão.

— Você vem ou não?

— Estou pensando.

— No quê? — Ela tinha visto como Moro olhava para ela e, na verdade, nem precisava ter perguntado.

— Bom, você sabe... — Moro disse, mudando os pés de posição. — Como você pretende pagar? Por seja lá qual serviço que você quer que eu faça.

— Gasolina. Dê uma olhada. Diga quantas latas. Eu digo se aceito ou não.

— Acho que a gente poderia dar um jeito.

— Poderia, né?

— Claro. — Moro deu um sorriso tolo para ela. — Por que não?

Ginny não piscou.

— Meu caro, que tipo de mulher você acha que eu sou?

Moro pareceu intrigado e decidido.

— Eu sei ler bem, moça, acredite ou não. Imaginei que você não é nem um taco nem uma droga perigosa.

— Imaginou errado — Ginny disse. — Sexo é só um software para mim, e não se esqueça disso. Não tenho o dia inteiro para você ficar olhando pra mim. Tenho que me mexer ou ficar parada. Quando eu fico parada, você me olha. Quando eu me mexo, você me olha mais. Não dá pra pôr a culpa em você, eu devo ser a coisa mais bonita que você já viu. Não deixe que isso atrapalhe o seu trabalho.

Moro não conseguiu pensar em muita coisa para dizer. Respirou fundo e entrou na van. Havia uma cama amarrada na porta. Uma colcha de algodão vermelha, um travesseiro de cetim gasto onde se lia, "Durango, Colorado", com desenhos de esquilos e cachoeiras. Uma mesinha, um abajur cor-de-rosa com flamingos do lado. Cortinas vermelhas na parede. Fotos de balé e uma Minnie Mouse pelada.

— Uau! — Moro exclamou.

— O problema está aqui atrás — Ginny disse. Ela abriu uma cortina na parte da frente da van. Havia um armário de compensado com parafusos. Ginny pegou uma chave da calça jeans e o abriu.

Moro ficou olhando por um minuto, depois riu em voz alta.

— Fitas sensoriais? Caraca.

Ele olhou de novo para Ginny, e ela percebeu.

— Fazia anos que eu não via um troço assim. Nem sabia que isso ainda existia.

— Tenho três fitas — Ginny explicou. — Uma morena, uma ruiva e uma loura. Achei um monte dessas em Ardmore, Oklahoma. Precisei assistir umas trezentas ou quatrocentas para encontrar mulheres mais ou menos parecidas comigo. Quase fiquei louca. Mas deu certo. Fiz uma edição de sete minutos para cada uma.

Moro olhou para a cama.

— Como é que funciona?

— Uma agulhinha sai do colchão. Dá uma picada rápida na bunda. Num instante eles apagam. A dose é de sete minutos. O capacete fica aqui na mesinha. Ponho neles e tiro bem rápido. Os cabos passam por baixo do piso daqui até o aparelho.

— Jesus! — exclamou Moro. — Se um dia alguém pegar você fazendo isso, você está frita, dona.

— É pra isso que serve o Gambá — Ginny explicou. — O Gambá é muito bom no que faz. Então, o que você acha?

— No começo, eu fiquei em dúvida se você era real.

Ginny riu alto.

— E agora o que você acha?

— Pode ser que sim.

— Certo — Ginny disse. — O androide é o Del, não eu. Banana Série IX. Não fizeram muitos. Não teve muita demanda. Os clientes acham que sou eu, nunca pensam em checar o Del. Ele é um baita apresentador e bastante bom nos tacos e nas drogas. Meio sensível demais na minha opinião. Bom, dizem que ninguém é perfeito.

— O problema é no equipamento?

— Acho que sim — Ginny respondeu. — Não consigo entender.

Ela mordeu o lábio e franziu a testa. Moro achou os gestos bem convidativos.

— Desliza um pouco, acho. Talvez seja um curto, o que você acha?

— Talvez.

Moro fuçou no equipamento, testando um dos rolos com o polegar.

— Vou ter que entrar aqui e ver.

— Todo seu. Vou estar sei lá em qual hotel que o Del arranjou pra mim.

— No Ruby John's — Moro disse. — É o único lugar com um teto decente. Quero sair pra jantar com você.

— Claro que quer.

— Você não tem boas maneiras mesmo, moça.

— O que eu tenho é prática.

— E eu tenho um pouco de orgulho — Moro afirmou. — Pretendo chamar você no máximo umas três ou quatro vezes.

Ginny acenou com a cabeça. Quase dizendo que sim.

— Você é promissor — disse ela. — Não muito, talvez, mas um pouco.

— Isso quer dizer que a gente vai jantar ou não?

— Quer dizer que não. Quer dizer que, se eu quisesse ir jantar com um cara, esse cara poderia ser você.

Os olhos de Moro se incendiaram.

— Dane-se você. Não preciso tanto assim da companhia.

— Ótimo — Ginny cheirou o ar e saiu. — Tenha um bom dia.

Moro ficou observando o andar dela. Viu o jeans moldar as pernas, estudou a hidráulica dos quadris. Pensou em vários atos improváveis. Pensou em se limpar, em procurar roupas adequadas. Pensou em achar uma garrafa e assistir às fitas. Um enlace plástico, não mais que isso, ou pelo menos foi o que ele ouviu, mas que, no fim das contas, dava o mesmo trabalho.

Gambá Preto viu a van desaparecer dentro da oficina. Imediatamente ficou inquieto. Seu lugar era no topo da van. Protegendo Ginny. Fazendo orações selvagens e assassinas para ausentes deuses genéticos. Os olhos dele não se desviaram do Cão desde que o Cão apareceu. Odores primitivos, antigos medos e urgências tomaram conta de seus sentidos. O Cão trancou o portão e se virou. Não se aproximou, apenas se virou.

— Eu sou o Cão Veloz — disse ele, cruzando braços peludos. — Não gosto muito de gambás.

— Eu não sou muito fã de cães — retrucou o Gambá Preto. O Cão parecia entender. — O que você fazia antes da Guerra?

— Trabalhava em um parque temático. Nossa Herança da Vida Selvagem. Uma bosta do tipo. E você?

— Segurança, claro.

O Cão fez uma careta.

— Aprendi um pouco de elétrica. Depois mais um pouco com o Moro Gain. Já estive pior. — Ele apontou com a cabeça para a oficina. — Você gosta de atirar nas pessoas com aquilo?

— Sempre que posso.

— Gosta de carteado?

— De vez em quando — Gambá Preto mostrou os dentes. — Acho que me viro com um Cão.

— Valendo mercadoria de verdade? — O Cão devolveu o sorriso.

— Baralho novo, lacrado, apostas casadas na mesa — sugeriu o Gambá.

Moro apareceu no Chalé Empório Ruby John's perto do meio-dia. Ginny estava numa tenda semiprivativa, debaixo de um cobertor. Ela tinha tomado banho e trançado os cabelos e tirado o jeans que cobria suas pernas. Ela mexeu com o coração de Moro.

— Entrego amanhã cedo — Moro disse. — Vai sair dez galões de gasolina.

— Dez galões? — Ginny perguntou. — Isso é roubo, e você sabe disso.

— É pegar ou largar — Moro afirmou. — O cabeçote está estragado. Se não consertar, vai acabar caindo. Você não ia gostar disso. Os seus clientes certamente não iam gostar.

Ginny pareceu derrotada, mas não muito.

— Quatro galões. No máximo.

— Oito. Eu mesmo vou ter que fabricar as peças.

— Cinco.

— Seis — ele disse. — Seis e eu levo você para jantar.

— Cinco e meio, e eu quero estar fora desta sauna assim que o sol raiar. Na estrada e fora daqui, quando o sol começar a torrar a sua cidade adorável.

— Você é bem divertida!

Ginny sorriu. De um jeito doce e indefeso, algo inusitado.

— Eu sou boa praça. Você precisa me conhecer.

— E como é que eu faço isso?

— Não faz — disse ela, o sorriso ficando mais sóbrio. — Essa parte eu não descobri.

***

Parecia que o tempo estava fechando ao norte. O nascer do sol foi melancólico. Lamacento, com amarelos e vermelhos que não chegavam a ser espetaculares. Cores que passavam por uma janela que ninguém havia se preocupado em lavar. Moro tinha trazido a van. Ele disse que tinha passado lubrificante e lavado a parte de trás. Cinco galões e meio tinham desaparecido da carreta. Ginny e Del contaram enquanto Moro olhava.

— Eu sou honesto — Moro disse —, não precisa fazer isso.

— Eu sei — disse Ginny, olhando curiosa para o Cão, que parecia estranho. Desanimado. Chateado e sem apetite. Ginny seguiu o olhar dele e viu Gambá no topo da van. O Gambá exibia um sorriso molhado de gambá.

— Pra onde vocês vão agora? — Moro perguntou, querendo segurar Ginny ali o máximo que pudesse.

— Sul — Ginny respondeu, já que estava virada para aquela direção.

— Eu não faria isso — Moro disse. — O pessoal lá não é muito amistoso.

— Não sou de escolher muito. Negócios são negócios.

— Não, senhora — Moro sacudiu a cabeça. — São péssimos negócios. Ao sul e ao leste, você vai chegar aos Planaltos Secos. Mais adiante, tem a Cidade da Ruína. Descendo você vai encontrar os Mercenários. Pode esbarrar no Forte Pru, um bando de agentes de seguro desmazelados que ficam nas planícies. Fiquem longe deles. Não vale a pena, não importa quanto vocês ganhem.

— Você ajudou muito — Ginny disse.

Moro segurou a porta dela.

— Você nunca escuta o que os outros dizem, moça? Estou dando um bom conselho.

— Excelente! — Ginny exclamou. — Eu não poderia estar mais grata.

Moro viu Ginny ir embora. Ele estava consumido pela aparência dela. O dia parecia se concentrar nos olhos dela. Nada do que ele dizia parecia agradar a mulher. Mesmo assim, o desprezo dela era amistoso o suficiente. Ele não conseguia enxergar o mínimo de malícia naquilo.

***

O nome Cidade da Ruína não era lá muito atraente. Ginny disse a Del para ir para o sul e talvez para o oeste. Perto do meio-dia, uma névoa amarela apareceu na borda irregular do mundo, como se alguém estivesse enrolando um tapete barato e empoeirado nas planícies.

— Tempestade de areia — Gambá gritou do teto. — Bem na direção oeste. Não estou gostando nem um pouco. Acho melhor mudar de direção. Parece que o problema está se aproximando rápido.

O Gambá não estava dizendo nada que ela não pudesse ver. Ele tinha o hábito de falar muito pouco ou de dizer mais do que era preciso. Ela mandou que Gambá cobrisse as armas e entrasse, disse que a areia ia arrancar o couro dele e que não tinha nada que não pudesse esperar para ser morto. Gambá Preto ficou chateado, mas desceu. Arqueado no banco de trás, ele procurava ar para respirar entre as garras e travas de armas automáticas. Na sua mente, ele tentava conter a raiva e se equilibrar enfrentando o vento sobre a van.

— Aposto que consigo chegar antes daquela tempestade — afirmou Del. — Tenho esse pressentimento.

— Chegar aonde antes da tempestade? — Ginny perguntou. — A gente não sabe onde está e nem o que tem adiante.

— Isso é verdade — Del concordou. — Um motivo a mais para chegar lá o quanto antes.

Ginny saiu da van e olhou para o mundo com desprezo.

— Estou com areia nos dentes e nos dedos dos pés — ela reclamou. — Aposto que o Moro Gain sabe direitinho onde tem probabilidade de tempestade. Aposto que foi isso que aconteceu.

— Pareceu um sujeito decente — Del disse.

— É isso que eu estou dizendo — Ginny concordou. — Não dá pra confiar num tipo assim.

A tempestade parecia durar uns dois dias. Ginny imaginou que talvez tivesse se passado uma hora. O céu estava tão ruim quanto sopa de repolho. A terra continuava como antes. Ela não conseguia distinguir entre a areia que acabava de ir embora e a que acabava de chegar. Del pôs a van para andar de novo. Ginny pensou no banho de ontem. Problemas do Leste tinha suas vantagens.

Antes de chegarem ao topo do primeiro morro, Gambá Preto começou a bater o pé no teto da van.

— Veículos a bombordo — ele gritou. — Sedãs e caminhonetes. Caminhões e carretas. Ônibus de todo tipo.

— O que eles estão fazendo? — Del disse.

— Vindo bem na nossa direção, arrastando troncos.

— Fazendo o quê? — Ginny fez uma careta. — Puta que pariu, Del, você vai parar este carro ou não? Juro, você é um idiota dirigindo.

Del parou. Ginny subiu no teto da van com o Gambá para ver. A caravana vinha em linha reta. Os carros e caminhões não estavam exatamente arrastando troncos... mas estavam. Cada um carregava uma parte de um muro. Troncos cortados amarrados uns nos outros e afiados na ponta. O primeiro carro virou e os outros foram atrás. O carro da frente virou de novo. Num instante, havia uma arena montada nas planícies, quadrada como se tivesse sido desenhada com régua. Uma arena e um portão. Sobre o portão, uma placa de madeira:

FORTE PRU
Jogos de Azar & Entretenimento
Período * Vida Inteira * Meia Vida * Morte

— Não estou gostando disso — disse Gambá Preto.

— Você não gosta de nada que esteja vivo — Ginny disse.

— Eles têm armas pequenas e parecem nervosos.

— Eles só estão de pau duro, Gambá. É a mesma coisa que estar nervoso, ou quase isso.

Gambá fingiu que entendeu.

— Parece que vão passar a noite aí — ela gritou para Del. — Vamos fazer negócios, meu amigo. Os custos fixos não param nunca.

Cinco deles vieram até a van. Todos pareciam iguais. Cabelos sujos, pele escurecida pelo sol. Sem camisa, mas com colarinhos e gravatas. Cada um carregava uma pasta fina como duas fatias de pão sem manteiga. Dois tinham pistolas no cinto. O líder carregava uma bela Remington 12 de cano serrado, que ficava presa à cintura dele por uma correia de guitarra camuflada. Del não gostou nem um pouco dele. Ele tinha dentes brancos perfeitos e era careca. Olhos da cor de água-viva se derretendo na praia. Ele analisou o texto na lateral da van e olhou para Del.

— Você tem uma puta aí dentro ou não?

Del olhou direto nos olhos dele.

— Isso me desagrada um pouco. Não são modos de falar.

— Ei. — O sujeito deu uma piscadinha para Del. — Não precisa se esforçar pra fechar a venda. Também estamos no *show business*.

— É mesmo?

— Roletas e jogo honesto de cartas. Com chances de ganho que eu tenho certeza de que vão agradar você. Sou o atuário-chefe deste grupo. Meu nome é Fred. Aquele animal ali em cima tem uma atitude horrorosa, meu amigo. Não tem por que ficar enfiando aquela arma na minha garganta. Somos tranquilos.

— Não vejo motivo nenhum para que Gambá faça chover chumbo e diarreia por aqui — Del ameaçou. — A não ser que vocês consigam imaginar alguma coisa que eu não consigo.

Fred sorriu ao ouvir isso. O sol formou uma grande bola dourada na cabeça dele.

— Acho que a gente vai experimentar a sua esposa — disse ele. — Claro que primeiro a gente tem que ver. O que você aceita como pagamento?

— Mercadorias tão boas quanto as que vocês receberão em troca.

— Tenho a coisa certa.

O atuário-chefe piscou de novo. O gesto estava começando a irritar Del. Fred fez um gesto com a cabeça, e um amigo tirou papel branco e limpo de sua pasta.

— Este aqui é de alta gramatura — disse ele, folheando o maço com o polegar. — Cinquenta por cento linho, e temos em resmas. Você não vai encontrar nada parecido. Você pode escrever nele ou fazer escambo. A Sétima Brigada de Escritores Mercenários passou por aqui faz uma semana. Uma brigada inteira de cavalaria. Quase levaram tudo, mas conseguimos guardar umas resmas. Também temos lápis. Da marca Mirado, tipos dois e três, sem apontar, com borracha na ponta. Quando foi a última vez que você viu isso? Ora, isso vale ouro. Temos grampos e blocos de anotações para advogados. Formulários legais, formulários de indenização, formulários de todo tipo. Negócios sobre rodas é o que fazemos. E você tem gasolina debaixo da lona na carreta atrás da van. Sinto o cheiro daqui. Meu amigo, sem dúvida nós podemos fazer bons negócios com você. Tenho dezessete motores beberrões enferrujados ficando secos.

Algo disparou na cabeça de Del. Ele via nos olhos do segurador. Aquilo era ganância por gasolina, e ele sabia que aqueles homens não estavam atrás de meros prazeres carnais. Ele sentiu um pavor androidiano ao saber que, quando pudessem, eles iam agir.

— Muito bem, a gasolina não é negociável — disse ele com toda a calma possível. — Sexo e tacos e drogas perigosas é o que nós vendemos.

— Sem problemas — disse o atuário. — Claro, sem problema nenhum. Foi só uma ideia, nada mais que isso. Traga a sua moça aqui e eu vou trazer o meu pessoal. O que você acha de meia resma por homem?

— Não podia ser mais justo — Del respondeu, pensando que metade disso estaria bom, agora tendo absoluta certeza de que Fred pretendia pegar de volta tudo que desse.

— Aquele Moro tinha razão — Del concluiu. — Esse pessoal do seguro é encrenca. O melhor que a gente faz é dar o fora e deixar isso pra lá.

— Meu ursinho — disse Ginny. — Os homens são assim mesmo. Chegam parecendo cães raivosos e vão embora como gatinhos tomando leite. Essa é a natureza do comércio sexual. Espere e você vai ver. Além disso, eles não vão se arriscar com o Gambá Preto.

— Você não ia rezar pedindo chuva nem se estivesse com o corpo em chamas — Del murmurou. — Bom, eu não vou desconectar a carreta. Vou armar o palco em cima da lona. Você pode fazer o show ali.

— Fique à vontade — Ginny disse, beijando uma bochecha de plástico e empurrando Del porta afora. — Agora vá lá e me deixe começar a ficar bonita.

Parecia que tudo estava indo bem. A líder de torcida Barbara Jean despertou sonhos eróticos esquecidos, deixou a plateia com bocas secas como as de cobras. Abriu caminho para a Professorinha Sally e para a Enfermeira Nora, violações secretas da alma. Ao se deparar com encantos femininos, a atitude normalmente desprezível dos homens desaparecia. Depois de acabar, eles não queriam destruir nada por uma hora, talvez duas. Não sentiam vontade de matar por umas doze horas. Del só podia tentar adivinhar que mágica era essa e como ela acontecia. Dados eram uma coisa, doces encontros, outra bem diferente.

Ele olhou nos olhos de Gambá e se sentiu seguro. Quarenta e oito homens esperavam a vez. Gambá sabia o calibre de suas armas, o tamanho de cada faca. Suas armas de cano duplo calibre cinquenta davam as bênçãos a todos eles.

Fred, o atuário, foi andando até Del sorrindo.

— A gente tem que falar da gasolina. É sobre isso que a gente tem que conversar.

— Escute — Del explicou —, a gasolina não está à venda, como eu disse. Vá falar com os caras da refinaria, que foi o que a gente fez.

— Eu tentei. Eles não têm o que fazer com material de escritório.

— Isso não é problema meu — Del retrucou.

— Talvez seja.

Del percebeu o tom de navalha.

— Se você tem algo a dizer, diga logo.

— Metade da sua gasolina. Nós pagamos pela moça e não criamos problemas para vocês.

— Você se esqueceu dele?

Fred analisou o Gambá Preto.

— Eu tenho mais condições do que você de suportar baixas. Escute, eu sei o que você é, meu amigo. Sei que você não é humano. Tive um androide igualzinho a você antes da Guerra.

— Talvez a gente possa conversar — Del disse, tentando pensar no que fazer.

— Pois então, era isso que eu queria ouvir.

O quarto cliente de Ginny saiu cambaleante, de olhos esbugalhados e com uma área branca em torno da papada.

— Cacete, escolham a Enfermeira — ele gritou para os outros. — Nunca experimentei nada assim na vida!

— Próximo — Del chamou, e começou a fazer pilhas de papel. — Luxúria é o nome do jogo, senhores, eu não disse?

— A moça é de plástico também? — Fred perguntou.

— Tão real quanto você — Del respondeu. — Se a gente fizer algum tipo de acordo, como eu vou saber que você vai manter a palavra?

— Cara! — Fred exclamou. — O que você acha que eu sou? Você tem meu Juramento de Vida do Securitário!

O cliente seguinte explodiu cortina afora, tropeçou e caiu de cara. Se ergueu e sacudiu a cabeça. Ele parecia machucado, sangrando em torno dos olhos.

— Ela é uma tigresa — Del anunciou, imaginando o que estava acontecendo. — Com licença um minuto — ele disse a Fred, e entrou na van. — O que você está fazendo? — ele perguntou a Ginny. — Parece que aqueles meninos passaram por um triturador.

— Não faço ideia — Ginny respondeu, a meio caminho entre Nora e Barbara Jean. — O último tremeu que nem uma cobra tendo convulsão. Começou a arrancar os cabelos. Tem alguma coisa errada aqui, Del. Só podem ser as fitas. Acho que aquele Moro é uma farsa.

— Estamos com problemas aqui dentro e lá fora — Del contou. — O chefe do bando quer a nossa gasolina.

— Bom, mas é claro que a gente não vai entregar de jeito nenhum.

— Ginny, parece que aquele cara cospe fogo pelos olhos. Ele diz que topa enfrentar o Gambá. Melhor a gente dar o fora enquanto dá.

— Nem pensar! — Ginny sacudiu a cabeça. — Aí é que eles vão ficar putos mesmo. Me dá uns dois minutos. A gente já teve várias Noras e uma Sally. Vou passar tudo para a Barbara Jean e ver.

Del saiu de novo. No mínimo pareceu uma resposta dúbia.

— Uma mulher e tanto — disse Fred.

— Hoje ela está impossível. Os seus securitários puseram fogo nela.

Fred sorriu ao ouvir isso.

— Acho melhor eu mesmo experimentar.

— Eu se fosse você não faria isso — Del aconselhou.

— Por que não?

— Deixe ela dar uma acalmada. Pode ser mais do que você está disposto a enfrentar.

Imediatamente ele soube que essa não era a coisa certa pra se dizer. Fred ficou da cor de uma torta de ketchup.

— Por que, seu pedaço de plástico de bosta? Eu dou conta de qualquer mulher nascida... ou montada a partir de um kit.

— Fique à vontade — Del falou, sentindo o dia escoar pelo ralo. — Pra você, é de graça.

— É bom mesmo.

Fred empurrou o próximo da fila.

— Se prepare aí dentro, mocinha. Vou resolver todos os problemas da sua apólice!

Os homens urraram. Gambá Preto, que entendia pelo menos três quintos do problema lá embaixo, olhou para Del para saber o que fazer.

— Você tem tacos aí? — alguém perguntou.

— Hoje, não — Del disse.

Del chegou a pensar em se desligar. Suicídio androide parecia ser a resposta. Mas em menos de três minutos, uivos sobrenaturais começaram a sair da van. Ou uivos viraram guinchos. Agentes de seguro de vida ficaram rígidos. Depois Fred saiu, em cacos. Ele parecia alguém que tivesse chutado um urso bravo. Parecia que suas juntas tinham virado ao contrário. Ele virou os olhos inchados para Del, confuso e fora de sincronia. Então, tudo aconteceu em segundos, finos como um arame. Del viu que Fred o achou, viu os olhos que derramavam óleo se fixarem nele. Viu os canos serrados se alinharem aos olhos com tanta rapidez que nem pés elétricos seriam capazes de tirá-lo da mira a tempo. O braço de Del explodiu. Ele deixou o braço para trás e correu para a van. Gambá não teve como impedir. O atuário estava abaixo dele e muito perto. As canos duplos calibre cinquenta abriram fogo. Securitários fugiam para todo lado. Gambá fez um zigue-zague na areia e os mandou pelos ares, despedaçados e mortos.

Del chegou ao banco do motorista com a van sendo perfurada por chumbo. Ele se sentiu meio tolo. Sentado ali com um braço, uma mão no volante.

— Chega para lá — Ginny pediu —, isto não vai funcionar.

— Acho que não.

Ginny fez a van passar aos solavancos sobre os arbustos.

— Nunca vi nada igual na minha vida — ela gritou. — Assim que pus o equipamento pra funcionar, aquele pobre coitado começou a sacudir feito um louco, os ossos quebrando que nem gravetos. O orgasmo mais alucinante que já vi.

— Tem alguma coisa que não está funcionando bem.

— Bom, isso eu percebi, Del. Jesus, o que é isso? — Ginny virou o volante ao ver que uma grande parte do deserto se elevava no ar. Areia fumegante choveu sobre a van.

— Foguetes — Del disse sombrio. — Por isso que eles acharam que Gambá, mesmo doido pra atirar, não era problema. Olhe pra onde você está indo, menina!

Dois pilares ardentes explodiram diante deles. Del pôs a cabeça para fora da janela e olhou para trás. Metade da muralha de Fort Pru estava perseguindo a van. Gambá atirava em tudo que via, mas não entendia de onde vinham os foguetes. Carros de ataque dos securitários se separaram e abordaram a van por todos os lados.

— Estão tentando atingir a gente pelo flanco — Del afirmou. Uma explosão de foguete à direita. — Ginny, não sei bem o que fazer.

— Como está o que sobrou do braço?

— Faz cócegas elétricas, bem de leve. Como uma campainha a um quilômetro de distância. Ginny, se eles formarem um círculo em volta da gente, a gente está muito fodido.

— Se eles acertarem a gasolina, a gente nem precisa se preocupar com isso. Ah, Senhor, por que eu fui ter essa ideia?

Gambá atingiu um caminhão em cheio. O veículo parou e morreu, tombando como um besouro. Del percebeu que ser um caminhão e uma muralha ao mesmo tempo tinha seus problemas, sendo um deles o equilíbrio.

— Vá bem na direção deles — ele disse para Ginny —, depois desvie bem rápido. Eles não conseguem virar rápido quando estão correndo.

— Del!

Balas batiam na van. Algo pesado fez barulho. A van se inclinou e parou. Ginny tirou as mãos do volante e seu rosto se fechou.

— Parece que eles acertaram os pneus. Del, a gente está morto. Vamos sair daqui.

E fazer o quê?, Del pensou. Rolamentos pareciam ir de um lado para o outro em sua cabeça. Ele teve a sensação de que estava prestes a pifar.

Os veículos de Forte Pru frearam guinchando até parar. Agentes de seguro de vida alucinados se uniram e vieram na direção deles pela planície, disparando armas de pequeno porte e arremessando pedras. Um foguete explodiu ali perto.

De repente as armas de Gambá pararam. Ginny fez uma careta, não estava acreditando.

— Não vá me dizer que a gente ficou sem munição, Gambá Preto. É difícil pacas conseguir isso.

Gambá começou a falar. Del fez um sinal com o braço bom para o norte.

— Ei, dá uma olhada naquilo!

De repente, as fileiras dos securitários se agitaram, confusas. Uma picape vagamente familiar apareceu no horizonte. O motorista costurava em meio aos carros, atirando granadas. Elas explodiam em grupos, formando buquês róseos brilhantes. Ele viu o sujeito com o foguete, deitado em cima de um ônibus. Granadas o acertaram, matando-o imediatamente. Os securitários abandonaram o campo de batalha e fugiram. Ginny viu algo bastante peculiar. Seis Harleys pretas se uniram à caminhonete. Cães chow-chow com Uzis serpentearam em meio às fileiras adversárias, com os motores rosnando e vomitando nuvens de areia no ar. Eles não demonstraram a menor piedade, pegando os retardatários enquanto eles corriam. Uns poucos securitários chegaram a um abrigo. Em instantes, estava tudo acabado. O Forte Pru fugiu desordenadamente.

— Ufa, bem na última hora! — Del exclamou.

— Odeio chow-chows — disse o Gambá. — A língua deles é preta.

— Espero que vocês estejam bem — Moro afirmou. — Meu amigo, parece que você perdeu um braço.

— Nada sério — Del explicou.

— Eu agradeço! — Ginny exclamou. — Finalmente consegui dizer isso.

Moro foi conquistado pelo charme penetrante dela, pelo modo pouco agradecido. Pela bela mancha de graxa que ela tinha no joelho. Ele achou que ela era bonita como um filhotinho.

— Achei que era minha obrigação. Levando em conta as circunstâncias.

— E quais eram essas circunstâncias? — Ginny perguntou.

— Aquele maldito cão pastor é meio que responsável pelos problemas que vocês andaram tendo. Ficou meio puto quando Gambá ganhou dele. Acho que foi no pôquer. Claro que pode ter tido cartas marcadas ou outro tipo de trapaça, isso eu não sei.

Ginny soprou para tirar o cabelo da frente dos olhos.

— Olha, até onde eu consigo ver, o que você está dizendo não faz muito sentido.

— Estou muito constrangido. O cão ficou bravo e sacaneou com o equipamento de vocês.

— Você deixou um cão fazer o conserto? — Ginny perguntou.

— Ele é um técnico excelente. Basicamente treinado por mim. Não tem problema desde que você não pise no calo dele. Esses pastores são filhos de parentes próximos, pelo que eu sei. O que ele fez foi colocar as fitas de vocês em *loop* e acelerar. O cliente recebia, digamos, vinte e seis vezes aquilo que pagou. Funciona para quem quer uma trepada a sete vezes a velocidade do som. Mas pode machucar o sujeito.

— Meu Senhor, eu devia dar um tiro no seu pé — Ginny afirmou.

— Olhe — Moro começou —, eu garanto o meu trabalho, e cheguei aqui o mais rápido que pude. Trouxe amigos para ajudar, e estou pagando pelo que fiz.

— É bom mesmo — Ginny afirmou. Os chow-chows pararam as Harleys a uma certa distância e olharam para Gambá, que devolveu o olhar. Ele secretamente admirou as roupas de couro deles, os logotipos de Purina bordados nas costas.

— Vou fazer a conta do estrago — Ginny disse. — Espero que tudo seja consertado.

— Pode deixar. Claro que vocês vão ter que passar um tempo em Problemas. Pode ser que leve um tempo.

Ela olhou para ele e teve que rir.

— Você é teimoso mesmo, eu tenho que admitir. O que você fez com o cão?

— Você quer carne para taco? Eu tenho para oferecer.

— Eca. Não, obrigada.

Del começou a andar de um lado para outro em quadrados mais ou menos trapezoidais. Começou a sair fumaça do toco do braço.

— Pelo amor de Deus, Gambá, sente nele ou faça alguma coisa! — exclamou Ginny.

— Eu posso consertar isso — Moro afirmou.

— Acho que você já fez consertos demais.

— A gente vai se dar bem. Espere e você vai ver.

— Você acha? — Ginny pareceu assustada. — Melhor eu não me acostumar a ter você por perto.

— Pode acontecer — Moro retrucou.

— Pode não acontecer.

— Vamos trocar aquele pneu — Moro disse. — Melhor tirar o Del do sol. Ginny, tente achar alguma roupa bacana para usar no jantar. Problemas do Leste é meio exigente. A gente é muito orgulhoso por aqui...

Dale Bailey é autor de três romances, *The Fallen*, *House of Bones* e *Sleeping Policemen* (com Jack Slay Jr.), e da coletânea *The End of the End of Everything*. Seus contos, reunidos em *The Ressurrection Man's Legacy and Other Stories*, foram três vezes finalistas do International Horror Guild Award, duas vezes finalistas do Nebula, e finalistas do Shirley Jackson Award e do Bram Stoker Award. A novela breve *Death and Suffrage*, vencedora do International Horror Guild Award, foi adaptada pelo diretor Joe Dante como parte da série televisiva *Masters of Horror* da *Showtime*.

O FIM DO MUNDO COMO NÓS O CONHECEMOS

DALE BAILEY

Este conto, finalista do Nebula, surgiu de uma tentativa de Bailey de entender o mórbido fascínio causado pelo gênero e pela perspectiva da nossa própria extinção. "O fim do mundo como nós o conhecemos" trata do único sobrevivente de um apocalipse tentando lidar com a dimensão emocional de sua perda. Mas, mais do que isso, é um conto sobre como funcionam os contos sobre o fim do mundo. Uma coisa que Bailey percebeu ao escrever o conto é que o mundo está sempre acabando para alguém a cada minuto de cada dia. Ele diz: "Nós não precisamos da destruição inteira de cidades para saber como é sobreviver a uma catástrofe. A cada vez que perdemos alguém que amamos muito, vivemos o fim do mundo que nós conhecemos. A ideia central do conto não é meramente de que o apocalipse está chegando, mas de que ele está chegando para você. E que não tem nada que você possa fazer para evitar isso".

De 1347 a 1450 d.C., a peste bubônica varreu a Europa, matando cerca de setenta e cinco milhões de pessoas. A doença, chamada de Peste Negra, por causa das pústulas negras que surgiam na pele dos contaminados, era causada por uma bactéria hoje conhecida como *Yersinia pestis*. Os europeus da época, que não tinham acesso a microscópios nem tinham conhecimento sobre vetores de doenças, atribuíam seu infortúnio à fúria divina. Flagelantes vagavam pela terra, esperando apaziguar a Sua ira. "Eles morriam às centenas, de dia e à noite", nos conta Agnolo di Tura. "Enterrei meus cinco filhos com minhas próprias mãos (...) tantos morreram que muita gente acreditou ser o fim do mundo."

Hoje, a população da Europa é de mais ou menos setecentos e vinte e nove milhões.

De tarde, Wyndham gosta de se sentar na varanda para beber. Ele gosta de gim, mas bebe qualquer coisa. Não é detalhista. Ultimamente, ele tem assistido ao crepúsculo – realmente *assistido*, digo, não ficado só sentado ali – e, até o momento, chegou à conclusão de que o clichê está errado. A noite não cai. É mais complexo do que isso.

Não que ele esteja totalmente confiante da precisão de suas observações.

É o auge do verão, e Wyndham muitas vezes começa a beber às duas ou três da tarde, então, quando o sol se põe, lá pelas nove, ele em geral já está bem bêbado. Mesmo assim, ele tem a impressão de que, na verdade, a noite *nasce*, começando com manchas de tinta sobre as árvores, como se tivesse saído de poços subterrâneos, e depois se espalha, indo até os limites do quintal e subindo rumo ao céu ainda iluminado. É só perto do fim que algo cai – o negror do espaço profundo, ele supõe, se desenrolando de um lugar muito acima da terra. Os dois planos da escuridão se encontram em algum ponto intermediário, e eis a noite.

Pelo menos, essa é a teoria atual dele.

Aliás, a varanda não é dele, e na verdade o gim também não é – exceto no sentido de que, pelo menos até onde Wyndham saiba, *tudo* agora pertence a ele.

Contos sobre o fim do mundo normalmente se encaixam em um de dois tipos.

No primeiro tipo, o mundo acaba com um desastre natural, sem precedentes ou numa escala sem precedentes. As enchentes ganham de longe dos concorrentes – o próprio Deus, segundo dizem, gosta dessa modalidade – embora a peste tenha seus defensores. Uma nova era do gelo também é popular. O mesmo para secas.

No segundo tipo, seres humanos irresponsáveis causam o fim do mundo. Cientistas malucos e burocratas corruptos, em geral. Uma troca de mísseis balísticos intercontinentais é o caminho típico, embora o roteiro esteja datado no atual ambiente geopolítico.

Sinta-se à vontade para misturar as variedades.

Alguém aí falou em um vírus da gripe geneticamente modificado? Derretimento das calotas polares?

No dia em que o mundo acabou, Wyndham nem chegou a perceber que aquilo *era* o fim do mundo – pelo menos não de cara. Para ele, àquela altura da vida, basicamente *todo dia* parecia o fim do mundo. Mas isso também não era consequência de um desequilíbrio químico. Era consequência de ele ser funcionário da UPS, onde, no dia em que o mundo acabou, Wyndham trabalhava havia dezesseis anos, primeiro como carregador, depois na triagem e, por fim, na cobiçada posição de motorista, com direito a uniforme marrom e tudo mais. A essa altura, a empresa estava na bolsa e ele tinha comprado ações. Não só isso, ele gostava do trabalho.

Mesmo assim, no começo de cada dia, ele tinha a sensação de estar vivendo um cataclismo. Experimente *você* acordar às quatro da matina todo dia e veja como você se sente.

Esta era a rotina dele:

Às quatro da manhã, o alarme disparava – um despertador antiquado, em que ele dava corda toda noite (ele não suportava ouvir rádio antes de tomar café). Ele sempre desligava o despertador imediatamente, para não acordar a esposa. Tomava banho no banheiro social (também para evitar acordar a esposa; o nome dela era Ann), punha café na sua garrafa térmica e comia algo que provavelmente não devia comer – uma rosquinha, um biscoito – de pé, diante da pia. A essa altura, eram quatro e vinte, quatro e vinte e cinco se ele estivesse atrasado.

Depois ele fazia algo paradoxal: voltava para o quarto e acordava a esposa, que ele tinha passado os últimos vinte minutos tentando não incomodar.

— Bom dia — Wyndham dizia toda vez.

A esposa fazia sempre a mesma coisa, também. Apertava o rosto no travesseiro e sorria.

— Hmmm — ela dizia, e normalmente era um tipo de "hmmm" tão aconchegante, apaixonado, de início de manhã que quase fazia valer a pena ter acordado às quatro da matina.

Wyndham ficou sabendo sobre o World Trade Center – que *não foi* o fim do mundo, embora Wyndham sem dúvida tenha tido a impressão de que era – por uma cliente.

A cliente – o nome dela era Monica – era uma freguesa habitual de Wyndham: uma viciada na Home Shopping Network, aquela mulher. Ela também era gorda. O tipo de mulher que as pessoas dizem que "tem uma boa personalidade" ou "tem o rosto tão bonito". Realmente, ela tinha uma boa personalidade – pelo menos era isso que Wyndham achava. Por isso, ele ficou preocupado quando ela abriu a porta aos prantos.

Monica sacudiu a cabeça, sem conseguir encontrar palavras. Fez um gesto para que ele entrasse. Wyndham, violando umas cinquenta regras da UPS, entrou atrás dela. A casa cheirava a salsicha e a desodorizador de ar floral. Tinha coisa da Home Shopping Network em todo canto. Literalmente *em todo canto*.

Wyndham mal percebeu.

O olhar dele estava fixo na TV. A imagem mostrava um avião comercial voando em direção ao World Trade Center. Ele ficou ali parado, viu a cena de três ou quatro ângulos diferentes antes de perceber o logo da Home Shopping Network no canto inferior direito da tela.

Foi aí que ele chegou à conclusão de que aquele devia ser o fim do mundo. Ele não conseguia imaginar a Home Shopping Network trocar sua programação por nada menos que isso.

Os extremistas muçulmanos que haviam jogado os aviões no World Trade Center, no Pentágono e no solo obstinado de um lugar que, exceto por isso, não tinha nada de extraordinário no meio da Pensilvânia, tinham certeza de que seriam transladados imediatamente para o paraíso.

Eles eram dezenove.

Cada um tinha um nome.

* * *

A esposa de Wyndham gostava de ler. Ela lia na cama. Antes de dormir, sempre marcava o ponto em que tinha parado com um marcador de páginas que Wyndham lhe dera de aniversário um ano antes: um marcador de papelão com uma fita no topo, e uma imagem de um arco-íris sobre montanhas nevadas. *Sorria*, o marcador dizia, *Deus ama você.*

Wyndham não lia muito, mas, se tivesse pegado o livro de sua esposa no dia em que o mundo acabou, teria achado as primeiras páginas interessantes. No capítulo de abertura, Deus arrebata todos os verdadeiros cristãos para o Paraíso. Isso inclui os verdadeiros cristãos que estão dirigindo carros e trens e aviões, o que resulta em infinitas vidas perdidas, assim como em danos significativos à propriedade pessoal. Se Wyndham *tivesse* lido esse livro, teria pensado num adesivo de para-choque que às vezes ele via de sua van da UPS. *Cuidado*, dizia o adesivo, *em caso de Arrebatamento, este carro ficará sem motorista.* Sempre que via aquele adesivo de para-choque, Wyndham imaginava carros colidindo, aviões caindo, pacientes abandonados na mesa de operação – basicamente tudo o que acontecia no livro de sua esposa, na verdade.

Wyndham ia à igreja todo domingo, mas não conseguia deixar de pensar no que aconteceria com os incalculáveis milhões de pessoas que *não eram* verdadeiros cristãos – fosse por opção, ou pelo acaso geográfico de terem nascido em algum lugar como a Indonésia. *E se eles estivessem atravessando a rua na frente de um desses carros,* ele pensou, *ou irrigando os gramados onde aqueles aviões logo desabariam?*

Mas eu ia dizendo:

No dia em que o mundo acabou, Wyndham não entendeu de cara o que tinha acontecido. O despertador tocou na mesma hora de sempre e ele passou pela rotina normal. Banho no banheiro social, café na garrafa térmica, café da manhã na pia (uma rosquinha de chocolate, desta vez, que já estava meio passada). Depois voltou para o quarto para se despedir da esposa.

— Bom dia — disse ele, como sempre dizia e, ao se debruçar, deu uma sacudida de leve nela: não o suficiente para que ela acordasse, só o bastante para ela se mexer. Depois de dezesseis anos fazendo este ritual, exceto em feriados nacionais e nas duas semanas de férias remuneradas por verão, Wyndham tinha pleno domínio do que estava fazendo. Quase toda vez, ele conseguia fazer com que ela se mexesse sem acordar.

Portanto dizer que ele ficou surpreso quando a esposa não apertou o rosto contra o travesseiro e sorriu seria uma espécie de eufemismo. Na verdade, ele ficou chocado. E mais uma coisa; ela também não disse: "Hmmm".

Nem o tipo voluptuoso de "hmmm" de cama-quentinha-da-manhã e nem o raro mas mesmo assim familiar "hmmm" abafado do tipo estou-resfriada-e-com-dor-de-cabeça.

Absolutamente nenhum "hmmm".

O ar-condicionado desligou. Pela primeira vez, Wyndham percebeu um cheiro estranho – um leve cheiro ruim orgânico, de leite estragado, ou de chulé.

Parado ali no escuro, Wyndham começou a ter um pressentimento muito ruim. Era um tipo de pressentimento ruim diferente do que tinha sentido na sala de estar de Monica, olhando os aviões baterem uma vez após a outra no World Trade Center. Aquele mau pressentimento tinha sido poderoso, mas em grande medida impessoal – digo "em grande medida impessoal" porque Wyndham tinha um primo de terceiro grau que trabalhava na Cantor Fitzgerald (o nome do primo era Chris; Wyndham precisava consultar a agenda todo ano quando chegava a época de mandar cartões para comemorar o nascimento de seu salvador pessoal). O mau pressentimento que ele começou a ter quando a esposa não disse "hmmm", por outro lado, era poderoso e *pessoal*.

Preocupado, Wyndham se abaixou e tocou no rosto da esposa. Foi como tocar numa mulher feita de cera, sem vida e fria, e foi naquele momento – precisamente naquele momento – que Wyndham percebeu que o mundo tinha acabado.

Tudo o que aconteceu depois não passou de detalhe.

Além dos cientistas malucos e dos burocratas corruptos, os personagens de histórias sobre o fim do mundo pertencem tipicamente a três variedades.

O primeiro é o individualista rude. Você conhece o tipo: sujeitos solitários autoconfiantes e iconoclastas, que sabem disparar armas de fogo e fazer partos. No fim da história, eles estão a caminho de Restabelecer a Civilização Ocidental – embora sejam espertos o bastante para não voltar aos Maus Hábitos de Antes.

A segunda variedade é o bandido pós-apocalíptico. Esses personagens normalmente aparecem em gangues, e enfrentam o tipo sobrevivente. Se, por acaso, você prefere encarnações cinematográficas de histórias sobre o fim do mundo, normalmente é possível reconhecer esse tipo por sua propensão a usar roupas sadomasoquistas, cabelos moicanos e veículos customizados. Ao contrário dos sobreviventes rudes, os bandidos pós-apocalípticos mantêm os Maus Costumes de Antes – apesar de não ficarem chateados com o surgimento de novas oportunidades de estuprar e saquear.

O terceiro tipo de personagem – também muito comum, embora bem menos do que os dois outros tipos – é o sujeito sofisticado e cansado do mundo. Como Wyndham, esses personagens bebem demais; ao contrário de Wyndham, eles sofrem de um tédio infinito. Wyndham também sofre, é claro, mas, seja qual for a origem do sofrimento dele, pode apostar que não é de tédio.

Mas estávamos falando de detalhes:

Wyndham fez as coisas que as pessoas fazem ao descobrirem que alguém que elas amam morreu. Pegou o telefone e ligou para a emergência. Parecia haver algum problema com o telefone; ninguém atendia do outro lado. Wyndham respirou fundo, foi para a cozinha e tentou usar a extensão. Mais uma vez, não conseguiu.

O motivo, claro, é que, sendo aquele o fim do mundo, todas as pessoas que deviam atender ao telefone estavam mortas. Imagine que todas foram levadas por uma grande onda, se isso ajudar – foi exatamente isso que aconteceu com mais de três mil pessoas durante uma tempestade no Paquistão em 1960. (Não que tenha sido *literalmente* isso o que aconteceu com os telefonistas que atenderiam a ligação de Wyndham, você compreende; mas falaremos mais sobre o que *realmente* aconteceu com eles; o importante é que num instante eles estavam vivos; no instante seguinte, estavam mortos. Como a esposa de Wyndham.)

Wyndham desistiu do telefone.

Ele voltou para o quarto. Fez uma versão desajeitada de ressuscitação boca a boca na mulher por uns quinze minutos, e depois desistiu disso também. Foi até o quarto da filha (ela tinha doze anos e seu nome era Ellen). Viu que ela estava deitada de costas, a boca levemente aberta. Wyndham se abaixou para acordá-la – ele ia contar para ela que algo terrível tinha acontecido;

que a mãe dela tinha morrido –, mas descobriu que alguma coisa terrível tinha acontecido com ela também. A mesma coisa terrível, na verdade.

Wyndham entrou em pânico.

Ele correu para fora, onde os primeiros traços de vermelho tinham começado a sangrar no horizonte. O sistema de irrigação automática do vizinho estava ligado, girando em meio ao silêncio, e enquanto atravessava o gramado correndo, Wyndham sentiu o jato, como uma mão fria tocando seu rosto. Então, gelado, ele estava em frente à porta do vizinho. Batendo com os dois punhos na porta. Gritando.

Depois de um tempo – ele não sabe dizer quanto tempo – uma calma espantosa tomou conta dele. O único som era o dos *sprinklers*, emitindo jatos brilhantes de água que formavam arcos iluminados pela lâmpada do poste da esquina.

Ele teve uma visão. Foi o mais perto que ele já chegou de ter um momento de genuíno pressentimento. Na visão, ele viu casas dos subúrbios se espalhando em silêncio à sua frente. Viu os quartos silenciosos. Neles, curvados sob os lençóis, ele viu uma legião de gente dormindo, também em silêncio, que jamais voltaria a acordar.

Wyndham engoliu.

Então ele fez algo que, mesmo vinte minutos antes, ele seria incapaz de se imaginar fazendo. Ele se abaixou, pegou a chave que ficava escondida entre os tijolos e entrou na casa do vizinho.

O gato do vizinho passou por ele, miando rabugento. Wyndham já tinha se abaixado para pegar o gato quando sentiu o cheiro – aquele leve odor orgânico desagradável. Mas não de leite estragado. Nem de chulé. Algo pior: fralda suja, ou privada entupida.

Wyndham endireitou as costas, esquecendo o gato.

— Herm? — ele chamou. — Robin?

Nenhuma resposta.

Dentro da casa, Wyndham pegou o telefone e ligou para a emergência. Deixou tocar por muito tempo; depois, sem se importar em desligar, Wyndham largou o telefone no chão. Ele andou pela casa silenciosa, acendendo as luzes. Na porta da suíte de casal, ele hesitou. O odor, agora inconfundível, um fedor misturado de urina e fezes, de todos os músculos do corpo relaxando de uma só vez, era mais forte ali. Quando voltou a falar, na verdade sussurrar – "Herm? Robin?" –, não esperava mais obter resposta.

Wyndham acendeu as luzes. Robin e Herm eram formas na cama, imóveis. Ao se aproximar, Wyndham olhou para os dois. Uma série fugaz de imagens passou pela mente dele, imagens de Herm e Robin trabalhando na churrasqueira na festa da vizinhança ou cuidando de sua horta. Eles tinham jeito com tomates, Robin e Herm. A esposa de Wyndham adorava os tomates deles.

Wyndham sentiu algo na garganta.

Ele se afastou por um momento.

O mundo ficou cinza para ele.

Ao voltar, Wyndham se viu na sala de estar, de frente para a TV de Robin e Herm. Ele ligou o aparelho e passou pelos canais, mas não estava passando nada. Literalmente nada. Neve, só isso. Setenta e dois canais de neve. Pela experiência de Wyndham, o fim do mundo sempre era televisionado. O fato de não estar passando nada na TV agora sugeria que aquilo *realmente* era o fim do mundo.

Não é uma sugestão de que a TV valide a experiência humana – do fim do mundo ou de qualquer outra coisa, na verdade.

Você podia perguntar às pessoas em Pompeia, caso a maioria delas não tivesse morrido na erupção de um vulcão em 79 a.C., quase dois milênios antes da criação da televisão. Quando o Vesúvio entrou em erupção, mandando lava rugindo montanha abaixo a seis quilômetros por minuto, cerca de dezesseis mil pessoas morreram. Por um estranho capricho geológico, algumas delas – suas carcaças, na verdade – foram preservadas, congeladas em moldes de cinzas vulcânicas. Braços estendidos implorando misericórdia, rostos congelados em expressões de horror.

Pagando ingresso, você pode visitá-los hoje.

Aliás, eis um de meus enredos favoritos de fim do mundo:

Plantas carnívoras.

Wyndham entrou em seu carro e saiu em busca de auxílio: um telefone ou uma televisão que funcionasse, um transeunte disposto a ajudar. Em vez disso, encontrou mais telefones e TVs que não funcionavam. E, claro, mais pessoas que não estavam funcionando: muitas delas, embora ele tenha se esforçado mais do que você possa imaginar para encontrá-las, não estavam espalhadas pelas ruas, nem mortas aos volantes de seus carros em congestionamentos gigantescos – Wyndham supunha que isso pudesse ter ocorrido na Europa, onde a catástrofe, seja lá qual tenha sido, ocorreu bem na hora do *rush,* pela manhã.

Aqui, no entanto, parecia que a maioria das pessoas tinha sido pega em casa, na cama; consequentemente, as ruas estavam mais transitáveis do que o normal.

Sem saber o que fazer – entorpecido, na verdade – Wyndham foi para o trabalho. Ele podia ter estado em choque até então. Tinha se acostumado ao cheiro, de todo modo, e os cadáveres do turno da noite – homens e mulheres que ele conhecia havia dezesseis anos, em alguns casos – não causaram o mesmo abalo. O que *de fato* o abalou foi a visão de todos os pacotes na área de triagem. Ele se deu conta de que nenhum daqueles pacotes jamais seria entregue. Sendo assim, Wyndham encheu sua van e seguiu a sua rota. Ele não sabia por que estava fazendo aquilo; talvez porque uma vez ele tinha alugado um filme em que um nômade encontra um uniforme do serviço postal americano e consegue Restabelecer a Civilização Ocidental (mas não com os Maus Hábitos de Antes), assumindo as rotas designadas para o carteiro. No entanto, a inutilidade dos esforços de Wyndham logo se tornou evidente.

Ele desistiu ao descobrir que nem mesmo Monica – ou, como ele pensava nela com mais frequência, a Mulher da Home Shopping Network – continuava disponível para receber entregas. Wyndham encontrou Monica no chão da cozinha, com o rosto para baixo, segurando uma caneca de café estilhaçada numa das mãos. Morta, ela não tinha nem um belo rosto nem uma boa personalidade. O que ela tinha era o mesmo odor desagradável. Apesar disso, ele ficou olhando para baixo, para ela, por muito tempo. Parecia que não conseguia desviar o olhar.

Quando finalmente *desviou* o olhar, Wyndham voltou para a sala de estar onde tinha visto quase três mil pessoas morrerem, e abriu ele próprio a encomenda. No que diz respeito às regras da UPS, a sala de estar da Moça da Home Shopping Network estava se transformando em uma espécie de zona pós-apocalíptica por méritos próprios.

Wyndham rasgou a fita e a jogou no chão. Ele abriu a caixa. Lá dentro, embrulhada em segurança em três camadas de plástico-bolha, encontrou uma estátua de porcelana de Elvis Presley.

* * *

Elvis Presley, o Rei do Rock, morreu em dezesseis de agosto de 1977, sentado na privada. Uma autópsia revelou que ele havia ingerido um impressionante coquetel de remédios – incluindo codeína, etinamato, metaqualona e vários barbitúricos. Os médicos também encontraram vestígios de componentes de Valium, Demerol e outras drogas farmacêuticas em suas veias.

Por um tempo, Wyndham se consolou com a ilusão de que o fim do mundo tivesse sido apenas um fenômeno local. Ele sentou em sua van do lado de fora da casa da Mulher da Home Shopping Network e esperou o resgate – o som das sirenes ou de helicópteros se aproximando ou o que quer que fosse. Ele dormiu segurando a estátua de porcelana do Elvis. Acordou quando o dia raiou, torto de dormir no volante, e viu um cachorro vira-lata farejando do lado de fora.

Era evidente que o resgate não estava a caminho.

Wyndham enxotou o cachorro e depositou com cuidado a estátua de Elvis na calçada. Depois saiu dirigindo, para fora da cidade. De tempos em tempos, ele parava, toda vez confirmando o que já sabia no minuto em que tocou o rosto da esposa morta: o mundo tinha acabado. Ele só encontrava telefones que não funcionavam, TVs que não funcionavam e gente que não funcionava. Ao longo do caminho, ouviu várias rádios que não funcionavam.

Você, assim como Wyndham, pode estar curioso sobre a catástrofe que se abateu sobre todas as pessoas no mundo à volta dele. Você pode até mesmo estar se perguntando por que Wyndham sobreviveu.

Histórias de fim do mundo tipicamente exploram bastante essas coisas, mas a curiosidade de Wyndham jamais será satisfeita. Infelizmente, a sua também não.

Coisas ruins acontecem.

É o fim do mundo, afinal de contas.

Os dinossauros também nunca descobriram o que causou a extinção *deles*.

No momento em que escrevo, no entanto, a maioria dos cientistas concorda que os dinossauros encontraram seu destino quando um asteroide de catorze quilômetros de diâmetro caiu na Terra um pouco ao sul da península de Iucatã, causando tsunamis gigantescos, ventos com a força de furacões, incêndios florestais no mundo inteiro e uma enxurrada de atividade vulcânica. A cratera continua lá – tem quase duzentos quilômetros de diâmetro e dois de profundidade – mas os dinossauros, assim como setenta e cinco por cento das espécies que viviam na época, desapareceram. Muitos morreram no impacto, vaporizados na explosão. Os que sobreviveram ao cataclismo inicial teriam perecido logo depois, com chuvas ácidas envenenando a água do planeta e poeira ocultando a luz do sol, mergulhando a Terra num inverno que durou anos.

Na verdade, esse impacto foi apenas o mais dramático numa longa série de extinções em massa; elas ocorrem no registro fóssil mais ou menos com intervalos de trinta milhões de anos. Alguns cientistas ligaram esses intervalos à jornada que o sistema solar faz periodicamente pelo plano galáctico, que expulsa milhões de cometas da nuvem de Oort além de Plutão, fazendo com que eles caiam sobre a Terra. Essa teoria, ainda contestada, é chamada de Hipótese de Shiva em homenagem ao deus hindu da destruição.

Os habitantes de Lisboa teriam apreciado a alusão em primeiro de novembro de 1755, quando a cidade foi atingida por um terremoto de oito graus e meio na escala Richter. O tremor destruiu mais de doze mil casas e deu início a um incêndio que durou seis dias.

Mais de sessenta mil pessoas morreram.

Esse evento inspirou Voltaire a escrever o *Cândido*, em que o doutor Pangloss nos aconselha que este é o melhor dos mundos possíveis.

Wyndham poderia ter abastecido o tanque da van. Havia postos de gasolina praticamente em todas as saídas da rodovia, e *eles* pareciam estar funcionando. Mas não se importou em fazer isso.

Quando a van ficou sem combustível, ele simplesmente parou no acostamento, desceu e foi andando pelo campo. Quando começou a escurecer – isso antes de ele começar a estudar como é que a noite cai –, ele se abrigou na casa mais próxima.

Era uma casa bonita, de dois andares, de tijolos à vista, bem afastada da estrada de onde ele veio andando. Havia árvores grandes no jardim. Nos fundos, um gramado sombreado descia rumo ao tipo de bosque

que a gente sempre vê no cinema, mas raramente na vida real: enorme, velhas árvores com avenidas generosas cobertas de folhas. Era o tipo de lugar que a esposa dele teria adorado, e ele ficou chateado por ter de quebrar uma janela para entrar. Mas era esta a situação: era o fim do mundo, e ele precisava de um lugar para dormir. O que mais ele podia fazer?

Wyndham não tinha planejado ficar ali, mas, quando acordou no dia seguinte, não conseguia pensar em outro lugar para ir. Ele encontrou dois idosos não funcionais no quarto do andar de cima e tentou fazer por eles o que não conseguiu fazer pela esposa e pela filha: usando uma pá que encontrou na garagem, começou a cavar uma cova no jardim. Depois de mais ou menos uma hora, as mãos dele começaram a se encher de bolhas e a rachar. Seus músculos – fracos por ficar sentado atrás do volante da van da UPS durante todos esses anos – se rebelaram.

Ele descansou um pouco, e depois pôs os idosos no carro que encontrou estacionado na garagem – uma perua Volvo azul com sessenta mil e quarenta e sete quilômetros no hodômetro. Ele rodou por uns três quilômetros na estrada, estacionou, e deixou os dois, lado a lado em um bosque de faias. Ele tentou dizer algo sobre o casal antes de partir (a esposa dele ia querer que ele fizesse isso), mas não conseguiu pensar em nada adequado, por isso, desistiu e voltou para a casa.

Não ia fazer muita diferença. Wyndham não sabia, mas os idosos eram judeus não praticantes. De acordo com a fé que Wyndham compartilhava com a esposa, eles estavam condenados a queimar no inferno por toda a eternidade. Os dois eram imigrantes de primeira geração; a maioria dos parentes já tinha sido queimada em fornos de Dachau e Buchenwald.

Ser queimado não ia ser novidade para eles.

Falando em fogo, a Triangle Shirt Waist Factory, na cidade de Nova York, queimou em vinte e cinco de março de 1911. Cento e quarenta e seis pessoas morreram. A maioria teria sobrevivido, mas os donos da fábrica trancaram as saídas para impedir roubos.

Roma também pegou fogo. Conta-se que Nero tocou música.

De volta à casa, Wyndham se lavou e preparou um drinque com as bebidas alcoólicas que encontrou na cozinha. Ele nunca tinha sido muito de beber antes de o mundo acabar, mas agora não via grandes motivos para não experimentar. O experimento se mostrou bem-sucedido, de tal maneira que ele passou a ficar sentado na varanda à noite, tomando gim e observando o céu. Uma noite, ele pensou ter visto um avião, com as luzes piscando lá em cima. Mais tarde, sóbrio, concluiu que devia ter sido um satélite, ainda orbitando o planeta, enviando telemetria para estações de recepção vazias e postos de comando abandonados.

Um ou dois dias depois, acabou a luz. E, depois de mais uns dias, Wyndham ficou sem bebida. Usando o Volvo, ele partiu em busca de uma nova cidade. Personagens em histórias de fim do mundo em geral dirigem veículos de dois tipos: os sofisticados exaustos tendem a usar carros esportivos envenenados, muitas vezes pilotando em alta velocidade ao longo da costa australiana – porque, afinal, que outro motivo eles têm para viver? –, os outros todos dirigem SUVs em mau estado. Desde a Guerra do Golfo Pérsico de 1991 – em que morreram mais ou menos vinte e três mil pessoas, a maioria soldados convocados pelo governo iraquiano mortos por bombas de precisão americanas –, veículos táticos militares passaram a ser particularmente cobiçados. Wyndham, contudo, achou que o Volvo atendia perfeitamente às suas necessidades.

Ninguém atirou nele.

Ele não foi atacado por uma alcateia de lobos selvagens.

Encontrou uma cidade depois de passar apenas quinze minutos na estrada. Não viu indícios de saques. Todos estavam mortos demais para saquear; é assim que as coisas são quando o mundo acaba.

No caminho, Wyndham passou por uma loja de materiais esportivos, onde não parou para estocar armas ou equipamento de sobrevivência. Ele passou por inúmeros veículos abandonados, mas não parou para pegar gasolina. Parou em uma loja de bebidas, onde quebrou uma vitrine usando uma pedra e se serviu de várias caixas de gim, uísque e vodca. Também parou em um mercado, onde encontrou os corpos malcheirosos da equipe do turno da noite jogados, ao lado de carrinhos com mercadorias que jamais chegariam às prateleiras. Colocando um lenço sobre o nariz, Wyndham pegou água tônica e uma variedade de outras bebidas para misturar nos drinques. Também pegou comida enlatada, embora não sentisse qualquer impulso de estocar para além de suas necessidades imediatas. Ele ignorou as garrafas d'água.

Na seção de livros, pegou um guia para barmen.

Algumas histórias de fim do mundo mostram dois sobreviventes pós--apocalípticos, um homem e uma mulher. Esses dois sobreviventes assumem a tarefa de Repovoar a Terra, o que é parte de seu esforço para Restabelecer a Civilização Ocidental sem os Maus Hábitos de Antes. Seus nomes são habilmente ocultados até o fim da história, quando invariavelmente se revela que os dois se chamam Adão e Eva.

A verdade é que quase toda história de fim do mundo, de alguma maneira, é uma história de Adão e Eva. Talvez seja por isso que o gênero é tão popular. Para ser completamente franco, admito que, em períodos de seca da minha vida sexual – e, ai de mim, esses períodos têm sido mais frequentes do que eu gostaria de admitir –, muitas vezes achei as fantasias estilo Adão e Eva pós-Holocausto estranhamente reconfortantes. Do jeito como vejo as coisas, ser o único homem vivo reduz significativamente o potencial para rejeição. E isso reduz praticamente a zero a ansiedade em relação ao desempenho.

Há uma mulher nesta história também.

Não perca a esperança.

A esta altura, Wyndham já vive há quase duas semanas na casa de tijolos. Dorme no quarto do casal de idosos, e dorme muito bem, mas talvez seja o gim. Algumas manhãs, ele acorda desorientado, pensando onde a esposa está e como ele veio parar neste lugar estranho. Outras manhãs, ele acha que sonhou tudo aquilo e que este sempre foi seu quarto.

Um dia, porém, ele acorda cedo, à luz cinza que antecede a aurora. Alguém se movimenta no andar de baixo. Wyndham fica curioso, mas não com medo. Ele não se arrepende de não ter parado na loja de material esportivo para pegar uma arma. Wyndham jamais deu um tiro na vida. Se atirar em alguém – mesmo que seja um vagabundo pós-apocalíptico pensando em canibalismo –, provavelmente vai ter uma crise nervosa.

Wyndham não tenta esconder sua presença enquanto desce a escada. Há uma mulher na sala de estar. Ela não é feia – loura desbotada, em boa forma e jovem, vinte e cinco, trinta anos no máximo. Ela não parece extremamente limpa, e o cheiro dela não é muito melhor, mas cuidar da higiene também não tem sido a prioridade número um de Wyndham ultimamente. Quem é ele para julgar?

— Estava procurando um lugar para dormir — a mulher diz.

— Tem um quarto sobrando lá em cima — Wyndham responde.

Na manhã seguinte – na verdade, é quase meio-dia, mas Wyndham se acostumou a ir dormir tarde – eles tomam café da manhã juntos: biscoitos recheados para a mulher, uma tigela de sucrilhos secos para Wyndham.

Eles comparam o que viram, mas não precisamos entrar nesses detalhes. É o fim do mundo, e a mulher não tem mais informações do que Wyndham ou do que você ou qualquer outra pessoa sobre o que aconteceu. Mas ela é quem fala mais. Wyndham nunca foi de falar muito, mesmo nos bons tempos.

Ele não pede que ela fique. Não pede que ela vá embora.

Ele não pede muita coisa para ela.

É assim que o dia passa.

Às vezes é o sexo que *causa* o fim do mundo.

Na verdade, se vocês me permitirem só mais uma referência a Adão e Eva, sexo e morte estão conectados ao fim do mundo desde – bom, desde o começo do mundo. Eva, apesar dos avisos em contrário, come o fruto da Árvore do Conhecimento do Bem e do Mal e percebe que está nua – ou seja, que é um ser sexual. Então ela apresenta Adão à ideia, oferecendo a ele uma mordida da fruta.

Deus pune Adão e Eva pela transgressão expulsando-os do Paraíso e introduzindo a morte no mundo. E aí está: o primeiro apocalipse, Eros e Tânatos bem amarradinhos num pacote, e a culpa é toda de Eva.

Não é de espantar que as feministas não gostem da história. Se você pensar bem, é uma visão bem corrosiva da sexualidade feminina.

Por coincidência, talvez, uma das minhas histórias favoritas sobre o fim do mundo envolve uns astronautas que caem em uma passagem do tempo; quando saem de lá, descobrem que todos os homens estão mortos. As mulheres, por outro lado, se saíram muito bem. Elas não precisam mais de homens para se reproduzir e estabeleceram uma sociedade que parece funcionar bem sem os homens – na verdade, até melhor do que nossa sociedade de dois sexos jamais funcionou.

Mas os homens ficam fora desse novo mundo?

Não. Afinal, eles são homens e são governados por sua necessidade de domínio sexual. É algo que está nos genes, por assim dizer, e não demora para que eles tentem transformar esse Éden em um novo mundo depois da Queda. É o sexo que leva a isso, o violento sexo masculino – o estupro, na verdade. Em outras palavras, sexo que tem mais a ver com violência do que com sexo.

E certamente nada a ver com amor.

O que, se você pensar bem, é uma visão bastante corrosiva da sexualidade masculina.

Quanto mais as coisas mudam, mais elas continuam iguais, eu acho.

Wyndham, porém.

Wyndham sai para a varanda lá pelas três. Ele tem um pouco de água tônica. Tem um pouco de gim. É isso que ele faz hoje. Ele não sabe onde está a mulher, e também não se preocupa muito com isso.

Ele está sentado lá fora há horas quando ela vai se juntar a ele. Wyndham não sabe que horas são, mas o ar tem aquela aparência difusa, subaquática, que vem perto do crepúsculo. A escuridão começa a se formar sob as árvores, os grilos começam a se afinar, e a paz é tamanha que, por um momento, Wyndham quase consegue esquecer que é o fim do mundo.

Então, a porta bate e fecha atrás da mulher. Wyndham sabe imediatamente que ela fez algo para si mesma, embora não saiba dizer exatamente o que foi: a mágica que as mulheres fazem, ele imagina. A esposa dele também fazia isso. Ele sempre achava que ela era bonita, mas às vezes ela ficava simplesmente maravilhosa. Um pouco de pó, um blush. Batom. Você sabe.

E ele admira o esforço. Admira mesmo. Fica até lisonjeado. Ela é uma mulher atraente. Inteligente, também.

Mas a verdade é que ele simplesmente não está interessado.

Ela se senta ao lado dele, e é ela quem fala o tempo todo. E, embora ela não diga com todas as letras, ela está falando de Repovoar o Mundo e Restabelecer a Civilização Ocidental. Ela está falando sobre um Dever. Ela está falando sobre isso, porque é disso que ela deveria falar, supostamente, numa hora dessas. Mas o que está por trás disso é o sexo. E, por trás disso, lá atrás, a solidão – e ele sente uma certa solidariedade, Wyndham sente mesmo. Depois de um tempo, ela toca em Wyndham, mas ele não sente nada. Ele pode estar morto para o sexo.

— Qual é o seu problema? — ela pergunta.

Wyndham não sabe o que dizer. Ele não quer dizer que o fim do mundo não tem nada a ver com nenhuma dessas coisas. O fim do mundo tem a ver com outra coisa, que ele não sabe que nome tem.

Então, voltando à esposa de Wyndham.

Ela também tem um outro livro na mesinha de cabeceira. Ela não o lê toda noite, só aos domingos. Mas, na semana anterior ao fim do mundo, ela estava lendo a história de Jó.

Você conhece a história, certo?

É assim: Deus e Satanás – ou o Adversário, enfim; provavelmente essa é a melhor tradução – fazem uma aposta. Eles querem ver quanta merda o servo mais fiel de Deus aceita comer antes de renunciar à sua fé. O nome do servo é Jó. Então eles fazem a aposta, e Deus começa a servir merda para Jó. Acaba com as riquezas dele, com o gado, com a saúde. Priva Jó dos amigos. E assim por diante. Por fim – e essa era a parte que sempre tocava Wyndham –, Deus leva os filhos de Jó.

Deixando claro: neste contexto, "leva" deve ser lido como "mata".

Você está entendendo? Tipo Cracatoa, uma ilha vulcânica que existia entre Java e Sumatra. Em vinte e sete de agosto de 1883, Cracatoa explodiu, jogando cinzas a cem quilômetros de altitude e vomitando vinte quilômetros cúbicos de pedras. A explosão foi ouvida a quase cinco mil quilômetros de distância. Criou tsunamis de trinta e seis metros de altura. Imagine toda essa água desabando sobre as aldeias frágeis que existiam nas orlas de Java e de Sumatra.

Trinta mil pessoas morreram.

Cada uma delas tinha um nome.

Os filhos de Jó. Mortos. Assim como os trinta mil javaneses sem nome.

E Jó? Ele continua comendo a merda. Não renuncia a Deus. Mantém a fé. E é recompensado: Deus devolve suas riquezas, seu gado, restaura sua saúde e lhe manda amigos. Deus substitui seus filhos. Preste atenção: a escolha de palavras é importante numa história de fim do mundo.

Eu disse "substitui", não "devolve".

Os outros filhos? Continuam mortos, falecidos, não funcionais, apagados para sempre da Terra, assim como os dinossauros e os doze milhões de "indesejáveis" incinerados pelos nazistas e os quinhentos mil trucidados em Ruanda e um milhão e setecentos assassinados no Camboja e os sessenta milhões imolados nos navios negreiros.

Esse Deus brincalhão.

Esse piadista.

É *disso* que se trata. *Isso* é o fim do mundo, Wyndham quer dizer. O resto é detalhe.

A esta altura, a mulher (você quer que ela tenha um nome? Ela merece um, não acha?) começou a chorar de mansinho. Wyndham se levanta e vai até a cozinha escura em busca de outro copo. Depois volta para a varanda e serve outro gim-tônica. Ele se senta ao lado dela e encosta o copo frio nela. É só o que ele sabe fazer.

— Pegue — ele diz. — Tome isto. Vai ajudar.

David Grigg publicou apenas um punhado de histórias, entre 1976 e 1985. Este conto, o primeiro que ele conseguiu publicar, surgiu inicialmente na antologia *Beyond Tomorrow*, onde ele aparecia no sumário ao lado de nada menos do que seis grão-mestres da SFWA. Em 2004, o conto foi gravado em formato de audiolivro por Alex Wilson, da Telltale Weekly (www.telltaleweekly.org), e está incluído na coletânea de contos de Grigg, *Islands*. Grigg foi indicado diversas vezes para o prêmio australiano Ditmar, uma vez na categoria contos, outra como autor de fanzines e uma vez por editar o fanzine *The Fanarchist*.

UMA CANÇÃO ANTES DE O SOL SE PÔR

DAVID GRIGG

Grigg diz que a semente deste conto foi uma fala da peça Três Irmãs, *de Tchekhov, em que Tuzenbach diz (sobre uma das irmãs): "Que extravagante saber tocar tão lindamente e no entanto não ter ninguém, absolutamente ninguém para apreciar esse talento!".*

Foi essa triste ironia de talento desperdiçado que levou Grigg a começar a pensar sobre o que os muitos talentosos fariam – ou o que não fariam – quando nossa civilização deixasse de existir. Se, como diz Grigg, a cultura for um epifenômeno da civilização, será que a cultura se tornaria completamente irrelevante?

Ele levou três semanas para encontrar a marreta. Estava caçando ratos em meio aos blocos de concreto quebrado e ao metal enferrujado de um velho supermercado. O sol começava a descer sobre o horizonte irregular da cidade, jogando sombras semelhantes a túmulos gigantes sobre as construções mais próximas. A borda da escuridão começava a rastejar pelos destroços, que eram tudo o que tinha sobrado da loja.

Ele escolhia com cuidado o seu caminho, de um pedaço de concreto a outro, desviando do metal retorcido, em busca de um buraco ou de um abrigo que pudesse servir de ninho para uma ninhada de ratos, de vez em quando usando seu bastão para mover um pedaço solto, na vã esperança de encontrar uma lata de comida ainda não descoberta depois de anos de saques. Da sua cintura pendiam três ratos grandes, cabeças esmagadas e sangrando, golpeadas por seu bastão. Os ratos ainda eram gordos e lentos o suficiente para serem pegos de surpresa com um golpe na cabeça, o que era uma sorte, já que os olhos dele e sua habilidade com o estilingue não eram os mesmos de antes. Ele descansou um pouco, fungando no vento frio. Ia gear esta noite, e seus ossos conheciam o medo do frio. Ele estava ficando velho.

Tinha sessenta e cinco anos, e a fome transformara seu corpo. A carne da juventude afrouxara e cedera, deixando seu corpo levemente drapeado e seus olhos parecendo os de um ogro curioso na cabeça ossuda.

Ele tinha sessenta e cinco anos, e os cabelos, grisalhos havia muitos anos, agora criavam uma aura branca em torno do rosto cor de couro. Ele considerava espantoso o fato de ter sobrevivido por tanto tempo, já que seus primeiros anos não o haviam preparado para este mundo atual. Mas, de algum modo, ele aprendeu a lutar e a matar e a correr e tudo mais que foi necessário nestes muitos anos desde que a cidade morreu.

Os dias agora, entretanto, não eram mais tão desagradáveis e desesperados quanto já tinham sido. Agora era raro ele ter medo de morrer de fome. Mas nos dias ruins, como em tantos outros, ele chegou a comer carne humana.

Seu nome era Parnell e ele seguia vivendo. O sol estava se pondo rapidamente, e ele fez meia-volta para retornar antes que a escuridão o alcançasse. Foi ao virar que ele viu com o canto do olho o brilho opaco do metal. Ele espiou mais de perto, estendeu a mão e ergueu a marreta do meio dos destroços. Balançou sua massa experimentalmente, sopesou-a nas mãos, e sentiu seu movimento. Depois de um instante, ele foi forçado a largá-la novamente, pois os braços começaram a tremer pelo esforço maior do que o costumeiro. Mas não importava: tendo tempo suficiente, ele sabia que esta seria a ferramenta para dar forma à esperança a que ele vinha se agarrando havia três semanas. Ele prendeu a marreta desajeitadamente ao cinto e começou a andar às pressas para casa, fugindo das sombras da cidade.

Já estava quase escuro quando ele chegou ao lugar onde morava, uma casa de pedras manchada pelo tempo, cercada pelo emaranhado das plantas do jardim que cresceram demais e se transformaram em uma floresta. Lá dentro, ele cuidadosamente acendeu cada uma das velas enegrecidas da sala de estar, evocando uma luz cancerosa que se espalhou implacavelmente pelos cantos. A porta estava trancada e tinha barras, e ele finalmente se sentou em paz diante do piano comido por cupins na sala. Suspirou um pouco enquanto seus dedos batiam nas teclas amareladas e fendidas, e sentiu a tristeza corriqueira que lhe causava o som das notas quebradas. Este piano talvez tivesse sido o instrumento de um bom aprendiz antigamente, mas o tempo não lhe tratou bem. Mesmo sem medo de atrair os habitantes da escuridão lá fora, o esforço de tocar era mais uma agonia do que um prazer.

A música chegou a ser sua vida. Hoje seu maior objetivo era silenciar o ronco da barriga. Então, ele se lembrou – seus olhos correram para a marreta que ele havia encontrado em meio aos destroços naquele dia – e a esperança voltou a ganhar vida, como tinha acontecido semanas antes.

Mas não havia tempo para sonhar acordado, não havia tempo para esperança. Antes de dormir, havia tempo apenas para limpar e tirar a pele dos ratos que ele tinha caçado. Amanhã ele iria trocá-los com a Mulher das Ruínas.

A Mulher das Ruínas e seu companheiro moravam em meio a uma centena de bondes decrépitos numa velha estação. O motivo de eles terem escolhido morar ali era um enigma que ninguém que comerciava com ela conseguiu decifrar. Ali ela ficou, e ali tocava seu comércio. O balcão da loja era um antigo bonde deixado sobre os trilhos uns poucos metros adiante da estação, a tinta descascando, mas ainda servindo de suporte para patéticos anúncios de uma era perdida. Enquanto o exterior do bonde oferecia destinos turísticos e desodorantes mais eficientes, lá dentro a Mulher das Ruínas negociava refugos como se fossem os luxos de um mundo morto. Dentro, organizados ao longo dos assentos de madeira ou pendurados do teto, havia latas com alças improvisadas, velas gordurosas feitas em casa, prateleiras de vegetais suspeitos cultivados sabe-se lá onde, filas de ratos, gatos e coelhos mortos, além de ocasionalmente algum cachorro, colheres de plástico, garrafas, casacos de pele de rato e todo tipo de item encontrado em meio aos destroços das lojas saqueadas.

A Mulher das Ruínas era velha, e era negra, e era feia, e ela se vangloriou ao ver Parnell se aproximar lentamente na manhã fria. Ela havia sobrevivido melhor do que muitos homens durante a crise, sendo mais implacável e mais cruel do que eles jamais conseguiram ser nos anos anteriores. Ela esfregou as mãos com um som muito, muito seco e cumprimentou Parnell com um olhar ligeiramente lascivo.

— Dois ratos, Mulher das Ruínas, ainda frescos, mortos ontem — ele começou sem hesitar.

— Vou dar uma coisa boa em troca deles, senhor Pianista — disse ela.

— Então esta vai ser a primeira vez. O quê?

— Um anel de diamante verdadeiro, ouro vinte e quatro quilates, olhe aqui! — E ela segurou a pedra brilhante à luz do sol.

Parnell nem tentou sorrir com a provocação.

— Me dê comida, e pare com essa brincadeira.

Ela deu um sorriso irônico e ofereceu um repolho e duas cenouras. Acenando com a cabeça, ele entregou à mulher os corpos já sem pele, pôs a comida na sacola e deu meia-volta para ir embora. Mas ele estava carregando a marreta no cinto, e ela deu um grito para que ele parasse.

— Ei, Pianista, a marreta! Dou um bom casaco de pele em troca dela! Coelho genuíno!

Ele se virou e viu que desta vez ela não estava sendo irônica.

— Quando eu terminar de usar, talvez. Aí nós conversamos.

A resposta dele pareceu agradá-la, pois ela sorriu e gritou de novo:

— Ei, Pianista, ouviu as novas sobre o Velho Edmonds? Os Vândalos vieram e mataram, queimaram a casa onde o Velho Edmonds morava!

Parnell ficou chocado.

— A Biblioteca? Queimaram a Biblioteca?

— Isso mesmo!

— Meu Deus!

Ele ficou parado, em silêncio e desnorteado por um longo minuto, enquanto a Mulher das Ruínas sorria para ele. Depois, com a raiva impedindo que ele falasse qualquer outra coisa, cerrou as mãos numa amarga frustração e foi embora.

A marreta era difícil de carregar. Presa no cinto com a cabeça de metal na cintura, o cabo de madeira batia nas pernas enquanto ele andava. Quando ele a carregava nos braços, em poucos minutos seus músculos protestavam, e ele era obrigado a descansar. Estava ficando velho, e sabia disso. A descida rumo à morte estava começando a ficar mais íngreme e ele achava que não estava muito longe do fim.

Em etapas lentas e cansadas, andou a distância que o separava do coração da cidade morta: sua pulsação havia parado fazia muito tempo. Ele passou pelas carcaças de carros e pelos trilhos empoeirados dos bondes, por ruas com construções destroçadas que ficavam em filas como recifes irregulares. Os pulmões da cidade haviam soltado seu último suspiro fazia muito tempo, as chaminés altas tinham desabado, fazendo com que a estrada à sua frente ficasse coberta de tijolos.

Por fim ele chegou ao centro e se deparou mais uma vez com as portas bloqueadas e seladas da antiga Prefeitura, semissoterradas pelos destroços da entrada que há muito tempo desmoronara. Mesmo que ele conseguisse quebrar as trancas da porta, ele teria de retirar todos os destroços para abrir a porta. Isso estava além de sua capacidade.

Mas, na lateral do prédio, o esqueleto de um caminhão estava tombado numa posição maluca perto da parede, em cima da calçada e aninhado frente a frente com uma árvore, que agora transformava a cabine numa floresta cheia de folhas.

Parnell escalou o caminhão e, com cuidado, foi subindo até se empoleirar de modo pouco confortável num galho, perto de uma janela com grades. Três semanas antes, tinha tirado a sujeira do vidro para ver os corredores empoeirados lá dentro. Na parede ao fundo do corredor havia uma placa, desbotada e amarelada, mas que ainda trazia as palavras: AUDITÓRIO.

Outra vez, olhando para a placa suja, ele foi tomado por lembranças de concertos que fez. As mãos seguiam sua própria memória sobre o teclado, a música dançava em espirais e, depois, a plateia quase invisível no auditório escurecido aplaudia, de novo e de novo...

As lembranças desapareceram quando ele balançou a marreta no ombro, jogando-a contra as barras da janela. Houve chuva de pó e o cimento se despedaçou. A tarefa parecia mais fácil do que ele imaginava, o que era uma sorte, já que o primeiro golpe o havia enfraquecido terrivelmente. Ele bateu de novo, e as barras se moveram e dobraram. De algum modo, ele reuniu forças para mais um golpe, e as barras se dobraram e soltaram e estilhaçaram o vidro atrás delas, que voou para o corredor.

O triunfo chegou para Parnell em meio a uma nuvem de fraqueza, que o deixou ofegante e com os braços fracos e trêmulos. Ele ficou sentado no galho por um bom tempo, recuperando as forças e a esperança de se aventurar lá dentro.

Por fim, jogou as pernas por cima da soleira e caiu no chão do corredor. O vidro no chão estalava. Ele pôs a mão na bolsa e pegou uma vela pequena e alguns preciosos fósforos. A caixa de fósforos tinha custado dez peles de rato no bonde da Mulher das Ruínas, duas semanas antes. Ele acendeu a vela, e a luz amarela inundou o corredor empoeirado.

Ele atravessou o corredor, deixando pegadas no pó virgem, e se lembrou de imagens de TV mostrando exploradores da Lua, deixando pegadas em poeira lunar antiquíssima, e deu um sorriso triste.

Parnell acabou chegando a uma porta dupla, com barras e cadeado. Aqui ele foi forçado a descansar novamente antes de poder arrebentar o cadeado com sua marreta e entrar na escuridão espacial adiante.

Depois de seus olhos terem se adaptado à luz da vela, que ficou mais fraca no espaço amplo, ele viu as várias fileiras de cadeiras que um dia foram recobertas por um estofado de veludo. Em algum lugar, um rato correu, e ele ouvia acima o suave farfalhar e os guinchos do que podia ser uma família de morcegos no forro.

O corredor entre as poltronas se estendia à sua frente, numa suave inclinação para baixo. Parnell andava lentamente, levantando poeira. Na escura imensidão do auditório, sua vela era uma mera fagulha, que iluminava apenas um pequeno círculo no seu entorno, filtrada por nuvens de poeira erguidas por sua passagem.

No palco, superfícies metálicas refletiram a luz da vela de vários cantos. Ao redor dele, havia as estantes e as partituras de uma orquestra completa, cobertas por anos de poeira. Havia ali um estojo de instrumento entreaberto, e dentro o metal ainda brilhante de uma trompa, abandonada por algum instrumentista que partiu há muito tempo, cheio de pressa e esquecimento. E coberto por um pano branco, com um candelabro opaco em cima, o piano de cauda.

O coração de Parnell começou a bater mais forte e mais rápido quando ele tirou o pó do lençol que cobria o piano. Com mãos ansiosas, acendeu o candelabro com sua pequena vela, e o ergueu enquanto a luz se ampliava pelo palco. Agora ele conseguia ver outros instrumentos, há muito perdidos por seus músicos: um violino ali, um oboé acolá, deixados de lado por um tempo que tornou sua posse irrelevante.

Colocando o candelabro no chão, ele cuidadosamente tirou o lençol de cima do piano. A luz amarela dançou na superfície negra da madeira polida e brilhou nos metais.

Por um longo, longo tempo suas mãos envelhecidas não podiam fazer nada além de acariciar o instrumento com um afeto cada vez maior. Por fim, ele se sentou no banco do piano, percebendo talvez pela primeira vez o tamanho de seu cansaço. A chave, ele percebeu aliviado, ainda estava na fechadura. Claro que ele poderia ter forçado para abrir, mas danificar aquela forma perfeita teria partido seu coração.

Girando a chave na fechadura, ele ergueu a tampa e correu a mão suavemente pelas teclas brancas e negras do piano. Arrumou a postura e, com um gesto propositalmente brincalhão, tirou seu casaco esfarrapado do banco e se virou para o auditório.

Casa cheia esta noite, senhor Parnell. Londres inteira faz filas para ouvir o senhor. As emissoras de rádio estão pagando fortunas para transmitir seus concertos. A plateia está em silêncio, cheia de expectativa. Está ouvindo a respiração deles? Nem uma tosse, nem um espirro, nem um murmúrio enquanto eles esperam, em silêncio, para ouvir as primeiras notas saírem das pontas de seus dedos. A música treme em suas mãos, esperando para começar – agora!

Dissonâncias estilhaçaram o auditório vazio, e os morcegos, incomodados, voaram numa multidão barulhenta sobre os assentos desertos e apodrecidos. Parnell soltou um suspiro cheio de dor.

O instrumento teria de ser meticulosamente afinado, nota a nota. O objetivo ainda não tinha sido alcançado. Mas agora, pelo menos, ele conseguia estender a mão e tocar. Agora, uma a uma, ele percebia as dificuldades que ainda restavam. Ele sentiu a sua fome e viu as velas queimando rápido. Provavelmente conseguiria achar diapasões no auditório, mas seria preciso ter algum tipo de ferramenta para apertar as cordas do piano. E ele teria de se sustentar de algum jeito enquanto passasse o tempo aqui dentro, sem poder caçar ou saquear. Teria de voltar à Mulher das Ruínas e ver o que ela ofereceria em troca da marreta. Ele sabia que não era um casaco de pele que queria em troca.

De volta ao lado de fora, ele abriu a sacola e pegou a comida que tinha trazido. Sentou no caminhão e ficou comendo pedaços de rato assado e repolho cru, pensando se havia um jeito de capturar e matar uma parte dos morcegos que estavam no auditório. Sem dúvida daria uma comida curiosa, e talvez as asas de couro pudessem ter algum uso. Mas os esquemas que bolou não eram nada práticos, e ele deixou a ideia para lá.

Ao longe, acima das construções demolidas, uma fina coluna de fumaça negra se erguia sem pressa em direção ao céu. O dia estava claro e sem nuvens, e a fumaça era uma nódoa contra o azul. Intrigado, Parnell imaginou o que estaria queimando. O rastro era limitado demais para ser um incêndio florestal. A não ser que alguma construção tivesse pegado fogo de forma espontânea, tinha que ser obra humana. Sem conseguir chegar a uma conclusão mais satisfatória, desviou o olhar e não pensou mais nisso.

Depois de guardar o que sobrou da comida, ele colocou as barras da janela mais ou menos no lugar para deixar sua entrada menos óbvia caso alguém passasse por ali. Pegando a marreta, começou a longa caminhada para longe do desejo de seu coração.

A Mulher das Ruínas tinha ficado de mau humor no fim da tarde, como um sapo gordo e negro se aquecendo aos últimos raios de sol. Ela estava sentada no painel do bonde; cumprimentou Parnell sem muito entusiasmo. O mirrado marido agora estava sentado no topo do bonde e observava o horizonte com um olhar ameaçador, com uma antiga espingarda debaixo do braço, ignorando tanto a mulher quanto Parnell.

Parnell se sentou e discutiu com a mulher por quase uma hora.

Ela continuava oferecendo o casaco de pele, mas ele queria uma chave de boca ajustável, velas, fósforos e comida em troca da marreta, e esses itens eram caros. No final, Parnell desistiu e aceitou a última oferta dela, que era tudo que ele queria, exceto pela comida.

A Mulher das Ruínas pendurou a marreta num lugar de destaque dentro do bonde e entregou os itens que ele desejava. Ela se virou para ele mal-humorada.

— Você é doido, Pianista, sabia disso?

Parnell, abaixando-se cansado na porta do bonde, embalando suas velas, foi levado a concordar com ela:

— Acho que você tem razão.

— Claro que eu tenho razão! — ela respondeu, sacudindo a cabeça vigorosamente. — Você é doido de pedra.

— Tem que ser louco pra vir aqui e fazer negócio com você — disse ele, mas a mulher só ficou olhando para ele. Então ele lembrou:

— Tinha bastante fumaça no sul hoje de manhã. Você sabe o que era aquilo?

A Mulher das Ruínas sorriu e piscou para ele.

— Claro que sei. Eu não falei de manhã sobre os Vândalos? Os Vândalos estão atacando na cidade inteira agora. Semana passada, queimaram o Velho Edmond com os livros dele. Agora foi aquele lugar com os quadros. Totalmente doidos, aqueles Vândalos.

E ela ficou andando pelo bonde, organizando e reorganizando as mercadorias.

O coração de Parnell ficou ainda mais triste.

— A Galeria de Arte?

— Isso, foi o que eu ouvi. O Jack Manco, ele esteve no sul hoje cedo, ele que me contou. Os Vândalos não gostam de livro nem de quadro, de jeito nenhum.

A ira cresceu dentro de Parnell, só para ceder lugar a uma amarga frustração pela falta de um alvo. A maioria das coisas de que ele gostava tinha sido destruída durante a crise. Agora o que restou estava seguindo o mesmo caminho, numa destruição sem sentido.

— Por que eles fazem isso? — ele protestou, sentando-se em um banco vazio para parar de tremer. — O que eles ganham com isso?

— Quem liga? — retrucou a mulher. — Não dá pra comer livro, quadro não protege do frio. Esses Vândalos são doidos de queimar isso, certeza, mas quem liga?

— Muito bem — disse Parnell —, muito bem.

As respostas que ele tinha dentro de si não significariam nada para a Mulher das Ruínas. Só o que ele podia fazer era sufocar sua perda e sua tristeza, esconder o que sentia. Ele apertou os dentes e, exausto, pegou o que havia comprado, colocou dentro da mala e saiu do bonde. A Mulher das Ruínas viu Parnell ir embora com uma aversão cansada. O marido dela estava sentado lá em cima, olhando, olhando para o horizonte cada vez mais escuro, com a arma debaixo do braço.

Parnell passou a manhã seguinte caçando ratos novamente, entre as fileiras de casas destruídas pelo tempo que ainda se mantinham em linhas uniformes na zona oeste da cidade. Depois de algumas horas procurando em vão, ele deu sorte e achou uma toca de coelho na terra fofa de um quintal coberto por mato. Pegou dois coelhos de surpresa antes que os outros corressem para um lugar seguro. Depois passou o resto da manhã limpando e assando os coelhos e salgando suas peles. À tarde, ele estava de novo dentro do auditório escuro, começando a longa tarefa de afinar cada corda do piano até atingir a nota perfeita. Se tivesse trabalhado profissionalmente como afinador, ele poderia fazer o serviço com mais agilidade, mas Parnell era forçado a fazer tudo numa velocidade arrastada e frustrante, tomando decisões de tentativa e erro ao escutar cada corda, ouvindo a corda em relação às demais que já tinha afinado, ouvindo os diapasões, depois esticando novamente a corda com sua chave enferrujada.

Ele mediu o tempo pela velocidade com que as velas queimavam, e saiu de novo antes que a escuridão chegasse.

Os dias se passaram assim, até ele mal confiar nos seus ouvidos e ter de passar horas do lado de fora antes de poder retomar o trabalho.

Cada vez que ele saía do auditório para comer ou para descansar os olhos e os ouvidos, havia fumaça em algum lugar no horizonte. Chegou o dia em que ele terminou; em que testou o piano com escalas e exercícios simples e teve certeza de que a afinação estava perfeita. Ele soube então que estava com medo de começar, com medo de se sentar e tocar música de verdade no piano. As mãos ainda se lembravam de suas peças favoritas, mas havia um medo oco em seu coração de que ele fosse tatear e distorcer a música de algum modo. Ele mantivera as mãos fortes e os dedos ágeis, enfrentando o monstro envelhecido que era o piano de sua casa durante todos esses anos, mas não havia como saber se ainda tinha a mesma habilidade. Um longo tempo se passara.

Parnell saiu do auditório e ficou sentado, desanimado e tremendo, no caminhão enferrujado, cheio de vegetação. Era começo da tarde e, pela primeira vez em dias, não havia fumaça no céu. Ele comeu os últimos pedaços do coelho e então percebeu que teria de sair para caçar no dia seguinte. Ele riu de si mesmo se achando um velho tolo, tomou água de sua garrafa, acendeu a vela e se apressou para voltar para o auditório, seguido por nuvens de pó.

No palco, ele tinha levado todas as estantes de partitura para um lado, deixando o piano de cauda sozinho e desobstruído. Tirou o pó da superfície lustrosa mais uma vez, poliu as letras em metal, ergueu a tampa, acendeu o candelabro e se sentou diante do teclado. Os morcegos se agitaram, aplaudindo ruidosamente. Ele inclinou a cabeça levemente em direção ao veludo comido por traças dos assentos vazios e começou a tocar.

Ele começou com uma Sonata para Piano de Beethoven, "Opus 109". A música fluiu; se dilatou pelo espaço; o som saía das cordas daquele piano magnífico à medida que suas mãos se moviam e se apoiavam no instrumento, lembrando-se daquilo que para o cérebro não era tão claro. E, ao se ouvir tocando, ele soube que não tinha perdido sua habilidade, que de algum modo aquilo se mantivera em segurança dentro dele, dormindo durante os anos de tormenta. Ele teceu uma teia de música, criou movimento e luz e harmonia em meio à escuridão, se embalou dentro de seu som, e continuou tocando. E, tocando, ele chorava.

A peça acabou, ele começou outra. E outra. Beethoven, Mozart e Chopin foram ressuscitados. A música se expandiu ao longo das horas, com uma torrente de alegria, de tristeza e de saudade. Ele estava cego, insensato e surdo a qualquer coisa que não fosse a música, isolado do mundo exterior pelo castelo de som que estava construindo à sua volta.

Por fim, Parnell parou, as mãos latejando e doendo, e ergueu os olhos acima do nível do piano.

De frente para ele, estava um Vândalo. Carregava nos braços a marreta que Parnell havia negociado com a Mulher das Ruínas. Havia sangue na cabeça dele.

O Vândalo ficou de pé e olhou com desprezo para Parnell, o tempo todo batendo e batendo na cabeça da marreta que carregava. Ele estava vestido de couro bruto curtido e metal enferrujado. Em torno do pescoço, havia uma dúzia de colares e correntes de metal que oscilavam em seu peito nu e peludo – cruzes e suásticas, símbolos de paz e peixes – batendo de leve umas nas outras. Ele estava sujo, os cabelos engordurados e tortos, e na testa havia uma cicatriz queimada em forma de V. Ele fedia.

Parnell não conseguia falar. O medo o havia transformado em pedra e seu coração se debatia dentro do peito como um peixe em terra firme.

O Vândalo deu uma risadinha rouca, se divertindo com o choque no rosto de Parnell.

— Ei, velhinho, você toca bonito mesmo! Me diz aí, Homem da Música, você também sabe cantar?

A voz de Parnell foi um sussurro na sua garganta:

— Não.

O vândalo sacudiu a cabeça fingindo tristeza.

— Que pena, Homem da Música. Mas, deixa eu falar, você vai cantar direitinho quando eu tiver acabado com você. Vai cantar bem e vai cantar alto.

Ele mudou a marreta de mão para pegar uma faca comprida. Ela lançou longos reflexos no palco ao pegar a luz das velas.

Parnell sentiu que ia vomitar, mas, mesmo diante do medo, sua antiga fúria cresceu de um jeito insano dentro dele.

— Por quê? — ele perguntou, com a voz tremendo. — Por que você quer me matar? Que mal eu estou fazendo?

Os olhos do Vândalo se semicerraram, em concentração e humor feroz.

— Por quê? E por que não?

A faca cintilou amarela diante dos olhos de Parnell.

— Tudo o que vocês fazem... destruir as coisas belas, os livros, os quadros... — Parnell estava se empolgando, apesar do medo. — Essas coisas são tudo que sobrou da nossa herança, da nossa cultura, da civilização, da grandeza do Homem, você não percebe? Vocês são uns bárbaros, matando e queimando...

Ele parou quando o Vândalo agitou a faca na direção dele, seu rosto perdendo o riso.

— Você é uma beleza com essa sua música e é uma beleza com as palavras. Mas fala muita merda. Sabe o que a beleza da sua cultura fez pela gente? Trouxe sujeira e briga e fez uns comerem os outros, cara. Você é bonzinho e velho, bonitão. Você já era velho quando os assassinatos e a fome começaram. Eu e os meus amigos, a gente era criança. Sabe como aquilo foi pra gente? A gente teve que correr e se esconder pra não virar comida de adulto; teve que comer terra e lixo pra sobreviver, cara. Foi isso que a beleza da sua herança deixou pra gente, bonitão, então não me venha com essa bobagem de que o Homem era grande, porque não era.

O Vândalo estava perto de Parnell, se inclinando sobre ele, jogando seu hálito imundo no rosto do velho homem. Parnell ficou em silêncio enquanto o Vândalo se afastou e olhou para ele.

— E você sentado aqui no escuro tocando essa música bacana, só quer que tudo volte a ser como antes! Bom, eu e meus parceiros estamos providenciando que as coisas nunca mais voltem a ser daquele jeito. Agora me diga, meu caro, que bem essa música, essa cultura, fez para alguém, hein?

Os pensamentos de Parnell eram vacilantes. Por fim, ele disse simplesmente:

— Isso dava prazer às pessoas, só isso.

O Vândalo recuperou o olhar irônico.

— Tá bom, Homem da Música, matar você vai me dar um monte de prazer. Mas primeiro, meu caro, vou me divertir bastante destruindo essa bela coisa musical aí na sua frente, pra você poder se divertir também. Que tal?

E, se virando, o Vândalo sopesou a marreta e a ergueu bem acima das cordas do piano de cauda.

Algo arrebentou dentro de Parnell.

Ele saltou e agarrou o braço do Vândalo, que ficou surpreso e deixou a marreta cair. Parnell enfiou a mão em forma de garra no rosto dele. O Vândalo movimentou bruscamente seu punho peludo, dando um golpe duro no queixo de Parnell, que quase o derrubou. As mãos eram a única parte do corpo de Parnell que não estavam fracas e tremendo – mãos que tinham se tornado firmes como ferro após décadas de exercício no teclado – e seus polegares estavam enterrados na traqueia do Vândalo. O rapaz começou a asfixiar, e em vão tentou afastar as mãos de Parnell, mas os dedos curvos estavam imobilizados num aperto assassino, apertavam cada vez mais, com uma energia histérica. Por um momento aparentemente infinito, os dois ficaram juntos num enlace bizarro. Então o Vândalo caiu vacilando no palco, com Parnell sobre ele, tirando a vida daquele corpo, até que o Vândalo morreu.

Parnell deixou escapar um grito engasgado e vomitou violentamente na beira do palco. Ele ficou de joelhos por um tempo, transformado pela reação e pelo horror num animal irracional. Por fim, ele se virou e olhou com uma estranha emoção para o corpo do Vândalo. Fora do auditório, ele ouvia, abafados, os berros e os gritos do resto do bando que incendiava e saqueava. Do lado de dentro, havia apenas o silêncio da morte e o ruído baixinho dos morcegos.

Ele rastejou até o piano, onde estava a marreta. Ficou de pé, usando a marreta como apoio para as pernas, que tremiam, e depois a pegou nos braços.

Com um golpe cheio de angústia, bateu com a marreta demolidora nas cordas do piano.

O choque fez tremer seu corpo todo. As cordas se romperam com barulhos violentos e a madeira se estilhaçou, enchendo o ar com um som irregular. O candelabro, que estava em cima, caiu no chão e se apagou, derramando a escuridão pelo auditório.

O silêncio pareceu durar um longo tempo.

John Langan é o autor do romance *House of Windows* e de muitos contos, a maior parte deles reunida em dois volumes: *Mr. Gaunt and Other Uneasy Encounters* e *The Wide Carnivorous Sky and Other Monstrous Geographies*. Seus contos apareceram na *The Magazine of Fantasy & Science Fiction* e na *Lightspeed*, e em antologias como *Fearful Symmetries*, *Blood and Other Cravings*, *By Blood We Live*, *The Living Dead* e *Ghosts By Gaslight*. Junto com Paul Tremblay, ele coeditou a antologia *Creatures: Thirty Years of Monsters*. Ele dá aulas de escrita criativa e de ficção gótica na SUNY New Paltz, e mora no interior do estado de Nova York com a família.

EPISÓDIO SETE: A ÚLTIMA RESISTÊNCIA CONTRA O BANDO NO REINO DAS FLORES ROXAS

JOHN LANGAN

"Episódio sete" é uma reinvenção de um conto que Langan escreveu quando tinha vinte e poucos anos. A versão atual foi influenciada por outro conto deste volume: "O fim do mundo como nós o conhecemos", de Dale Bailey. "O conto de Dale é uma grande revisão do conto clássico de meados do século pós-apocalíptico", Langan diz. "Admirei o que ele conseguiu fazer, mas também senti uma certa rivalidade, um desejo de mostrar que nem todo mundo iria entrar tão mansamente nessa noite tranquila."

"Ainda resta muito ódio neste mundo, Homem-Aranha."
— Samuel R. Delany, *The Einstein Intersection*

"Venham, façam a resistência."
— The Alarm, *The Stand*

"Ele não foi atacado por uma alcateia de lobos selvagens."
— Dale Bailey, *O fim do mundo como nós o conhecemos*

Depois de três dias e três noites fugindo –

– durante os quais eles dormiram em períodos de trinta, sessenta e noventa minutos, na traseira de carros grandes e SUVs, no saguão de um hotel, numa loja de artigos esportivos na extremidade de um shopping center –

– eles conseguiram abrir certa vantagem em relação ao Bando –

– que desde o começo esteve perto demais, depois chegou a se aproximar mais ainda, apesar das armadilhas de Wayne, todas elas espertas, algumas até mesmo engenhosas, e sempre eliminando dois ou três integrantes do Bando de cada vez; até que Wayne conseguiu atraí-los para o corredor entre a praça de alimentação e a entrada principal do shopping, onde detonou algo que não só derrubou o chão sob os pés do Bando como também desmoronou o telhado, fazendo chover estilhaços de vidro que pareciam infinitas guilhotinas em tamanho miniatura – Jackie quis ficar e eliminar os sobreviventes, mas Wayne declarou que ainda era perigoso demais e a arrastou porta afora –

– atravessar a Ponte –

– congestionada demais para que eles pegassem o Jeep Cherokee que Wayne dirigiu pelo trecho estranhamente vazio da Rota 9 entre o shopping e a Ponte sobre o rio Hudson, o que fez com que eles debatessem os prós e os contras de continuar rumo ao norte por este lado do Hudson até chegar à próxima ponte, que poderia estar livre ou não (desta vez, Wayne não conseguia se decidir), até que Jackie insistiu que dava na mesma atravessar aqui ou em qualquer outro lugar: haveria muitos carros do outro lado, e se eles não fizessem nada, iam perder a vantagem que haviam conseguido e enfrentar o Bando nos termos *deles* (o que, exceto por aquele primeiro e terrível encontro, eles vinham conseguindo evitar) – então eles abandonaram o Jeep, puseram as mochilas nos ombros, pesadas como sempre (lá se ia o descanso), e (a Ponte oscilando sob os pés com o vento que assobiava como um coral aquecendo as vozes) abriram caminho em meio a um labirinto de veículos congestionados, ao que parecia, em todas as configurações possíveis, seus interiores asfixiados com as flores púrpuras imensas de caules grossos que Jackie e Wayne tinham visto na imensa maioria dos veículos que encontraram até agora, enroladas em volantes, câmbios e pedais (as janelas cobertas de pólen violeta), o que tornava a operação dos carros um problema, pois eles não dispunham nem de ferramentas nem de tempo para isso – havia uma caminhonete com a cabine vazia, mas ela estava encaixotada contra a amurada por um trio de carros menores, como se estivesse encurralada –

– montar acampamento

na outra margem –

– em uma saliência que dava vista para o local onde a Ponte chegava às colinas íngremes na margem ocidental do Hudson – Wayne havia percebido a área plana e rochosa conforme eles seguiam na estrada indo para cima e para a direita, passando por mais um agrupamento de carros cheios de flores roxas, e apontou o local para Jackie – quando eles chegaram a um lugar que dava acesso àquela saliência saindo da estrada, subindo uma ladeira íngreme bloqueada por um portão que Wayne com certeza conseguiria abrir, ele os levou por essa rota (embora as pernas de Jackie tremessem só de pensar que poderia haver mais uma subida forte), animando Jackie, murmurando incentivos, elogios, até que eles chegaram ao topo da trilha, e Wayne abriu a fechadura do portão à força, e depois de os dois passarem fechou a tranca de novo – Jackie seguiu Wayne, que escolhia seu caminho pelas pedras espalhadas sobre o terreno; a saliência não tinha mais de cinco metros no ponto mais largo, ela arriscou um palpite; eles voltaram a ver a Ponte, e então Wayne ergueu a mão como se fosse uma espécie de guia nativo fazendo sinal para o resto do safári e disse que isso bastava –

– e estavam preparando uma emboscada –

– Wayne começou a voltar pela saliência quase no mesmo instante em que deixaram as mochilas ali, levando consigo apenas a mala grande de lona preta que Jackie chamava às vezes de sacola mágica e às vezes de cinto de utilidades, e uma das pistolas, deixando as outras armas com ela; o rifle cujo nome ela não lembrava e que Wayne ficou superempolgado por encontrar na loja de materiais esportivos, e as duas outras pistolas, uma delas do cofre do pai de Wayne, a outra de um carro de polícia vazio – Ele tinha dito: — Você não tem que me dar cobertura, mas preste atenção — e ela prestou, sentada com a mala apoiada nas mochilas, o rifle descansando sobre a abóbada de sua barriga, enquanto Wayne refazia seu caminho descendo a colina até a Ponte e depois subindo, para colocar alguma armadilha que lhe tinha ocorrido, talvez duas, se desse tempo, até que ele saiu do campo visão dela, ocultado pela inclinação da colina.

Jackie –

– Jacqueline Marie DiSalvo: vinte anos, um metro e sessenta e sete, a mesma altura do (provavelmente morto) pai; ela já não sabia mais quantos quilos, já que subir em balanças não vinha sendo uma de suas maiores prioridades fazia algum tempo; cabelos castanhos escuros, longos o suficiente para não parecerem curtos; olhos também castanhos; traços meticulosamente proporcionais (certa vez, o pai [morto] descreveu os traços dela como afetados, e ela não sabia se era um elogio); a testa menos bronzeada do que ela esperava, levando em conta todo o tempo que eles tinham passado ao ar livre no último mês: grande parte à noite, é verdade, e uma das semanas choveu o tempo inteiro, mas mesmo assim; usando uma camiseta branca masculina extragrande, calça cinza de moletom, meias esportivas brancas de algodão, e sandálias de couro sintético confortáveis, mas que estavam ficando apertadas: comprar sapatos também não é prioridade quando a gente está correndo (no caso dela, desesperadamente) para salvar a própria vida – cinco semanas atrás, ela estava cinco semanas menos grávida, com seis meses e meio, e não oito meses de "jornada" (o eufemismo favorito de seu médico [provavelmente morto] para a gravidez, como se carregar um filho na barriga fosse uma espécie de férias exóticas): uma diferença que, na prática, significava uma barriga menor, seios menores, tudo menor; uma Jackie menor, que não se cansava tão rápido; que não ficava sem ar o tempo todo; que não dormia bem, mas ainda assim melhor do que ultimamente (quando o conforto tinha partido no último trem); que não precisava parar para fazer xixi o tempo todo, enquanto Wayne ficava de guarda, arma na mão, olhos varrendo qualquer paisagem em que eles estivessem à espera do inevitável (re)aparecimento do Bando –

– **ficou sentada esperando por Wayne –**

– Wayne Anthony Miller: vinte anos de idade, dois dias mais novo que Jackie, na verdade: ela nasceu em três de julho, ele no dia cinco; um metro e noventa de altura; talvez setenta e sete quilos, ainda com o jeito desengonçado (expressão da mãe dele [provavelmente morta], que ele entreouviu numa conversa dela na festa de ano-novo e que ele confessou a Jackie que o deixou com uma sensação de ter sido traído num nível fundamental) de adolescente; mãos e pés grandes que pendiam de pernas e braços magros ligados a um tronco longo e esguio; cabelos longos, de um castanho-claro que foi louro até a adolescência, servindo de moldura para um rosto amplo e quadrado com um nariz pequeno, olhos estreitos e boca generosa; ele estava com a mesma calça jeans que usara o mês inteiro, que estava em estado ligeiramente pior agora (que grande anúncio publicitário; "Levi's, não deixa você na mão nem com o fim da civilização: a melhor escolha para mundos pós-apocalípticos"), com uma camisa xadrez vermelha aberta por cima de uma camiseta cinza com um emblema negro de morcego do Batman, e botas Doc Marten's – cinco semanas atrás, ele trabalhava na Barnes and Noble, pouco ao sul da Ponte do outro lado do rio e gastava bem mais do que deveria de seu salário na loja de quadrinhos; formado em Ciências Humanas na Dutchess County Community College no semestre anterior; seu futuro, que girava em torno do sonho de escrever um dos títulos do Batman, era ainda, como ele gostava de dizer, um trabalho em andamento (isso na época em que o futuro se estendia para algo além das próximas doze horas, e era um pouco mais complexo, e ao mesmo tempo um pouco mais simples, do que tentar encontrar comida e um abrigo para se defender).

O sol estava forte –

– fervente seria uma palavra melhor; embora uma brisa considerável soprasse do rio – Jackie supôs que a rocha nua em torno dela, uma pedra pontuda que ela devia saber como se chamava mas cuja identidade aparentemente ficava naquela parte da memória rotulada como "Inutilizada", amplificava o calor, que não estava completamente opressor (logo seria, e ela ficaria ofegante como um cachorro, e provavelmente sentiria o ímpeto de tirar tudo e ficar só com a roupa de baixo, mas por enquanto o calor passava por ela de maneira agradável).

Mais tarde –

– por quase duas horas; o que ele ficou fazendo lá? –

– Wayne voltou –

– acenando para ela conforme saía da ponte; ela acenou de volta –

– por tempo suficiente para pegar um pedaço de corda –

– que ele tirou da mochila, uma serpentina pesada, parecida com algo que um montanhista poderia usar, e que ele ficou feliz de ter achado numa loja de materiais de construção duas semanas antes, algo que Jackie não entendeu, já que a corda parecia bem pesada e ela não via motivo para eles carregarem qualquer peso além do estritamente necessário – Wayne já levava mais do que seria justo para aliviar a carga dela; ela não queria que ele ficasse exausto por causa de uma incapacidade de deixar de lado qualquer coisa que pudesse ser útil algum dia – mas ela não disse nada, e o acréscimo da corda pareceu não fazer nenhuma diferença significativa para ele –

– e voltou para a Ponte –

– onde ele estendeu a corda de um lado a outro da estrada, passando-a de uma margem para a outra usando um par de cabos de sustentação da Ponte, tecendo uma espécie de teia improvisada que Jackie achou que iria atrasar os membros mais fracos do Bando por mais ou menos meio segundo, e que o líder (a líder?) e seus companheiros transporiam sem perder um segundo sequer.

Depois de terminar de montar sua última armadilha –

– que depois de pronta não parecia mais impressionante do que quando Jackie percebeu o que era; embora fosse mais longa do que ela tinha imaginado, com uma dúzia, talvez quinze passagens de corda que ele estendeu segundo um padrão que ela não conseguia identificar, de modo que algumas das linhas ficavam trinta centímetros ou mais atrás de outras – ela não chegou a dormir exatamente enquanto ele construía a armadilha: ela manteve os olhos abertos durante todo o processo, mas seus pensamentos, como vinha acontecendo com tanta frequência no último dia e meio, se afastaram, se concentrando no bebê, que tinha passado daquilo que ela chamava de aeróbica diária para uma completa imobilidade, sem qualquer movimento que ela sentisse (e, a essa altura, ela podia sentir muita coisa) por quase trinta e seis horas agora, o que podia ser absolutamente normal, até onde ela sabia; havia uma ausência dramática de obstetras nessas partes (haha) e, embora Wayne soubesse uma quantidade surpreendente de fatos sobre muitas coisas, ele tendia a se especializar mais no extremo ultraviolento do espectro do que na parte que dizia respeito ao milagre da vida – o melhor que ele podia fazer era ouvir as preocupações dela, dar de ombros, e dizer que ela não se preocupasse, conselho que ela mesma já havia se dado e que estava se tornando impossível de seguir – ela sentia o pânico aumentando dentro de si, se transformando em uma tempestade que iria lavá-la numa torrente de lágrimas e gritos, porque o filho dentro dela estava morto, ela estava carregando um bebê morto – está bem, para ser franco, o pensamento dela não tinha exatamente se afastado, tinha ido diretamente em direção à ansiedade dela, sentimento que só crescia – o ponto era que ela não sabia se Wayne tinha colocado na teia alguns dos explosivos (originais ou improvisados) que carregava na sua sacola mágica, ou se ele tinha algum outro plano para a sua Cama de Gato –

– ele voltou –

– e isso foi bom,

porque o sol tinha mergulhado na colina que ficava atrás dela e, embora o céu lá em cima ainda estivesse azul, era aquele azul mais escuro que ficaria as próximas duas horas passando para tons cada vez mais escuros, chegando ao índigo, que, após um mês observando o céu, ela sabia que era a verdadeira cor de quando as estrelas brilhavam, e, mesmo depois que o Bando provou sua capacidade de aparecer a qualquer momento do dia, não havia dúvidas de que eles preferiam sair depois do pôr do sol e, embora Jackie tivesse treinado com pistolas, tivesse atirado em um membro do Bando a uma distância tão curta que dava medo (ele fugiu, incólume), ela teve uma única aula com um rifle (cujo nome estava na ponta da língua dela) com a arma descarregada, e não botava fé em sua capacidade de dar mais do que um único tiro, no máximo, o que não dizia nada sobre a capacidade dela de matar ou até mesmo de acertar seu alvo, por isso, quando Wayne deu o último nó em sua barreira de cordas e começou a andar pela estrada, o alívio inundou Jackie –

– **e acenderam uma fogueira** –

– usando madeira coletada nas árvores ao longo do caminho rumo à saliência, uma carga pesada que ele dispôs numa fogueira maior do que ela achou que seria prudente, uma falha quase inexplicável da parte de Wayne – a não ser que ele quisesse ficar visível; se fosse esse o caso, seria uma estratégia nova para ele: as armadilhas anteriores dependiam de levar o inimigo na direção errada, de fazer com que o Bando pensasse que os dois estavam em algum lugar a uma distância segura de onde eles estavam, o que tinha se tornado algo cada vez mais difícil, à medida que o Bando se adaptava às táticas de Wayne – francamente, Jackie ficou chocada em ver que a armadilha do shopping foi tão bem-sucedida, porque era uma coisa óbvia, tão óbvia quanto qualquer um dos primeiros esforços deles, a ponto de o Bando ter presumido (se é que uma palavra como essa se aplicava a eles; mesmo sendo evidente que eles tinham algum tipo de processo cognitivo) que não era possível que aquilo fosse uma cilada, e ter ido parar bem no meio da armadilha – estritamente falando, não havia necessidade de uma fogueira, pelo menos não por enquanto, já que havia calor emanando da saliência e que continuaria calor até altas horas da noite, e ao mesmo tempo, as luzes da Ponte, uma fileira de lâmpadas em forma de labareda acompanhando o arco de cada cabo de suspensão, piscavam à medida que a luz do dia refluía (um daqueles eventos intermitentes que faziam parte do status aleatório a que ela já se referia em seus pensamentos como maquinário do Velho Mundo), seu brilho cruzando o espectro que ia do azul para o vermelho e voltando depois ao azul, com luz suficiente para que Jackie lesse o seu exemplar todo detonado de *O que esperar quando você está esperando*, caso ela quisesse (ela não queria; ela se sentia levemente culpada por isso, mas estava cansada demais e, para falar a verdade, com medo de que o livro pudesse dizer algo sobre a imobilidade do bebê) – se você parasse para pensar, a fogueira era um farol e uma provocação, o jeito que Wayne tinha de mostrar a língua para quaisquer membros do Bando que tivessem sobrevivido ao shopping e de guiá-los na travessia da Ponte – enquanto se recostava na mochila e aceitava o bagel de manteiga de amendoim que Wayne passou para ela, Jackie pensou, *É isso mesmo, nossa resistência final; depois de quatro semanas, nós vamos resistir.*

Eles jantaram em silêncio –

– assim como vinham fazendo praticamente tudo em silêncio, nessa última semana – antes disso, Wayne falava em proporções épicas, o tipo de gente com quem você não começa uma conversa a não ser que tenha, digamos, uns três dias para gastar, o que Jackie achava tremendamente charmoso, porque muito do que ele tinha para dizer era engraçado e interessante, e ela só revirava os olhos quando ele começava a falar de qualquer que fosse a sua história em quadrinhos preferida no momento, coisa que ele podia fazer e fazia, contando detalhes microscópicos capazes de amortecer o cérebro alheio – ela nunca se interessou por quadrinhos, as façanhas secretas de homens fantasiados, em um mundo que era basicamente livre de consequências, não tinha apelo para ela; embora a intensidade e a profundidade da descrição e da análise pródiga de Wayne às vezes fizessem Jackie repensar; neste momento, ela desejava ter lido alguns dos títulos sobre os quais Wayne divagava (*O Cavaleiro das Trevas* e *Batman: Ano Um* [mas não *O Cavaleiro das Trevas 2*, uma bobagem superfaturada] e *Sandman* e *Johnny, o Homicida Maníaco* [o título que ela achava mais engraçado]) ou pelo menos ter prestado mais atenção nas palestras que ele fazia, porque aquilo podia ajudá-la a entender o que aconteceu com Wayne no último mês, desde que o mundo tinha se despedaçado, cuja manifestação menos importante era o esgotamento da torrente de palavras que vazava da boca dele, e cujo exemplo mais dramático foi... foi louco –

– depois limparam as armas –

– uma por vez, Wayne cuidando de cada pistola, enquanto Jackie treinava com o rifle na barreira de cordas, depois cuidando do rifle enquanto Jackie treinava mira com a pistola automática do policial – ela mesma teria que desmontar cada uma das armas, limpar e lubrificar: Wayne insistiu que ela aprendesse, caso alguma coisa acontecesse com ele (o que era uma piada: será que ele imaginava mesmo que, a esta altura, grande e esquisita como ela estava, ela ia chegar a algum lugar sem ele? chegava quase a ser engraçado: a mulher imensamente grávida, uma arma fumegante em cada mão, combatendo o Bando), mas o cheiro forte do óleo lubrificante dava náuseas nela, por isso ela montou guarda (quase deitada, na verdade) e deixou Wayne fazer as coisas do jeito que ele nem tão secretamente desejava –

– e se instalaram ali para passar a noite –

– para esperar e dormir: ele vigiando no primeiro turno, depois ela no segundo – depois de ela ter desenrolado o saco de dormir e usado os pés para tirar as sandálias, ela olhou para Wayne, sentado do outro lado da fogueira (que ele havia alimentado com mais lenha ainda, mantendo o fogo quente e brilhante), e perguntou: — Quando eles vão chegar aqui? — Ao que Wayne respondeu: — Difícil dizer. Se a gente der sorte, fim da manhã, ou começo da tarde —, o que foi uma surpresa para Jackie: com ou sem emboscada, com ou sem resistência final, ela imaginou que, se o Bando não aparecesse até o raiar do sol, talvez um pouco depois, os dois iam abandonar sua posição, que, apesar de todas as vantagens em termos de altura ("Controle o ponto mais alto", quantas vezes Wayne tinha repetido isso?) era um beco sem saída: caso o Bando passasse por sabe-se lá qual surpresa que Wayne tinha preparado para eles na Ponte, sem falar na teia improvisada que ele armou, e avançasse pela estrada até chegar ao caminho que levava aonde eles estavam, ela e Wayne estariam encurralados (violando outro mantra dele, "Sempre tenha uma saída"): seria melhor, ela acreditava, manter as opções deles em aberto e bater em retirada, confiar na engenhosidade de Wayne para reduzir ainda mais o número de integrantes do Bando – todas ideias que ela expôs a ele e que não fizeram a menor diferença: — Esta é a nossa melhor chance —, disse ele, e ela contestava, apelando para o mantra dela: — Quem foge quando perderia está vivo e lutando no outro dia. — Mas Wayne estava decidido, e as pálpebras dela estavam fechando, por isso ela deixou a discussão para o outro dia e escorregou para dentro de seu saco de dormir.

O sono de Jackie foi leve, agitado –

– porque dormir profundamente era impossível nesta fase da gravidez; pelo menos em um chão de pedras dentro de um saco de dormir; e porque os sonhos dela eram vívidos e perturbadores; não era de surpreender, garantia o livro *O que esperar*: mulheres grávidas estavam sujeitas a todo tipo de sonhos ansiosos, uma tendência que, no caso dela, aumentava pelos eventos dos últimos meses, a longa luta para seguir em movimento e mantendo a dianteira sobre o Bando, o que tinha dado a seu inconsciente um novo vocabulário de incerteza e terror –

[– ela estava naquele trecho da Rota 9 onde todos os carros; duas, três dezenas; tinham parado praticamente ao mesmo tempo, à exceção de uma SUV preta que amassou o porta-malas do sedã vermelho à sua frente – ela e Wayne olhando pelas janelas dos carros para ver o interior, tudo tomado por flores roxas, de uma a quatro por veículo, caules grossos e retorcidos como cobras, flores do tamanho de girassóis, uma espécie de planta que ela jamais tinha visto, e embora não fosse nenhuma especialista, botânica era um hobby para ela – cada flor um acúmulo de pétalas sobrepostas, vagamente semelhantes a uma rosa, exceto pelo fato de que cada pétala tinha de dez a quinze centímetros de extensão, com as bordas irregulares, quase serradas, e uma cor uniforme de berinjela; os centros das flores obscurecidos por grupos de pétalas fechadas, que sugeriam bocas prontas para dar um beijo, um efeito que ela achou perturbador o suficiente para baixar os olhos para os caules, de um verde salsinha, com consistência de madeira, cobertos de pelos rústicos, minúsculas folhas, quase rudimentares, em forma de leque – Jackie estudou as plantas, enroladas em torno de volantes, câmbios, descansos de cabeça, maçanetas, pedais, uma na outra, passando por janelas cobertas de pólen violeta, cada carro era um terrário, pensando que nada disso fazia qualquer sentido: era impossível que uma planta deste tamanho sobrevivesse neste tipo de ambiente, privado, até onde ela conseguia saber, de alimento e água – antes que Wayne conseguisse impedir, ela tinha puxado a maçaneta do carro que estava perto dela para abrir a porta e tirar um pedaço da flor que estava comprimida contra a janela como um rosto de criança espiando para fora; mas o caule manteve a porta fechada com uma força surpreendente, por isso o melhor que ela conseguiu fazer foi abrir uma fresta, que não foi suficiente para alcançar a planta, só o bastante para liberar uma pequena nuvem de pólen – e então Wayne estava ali, afastando Jackie do carro pelo ombro, mas antes ela inalou um pouco de pólen, que encheu suas narinas com um cheiro adstringente de lavanda, que ali ficou pelo resto do dia, apesar do ataque violento de espirros que causou – ela ficou irritada com Wayne, não só por ele ser tão paternal quanto por lembrar a ela que não havia muito sentido em pegar uma amostra da flor – o que ela iria fazer com aquilo? ela poderia analisá-la em um microscópio caso eles encontrassem algum, mas e daí? ela era uma caloura de faculdade que estudava psicologia e biologia: na melhor das hipóteses, conseguiria identificar que aquela flor roxa era um vegetal – não era exatamente um caso em que ela poderia oferecer ajuda para eles compreenderem a situação em que estavam – ela se afastou dele o máximo que pôde e respondeu com o mesmo monossílabo que sempre usava quando ele perguntava como ela estava: — Bem. — E basicamente era verdade, exceto pelo cheiro de lavanda (mas, naquela noite, ela teve um sonho em que estava dirigindo e a pele dela coçava loucamente, a ponto de ela achar difícil se concentrar na estrada; a pele começou a esmigalhar na ponta dos dedos dela, se tornando quebradiça, árida, e de repente ela toda estava prestes a ruir – por um momento, ela teve consciência de que seu corpo inteiro estava secando, afrouxando, regatos de poeira vazando de suas mãos, do queixo, dos dedos e se derramando pelo volante, seu corpo se dissolvendo sobre o assento, seus pés se reduzindo a pó dentro dos sapatos – ela teve tempo para entrar em pânico ao perceber que não conseguia respirar, depois isso já não importava mais, e ela desmoronou – e acordou com o coração palpitando, o bebê chutando em resposta à agitação dela, mas tudo bem, isso era bom, porque significava que o bebê ainda estava lá, ainda estava vivo no corpo dela – por uma boa meia hora, ela passou as mãos para lá e para cá sobre a pele, se certificando ao investigar cada espinha, cada manchinha, cada mecha de cabelo sujo, que ela era um todo, que não estava ruindo – Wayne deve ter percebido, mas ficou em silêncio, e mais uma semana se passaria antes de Jackie se sentir distante o suficiente do sonho e das sensações que ele causou para narrá-lo a Wayne – mas, para surpresa dela, ele não tinha uma interpretação pronta, só resmungou e não voltou a falar disso)] –

[– aquele sonho desembocando em outro, em que ela estava no escritório dos pais com Glenn, que estava bêbado de novo... mesmo assim: ele tinha levado a garrafa de gim e a garrafa de água tônica para o lado do sofá, para não ter que ficar indo muito longe para encher o copo de novo, com um balde de gelo de onde pegava cubos meio derretidos para colocar na bebida se ela ficasse quente demais – o fim do mundo, ou algo parecido, e ele passava boa parte do tempo sob efeito de álcool, porque afinal quem é que ia mandar ele parar? os pais dela não tinham voltado de uma ida ao supermercado que não devia ter levado mais de duas horas, três no máximo, e agora já fazia vinte e duas, não, vinte e quatro horas que eles tinham saído, dando um beijo nela e ignorando Glenn (como eles sempre faziam depois que ficaram sabendo que ela estava grávida), prometendo voltar logo, uma promessa que por algum motivo não puderam manter, o que a deixou nervosa, mas não tão chateada quanto devia; ela ainda achava que eles iam aparecer, apesar do que a TV tinha mostrado antes de os canais começarem a desaparecer, o horror que eles estavam noticiando sendo substituído pela tranquilidade de uma tela azul elétrica – quando Jackie subiu as escadas até a sala de estar e olhou pela janela, a única coisa que viu foi a vizinhança mais próxima, que estava do mesmo jeito de sempre: nada de incêndios, rebeliões, nada de gente morrendo de seja lá o que estivesse cozinhando a pele e arrancando-a dos ossos (que tinha se espalhado mais rapidamente do que a capacidade dos experts de criar hipóteses para explicar o que estava acontecendo: uma nova cepa de gripe aviária tinha cedido espaço a uma arma química; algum tipo de varíola com mutação; o que era mais plausível, levando em conta a sua inacreditável virulência; mas, se fosse isso, quem quer que tivesse dado início ao ataque havia cometido um erro de cálculo, porque aquilo tinha tomado conta do planeta completamente em três dias – a explicação do terrorismo tinha sido complementada por outras mais extravagantes: uma nanotecnologia fora de controle, liberada durante o acidente na usina de Albany na semana anterior; um vírus alienígena, importado por um dos meteoros que cruzou o céu algumas noites antes; e, é claro, a Ira de Deus, e não importava se os eventos globais não lembravam nem de perto o que estava escrito no *Apocalipse*: os pastores que insistiam nessa resposta estavam tão treinados para adaptar textos bíblicos a suas próprias finalidades que não chegava a surpreender que conseguissem fazer o mesmo neste caso), (e o que dizer daquelas outras imagens que ela e Glenn tinham visto, quase perdidas em meio ao turbilhão do mundo se desintegrando? aquilo não podia ser algo andando cambaleante atrás daquele prédio em Chicago, podia? a ideia era absurda: teria de ser algo absurdamente alto – mas o que tinha colidido com o Air Force One? aquelas coisas não tinham asas, ou tinham? igualmente ridículo: era impossível existir um pássaro daquele tamanho) – ela olhou pela janela e viu um movimento, um carro acelerando na rua – por um segundo, ela teve certeza de que eram os pais dela, voltando enfim do mercado, depois percebeu que não era o Subaru deles, era um carro menor, um Geo Metro branco, o carro de Wayne, que fazia todo mundo tirar sarro dele, o motor forçando conforme ele acelerava, e enquanto via, ela tomou consciência de algo pairando sobre ela, alguma coisa má se preparando para cair sobre ela e botá-la para dentro de sua goela dentada, e ela teve oportunidade de pensar, *Fique longe, continue dirigindo*, antes de Wayne virar o carro, com os pneus cantando, na entrada da garagem dela, terminando o cavalo de pau com a traseira do carro em cima do gramado, espalhando torrões de terra e grama – deixando o carro com o motor ligado, ele desceu e correu para a entrada, esmurrando a porta da frente com as duas mãos, gritando o nome dela com a garganta já rouca – ela continuou onde estava, na esperança de que Wayne voltasse para seu carro diminuto e levasse embora qualquer catástrofe que tivesse recaído sobre ele, até que ouviu a insistência arrastada de Glenn dizendo que estava vindo, pediu pelo amor de Deus para esperar um minuto, então ela foi até a porta, que Wayne não tinha parado de socar, decidido a dizer para ele ir embora, fosse o que fosse, não era problema deles (impressionante pensar que ela tenha dado as costas tão completamente para Wayne, que ela descrevia como sendo seu melhor amigo; depois de Glenn, é claro; havia anos), mas, no instante em que ela girou a tranca, a porta abriu de um só solavanco e Wayne estava dentro da casa, gritando que ela tinha que ir embora, agora, não dava para esperar – Jackie registrou o cheiro dele, primeiro, uma mistura pesada de cobre e alcalinos: sangue e medo, ela percebeu enquanto pegava as roupas dele, duras e cobertas de sangue ressecado e de outras coisas (será que aquilo era um pedaço de osso? aquela massa cor-de-rosa) – Isso já era ruim, e as palavras dele começaram a fazer sentido enquanto ela colocava a mão no braço dele, recuando ao tocar no sangue ainda fresco (o que tinha acontecido com ele?), mandando que ele relaxasse, ficasse calmo, estava tudo bem; mas nada do que ela falava tranquilizava Wayne, ele continuava insistindo que eles tinham que ir embora, e pegou Jackie pelo braço, e foi aí que Glenn chegou ao topo da escada e vai saber o que ele viu: o sujeito com quem ele nunca parou de se preocupar, a fonte de ciúmes dele por causa do relacionamento com ela, veio finalmente levar Jackie embora – ela devia ter imaginado o que aconteceria em seguida, mas, apesar da pose de machão, Glenn sempre pareceu basicamente um sujeito gentil, pacífico; mesmo assim, nada como um litro de gim-tônica para colocar a gente em contato com o zagueiro de várzea que existe dentro de nós, fato que ele demonstrou correndo pela sala, pegando Wayne pelos braços e batendo o outro na parede com força suficiente para derrubar os dois no chão – Wayne continuou segurando Jackie até onde conseguiu, o que a fez cair de costas no sofá – agora Glenn também estava coberto de sangue coagulado e erguendo o punho para socar Wayne, que conseguiu colocar uma perna entre os dois e empurrar Glenn para longe com um chute, quase até chegar ao topo da escada – Jackie, com as mãos apertando a barriga, gritava para que os dois parassem, pois aquilo era ridículo, mas Wayne também nunca gostou de Glenn; ciúmes, ela sabia, embora tivesse feito o melhor que podia para ignorar o motivo por trás daquele ciúme – os dois correram e caíram num emaranhado de braços e pernas, rosnando e se xingando, e Jackie pensou, *Ótimo: imagine minha mãe e meu pai entrando em casa agora*, e então a janela explodiu com cacos estilhaçando para dentro e uma forma gigante, rosnando, estava na sala, sacudindo o corpo para se livrar do vidro como um cachorro faria para tirar a água do corpo – ela gritou, pés se debatendo para se manter longe daquilo, em cima do sofá – ela teve um instante para registrar o tamanho da coisa, seu volume: devia ter um metro e vinte até o ombro, com uma corcova de mais trinta centímetros nas costas, a cabeça grande como um peru de Natal, os pés do tamanho de pratos de jantar; e para pensar simultaneamente, *O que uma hiena está fazendo no interior de Nova York?* e *Isso não é uma hiena* – antes de aquilo atacar Glenn, que tinha parado, braços erguidos, quando a janela explodiu – a coisa pegou o braço estendido dele com suas mandíbulas arredondadas e arrancou a carne até o ombro: o estalo e a explosão do osso e a dilaceração do tendão, somados ao jato de sangue e ao grito da garganta de Glenn e ao rugido da coisa, um troar grave acrescido do guincho de um violino – a coisa ficou com o braço de Glenn pendurado na boca como um filhote com um brinquedo de mastigar, depois jogou o braço para o lado com uma sacudida de cabeça e saltou sobre ele, enquanto Wayne corria para sair do caminho, com o rosto pálido de terror, e Jackie somou seu grito ao de Glenn conforme a coisa o empurrava até a parede e punha sua cabeça entre os dentes, a voz dele chegando a registros que ela jamais acharia possíveis, certamente as pregas vocais dele não iam aguentar – ela não sabia se podia aguentar muito mais – a coisa fechou a boca; houve um estalo e uma dilaceração, como um ovo se rendendo à pressão de uma mão; e o grito de Glenn parou; embora o de Jackie tenha continuado, dando vazão ao horror que ela sentia pelo que estava vendo no limite máximo de seus pulmões – mesmo quando Wayne conseguiu ficar de pé e atravessou cambaleante a sala para chegar perto dela, passando bem por onde a coisa estava ocupada se alimentando, quase escorregou num pedaço grande de vidro, pegou a mão de Jackie e começou a puxá-la na direção da porta da frente, que continuava aberta, parando em seguida quando um novo som inundou o ar, uma cacofonia aguda como uma orquestra desafinada, e formas escuras (seria possível saber quantas? vinte? trinta? mais?) galoparam pela estrada, quase chegando até a garagem dela – a mão de Wayne tremeu, segurando a dela como se estivesse sendo eletrocutado; mais tarde, ela compreenderia que a mente dele esteve à beira de um colapso, algum motor fundamental, prestes a fundir e a parar de funcionar – ela estava tomando fôlego para outro grito, porque é difícil inalar ar suficiente para um grito longo quando você está grávida de seis meses e meio (cortesia de uma garrafa de Jack Daniel's e do amor da vida dela, que acabara de perder a vida nos dentes de uma, uma...), quando a mão de Wayne firmou; ela olhou para o rosto dele, e o que viu refletido ali, uma mudança de um terror com olhar vago para algo diferente, parou a voz dela: — Venha —, disse ele, puxando Jackie para longe da porta da frente, atravessando a sala de estar (a coisa rosnando e mordendo atrás deles e, *Ah, meu Deus, Glenn*), entrando na cozinha e passando pela porta da adega, descendo a escada e atravessando a adega até o tanque de armazenamento de óleo, fazendo uma parada na bancada de trabalho do pai dela para pegar um pedaço de pano e a caixa de fósforos longos que o pai mantinha na bancada desde que ela se entendia por gente – acima das cabeças deles, batidas e rangidos no chão, cada vez mais coisas entrando na casa – Wayne consultou o manômetro em cima do tanque de óleo e começou a desrosquear – o manômetro deu uma, duas voltas e aí parou – ele voltou correndo para a bancada e buscou uma chave de boca enquanto lá em cima as coisas gemiam e rosnavam, as garras deslizando pelo piso de madeira – *Glenn*, ela pensou, *Eles estão brigando por ele, pelo que sobrou dele* – Wayne tirou o manômetro; um cheiro forte de petróleo invadiu as narinas deles; e ele estava mergulhando o pano no tanque, primeiro uma metade, depois a outra – ele deixou o pano pendurado no tanque e abriu a caixa de fósforos: — Vá até a porta dos fundos e abra — ordenou ele, escolhendo três fósforos: —, mas não abra tudo, só o suficiente para dar uma olhada na situação no quintal. — Ela fez o que ele disse, destrancando e erguendo até o ombro as portas de metal que davam para fora da adega – o trecho que ela conseguia ver do quintal estava verde e tranquilo: — Ótimo — Wayne falou: — Quando eu disser "já", abra a porta e vá correndo para a casa dos vizinhos, aquela amarela — e, antes que ela conseguisse perguntar como ele esperava que uma grávida de seis meses e meio fizesse algo remotamente parecido com correr, ele estava riscando o primeiro fósforo na lateral da caixa. Ele acendeu e, sem pausa, encostou o palito na ponta do pano – uma labareda incendiou o pano, e ela já tinha atravessado três metros do quintal quando Wayne gritou: — Já! — atrás dela, a barriga e os seios dela balançando pesados, dolorosamente; as pernas protestando, ameaçando cãibras; os pulmões queimando; sem olhar para trás, porque ela não queria ver a coisa que a mataria; ela só rezou para que a morte fosse rápida; e Wayne estava ao lado dela, reduzindo seu ritmo frenético para acompanhar o ritmo dela, e eles estavam na extremidade do quintal quando o tanque de óleo explodiu, estripando a casa com um BUM amarelo-alaranjado que mandou madeira e vidro girando pelo quintal e fez explodir o tanque de gasolina debaixo da janela e, pelo barulho, o carro de Wayne – de onde ela estava, dava para sentir o calor, ver as carcaças de sabe-se lá quantas daquelas coisas espalhadas em meio aos destroços da casa: — Glenn —, disse ela, mas Wayne estava insistindo para que ela continuasse correndo –] –

– uma vez, ela acordou, viu Wayne sentado ao lado da fogueira e voltou a dormir –

– e mais sonhos – [– eles estavam dentro de um pronto-socorro na Rota 9, onde Jackie insistiu que eles parassem para pegar suprimentos médicos, porque eles precisavam cuidar do talho em zigue-zague no braço de Wayne, que ela tratou da melhor maneira que pôde, mas estava com medo de que estivesse infeccionando: a pele em volta da cicatriz estava amarela e ficando verde, e a ferida tinha um cheiro doce que dava náuseas nela – no mínimo, ela queria encontrar uma cartela de Zitromax para ele; na melhor das hipóteses, se conseguisse encontrar as ferramentas adequadas, desbridar a ferida (o lado bom de ter [tido] uma mãe enfermeira que era uma médica frustrada) – Wayne disse que não precisava e que estava bem, mas foi andando à frente dela pelo prédio, uma arma em cada mão, com os braços estendidos – Jackie ainda não tinha decidido se devia portar uma arma de fogo, por isso carregava como se fosse um taco a lanterna gigante que eles tinham pegado da casa do vizinho; os corredores eram bem iluminados, o suficiente para que ela não precisasse gastar as baterias: embora as luzes fluorescentes no teto estivessem apagadas, o teto tinha claraboias a intervalos regulares, deixando entrar em dose suficiente o dia cinza e chuvoso para que ela e Wayne pudessem prosseguir com sua busca – ela não estava certa de que eles encontrariam algo no interior escuro do pronto-socorro, nem o que seria essa coisa, caso eles a encontrassem – ela tinha quase certeza de que eles tinham aberto uma boa vantagem sobre aquilo que ela tinha começado a chamar de Bando (quem começou a usar este nome foi Wayne; sem dúvida o nome era uma referência a algum gibi que ela não conhecia) para que eles não precisassem ter medo de dar de cara com o focinho de seus integrantes rosnadores – parecia mais provável que eles se deparassem com uma ou mais das flores roxas: quase todo carro que eles viram ao passar pela Rota 9 estava tomado pelas plantas; mas foi só ali que eles as viram: as várias lojas em que entraram para pegar comida, roupas e outros tipos de suprimentos estavam vazias (ela pensava que tinha visto movimento com o canto do olho, mas quando olhava, não havia nada – provavelmente eram os nervos pregando peças nela) – apesar disso, Wayne se recusou a deixar a cautela de lado, atravessando toda porta com ambas as armas apontadas para a frente, depois apontando para um lado e para o outro, antes de dizer: — Tudo certo — para Jackie, que achava a encenação divertida de um jeito que não devia; a cautela era justificada, e Wayne tinha dado inúmeras provas de sua habilidade, começando pelo momento em que transformou a casa dela numa bomba, reduzindo o Bando no mínimo pela metade, talvez em sessenta por cento, até o dia anterior, quando atraiu um dos batedores do Bando para um freezer no McDonald's e o trancou lá dentro – era só que tinha algo de teatral no que Wayne fazia, como se ele estivesse vendo o que quer que estivesse fazendo nos quadrinhos de um gibi, ilustrado por um de seus artistas favoritos – os últimos dez dias tinham causado danos a Wayne que qualquer um, mesmo sem diploma de psicólogo, percebia (embora fosse necessário ser pós-doutor para entender a complexidade daquilo) – ela podia estar reagindo de modo exagerado às mudanças de comportamento dele: uma violência implacável, diabólica, dirigida principalmente aos seus perseguidores; ou talvez ela não estivesse compreendendo bem a resposta dele aos fatos extremos dos últimos onze dias, mas ela tinha uma desagradável certeza de que ele tinha desenvolvido dupla personalidade, possivelmente uma reorganização grosseira de sua psique que lhe dava acesso a áreas de sua mente anteriormente bloqueadas por normas impostas por sua criação, pela sociedade e pela religião, talvez uma identidade completamente independente – era como se ele estivesse vivendo um dos enredos que tinha lido por tantos anos, o que talvez fosse o motivo de ela ter a impressão de que, deixando de lado o trauma psicológico inimaginável e o horror e a ansiedade contínuos, em algum nível, Wayne gostava daquilo, o mundo reorganizado de modo que ele conseguia ser mais competente e confiante do que em sua vida anterior de salário mínimo e estagnação na carreira, passando a ter como prioridade de cada dia arranjar comida, dormir e ir em frente – no segundo consultório em que entraram, eles encontraram um armário trancado que Wayne arrombou; as prateleiras estavam lotadas de cartelas de comprimidos e de frascos de antibióticos e outros remédios, que Jackie jogou aos montes na sacola plástica que pegou na Stop-N-Shop – no terceiro consultório, eles encontraram uma caixa de aço que parecia um estojo de caneta maior e que estava cheio de bisturis, sondas e pinças, além de uma dúzia de frascos de solução salina e vários tipos de gazes e rolos de fita cirúrgica: — Bingo, Jajá!

— disse ela, (esse tinha sido o apelido que o pai [morto] usava para se referir a ela até que ela chegou aos doze anos e passou a se recusar a responder; secando os olhos, ela engoliu a nostalgia) – ela posicionou o braço de Wayne na beira da pia do consultório, para que o sangue caísse ali, e fez com que ele segurasse a lanterna com a mão livre – ele não gostou de ter que largar as armas, mas na ausência de uma fonte melhor de luz (este consultório não tinha claraboia) não havia opção; ele aceitou equilibrar as pistolas no lado oposto da pia e instruiu Jackie a se abaixar caso algo passasse pela porta, o que ela garantiu que não seria problema – ela lavou a ferida com uma solução salina, para umedecer e soltar a cicatriz, e passou a trabalhar com o bisturi e a sonda, retirando o sangue coagulado, movendo o bisturi cuidadosamente por baixo dos pedaços mais difíceis de tirar e usando como alavanca para fazê-los saltar, Wayne ofegante enquanto ela fazia isso; quando a ferida ficou exposta, ela usou meio frasco de solução salina para irrigar, lavando para tirar todo tipo de sujeira que tivesse ficado ali, e fez Wayne aproximar a lanterna, para que ela pudesse analisar o corte, testando a ferida com a maior gentileza possível com a sonda, o que fazia a luz tremer, trocando a sonda por um par de pinças que ela usou para arrebentar um bolsão de pus e tirar de lá de dentro um pedaço de algo (que ela achou que era um pedaço de dente de um dos integrantes do Bando, e que ela adoraria poder examinar mais detalhadamente, mas ela não disse nada disso para Wayne, já que ele só ia dizer mais uma vez que ela era apenas uma estudante de biologia, e não uma cientista de renome mundial capaz de aprender algo útil a partir daquela amostra), depois lavando de novo para retirar o pus, analisando o braço outra vez, agora satisfeita, apertando um tubo que soltou uma quantidade generosa de creme antibiótico sobre a ferida, e começando a fazer o curativo – Jackie fez o que pôde para não olhar para o rosto de Wayne enquanto trabalhava, para não comprometer sua concentração pela dor que ela sabia que se revelaria nas caretas dele, mas com o braço limpo e tendo recebido os melhores cuidados de que ela era capaz, sem falar nos remédios que ela usou para acabar com qualquer infecção que tivesse sobrado, ela relaxou e olhou para ele, sorrindo – dando um salto para trás com um grito por causa do que viu: o rosto de Wayne tinha desaparecido da boca para cima, envolto em um denso negror oleoso, como se alguém tivesse jogado uma lata de tinta preta na cabeça dele; exceto pelo fato de que, ao invés de escorrer pela pele, aquilo permanecia onde estava – Jackie recuou e saiu da sala, chegando ao corredor, colidiu com uma das paredes, com Wayne atrás dela, dizendo: — O quê? O que foi? —, apontando a lanterna para ela, depois para os dois lados do corredor, depois para ela de novo, o brilho ofuscante, que o reduzia a uma silhueta; apesar disso, ela conseguia ver algo atrás e acima dele, uma nuvem negra, ondulando como uma capa ou um par de asas – ela pôs uma das mãos na barriga, a outra sobre os olhos enquanto Wayne apontava a lanterna para o chão, ainda perguntando o que era, o que estava errado, e quando ela arriscou olhar para o rosto dele, não havia mais nada daquela coisa que ela tinha visto (se é que tinha havido alguma coisa, para início de conversa), nem havia nada atrás dele – ela soltou as mãos, afastando as perguntas contínuas dele com: — Desculpe, eu só entrei em pânico — uma resposta que ela sabia que não iria satisfazer Wayne, mas que ele estava disposto a aceitar para manter a vantagem que eles conseguiram em relação ao Bando – até onde ela conseguia perceber, ele não suspeitava de que ela tinha visto o que viu – fosse lá o que fosse –].

De manhã cedo –

– às três e meia –

– Wayne acordou Jackie para o segundo turno de vigília dela –

– que ela passou sentada perto do fogo, reduzido a uma pilha de brasas, enrolada no saco de dormir, porque a noite tinha esfriado mais do que ela podia imaginar, mais fria do que qualquer outra noite recente (previsão de um inverno antecipado?), o rifle cujo nome ela pretendia perguntar a Wayne, para matar a curiosidade, no chão ao lado dela; embora a cada quinze minutos mais ou menos ela pegasse a arma e verificasse a extremidade da Ponte com a mira telescópica, a armadilha de corda montada por Wayne no foco, mas só o que ela via eram dois carros adiante da armadilha na Ponte, cujas luzes continuavam subindo e descendo pelo espectro, do azul para o vermelho e de novo para o azul – ela também dava uma olhada em Wayne: que até onde ela podia ver estava dormindo no saco de dormir dele – o sonho ainda agarrado a ela, Jackie se viu, não pela primeira vez, tentando imaginar o que tinha acontecido com ele, especulando sobre as mudanças tectônicas na geografia psíquica dele – ele se recusava a narrar o que tinha acontecido antes de ele fugir para a casa dela, e de quem era o sangue espalhado sobre ele, mas ela sabia que a mãe dele tinha ficado em casa, e era bem provável que o pai e a irmã mais nova dele tenham ficado com ela; como ele não respondia às perguntas que ela fazia sobre qualquer um deles, parecia provável que eles estivessem mortos, que o Bando tivesse entrado na casa e destroçado a família na frente de Wayne – o que trazia à tona a pergunta, *Como ele escapou?* (sem falar em, *De onde o Bando surgiu, para começo de conversa?*) – ela suspeitava que a resposta fosse um tipo de acaso, de pura sorte: talvez o Bando tivesse entrado pelos fundos da casa de Wayne, o que permitiu que ele fugisse pela porta da frente; talvez ele tenha caído pela escada do porão e conseguido escapar pela garagem; era possível que o pai ou a mãe dele tivessem criado uma distração, se sacrificado para permitir que ele chegasse ao carro – esse tipo de trauma, somado a outro encontro com o Bando como aquele que matou Glenn, deve ter dado início a algum tipo de processo compensatório, dando aos fragmentos recém-fraturados de sua mente uma organização improvisada que lhe permitisse sobreviver; e sim, ela tinha consciência de que estava descrevendo a saída de Ur, que estava na origem de vários super-heróis, a grave dor psicológica que dá origem ao alter-ego fantasiado, que é tanto uma resposta quanto um sintoma contínuo do trauma, mas talvez Wayne tivesse tentado usar esse molde para evitar que o que restou de sua consciência fosse embora, voando para todas as direções – como ela desejaria ter cursado aquela disciplina sobre Psicologia Anormal no semestre passado, ao invés de adiar para um futuro que jamais aconteceu; se bem que, será que as coisas que ela estudasse em uma disciplina de graduação a tornariam preparada para isto? e, indo mais direto ao ponto, o que ela queria? entender Wayne ou tentar curá-lo? e o que seria essa cura exatamente? fazer com que ele voltasse a ser o sujeito tranquilo e falante que ela conheceu quinhentos mil anos atrás? – como ela poderia? será que aquele Wayne ia ser capaz de manter Jackie e o bebê a salvo do mesmo modo que este Wayne (que às vezes ela pensava ser Batman e às vezes o Sombra; embora ela não tenha mencionado nenhum dos dois nomes para ele), que aparentemente se lembrava de todo truque e armadilha que leu no *Soldier of Fortune* e no *Getting Even*? – a pergunta era retórica; embora ela pensasse se estava mesmo mais segura com alguém cuja personalidade deslizava mais e mais para regiões sombrias (ou cuja segunda personalidade parecia estar tomando o lugar da primeira), alguém que; qual era a palavra certa? possuía? foi possuído por? o que quer que fosse aquela sombra oleosa que havia mascarado seu rosto, se estendendo atrás dele como uma capa, porque não importava quanto ela se esforçasse para se convencer de que tinha passado por um tipo de alucinação, ela sabia que não era isso: ela viu o que viu, algo que ela achava que podia ter sido retirado de seu esconderijo pela dor dele, pelo estresse de ter que segurar a lanterna apontada para a ferida que Jackie reabriu e cutucou – nas duas semanas e meia que se passaram desde então, ela tinha ficado atenta para ver aquilo de novo, mas o mais perto que passou de ver algo assim foi na semana anterior, quando ela acordou de mais um sonho ouvindo os gritos agonizantes de Glenn e viu Wayne recostado na parede oposta a ela, com uma enorme sombra se espraiando detrás – ela se sentou, com o coração saltando, mas descobriu que era apenas um jogo de luz (foi o que ela achou) – até ali, Wayne não tinha demonstrado ter a menor ideia de que ela sabia; se bem que, como ela poderia ter certeza? e ela ficava pensando se ele tinha consciência da escuridão em torno dele – era curioso; seria de se esperar que aqui, agora, na terra das coisas fundamentais, ela seria capaz de olhar para Wayne e perguntar o que estava acontecendo, e que ele seria capaz de responder de maneira igualmente direta, mas não, ela não podia correr o risco de afastar Wayne, fazendo com que ele achasse que ela tinha descoberto um segredo que ele desejaria manter para si, porque o que é que ela ia fazer se ele a abandonasse? – foi como no dia em que ela descobriu definitivamente que estava grávida, um sinal de mais azul-claro, confirmando o que a barriga estava dizendo havia semanas: seria de se esperar que a gravidade da situação forçasse Glenn e ela, ela e os pais, a falar sobre o que importava, mas o que ocorreu foi o oposto: Glenn não conseguiu dizer nada, como se acrescentar palavras à situação fosse uma admissão irrevogável da parte dele, e se retirou por trás de garantias vagas e tentou fazer ainda mais sexo, já que agora não fazia sentido se proteger, o que ela topou, mesmo que os dois estivessem no carro dele no estacionamento da faculdade, porque pelo menos era um tipo de contato – quanto aos pais dela, eles se recusaram a substituir suas expressões iniciais de desânimo e apoio (relutante) por qualquer outra coisa;

ironicamente, era o pai de Glenn – que tinha partido para cima deles e xingado Jackie, fazendo os dois chorarem antes de expulsá-los da casa dele, e que tinha ligado pelo menos uma vez por semana exigindo saber o que estava se passando – que parecia, em retrospecto, o mais honesto de todos eles, o que melhor soube expressar seus sentimentos – não, a pressão dos fatos não tornava a conversa mais fácil; pelo contrário, tornava exponencialmente menos possível qualquer comunicação significativa – só o que Jackie sabia dizer com alguma confiança era que a sombra de Wayne estava conectada a todo o resto, à(s) praga(s), às flores roxas, ao Bando (que, para responder àquela outra pergunta incontornável, ela não tinha a menor ideia de onde surgira: o que eles eram, muito menos de onde vieram; como eles tinham chegado ao interior do estado de Nova York basicamente do dia para a noite; eram infinitos os aspectos que levavam aquilo tudo a não fazer sentido; ela tinha assistido a uma quantidade suficiente de documentários da Nature e da Nova para saber que predadores daquele tamanho e com aquele tipo de atividade exigiriam uma quantidade enorme de comida que, até onde ela soubesse, não estava disponível: ela e Wayne encontraram apenas um punhado de corpos em suas andanças [todos os outros, ela presumia, tinham sido consumidos pelo vírus que ela viu derreter os rostos das pessoas na CNN, que devia ter continuado seu trabalho até chegar aos ossos; se bem que esse era outro problema], mal bastando para alimentar o Bando mesmo com suas fileiras atuais, reduzidas, e sem dúvida eles não pareciam ter muito interesse por vegetais; se bem que isso era possível, ela supunha – também não havia muito sentido no fato de o Bando perseguir Wayne e ela por tanto tempo: nenhum dos dois ia ser uma grande refeição. E certamente, os animais [?] deveriam ter aprendido a associar a perseguição a dor e morte – era como ser pego em um daqueles filmes da pior qualidade de ficção científica em que o espetáculo e o suspense derrotavam a lógica e a coerência: *A Última Resistência contra o Bando* ou algo do gênero), várias peças de um quebra-cabeça cuja caixa eles tinham perdido – durante o antepenúltimo dia da semana de chuva, quando o céu havia se entregado com tanta força que parecia impossível ver qualquer coisa pelas janelas da casa em que eles se abrigaram (cuja entrada da garagem estava ocupada por uma minivan cheia do maior espécime de flor roxa que eles tinham encontrado até então), e o telhado rangia de maneira sinistra a cada rajada de vento, ela e Wayne tinham se distraído inventando explicações para o que tinha acontecido com o mundo, e quanto mais fantásticas, melhor: Deus decidiu que o apocalipse proposto na Bíblia não era suficientemente *au courant*, e plagiou livros baratos de suspense, para encontrar algo mais chamativo; monstros que viviam do outro lado do espelho conseguiram passar para o nosso mundo, uma versão psicodélica de *Alice através do espelho*; este mundo tinha entrado em interseção com alguma outra dimensão, outra Terra ou mesmo com uma série de Terras, cada uma radicalmente diferente, e tudo havia se misturado (Wayne cunhou o termo "ruptura quântica" para esse enredo); o inconsciente coletivo, o *Spiritus Mundi*, tinha explodido, despejando pesadelos às dúzias – a certa altura, empolgada com o que parecia o ressurgimento do velho Wayne, aquele com quem ela podia falar sobre tudo, Jackie tentou verbalizar o sentimento que se recusou a abandonar desde o início das catástrofes: de que, de algum jeito, tudo aquilo era contingente, nenhuma das mudanças que haviam deformado o mundo era permanente, pelo menos *ainda* não – o melhor que ela conseguiu fazer para explicar a sensação foi compará-la ao que ela havia sentido depois que sua melhor amiga, Elaine Brown, foi morta por um motorista bêbado a caminho de seu trabalho no Dunkin' Donuts no ano passado: durante mais ou menos um dia depois que os pais se sentaram à mesa da cozinha com ela para dar a notícia, Jackie permaneceu absolutamente convencida de que a morte de Elaine ainda não era definitiva, de que havia algum meio de mudar as coisas, bastava ela descobrir qual era esse meio – ela estava em choque, verdade, mas era como se o golpe sofrido pelo sistema dela a tivesse levado temporariamente para mais perto do maquinário do mundo, permitido que ela sentisse essa série de eventos se afastando de outras possibilidades – a sensação que ela tinha agora era diferente, principalmente em termos de magnitude e duração: quando Elaine morreu, foi como se Jackie estivesse parada perto de um motor pequeno, de uma moto, digamos, por umas vinte e quatro horas mais ou menos; agora era como ficar perto dos trilhos do trem enquanto um comboio com três locomotivas passavam noite e dia, por semanas – Wayne batizou aquele sentimento de "divergência quântica" (tinha um monte de coisas quânticas acontecendo naquele dia), o que soava bem impressionante, mas não significava exatamente o que ele desejava – era, disse Jackie, como ser capaz de sentir as moiras mudando o tecido do mundo – não importava como você chamasse essa consciência, não importava se era ou não apenas um efeito peculiar de um choque profundo, uma versão mais suave da transformação que estava alterando Wayne (até onde ela sabia, essa era uma resposta ao trauma bem documentada), o problema com a convicção dela sobre os fatos que se separavam de cenários factuais alternativos era que aquilo tudo era profundamente inútil: afinal, o que ela podia fazer quanto a isso? ela continuava sem ter a capacidade de reverter os fatos, de fazer com que as moiras desfizessem o tecido que haviam tramado e começassem de novo (embora ela ficasse pensando em segredo se, em algum lugar, haveria uma porta que se abriria e a levaria ao mundo que ela conhecia) – deixando de lado a tentativa que fez de dar nome àquilo, Wayne não sabia o que dizer sobre a sensação dela, e a conversa passou para outros assuntos, para o bebê, e para quanto tempo faltava para o parto, e o que eles iam fazer quando ela estivesse pronta para ter o bebê? – na época, ela esperava poder usar as instalações do Hospital Vassar, ao qual, levando em conta a velocidade de locomoção deles, ela previu que eles chegariam mais ou menos na época em que o bebê estivesse para nascer e, se o Bando tivesse sido derrotado, assassinado até lá, não haveria motivo para eles não se estabelecerem lá; havia muitos argumentos a favor de ficar num hospital – mas eles haviam percorrido a Rota 9 mais rápido do que ela imaginava; o Bando se revelou mais astuto e cada vez mais difícil de matar, e agora eles teriam de tentar um dos hospitais de Kingston (se isso ainda fizesse algum sentido; se o bebê ainda estivesse vivo; se ela não entrasse em trabalho de parto antes e abortasse) – *Chega*, ela pensou, a mão passando pela barriga em amplos círculos, como se estivesse esfregando uma lâmpada para chamar o gênio; *fique bem*, ela disse mentalmente para o bebê, *fique bem* – engraçado como era possível desejar tanto uma coisa que era tão apavorante, algo que a gente não queria antes, mas que se sentiu incapaz de recusar (muito obrigada, doze anos de escola católica), que tinha tirado o comando das nossas mãos e transformado a nossa vida numa estrada inesperada e sem pavimento; puta divergência quântica – ela se lembrou da primeira vez que sentiu o bebê mexer, a primeira vez que ela teve certeza, uma vibração que a deixou ao mesmo tempo assustada e emocionada, e que tinha se transformado em chutes e socos, e que passou a usar a bexiga dela como trampolim pessoal – a emoção que tinha crescido como resposta à gravidez era diferente do que ela tinha esperado: não havia nada do sentimentalismo açucarado que Jackie tinha certeza que ia transbordar dela; em vez disso, o que brotou foi uma conexão mais básica, até mesmo primitiva, uma conexão profunda com a criança que empurrava a barriga dela, como se ela pudesse sentir o cordão umbilical ligando os dois corpos – a emoção foi complementada por outras: ansiedade, principalmente, e uma vontade de chorar e, vez ou outra, uma profunda felicidade, sólida e pesada como uma pedra — Fique bem — ela disse para o bebê. — *Fique bem*.

Pouco antes de o dia raiar –

– o céu se enchendo de uma luz índigo que empalidecia e se tornava azul-escuro –

– **o Bando chegou** –

– sua chegada anunciada pelo disparo do alarme de um carro que, ela percebeu, Wayne devia ter preparado exatamente para isso – em um instante, ela tinha erguido o rifle à altura do rosto e um integrante do Bando entrou na mira; ela moveu a arma para trás e para a frente e viu mais dois atrás daquele, e mais um fechando a fila, os quatro a mais ou menos uns três metros da barreira de cordas, andando lentamente, colocando com cuidado no chão cada uma das patas do tamanho de um prato, parando para cheirar a estrada que estava diante deles, parando para analisar os cabos de sustentação da Ponte – houve tempo suficiente para que Jackie checasse sua conta mais uma, duas vezes e, depois de ter certeza de que as quatro coisas que tinha visto eram o Bando, que era apenas aquilo, que não havia outros vindo atrás deles, o coração dela se encheu de uma alegria feroz e ela pensou, *Quatro, eles são quatro; a gente consegue; o Wayne tinha razão; a gente pode se livrar deles, finalmente* – aqueles quatro estavam em péssimo estado; parecia que tinham rastejado para fora dos destroços da armadilha no shopping: a pele decorada com cortes, talhos, queimaduras; tufos de pelos que tinham sido arrancados; pedaços de pele pendurados como trapos; o que ela viu primeiro parecia ter algum problema no olho esquerdo, que estava coberto por sangue escuro, ao passo que o último da fila arrastava a pata traseira esquerda para andar – o fato de eles terem sobrevivido fazia deles os mais aptos, sim – muito obrigado, senhor Darwin –, mas, olhando o caminhar cauteloso deles, Jackie se lembrou do cachorro da avó dela, um poodle que já era velho quando ela era criança e que ficava cada vez mais grisalho, mais doente, mais trêmulo e hesitante a cada ano e, se o coração dela não foi levado à compaixão (as últimas quatro semanas haviam garantido a impossibilidade disso) a associação amenizou a alegria dela; *É hora de acabar com isto*, Jackie pensou, e se virou para acordar Wayne, que (claro) já estava acordado e enfiando as pistolas nos bolsos da calça jeans, passando a alça de sua sacola mágica por cima da cabeça, seu rosto imóvel – ele se agachou ao lado dela, passando uma terceira pistola para ela: — Pro caso de algum deles conseguir passar por mim — disse ele, enquanto ela pegava a arma, checava a trava de segurança e a colocava na rocha a seu lado – ele pegou a mochila dela e a pôs no chão para que ela pudesse usar como apoio: — Pegue o do fim da fila — falou ele. — E qualquer outro que tente escapar — e, antes que ela pudesse responder, ele já estava se afastando rapidamente dela, correndo pela saliência rochosa – segurando o rifle no alto com a mão direita, ela se mexeu subindo e descendo, até estar deitada na mochila, depois colocou o rifle em posição, encaixando a coronha no ombro, pondo a arma contra a carne para receber o coice, que Wayne garantiu que nem era tão forte – ela olhou pela mira e lá estava o Bando, parado em seu caminho, pelos eriçados; ela conseguia ouvi-los, uma nota grave profunda como a de uma viola desafinada, e ela abraçou o gatilho com o dedo, pronta para vê-los entrar em pânico e fugir, lembrando que devia apertar o gatilho, e não puxar, e pensando se seria capaz de atingir algum deles, ou de fazer com que ele parasse – Wayne estava correndo pela estrada em direção à Ponte, mãos vazias, e quando o Bando o viu, a nota que eles estavam emitindo passou para um guincho irregular, abafando o que quer que Wayne estivesse gritando para eles; insultando-os, sem dúvida, provocando-os (e uma parte dela ficava imaginando por que isso devia funcionar, por que animais responderiam a insultos, e ela pensou se eles não eram animais, mas não tinha certeza das implicações dessa questão, porque ela não conseguia imaginar máquinas se incomodando com as provocações de Wayne, e isso deixava qual opção? pessoas? mas isso seria ridículo).

Tudo acabou rápido –

– ou pelo menos seria assim que Jackie se lembraria mais tarde – enquanto tudo estava acontecendo, parecia que as coisas aconteciam numa lentidão agoniante, quase numa série de quadros que eram trocados a cada mudança de luz na Ponte:

violeta, e Wayne estava correndo, boca aberta, uma mão de cada lado do corpo, as mandíbulas do líder do Bando cerradas num rosnar estranhamente parecido com um riso, os outros avançando;

azul, e Wayne estava parado, a não mais do que sete metros da barreira de cordas que, vista contra o Bando que se aproximava dela, parecia um capricho, uma imitação, feita por uma criança, de uma composição mais substancial;

verde, e o líder se preparava para saltar, as mãos de Wayne ainda vazias, o membro da retaguarda do Bando tinha parado de avançar e parecia cogitar uma retirada; Jackie colocou a cabeça pequena dele na mira;

amarelo, e o líder estava no ar, as mãos de Wayne cheias de pistolas que ele apontava, não para a coisa suspensa diante dele, mas para os dois atrás dela; a coisa da retaguarda se virou para correr, tirando a cabeça do alvo, oferecendo seu pescoço para Jackie;

laranja, e o líder bateu na teia e ficou preso nela, as cordas cedendo um pouco, mas sem desprender; os canos das pistolas de Wayne brilhavam brancos conforme ele esvaziava as armas nos dois membros da ala intermediária do Bando, que seguiam avançando mesmo enquanto ele reduzia a cabeça deles a pedaços; a última coisa estava em processo de dar meia-volta para fugir, expondo sua nuca para a mira de Jackie, e ela apertou o gatilho, o rifle reluzindo e explodindo e batendo no ombro dela, quase escapando de suas mãos;

vermelho, e ela estava se esforçando para olhar pela mira de novo, tentando encontrar o último membro do Bando antes que ele estivesse longe demais, torcendo para ter mais uma chance, talvez ela conseguisse feri-lo, aleijá-lo, e aí Wayne poderia dar conta dele, mas ela não conseguia encontrá-lo, ele tinha fugido, e ela correu com a mira para um lado e para outro, e lá estava ele, as pernas espalhadas, a parte da frente da cabeça destroçada, estilhaçada, e, por um momento, ela ficou tão feliz que quis gritar, depois pensou em Wayne e tentou encontrá-lo, o dedo pairando sobre o gatilho;

laranja, mais uma vez, e ela viu que Wayne tinha abandonado as pistolas, jogado cada uma para um lado, e estava indo em direção ao último membro do Bando, que não tinha conseguido se soltar da armadilha de corda, e se contorcia e se debatia, mordendo o ar de frustração; ela pensou, *Mas o que é isso?*, e mirou no peito da coisa; mas

amarelo, algo estava errado, a mira estava escura; ela afastou o olho, piscou, e olhou de novo pela mira;

verde, e ela viu que Wayne estava usando uma capa, que ele era seguido por um rastro negro, que se espalhava atrás e dos lados dele, atravessado pela luz verde que ondulava e brilhava;

azul, e Wayne estava parado diante da coisa, sua cabeça coberta pela mesma escuridão, exceto pela boca, que dizia algo para a coisa que lutava para alcançá-lo, e Jackie devia conseguir ler os lábios dele; ela sempre foi boa nisso; mas ela não conseguia acreditar no que estava vendo;

violeta, e Wayne tinha estendido os braços cobertos de preto, agarrado as mandíbulas do último membro do Bando e dilacerado sua cabeça, a coisa convulsionando enquanto um sangue negro como – o que quer que fosse – aquilo que envolvia Wayne espirrava de seu pescoço – sem pensar, Jackie centrou a mira no peito de Wayne, no negror que ela podia jurar que estava ondulando, que, benza Deus, estava tremendo na direção do sangue que criava uma névoa no ar, e o tempo se transformou num espaço por onde ela podia andar, escolhendo entre a multidão de vozes que gritavam em sua cabeça: uma delas dizendo: — Que merda é essa? — e a outra: — O que você está fazendo? — e uma terceira: — Como é que você vai sobreviver sem ele? —, uma quarta: — Você tem uma dívida com ele! — e uma quinta: — O *que* é ele? — O dedo leve no gatilho; se ela fosse mesmo fazer isso, tinha de ser agora; mais um segundo e Wayne ia perceber o que ela estava fazendo – então as luzes da Ponte se apagaram, mergulhando tudo em escuridão, e o bebê escolheu aquele momento para chutar, forte, uma pancada que fez Jackie dizer : — Ai! — e soltar o gatilho, e então o que quer que Wayne tinha colocado na ponte, a coisa detonou numa explosão de luz e som, um BAM brilhante e branco que levou Jackie a se abaixar atrás da mochila, mãos sobre a cabeça, rifle caído, esquecido – o ar em torno dela convulsionado pela força da explosão; a rocha atrás dela tremendo, enquanto a superfície da Ponte caía no rio lá embaixo, cabos de sustentação arrebentando como cordas de guitarra esticadas demais, estilhaços de metal, pedaços de asfalto, um volante chovendo perto dela enquanto a Ponte roncava – Jackie arriscou um olhar e viu a estrutura desmoronar, suas vértebras fraturadas, as forças que ela equilibrava tinham se voltado contra ela – os cabos de sustentação tremendo, as torres inclinadas umas na direção das outras, e ela teve certeza de que a Ponte inteira cairia em pedaços – o bebê chutou mais uma vez, uma combinação um-dois, e ela se abrigou como pôde atrás da mochila, conforme a superfície rochosa continuava a vibrar, e o gemido de milhares de toneladas de metal protestando contra seu fim ecoava pelas colinas acima dela, fazendo o bebê se contorcer, e ela cobriu a barriga com as mãos, se curvando em torno dela o melhor que pôde, dizendo que estava tudo bem, que estava tudo bem –

– e depois, Jackie partiu para o norte –

– passando por mais três carros, que ofereciam a seus habitantes florais a mesma vista, dia após dia – ela estava acompanhada de Wayne, que reapareceu enquanto a Ponte ainda não tinha parado de reclamar (na verdade, ela não caiu: as torres se inclinaram loucamente; os cabos estavam superesticados nas pontas e frouxos no meio; e não era possível passar por ela de jeito nenhum; mas ela ainda ligava uma margem à outra), e que estava sem o pretume de seu – como chamar aquilo? traje? – ela decidiu que o melhor era ter uma escolta, esquisita mas cuidadosa – em resposta à pergunta dela, ele disse que sim, que esse foi o fim do Bando, mas que era melhor eles irem andando: Kingston estava bem longe, e quem poderia saber como as coisas seriam desse lado do Hudson? Se Wayne desconfiava de tudo – que ele tinha ficado na mira de Jackie, a vida dele dependendo dela, assim como a vida do bebê que não parava de dar sinais de sua presença nas últimas horas (o que significava que [talvez] ela podia relaxar quanto a isso), ou se ele suspeitava das perguntas que estavam na ponta da língua dela, ameaçando eclodir com a menor provocação, ou se ele adivinhava que ela andava com uma das mãos enfiada na jaqueta, que ela ficava puxando porque tinha escondido ali a terceira pistola, dizendo para ele que a arma devia ter caído da superfície rochosa com a força da explosão –, ele não dava o menor sinal disso.

Quando anoiteceu, eles já tinham andado bastante.

SOBRE O ORGANIZADOR

JOHN JOSEPH ADAMS é organizador da série *Best American Science Fiction & Fantasy*, publicada pela Houghton Mifflin Harcourt. Também organizou muitas outras antologias de sucesso, como *The Mad Scientist's Guide to World Domination*, *Armored*, *Brave New Worlds* e *The Living Dead*. Entre os projetos recentes ou em preparação estão: *Help Fund My Robot Army!!! & Other Improbable Crowdfunding Projects*, *Robot Uprisings*, *Dead Man's Hand*, *Operation Arcana*, *Wastelands 2* e O Tríptico do Apocalipse: *The End is Nigh*, *The End is Now* e *The End Has Come*. Chamado de "rei do mundo da antologia" pela Barnes & Noble, John venceu o prêmio Hugo (para o qual foi indicado oito vezes) e foi seis vezes finalista do World Fantasy Award. John também é editor e publisher das revistas digitais *Lightspeed* e *Nightmare*, além de produtor do podcast The Geek's Guide, da revista *Wired*. Encontre-o no Twitter: @johnjosephadams e no site johnjosephadams.com.

Acreditamos nos livros

Este livro foi composto em Dante MT Std
e impresso pela Geográfica para a Editora
Planeta do Brasil em agosto de 2019.